北京宣传文化引导基金资助项目

当代小说三十家

孟繁华 著

北京出版集团
北京十月文艺出版社

目录 Contents

莫言

001　莫言的变与不变
　　——评莫言的小说集《晚熟的人》

贾平凹

006　面对今日中国的关怀与忧患
　　——评贾平凹的长篇小说《土门》

015　秦岭传奇与历史的幽灵化
　　——评贾平凹的长篇小说《山本》

张炜

022　什么是淳于宝册性格
　　——评张炜的长篇小说《艾约堡秘史》

阿来

034　一部绝处逢生的杰作
　　——评阿来的长篇小说《云中记》

周大新

046 一个充满了善意和温情的作家
——评周大新的长篇小说创作

王小波

065 生命之流的从容叙事
——王小波的小说观念与文学想象

刘震云

075 "说话"是生活的政治
——评刘震云的长篇小说《一句顶一万句》

082 世风的沦陷与小说的凯旋
——评刘震云的长篇小说《吃瓜时代的儿女们》

曹征路

087 不确定性中的苍茫叩问
——评曹征路的长篇小说《问苍茫》

邓一光

102 现代性难题与南中国的微茫
——评邓一光作品集《深圳在北纬22°27′~22°52′》

孙甘露

116 历史天幕上的青春绝唱
——评孙甘露的长篇小说《千里江山图》

毕飞宇

123 写人物，就是他的小说之道
——评小说家毕飞宇

144 重铸小说讲述者的"王国"
　　——评毕飞宇的长篇小说《欢迎来到人间》

麦　家

169 走进乡村文明的纵深处
　　——评麦家"弹棉花"系列小说

宁　肯

181 远行与还乡
　　——评宁肯的小说创作

关仁山

197 "行动的文学"及其限度
　　——评关仁山的长篇小说创作

范　稳

217 在文明与历史中穿行
　　——评范稳的长篇小说

林　白

228 女性的故事
　　——林白的女性小说写作

236 弱势性别：与现实的艰难对话
　　——评林白的长篇小说《说吧，房间》

242 世界如此广阔　追忆逝水年华
　　——评林白的长篇小说《北流》

陈　染

256 忧郁的荒原：女性漂泊的心路秘史
　　——陈染小说的一种解读

徐小斌

267　逃离意识与女性宿命

　　——徐小斌90年代的小说创作

林那北

277　林那北和她小说的表情

　　——评林那北的小说创作

须一瓜

291　都市深处的魔咒与魅力

　　——评须一瓜的小说创作

徐　坤

301　八月狂想和似水柔情

　　——评徐坤的小说创作

葛水平

311　生活的原生态：生死和情义

　　——评葛水平的小说创作

李　洱

323　应物象形与伟大的文学传统

　　——评李洱的长篇小说《应物兄》

东　西

338　在"绝密文件"的谱系里

　　——评东西的长篇小说《篡改的命》《回响》

魏　微

347　日常生活中的光与影

　　——新世纪文学中的魏微

356　芳华四十载　都付烟霞里
　　——评魏微的长篇小说《烟霞里》

鲁　敏

374　历史、主体性与局限的魅力
　　——评鲁敏的小说创作

徐则臣

386　北中国的风物志和风情书
　　——评徐则臣的长篇小说《北上》

张惠雯

403　万丈红尘起　来演丽人行
　　——评张惠雯的"美人书"

石一枫

418　直面当下中国的精神难题
　　——石一枫的小说创作与社会问题小说传统

447　北京的"新世情"和作家的"主义"
　　——评石一枫的长篇小说《逍遥仙儿》

蔡　东

457　幻灭处的惨伤与悲悯
　　——评蔡东的小说

469　她小说的现代气质是因为有了光
　　——评蔡东的小说集《星辰书》

483　后　记

莫 言

莫言的变与不变
——评莫言的小说集《晚熟的人》

小说和故事的关系,并不是一个自明性的问题。有人强调小说不是故事,起码不仅仅是故事。他们强调小说的"意味",强调小说的"形上性"。这是一个不可争论的问题,如果争论,也是各执一词莫衷一是。

莫言是一个讲故事的人。他获诺奖时演讲的题目就是"讲故事的人",他说:"我该干的事情其实很简单,那就是用自己的方式,讲自己的故事。我的方式,就是我所熟知的集市说书人的方式,就是我的爷爷奶奶、村里的老人们讲故事的方式。"在我看来,小说什么都可以没有,但不能没有故事。小说要塑造人物,要有环境,要讲社会的历史和现实,要处理世道人心,如果没有故事,这些诉求是不能完成的。小说原初的含义是"正史之余",是"霸史"、"别史"或"杂史",但不是正史。小说发达的时代,是逐渐取代了诗词的正统地位之后,它是在勾栏瓦舍说给引车卖浆者流听和看的。试想,如果没有故事,那些看官凭什么兴致盎然地挤向勾栏瓦舍。至于小说后来的"意味",是现代作家为了标新立异对传统小说的起义或造反。他们另起炉灶,给小说添加了别的东西诸如"意味",当然也自有道理。因为在中国意识形态的正面强攻是不现实的,于是才有了"形式"的意识形态。他们改写了小说已有的方式,有文学史的贡献。另外,中国的先锋文学实验了小说的"意味"之后,纷纷回退五十里下寨,又回到了故事,尽管这个故事的讲述方式发生了变化,但也丰富了现代小说的讲述。莫言也是如此。

莫言获诺奖之后,发表了很多作品。其中有《一斗阁笔记》,还获得了第十届"茅台杯"《小说选刊》奖。授奖词是我写的——

> 莫言获诺奖之后,其创作备受关注。名满天下的莫言依然故我,我写故我在。《一斗阁笔记》突发奇想,回头接续笔记小说的传统,旧瓶装新酒,老树发新枝。是民风民俗,是杂录杂感,是传闻随笔,信手拈来,不拘一格,笔之所至信马由缰,想象奇崛,风格传奇,虚虚实实,亦别有深意存焉;从先锋到写实,从魔幻现实主义到本土文学传统,转换自如天马行空。笔端自由是一个作家的心灵自由,《一斗阁笔记》显示了莫言小说创作的无限可能性,亦表达了本土文学的源远流长。

《晚熟的人》是莫言获诺奖后出版的第一部小说集。读过之后,我觉得莫言没有变,他还是那个从容、淡定、宠辱不惊的莫言,还是在按照他的方式讲述他的故事。如果概括《晚熟的人》特点的话,那就是故事的土地性、人物的多变性和现实的批判性。小说集凡十二篇,几乎都是在高密东北乡的土地里生发的。"我"或"莫言"的讲述,有很强的代入感和仿真性。《左镰》写的是典型的乡村生活场景,一个流动的铁匠铺引出了左手使镰的田奎。表面波澜不惊的日常生活场景有暗流涌动。田奎因欺负傻子喜子和妹妹欢子，被他爹砍掉了右手，原来可以左右手写字的田奎，只能用左手使镰了。田奎右手被他爹砍掉，没有具体的场景描写，删除了血腥之处。但这一极端化的残酷行为，无处不在地弥漫在小说的缝隙处。按说小孩子之间的恶作剧，不至于用剁手的方式惩罚。但只有这样的处理，小说的艺术性和震撼力才会体现出来。这也就是小说写不可能的事物，也就是高于生活的艺术化。只有一只左手的田奎经历了这个阵仗，便没有了恐惧感，他敢一个人去坟地看蛇洞中的花蛇，这一段描写有魔幻性。欢子是一个"克夫"的女人，已经"克死了"两任丈夫。当问到田奎是否敢娶寡居的欢子时，他只有一个"敢"字，小说结束了。那个流动铁匠铺的"百炼钢化为绕指柔"也就落到了人物身上，田奎心里的坚硬和柔软被统一起来。小说中爷爷和老三的对话，是农民的智慧和机锋，简洁却生动无比。

《晚熟的人》是一篇令人欲罢不能的小说，虚虚实实真真假假。蒋大、蒋二是晚熟的人，莫言是晚熟的人，单雄飞是晚熟的人。他们之间或许有早熟的人，或自以为早熟的人。但和那两台"推土机"相比，大家都是"晚熟的人"。小说写的是民间的生活场景，前半部写知青和本土青年的"斗争"，后面写武术大赛。两个场景里都有"诈"——前半部知青放电影传出的是假消息，常林等一干人马筋疲力尽狂奔七八里地，结果没有电影；后面的武术比赛，一个自称渡边陵的孙子渡边一郎的上场，将比赛搞成了民族复仇的角斗。结果渡边一郎是常林的儿子"五毒"装扮的。两个假消息使小说风生水起，极具可读性，有明清白话小说，特别是《水浒传》的遗风流韵，民风和场景充满了中国情调和经验。同时，小说有尖锐的社会批判性，有鲜明的现代意识。无论是比武还是拆擂台，摧毁"滚地龙拳展览馆"在"非法"与"合法"之间，大家无一不是"晚熟的人"。于是，莫言称得起现代知识分子了，他以小说的方式"插手了与己无关的事务"。

《斗士》中，方明德、武功，是滚刀肉式的乡村人物。《水浒传》中的牛二已经被青面兽杨志手刃，但这个绵长的人物谱系就这样延续了下来，他们是凶残的弱者。《贼指花》在小说集中非常特别，大概是唯一不是出自土地的小说。故事套着故事，情节复杂，但叙述没有任何障碍，行云流水。尤金、武英杰、"法拉利"等作家栩栩如生。这些作家的嘴脸远没有那些泥土中生长出来的人物可爱。一个群体的面目一览无余。《等待摩西》中柳卫东失踪三十年还是回来了，《等待摩西》没有成为《等待戈多》。不是中国人喜欢大团圆结局，而是小说本身有内在的发动性期待。马秀美三十年的等待，与其说是宗教的力量，毋宁说是本土的厚道与执念，所谓感天动地也就是马秀美了。而《诗人金希普》中的"金希普""宁赛叶"，是志大才疏百无一用自以为是的人物，莫言用极端化的方式刻画了他们。还有《地主的眼神》，这是一篇非常有深度的小说。人心和人性与身份没有关系。身份的认定是一个历史的范畴，与世道有关。但孙敬贤不是一个好人，看到他割地时看"我"的眼神，就看到了他的内心。但他因一篇作文吃了很多苦头与他不是好人没有关系，而与世道有关。孙来雨是地主孙敬贤的孙子，他阳光、青春、热爱土地、热爱乡村，要多打粮食，他很像梁生宝的孙子。他不喜欢自己的爷爷和父亲，父亲孙双库重金为自己的父亲出大殡，是一种耀武扬威的报复，当然也是一种打肿脸充胖子的行为。身份是语言给定的，因此，无论人还是社会，无论身份还是历史，都始于语言，是语言创造的，这也是词与物命名的关系。

《澡堂与红床》写热气腾腾的世俗生活。生活总有万般感慨，但历史是不以人的意志为转移的。棉花加工厂变成了澡堂子，下属石连成成了老板，厂长也只能追今抚昔。但这就是生活。红床把该写的都写了，没写的更多。小说很干净、俏皮，但也很沉重，毕竟又有女孩子去了红床。《天下太平》写人与鳖的对峙，写了发展的悖论。以少年小奥的视角呈现了当下的世相，但小说的主要情节在《食草家族》中出现过。而且小说的叙事语言不那么统一，前半部很西化，多用白描，云淡风轻闲笔很多，后半部几乎是写实。

《红唇绿嘴》是一部时间跨度很长的小说。覃桂英小时候就把头发编成鞭子抽打李老师，致使李老师投了井；农业中学毕业后她当了工作队队员，众目睽睽下在病房与青岛一个科长的儿子苟且行事；结婚后到关外生了三个孩子，回到村里无地可分，覃桂英便和丈夫在县政府搞了一出卖孩子的闹剧；有了网络之后，又打表哥莫言的主意，要卖谣言给莫言。覃桂英是一个坏人，她是和孙敬贤一样的坏人。季羡林先生说，坏人是不会改好的。《火把与口哨》中的人物宋老师、杨结巴、顾双红、三叔、郑华波、邓然、邱开平等人物，都给我们留下深刻印象。

读《晚熟的人》，会想起鲁迅的《呐喊》《彷徨》，一篇一个样式，没有模式化和雷同化。因此，莫言小说的创造力依旧，不愧是我们这个时代伟大的作家。

原载《文艺争鸣》2021年第3期

贾平凹

面对今日中国的关怀与忧患
——评贾平凹的长篇小说《土门》

20世纪90年代的贾平凹，成了中国文坛的一个神话。自《废都》出版始，贾平凹的名字便像无往不胜的代码，他所有的著作在文化市场上都可以畅行无阻所向披靡。对大众而言，贾平凹就是阅读的魅力所在，他的作品和传说随时都可以走上街谈巷议，人们对他的津津乐道已无言地表明，在大众文化市场上这位作家占有无可争议的份额；在文学界，贾平凹同样是议论的中心人物，还没有哪位作家遭遇过他这样的毁誉参半褒贬不一。仅此两点，便足以证明作为作家的贾平凹，是一个不能忽略的存在。

一部《废都》震惊天下，不同的读者都可从中找到自己需要的东西，就影响力而言，这部作品在1993年使其他作品黯然失色，无论褒贬，《废都》和它的作者都成了那一年代人们文化生活的一部分，这是不可改写的事实。我曾参与过对《废都》激烈的批评。但随着时间的推移，随着贾平凹《白夜》与《土门》的面世，我觉得我们对贾平凹的评价忽略了一个相当重要的层面，这就是作为一个作家，他对今日中国社会生活的持久关注和耐心地表达。我们可以不同意他的方式,可以商讨批评他对文本内容的选择或设定,但他执着地选择将当下社会生活变革给人们生存和精神带来的巨大震荡作为自己的表达对象,并且在一定程度上切中了这个时代的精神创伤,揭示了迈向幸福过程中的人们巨大的感奋、矛盾与痛苦。这种关注现世生活,透视世道人心的入世精神,则又表达了贾平凹及其作品的另一个侧面。在评论《白夜》的文章中我曾发表过如下看法,《白夜》是一部现代都市人精神贫困症的病历;是一部从官员到百姓、从知识分子到平民、从男性到女性、从英雄到常人的俗世生活的立体景观。比起他前一部长篇小说,这里少了张扬多了深邃,少了轻狂而多了平实。在《白夜》的空间里,没有来自内心的舒展与悠闲,没有发自灵魂的真实欢乐。在现代欲望的诱发下,每个人都企图达到欲望的制高点。然而事与愿违,殊途同归。成功与失败、实现与夭折、高尚与庸常的界限已经模糊,他们真实体验到的是没有尽期的焦虑、躁动、犹疑和不堪承受的精神疲惫。每个人都随心所欲,也画地为牢、投身自虐。不由自主地紧张、高密度地身心奔波,一切都劫数难逃,人为自己设定目标的同时,也设定了限度和归宿。《白夜》虽然没有达到名重一时的轰动效应,但就反映当下社会生活的深度和生动而言,仍然是值得重视的一部作品。

  时隔一年之后,我们又读到了这部《土门》。就其表现的社会生活内容和整体意象来说,《土门》与当下的现实更为切近。围绕着城乡交界处的仁厚村是否能够存在所展开的故事,与其说是惊心动魄,不如说是令人感慨万端。这是每一片城乡交界处都将面临的残酷现实,城市的发展使这样的土地无可避免地被大规模开发,农民祖祖辈辈赖以生存的土地将被城市征用,他们那充满诗性的茅屋和炊烟、田园牧歌般的亲情与乡情,将在推土机的轰鸣声中化为乌有,作为精神与文化之根的乡村乌托邦,即将被现实的城市文明彻底湮灭。这时,给以土地为生命和生存之本的农民所带来的,就不仅仅是生活方式和生存环境的改变,它更意味着没有温情可言的现代化,它将以强制的方式使抵制它的群体在文化观念上也必须随着它的步伐而迁徙。贾平凹正是以感伤的笔调,书写了变革时代的历史趋势,以及乡村文明的幽深绵长,浸染力和坚韧性。无须怀疑,现代化必将使固守传统文明的群体付出惨重的情感代价。因此,《土门》便又可称为乡村文明最后的一曲挽歌。

然而,值得我们注意的是,贾平凹在表达这一情感矛盾时,虽然有不能平复的忧心忡忡,有对乡村文明的由衷赞美和流连,但在历史发展的大趋势面前,他又无情地揭示了传统文明的愚顽与落后,揭示了农民作为小生产者的狭隘、盲目、自以为是和守成观念,而对它的批判又是毫不手软的。这主要体现在作者对村长成义这个人物的情感态度上。

作为一个农民英雄,成义既有旧式农民的智慧,又有当下时代的冒险精神。他之所以被推上村长的位置,并不是因为他人缘有多好,恰恰相反,他的"故事成段成段地在仁厚村流传着,但几乎全是些劣迹"。村民举荐他是因为"他是能顶住事的人"。在对待仁厚村的问题上,老村长因同意了土地征用而有了"出卖仁厚村"的嫌疑,失去了村民的信任。正因为成义"能顶事",村民便选举了他。这一事件本身就使人对"仁厚"产生了深刻的怀疑,在现实利益面前,村民最终还是放弃了"仁厚"而选择了实用。因此，成义尚未出场就被赋予了挽狂澜于既倒的农民英雄角色。

成义虽然野心勃勃自命不凡，但他的施政要义仍然没有脱离农民的方式，依然没有脱离几千年来中国的氏族宗法谱系。他尊云林爷为神，意在借助他的威望"统一人心"；修建墓地，也是为了进一步强化只有仁厚村才是村民最后归宿的意识形态。这些都是成义有预谋的举动，但村民的认同使成义想象的"合理性"变成了"合法性"。为了保卫仁厚村，应该说成义殚精竭虑费尽心机，他办药房、修牌楼、整巷道、收病员，不遗余力。他企望仁厚村能成为"都市里的村庄"，成为现代文明中的一道乡村风景线。而"明王阵鼓乐"的演出，则是这一想象疯狂的体现。

这支农民队伍，前面是古乐锦牌，其形状和村牌楼一样，只是一个是石的，一个是丝锦和纸扎，上面金字写着"仁厚村明王阵鼓乐"，锦牌之后是四排红白黄蓝旗，旗皆画有赤乌、日精、雷神和风神。再是四杆长脖铜号，两副火铳。再是一辆三轮车上架着那面口径三米三寸的有三排一百六十八个铜质泡钉的大鼓，成义就掌着指挥锤。再后是三排队伍，中间十八位鼓手和鼓，左边十八位钹手和钹，右边是十八位锣手和锣。再后也就是我们乌合之众了。

阵鼓队伍绕村一周，从墓地出发进城，他们通过了城里四条大街，所到之处人山人海交通堵塞。围观的人都伸出了中指和食指，村民也以同样的手势回应。在成义和村民们看来,他们这一次"显示仁厚村的存在和永远存在决心"的游行示威是"胜利了",是"打了一场大胜仗"。这一幻觉使成义感到了极大的满足,他与村民们又以"大醉"的方式弹冠相庆。

然而,这一幻觉一开始就是以"奇观"的方式上演的一出闹剧,作为农民的成义不仅浑然不觉,反而自以为"打了一场大胜仗"。在不作宣告的较量中,成义已不战自败。农民英雄有限的视野在当代中国又一次暴露出来。

作为农民,现实利益既是他们的出发点又是他们的最后关怀。对成义来说,仁厚村的版图就是他思维的版图,他所有的考虑和谋划都不可能超出仁厚村的疆界。而这种利益关系同时也成了维护村民与成义关系牢固的纽带。成义之所以可以在村里飞扬跋扈独断专行,也正是基于村民相信他们的村长是为了仁厚村的利益,而为了村民的利益也是成义实行专制最充分的理由。村民会为少分两个病员而发生激烈的纠纷,但却可以容忍甚至情愿接受成义的专制。在这一层面上,贾平凹看似不经意的揭示却意味深长。现代文明在文化上的表达就在于它的民主性和个体的自主性,但农民顽固维护的,却仍然是传统的家族宗法观念,他们需要一个替自己做主、替自己思考的权威或偶像。因此,关于仁厚村的存留,在文化层面上就成了两种观念的对抗。然而,在无可抗拒的历史趋势面前,成义所坚持的村社意识早已在历史旋灭的设定之中,并且如期而至。仁厚村还是被城市吞并了,成义也因铤而走险被执行了枪决。但不知是什么缘故,成义之死没有给人留下任何悲壮感。这个野心家兼飞天大盗虽然为仁厚村竭尽全力甚至献出了生命，却不能让人生出怜惜，倒像阿Q之死一样，仅满足了看客们的观赏趣味。

贾平凹将自己的故事设置于城乡之间，为他展示各式人物铺就了阔大的空间，这里不仅有类似郑义《老井》中巧英式的人物眉子，她对现代都市充满了向往，也遭到了最大的非议；有徘徊犹豫的叙事主人公梅梅，她对仁厚村的态度既受到乡土观念的支配，亦有对成义欲说还休的、剪不断理还乱的复杂情感；同时还有两个百无一用的知识分子。而这两个人物虽然着墨不多，却被作者表达得格外精彩。在《土门》中，他们不再是庄之蝶，是虽然没落却仍然可以作为被述的主体对象，而是彻底被边缘化了。他们在今日中国的改革潮流中，被无视与蔑视的命运，不仅在于他们作为人文知识分子无法冲向主战场，像所有的当代英雄和冒险家那样一展治国平天下的风采或发财梦，同时也在于他们人格力量的低微和内在潜能的全部丧失。范景全只能写谁也不爱读的小说，他虽然对仁厚村充满同情，却心有余而力不足，在现实中他的"作用"实在是微不足道。但他却不乏想象的才能，居然想出让仁厚村全部转向"神禾塬"的主意。这一想象与其说是范景全为仁厚村设想出路，不如说是他言说了自己的生存态度：在现实的压迫下，他除了以逃向乌托邦的方式自我抚慰之外，实在别无他途。而作为研究员的老冉则更惨不忍睹，在一个农村姑娘梅梅面前的卑琐，展示了他全部的精神风貌，而他的早泄也与阿冰的"亮鞭"相映成趣，构成了震撼人心的隐喻。因此，《土门》也以非主旨的方式再次消解了知识分子的文化英雄神话。

贾平凹展示了历史发展的进程，这是源于他的客观性。但是，无论是作为农民出身的作家还是一个身居都市的现代知识分子，无论是出于对乡村文明的感伤流连，还是对现实病患的理性把握，贾平凹对现代化的负面效应都表现了极大的警觉。它带给人们的并非全是福音，同时伴随而来的还有精神疾病与因发泄需要而产生的都市骚乱。与仁厚村相邻的城市体育场，其喧嚣声不仅以象征的形式时时危及仁厚村的存在，同时也以象征的形式隐含了都市的现代病。疯狂的球迷蜂拥至足球场，这在全国各地几成现代都市的经典场景，但这不仅没有使中国足球有什么长进，倒常常为因想发泄而来的人们提供了聚众闹事的场合与机会。在西京城有史以来唯一的一场足球骚乱中，城市的现代病得到了充分的诊断。可以预言的是，于西京来说它是第一次，但谁能断言它也是最后一次呢！在与仁厚村的较量中，城市文明不动声色地获得了胜利，在人类历史的进程中显示了不可抗拒的伟力。然而，就人类整体进程而言，就已经离开土地而成为城市居民的人们而言，城市给他们带来的究竟是什么呢？这些，也许早于《土门》与《白夜》就已经隐约地做出了回答。

纵观贾平凹90年代发表的三部长篇小说，一个深刻的印象逐渐变得清晰起来。这就是他对今日中国命运的深切关怀和忧患，他以作家的立场，尊重自己对生活的整体感觉并准确地表述出来。时下，一种所谓的"新现实主义"的说法正在开始流行，一些肤浅琐碎的作品只因像新闻一样描述了生活的最表层，便被冠以"现实主义"的名号，"现实主义"再次像奖章一样被授予这些根本不具文学品格的作品及作者。事实上，这些所谓的"新现实主义"作品连80年代初期"改革文学"的水准都没有达到。而与此相比，贾平凹在以文学的方式表达生活的深度上,早已远远地走在了他们的前面。他所有的痛苦与感伤,兴奋与欢乐,都无比密切地联系着当代中国的命运和处境,他深怀悲悯,无力而又难以自拔地注视着他深爱的人们。作为一个作家,他的情怀造就了他,而他也必将宿命般地承受这一切。

我从总体上肯定贾平凹作为作家的立场,但并不意味着我对他具体的方式持无保留的态度。事实上,贾平凹无论在大众文化市场还是在知识界,之所以被接受,更重要的原因在于他的艺术力量,在于他卓然不群的想象力。但是,如果将他的几部作品联系起来看,他仍然存在自我超越的困难。就作品的内在结构而言,三部长篇小说都有一个"超现实"的人物,如《废都》中的拾破烂老头、《白夜》中的刘逸山、《土门》中的云林爷,他们或者像先知一样深不可测,或者像个道德神话示喻永恒,就作品的结构而言,这些人物的功能是完全一致的,因此就有重复之嫌。它表明的是读者对作家在结构作品能力方面,仍存有超越的期待。

就小说语言来说,《土门》相对于《废都》和《白夜》,更多地褪去了明清白话小说的古旧风格,但一进入世俗生活的对话,无论男女便又古今难辨,语言的惯性是难以改造的,它可以因此而形成小说家独具的风格,并从中窥见其文化素养,但如果与规定的场景及语境不符,又会生出牵强和造作。《土门》在这方面同样存有问题。作品是以女主人公梅梅的视角进行叙事的,这在贾平凹的作品中尚不多见,显然是作家有意为之的尝试,但性别的差异是难以跨越的,每当写到梅梅的心理活动时,作家显然有些力不从心,梅梅作为女性的特征在心理活动层面几乎难以得到有力的表达。原因很简单,因为叙事者是个男性,而非女性梅梅。因此又不能不说贾平凹在《土门》叙事视角的选择上并不成功。

最后一个问题是,《土门》像作者前两部作品一样,玄机的设置太多,常常像一张混乱不清的地图,让人难以及时地找到准确的方位。它为人带来了猜想的阅读乐趣,但也常常令人迷惑不解。

尽管如此,我仍对《土门》深怀好感,它毕竟在相当深刻的程度上描述了我们今日的生活状态,表达了我们现时段的生存处境与精神处境。贾平凹的批判与忧患的姿态,也是今天作家格外值得珍视的品格。

原载《当代作家评论》1997年第1期

秦岭传奇与历史的幽灵化

——评贾平凹的长篇小说《山本》

《山本》是贾平凹的第十六部长篇小说,也是迄今为止他最复杂、最丰富的一部小说。按照贾平凹自己的说法,《山本》的故事,是他的一本秦岭之志。它不是村志、不是县志,村志县志只要写与之相关的人与事即可。但秦岭是一个巨大的存在,在贾平凹看来,它"提携了黄河长江,统领着北方南方。这就是秦岭,中国最伟大的山"①。这是作家写作这部小说的缘起,也是我们理解这部小说的"引言"和向导。在后记中,贾平凹又说:"那年月是战乱着,如果中国是瓷器,是一地瓷的碎片年代。大的战争在秦岭之北之南错综复杂地爆发,各种硝烟都吹进了秦岭,秦岭里就有了那么多的飞禽奔兽、那么多的魍魍魉魉。""一尽着中国人的世事,完全着中国文化的表演。"我之所以先推出贾平凹的题记、后记中的有关说法,是为了让大家先了解贾平凹创作《山本》的初衷,也就是他为什么要写这本书,这本书和什么有关。而不是凭

---

① 贾平凹:《山本》,作家出版社2018年版。本文所引《山本》内容均出自此版本,不再一一列出。

着只言片语或个别的人与事,或夸大或误解。

《山本》是以涡镇为中心,以秦岭为依托,以井宗秀、陆菊人为主要人物构建的一部关于秦岭的乱世图谱,将乱世的诸家蜂起、血流成河、杀人如麻,自然永在、生命无常的沧海桑田,以及鬼怪神灵、逛山刀客等,集结在秦岭的巨大空间中,将那一时代的风云际会、风起云涌以传奇和原生态的方式呈现在我们的面前。因此,《山本》是正史之余的一段传奇,是从"一堆历史中翻出的""另一个历史"。小说起始于故事讲述时的十三年前:陆菊人她爹有一块地,这块地被两个赶龙脉的人认为是能出官人的好地方。陆菊人十二岁一过,她爹要送她去杨家当童养媳时,她向爹要了这块地,算是爹给她的一块胭脂地。但这块地阴错阳差地埋了井宗秀的爹。于是"涡镇的世事全变了"。这种风水文化、鬼魂文化以及神秘文化等,是贾平凹中国"魔幻现实主义"的创作实践。而小说历史讲述的废墟化、情节的碎片化和叙事推进的细节化,又使《山本》呈现出明显的后现代主义特征;但是,从人物的塑造和场景、景物描写的真实性而言,现实主义创作方法又是它的基础和前提。

现代小说对于历史的书写,最高的奖掖就是"史诗"。这一文学观念,在西方是指以从黑格尔到斯宾格勒建构的历史哲学作为依据,然后作家用文学的方式建构起他们认知、理解和想象的历史,比如《战争与和平》。在中国,明清之际的世情小说原本是"极摹人情世态之歧,备写悲欢离合之致,可谓钦异拔新,恫心骇目"(笑花主人《今古奇观序》)。但也因此地位不高,于是便"攀高结贵"。手段之一就是将历史小说化,比如《三国演义》《创业史》。《创业史》被誉为"经典性的史诗之作"。这个时代文学知识分子的地位,几乎达到了最高峰。他们对世界和历史的认知具有指导性和前瞻性,因此他们也是未来的先知,一种价值观的构建者和引领者。但同时也有另外的情况发生,就像《创业史》中的梁生宝一样,历史并没有沿着他的道路前进多久,尽管这并不妨碍《创业史》仍然是一部伟大的小说。作家在社会地位最高的时代,只不过是将一种语言学机制构建出来的关于历史发展的认知,将理想主义的想象镶嵌于对未来的组织之中。后来,叙事学揭示了历史与叙事的关系,揭示了这种文学历史观对文学的历史叙述的宰制和压制。《山本》以传奇的方式对秦岭的书写,恰恰是被历史删除的那部分,是没有被讲述过的部分。关于对历史叙事秘密的揭示,利奥塔在《后现代状况:关于知识的报告》中说了这样一段话:"简化到极点,我们可以把对元叙事的怀疑看作是'后现代'。怀疑大概是科学进步的结果,但这种进步也以怀疑为前提。与合法化元叙事机制的衰落相对应,思辨哲学和从属于思辨哲学的大学体制出现了危机。叙事功能失去了自己的功能装置:伟大的英雄、伟大的冒险、伟大的航程以及伟大的目标。"元叙事遭遇质疑后,被压抑的处在边缘的历史叙述有了可能。于是,在秦岭深处涡镇的陆菊人、井宗秀等人,方有可能登上历史的前台。井宗秀的出现,是他父亲井掌柜去世后。按涡镇的习俗,亡人殁的日子不好,犯着煞星,不可及时入土安埋。是陆菊人的公公杨掌柜,将陆菊人陪嫁的三分胭脂地给了井宗秀,才使其葬了父。井宗秀知道真相是在他乘人之危住进岳家大院之后,陆菊人路遇井宗秀并告诉他的。

我就给你说了吧。陆菊人看了看四下,悄声把她当年见到跑龙脉人的事说了，再说了她是如何向娘家要了这三分胭脂粉地，又说了当得知杨家把地让给了井家做坟地时她又是怎么哀哭过。井宗秀听着听着扑咚就跪在了地上。陆菊人忙拉他，他不起来，陆菊人拧身再要走，井宗秀这才站了起来。陆菊人说：那穴地是不是就灵验，这我不敢把话说满，可谁又能说它就不灵验呢？井宗秀只是点头。

经陆菊人一说，井宗秀说知道自己该怎样做了，待陆菊人要离开时，他一连给陆菊人磕了三个响头。过后便送了铜镜给陆菊人。井宗秀与陆菊人的情感关系，一直是游丝般的不即不离的关系——亲密、亲情、暗恋、暧昧似乎都有，但两人又未越雷池一步。两人的关系一直悬浮于小说之上，即便后来经陆菊人牵线，井宗秀娶了花生，两人的关系仍然没有改变，这也是小说中韵味最为悠长的部分。井宗秀后来做了预备旅旅长，但最后还是因阮天保死于非命。井宗秀是乱世英雄，但他和花生结婚后被爆出了一个惊人的秘密：他是一个"废人"。这个隐喻也从一个方面暗示了作家对井宗秀的评价：他的先天缺陷预示了他终是一个匆匆的过客而已，他不是那种改天换地的大人物。陆菊人是小说中地母般的形象。她除了善良、坚韧，还深明大义。井宗秀是她人生的寄托，她的内心也有尚未言说的对井宗秀的爱意。但她恪守传统女人的妇道。她是涡镇和秦岭世事沧桑巨变的见证者，是另一种历史的目击者和当事人，是秦岭民间健康力量的体现者。

《山本》对秦岭历史的讲述，混杂着多种元素。这里有民间的英雄、能人，但更多的是普通民众的参与。在过去的历史叙述中，是演员为公众表演，而秦岭20世纪二三十年代的历史剧，民众自己就是演员。因此这里才有"一尽着中国人的世事，完全着中国文化的表演"的可能。比如阮天保，他不具有对价值观的判断能力，他身份的几经变化非常正常，但他却有自己的处世智慧。他杀了史三海后，麻县长因惧怕而给他十个大洋让他逃跑。阮天保却说："他是辱骂你，我才杀了他，我跑了我就是犯罪，还牵涉了你，我不跑我就是立功，你也是除暴安良。你让我把他取而代之，谁也动不了我，更动不了你。"于是阮天保就做了保安队队长。阮天保后来参加的队伍在正史叙述中充溢着救民众于水火的凛然正气，他们是国家民族的未来。但是，任何一个队伍和族群，从来就不是一成不变的统一体。叛徒、败类乃至汉奸都会滋生。就如同当下，权力拥有者也会滋生腐败一样。那个并不具有先进革命意识的阮天保，最终也只是专注家族恩仇、混迹于革命队伍的、带有草头王性质的另一种刀客而已。

　　风水、鬼魂等神秘文化，构建了国人对外部世界的认知方式和情感方式。《山本》中的神秘文化在贾平凹的创作中并非突如其来，他以往的作品中一直贯穿着对这一文化的书写。虽然"毁誉参半"，但在我看来，这一内容也构成了贾平凹小说"中国性"的一部分。他写完《秦腔》后曾说："当我雄心勃勃在2003年的春天动笔之前，我奠祭了棣花街上近十年二十年的亡人，也为棣花街上未亡的人把一杯酒洒在地上，从此我书房当庭摆放的那一个巨大的汉罐里，日日燃香，香烟袅袅，如一根线端端冲上屋顶。我的写作充满了矛盾和痛苦，我不知道该赞颂现实还是诅咒现实，是为棣花街的父老乡亲庆幸还是为他们悲哀。那些亡人，包括我的父亲，当了一辈子村干部的伯父，以及我的三位婶娘,那些未亡人,包括现在又是村干部的堂兄和在乡派出所当警察的族侄,他们总是像抢镜头一样在我眼前涌现,死鬼和活鬼一起向我诉说,诉说时又是那么争争吵吵。我就放下笔盯着汉罐长出来的烟线,烟线在我长长的吁气中突然地散乱,我就感觉到满屋子中幽灵飘浮。"(《秦腔·后记》)包括鬼魂在内的神秘文化,弥漫于《山本》的字里行间。从陆菊人的三分胭脂地,到花生上坟,猫抓剩剩阻止他跟着去,他去了,回来骑马骨折了;井宗秀要陆菊人帮助经营茶坊,陆菊人心里说,院门口要能走过什么兽她就去。镇上能有什么兽呢?但她偏偏看见了陈皮匠收到的豹猫、狐狸和狼的皮;还有陆菊人的"命硬"说法;游击队第一次进秦岭不懂对山神的敬畏,在山神庙撒尿、在山上乱讲滚字,或跌进山崖摔死或被山上乱石砸死,或夜行时打草惊蛇被蛇咬死,等等。这些无法解释的事物,在《山本》中占有很大的比重。巨大的秦岭本身就是一个神秘的存在,在对未知世界难以做出解释时,神秘文化便应运而生。这一文化的延续,也自然有其合理性。但更重要的是,即便这些并不科学、不能证伪的事物,在小说中也能够用合理的方式做出表达。这从一个方面强化了小说的想象力,正如拉美魔幻现实主义一样;另外,井宗秀的死亡,使陆菊人神秘文化中期待的那个"官人"彻底落了空。在这个意义上,贾平凹对神秘文化灵验的肯定是有很大保留的,这种文化并不是万能的,他甚至是怀疑的。同幽灵、鬼魂的对话是小说或其他艺术形式内在结构方式之一,它也并非自贾平凹始。在莎士比亚那里,哈姆莱特的行为方式都来自幽灵的驱使,"在德里达看来,鬼魂的出现开启了一个关于复仇和正义的戏剧,如果没有鬼魂的出现,后面的一切事件都不可能,因为正是'闹鬼'带来了指令，而发出指令也就是'闹鬼'的内容，鬼魂与指令，形式与内容，两者的结合，给哈姆莱特的心头压上了沉甸甸的责任，让他认识到，事情没有完结，历史没有终结，希望则在未来，但是行动迫在眉睫，鬼魂将会一直萦绕下去，成为一个永久的精神，敦促和激励自己尽早将指令付诸实施"①。

"极大的灾难，一场荒唐，秦岭山脉也没有改变，依然山高水长，苍苍莽莽，没改变的还有情感，无论在山头或河畔，即便是在石头缝里和牛粪堆上，爱的花朵依然在开。"观念的逻辑与生活的逻辑相比较，当然是生活的逻辑更有力量。无数的观念都曾在秦岭表演过，贯穿过，但时过境迁，生活之流还是按照原来的轨迹前行。观念变了，生活依然故我。因此，小说结尾的这段话应该就是《山本》的主题吧——

> 又一颗炮弹落在了拐角场子中，火光中，那座临时搭建的戏台子就散开了一地的木头。陆菊人说：这是有多少炮弹啊，全都要打到涡镇，涡镇成了一堆尘土了？陈先生说：一堆尘土也就是秦岭上的一堆尘土么。陆菊人看着陈先生，陈先生的身后，屋院之后，城墙之后，远处的山峰峦叠嶂，一尽着黛青。

原载《当代作家评论》2018年第4期

---

① 郭军：《德里达版本的〈哈姆莱特〉或解构版本的马克思主义——解读德里达〈马克思的幽灵们〉》，《外国文学》2007年第5期。

张　炜

什么是淳于宝册性格
——评张炜的长篇小说《艾约堡秘史》

史传是中国小说最重要的传统之一，这源于小说在中国传统文化中的地位。因此，小说依附于历史是小说获得"合法性"地位的一种策略。后来，这种策略性的实践"愈演愈烈"，历史叙事成为小说最重要的写作方式，"史诗"成为作家创作的最高理想、批评家评价小说的最高境界或标准。这一境界或标准现在已经时过境迁，叙事学建立之后，我们了解了历史也是一种叙事，历史就是历史学家的历史，历史叙事的多种方式证实了事实的确如此。既有史家书写的被称为正史的历史，又有民间流行或口传的历史，还有记录闾巷旧闻的"稗史"，其内容、体例等与小说相类似。《艾约堡秘史》也是历史讲述的一种形式，通过一段"秘史"，张炜发现了大变革时代新的人物以及人性的无限丰富性和复杂性，发现和创造了淳于宝册这个堪称"典型人物"的文学形象，用文学的方式重新阐释了偶然性，以及女性、豪杰与历史发展的关系。另外，这是张炜写得最为汪洋恣肆、酣畅淋漓的小说，他的自信与欣然为他带来了空前的写作自由。

艾约堡是它的主人狸金集团董事长淳于宝册建立的独立王国。这个神秘的所在，我们通过淳于宝册情人蛹儿的视角大致可以了解：淳于宝册曾带着新来的艾约堡主任蛹儿参观了他的府邸。这个府邸不仅阔大无比——它的主体是一座挖空的山包，而且极尽奢华，既像一个神话，又像一个迷宫，并且隐蔽而私密。室内亮起的是温暖的尊贵的光，回廊里散发的味道是檀香；内勤人员有领班、守门人、保洁，居然还有两位速记员。在蛹儿看来，即使花上几天时间，也无法将这个领地熟悉起来。"蛹儿任职一个星期之后还常常迷路。"保洁人员要注意规避主人，"所有人员恪守最严的即是管住嘴巴，不能对外言说堡内任何物事"。这就是艾约堡的内部环境，它的特点是：私密、隐蔽、奢华、高贵、森严、压抑、封闭。其中最重要的是私密和封闭。这是淳于宝册的府邸，他就生活在这样的环境中。这一环境一方面是淳于宝册自己建造的，是他理想或梦想的个人居住环境；另一方面，这一环境也进一步塑造了他的性格和膨胀了他的自我想象：这是一个独立、封闭的个人王国。府邸内一切秩序井然，他就是主宰，就是王。艾约堡的环境与淳于宝册的性格形成了同构关系。在小说人物塑造的逻辑上它是如此的完美。于小说结构而言，这个神秘的所在和神秘的人物，是一个巨大的悬念：一切都有待于被呈现和揭示。

神秘文化，是前现代政治的一大特征。王权的神秘性就在于最大的秘密只掌控在王者的手里。明清电视剧之所以大行其道，就在于观众有顽固的窥秘心理。另外，家族——特别是大家族，他们的院落是缩小的宫廷，家族统治者是微缩的王者。如果是这样的话，那么艾约堡就是前现代文明的产物，它具备这一文明的所有要素。神秘是一种气氛，它给人以恐惧和无处不在的威慑；但神秘也有它的魔力，被神秘吸引的人络绎不绝，从知书达理的知识分子到乡间纯朴美丽的姑娘，从饱经沧桑的智者到巧舌如簧的天才。他们前赴后继，一如蛹儿初来艾约堡时和欧驼兰进入跛子大院时的心境。神秘的新奇感和巨大的刺激性，使他们如同置身另一个世界，它令人胆怯、蹑手蹑脚、心跳加速乃至窒息。神秘会改变人对世界的看法，因此也决定了人后来去向的无限可能性。张炜对中国前现代文明以及这一文明向现代转变过程中的"中国人物"、中国故事是如此烂熟于心。这也是张炜这部小说的魅力所在。

淳于宝册就是这个神秘所在的神秘人物。他是一个私营企业的巨头，一个"荒凉病"患者，一个钟情于三个女人的情种，同时也是一个出身卑微、有巨大创伤记忆的"大创造者"。他是一方霸主，可以在艾约堡不怒自威，也可以不理"朝政"，大事小情交给孙子"老肚带"打理，他像奥勃洛摩夫每天躺在床上一样泡在浴缸里；他欲望无边，信誓旦旦要"拿下"他垂涎已久的海湾矶滩角，但他真正感兴趣的不是权力也不是金钱，他感兴趣的是那些被称为情种的"特异家伙"；粗俗时他可以脱下员工裤子打屁股，破口大骂那些试图阻止他意愿的人，但同时他也是一个慈善家，向社会捐赠很多金钱……他的性格是一个矛盾集合体，在我的阅读记忆中，这是一个从未出现过的人物。对他的判断构成了对我们极大的美学挑战。他将自己的府邸或企业心脏命名为"艾约堡"，这既是他的历史记忆，也是他的现实实践。有人问他：你住的地方为什么叫艾约堡，他一概不答。而最切实生动的诠释是："递哎哟"就是"像递上一件东西一样，双手捧上自己痛不欲生的呻吟，那意味着一个人最后的绝望和耻辱,是彻头彻尾的失败,是无路可走的哀求。几乎没有任何一句话能将可怕的人生境遇渲染得如此淋漓尽致,可以说是形容一个人悲苦无告的极致,也是一种屈辱生存的描述"。那是绝望和痛苦至极的呻吟,"艾约堡"的名字只是去掉了那个"口"字。这是刻骨铭心的记忆,是无自尊无希望的乞求之声。这一创伤就是他惨痛的童年记忆,他曾不断屈辱地向人"递哎哟"。功成名就之后,那些不堪回首的场景还时常浮现在眼前。

……有一天宝册刚进校门,一个同学就嘻着脸跟上,然后故意学老奶奶一拐一拐走路和做活。宝册一颗心脏狂跳,一声不吭地躲开很远。那个人学得更起劲,呼叫着,又引来几个同学。他们凑上来,他就缩到了墙角。那个人尖尖的鼻子快要碰到他的脸上。宝册一双手胀得难受,想擦一下眼睛,开始刚刚抬起就握成了拳头,不知怎么就落到了尖鼻子上。一声号叫,尖鼻子流出血来。几个人退开几步,接着一齐拥上。有人搂住他的腰,他无法动弹,尖鼻子就猛踢他的肚子。他倒下,他们就一块踩踏。他双手护住自己的脸,闭紧双眼,听他们喊:"打!打!打得他'递哎哟'!"他咬紧牙关躲闪,一声不吭。

这是淳于宝册的前史。类似的场景在小说中不时出现,附录中更是比比皆是。因此,在暴力面前"递哎哟"的屈辱,是他挥之难去的精神暗区,这个创痛几乎伴随了他的一生;但是,这一经历并没有使他成为"递哎哟"的反对者,他痛恨"递哎哟",同时也是一个"递哎哟"

的实践者。当海湾矶滩角的事情遇到一些麻烦时,他说——

"那是怎么回事?""这一个胃口忒大,把砖头(成捆的现金)扔回来,说要一条船。""什么船?""能出远海那种。妈的,狮子大开口。"淳于宝册大骂:"这个浑蛋!""我让保安处的人揍了他一顿,然后装到麻袋里,直接往冰凉的海里扔,他很快'递了哎哟',第二天就老老实实接过了砖头……"

让被征服者"递哎哟"也成了淳于宝册的一大快事。在企业的层面,淳于宝册最大的梦想就是吞噬矶滩角海湾,扩张自己的商业帝国。

但是,日常生活中,他的全部焦虑并不在这里。他关注和焦虑的是男女之事。在他看来——

人世间的一切奇迹,说到底都由男女间这一对不测的关系转化而来,也因此而显得深奥无比。有些家事国事乍一看远离了儿女情愫,实则内部还是曲折地联系在一起,不过是某种特殊的转移和反射而已。淳于宝册认为狸金全部的、最高的奥秘都可归结于此,即人与人之间不可思议的吸引力和征服力……这几十年来从狸金到个人的所有结局,都是由那个发端一点点衍生出来的,往后的走向也必定与之有关。天地间有一种阴阳转换的伟大定力,它首先是从男女事情上体现出来的。

因此,这个自命不凡的"大创造者",从来也没有离开过他的凡胎肉身:"我这一辈子也没干别的,就是建立了一个伟大的集团。不过女人的事把我折磨得死去活来,让我不断地'递了哎哟',可是没有她们就没有伟大的集团。"这是淳于宝册的女性观,也是他的历史观。当然,就文学而言,男女之事不仅最具文学性,而且它也能够最集中、最充分地表达出人性。淳于宝册的原配是一个被他称为"老政委"的女人,这是一个几近传奇般的人物。她年过三十,貌不惊人,肤色黝黑,五短身材,最大的爱好是舞枪弄棒,而且比淳于宝册大六岁。但"老政委"自有她迷人的性情,她豪迈、豪爽、深谋远虑、从容淡定。在淳于宝册看来,这是女人中的"稀缺品种"。这场爱情的结果是,"老政委"帮助淳于宝册打下了财富江山、创建了艾约堡帝国。她则功成身退,远赴英伦陪儿子"小四眼"生活并在那里度过余生。他时常怀念"老政委",在情人蛹儿面前也毫不掩饰。蛹儿是淳于宝册的情人兼艾约堡的管家,她对淳于宝册的情感是没有保留地奉献。她容忍主人所有的缺陷,包括情感上的放荡不羁。她是淳于宝册生活中最实用的那部分。不同的是,她与"艺术家"跛子和"企业家"瘦子的情感前史,一直让淳于宝册兴趣盎然难以释怀。欧驼兰是一个民俗学学者,也是淳于宝册的梦中情人。淳于宝册出身卑微,但人越缺乏什么就一定要凸显或追求什么。他特别聘任的速记员——随时记下他的言论并豪华地装订成册,从一个方面表达了他的内心诉求。因此,与其说吞并矾滩角是一种经济行为,是淳于宝册帝国的扩张行为,毋宁说是淳于宝册为了打压矾滩角的村头——也是他不曾宣告的情敌吴沙原的一次意气用事。征服矾滩角的最大用意是征服欧驼兰。这是小说中最具文学意味的情节之一。试想,为了一个钟情的女人不惜大动干戈,用集团作为抵押并不计后果，这是何等的气派，何等诗意？但是，淳于宝册与三个女人的关系，与其说是爱情，毋宁说是男女关系更接近本质。与小说中其他男女关系比较起来，比如蛹儿与瘦子、跛子的关系，吴沙原与欧驼兰之间的微妙关系，狸金集团的"老肚带"与女副总、矶滩角的"老鲇鱼"与女店主、吴沙原的前妻与海岛少尉的关系，后者更有爱情意味。吴沙原与欧驼兰的互相欣赏，吴沙原前妻竟然与海岛少尉私奔等，是何等富有诗意的爱情——或含情脉脉或轰轰烈烈。因此，淳于宝册对男女关系的理解，更像是他的历史观的一种比附。

历史发展的偶然性以及与女人的关系，应该是文学叙事的原型之一。烽火戏诸侯、伊利亚特、凤仪亭吕布戏貂蝉、安史之乱、吴三桂反明等故事表明，女人与历史、与战争、与商场官场的关系，从来没有消歇。即便在作家张炜这里，在他过去的作品中，也可以看到这一观念的延续。比如《丑行或浪漫》，小说讲的是一个美丽丰饶的乡村女子刘蜜蜡，经历重重磨难，浪迹天涯，最终与青年时代的情人不期而遇。但这不是一个大团圆的故事。在刘蜜蜡漫长的逃离苦难的经历中，在她以身体推动情节发展的过程中，我们发现了"历史是一个女人的身体"的叙事，刘蜜蜡以自己的身体揭开了"隐藏的历史"。在传统的历史叙事中，当然也包括张炜过去的部分小说，中国乡村和农民都被赋予了强烈的意识形态色彩：乡村是纤尘不染的纯净之地，农民是淳朴善良的天然群体。这一叙事的合法性如上所述，其依据已经隐含在20世纪激进主义的历史叙事之中。但《丑行或浪漫》对张炜来说大不相同。张炜不再执意赞美或背离过去的乡村乌托邦，而是着意于文学本体，使文学在最大的可能性上展示与人相关的性与情。于是，小说就有了刘蜜蜡、雷丁、铜娃和老刘懵；就有了伍爷、老獾和小油矬父子、"高干女"等人。这些人物用"人民""农民""群众"等复数概念已经难以概括，这些复数概念对这些不同的人物已经失去了阐释效果。他们同为农民，但在和刘蜜蜡的关系上，特别是在与刘蜜蜡的"身体"关系上，产生了本质性的差异。因此，小说超越了阶级和身份的划分方式，而是在乡村文化对女性"身体"欲望的差异上，区分了人性的善与恶。在这个意义上，乡村历史是一个女人的身体。在小说的内部结构上，它不仅以刘蜜蜡的身体叙事推动情节发展，而且在一定程度上敞开了乡村文化难以察觉的隐秘历史。特别是对小油矬父子、伍爷"大河马"等形象的塑造，显示了张炜对乡村文化的另一种解读。他们同样是乡村文化的产物，但他们因野蛮、愚昧、无知和残暴，都成了刘蜜蜡凶残的追杀者。他们的精神和思想状态，仍然停留于蛮荒时代，人最本能又没有道德伦理制约的欲望，就是他们生存的全部依据和理由。张炜没有将刘蜜蜡塑造成一个东方圣母的形象，她不再是一个大地和母亲的载意符号。她只是一个东方善良、多情、美丽的乡村女人。她可以爱两个男人，也可以以施与的方式委身一个破落的光棍汉。这时的张炜自然还是一个理想主义者，但他已不再是一个乌托邦式的理想主义者。他在坚持文学批判性的同时，不只是对城市和现代性的批判，而首先批判的是农民阶级自身存在并难以超越的劣根性和因愚昧而与生俱来的人性"恶"。对人性内在问题的关注，对性与情连根拔起式的挖掘，显示了张炜理解乡村文化和创造文学所能达到的深度。张炜在塑造淳于宝册这个文学人物时，延续了他对两性关系与历史发展偶然性的观念。淳于宝册个人史以及狸金集团的发展史，与三个女人密切相关，没有这三个女人，淳于宝册和狸金集团就失去了讲述的可能。

再回到淳于宝册这个人物。淳于宝册营造了艾约堡的神秘，他是一个神秘人物；同时，他对"未知"的人与事也充满了好奇，或者说，未知的事物在他看来就是神秘。打探神秘是他的一大爱好——他有窥秘心理。他对蛹儿的两任男人一直怀有打探的兴趣："我早就有个想法，就是将来有机会把你那个跛子、瘦子，再加上村头和少尉几个人请到一张桌子上，大家好好喝一场，这多么有意思啊！"窥秘心理是普遍的心理。对大人物而言，一切都在掌控之中，他只制造神秘，让所有的人都处在不确定性之中，没有安全感，没有保障，只有随遇而安逆来顺受。淳于宝册只是一个商业巨头，他商业上的巨大成功并没有换取心灵世界需要的东西。他对这些无关紧要事物的情趣证实了这一点。另外，他敏感、多疑，有自我保护的本能需要。他对气味的敏感，是他性格的一大特征，"蛹儿仍在熟睡，满屋都是麦黄杏那样的体息，他从来都认为这种气味作为一个女人的标识不仅绝妙，而且价抵千金。他曾努力回忆一生中所经历的女子，能够清晰记得的有臭豆腐味儿、蘑菇的清香、铁锈气；'老政委'则是劣质烟草混合火药那样的气息，一闻而知属于职业军人"。不仅对女性的气味敏感，他对各种气味都一概如此。我们经常看到淳于宝册嗅到的是"浓浓的地瓜味儿""食物的气味儿""草垛旁的花斑牛的檀香混合气息""刺鼻的硝味儿""浓浓的松脂味儿""土腥气""浓烈的香水味儿""海腥气""老熊味儿"等等。甚至在两性关系上，他也认为"有的浪子甚至极有可能使用气味，当然也算返祖现象了，他们一见中意的女人就施放出一种气息，那个女人也就被熏晕了，心里飘飘悠悠，再也没法好好过日子了"。在淳于宝册那里，气息是他判断人与事的直觉或尺度。味道、气息，是生活最细微处，能够辨识、洞悉这最细微之处的差异，也就是将生活的细部写到了极致。

正在构建的"气味学"认为，气味是物质最重要的特征之一，最能代表物质的本质，一种物质一种气味，没有相同气味的两种不同物质，物质不变其气味不变，气味改变了物质一定发生了质的改变；没有绝对不挥发的物质，因此任何物质都有气味产生；任何生物都有呼吸，是新陈代谢活动的表征，而呼吸系统与嗅觉系统是相关联的，因而任何生物体都有嗅觉；任何生物的嗅觉都有一定的感知范围，也必有它的盲区。生物嗅觉的感知范围，仅仅与它的生存需要有关，于生存有益的为正相关，与生存有害的为负相关，与生存无关的气味是它的盲区。氧气、水蒸气、二氧化碳、一氧化碳与生存相关，而人对它们无感觉，是因为它们一直存在于空气中，人们不需要刻意寻求或防范它们，所以人的嗅觉中枢删除了它们的气味信号。"沙漠之舟"骆驼需要找水源，它就保留了对水蒸气的敏感。气味是生物界的共同语言；嗅觉是生命的守护神。气味对淳于宝册来说，是用来识别人，也是用来自我保护的方式之一。他的经验主义未必与科学有关，但作为一个文学人物，他的"气味学"也是他性格的一大特征。

我曾在不同的场合表达过，新世纪以来，我们的文学已经不再关注人物的塑造。文学史一再证实，任何一个能在文学史上存留下来并对后来的文学产生影响的文学现象，首先是创造了独特的文学人物，特别是那些"共名"的文学人物。比如法国的"局外人"、英国的"漂泊者"、俄国的"当代英雄""床上的废物"、日本的"逃遁者"、中国现代的"零余者"、美国的"遁世少年"等人物，代表了东西方不同时期的文学成就。如果没有这些人物，文学的巨大影响就无从谈起。当代中国"十七年"文学，如果没有梁生宝、萧长春、高大泉这些人物，不仅难以建构起社会主义初期的文化空间，甚至也难以建构起文学中的社会主义价值体系。新时期以来，如果没有知青文学、"右派文学"中的受难者形象，以隋抱朴、白嘉轩为代表的农民形象，现代派文学中的反抗者形象，高加林这样的个人冒险家的形象，"新写实文学"中的小人物形象，以庄之蝶为代表的知识分子形象，王朔的"顽主"形象等，也就没有新时期文学的万千气象。但是，当下文学作品虽然数量巨大，我们却只见作品不见人物。"底层写作""打工文学""城市文学"等，整体上产生了巨大的社会效应，但它的影响基本是文学之外的原因，是现代性过程中产生的社会问题。我们还难以从中发现有代表性的文学人物。因此，如何回到恩格斯的"典型人物"，塑造让读者过目不忘的文学人物，仍然是当下文学创作应该优先考虑的重要问题。

《艾约堡秘史》是"稗史"之一种。张炜在淳于宝册的"秘史"中塑造了他。作为文学人物，他有阐释的无限可能性，他有现实感、当下性、真实性和形而上的普遍性。我们都有淳于宝册性格中的某些方面。他没有安全感，经常无奈无助，心无皈依，前无方向，内心深感"荒凉"而无力自我救赎。他富可敌国，但他就是没有快乐可言。这是淳于宝册吗？这就是淳于宝册。但是，这也是当下我们共同经历的心境和情绪，是我们早已感知却没有道出的那种隐痛。因此，当淳于宝册一出，不啻于惊雷闪电——他是惊雷，唤醒了我们的切肤之痛；他是闪电，照亮我们难以名状的精神状况——我们都是淳于宝册。秘史一经解密，它是如此的触目惊心——艾约堡秘史，竟然也是我们的心灵秘史。如果是这样的话，《艾约堡秘史》就是一部忧伤的小说，它艺术上的真实性属于现实主义，而它流淌的五味杂陈的绵长思绪，又具有鲜明的浪漫主义特征。这是一部大作品。

原载《文艺争鸣》2019年第1期

阿　来

一部绝处逢生的杰作
——评阿来的长篇小说《云中记》

阿来的作品——无论小说、散文、诗歌还是电影，如果可以概括出一个特征的话，在我看来，那就是"亲生命性"。哈佛大学生物系教授爱德华·威尔森把这种温暖又朦胧的感觉称为"亲生命性"，也就是"人类与生俱来的与其他生物间的情感纽带"。这种"亲生命性"，首先是对人——也就是对同类的亲善，同时包括人与自然的联系，这一观念深深扎根于人类进化的历史进程中。威尔森从两个基本原理出发，推演出社会生物学的大部分理论：第一，动物的进化不仅是结构的进化，而且也包括行为方面的进化。因此，动物的社会行为也是千百万年来在自然选择的压力下，通过遗传、变异、演化而来的。换言之，动物行为也是进化的产物，也具有自己的进化历史。第二，一切生物进化过程的主角都是复制基因，生物机体只不过是基因的载体，在生物进化的长河中，每个个体都不过昙花一现，唯有基因可以长存不朽。而"亲生命性"，就是人类通过演化的社会基因。

阿来对人类的社会基因——"亲生命性"，有自己独特的理解，这个理解就是情感深度。我曾经引用过阿来在《机村史诗》的读书会上的发言:"什么是小说的深度?小说的深度不是思想的深度,中国的评论家都把小说的深度说成是思想的深度,绝对不是。你有哲学家深刻吗?你有历史学家深刻吗?我说小说的深刻是情感的深刻。当我的情感空空荡荡的时候,我自己都没有深度的时候,我是一个干涸的湖底,还能给别人讲故事吗?不可能。很多作家把自己写死了。"阿来对情感深度的认知和表达,有着深厚的社会生物学基础,有着他对自然万物的深刻了解与体察。2018年11月17日在北师大召开的"阿来作品国际研讨会",会标就是"边地书、博物志与史诗"。其中的"博物志",从一个方面提炼出了阿来小说创作的重要特征。博物,不只是指阿来自然知识的渊博,更是指他对所有生命、一草一木、一花一鸟的热爱、敬畏与尊崇。通过阿来的作品我们发现,在阿来的文学世界,生命是大于和高于人性的概念。人的生命是指人的血肉之躯,是天赋人权,是人的自然权利。这种权利受到人类理性的指导与规定,他人的自然权利不容侵犯。当然,生命也必须承担一定的义务;人性,是指人类普遍具有的心理属性,是人类的天性,人性蕴含于生命之中,无论性善性恶,生命是首要前提。因此,阿来的小说中的"亲生命性",不只是对人类生命的相亲相爱,同时包括自然界所有的生命。

《云中记》的写作起始于2018年——汶川地震十周年。小说的题记是"献给"5·12"地震中的死难者""献给"5·12"地震中消失的城镇与村庄"。这不是"应景之作",而是蕴藏和激荡在阿来心底的"大事"和"要义"。阿来说:"大地震动,只是构造地理,并非与人为敌。"这种"与人为善""与事为善"的情感态度,是《云中记》的基调。汶川地震造成了巨大的灾难和损失，但阿来从讲述开始，就不是怨天尤人，因为怨天尤人于事无补。小说通过阿巴回归云中村，在重现当年大灾难场景、描摹抢险救灾社会全员行动的同时，更着意书写了祭师阿巴对生命的尊崇、敬畏和记恋。回归云中村的决绝、坚忍，无可阻挡——

  阿巴离开那天，整个移民村都出动了。一共十二辆小面包车坐得满满当当。他们一直把他送到汽车站。
  那天，阿巴表情严肃，气度威严。他脱下家具厂的蓝色工装，穿上了藏袍。哔叽呢的灰面料，闪闪发光的云龙纹的锦缎镶边，软皮靴子叽咕作响。
  有人要流泪，阿巴说：不许悲伤。
  有人想说惜别的话，阿巴说：不许舍不得。
  那我们用什么送阿巴回家？
  用歌唱，用祈祷。用祈祷歌唱。让道路笔直，让灵魂清静。

  祭师阿巴回乡的仪式庄重又深沉。村民们用自己的方式，用他们的歌声祈祷。所有的人在汽车站唱起歌来。鸟停在树上，鹿站在山岗。祭师阿巴开启了归乡之旅。地震将云中村夷为平地，但云中村并没有也不可能在村民的记忆中消失，一如历史不可能消逝一样。搬到新村的村民，又想起了他们的过去，他们曾经的生活。记忆就是历史，就是曾经的生活。阿巴的眼前——云中村出现了。这就是他离开四年的云中村：残垣断壁参差错落，景象惨不忍睹。

阿巴执意要回到云中村。在他看来："是你们让我当回祭师的。当我穿上祖辈人穿过的法衣，敲了他们敲过的鼓，摇了他们摇过的铃，不管政府有没有让我当这个非物质文化，我就是云中村的祭师了。政府把活人管得很好，但死人埋在土里就没人管了。祭师就是管这个的。"还不只如此，在阿巴看来，他安抚鬼魂，就是安抚人心，就是为了不让村里人再顾影自怜、散了心志。云中村要灾后重建，首先要凝聚人心。如果是这样的话，阿巴和政府殊途同归，都是为了安抚人心，重聚心志。阿巴似乎也不大相信人有亡魂，他和仁钦曾有这样一段对话——

仁钦说：舅舅，这世界上真的有亡灵吗？

阿巴摇摇头：我不知道。但你们让我当了祭师不是吗？祭师的工作就是祭神，就是照顾亡魂。我在移民村的时候，就常常想，要是有鬼，那云中村活人都走光了，留下那些亡魂，没人安慰，没有施食怎么办？没有人作法，他们被恶鬼欺负怎么办？孩子，我不能天天问自己这个问题，天天问自己这个问题，而不行动，一个人会疯掉的。

阿巴多次谈到关于亡魂有无的问题，他也不能断定。但是，他对亡灵的记挂、对祭师职责发自肺腑的认真履行，感人至深。不放弃亡灵，是对生命敬畏和尊重的另一种方式。作为乡干部的外甥仁钦，同样履行着自己的职责。他领导救灾，日夜操劳几乎面目皆非，甚至舅舅和乡亲们都没有认出他来。但舅舅阿巴执意回云中村是违反纪律的。

他也因此丢了乡领导的职位。仁钦和舅舅阿巴的观念不同，但他们的初心都是仁爱之心，都关乎关爱。这是"亲生命性"的另一种表达。这里没有谁对谁错的问题，也没有价值观的截然对立，而是他们处理同一个问题的方式的差异。后来我们也看到，村长主动提出要祭山神，过"山神节"，一定要把"山神节"搞得像模像样。这是对藏族地域文化的尊重，是对地方性知识、习俗的尊重，也是对亡者的一种合乎情义的伦理。另外，阿来对地方性知识的书写，同时还来自他对这样一种边缘经验的理性认知。地方性知识的意思，是由于知识总是在特定的情境中生成并得到辩护，因此我们对知识的考察与其关注普遍的准则，不如着眼于如何形成知识的具体的情境条件。小说就是对这一具体条件最生动和形象的书写。

当然，小说中对生命的亲近，不只是对人类生命的亲近，同时也反映在与其他生物的情感关系上。阿巴回到云中村后，他看到了一头鹿——

> 这回，他看得更清楚了。那是一头雄鹿，今年新生的一对鹿角刚开始分叉。阳光从鹿的背后照过来，还没有骨质化的鹿角被照得晶莹剔透。鹿角里充溢的新血使得那对角像是海中的红珊瑚。阳光正像海水一样汹涌而来。

然后，阿来用耐心、细微也充满了欣喜的笔触，写了阿巴的深情、写了雄鹿走进院子挑选食物的场景。云中村已是满目疮痍一片废墟，除了阿巴冥想中不散的鬼魂，几乎一无所有。但是，云中村还有生命，还有新生鹿角的雄鹿。对生命的敏感和亲和,在《云中记》中俯拾皆是——

  杜鹃鸟叫声传来的时候,阿巴刚刚看过了刚开辟的小菜园中冒出的新芽。正穿过荒芜了的庄稼地,召唤他的两匹马。……两匹马沉思般伫立不动,四野一片寂静,只有微风吹动着草,吹动着树,吹动着云。马吃草,走动,铃声就叮叮当当响起来。杜鹃树在开花,刺玫果在成熟。阿巴甚至幻想,村后干涸的泉眼又涌出了地表。要是这样,那就是有奇迹发生,村后那个裂缝因为某种神秘的力量又悄然合上了。

《云中记》就是要绝处逢生,就是要在死亡的废墟上歌唱生命的伟力和无限可能。我发现,小说中到处有声音响起,到处有不同的气味扑面而来,到处有各种颜色布满天空和大地。比如马脖子上的铜铃声、飞起的惊鸟叫声、溪水飞溅声,阿巴和亡灵的对话声,还有他听到的一点声音:"像是蝴蝶起飞时扇了一下翅膀,像是一只小鸟从里向外啄破了蛋壳。一朵鸢尾突然绽放。"在阿巴那里,是有如神助,妹妹的亡灵听到了阿巴的声音,阿巴热泪盈眶,他哭了;在阿来那里,是生命无处不在,有生命就有诗篇。各种味道,如野菜、蘑菇、牦牛肉、藏香猪肉、酸模草茎、酥油、干酪、茶、丁香花,这些声音和味道的书写,使小说充满了人间性,声音和味道是有感知主体的,这主体就是人类的生命。因此,《云中村》的人物、情节、细节和场景,无不与生命有关。小说的情感深度,也盖因为小说书写了对生命的尊重、敬畏和"亲生命性"。

阿来说,我唯有埋头写我新的小说。唯一的好处是这种灾难给我间接的提醒,人的生命脆弱而短暂,不能用短暂的生命无休止炮制速朽的文字。就这样直到今年,十年前地震发生那一天。我用同样的姿势,坐在同一张桌子前,写作一部新的长篇小说。这回,是一个探险家的故事。下午两点二十八分,那个时刻到来的时候,城里响起志哀的号笛。长长的嘶鸣声中,我突然泪流满面。我一动不动坐在那里。十年间,经历过的一切,看见的一切,一幕幕在眼前重现。半小时后,情绪才稍微平复。我关闭了写了一半的那个文件。新建一个文档,开始书写,一个人,一个村庄。从开始,我就明确地知道,这个人将要消失,这个村庄也将要消失。我要用颂诗的方式来书写一个陨灭的故事,我要让这些文字放射出人性温暖的光芒。我只有这个强烈的愿心,让我歌颂生命,甚至死亡!除此之外,我对这个正在展开的故事一无所求。五月到十月,我写完了这个故事。到此,我也只知道,心中埋伏十年的创痛得到了一些抚慰。至少,在未来的生活中,我不会再像以往那么频繁地展开关于灾难的回忆了。①

读《云中记》,很容易联想到汉文化中的志怪灵异,比如韩少功《爸爸爸》中鸡头寨的巫楚文化,《白鹿原》中被灵异化的白鹿意象,陈应松"神农架系列"小说中的诡异环境,以及莫言小说《生死疲劳》中"西门闹"的六道轮回等,其荒诞性强化了小说的表现力。最有代表性的是贾平凹的小说。贾平凹的小说比如《太白山记》《土门》《高老庄》

---

① 阿来:《不止是苦难,还是生命的颂歌——有关〈云中记〉的一些闲话》,《长篇小说选刊》2019年第2期。

《白夜》等，多有灵异鬼神的讲述。特别是他新近的长篇小说《山本》。小说是以秦岭涡镇为中心，以秦岭为依托，以井宗秀、陆菊人为主要人物构建的一部关于秦岭的乱世图谱，将乱世的诸家蜂起，血流成河、杀人如麻、自然永在、生命无常的沧海桑田，以及鬼怪神灵、逛山刀客等，集结在秦岭的巨大空间中，将那一时代的风云际会、风起云涌以传奇和原生态的方式呈现在我们的面前。因此,《山本》是正史之余的一段传奇，是从"一堆历史中翻出的""另一个历史"。小说起始于故事讲述时的十三年前：陆菊人她爹有一块地，这块地被两个赶龙脉的人认为是能出官人的好地方。陆菊人十二岁一过，她爹要送她去杨家当童养媳时，她向爹要了这块地，算是爹给她的一块胭脂地。但这块地阴错阳差地埋了井宗秀的爹。于是"涡镇的世事全变了"。这种风水文化、鬼魂文化，以及神秘文化等，是贾平凹中国"魔幻现实主义"的创作实践。而小说历史讲述的废墟化、情节的碎片化和叙事推进的细节化，又使《山本》呈现出明显的后现代主义特征；但是，从人物的塑造和场景、景物描写的真实性而言，现实主义创作方法又是它的基础和前提。因此，贾平凹的小说与汉文化中的"志怪小说"有谱系关系。志怪小说是中国古典小说形式之一，以记叙神异鬼怪故事传说为主体内容，产生和流行于魏晋南北朝，与当时社会宗教迷信、玄学风气以及佛教的传播有直接的关系。虽然很多志怪小说中表现了宗教迷信思想，但也保存了一些具有积极意义的民间故事和传说。像《搜神记》《太平广记》《聊斋志异》等作品最有代表性。这些作品受世风的影响，以虚构想象的方式创造了一种非常具有本土特征的小说。鲁迅《中国小说史略》中说："中国本信巫，秦汉以来，神仙之说盛行，汉末又大畅巫风，而鬼道愈炽；会小乘佛教亦入中土，渐见流传。凡此，皆张皇鬼神，称道灵异，故自晋迄隋，特多鬼神志怪之书。其书有出于文人者，有出于教徒者。文人之作，虽非如释道二家，意在自神其教，然亦非有意为小说，盖当时以为幽明虽殊途，而人鬼乃皆实有，故其叙述异事，与记载人间常事，自视固无诚妄之别矣。"鲁迅的总结是正确的。但志怪小说的来源和实际情况比较复杂，是着重于宣扬神道，还是倾心于怪异事迹，以及小说中表现的人生情趣等，其差别还是很大的。贾平凹在很多作品中都曾写到这些文化，这与贾平凹对传统小说的吸纳有关，通过"现代"的转换，形成了贾氏独特的小说风格。

但是，《云中记》不在这个谱系之中。祭师阿巴不信奉灵异鬼怪，他要安抚的是亡灵。在他看来，活着的人政府在管，云中村的村民已经住进了新村。但亡灵没有人管，他这个祭师就是要管亡灵的。当然，亡灵不能听到来自人间祭师的声音或抚慰。这个声音或抚慰是通过阿来转述的，听到的是活着的人们。因此，祭师要抚慰的还是活着的人们。大地震动，虽然并非与人为敌，但给人带来的就是致命创伤。创伤，是加于人体的任何外来因素所造成的结构或功能方面的破坏，然后延展到人的精神层面。弗洛伊德认为，一种经验如果在一个很短暂的时期内，使心灵受到极其高度的刺激，以致不能用正常的方法谋求适应，从而使其有效能力的分配受到永久的纷扰，我们便称这种经验为创伤。通过临床研究，弗洛伊德还发现创伤的一个突出特点，即，延迟了的效果，或曰潜伏期。在弗洛伊德那里，解决创伤的主要途径是心理治疗，而谈话疗法是重要的手段。当病人在有效认知的指导下，开始复述曾经的创伤遭遇，在创伤重现过程中，逐渐克服心理障碍和问题康复起来。祭师阿巴不懂弗洛伊德，但作家阿来耳熟能详。在灾难中饱受创伤的人们，在生活恢复之后，仍然会有无端恐惧或惊吓反应，不时以噩梦、闪回的方式集中于创伤事件，或者创伤事件侵入日常生活中；一般的烦躁不安、麻木感使得生活无意义，很难亲近他人。美国精神病学会将此现象界定为创伤后应激障碍（PTSD）。创伤后应激障碍是指个体经历、目睹或遭遇到一个或多个涉及自身或他人的实际死亡，或受到死亡的威胁，或严重地受伤，或躯体完整性受到威胁后，所导致的个体延迟出现和持续存在的精神障碍。主要表现为思维、记忆或梦中反复、不自主地涌现与创伤有关的情境或内容，也可出现严重的触景生情反应，甚至感觉创伤性事件好像再次发生一样；或者长期或持续性地极力回避与创伤经历有关的事件或情境，回避创伤的地点或与创伤有关的人或事，甚至出现选择性失忆；或者过度警觉、惊跳反应增强，出现注意力不集中、焦虑情绪以及其他多种症状。当然，《云中记》没有书写云中村的创伤后应激障碍，但是，这个创伤并没有消失，它只不过隐含在祭师阿巴的行为之后罢了。亡灵没有这样的创伤后应激障碍，因此，无论祭师阿巴的主观意图怎样，客观上他是在医治活着人们的心理创伤。

于是，当阿巴回到云中村后，几乎不放过任何一个可能记忆的细节，一家一户，每一个亡灵，他都拜访探望。他要看望他们曾经生活过的地方，要和他们说几句话。讲述的耐心、舒缓，使哀思与怀念真挚而绵长，这是对生命敬畏的诚恳透彻的倾诉。一天又一天，思念如故，亡灵在阿巴的讲述和回忆中逐一复活，那空无一人的云中村，在阿巴的想象中被重新复制：生活如此祥和，生命如此美好。当然，阿巴也要想起活着的人在云中村曾经的生活。而最美好、最动人的，就是阿巴曾经与亲人的交往——

  阿巴记得，自从仁钦上了中学，两个人就没有真正地亲近过了。地震时，仁钦一直和云中村乡亲在一起，没有人认出他来。直到直升机飞来，那个头缠绷带，大半张脸肿得变了形的干部，嘶哑着嗓子叫了他一声舅舅，他才认出这个勇敢忘我的干部是仁钦，是自己的外甥。阿巴把他抱在了胸前，用自己的额头顶着他的额头。解放军医生替仁钦处理了头上的伤口，然后，外甥对舅舅说，我实在撑不住了，我想睡一会儿。于是，两个悲痛和疲劳都到达极限的人就睡过去了。醒来的时候，仁钦的头还扎在阿巴胸前。

  仁钦对舅舅说：你那时候为什么不抱着外婆和妈妈？

  阿巴流泪了，他说：孩子，那时候我们都不会相亲相爱。

学会相亲相爱，这是人类的至善至爱，也是小说情感深度的最高表达。阿巴用他的行为践行了他的信念，一如对他的信仰。阿巴至死也不曾记得自己"人类非物质文化遗产传承人"身份的全称。但是，一如契诃夫《凡卡》中爷爷不可能收到凡卡寄出的信，而全世界的读者都收到了这封信一样，我们都记住了祭师阿巴，记住了他对生命的尊崇、敬畏和相亲相爱。相亲相爱，这个朴实无华的形容词，我们习焉不察。然而，一旦经由阿巴对生命态度的表达，对亲人关系的演绎，竟是如此的感人至深。因此，在我看来，《云中记》是一部杰作，是阿来对生命、对人性、对情感深度不断深入思考的一部杰作。

阿来说,他写《云中记》的时候,一直在播放莫扎特的《安魂曲》。《安魂曲》唱词的首句是"主啊,请赐予他们永恒的安息"。有批评家说祭师阿巴就是阿来,我同意这个说法。不同的是,阿来或祭师阿巴不仅是在安抚亡灵,更重要的是他通过安抚亡灵,唱响了生命的颂歌,他用诵诗的方式写了一个陨灭的故事。阿巴与亡灵的关系——他的行为方式和情感方式,放射着人性的光辉。另外,《云中记》也可以看作阿来的自我心理疗治。

同时,我深切地感到,《云中记》是一部褪去了知识分子腔调的小说。百年中国的小说,一直贯穿着知识分子的气息和腔调。启蒙没有错,但在启蒙思想昭示下的知识分子几乎看起来无所不知,他们的导师角色一直扮演了百年。但是,《云中记》冲淡平和的讲述,不再居高临下的姿态,给我留下深刻印象。当然,也只有在今天写作方式无限开放的语境下,阿来的姿态和方式才有"合法性",但它的启示意义仍然巨大无比——这是一部绝处逢生的杰作。

原载《当代文坛》2019年第5期

周大新

一个充满了善意和温情的作家
——评周大新的长篇小说创作

周大新1982年就步入文坛,经过四十多年的文学创作实践,他创作了大量的文学作品,也获得了诸多的荣誉。有限的篇幅难以将周大新的小说创作尽收眼底。这里只评论他新世纪以来发表的《湖光山色》《安魂》《曲终人在》《洛城花落》四部长篇小说。《湖光山色》曾获第七届茅盾文学奖,其他三部小说也在文学界和读者那里多有好评。应该说,周大新是这个时代最勤奋、最具创造性和最有价值的作家之一,也是对世界充满了善意和温情的作家。

《湖光山色》是表达乡村变革的长篇小说。如何表达变革时期乡村中国的社会生活和世道人心,如何展现一个真实的乡村中国的存在,如何使自己对乡村中国的书写成为一部人所未道的文学作品等问题,可能是在这个范畴内展开文学想象的所有作家面对的共同困惑。这确实是一个问题。当全球化、现代性、后现代性等问题在都市文学中几近爆发的时候,我们会发现,真正具有巨大冲击力的小说,可能还是存在于对乡村中国的书写和表达中。究其原因并不复杂:一是当下中国最广大的地区仍然是没有发生本质性变化的农村,这个本质性的变化,不是说乡村的物质生活仍处在原始状态,仍是老死不相往来的封闭或自足,而是说在观念层面,即便在表面上有了"现代"的震荡或介入,乡村对"现代"既向往又抗拒、既接受又破坏的矛盾,仍然是一个普遍的存在。二是在现代中国,对乡村的叙事几乎是"追踪式"的,农村生活的任何细微变化,都会引起作家强烈的兴趣和表达的热情。这就为中国的乡村题材文学积累了丰富的经验,也正是这一极端本土化的文学形态,建构了一种隐约可见的"文学的政治"。

改革开放四十多年的历史,也是中国乡村生活被不断书写的历史。在这段不断书写的历史中,我们既看到了广大农村逐渐被放大了的微茫的曙光,也看到了矛盾、焦虑甚至绝望中的艰难挣扎。这是一个和"新新中国"截然不同的承诺和描述。《湖光山色》的故事也许并不复杂,它讲述的是改革大潮中发生在一个被称为"楚王庄"的村庄里的故事。主人公暖暖是一个"公主"式的乡村姑娘,她几乎是楚王庄所有男性青年的共同梦想。村主任詹石磴的弟弟詹石梯甚至认为暖暖非他莫属。但暖暖却以决绝的方式嫁给了贫穷的青年旷开田,并因此与横行乡里的村主任詹石磴结下仇怨。从此,这个见过世面、性格倔强、心气甚高的女性,开始了她漫长艰辛的人生道路。但这不是一部兴致盎然虚构当代乡村爱恨情仇的畅销小说,不是一部偏远乡村走向温饱的致富史,也不是简单的惩恶扬善因果报应的通俗故事;在这部结构严密、充满悲情和暖意的小说中,周大新以他对中国乡村生活的独特理解,既书写了乡村生活表层的巨大变迁和当代气息,同时也发现了乡村中国深层结构的坚固和蜕变的艰难。因此,这是一个平民作家对中原乡村如归故里般的一次亲近和拥抱,是一个理想主义者对乡村变革发自内心的渴望和期待,是一个有识见的作家洞穿历史后对今天诗意生活的祈祷和愿望。

主人公暖暖无疑是一个理想的人物,也是我们在理想主义作品中经常看到的大地圣母般的人物:她美丽善良、多情重义,朴素而智慧,自尊并心存高远。楚王庄的文化传统养育了这个正面而理想的女性。暖暖给人印象最为深刻的,不是她决然地嫁给旷开田,不是她靠商业敏感为家庭带来最初的物质积累,不是她像秋菊一样坚忍地为旷开田上告打官司,也不是她像当年毅然嫁给旷开田一样又毅然和旷开田离婚。而是她为了解救旷开田委曲求全被村主任詹石磴侮辱之后,虽然心怀仇恨,但当詹石磴不久于人世之际,仍能以德报怨,以仁爱之心替代往日冤仇,甚至为詹石磴送去了医治的费用。这一笔确实使暖暖深明大义的形象如圣母般光芒万丈。在传统的阶级对立的表达中,仇恨和暴力是我们最常见的人际关系,对暴力的崇尚源于快意恩仇的冤冤相报。仇恨和暴力转换的美学传统至今仍没有彻底根绝。在这样的美学原则统治下,当然不会产生冉·阿让或聂赫留朵夫这样的人物。但到了暖暖这里,可以断定的是,即便在传统的批评框架内,周大新为我们提供的,也是一个崭新的人物和崭新的人伦关系。这一超越性的创作震撼人心。

《湖光山色》对人性复杂性、可能性的表达是小说值得称道的另一个方面。詹石磴在任村主任期间,是一个典型的横行乡里的恶霸。在楚王庄"他想办的事没有办不成的",他"想睡的女人,没有睡不成的"。他城府极深,几乎把权力用到了无以复加的地步。他对暖暖的迫害让人看到了人性全部的恶。他不仅在因农药事件拘留旷开田、查封楚地居等行为中体验到了权力带给他的快感,而且还利用权力两次占有了暖暖的身体,"性与政治"在詹石磴这里以极端的方式得到了体现。在楚王庄他有恃无恐,他唯一惧怕的就是失去权力。只有在"民选"的时候,他才会向"选民们"表示一下"谦恭"。詹石磴的作为使"暖暖们"也意识到,楚王庄要过上好日子,自己要过上安稳生活,必须把詹石磴选下去。暖暖拉选票的方式在一个民主社会中也未必是合法的,但在乡村中国,暖暖的做法却有合理性。詹石磴被村民选下去之后,再也没有气焰可言。但他为报复暖暖,还是将他与暖暖发生关系的事情以歪曲的方式告诉了后来楚王庄的"王"——旷开田。这是导致暖暖婚姻破裂的开始,詹石磴内心深处的阴暗由此可见。但是,当他身患绝症时,暖暖不计恩怨情仇,不仅看望了詹石磴而且送去了用作治疗的费用。詹石磴尽管已经丧失了语言功能,但还是让人抬着他去看望了伤后的暖暖,并带去了一包红枣。这个细节如果以恩怨情仇的方式来看的话,可能不那么动人,但对于詹石磴来说却是在末日来临的时候发生了人性的转变。作家通过詹石磴不仅揭示了人性的复杂性和恶的一面,而且他坚信人性终有善的一面。当然,詹石磴变化的更重要意义,是对暖暖善和爱的衬托。

作为一部书写乡村中国的小说,作家所追寻、探讨的历史和现实深度,更体现在旷开田这个人物上。这是一个乡村中国典型的青年农民形象。他曾是一个小农经济时代普通的、目光短浅的、胸无大志的农民,也是一个遇事无主张、很容易满足的农民。就在他一文不名的时候,暖暖以超出楚王庄所有人想象的方式嫁给了他。他是在暖暖的温暖、启发甚至是教导下成长起来的。暖暖不仅是他的妻子、恩人，同时也是他成长的导师。当他是楚王庄普通农民的时候，他对暖暖几乎没有任何疑义地言听计从，并且发自内心地爱着暖暖。他不是那种阴险、狡诈的坏人。但是，当暖暖联合村民将他选上村主任之后，他逐渐发生了变化。他曾和暖暖开玩笑地说："将来我就是楚王庄的'王'。"这不经意的玩笑却被后来发生的事情所证实。他不仅专横跋扈为所欲为，与各种女人发生两性关系，同时也不再把暖暖放在心上。因对经营方式的分歧，对暖暖与詹石磴发生关系的怨恨等，终于导致了两人婚姻的破裂。

有趣的是，楚王庄两千多年前曾是楚国的领地，为了抵御秦国的入侵，楚国臣民修筑了楚长城，但当年的楚文王赀却是一个飞扬跋扈、骄奢淫逸的君主。两千多年过后，暖暖在楚王庄用湖光山色引进资金创建了"赏心苑"，为了吸引游客，又命名了"离别棚"并上演以楚国为题材的大型节目《离别》，演出人员达八十人之多，可见规模和气势。当初让刚被选举上村主任的旷开田饰演楚文王赀，旷开田还推辞，但演出几次之后，旷开田不仅乐此不疲，甚至无比受用。这时的旷开田已经下意识地将自己作为楚王庄的"王"了。他这种想法不仅溢于言表，而且在行为方式上也情不自禁地有了"王"者之气。他对企业的管理、对妻子的情感、对民众的态度以及对情欲的放纵等，都不加掩饰并愈演愈烈，最后终于也到了飞扬跋扈、横行乡里的地步，与詹石磴没有什么区别。从楚文王赀到詹石磴和旷开田，中国乡村的专制或统治意识几乎没有发生本质性的变化。詹石磴和旷开田虽然是民众选举出来的村主任，但在缺乏民主和法制的乡村社会，民选也只能流于一种形式，而难以实现真正的民主。在这样的环境里面，无论是谁，都会被塑造成詹石磴或旷开田。小说始于"水"又止于"水"，这当然不是一个简单轮回的隐喻，也不是对乡村变革某种具有神秘色彩的解释。但可以肯定的是，周大新在这个有意的结构中，一定寄寓了他对中国传统文化，特别是中原农村文化某种深思熟虑的、具有穿透性的思考，在这个意义上，《湖光山色》所做的努力和探索应该说是前所未有的。或者说，《湖光山色》同李佩甫的《羊的门》、张炜的《丑行或浪漫》、董立勃的《白豆》、林白的《妇女闲聊录》、阎连科的《受活》、摩罗的《六道悲伤》等作品，一起构成了新世纪启蒙主义文学新的浪潮。

当孙惠芬的《上塘书》、贾平凹的《秦腔》、阿来的《空山》等作品发表之后，我曾断言，乡村中国的整体性叙事已经彻底崩解，现实的乡村中国将成为一个支离破碎的叙述对象。我仍然相信这一对当下乡村中国叙事的判断并没有成为过去。周大新的《湖光山色》对乡村中国重新做了整体性的叙事，它是作家周大新理想主义的产物。事实上，社会历史的发展是被一只隐形之手所操控的，它超越了人的意志和想象。"现代"将带着人们希望和不希望的一切如期而至，它像空气一样弥漫四方挥之不去。楚王庄的"湖光山色"终将在"招商引资"、在"赏心苑"按摩小姐以及薛传薪"现代"管理和拜金主义的冲击下褪尽它最后的诗意。就它的社会形态而言，楚王庄既不是过去的也不是现代的，它正处在一个进退维谷的境地。或者说，楚王庄就是今日中国广大乡村的缩影，艰难的蜕变是它走进现代必须经历的。暖暖的愿望在乡村中国还很难实现，她的理想是作家周大新的理想，是周大新的期待和愿望。如果这个看法成立的话，《湖光山色》在本质上还是一部浪漫主义小说。

《安魂》是一部极其特殊的小说，它的特殊性几乎没有任何一部小说可以与它做比较。它是作家周大新在爱子周宁不幸去世整整四年之后出版的一部长篇小说。与其说它是一部小说，毋宁说它是一部父子灵魂对话的长篇散文或一部心灵的自叙传。但它又确实是一部小说。它记叙了周大新与儿子生前的生活里能够写进小说的全部重要情节，记叙了他与儿子一起同病魔斗争的整个过程。但是，作为一部啼血之作，小说的创作诉求，显然不只是讲述生离死别的"伤怀之作"。在我看来，它是一部耐心讲述的父子情感史，是一部父亲的忏悔录，更是一部与爱子的诚恳对话集。

这是阴阳两界的对话，它既是虚构的，也是真实的。说它虚构，是因为儿子周宁已在天国，不存在与父亲对话的可能；说它真实，是因为这些话不仅是父亲的心声，而且应该是父亲在冥冥中与儿子无声的千百次的述说。这个述说，首先是父亲的忏悔录。过去讲"树欲静而风不止，子欲养而亲不待"，说的是欲供养的双亲已经不在，逝者已矣，其情难忘。但在小说《安魂》中，却是白发人送黑发人，这是人生的三大不幸——少年丧父、中年丧妻、老年丧子中最为凄惨悲凉的事情。但是，身处悲惨境地的父亲并不是顾影自怜哀叹自身命运多舛。他更多的是面对过去的深刻忏悔。小说中，我们读到最多的句子大概就是"爸亏欠你太多了""对你表扬太少了""我后悔呀！"，等等。他后悔第一次打了一个半岁的孩子；后悔不顾孩子意愿，逼迫他读研究生；后悔以个人意志终结了孩子的初恋……天下的父亲都有"望子成龙"的心理，这个心理不能用对或错来判断。父亲期待孩子更有出息错了吗？当然不是。但是，父亲的这种期待常常有不近人情的方面。比如，父亲希望孩子能有高学历，是因为自己学历不高，希望自己的愿望能够在孩子那里实现；比如，孩子喜欢自己处的女朋友，但父亲却用小说中对女性美的要求，拒绝了孩子的初恋。这种检讨刻骨铭心，对孩子的伤害是父亲在忏悔中理解的。无论如何，我们还是被父亲坦荡的忏悔所感动——这不是所有的父亲都能做到的，不是因为能力，而是因为意愿。

小说的感人之处是对父子情感史的讲述，它是重新走进父子心灵深处的精神之旅。对父子情感关系的重新审视和相互理解，是小说最动人的篇章之一。过去我们常说的一个词叫"代沟"，有没有这种东西，也许有。但是父子之间交流的不平等，更多的不是代沟，而是身份和权力的不平等使然。父亲作为一个作家不懂爱情吗？不懂爱情怎么写小说！但是，面对孩子爱情的时候，作家糊涂了。

生病后的周宁曾给前女友小怡打过电话，他说：当我突然得了重病，你说个实话，你会选择离开我吗？

她说，那怎么可能？朋友遇到病灾就抛弃，那还是朋友？同性朋友都能做到两肋插刀，何况我们是在谈对象。你又不是不知道我对你的感情，你是不是遇到了什么难处？

你怎么回答的？我不由自主地问。

我说，有一点。

她咋说？

她说，需要我过去吗？如果需要，我就过去。

她丈夫会让她过来？

我也这样问她了，儿子抬脸向天花板上看。

她咋回答的？

她说，他不让我去我就同他离婚……

作家听到这里时，"心被猛地一刺"。这种感受是父子交流前不曾体会的。正是这样的交流构成了父子的情感史。在这样的交流中，儿子听话、孝敬、理智和隐忍的形象被刻画出来。它使痛失爱子的情感越发走向高潮。

还值得谈论的是，小说是生者与死者的诚恳对话。作家周大新先生的为人为文，在文学界有口皆碑。即便是如此重大灾难的降临，在承受了不能承受的生命之重之后，他依然选择坚强地重新出现在我们面前，此刻，我们除了向大新先生表达我们由衷的同情之外，还必须向他表达我们由衷的敬意。他将无边的痛苦化作想象的长虹，他将这条长虹挂在了天国也挂在了人间。他抚慰了爱子周宁远去的灵魂，也开启了我们对于生命、生活、生死的严肃思考。

《曲终人在》的出版，无论在哪个意义上都注定了它无可避免的引人注目。一方面，毁誉参半的官场小说风行了几十年，官场厚黑学和林林总总的不堪，几乎应有尽有，官场在"官场文学"的讲述中，几乎就是一个关于肮脏和罪恶的大展馆，而且逐渐形成了写作潮流，或者是经久不衰的关于官场之恶的角逐或竞赛。在这样的格局中，周大新将用怎样的观念表达他对官场的理解，将会用怎样的方式书写他看到或想象的官场？面对过去的官场小说，他是跟着说、接着说，还是独辟蹊径？另一方面，"反腐"已经成为这个时代的关键词或日常生活的一部分。官场生涯几乎就是"高危职业"的另一种说法，那些惴惴不安的贪腐官员如履薄冰夜不能寐的故事，大众早已耳熟能详。这时，周大新将会用怎样的态度对待他要书写的历史大舞台上的主角呢？而且——这是一个省级大员，一个"封疆大吏"。如果这些说法成立的话，那么，我们就可以指认《曲终人在》确实是一部"官场小说"；但是，小说表达的关于欧阳万彤的隐秘人生与复杂人性，他的日常生活以及各种身份和关系，显然又不是"官场小说"能够概括的。因此，在我看来，这是一部面对今日中国的忧患之作，是一位政治家修齐治平的简史，是一位农家子弟的成长史和情感史，是一部面对现实的批判之作，也是主人公欧阳万彤捍卫灵魂深处尊严、隐忍挣扎的悲苦人生史。

《曲终人在》是一个"仿真"结构，在"致网友"的开篇中，作家以真实的姓名公布了本书的完工时间以及类似出版"招标"的广告；虚拟的被采访的26个人，以"非虚构"的方式讲述了他们与欧阳万彤省长的交往或接触。这个"仿真"结构背后有作家秘而未宣的巨大诉求：他试图通过不同人物的不同讲述，多侧面、多角度地"复活"已经死去的省长欧阳万彤，而这不同的讲述犹如推土机般强大，它将塑造出一个立体的、难以撼动的、真实的欧阳万彤的形象。这些被采访者的身份不同，与欧阳万彤的关系也亲疏有别。通过这些讲述我们看到，欧阳万彤除了"省长"这个巨大光环的身份之外，他同时还是父亲、继父、丈夫、前丈夫、朋友、舅舅、儿子、下级、病人、同乡、男人、男主人、被暗恋者等。这些不同的身份和"省长"就这样一起统一在一个叫欧阳万彤的人身上。这也是判断《曲终人在》不仅是"官场小说"

的重要依据。

应该说，在社会生活的整体结构中，欧阳万彤还不是一呼百应的主宰者或统治者，但他仍可被看作历史大舞台上的主角之一，他毕竟是一个"封疆大吏"。欧阳万彤的前史，与那个性格执拗大名鼎鼎的乡村青年高加林极为相似，他有抱负，也可以说有野心，他也有一个类似巧珍一样俊美温婉名曰灵灵的未婚妻，当然他也像高加林一样未能与这个青梅竹马的乡下姑娘最终结为秦晋之好。不同的是，高加林决绝地抛弃了巧珍，而灵灵则是在欧阳万彤奶奶的"点拨"下主动放弃了婚约。欧阳万彤从小接受的是爷爷的"精英"教育——"一定记住要当官"。这个来自祖辈的教育对欧阳万彤的一生至关重要，它影响甚至奠定了欧阳万彤的人生理想和价值目标。这个理想和价值观不仅是儒家修齐治平的入世思想，同时更联系着爷爷"长长脸、换换门风"的生存哲学。因此，从读大学开始，欧阳万彤就为日后进入官场做了充分的准备。他不仅个人努力刻苦，同时也积极培养乡党魏昌山。魏昌山谈恋爱时欧阳万彤积极介入，并终于使魏昌山攀上了高枝，娶了一个高级干部的女儿武姿。欧阳万彤告诫魏昌山："中国的全部历史告诉我们，官场是一个最讲人脉关系最需要人提携的地方，可我的岳父已在'文革'中被斗致死，我们日后怎么办？在官场里单打独斗？"魏昌山后来在军界如鱼得水成为将军。欧阳万彤对成为将军的魏昌山平日讲排场坐专机、声色犬马挥金如土多有不满，也曾以不同方式对其规劝，而魏昌山不仅不思悔改，反而心生怨恨，以致两人反目成仇。让欧阳万彤始料不及的是，魏昌山最终成为军内大贪官。但是，欧阳万彤在危急时刻，也曾三次得到魏昌山及其岳父的帮助，使其在政界转危为安并终于成为"封疆大吏",这倒也显示了欧阳万彤当年的眼光与谋略。因此,欧阳万彤在政坛中心掌控权力的同时,既受到了来自权力的掣肘,同时也得到了权力的泽被。但是,值得注意的是,欧阳万彤并不是利用这些关系以权谋私,他被撤职是冤枉的,魏昌山的岳父给更大的领导打电话,只是让他有机会澄清了自己;他从省委副书记升任省长,曾受到第二任妻子某些方面的影响,魏昌山利用自己的关系,请一些"关键岗位上工作的朋友"帮忙,为欧阳万彤赢得了又一次考核机会,也是还了他一个清白,打消了组织对其任用的疑虑而已,也不是弄虚作假违反原则。因此,结合欧阳万彤的从政经历,他应该说是非常谨慎,对自己有严格要求的。他曾说:"我们这些走上仕途的人,在任乡、县级官员的时候,把为官作为一种谋生的手段,遇事为个人为家庭考虑得多一点,还勉强可以理解;在任地、厅、司、局、市一级的官员时,把为官作为一种光宗耀祖、个人成功的标志,还多少可以容忍;如果在任省、部一级官员时,仍然脱不开个人和家庭的束缚,仍然在想着为个人和家庭谋名谋利,想不到国家和民族,那就是一个罪人。你想想,全中国的省部级官员加上军队的军级官员能有多少?不就一两千人吗?如果连这一两千人也不为国家、民族考虑,那我们的国家、民族岂不是太悲哀了?!"如果按照党内原则来说,这番话未必多么冠冕堂皇高大上,但是我们却能够感受到其中的诚恳,或者这里隐含了无奈的"退一万步说"的"底线"承诺。也正因为如此,当妻子常小韫问他:"你当官这么多年,有没有做过使你感到良心特别过不去的事?"欧阳万彤说:"我在良心上感到特别不安的事情有两件,一件是让蔷薇进了监狱,不管她有多少错处,其实原因都在我,我没有真

周大新　057

正地帮她踩刹车,最终导致了她在政治上的毁灭;另一件,是在我当县长时,因保护自己提拔的干部而导致了一对夫妇的自杀。我至今还记得那个叫阮若的丈夫,我对不起他们,我一直在找他们遗下的女儿,想给那孩子一点帮助,可一直没能找到。我因此常常想,与其他的职业相比,人一生选择当官选择行政管理这个行当,最可能留下无法弥补的人生缺憾。我对阮若的女儿一直存有着负罪感……"而阮若的女儿正是他现在的妻子常小韫。一个高级干部能够记得为官从政的缺憾,即便他已无法弥补难以完美"收官",也实属不易。

但是,这只是欧阳万彤政治生涯的一个方面。他人生更重要的经历是那些隐秘的、不为人知或不足为外人道的"人与事"。这些"人与事"是在欧阳万彤"辞职"前后披露出来的。"辞职"事件,在小说的整体结构中非常重要:一方面,通过"辞职"呈现了欧阳万彤的执政环境、人际关系以及大变革时代瞬息万变的不确定性特征;另一方面,这种"后叙事"视角的讲述方式,使小说悬疑迭起、疑窦丛生,小说的节奏感和可读性大大增强。欧阳万彤为什么辞职一直是一个谜,也是小说的核心情节之一。小说最终也没有直接说明他为什么辞职,但在所有当事人的讲述中,点明了欧阳万彤辞职的具体原因。比如秘书说,他要求民营企业海富集团因污染问题停业整顿,但海富集团"有通天人物",他只能改为"边开工生产边安装治污设备,但一定要安装",虽然他言之凿凿"不然,一个月后,我还停他的产"!但比起他先前整顿污染企业的决心已大打折扣。京城的某公子要求承包高速公路建设工程未遂,临走前打电话威胁说:"你告诉欧阳万彤,他有点胆大包天了,什么人都敢玩,玩到了我的头上,老子要让他吃不了兜着走!不就是一个鸟省长嘛，让他当他是省长，不让他当不就是一个草民？！"欧阳万彤听到了电话里的骂声，他能做的也只是铁青着脸，把手边的一个铁皮茶叶盒捏扁了。还有，一个副省长竟然敢利用职权隔三岔五睡女大学生，欧阳省长怒不可遏地把这事汇报了上去，但一直没有得到回复；不仅对同僚的无边欲望束手无策，就是对自己的妻子他又能怎样呢？他第一任妻子林蔷薇急切地要做土地局局长，理由是，"告诉你，我不想让别人整天指着我说：那是万彤市长的老婆。我想让别人介绍我说：那是天全市土地局局长林蔷薇！我这样要求难道错了吗？你们不是口口声声要解放妇女么，为何解放到我就不行了？你举手之劳就可以办到的事，为什么总想推托？我是不是你的老婆？是不是你儿子千籽的妈？是不是你最亲的人？你为何不想把权交给我反要交给别人？仅仅是怕别人议论你任人唯亲？你睁眼看看现在哪一级领导用人不是在用的自己人？"类似的事情还有无数。更有甚者，同僚和利益集团制造他"老年痴呆"的虚假诊断，不法商人简谦延罗织罪名的举报材料标题就是：省长欧阳万彤又庸又贪，清河近亿百姓苦不堪言。并通过电脑制作下流图片等卑劣手段来打压弹劾欧阳万彤。这就是欧阳万彤的执政环境。这个环境是怎样造成的是另一个问题，对于小说中的欧阳万彤来说，这是一个不可回避的现实问题。

　　当然，欧阳万彤不是一个完人，他也有他的缺点，他也有意乱情迷的时候。面对演员殷倩倩的万种风情，他也难以自持。那虽然是一段"英雄救美"的古旧桥段，但情节的可读性却很高。欧阳万彤可以用喝了酒一时糊涂来搪塞，但那显然没有说服力。还有，当欧阳万彤谈起与儿子欧阳千籽的不和谐关系时非常在意和伤感，他不止一次说他是一个很失败的父亲。他说,儿子小时候非常需要他的陪伴,愿意和他在一起,可他那时因忙于官场事务且醉心于在官场奋斗,很少关心过儿子,更少陪伴儿子。等他后来有了闲暇,想与儿子在一起时,儿子又不愿和他在一起了。当谈起他认为最坚强的人是自己的母亲时,他除了感佩更有难言的痛楚,是母亲在物质最困难贫乏时代的坚忍,带领全家走出了生存的泥淖。这些不经意的笔触,是小说最动人的篇章之一。当然,作为一个高级干部,小说更着意书写了他的胸怀和眼光,比如他对购买美债、网络安全、稀土出口、GDP等问题的看法,显示出一个政治家应有的独立判断能力;将《新启蒙》杂志舒缓地变为市委内参智库,显示了他处理理论问题和知识分子不同意见的远见卓识和水平。

因此可以说,《曲终人在》是一部对当下中国干部制度有深入研究、对执政环境复杂性多有体认的作品。小说与此前所有的官场小说大不相同,它没有展示官员如何腐败、如何权钱权色交易、如何胆大妄为肆无忌惮滥用职权。这样的作品我们从《官场现形记》到当代官场小说早已耳熟能详。如何写出更有力量、更符合生活逻辑和作家理想的小说,是《曲终人在》的追求之一。作为小说,它要提供的是既与现实生活有关,同时又要对生活有更高提炼或概括的想象,也因此才能更本质地揭示出生活的真面目。更重要的是,小说是一门虚构的艺术,如何塑造出有新的审美价值的人物,是小说的根本要义之一。周大新说:"官员也有各自的苦衷。他们作为一个人生活在这个环境里并不容易,甚至很艰难。前些年我没有注意到官场上的精神氛围,官员看上去非常光鲜,但他们背后其实有很多可以同情、悲悯的地方。""原来看过一些官场小说,纯粹揭露黑暗,把当官的过程写得很详细,其实带有教科书的性质,我不愿意那样写。"因此,在我看来,《曲终人在》绵里藏针,它不仅讲述了艰难的执政环境,同时也讲述了入仕做官的复杂性,它是一部书写大变革时代人间万象和世道人心的《警世通言》,既是过去"官场小说"的终结者,也是书写历史大舞台主角隐秘人生和复杂人性的开启者。小说讲述什么或怎样讲述,都掌控在作家手里。所以,小说最后写的还是作家自己,如果是这样的话,那么,欧阳万彤这个人物,显然寄托了周大新的个人理想。欧阳万彤那理想化的人格、作为以及忍辱负重、壮志未酬的悲苦人生,隐含了周大新对人生的理想和抱负,对人性和对男女、对亲情、对朋友等关系的理解。如果是这样的话,那么,我们就可以认为,周大新通过对欧阳万彤这个人物的塑造,同样表达了他对用文学书写官场人生的新的理解。他的这一经验,既是中国的,也是他个人的。

周大新写婚姻爱情题材的《洛城花落》一出,就受到读者热烈追捧,不仅因为题材喜闻乐见,同时也因为周大新宣布这是他的长篇小说的"封笔之作"。"封笔"就是告别。告别总是不免感伤。我们见过球星告别赛场,歌星告别演出的场景,观众依依惜别甚至泪水涟涟。大新当然不是告别文坛,他还会有其他新作奉献给读者,因此我们不必为此心怀伤感。

《洛城花落》是一部讲述当代青年爱情婚姻的小说,是探讨爱情婚姻形式的小说。女方袁幽岚、男方雄壬慎的父辈,都是"媒人"当年的战友,他们是生死之交或挚爱亲朋。在了解了两个青年的情况后,"我"积极撮合成了袁幽岚和雄壬慎的恋爱。他们最终结为连理。他们的自然条件是：袁幽岚天生丽质，形象、专业和家庭条件都优于男方雄壬慎；雄壬慎出身农村，家境贫寒、相貌平平。但通过接触，袁幽岚接受了雄壬慎。于是，成婚便在情理之中。但出身的差异已经为他们的婚姻埋下了隐患。婚后蜜月般的生活让两个年轻人幸福无比。他们证明着托翁"幸福的家庭都是相似的"的名言。但接踵而来的便是托翁的下半句："不幸的家庭各有各的不幸。"先是摩擦，然后冷战，最后对簿公堂。这几乎是所有婚姻破裂的基本程序。但是，《洛城花落》的不同就在于，袁幽岚和雄壬慎情感的破裂过程，是在公堂上呈现的。袁幽岚先提出离婚，雄壬慎不同意，然后双方聘请了律师。小说的这一设置独具匠心——婚姻状况是个人情感最私密的领域，别人是无从知晓的，除非是叙事方式的全知视角。但周大新用了"后叙事"视角，或者说，读者不了解内情，甚至当事人也不完全理解内情。他们的婚姻状况，是在四次法庭控辩过程中逐渐呈现出来的。第一次开庭，袁幽岚一口气提出了十四条离婚理由：无非是"缺乏诚信"——身高1.81米是谎言；懒惰透顶不做家务；待人小气吝啬；个人卫生极差；对女方父母缺乏尊重；对孩子缺乏责任心；反对女方参加正常的社交活动；男方父母偏心；放纵个人身体发胖；妹妹"啃哥"；个人修养差，爆粗口；老家亲戚骚扰正常生活；胆小恐高，灯泡坏了都不敢换；重要日子从不送礼物。袁幽岚言之凿凿理直气壮，辩护律师也义正词严支持离婚。二次三次开庭，虽然有深入，但都没到非离婚不可的程度。这些陈述，尽管想表达大风起于青萍之末，但还是停留在鸡毛蒜皮家长里短层面，甚至具有魔鬼冲动的因素。但这些讲述并非可有可无，它让我们看到了日常生活的基本样貌，家境、习惯、修养等因素，都会为婚姻带来意想不到的后果。

关键是第四次，也就是最后一次开庭。这次开庭袁幽岚说出了离婚的致命理由：雄壬慎有婚外恋嫌疑，他同高中同学黄旻懿曾在一个私密空间一起待了四十分钟；此外，雄壬慎二十三个月不履行丈夫义务，袁幽岚近两年时间没有性生活。重要的是雄壬慎对此全都承认，并无辩解。庭审的后果可想而知。就在法庭要宣判结果的时候，雄壬慎借口不舒服去医院，留下了一封信，希望"媒人"代为宣读。其大意是：接受宣判离婚，不再上诉。但他有话要说：在一次共同旅行途中，他们曾路遇一对自杀的夫妇，救助过程中雄壬慎浑身沾满了鲜血。后警方告知这是一对患艾滋病的夫妇，让雄壬慎迅速检查。慌乱不已的雄壬慎只好找做医生的同学黄旻懿商量，他们并无苟且之事。结果确定雄壬慎被感染了。这是他不敢亲近袁幽岚和孩子的真实原因。最后一次开庭，雄壬慎感到挽救婚姻无望，留下一纸文字做最后的告白。袁幽岚如梦方醒，雄壬慎被放逐于小说之外，生死未卜。

这是一部极具现实感和时代性的小说。大新将长篇小说封笔之作深入人类生活的最深处，也是最隐秘的领域，以奇特的构思走向私密生活和私人情感，不仅使小说具有极大的可读性，同时隐含了现代人在日常生活和情感领域的危机，探讨了这一领域不可穷尽的神秘性和多样性。袁幽岚和雄壬慎的婚姻犹如一面镜子，照出了当下青年婚姻的某种状况。因此，《洛城花落》是一次大胆的实验和探险。它探讨的情感、性爱、婚姻形式、门户、相貌、物质生活与情感生活等方面，确实是"永恒的主题"。小说中作为历史研究者，也是当事人的雄壬慎，毕业后即确定个人研究题目"离婚史"，在小说中是一个隐喻，也是对小说走向的暗示；具有仿真意义的"法庭"，由于不同身份人物的参与，也表达了不同阶层或人群的婚姻价值观。男女的聚合史和分离史是永恒的主题。周大新在长篇小说封笔时，仍对这一主题意犹未尽，显示了他作为一个杰出作家对文学、对小说理解的深度。他对这一领域的时代性，新知识、新困境的发掘，令人耳目一新。另外，无论在情感领域遭遇了怎样的新问题，他仍坚信人性的柔软处犹在，人性的善永在。

王小波

生命之流的从容叙事
——王小波的小说观念与文学想象

20世纪90年代,知识界对自由知识分子的想象,似乎成了一个挥之不去的梦幻,它既是一种潜流,又是一种时尚。于是,现代中国思想史、学术史上有特立独行风范的先贤们,在被冷落了数十年之后,又重新被谈论得沸沸扬扬。但是,每个自由知识分子都是非常不同的,甚至可以说,他们是难以效仿的。当他们重新成为我们的叙述对象时,那里倾注更多的是我们对于想象的热爱。这一现象,同样联系着刚刚去世的作家王小波。王小波作为一个自由知识分子,他的才情、智慧、作品乃至生存方式,无疑都是独特的,他选择了他喜欢做的一切。但是,在王小波去世之前,他只能独居一隅,从事着他寂寞的写作工作。他的热闹异常,是发生在他去世后的几个月之内,而且发世俗感慨者多,深入研究者少。这同样让人联想到海子之死,海子在去世之前,几乎鲜见对他创作的评论。他去世之后,突然出现了集体性的凭吊热潮,甚至有人将他追认为"诗歌烈士"。这一现象使我们有理由怀疑,人们是真的热爱王小波、热爱海子呢,还是有意将他们的去世变成一个"事件",或者在他们的身上寄托着一些人只可想象而难以经验的自由知识分子的梦幻?

事实上,王小波并非像有些人想象的那样"自由",作为"知青"一代人,他的思想方式和情感方式,都深深地刻着这代人的印痕。他貌似轻松从容我行我素,仿佛游离于社会生活主流之外,但从来没有放弃对社会生活的关注与介入。他写下的大量杂文与随笔,几乎都是与社会思想文化生活密切相关的。在《我的精神家园》的自序中,他的自我期许是:"要对社会负责,要对年轻人负责,不能只顾自己。"要实现这一老生常谈并非易事,王小波的生活和写作实在是不那么轻松和"自由"的,他那"明辨是非"的欲望,强烈地体现在他的杂文写作中。因此,他的这些作品都密切地联系着20世纪中国知识分子的精神传统,即一种入世的、批判的精神和无意识的精英身份。王小波长期以来鲜为主流批评所谈论,倒不在于他是一个"自由知识分子",而恰恰在于他是一个有强烈批判欲望的精英知识分子。应该说,王小波对流行于世的主流文化是持有保留态度的,这是他不被主流文化认同的关键所在。意识形态研究者指出:"意识形态不是空洞的说教,而是一个人进入并生活在一个社会中的许可证书。一个人只有通过教化与一种意识形态的认同,才可能与以这种意识形态为主导思想的社会认同。所以老黑格尔告诉我们,一个人在社会中接受的教化愈多,他在该社会中就愈具有现实力量。"[①]这种"现实力量"是指一个人在社会上的"得心应手"。王小波因缺乏这样的认同,所以他不能"得心应手",但他获

---

① 俞吾金:《意识形态论》,上海人民出版社1993年版。

得了自己需要的主体性。

　　王小波的这一主体性意志，不仅表现于他广为传播的杂文写作中，同时也深刻地渗透在他的小说写作中，或者更为鲜明。至今，王小波已出版了多部小说作品，许多人都曾在私下议论王小波作品的不同凡响，但批评界在很长一段时间保持了态度暧昧的缄默，与传媒不得要领的炒作形成了鲜明对比。这里除了批评界阅读的滞后之外，更重要的还在于王小波作品难以解读和评价的独特性。一般来说，批评界经常钟情于潮流性的文学现象，90年代以来，女性文学、晚生代小说、都市文学等文字类型，都是批评界经常谈论的对象，而王小波的作品显然在这些潮流之外，王小波的独特选择却不幸地成了其作品被忽略的原因之一。但是，这并不能湮没王小波小说在90年代文学语境中的价值和意义。

　　值得我们注意的是，王小波的小说写作采取了与杂文写作截然不同的立场。如前所述，他的杂文写作有一股强烈的批判意识和入世情怀，从思想文化到社会现象，他锋芒毕露，坦言陈述，他的责任感和使命意识毫不掩饰。而他的小说写作，则从现实的世界进入了一个想象的世界，一个从容而挥洒自如的世界，因此，在王小波的小说作品中，更能够体现他的才华和智慧。这与王小波对小说的理解，或者说与他的小说观念是联系在一起的。他认为小说不可以负载它不堪承受的义务，让"小说来负道义责任，那就如希腊人所说，鞍子扣到头上来了——但这是仅就文学内部而言。从整个社会而言，道义责任全扣在提笔为文的人身上还是不大对头。从另一方面来看，负道义责任可不是艺术标准，尤其不是小说的艺术标准。"他还借用昆德拉的话：看小说的人要想开心,能够欣赏虚构,并且能宽容虚构的东西。他是把小说作为一种艺术形式来理解的,因此,他的小说充满了轻松和想象,这是他最重要的与众不同之处,也是他的作品与现代小说传统所不同的。

中国现代主流的小说传统,就是中国知识分子呐喊、抗争、启蒙和批判的传统,它源于百年来中国太深太重的危难时世,也源于中国作家入世的情感需求。因此,在更多的时候,文学宁愿放弃自身而为文学之外的关怀悲壮地呼号,它充盈的激情尽管格外动人,但文学终是不能救国救民的。文学发展至王小波的时代,无论是社会还是作家自身,都意识到了文学的有限性。这必然会使文学的面貌焕然一新,王小波处在这样一个时代,尽管他卓然不群,但我们依然能够感受到他的小说话语讲述的年代与讲述话语的年代的区别。《黄金时代》无疑是王小波最好的作品,这部作品不只因获联合报文学奖而使王小波名重一时,同时也为大陆读者格外重视。小说话语讲述的年代我们不仅亲历过,而且还在不同的叙事中部分地强化或部分地改变着我们的记忆,那段历史时而光荣时而惨烈,对它的述说,也时而成为时尚,时而成为身份的表征,就如同它既像贫下中农的一件血衣,又像老战士弹洞累累的身躯。这是我们主流文学对那段历史的主要表达方式。然而,作为一个政治年代,它如火如荼、激情万丈的癫狂在王小波的叙事中仅仅成为一种底色和背景,他没有历史了然于心之后的控诉或说教,也没有"青春无悔"式的徒然悲壮。在这个意义上,《黄金时代》同所有的知青文学和反"文革"文学都不同,仅此一点,就足以说明王小波作为一个小说家的地位和价值。

事实上,《黄金时代》不只是有趣和好读,它的文本所蕴含的以及背后所提供的一切,为我们的批评和阐释提供了巨大的空间和可能。就作品本身来说,它的内在结构十分简单,一个叫王二的知青,既是主人公又是叙事人,他陈述的故事也只是王二与陈清扬前后多年的恋情及性关系。他的讲述既张扬又从容,既有描述又有体验,这给不明真相的人迅速的误导,他们很容易产生种种与性相关的联想,更有甚者会指认它是一部"色情"小说。用福柯的话来说,这就是一种"认知的意愿"。一个人的认知意愿受制于他的认知是否符合群体的共识,受制于人们对禁忌的恐惧性记忆和理解。在当代中国,人们为了不触犯这一禁忌,对性的谈论必须格外小心,即使到处都有卖淫嫖娼,也必须在话语层面保持一种"压抑"状态,实施一种"宁左勿右"的姿态。而事实上,这一"压抑"已经十分虚假。

即便王二的时代,"性压抑"也是无可证实的,但重要的是王小波通过对一个禁忌的"触犯",通过对窥淫心理的揭示,披露了一个时代文化机制的秘密。每一个时代都有按照自己的意愿构筑起的语词形态,它通过多种机制形成互涉的严密网络,对它所指涉的事物进行明确、简约或调整、强化,并赋予它以合法性,而对那些不曾指涉的事物,在不作宣告中形成禁忌,并实施排拒和压制,在语词系统中它不能进入秩序,因此不具有合法性。性,在王二的时代仅是禁忌之一种,它的被压抑,反而成了人人关注并深怀兴趣的对象。因此,与其说那些阅读陈清扬交代材料的人内心残缺,毋宁说一个时代的文化机制有了致命的残缺。因此,《黄金时代》对"文革"反人性的揭示,是隐含于文本之外的,但却是最为深刻的。王小波的这一贡献只能产生于90年代而不会是其他年代。即便是在这一时代，许多人仍不能理解，从而使它在很长一个时期处于暧昧不明的状态，这也正从另一个角度证实了语词构筑的认知意愿的巨大威慑性。但也从而证实了王小波作为一个小说家的先锋性。当许多人抱怨迁怒于批评界的冷漠，为王小波的寂寞深感不平时，我却认为这是王小波的宿命，他的心灵空间、他对知青生活或者说人的生存困境的理解，是很难在短时间里为人们所认知的，我们还面临着许多理解、解释他的困难。至今我仍然认为，许多对王小波的评价仍是词不达意的，那些情感化的表达和悲愤之词其实并没有太多意义。

"文革"已经过去了许多年，知青生活也早已模糊得一如梦幻。王小波个人的知青生活同那代人并无多少差别，他用王二和陈清扬的方式来讲述那段生活，就其状态而言不啻为天方夜谭。那是因为王小波是在20世纪90年代讲述了这个故事，当我们理性地回忆那段生活时，总会隐隐感到，王二与陈清扬没有障碍、肆无忌惮的性爱是王小波在90年代的想象，而那些兴致盎然又面红耳赤地阅读交代材料的人，才更符合那一时代的生活逻辑。也就是说，每一时代的生存方式决定了它提出和解决问题的方式。这样，《黄金时代》就出现了一个悖反性的现象，即将认知意愿或语词网络断裂后的想象，移植于当年的生活场景，从而构成更为剧烈的文化冲突。这就是话语讲述的时代与讲述话语的时代的区别，或者说，只有在今天反省"文革"，王小波才有可能揭示出"文革"时代的文化机制。

性，作为《黄金时代》或王小波其他作品的主能指，似已无须讳言，它也因此招致了不同的议论。但王小波对性的理解和表达在我的阅读经验中是不可重复的，他以健康和浪漫，将一个耻于言说的"罪恶领地"，平静地还原于日常生活。无论是王二与陈清扬、与团支书×海鹰、还是与妇科医生小孙的性关系，一切都平淡无奇，双方的彼此接受成了唯一的理由，它也因此而成为自然和正常生活的一部分。性不再具有"事件"的性质。这与以往染指于性题材的小说相去甚远。我们熟悉的方式，要么是《金瓶梅》式的玩赏，将女性纯然作为一种消费对象，性，便成了一种罪恶的表征，从而印证了"万恶淫为首"的古训；要么是张贤亮式的，在充斥着心理紧张的同时，又要示意有走出禁地的勇气，最终仍要落入才子佳人的古旧模式。起码在小说领域，性，仍然是一个令人困扰的命题。对它的言说，就像小说一样，总要负载着自身之外的关怀，性便远离了自身的内容而成为一个被借题发挥的、语焉不详的是非之地。

王小波对于性的坦然理解，显然与他的文化背景有关，他曾留学海外，曾做过关于同性恋的研究，在他的许多杂文中，他也曾坦然陈述过对性的看法。他无情地嘲笑过"奸近杀"的卑琐感慨（《奸近杀》）；肯定"性对于人来说，是很重要的"（《我是哪一种女权主义者》）；认为"想爱和想吃都是人性的一部分；如果得不到，就成为人性的障碍"（《从〈黄金时代〉谈小说艺术》）。他甚至认为同性恋都有它的合理性："我对同性恋者的处境是同情的，尤其是有些朋友有自己的终生恋人，渴望能够终生厮守，但现在却是不可能的，这就让人更加同情。不管是同性恋，还是异性恋，对爱情忠贞不渝的人总是让人敬重。"（《与同性恋有关的伦理问题》）然而，这些理性的表达，对人性深怀同情和悲悯的情怀，虽然也极为动人，但却远不如他在小说中表达的浪漫而富于诗情。在他的想象空间里，对不可遏止的生命之流，给予充满诗意的热情礼赞，既汪洋恣肆又绚丽无比。

在《黄金时代》里，王二与陈清扬的性爱关系看似是非理性的，它的缘起是从讨论陈清扬是不是"破鞋"开始，然后王二用"义气"和"友谊"的话语形式引渡了陈清扬。它并非传统小说和当代主流文学"爱"的结果，而全然是奔涌的生命需求，人的正当需求在一个最不人性的时代被肆无忌惮地张扬起来："晚上我和陈清扬在小屋里做爱。那时我对此事充满了敬业精神，对每次亲吻和爱抚都贯注了极大的热情。无论是经典的传教士式、后进式、侧进式、女上位，我都能一丝不苟地完成。陈清扬对此极为满意。我也极为满意。在这种时候，我又觉得用不着去证明自己是存在的。"人能做自己需要而愿意做的事情本来就诗意无比，它可以战胜来自任何方面的压力。因此，出斗争差——被批斗这一当时最具摧毁力的形式，足以使许多人崩溃甚至丧失生存的勇气，而陈清扬"挨斗时她非常熟练，一听见说到我们，就从书包里掏出一双洗得干干净净用麻绳拴好的解放鞋，往脖子上一挂，等待上台了"。王二和陈清扬在人性力量的鼓动下，从容地做一个"被看"的对象，在那个混沌未开的时代，显得优越无比。

对陈清扬和王二的斗争，既是时代认知意愿的需要，同时也是"窥视"的心理需要，当地把斗"破鞋"当作一种传统的娱乐活动，这一需要本身就说明了时代的无比荒谬，在这样的处境中，王二和陈清扬的性爱放射出了更加动人的光彩。那种"窥视"的灰暗心理，在那一时代不只是普通民众有，民众领袖以合法性的身份要求王二和陈清扬写交代材料，其潜在的意识同民众并没有本质的差别。王二写了很长一段时间的交代材料就是过不了关,被认为是交代得不彻底,结果陈清扬写了一篇就通过了。这篇材料让团长和所有看过的人都面红耳赤,也就是说,陈清扬将她与王二的性爱关系毫不掩饰地写了出来,她满足了"窥视"的要求,同时也是人的性爱力量的胜利。在这一点上,女性表现得更为勇武和决绝,她以坦然战胜了卑琐。

当然,《黄金时代》的浪漫和诗意,还表现在王小波有节制的叙事上。他张扬了性爱,但又没有抒情诗般的夸张修辞,他总是在必要的时候适可而止,并不时佐以戏谑和调侃,从而使小说又具有了轻喜剧的风格和黑色幽默的意味。在王二的交代材料里他曾写过,在刘大爹的后山上,陈清扬腰上束着王二的板带,上面挂着刀子,脚上穿高筒雨鞋,除此之外不着一丝。这样的场景让人情不自禁地想到伊甸园。在时代的边缘,才有人性的浪漫存在,但作者并不让他的想象没有边界,在最适于抒情或展开的地方,他又语调一转,及时打住,他并不打算在这样的地方施展才华。类似例子在《黄金时代》中比比皆是,"陈清扬趴在冷雨里,乳房摸起来像冷苹果。她浑身的皮肤绷紧,好像抛过光的大理石。后来我把小和尚拔出来,把精液射到地里。她在一边看着,面带惊恐之状。我告诉她:这样地会更肥。她说:我知道。后来又说:地里会不会长出小王二来。——这像个大夫说的话吗?"前面两句的修辞,明显地受到欧美经典作家的影响,但王小波没有延续下去,使行文绚丽而郑重,而是在带有诙谐意味的对话中再次归于平淡。这显然是作家有意追求的叙事风格。

王小波的浪漫和诗意,与他接受的文化传统有很大的关系。事实上,他是一个很崇尚优雅的作家。他曾谈到他对查良铮先生和王道乾先生译著的推崇，以及对带有"二人转"调子译文的不屑。他也曾写下过这样的文字："在冥想中长大以后，我开始喜欢诗。我读过很多诗，其中有一些是真正的好诗。好诗描述过的事情各不相同，韵律也变化无常，但是都有一点相同的东西。它有一种水晶般的光辉，好像来自星星……真希望能永远读下去，打破这个寂寞的大海。我希望自己能写这样的诗。我希望自己也是一颗星星。"这种纯粹的趣味和想象，使王小波拥有了真正的优雅、真正的浪漫和诗意。

当年，名重一时的劳伦斯曾指出："假使我们的文明教会了我们怎样让性感染力适当而微妙地流动，怎样保持性之火的纯净和生机勃勃，让它以不同的力量和交流方式或闪烁、或发光、或熊熊燃烧，那么，也许我们就能——我们就都能——终生生活在爱中。就是说，我们通过各种途径被点燃，对所有的事情都充满热情……"劳伦斯为了实现他的信念，不惜以抒情诗般的笔调使性变为神话，从而使查泰莱夫人的故事成为奇观不胫而走。而王小波的故事既浪漫神奇又平淡无比，是他，将一个不明之物还原于日常生活，性，既有诗意的魅力，又不是可以替代一切的神话。

原载《南方文坛》1998年第5期

刘震云

"说话"是生活的政治
——评刘震云的长篇小说《一句顶一万句》

在当下的中国作家中，刘震云无疑是最有"想法"的作家之一。"有想法"不是一个简单的事情，"想法"包含着追求、目标、方向，对文学的理解和自我要求，当然也包含着他理解生活和处理小说的能力和方法。这是一个作家的"内功"，这种内功的拥有，是刘震云多年潜心修炼的结果，当然也是他个人才华的一部分。所谓的"想法"就是寻找，就是寻找有力量的话。他说有四种话最有力量，分别是：朴实的话，真实的话，知心的话和不同的话。如果说朴实、真实、知心的话与一个人说话的姿态、方式以及对象有关的话，那么不同的话则与一个人的修养、见识和思想的深刻性有关。因此，说不同的话是最难的。多年来，我以为刘震云更多的是尝试说出不同的话。这个不同的话，就是寻找小说新的讲述对象和方式。

大概从《我叫刘跃进》开始，刘震云已经隐约找到了小说讲述的新路径，这个路径不是西方的，当然也不完全是传统的，它应该是本土的和现代的。他从传统小说那里找到了叙事的"外壳"，在市井百姓、引车卖浆者流那里,在寻常人家的日常生活中,找到了小说叙事的另一个源泉。多年来,当代小说创作一直在向西方小说学习,从现代派文学开始,加缪、卡夫卡、马尔克斯、罗伯-格里耶、博尔赫斯、卡尔维诺等,都是中国当代作家的导师或楷模。这种学习当然很重要,特别是在过去的时代,中国文学一直在试图证明自己,这种证明是在缩小与发达国家文学差距的努力中实现的。许多年过去之后,这种努力确实开拓了中国作家的视野,深化了作家对文学的理解,特别是在文学观念和表现技法方面,我们拥有了空前的文学知识资本;但是,就在我们将要兑现期待的时候,另一种焦虑,或者称为"文化身份"的焦虑也不期而至、扑面而来。于是,重返传统,重新在本土传统文学和文化中寻找资源的努力悄然展开。刘震云是其中最自觉的作家之一。《我叫刘跃进》的人物、场景,流淌在小说中的气息,以及它的"民间性"一目了然。但因过于戏剧化,更多关注外部世界或表面生活的情节而淹没了人的内心活动,好看有余而韵味不足。《一句顶一万句》就完全不同了,它告知我们的是,除了如战争、灾害等不可抗拒因素外,普通人的生活就是平淡无奇的,在平淡无奇的生活中发现小说的元素,这是刘震云的能力;但刘震云的小说又不是传统的明清白话小说,叙述上是"花开两朵各表一枝",功能上是"扬善惩恶宿命轮回"。他小说的核心部分,是对现代人内心秘密的揭示,这个内心秘密,就是关于孤独、隐痛、不安、焦虑、无处诉说的秘密,就是人与人的"说话"意味着什么的秘密。

亚里士多德发现,伴随着城邦制度的建立,在人类共同体的所有必要活动中,只有两种活动被看成是政治性的,就是行动和言语,人们是在行动和言语中度过一生的。就像荷马笔下的阿喀琉斯,是"一个干了一番伟业,说了一些伟辞"的人。在城邦之外的奴隶和野蛮人,并非被剥夺了说话能力,而是被剥夺了一种生活方式。因此,城邦公民最关心的就是相互交谈。现代之后,交谈意味着亲近、认同、承认的交流,在这个意义上,说话就成了生活中的政治。

在《一句顶一万句》中,"说话"是小说的核心内容。这个我们每天实践、亲历和不断延续的最平常的行为,被刘震云演绎成惊心动魄的将近百年的难解之谜。百年是一个时间概念,大多是国家民族或是家族叙事的历史依托。但在刘震云这里,只是一个关于人的内心秘密的历史延宕,只是一个关于人和人说话的体认。对说话如此历尽百年的坚韧追寻,在小说史上还没有第二人。无论是杨百顺出走延津寻女,还是牛爱国奔赴延津,都与说话有关。说话的意味在日常生活中是如此的不可穷尽。

在老裴和老曾那里,"话"的意义是"过不过心";在吴香香那里,养女巧玲与吴摩西是"说得着",与自己是"说不着";在巧玲,也就是后来的曹青娥那里,与丈夫牛书道"两人说不到一块儿去",白天做各自的事,晚上"说话"就是吵架;曹青娥欣赏的拖拉机手侯宝山会说话:不是话多嘴不停,而是不与你抢话,有话让你先说;曹青娥与儿子牛爱国"说得着",但牛爱国只是听,却从不和母亲说"心里事";牛爱国和庞丽娜虽是夫妻,但同床异梦,因此牛爱国再多的"好话",庞丽娜一听"就恶心";牛爱国不离婚,怕的是离开庞丽娜"连话和说也没有了"。

小蒋和庞丽娜私通,在"春晖旅社"两人苟且三次后一个说"咱再说些别的",另一个说"说些别的就说些别的";这个对话后来牛爱国和章楚红也说过。

说话是一种交流,但更是一种"承认"。夫妻之间的关系,除了生理需要、传宗接代之外,说话就是最重要的形式。但吴摩西和老婆吴香香没有话,老婆说话就是骂吴摩西。理论上说就是吴香香在各方面对吴摩西的不承认,或者说是不屑甚至漠视。吴摩西逆来顺受一年多并没有明确的认识,真正明白时是在郑州火车站见到因奸情败露逃跑的老高和吴香香的恩爱场景。这时吴香香已有身孕。他们"为吃一个白薯,相互依偎在一起;白薯仍是吴香香拿着,在喂老高。老高说了一句什么,吴香香笑着打了一下老高的脸,接着又笑弯了腰"。这个场景照出了老高和吴香香的关系——有说有笑的夫妻过着普通百姓的日子,但吴摩西没有,于是他打消了原来的念头,离开了郑州。这个关系的处理只有现代作家才能够完成。如果是明清白话小说,比如《水浒传》,只能处理成一个仇怨关系,是"辱妻之恨"。武大发现妻子潘金莲与西门大官人私通之后,回到家里捉奸又力所不及,只能被诉诸暴力,被西门大官人一脚踢在心窝卧床不起,最后被下毒害死。但刘震云处理吴摩西的时候,不是纠缠在市井风月不放,而是迅速回到了吴摩西的内心:他要离开这个让他伤心的地方,但去哪里呢?吴摩西既没有可去的地方,也没有指引他的人。一个人内心的无助和孤独在这里被刘震云写到了极致:人的一生可以有许多朋友,但真正为难和需要帮助的时候,你会突然发现,可以投奔的人竟然了无踪影。这一发现不仅表现了刘震云洞察世事的锐利和深刻,同时也表现了刘震云对人生悲凉或悲剧性的认识。

小说的下半部"回延津记"的主角，是吴摩西养女曹青娥的儿子牛爱国。牛爱国在情感上的遭遇与吴摩西没有本质差别。他也是为找一个能"说上话"的人返回延津。一出一进就是一个近百年的轮回，但牛爱国能够找到吗？我们不知道。我们知道的是，这些人物不知道存在主义，也不知道哈贝马斯的交往理论，但"话"的意味在这些人物中是不能穷尽的。说出的话，有入耳的、有难听的、有过心的、有不过心的、有说得着的、有说不着的、有说得起的、有说不起的、有说不完的，还有没说出来的。老高和吴香香私通前说了什么话，吴摩西一辈子也没想出来；章楚红要告诉牛爱国的那句话我们不知道，曹青娥临死也没说出的话我们也不知道。没说出的话，才是"一句顶一万句"的话。当然，那话即便说出来了，也不会是惊天动地的话。只是在小说中一定要这样表达，这是小说的技法而已，这和《红楼梦》中的黛玉临死也没说出宝玉如何、《废都》中有许多空格没有什么区别。需要破译的恰恰是已经说出的话，是普通人在日常生活中的"说话"如何形成政治的。这些普通人是中国最边缘或底层的群体，在葛兰西的意义上他们是"属下"，在斯皮瓦克的意义上他们是"贱民"，他们是"沉默的大多数"，是没有话语权力的阶层。他们在日常生活中的言说被排除在历史叙事之外，是刘震云发现了这个群体"说话"的历史和隐含其间的伦理、智慧、品性等，最根本的是，说话就是他们的日子，他们最终要寻找的还是那个能说上话的人。小说也正是因为有了这些韵味——也就是理论上的萨特、哈贝马斯、米德、查尔斯·泰勒等对人的存在、交往，有意义的他者和承认的政治的论述，普通人的"说话"才博大精深深不可测，也正是因为刘震云发现了这一切，才使这部讲述市井百姓的小说超越了明清白话小说而具有了现代意义。

在这一点上,我认为刘震云和贾平凹异曲同工,虽然两人的路径不同,但隐含其间的追求大体相似。贾平凹在承继传统时更多的是文人趣味,比如《废都》《高老庄》《白夜》《秦腔》《高兴》等作品,对才子佳人的盎然兴趣他从来不避讳。特别是近期的《高兴》,虽然是写"底层"人群的作品,但一个妓女的出现,就显示出了贾氏印记或风情。刘高兴和孟夷纯两人都生活在当下最底层,生活是否有这样的可能并不重要。重要的是贾平凹以想象的方式让他们建立了情感关系,并赋予了他们的情感以浪漫的特征。他们的相识、相处以及刘高兴为救孟夷纯所做的一切,亦真亦幻但感人至深。我们甚至可以说,刘高兴和孟夷纯之间的故事,是小说最具可读性的文字。这种奇异的组合是贾平凹的神来之笔,它不仅为读者带来了巨大的想象空间,也为作家的创作提供了许多可能。但是,也正因为是"才子佳人"模式,刘高兴和孟夷纯之间才没有发生"嫖客与妓女"的故事。他们的情感不仅纯洁,而且还被赋予了更高的精神性的价值和意义。贾平凹显然继承了中国古代白话小说和戏曲的叙事模式,危难中的浪漫情爱是最为动人的叙事方法之一。还值得注意的是,小说几乎通篇都是白描式的文字,从容练达,在淡定中显出文字的真功夫。它没有大起大落的情节,细节构成了小说的全部。我们通常都认为,小说的细节是对作家最大的考验,一个作家和一部作品,最精彩之处往往在细节的书写或描摹上。

《一句顶一万句》没有《高兴》的浪漫或文人气,它确实更接近《水浒传》的风范或气韵。无论吴摩西和吴香香还是牛爱国和庞丽娜,他们一直生活在"奔走"的景况中,只不过他们心中没有一个水泊梁山。

就是这个"奔走"的设定,将吴摩西和牛爱国的人生全部艰辛呈现出来了。中国人对幸福的理解是"安居乐业",但这祖孙两人却一直在奔波,无论他们为了什么,可以肯定的是因为他们不幸的生活或人生。

应该说,这是最近几年我读过的,最有意思、最有意味、最有想法的小说。这是一部不动声色的作品,是一部大音希声、大象无形的大书。它将开启一个小说讲述的新时代。

原载《文艺争鸣》2009年第8期

世风的沦陷与小说的凯旋

——评刘震云的长篇小说《吃瓜时代的儿女们》

刘震云是这个时代最具时代感和现实感的作家之一。自1987年发表"新写实"系列小说以来,他目光所及,笔力所至,无不与当下生活有密切关系。这里所说的"当下生活",是普通人的日常生活,是通过普通人日常生活折射出的世风世情和世道人心。一个作家的作品反映了这一生活,他就是这个时代生活的记录者。这是现实主义文学观念对作家创作的基本要求。在这个意义上,刘震云是一位最坚定的现实主义作家。在现实主义不断建构过程中几乎完全被意识形态化的今天,评价一个作家时,现实主义的标签似乎已经失效,起码已经没有足够的力量。但是,当回到巴尔扎克、托尔斯泰、狄更斯和鲁迅等人的现实主义的时候,我们对现实主义的文学脉流和作家作品,仍然情有独钟。刘震云的小说创作,接续的是欧洲19世纪现实主义和中国新文学启蒙的精神传统,他是一个真正意义上的"现代"中国作家。

《吃瓜时代的儿女们》是刘震云最新的长篇小说。小说讲述的是价值失范,人的欲望喷薄四溢的社会现实中的人与事。通过民间、官场等不同生活场景、不同的人群以及不同的人际关系，立体地描绘了当下的世风世情，这是一幅丰富复杂和生动的众生相和浮世绘。它超强的虚构能力和讲述能力，就当下的小说而言，几乎无出其右者。可以说，就小说的可读性和深刻程度而言，在近年来的中国文坛，《吃瓜时代的儿女们》独占鳌头。它甚至超越了刘震云的《我叫刘跃进》和《我不是潘金莲》，在艺术上的贡献可以和《一句顶一万句》相媲美。

按照刘震云的说法，《吃瓜时代的儿女们》的主角是四个素不相识的人，农村姑娘牛小丽，省长李安邦，县公路局局长杨开拓，市环保局副局长马忠诚，四人不是一个县，不是一个市，也不是一个省，更不是一个阶层；但他们之间，却发生了极为可笑和生死攸关的联系。八竿子打不着的事，穿越大半个中国打着了。于是，眼看他起高楼，眼看他宴宾客，眼看他楼塌了。这可以看作小说的基本框架结构和结局。

小说最初出现的人物是牛小丽和宋彩霞，牛小丽是一个普通的乡村姑娘。她为哥哥牛小实花了十万块钱买了从西南来的女子宋彩霞当媳妇。五天后宋彩霞逃跑了。倔强要强的牛小丽决定带着介绍人老辛的老婆朱菊花去找宋彩霞。于是牛小丽和朱菊花踏上了寻找的漫漫长途。其间一波三折艰辛无比。在沁汗长途汽车站朱菊花带着孩子也逃跑了。此时的牛小丽不仅举目无亲，而且唯一能够与宋彩霞有关系的线索也彻底中断。牛小丽从寻找宋彩霞转而寻找朱菊花，一切未果又遇上了皮条客苏爽。牛小丽在巨大债务压力下，不得不装作"处女"开始接客。李安邦出现时，已经是一个常务副省长。但突然有了新的升迁机会：省委书记要调中央，省长接省委书记，省长有三个人选，李安邦就在其中。中央考察组十天之后便到该省对候选人考察。考察组负责人是自己的政敌——省人大副主任朱玉臣,也是他三十五年前的大学同学。如何摆平这一关系,对李安邦来说生死攸关;福不双降祸不单行,李安邦的儿子李栋梁驾车出了车祸,同车赤裸下体的"小姐"死亡;然后是自己提拔的干部,也有利益交换的某市长宋耀武被"双规"。一波未平一波又起,三箭齐发不期而至。虽然带有戏剧性,但对李安邦来说箭箭夺命。一筹莫展的李安邦想找个人商量,但能说上心腹话的竟无一人。当电话簿上出现赵平凡的时候,李安邦"心里不由得一亮"。赵平凡是一个房地产商人,两人有巨大的利益交易。赵平凡此时已退出江湖,他为李安邦介绍了易经大师一宗。一宗大师断言李安邦"犯了红色",红顶子要出问题。破解的方法就是"破红",要找一个处女。县公路局局长杨开拓因县里彩虹三桥被炸塌,牵扯出豆腐渣工程腐败案被"双规",在交代问题中被办案人员发现了一条信息。皮条客苏爽给李安邦找处女,杨开拓不给工程钱,然后苏爽再给杨开拓回扣。最后是市环保局副局长马忠诚。他莫名其妙稀里糊涂地当上了副局长,一家人外出旅游庆贺。值班副局长的老娘突然去世,局长要他回单位值班。在车站,他经不起诱惑去了洗脚屋,然后被联防大队捉拿,交了罚款被放出。小说至此结束。

表面看,这四个人各行其是并无关联。但是,小说在紧要处让四个人建立起了"血肉相连"的关系。李安邦找的处女是牛小丽,杨开拓的贪腐通过牛小丽的皮条客苏爽东窗事发,马忠诚在洗脚屋做龌龊事的女主角竟是落难后李安邦的妻子康淑萍。这种关系的建立,如同暗道通向的四个堡垒,表面上了无痕迹,但通过权钱、权色交易,他们的关系终于真相大白。通过这些人物关系,我们深切感受到的是世风的全面沦陷。不同群体沦陷的处境不同:牛小丽是为了偿还八万元高利贷,是为了生存;李安邦"破处",是有病乱投医为了升迁;杨开拓是为了金钱;马忠诚是肉体欲望。但无论为了什么,他们在道德、法律和人的基本价值尺度方面,都颜面尽失。对世相的剖析和展示,表达和体现了作家刘震云深切的忧患意识和批判精神。他的忧患和批判,不只是面对官场的腐败,他发现的是社会整体价值观和精神世界的全面危机。20世纪90年代至今,我们在思想和精神领域面对的问题,没有发生大的变化。只要看看这些领域使用的关键词和讨论的问题便一目了然。我们所遇到的这些问题是不能回避的精神难题。归根到底,就是社会的普遍价值观遭遇了颠覆、挑战和动摇。个人利益和欲望横行的结果,就是世风的普遍沦陷。事实的确如此:我们强调精神文明建设,说明我们的精神文明存在问题;我们强调反腐倡廉,说明治理干部队伍的腐败刻不容缓。如果是这样的话,那么,《吃瓜时代的儿女们》就是一部与时代生活密切相关、与时代同步的大作品。

在艺术方面,《吃瓜时代的儿女们》同样有创造性的贡献。如果说《一句顶一万句》在结构上改写了文学的历史哲学的话,那么,《吃瓜时代的儿女们》则改写了小说传统的结构方式。我们知道,凡是与时间相关的小说,作家一定要同历史建立联系。这既与史传传统有关,同时也与现代作家的史诗情结有关。抑或说,如果离开了历史叙述,小说在时间的意义上是无法展开的。但是,《一句顶一万句》从"出延津记"到"回延津记"前后七十年,我们几乎没有看到历史的风云际会,叙事只是在杨百顺到牛爱国三代人的情感关系中展开。这一经验完全是崭新的。《吃瓜时代的儿女们》在结构上的创造,同样是开创性的。小说看似四个部分,四个人物各行其是,但内在结构严丝合缝,没有一丝破绽。表面看,这四个人的联系如游丝一般,给人一种险象环生的错觉。事实上,作家通过奇崛的想象力将他的人物阴错阳差地纠结到了一起,并建立了不可颠覆的关系;小说在时间和空间上的掌控,使小说的节奏和讲述方式变化多样。牛小丽的时空漫长阔大,一个乡下女子在这一时空环境中,使作家的想象力有足够发挥的场域和长度。因此小说对牛小丽的讲述不疾不徐;但李安邦要"破解"三支利箭却只有十天的时间,节奏必须短促,短促必然带来紧张。这就是小说的张弛有致。小说题目标识的是一个"主体",是"吃瓜时代的儿女们",但又是一个缺席或不在场的"主体"。小说如同一出上演的多幕大戏,这出戏是通过主体"吃瓜时代的儿女们"的"看"体现出来的。这个主体一如在暗中窥视光鲜舞台上演的人间悲喜剧,我们这些"吃瓜群众"看过之后,应该是悲喜交加喜忧参半。世风如是,我们很难强颜欢笑,因为世风与我们有关;但是,小说在艺术上的出奇制胜或凯旋,又使我们不由得拍案惊奇。我惊异刘震云的小说才能,当然更敬佩的是他对文学创作的严肃态度。多年来,他的每一部作品的发表,都会在文学界或读者那里引起强烈反响。一方面,他的小说的确好看。他对本土文学资源的接续,对明清白话小说的熟悉,使他小说的语言和人物,都打上了鲜明的本土烙印。他讲的是地地道道的"中国故事"。另一方面,刘震云的小说并不是为这个"娱乐至死"的时代锦上添花。他的小说无一不具有现实主义的批判性。如果是这样的话,那么,刘震云的价值和意义显然还没有被我们充分认识到。

原载《大家》2018年第3期

曹征路

不确定性中的苍茫叩问
——评曹征路的长篇小说《问苍茫》

这些年来,曹征路站在改革开放的最前沿地带,密切关注着三十年来中国大地上发生的这场改变国家民族命运的社会大变革。值得注意的是,他的作品不是那种花团锦簇、莺歌燕舞似的时代装饰物,也不是貌似揭露、实际迎合的所谓"官场文学"。他陆续发表的《那儿》《霓虹》《豆选事件》,以及这部《问苍茫》等作品,在以"现场"的方式表现社会生活激变的同时,更以极端化的姿态或典型化的方法,发现了变革中存在、延续、放大乃至激化的问题。在这个意义上,曹征路承继了百年来"社会问题小说"的传统,特别是关注劳工问题的传统。不同的是,现代文学中包括劳工问题在内的"社会问题小说",是在民主主义、社会主义在中国传播的背景下展开实践的,它既是"五四"时期启蒙主义思潮的需要,也是启蒙主义必然的结果。在那个时代,"劳工神圣"是不二的法则,劳工利益是启蒙者或现代知识分子坚决维护或捍卫的根本利益。但是,到了曹征路的时代,事情所发生的变化大概所有人都始料不及,尽管"人民创造历史""工人阶级""社会公平""人民利益""劳动法""工会"等概念还在使用,但它们大多已经成为一个诡秘的存在。在现代性的全部复杂性和不确定性中,这个诡秘的存在也被遮蔽得越来越深,以至于很难再去识别它的本来面目。无数个原本自明的概念和问题,在忽然间变得迷蒙暧昧甚至倒错。于是,便有了这个"天问"般的迷惘困惑又大义凛然的《问苍茫》。

这究竟是一部什么样的小说,究竟该如何评价曹征路多年来的关注和焦虑,究竟该如何指认曹征路的立场和情感,该如何评价曹征路包括《问苍茫》在内的作品的艺术性?这显然是我们必须回答的问题。

一、现代性过程中的另一种历史叙述

《问苍茫》在《当代》杂志发表的时候,正值改革开放三十年,各个领域都有不同形式的纪念活动或会议。其中特别引人注目的是央视推出的十三集电视纪录片《改革开放30年纪实》。央视在介绍这部电视片时说:

> 这是一部全景式记录中国改革开放三十年伟大成就的大型电视系列片,它高度浓缩了三十年来中国在农村、国企、经济体制、收入分配、金融、对外经贸、政治体制、干部人事制度、文化、科技、教育、医疗卫生、社会发展、社会保障、就业体制、国防军事、统一大业、对外交往及党的建设等各方面所发生的重要变化,从经济、政治、文化、社会等多个层面向世人展示出"中国道路"的独特魅力与精神内涵。

三十年来，各个领域取得的伟大成就，就这样一起建构了改革开放的历史。客观地说，三十年来的伟大成就举世公认，就连那些"万恶的资本主义"国家也不得不承认中国发生的天翻地覆的巨大变化，国家形象和国际地位的改变，是伴随着三十年改革开放的历史一起发生的。因此，肯定成就是我们的前提。但是，我们也不能不承认还存在没有被叙述的历史，还有另外的历史也同时在发生。这个历史，就是《问苍茫》中的历史。在这个历史中，我们首先感到"苍茫"的不仅是那些还在使用的"知识"和"理论依据"，重要的是这些"知识"和"理论依据"与现实究竟是一种怎样的关系，面对现实它的阐释是否还有效。

1918年11月15日、16日，那是"五四运动"的前夕，北京大学在天安门前举行演讲大会，庆祝协约国在第一次世界大战中获胜。参加大会的有三万余人，北京大学校长蔡元培主持了会议并两次发表演讲。在16日的演讲中，他喊出了"劳工神圣"的口号，并向人们指出："此后的世界，全是劳工的世界呵！"1919年5月1日，北京《晨报》副刊出版了"劳动节纪念"专号，这是中国报纸第一次纪念这个全世界劳动人民的节日。三天后伟大的"五四运动"爆发。其间李大钊在自己负责编辑的《新青年》第6卷第5号上发表了《我的马克思主义观（上）》。他在文章中说："现在世界改造的机运，已经从俄、德诸国闪出了一道曙光……从前的经济学，是以资本为本位，以资本家为本位。以后的经济学，要以劳动为本位，以劳动者为本位了。"特别是6月3日以后，工人阶级作为独立的政治力量登上历史舞台，在工人阶级和全国人民的压力下，北洋政府被迫屈服，"五四运动"取得了伟大胜利。从此，在现代中国的历史叙事中，工人阶级一直作为中国现代革命的主导力量而存在，毛泽东甚至提出"工人阶级必须领导一切"的主张。但是，无论是阶级问题，还是工人阶级的地位问题，在现代性的不确定性过程中，因其模糊性遭到了质疑。来自四川的五级钳工唐源曾向"知识分子"赵学尧"请教"："现在是社会主义初级阶段对不对？对呀。既然是初级阶段，那阶级斗争在啥子阶段熄灭的？""从前没得多少工人，全国也不过两百万的时候，天天都在喊工人阶级，劳工神圣，咱们工人有力量！现在广东省就有几千万工人，怎么听不到工人阶级四个字了？我们是啥子人？是打工仔，是农民工，是外来务工，是来深建设者，就是不叫工人！"

这样的问题是赵学尧这样的"知识分子"没有能力也没有意愿回答的。改革开放以来，理论上的这些问题因"不争论"被悬置起来。当年邓小平提出"不争论"是有道理的，在当时中国的语境中，"姓资""姓社"的问题在机械、僵化的理论框架内的争论将永无出头之日，如果争论，中国的改革就难以实践。但是，当改革深入到一定程度的时候，当现实出现问题逼迫我们做出理论解释的时候，我们却两手空空一贫如洗。于是，当工人罢工时，身为宝岛电子厂书记的常来临说："你们有意见就提，公司能满足就满足，不能满足就说清楚。不要动不动就闹罢工，那个没意思。你们有你们的难处，老板也有老板的难处。老板就不困难吗？为了找订单，她几天几夜都没合眼了。没有订单，我们就没有活干，没有活干大家都没有钱赚。大家是一根绳上的蚂蚱，这个道理不是明摆着吗？"当年李大钊的"以劳动为本位，以劳动者为本位"的理论在这里没了踪影。常来临书记的立场非常明确：老板的难处就是大家共同的难处，没有老板大家就都没有钱赚，大家都不能活命。因此,老板才是"本位",资本才是"本位"。"工人阶级"的内涵已经发生了巨大的变化。现实的全部复杂性使九十多年过去后,不再困惑我们的问题又一次浮出水面。

深圳是中国改革开放的前沿,是中国三十年改革开放的缩影。那么,是谁创造了深圳新的历史?冠冕堂皇的回答是"人民"创造了深圳的历史。但是,《问苍茫》中的柳叶叶、毛妹们创造历史就是为了创造自己一贫如洗有家难回的处境吗?就是为了创造毛妹因救火负伤没人负责只能自杀的绝望吗?事实上,究竟是谁创造了历史,不仅是历史学家曾经争论的问题,那些有思考能力的作家在历史演进的过程中也发现了其中的矛盾。史铁生《务虚笔记》中的一个主人公、画家Z提出的问题是:"是谁创造了历史?你以为奴隶有能力提出这样的问题吗?……那个信誓旦旦地宣布'奴隶创造了历史'的人,他自己是不是愿意待在奴隶的位置上?他这样宣布的时候不是一心要创造一种不同凡响的历史么?""他们歌颂着人民但心里想的是做人民的救星;他们赞美着信徒因为信徒会反过来赞美他们;他们声称要拯救……比如说穷人,其实那还不是他们自己的事业是为了实现他们自己的价值么?这事业是不是真的能够拯救穷人并不重要,重要的是穷人们因此而承认他们在拯救穷人,这就够了,不信就试试,要是有个穷人反对他们,他们就会骂娘,他们就会说那个穷人正是穷人的敌人,不信你就去看看历史吧,为了他们的'穷人事业',他们宁可穷人们互相打起来。""历史的本质永远都不会变。人世间不可能不是一个宝塔式结构,由尖顶上少数的英雄、圣人、高贵、荣耀、幸福和垫底的多数奴隶、凡人、低贱、平庸、苦难构成。怎么说呢?世界压根儿是一个大市场,最新最好的商品总会是希罕的，而且总是被少数人占有。"①

《问苍茫》所提出的问题比《务虚笔记》要现实和具体得多，曹征路要处理的不是哲学或历史观的问题。他要处理的是深圳三十年来被建构起的历史之外的另一段历史，是被遮蔽但又确实存在的历史。在发现这段历史的过程中，作为作家的曹征路同样充满了"苍茫"和迷惑，他试图展现这段历史而不是确切地判断这段历史。这是一段切近的历史，在近距离的考察、表现这段历史的时候，迷惑、困顿甚至茫然，就是我们共同的切身感受。

二、情感、立场和内心的矛盾

"底层叙事"、"新左翼文学"或我所称的"新人民性文学"发生以来，评论界和创作界有截然不同的两种声音。这本来属于正常的现象。当"总体性"的文学理论瓦解之后，文学作品就失去了统一的评价尺度。因此，见仁见智在所难免。从另外一个角度看，面对当下中国的现实，思想界的"新左翼"与"自由主义"的论争已持续多年，至今仍未偃旗息鼓。文学界对这一论争的接续是迟早的事情，于是"新左翼文学"被隆重推出。无论是褒贬，曹征路都历史性地站在了最前沿。2004年第5期的《当代》杂志发表了他的小说《那儿》，一时石破天惊。在《那儿》里，曹征路在鲜明地表达自己的情感立场的同时，也不经意间流露了他的矛盾和犹疑。我当时评论这部作品时说，《那儿》的"主旨不是歌颂国企改革的伟大成就，而是意在检讨改革过程中出现的严

---

① 史铁生：《务虚笔记》，人民文学出版社2007年版。

重问题。国有资产的流失、工人生活的艰窘,工人为捍卫工厂的大义凛然和对社会主义企业的热爱与担忧构成了这部作品的主旋律。当然,小说没有固守在'阶级'的观念上一味地为传统工人辩护。而是通过工会主席为拯救工厂上访告状、集资受骗、最后无法向工人交代而用气锤砸碎自己的头颅,表达了一个时代的终结。朱主席站在两个时代的夹缝中,一方面他向着过去,试图挽留已经远去的那个时代,以朴素的情感为工人群体代言并身体力行;另一方面,他没有能力面对日趋复杂的当下生活和'潜规则'。传统的工人在这个时代已经力不从心无所作为。小说中那个被命名为'罗蒂'的狗,是一个重要的隐喻,它的无限忠诚并没有换来朱主席的爱怜,它的被驱赶和千里寻家的故事,感人至深,但它仍然不能逃脱自我毁灭的命运。'罗蒂'预示着朱主席的命运,可能这是当下书写这类题材最具文学性和思想深刻性的手笔"①。事实上,朱主席的处境也是作家曹征路的处境:任何个人在强大的社会变革面前都显得进退维谷、莫衷一是,你可以不随波逐流,但要改变它几乎是不可能的。

《那儿》里的工人阶级是中国传统的产业工人,也只有产业工人才能做出朱主席这样决绝的选择。但是,在《问苍茫》中,"工人"的内在结构已经发生了根本性的变化。无论是柳叶叶、毛妹五姐妹,还是唐源等技术工人,他们都来自边远的乡村,这些还不具有"工人阶级"意识,也没有产业工人传统的农民,是为了摆脱贫困或为了生存来到深圳幸福村和宝岛电子工厂的。因此,无论面对劳资冲突,还是具体

---

① 见拙文《中国的"文学第三世界":新世纪文学读记》,《文艺争鸣》2005年第3期。

的人与事，这个群体都存在着盲目性和摇摆性。需要指出的是，不具有产业工人意识和传统的"农民工"，首先也是人，是人就应有人的尊严和权利。小说中，这些女孩子还没有走出山区，就遭遇了"开处"的侮辱，而且是乡长、村长老爹送来的，"怎么折磨都行"。进入工厂之后，每天是十几小时的劳动，还有随时被解雇的威胁；在残酷的生存环境中，有的堕落做了妓女，有的嫁给了曾给自己"开处"的马经理风烛残年的父亲；毛妹则因救火重伤毁容，无人赔偿甚至被栽赃嫁祸又被逼自杀……这就是《问苍茫》中工人的处境。曹征路描述和关注了底层如此严酷的生活，就已经表明了他的情感和立场。这是宣告"新新中国"和"告别悲情"时代到来的人所不能体察和理解的。

值得注意的是，曹征路在情感和立场倾向于工人的同时，并没有采取早期民粹主义者的思想策略，不是为了解决立场问题简单地站在"劳工"一面。事实上，对柳叶叶等宝岛电子厂工人存在的软弱、功利、现实、盲目甚至庸俗的一面，同样进行了批判。初来的柳叶叶不知道罢工的真正含义，在她看来，罢工就有机会穿漂亮衣服到街上逛逛，同时又担心拿不到"加班费"；机会主义分子常来临因为没有参与"开处"使柳叶叶免遭一劫，这不仅在道德层面使柳叶叶感佩不已，同时也被他空洞高蹈的话语所迷惑煽动——她爱上了他。这应该是一个新时代的正在成长的"新人"形象，我相信作家也是按照这样的形象来塑造的，不然就不会将"打工诗人"、潜伏记者等都安插在她身上。但是，曹征路还是遵循了生活的逻辑，发现了这个"新人"难以褪去的先天的巨大局限。这些都表明了曹征路面对"底层"时的巨大困惑和矛盾，也正是这样的困惑、矛盾和焦虑，赋予了作品真实性的力量和时代特征。

同样,《问苍茫》在塑造常来临、陈太、赵学尧、文念祖、何子钢、迟小姐等人物时,都没有做简单化的处理。尤其是常来临这个人物,这是我们在其他作品中未曾谋面的人物。对他的特殊性、独特性的发现,是曹征路的一大贡献。这个军人出身也待过业,在道德上有自我约束的人,没有参与招工时的"开处",他的道德形象在小说的男性形象中几乎凤毛麟角,在《问苍茫》的处境中,夫妻两地分居还能够做到"守身如玉",堪称道德楷模。但就是这样一个有道德的人,能够带着山村来的女工逛深圳、说贴心话的人,在面对工人和资本的时候,他的人格分裂了:一方面,他愿意为工人着想,并巧妙地改变了工厂变相剥削的阴谋;另一方面,在强大的资本神话面前,他无能为力举步维艰。他曾对柳叶叶说:"有句话你一定要听,你是个有前途的人,你和他们还不一样,你还会有很大发展,还会有自己的事业。什么叫现代化?什么叫全球一体化?说白了就是大改组大分化。国家是这样,个人也是这样。一部分人要上升,一部分人要下降,当然,还有一部分人要牺牲。这个是没有办法的事。"常来临没有说错,现实的确如此;但他说对了吗?哪部分人应该"上升"、"下降"或"牺牲"?存在的就是合理的吗?难怪最后连柳叶叶也悔不当初。

　　她想不通自己过去为什么那样崇拜他,甚至偷偷地把他和别人做过比较,为他激动得要死要活。可是现在,这个人的魅力到哪里去了?他除了会讲,还会什么?他忽然变得那样地丑恶,那样地小人,那样地走狗,那样地工贼。她想起来了,他当初用那么优美的腔调,动员大家长期为老板弟弟献血,原来只不过是为了自己的上升，为了上升就心安理得让别人去牺牲。明知别人会牺牲你还要做，那不就等于谋杀？

当然，柳叶叶的"醒悟"也未免偏狭。事实上，常来临的问题和他的全部复杂性，远不止柳叶叶所想的那样简单。当"资本霸权"的现实和"资本神圣"的意识形态已经支配了整个社会生活的时候，常来临个人的力量是微不足道的。因此，这虽然是个充满了变数的机会主义分子，但同时也有让人同情之处。他和文念祖、赵学尧等人毕竟还不是同一层面上的人。值得肯定的是，曹征路没有道德化地评价人物和历史。一个道德品质没有问题的人，并不意味着他在大时代能够明辨是非担当道义。道德在这个时代的力量不仅苍白，同时也不是评价人物唯一的尺度。因此，对常来临这个人物，虽然诉诸了作家的批判，但也同时表现出了作家对这个人物的些许犹疑和矛盾。

三、《问苍茫》的文学性或艺术力量

几年来，对包括曹征路在内的书写"底层"的小说文学性或艺术性的问题，一直存有争议。诟病或指责最大的理由除了"展示苦难""述说悲情"，"底层"是社会学概念还是文学概念之外，就是"底层写作"的文学性问题。这个问题似乎是在"专业"范畴里的讨论，对这个文学现象普遍的指责就是"粗糙"。对"底层写作"文学性问题的讨论是一个真问题，遗憾的是，至今也没有人能够令人信服地说清楚"文学性"究竟是怎样表达的。这个问题就像前几年讨论的"纯文学"一样，文学究竟怎样"纯"，或者什么样的文学才属于"纯"，大概没有人说得

清楚。站在民众的立场上说话曾经是不战自胜的,"政治正确"也就意味着文学的合理性。但是,在今天的文学批评看来,任何一种文学现象不仅仅取决于它的情感立场,同时,也必须用文学的内在要求衡量它的艺术性,评价它提供了多少新的文学经验。这些看法无疑是正确的。但是,需要强调的是,许多年以来,能够引发社会关注的文学现象,更多的恰恰是它的"非文学性",恰恰是文学之外的事情。我们不能说这一现象多么合理,但它却从另一个方面告知我们,在中国的语境中一般读者对文学寄予了怎样的期待、他们是如何理解文学的。另外,急剧变化的中国现实,不仅激发了作家介入生活的情感要求,同时也点燃了他们的创作冲动和灵感。"底层写作"正是在这样的背景下发生的。但是,就像在文学领域没有共同的"中国经验"一样,也没有一个共同的"底层文学"特征。

《问苍茫》书写了"底层",但它的内涵要远远大于"底层写作";这部作品可能有些"粗",但它是"粗砺"而不是"粗糙"。"粗砺"与书写对象有关,写小姐的牙床和草莽英雄,写时尚的"小资"与下岗的女工,在作家的笔下肯定是不同的。因此,"粗砺"只是一个风格的形容词,而不是评定一部作品的尺度,尤其不是唯一的尺度。在我看来,《问苍茫》之所以引起了普遍的关注甚至轰动,不仅在于作品全景式地反映了深圳改革开放的另一种历史,同时也在于小说在艺术上取得的成就。小说在整体构思上,以"幸福村"作为主要场景,以地方、家族势力作为历史演进的支配性线索,事实上是一个隐喻。无论深圳如何被描绘为一个"移民城市",如何"现代",传统的中国文化在任何一个地方都是一个"超稳定结构",深圳当然也是如此。无论有多少外商、外资和内地各色人等的涌入，地方势力在基层都是难以撼动的。文念祖虽然是个地道的农民，但在小说中他是左右幸福村真正的主角，他是幸福村真正的"王"。无论是台商、教授、军转干部、情人，还是地方领导，事实上都是以他为中心构成的社会关系网。他成为中心不只是因为他拥有资本，重要的是他和他的家族构成的地方势力。他的言谈举止、内心需要等，与农民出身的"王"有极大的相似性：有了钱就要"编外太太"，甚至猖獗地生了孩子，又始乱终弃；有了钱就要显赫的身份，要教授陪伴左右装点门面；最后就是将金融资本兑换成政治资本，要到"台上坐一坐"。深圳无论表面上再"现代"、再"文明"，也不能改变文念祖深入骨髓的"王朝"观念。在这个人物身上，我们可以看到没有经过现代文明洗礼、只有物的浮华，距离真正的现代该是多么遥远。文念祖这个人物的深刻性，是通过作家具体细微的体察和纤毫毕见的生动描绘表达出来的。如果没有杰出的艺术功力，人物的深刻性是无从表达的。

小说中还值得提及的是陈太这个人物。这是一个优雅、时尚、温情、充满女性深长意味的台商；作为商人，她奔波劳碌筹款找订单，给两千多人提供了就业机会；但为了赚钱，她也可以在试用期未满就解雇工人，赚取转正前的差价；风月场上她左右逢源游刃有余，但温婉多情的背后又隐含着欲说还休的无尽苍凉。弟弟病逝、罢工风潮、资金周转等各种问题终于使这个优雅的女人彻底崩溃、不辞而别。小说只是客观地呈现了这样一个女人，似乎没有明显的情感倾向，没有憎恨也没有意属。但就是这样一个看似寻常的人物，无意间却给人留下了深刻的印象。陈太身上的什么东西打动了我们或吸引了我们的目光？是她的气质高贵、风韵犹存、多情善感、红颜薄命？似乎在是与不是之间。在我看来，陈太作为一个"注意力人物"的抢眼之处，是在她与周边的人物比较中凸显出来的：常来临的分裂、文念祖的粗鄙、赵学尧的猥琐、迟小姐的功利等，这些人性的缺陷在陈太身上似乎都没有，但她也不是一个让人倾心的人物。她有可爱之处，但似乎又隔了一层什么，一种难以言说或名状的距离，使我们只能远观却难以亲近。曹征路在塑造这个人物的时候，拿捏得恰到好处。遗憾的是最后将陈太处理成了一个商场上的"娜拉"，在人物塑造方法上落入窠臼，有简单化或取巧之嫌。话又说回来，如果不是这样，那还是陈太吗？

在小说中，曹征路没有商量就下了"狠招"和"猛药"的人物是赵学尧。这个人本来是一个学者、教授，一个知识分子。他初来深圳时，还多少保有一点作为书生的迂腐，还有一种难以融入的身份或道德障碍。但经过学生何子钢的点拨训导，特别是初尝"成功"的快意之后，他身上所有的潜能都被焕发或调动了。无论是对权力、女人、金钱、利益，都以百倍的疯狂攫取。但在获得这一切的时候，他的卑微、猥琐和工于心计，都暴露无遗。这个时代知识分子的全部丑恶他都集于一身。他为文念祖处理情妇迟小姐的事情，为文念祖登上政治舞台舞文弄墨捕风捉影，没有廉耻地拼凑"新三纲五常"，居然还和文念祖的太太发生了性关系。难怪迟小姐评价他说："你自以为很有学问，其实你也不是个东西。别以为你喜欢谈意义就很有意义了。你不要我的钱就说明你干净了？你比我还不如，我还敢作敢当，你连这点勇气都没有。你挣的什么良心钱？你鞍前马后跑的是什么？那都是太监干的活儿。"曹征路是大学教授，他对当下知识分子的德行实在是太了解了。

被"阉割"的赵学尧教授当然不是当今知识分子的表征,但曹征路却以写意的方式刻画出了知识分子的灵魂的某些方面。

《问苍茫》在艺术上取得的成就还有很多,但仅此足以证明了其在当下小说创作格局中的重要性。我依然认为,在中国的语境中,特别是在变革的大时代,真正敢于触及现实问题,表达我们内心不安、焦虑、矛盾和犹疑的作品,要远比那些超拔悠远、俊逸静穆的作品更能给人以震撼。曹征路在一篇创作谈中也曾说过类似的话:"小说失去了与时代对话的渴望,失去了把握社会历史的能力,失去了道德担当的勇气,失去了应有的精神含量,失去了对这种关注作审美展开的耐心,无论如何是说不过去的。""我不知道当代文学何日能恢复它应有的尊严。但毫无疑问在主义之上我选择良知,在冷暖面前我相信皮肤。"①对曹征路的上述表达,我非常认同。

苏珊·桑塔格在《静默之美学》中说:"每个时代都必须再创自己独特的'灵性(spirituality)',所谓'灵性'就是力图解决人类生存中痛苦的结构性矛盾,力图完善人之思想,旨在超越的行为举止之策略、术语和思想。"②曹征路在他的系列小说中,某种程度上再创了我们时代独特的"灵性"。这就是,在中国现代性的不确定性中,他发现或意识到了我们言说或表达的困境,这个困境事实上是我们的思想危机,在彷徨和迷茫中才会有"苍茫"的发问。这既是对社会历史发展进程的叩问,也是对个人精神领域的坦诚相见。他没有信誓旦旦地专执一端,在情感、立场倾向底层的同时,他也表现出了内心的犹疑、矛盾和真

---

① 曹征路:《是逃避,也是抗争》,《北京文学·中篇小说选刊》2004年第10期。
② 苏珊·桑塔格:《激进意志的样式》,上海译文出版社2007年版。

实的焦虑。但他感时忧国、心怀忧患，敢于触及当下最现实和敏感的社会问题，显示了他作为作家未泯的良知和巨大勇气。在"五四运动"九十周年即将到来的时候，能够读到《问苍茫》这样的作品是我们的幸事。这就是：一个伟大的传统历经百年但仍有薪火相传。于是我再次想到了鲁迅先生为殷夫《孩儿塔》所作序中的名言："这是对于前驱者的爱的大纛，也是对于摧残者的憎的丰碑。一切所谓圆熟简练，静穆幽远之作，都无须来作比方。"[1] 因为这文学属于别一世界。

原载《文艺争鸣》2009年第4期

---

[1] 鲁迅：《鲁迅全集》（第六卷），人民文学出版社1981年版。

邓一光

现代性难题与南中国的微茫
——评邓一光作品集《深圳在北纬22°27′~22°52′》

深圳的历史沿革，无论推演到魏晋还是宋明，它引起世人广泛关注还是新时代以来的事情。因此，这座历史悠久的城市，仍然可以看作是中国最年轻的城市。城市虽然年轻，却可以讲述出多种历史，它可以是"神话般地崛起座座城，奇迹般地聚起座座金山"的历史，也可以是无数打工者的命运史；可以是股市冒险者的发达史或惨败史，也可以是底层人小富即安的生活史。在不同人的眼里，深圳可以书写出非常不同的历史。正是这种不同或差异性，使深圳这座城市的各个角落布满了神秘或生动的各种故事。一座有故事的城市就像一个有故事的人一样，充满了魅力或新奇感。此前，我曾在彭名燕、李兰妮、曹征路、盛可以、吴君、王十月、谢宏、毕亮等不同年龄作家的笔下读到过不同的深圳。他们不同的感受和描摹使深圳变得迷离又清晰——说它迷离，是因为深圳的五光十色乱花迷眼；说它清晰，是因为有无数个具体形象的深圳场景和人物。但是，关于深圳故事和感受的讲述还远远没有结束，就像面对无数个新老城市一样，每个人都有他挥之不去的一言难尽。

2009年，邓一光从武汉移居到了深圳。一个人居住地的变迁对他人来说无关紧要，但对当事人来说却重要无比——一座城市就是一种存在状态，一座城市就是一种心情。当然，在适应这座城市的过程中，他也发现了这座城市、发现了新的自己。就这样，邓一光作为深圳的"他者"闯进了这座城市精神的心脏。于是几年后，就有了这部《深圳在北纬22°27′~22°52′》作品集。值得注意的是，邓一光的这部作品集与其说讲述的是深圳的故事，毋宁说他是通过深圳的各种人物、场景和符号，表达了他对这座城市的体会或想象，这种感受新奇而怪异，复杂又意犹未尽——深圳在他的作品中若即若离似是而非。但是，在他的讲述中，我看到了他小说背后的隐解构，这就是：现代性难题与南中国的微茫。

一、日常生活与文学的极端化

一个作家书写什么，表现了他在关注什么。《深圳在北纬22°27′~22°52′》这部作品集，书写的人群或对象，基本是深圳的平民阶层。平民就是普通民众，他们不是这座城市的主导阶层，但他们是主体阶层。只有这个阶层的存在与精神状况，才本质地反映或表现了真实的深圳。过去我们也阅读过很多表达深圳底层生活的作品，比如"打工文学"，这一文学现象和命名本身，已经隐含了明确的阶级意识和属性。但在当下的语境中，那种简单的民粹主义已经很难阐释今天生活的全部复杂性。因此，在我看来，当邓一光在表达深圳平民存在与精神状况的时候，他不只是讲述这个阶层无边的苦难或泪水，不只是悲悯或同情。

在他看似貌不惊人的讲述中，恰恰极端化地呈现出了这个阶层的存在与精神状况。

这部由各自独立的小说构成的作品集，无意间也构成了由外及内的认知序列。开篇的小说《我在红树林想到的事情》，虚构了一个初来深圳的"我"，在朋友带领下去"看房"。房就是家，是安身立命的基本条件，没有房就没有家。但深圳的房价高得令人咋舌，没有能力买房的"我"被朋友建议"只能去红树林了"。红树林没有房子，"我"却鬼使神差地在夜里遇到了一个男人，男人有房子，是母亲留给他的，这并不重要，重要的是母亲为了这套房子付出的代价。母亲是一个有很多男人的人："我母亲要和那么多男人干那种事情，就是说那些男人，他们很可能为我现在拥有的这套房子掏过腰包，或者他们当中的一些人掏过。"后来母亲和一个男人出国了。这是一个隐秘的事件，也是这个男人的难言之隐。当然这是一个隐喻，它被讲述出来喻示的是，对平民阶层而言，在深圳拥有一套房子该是怎样的艰难。

但小说到这里并没有结束，当"我"两次睡着醒来之后，天已经大亮。这时"我"看到了在红树林生存的生命，它们是各种自然界的生命。小说在注释中说明："深圳的红树林比邻拉姆萨尔国际湿地——香港米埔保护区，是中国最小的国家级自然保护区。"但是，"1988年以来，深圳城市建设中，不少于8项工程占有了该保护区土地面积达147公顷，占整个保护区面积的48.8%，毁掉红树林35公顷，占原植被面积的31.6%"。小说从人的存在困境过渡到自然生态的困境，或者说，现代性的难题或它的两面性已经日益突出地表现出来。住房是我们日常生活面临的问题，但更严峻的问题可能已涉及世界的整体。

这是邓一光的忧患。但他不是用"启蒙者"的优越告诫或警示读者，他是用最平实的日常生活——同时也以极端残酷的方式将要表达的问题呈现出来。而《乘和谐号找牙》，似乎是在回答《我在红树林想到的事情》提出的问题，那就是人要学会"放弃"。现代性的过程是一个凸显或膨胀欲望的过程，这个过程带来生活的便捷和物质的丰盈，同时它也是一个无限索取和占有的过程，人对社会、对自然无休止的索取和占有，一定会遭遇意料之外的报复。找牙的故事，就是对"放弃"的释然或顿悟。但是，生活又远没有这样简单，它的全部复杂性就是让人欲罢不能难以释怀。《宝贝，我们去北大》讲述的是一对中年夫妇为生活和生育奔波的故事。傅小丽和王川都已年近四十，还是没有自己的孩子。但他们坚信一定会有自己的孩子。于是，他们一次次地去北大——北京大学医院在深圳办的一家医院的生殖科。在生活方面，他们不得不节衣缩食。他们现在的早餐是开水泡饭和虾杂面酱，"有一段时间他们的早餐是面包片。还有一段时间他给她煎火腿蛋，加一大杯'蒙牛'牌高钙奶，用微波炉煮沸。自从物价上涨以后，他们调整了早餐品种。必须紧缩开支。他们要养三个老人，两个读书的妹妹。他们还要存钱买房，还要为宝宝攒教育费"。这倒也没有什么，平民阶层面对的生活就是这样。但是，另一条线索同时出现了：一辆醉驾的2003年款道奇"战斧"撞上了护栏。"战斧"主人的母亲掏出一张支票，非要儿子早上酒醒后能见到完美的座驾。这样，作为丈夫和师傅的王川，一边要关照妻子去"北大医院"，一边要带领三个徒弟干到半夜。王川没有怨言，讲述者也心平气和，但是难以理喻的是这个被王川徒弟戏称为"繁漪"的女人，居然连半天的时间都不肯相让，而王川确实需要半天时间处理个人事情。女人说酒驾的"还是个孩子,他不愿意等"。并一再强调这是一座文明城市,她告诫王川,如果你"还想继续活在这座城市里,记住别玷污了它"。这当然是反讽,究竟是谁玷污了这座城市不言自明。面对这样的生存处境,王川当然也有不能控制的时候,他曾经因为傅小丽跳舞动手打过她,傅小丽跳的那支舞曲是《感恩的心》,也难怪王川的失控,生活破碎到了如此地步,要感谁的"恩"呢!

《万象城不知道钱的命运》,用流行的说法是一篇典型的"底层写作"。年关到了,打工的德林要购票回家过年。八百万外来人口都要回家过年,买到车票就不是一件容易的事情。德林没有买到票。没有买到票的德林只能给家里打电话。"母亲问他们是不是不再生了——生儿子。细叶为账单和家用烦心。大女儿担心今年的学费能不能一次交齐,小女儿只关心新年礼物。总之家里四个女人,没有人问他什么时候回去过年。"但是,有责任感、有良心的德林并不沮丧,他要寄钱给哥哥,救他出狱,要寄钱给母亲、大女儿、二女儿,剩下的都归妻子细叶。德林最终当然也不能回家过年了。不能回家过年的德林却并不难过,虽然万象城琳琅满目的商品与他没有关系,深圳一切都是钱说了算。可家里何尝不是这样呢。于是德林阿Q式地用想象的方式进行了一次无限消费的过程,他"心里一下子敞亮了"。虽然不能回家过年,但"他觉得这个年,他会过得不错"。德林没有眼泪和抱怨,"身兼数职"的重负也没有压倒他。他无边的苦难不著一字尽得风流。

这些平民的生存状态,沉淀在文学深圳的最底层,当然也是基础。一旦邓一光用文学的方式表达出来,他就这样让我们认识了另一个深圳。

二、眼泪与梦

邓一光在这部作品集中,无数次地写到眼泪,当然也有梦。眼泪在现实中,它是一个人悲伤、无助以至于绝望的情感表达;梦在幻觉里,是一个人的潜意识在睡梦中不自觉的虚幻实现,它可以飞翔、可以到任何地方,可以实现现实中不能或难以实现的愿望或诉求。它们应该是一对矛盾。正是这样的矛盾构成了深圳平民精神世界的一个方面。当然,任何文学作品都不免写到眼泪和梦,但是在邓一光的作品中,眼泪不是我们惯常见到的生离死别,不是少男少女失去的爱情;他的人物的眼泪是惶恐、不安或者由身份、生存焦虑的紧张造成的;梦也不是金榜题名黄金屋颜如玉,而是由于存在的荒诞感、不真实性带来的人内心潜在的试图逃离的一种方式。如果是这样的话,这些元素就构成了深圳平民精神世界的微茫特征。

《离市民中心二百米》讲述的人物心理可能更匪夷所思:一对有博士、硕士学位的夫妇,特别是硕士妻子,就想居住在市中心。他们找到了市中心的南北中轴线,然后在距市中心二百米的地方租到了一套房子。妻子喜极而泣。她坐在窗台上,"蜷缩在那里,一把一把抹眼泪。天亮时,她回到床上,尽可能离开他,梦里还在抽搭"。居住在市中心是一个梦,是一种身份的象征。靠近市中心不仅意味着靠近了上流社会,更重要的是能够实现做一个稳定的"深圳人"的梦想。因此他们打算消费时她才会说出:"酒店吃不惯,出门有围龙屋客家食府,不行就元禄回转寿司。谁叫咱们住在市民中心。"然而,市民中心的一切与他们并没有构成实质性的关系。男博士最后还是沮丧地说:"我只知道,我不是深圳人,从来不是,一直不是。"深圳是移民城市,大多数人在这里都没有根。因此,是否是一个深圳人,与身体是否处在市中心没有关系,它是一个与身份相关的文化问题。

《宝贝,我们去北大》中的傅小丽,几乎就没有停止过流泪。表面上看是因为她不能为王川生一个他们共同的孩子,她为此甚至动过离开王川,为王川再找一个女人生孩子的念头。但本质原因还是她的身份焦虑。这不仅是不能成为一个母亲就不是一个完整女人的焦虑,更重要的是她是否能够成为一个深圳人的焦虑。她也曾经和一个叫周立平的人"好"过,她的女朋友吴玉芳说:"傅小丽你要下决心,周立平真的在乎你,他前妻缠他他都不干,你只要和他睡了立刻就能住进产权房,你就是真正的深圳人了。"傅小丽没有跨出那一步,她还是王川的妻子,但她有自己对深圳的认识,她认为自己就是一个深圳的多余人,她对深圳而言"不再需要了"。王川安慰她说"需要","深圳念旧"。傅小丽说"念个屁","它在高速发展。它停不下来。它谁也不念"。傅小丽是在冲动下说出的话,但这样的深圳认识显然在内心潜伏已久。

但是,深圳不相信眼泪。现代性的过程起码在当下是一个逐渐去除情感的过程,人内心的友善、同情、悲悯、助人等品质,逐渐淡化,而越发凸显的则是冷漠、观望、无动于衷。人的情感更多的是在个人的"内宇宙"中展开。不只是深圳,任何城市都排斥外来的"他者",我们在西方"成长小说""流浪汉小说"等作品中已经耳熟能详,巴黎人将非巴黎人称作"外省人"便是例证。因此,任何人进入城市,都必须经历一个受挫、失败的过程。如果没有乡下作家进城的失意或挫折,乡村文学田园牧歌式的诗意是难以想象和完成的。也正因为如此,那种逃离、远行、排拒城市的梦，对外来者来说一直没有终止。但是，现代性是一条不归路，进入城市的外来者，除了不可抗拒的因素外，他们是绝不会离开城市的。因此，梦就成了他们逃离的唯一形式。

《深圳在北纬22°27′~22°52′》是一篇受到广泛好评的小说。小说开篇就写梦境，他"梦见自己在草原上，一大片绿薄荷从脚下铺到天边"。而且经常梦见草原，"在梦中，他就是一匹马，撒着欢，无拘无束。从梦中醒来后，他还在大口呼吸，胸脯剧烈地起伏，小腿肚子发紧，膀胱也发紧。而且他的后颈上有一层细细的汗"。不仅做监理工程师的丈夫做梦，做瑜伽教师的妻子也经常做梦。她告诉他昨晚的梦，"梦里又变成了一只蝴蝶。这一次，她在热带雨林里快乐地飞翔，没想到遭遇上劈头盖脸的雨。前两次她在奇怪的地方，一次是气候干燥的北非沙漠，一次是冰雪覆盖的南极。在北非的时候她能开口说话。在南极的时候她不能说，用的是哑语，因为不习惯用触角或足打手势，差点儿被一只帝企鹅误会了"。

做梦是健康人经常遇到的事，本来不足为奇。但有趣的是，两夫妻经常梦到的是马和蝴蝶两种动物。马是与驰骋、奔跑相联系的动物；蝴蝶是飞舞的动物，而且翩翩多姿。驰骋和飞舞是自由的象征，经验表明，人越是缺乏什么越是向往什么。那么，这两夫妻究竟缺乏什么呢？小说交代"他们从不吃隔夜的食物，他们甚至不吃隔夜的蔬菜"。这表明他们在经济上没有问题；他们夫妻感情很好，妻子经常"蛾蛹似的钻进他腹下，嘴唇贴在他小腹上，吮吸着"睡觉。排除夫妻生活的各个方面后，我们发现，是深圳，问题就出在深圳上。我们看到监理的工作状态是"整个白天他都在工地上没头没脑地奔波"。因为在深圳：

没有人偷懒。在深圳你根本别想见到懒人。深圳连劳模都不评了，评起来至少八百万人披红挂绿站到台上。但没有人管这个，也没有人管你死活。深圳过去提倡速度，现在提倡质量，可在快速道上跑了三十年，改不改惯性都在那儿，刹不住。

于是监理感到的就是，"他累，却只能忍着，无处可说"。监理的疲惫传染了妻子，于是妻子的梦也多了起来。更糟糕的是，不只是这一对夫妻，几乎所有的人，"他们焦虑或镇定，不安或顽忍，掩饰或坦然，却同样孤独地找不到同类"。所以深圳这座光鲜、辉煌的城市正是用它意想不到的另一面作为代价实现的。现代性的承诺只实现了一部分，而它遮蔽的恰恰是需要发现的。这是一个难题，这个难题铸成的就是南中国精神或心理上的微茫。邓一光在作品集的代跋中说："任何城市和任何时代都存在至少两种城市和时代认知，一个是现实的城市或时代，一个是想象的城市或时代。小说当然要承担时代及历史记忆的打捞和记录功能，但先在性的，行动着的想象力才是小说与生俱来的责任。小说的意义更在于，它是人类人文精神的感性象征、细节佐证和精神索引，唯有这一点，它的意义超过了美轮美奂的城市建筑。"这是一种小说理念。它要表达的是，小说既是现实的，同时也是飞翔着的。

三、空间与场景

空间是小说人物展开活动的场域，这个空间可以是开放的，也可以是封闭的。但它一定是一个特定的空间，短篇小说尤其如此。同时，不同空间具有不同的功能，它制约或限制着小说的内在结构及人物关系。这与其他叙事文学的形式功能是一样的。

《乘和谐号找牙》这个小说题目在表现荒诞性的同时，也告知了小说展开的空间——和谐号车厢里。小说缘于"我"的牙丢了，而且"我"言之凿凿丢在了广州，乘和谐号就是为了去广州找牙。在即将开车时，来了一位年轻女人。"我"帮助年轻女人放好了巨大的行李，女人却坐在了"我"的座位上，"我"只好另寻座位。但女人却追了过来，两人无可避免地攀谈起来。车厢是一个封闭的空间，但它也是一个流动的空间。流动的空间与两人交流的升温和深入形成了同构关系，空间的流动性使小说有了律动感。流动就是不确定，一切未果，于是就有了悬念。果然，这位有轻微倾诉强迫症的女人，也有丢失的东西，而且对女人来说是致命的——乳房。她自己说那是对非常迷人的乳房，"您能想到的最美的乳房"。女人没有乳房就失去了性别特征，所以她说她的身体都不见了。和谐号到了终点，车门打开后，一个封闭的空间敞开。这时小说有了结果：丢失牙齿的"我"顿时释然，"看来谁都有东西在不经意之中丢失掉。我丢失的是牙齿，别人丢失的是另外什么东西"。于是他放弃了寻找牙齿的努力，又买了一张和谐号的车票返回深圳了。只有在敞开的空间里，在与他人比较中才会发现，个人得失可能不那么重要，放弃或许更重要。

《罗湖游戏》展开的空间是一家餐厅。餐厅是一个敞开的空间，是公共场域。这个场景的设定，犹如一个戏剧舞台、荧屏或银幕，它就是为观众设定的。果然，四个食客如期而至地登场了。他们先是等位，然后是我们在餐厅惯常见到的场景：点菜、喝酒、聊天。接着由于酒精的作用，聚餐推向了高潮。不同的聚餐有不同的高潮或结束方式，那是由聚餐人的身份和关系决定的。当然,我们必须关注聚餐谈话的内容——不同群体、不同身份的聚会,谈话内容一定有所不同,但有一点是共同的,那就是他们在谈论什么,就一定是在关注什么,他们的话题有通约性,也就是怀有共同兴趣。这是一个敞开的场景,但是你发现,这个敞开的场景并没有实现"公共空间"的功能,四个人构成了一个封闭的小圈子。当然,聚餐是私人性质的,可以不与之外的任何人打交道。故事讲述者显然有旁及整个场景的机会或可能,但他都没有涉及。人与人之间的关系在这里构成一种隐喻。然后我们听到的是这样一些谈话内容:"我要是店家,不会让大胸的服务生写菜牌。""刚才你们谁推我?""说说罗湖游戏,是怎么回事?""谁是廖真珍?我们办公室一个老姑娘。"这些话题散乱而无序,之间没有任何联系,就像这四个人的关系一样。聚餐结束时,居然"我们谁也没有理谁"。讲述者"我"突然发问:"他们是谁?他们是干什么的?"这个发问既是四个人没有任何关系的必然结果,也是对这场聚会的巨大解构。因此有了这样一个合乎逻辑的结尾——

  关于这顿饭,疑点很多。我为什么非得在食府等位?我来这里干什么?那个大厨模样的男人是谁?罗湖游戏到底是什么游戏?怎么玩?直到最后他们都没说。还有,我根本不认识他们。我是说,林洁也好,郭子和熊风也好,我不认识他们。我连他们叫什么都不知道。他们的名字是临时取的,我取的,凑合着用一下,以免把人弄混了。所以三个人都取了单名。
  名字这东西,你可以信,也可以不信。

小说的荒诞性至此呈现出来。这个荒诞性是通过戏剧化的方式得到表达的,比如那个"罗湖游戏"一直隐藏在幕后,它的谜底始终没有揭开,它就像被等待的那个"戈多",究竟是迟迟不临还是子虚乌有已经不重要,因为它就如同那三个被虚构的人物一样,是符号化的元素,是被设定的,他们是谁都一样。存在主义哲学在当下的日常生活中仍然没有退场,人与人难以沟通的绝对性,构成了小说荒诞性的哲学基础。

《仙湖在另一个地方熠熠闪光》与《罗湖游戏》大不相同,它的空间是一个封闭的场景——私人居室。人物也只有他和她两个人。一对成年男女在一个私密空间里,原本是一个被"窥视"的所在——它喻示着缠绵、暧昧、情色,等等。而这两人的关系也确实诡秘,此时的他们是在私密的幽会:两人的关系显然不同寻常,这从他们的口吻、眼神、动作都能体现出来。尤其女人的关切、理解和自然的行为,给人以深刻印象。但是,他们接触了之后我们发现,两人又像是两条轨道上跑的车,总是不能交会,就像都在守着一个不可言说的秘密,谁都不肯先交出来。因此,我们窥视到的情况可能会让很多人大失所望:我们只见那个男的非常不安,一直在看电视里日本福岛核电站泄漏的新闻;女的则不关心这件事,她在心不在焉地读自己喜欢的书。他们在一起的四天里,也交谈、也散步、也做饭,但奇怪的是他们没有身体接触。这种人物关系一直以神秘的方式向前流淌。直到小说即将结束时我们才得知:他们曾经是大学同学,是曾经的恋人并且有一个共同的孩子。但此时的他们已经各自有了归属,这个女人也许过两天,就可以开着她的布加迪,过了罗湖回到香港半山的豪宅里。因此,这是一次为了告别的聚会,一切都结束了。这也是他们四天同居一室,各怀心事的最终原因。那个封闭的私人空间,可以让他们的身体与世隔绝,但他们的心却在各自的轨道上飞翔。深圳隐秘或堂而皇之的角落,就隐藏着无数这样的隐秘故事,它们漂浮或散落在深圳汪洋一样的生活中,使这座英姿勃发的城市迷离又绚烂。

小说有鲜明的先锋文学的气质,特别是在叙事视角上。这里的叙事视角是"后视角":只有讲述者把当事人的经历全部呈现出来时,一切才浮出水面。我曾经多次讲过,在当代中国,是否受过先锋文学的洗礼是大不一样的。邓一光的小说不只是讲述故事,故事只是他小说的一个元素,他通过这些时断时续的故事线索,处理的是人物的精神状态或处境,他是以处理人物的精神和心灵事务为旨归的。荒诞性、不确定性和人物命运的不可知性,构成了他小说的内在结构。他对小说的理解和处理方式,使他这部作品集鲜明地区别于当下所有书写都市生活的作品,从而在短篇小说创作中独树一帜。

当下中国的社会构型还远远没有完成,以城市文明为核心的新文明正在构建当中。深圳作为新兴的一线城市,作为新文明崛起的一个"个案",具有鲜明的典型性和代表性。新文明构建过程所有的问题在深圳都可以轻易地找到或得到佐证。在这样的时候,邓一光置身其间恰逢其时,他的小说从一个方面为我们记录或揭示了深圳精神状况的某些方面。他在这本书的后记中说:"这部短篇小说集里的故事来自我在深圳一年的生活。它更像一部文学笔记。也许我每年都会写一些……如果十年以后我还在写,写下几十个甚至更多的篇什,它们会形成我对这座城市的认知史。"现在看来,邓一光已经部分地实现了自己的期许。

  我稍显不满足的是，他这些杰出的小说，在结构上可能有些雷同。它们都是写实的姿态，写具体的日常生活，然后虚写，写一个意象或具有象征性的事物，都是先在地上预热，然后飞向空中。或者说，这些小说都是试图在具体生活中发现哲学，发现抽象的、令人震惊的感悟，然后让那些无关紧要的日常琐事烟消云散。比如房子与红树林、牙齿与放弃、聚餐与存在主义、深圳与草原等意象，这些想法确实不错，但如果用得多了，似乎就有重复的感觉。我觉得，是不是这些小说是在一个时段里集中创作的原因，是邓一光无意识形成一种思维定式带来的后果？这当然是揣测，但是否也是问题呢？

原载《文艺争鸣》2013年第11期

孙甘露

历史天幕上的青春绝唱
——评孙甘露的长篇小说《千里江山图》

这是一部红色历史题材的小说，一部青春热血喷涌的小说，一部心怀国家民族锦绣江山的小说，也是一部在艺术上大胆探索、迎难而上并取得了巨大文学成就的小说。毫不夸张地说，这是近些年来读过的最让我着迷的小说，它让我手不释卷、不舍昼夜。这部小说就是孙甘露的《千里江山图》。在当代文学界，孙甘露声名远播。他是改革开放四十多年来最具影响力的作家之一。他的《访问梦境》《我是少年酒坛子》《信使之函》等，已经成为先锋文学的代表作和经典之作。多年后，他终于有新的长篇小说发表，对于期待已久的读者来说，好消息恰逢其时。

小说从1933年腊月十五的一次集会写起。20世纪二三十年代是白色恐怖最为严酷、民族危亡日益深重的时期：日军侵占了山海关，蒋介石亲赴南昌"剿共"，上海总工会发表《告全国工友书》，提出要团结一致，共赴国难，厉行抵货，加紧抗日……这是那一时代中国具体的历史处境，也是孙甘露的长篇小说《千里江山图》故事发生的时代背景。一群热血青年,通过不同渠道参加了中共地下党,他们要拯救中华民族于危亡之际。于是,会议的参加者卫达夫、易君年、凌汶、秦传安、田非、崔文泰、林石、董慧文等人,在十点左右进入菜场三楼和四楼之间的夹层。房间中间放了一张长桌,每个人都要从口袋里摸出几只骨牌放到桌上——这是他们约定的暗号。除了他们之外,还有七张陌生的面孔。该来的人已经到齐,但会议召集人老方却没有到场。就在此时,淞沪警备司令部侦缉队队长游天啸,带人包抄了会场。有人不惜从楼上跳下,拼死为会议报警。易君年指挥大家四散逃离,但为时已晚。游天啸走进房间也从口袋里拿出了一对骰子,这是上级派来的人用的接头暗号。没有跑散的人悉数被捕。

  这是小说的开头,也是小说的核心情节之一。侦缉队队长游天啸带人准确地包围了菜场的会议室,并且有一对骰子,显然,内部出了叛徒。被逮捕的这些人免不了要受到审讯、行刑。值得注意的是,这些青年地下党刚刚参加革命,他们有一腔热血却毫无斗争经验。和《红岩》里的许云峰、江姐等久经革命考验的革命家相去甚远。《红岩》里的革命家无论斗争经验还是革命意志,可谓百炼成钢炉火纯青。他们是一代英勇坚贞的共产党人的楷模和象征。书写《红岩》的时代,革命取得胜利不久,革命理想主义的巨大感召力如日中天,作家怀着那一时代对革命和革命家的想象,用浪漫主义的方式书写了许云峰、江姐和他们的同志们。六十多年过去之后,孙甘露用更真实的方法书写了那一代革命青年。对于董慧文、凌汶等青年女性来说,被捕之后她们不仅"十分害怕",而且侦缉队的人如果动刑,董慧文能做的只能是"朝墙上撞",也就意味着以死相搏了,这是对那一时代革命青年的理解，这个理解是符合人性的。就如法国著名哲学家、剧作家萨特的《死无葬身之地》一样。这是一部极端复杂的戏剧，反复交替的两个场景都被规定为极端化的场景。一个是法西斯的审讯室，一个是关押游击队员的牢房。但事实上，与游击队员构成尖锐戏剧冲突的不仅仅是法西斯的严刑拷打，而是来自每个游击队员的内心。除了坚强和富有经验的希腊人卡诺里之外，索比埃、吕茜、弗郎索瓦和昂利，都惶恐不已惴惴不安。每个人都希望能够有点什么秘密出卖以逃脱刑讯。既然游击队的行动都受到了怀疑，那么在敌人面前表现坚贞是否还有意义？但为了人的尊严，也为更多的游击队员免于被俘，卡诺里、索比埃和昂利都在审讯中坚持了下来。但这时已经逃脱的队长若望却意外地被捕，而且与队员们关在同一间牢房。于是，情况急转直下：大家拥有了共同的秘密；相同的处境因队长的到来起了变化。队员要为守住这个秘密去遭受苦难，队长则要承受不能参与其间的心灵的煎熬。于是索比埃怕自己泄密选择了自杀，队长的同志和恋人被敌人凌辱，而吕茜的弟弟弗郎索瓦因扬言告密而死于同伴的扼杀。人性的多种可能性在极端化的情境中表现了它的不确定性。人是坚强的也是脆弱的；人是理性的也是非理性的；人是有尊严的也是自私的；人是可以沟通的而他人也是你的地狱……但争吵、宣泄或漫长的沉默之后，人的对尊严的要求和内心对高贵的意属，最终战胜了懦弱、私欲、卑下和法西斯的惨绝人寰，他们以死亡肯定了人的尊严和高贵。

侦缉队队长游天啸从长计议，他释放了这些年轻的地下党。但是，不能释然的青年地下党们——易君年、秦传安、梁士超、林石、卫达夫、凌汶、董慧文、陈千元、陈千里等人，在内部都是怀疑者也都是被怀疑者。因此,他们主动或被动地反复讲述自己那天从菜场逃离的经过,于是时间反复重临起点。时间在小说中具有驾驭或掌控小说进程的作用,情节的变化或转折,都与时间密不可分——每个讲述者都要从头说起。一件事情有多种叙述,我们都可以看作是真相,也都可以看作是叙事。在回忆本来就是叙事这一点上,他们每人都"虚构"了真相,同时每人也都说出了"真相"。这就是历史讲述的复杂性。或者说,他们几个当事人讲述的具体情况都是真实的,因为那是他们亲历的;但总体上又是难以确定的,每个人都是自己的"孤证"。这就是历史讲述的悖论。这一点酷似博尔赫斯著名的"迷宫"叙述。《小径分岔的花园》表面上采取的是"侦探小说"的形式,就是因为"由相互靠拢、分歧、交错或者永远互不干扰的时间织成的网络包含了所有的可能性"。"小径分岔的花园象征着时间,没有绝对和同一的时间,即同一时间有若干可能性并存并导致不同的将来和结局,而我们只能选择其中的一种可能性,而且一经选择,就再也无法回头。"时间是同一时间,但不同的讲述使这相同时间不断地"分岔",这个分岔使故事从单一事件不断被发酵、被复杂化。这个过程既是重建或复原的现场,被修复的个人"遗忘",同时也是相互的补充或对话;当然,它同时也意味着真相被修正,甚至歪曲或篡改。《小径分岔的花园》里有所有的结局,每个结局就如分岔那般,在迷宫中蔓延出去。德勒兹说博尔赫斯的分岔在此就是时间的分岔。如果将时间理解为一条线的话,那么它是一条不停息的分岔的线。每一条线上都对应着不同的回忆。但是,在《千里江山图》中,不断重临时间的起点,并不是叙事的空转。事实上,不断地讲述也如同层层剥笋,真相是在讲述中逐渐呈现出来的。

孙甘露

《千里江山图》的复杂性还不只在于它的叙事，内容和人物关系也盘根错节千头万绪。比如特务头子叶启年，当年是一个学者，他身边聚集着一群年轻人。他的女儿叶桃和革命者、小说的主角陈千里相爱，叶启年坚决反对。叶桃后来参加了革命，利用自己的身份随意出入情报中心"瞻园"，很多非常重要的情报，都是叶桃传递出来的。叶启年认为是陈千里魅惑叶桃参加了革命。但事情并不在他的想象之中，叶桃恰恰是陈千里参加革命的引路人。但叶启年一定要把这个"私仇"记在陈千里身上。因此，当叶启年的学生、侦缉队队长游天啸拿出照片时，叶启年一眼就认出那是陈千里。还有凌汶和龙冬、易君年三人的关系，是小说别开生面的设计，它的可读性一如寻找内奸一样。凌汶对爱情的坚贞，对龙冬的一往情深感人至深。那是革命者的爱情，对爱人的忠诚一如他们对革命的忠诚，凌汶对易君年轻佻的追求不为所动。这一点，凌汶与江姐完全是同一谱系的革命女性。事实上，易君年是隐藏更深的特务，他是叶启年真正的学生，他真实的名字叫卢忠德。小说的后半部分，易君年是被置换为卢忠德出现的。

　　在不断重临起点的叙述中，人物身份逐渐浮出水面：崔文泰是会议的参加者，也是最早出现的人物。他到了菜场的小食摊，本来想喝碗豆浆吃块大饼了事，突然又改吃猪杂碎烧饼，从"了事"到"心里踏实多了"，其趣味、心事和人物身份恰切无比。或者说，即便在最细微处，作者也是一丝不苟、用尽心思。果然，当陈千里他们到银行取金条时，由于内奸的出卖，叶启年和游天啸早早将特务布置到了银行的周围。崔文泰看见叶启年时，喊了一声"叶主任"，这时内奸的线索才开始逐渐显现。神秘的"西施"中就有叛徒崔文泰，牺牲的老方就是他出卖的。更为滑稽的是，崔文泰见钱眼开，不惜开罪国共两党，他以为他的车上真的有黄金，置特务头子叶启年和地下党领导陈千里于不顾，奔逸绝尘跑路了。但他还是被侦缉队队长游天啸抓住了。崔文泰车上的皮箱里只有几只秤砣，一根金条都没有。这是陈千里的智谋。鬼迷心窍的崔文泰终于被游天啸杀了。自以为得意的崔文泰自导自演了一场弥天闹剧，下场也是自食其果。崔文泰这样的人物是小说的一大发现。

当然，小说的主体是一群对革命向往又忠诚的热血青年。他们要完成一个重大的计划。这个计划被命名为"千里江山图"。著名的绘画作品《千里江山图》，是宋人王希孟十八岁时创作的千古名画，是中国十大传世名画之一。作品以长卷的形式描绘了层峦叠嶂江河湖水，意态生动气象万千。小说以"千里江山图"作为最重要的行动代号，显然意味深长。要转移的中央领导和浩瀚同志，心怀国家民族和千里江山，他们为中国的未来而战，构成了小说的基本主题。小说的情节无论多么复杂，始终都围绕着这一主题。值得注意的是，小说的结构和叙述没有直奔主题，而是让这个主题像一束光环绕在情节之上，让情节围绕这束光展开。于是，小说在虚实之间造成了巨大的张力，虚虚实实真真假假，小说的虚构性就这样发挥到了极致。这群热血青年在陈千里的带领下，完成了这个任务。

小说最后附录的两则材料，是小说结构重要的组成部分。孙甘露以"仿真"历史材料的形式，最后完成了陈千里、叶桃、无名氏、方云平、凌汶、林石、陈千元、董慧文、卫达夫、李汉、梁士超、田非、秦传安等青年革命者形象的青春绝唱。他们宛如流星，瞬间熄灭，却也照亮了星空。青春的热血洒满了历史天幕，最终幻化为中华人民共和国的满天朝霞。他们义无反顾从容赴死，这就是信仰的力量，壮美的青春就是这决绝且不动声色的容颜。

《千里江山图》是敢于迎难而上的创作，是敢于挑战难度、挑战自我的创作。这些年来，主题创作风起云涌，形成了巨大的文学潮流。这个领域积累了一些经验，取得了一定的成就。但是，更多的作品避难就易，舍远求近，直奔主题，看似声势浩大，实则经不起阅读。文学性一直是这个领域远没解决的难题。因此，有质量、有可读性的主题创作凤毛麟角。直到孙甘露《千里江山图》的出现，我们长出一口气，这个领域也是可以产生大作品甚至是杰作的。

原载《文学报》2022年5月23日

毕飞宇

写人物,就是他的小说之道
——评小说家毕飞宇

"新生代"作家的隆重登场,已经有三十年的历史,于作家来说,三十年沧海桑田物是人非。因此,今天重新讨论这代作家的文学价值就有了时间的距离——我们可以在某种程度上客观地评价这代作家。过去难以发现的问题,可以自然地呈现出来。当然,这也是一种假设,再过若干年后,新的问题还会接踵而来,那是后来批评家要面对的。对这代作家的评价,一个可行的办法是选择他们中有代表性的作家,并且在文学批评现场和文学史的双重视野中,判断他们的贡献和问题,从而为未来的文学史写作提供来自文学现场的佐证和材料——我要讨论的作家是毕飞宇。

现在,毕飞宇是一个炙手可热的作家,是一个被无数读者,特别是女性读者热爱拥戴的作家,这当然缘于毕飞宇的小说创作。另外,在日常生活中,毕飞宇是一个有趣的作家,一个有意思的人。比如他喜欢打乒乓球,就要请专业教练训练,然后告诉朋友,现在已经打到怎样的程度;他还喜欢彻夜长谈,如果身边没有谈话对象,他便径直打电话给朋友谈文学，李敬泽就曾经不止一次地说过："这都三点了，睡吧，明天还要上班呢。"他不但很好地管理了自己的身体，而且谈文学一时兴起可以不管别人死活。这是毕飞宇性格的一个方面——率性而为不失天真。但毕飞宇首先是一个作家，是"新生代"最有代表性的作家。他自己说："多年以前，李敬泽老师对人说，毕飞宇的能力很均衡。后来，有人把这句话转告我了。现在回过头来看，我在长、短、中这三者之间的确是能力均衡的，虽然李老师说的并不是这个意思。但是，有一件事李老师并不知道，在这三者的转换之中，我的调整能力是很差的，我要花很长时间去'倒时差'。为了把事情说清楚，我只能打比方，长篇是中国，中篇是欧洲，短篇是美国，我在这三个地方都可以生活得很好，但是，一换地方，我要花很长的时间才能把时差倒过来。我不知道为什么会这样。我的写作从来都是一波一波的，一阵子写短篇，然后，停止，一阵子写中篇，然后，再停止，一阵子写长篇。在这个停止之间，我时常一停就是一年，这是我产量偏低的根本原因。"[①]这段话看似无关紧要，但内容很丰富。其一，李敬泽对毕飞宇很重要。我们知道，作家一般情况下是不谈论批评家的，批评家对他们的创作可有可无，起码表面是这样。但毕飞宇不一样，他非常重视李敬泽的评价。其二，毕飞宇在小说的长、短、中三种体式上的能力是均衡的。用我的话说，毕飞宇是中国的奈保尔，毕飞宇也没有表示不同意。其三，为什么毕飞宇小说的产量偏低，是因为他经常写一阵子停一阵子。这个停，是因为他要转换文体"倒时差"。所以产量就低了。这是我

[①] 毕飞宇、张莉：《小说生活：毕飞宇、张莉对话录》，人民文学出版社2019年版。

们从另一方面了解的作家毕飞宇：尊重批评家，小说文体的全能者，创作不靠产量靠质量。从作家的自述中了解作家很重要，但是，评价一个作家更重要的依据是他的作品。通过毕飞宇的小说，我想毕飞宇的如日中天可能与他小说创作的这两点有关：一是他对人物形象的塑造，特别是女性人物的塑造；二是他出入于小说内外的对小说之道的理解。

了解了女性才了解了这个世界

戏曲行内的"角儿"，是对那些唱念做打俱佳的演员的尊称。古时是针对戏曲界有名气、有影响力的人物，至今仍指不同行当那些出类拔萃的人物。演艺界用得比较普遍，时下也称为"腕儿""大腕儿"。毕飞宇就是当下文坛的"角儿"或"大腕儿"。如果要派一个行当的话，最适合他的，非"青衣"莫属，而且是"大青衣"。大青衣是戏剧中对女角扮相的称呼，或者称之为正旦，是戏剧中的重要角色，青衣扮演的一般都是端庄、严肃、正派的人物，大多数是贤妻良母，或者旧社会的贞节烈女之类的人物。年龄一般都是由青年到中年。青衣表演上的特点是以唱工为主，动作幅度比较小，行动比较稳重。念白都是念韵白不念京白，而且唱工非同寻常。

说毕飞宇是"大青衣"当然是一个比喻，也是一种印象。所有的读者都知道，毕飞宇小说中的人物，写得最好的是女性。他并不是一个女权主义者，也不是一个对女性有特殊情感或感到神秘的人。女性，是他探寻世界的一个对象、一种方式，也是他表达现实态度和价值观的一种方式。《哺乳期的女人》《青衣》《玉米》《玉秀》《玉秧》《平原》《推拿》《大雨如注》等小说,集中显示了毕飞宇书写女性人物的能力。在我看来,作家只有了解了女性才完整地了解这个世界,了解了女性才了解完整的人。这一点与古代社会不同,古代社会男性掌控世界,除了吕雉、武则天、慈禧等"女强人"的时代外,男人的世界密不透风。男人就是主宰,就是世界。进入现代社会之后,男女平等之外,还有女性主义甚至女权主义,于是女性还多了性别优势,因为有"政治正确"的制约。这让男人必须有所忌惮并将嚣张的气焰收敛许多,特别是在文明社会,不管是否有虚假成分,表面上必须如此。过去,由于权力关系,男性看女性一目了然,女性处在被压抑状态,须唯唯诺诺看男性脸色行事。但女性解放且成为运动之后,女性未被发现的万千世界逐渐敞开——不啻一个新宇宙的被发现。

《哺乳期的女人》发表于《作家》杂志1996年第8期,获首届鲁迅文学奖。如果我们把《哺乳期的女人》看作是毕飞宇的成名作的话,那么,1996年的毕飞宇三十二岁,三十岁出头就名满天下,也可以说是"少年成名"了。少年成名的毕飞宇写惠嫂,他是写女人的安静——

  惠嫂面如满月,健康,亲切,见了人就笑,笑起来脸很光润,两只细小的酒窝便会在下唇的两侧窝出来,有一种产后的充盈与产后的幸福,通身笼罩了乳汁芬芳,浓郁绵软,鼻头猛吸一下便又似有若无。惠嫂的乳房硕健巨大,在衬衣的背后分外醒目,而乳汁也就源远流长了,给人以取之不尽、用之不竭的印象。惠嫂给孩子喂奶格外动人,她总是坐到铺子的外侧来。惠嫂不解扣子,直接把衬衣撩上去,把儿子的头搁到肘弯里,而后将身子靠过去。

等儿子衔住了才把上身直起来。惠嫂喂奶总是把脖子倾得很长,抚弄儿子的小指甲或小耳垂,弄住了便不放了。有人来买东西,惠嫂就说:"自己拿。"要找钱,惠嫂也说:"自己拿。"

小说写了七岁的旺旺,还有旺旺爷等人物,内部有紧张关系。旺旺因将惠嫂的乳头咬出了血,难免遭受皮肉之苦,欲摆脱干系的旺旺爷则神色慌张词不达意。小说可以解读的意味或意思有许多,惠嫂内心也有风暴蓄势。但惠嫂还是静若处子,她举手投足都是在安静中完成的。惠嫂没有产后的不安、焦虑或者抑郁。她产后的幸福,是通过似有若无的芬芳乳汁,给孩子喂奶的姿态以及对吃奶儿子的抚弄传达给我们的。惠嫂是一个端庄、温婉的青衣。

中篇小说《青衣》中筱燕秋一直处在紧张之中,有时外松内紧,有时内外都紧。她的"紧"和时代有关系,但她的"争"却是个人性格使然。一个"争"字,让筱燕秋一直处在焦虑之中。筱燕秋在争什么?究竟是什么东西在她欲望深处坚不可摧?不是金钱、不是爱情,当然更不是权力。这些世俗世界放不下的事物,都不在筱燕秋的眼里,更不在她的心里。她的眼里和心里,唯一不肯出让的是舞台。她和当年的当红青衣也是老师的李雪芬争,和自己的学生春来争,争演《奔月》里的嫦娥,争舞台上的中心角色。这是这个大青衣展示个人的舞台,是个人存在价值的唯一体现。为了这个舞台,筱燕秋尝尽了人间的所有味道,一如那个青衣角色。为了这个角色,在资本主宰市场的时代,筱燕秋不得不付出女人最后的代价,烟厂老板如愿以偿——

筱燕秋终于和老板睡过了。这一步跨出去了，筱燕秋的心思好歹也算了了。这是迟早的事，早一天晚一天罢了。筱燕秋并没有什么特别的感觉，这件事说不上好，也说不上不好，从古到今反正都是这样的。老板是谁？人家可是先有了权后有了钱的人，就算老板是一个令人恶心的男人，就算老板强迫了她，筱燕秋也不会怪老板什么的。更何况还不是。筱燕秋在这个问题上没有半点羞答答的，半推半就还不如一上来就爽快。戏要不就别演，演都演了，就应该让看戏的觉得值。

谁都明白这是一种交易。但是，事情远非这样简单。事到临头时，筱燕秋与其说感到耻辱，毋宁说感到了难受："这种难受筱燕秋实在是铭心刻骨。从吃晚饭的那一刻起，到筱燕秋重新穿上衣服，老板从头到尾都扮演着一个伟人，一个救世主。筱燕秋一脱衣服就感觉出来了，老板对她的身体没有一点兴趣。老板是什么？这年头漂亮新鲜的小姑娘就是货架上的日用百货，只要老板喜欢，下巴一指，售货员就会把什么样的现货拿到他们的面前。筱燕秋是自己脱光衣服的，刚一扒光，老板的眼神就不对劲了，它让筱燕秋明白了减肥后的身体是多么的不堪入目。老板一点儿都没有掩饰。在那个刹那里头筱燕秋反而希望老板是一个贪婪的淫棍，一个好色的恶魔，她就是卖给老板一回她也卖了。然而，老板不那样。老板上了床就更是一个伟人了。"这个时候不只筱燕秋，旁观者的我们也明白了，资本宰制的力量或恶，丝毫不逊于政治专制。正因为如此，筱燕秋才痛骂自己"实在是下贱得到家了"。

筱燕秋"争"角色，"争"舞台，她可以不顾一切，不惜一切。但她对丈夫面瓜的感情还是发自内心的。当自己不慎摔倒，面瓜的心疼她是实实在在地感受到了。这时的筱燕秋——

面瓜望着筱燕秋的脚脖子，不敢看筱燕秋的眼睛。后来他到底偷看了一眼筱燕秋，目光立即又避开了。面瓜说："还疼么？"面瓜的声音很小，但是筱燕秋听见了。筱燕秋不是一块玻璃，而是一块冰。只是一块冰。此时此刻，她可以在冰天雪地之中纹丝不动，然而，最承受不得的恰恰是温暖。即使是巴掌里的那么一丁点余温也足以使她全线崩溃、彻底消融。面瓜木头木脑的，痛心地说："我们还是别谈了吧，我把你摔成这种样子。"筱燕秋冷冷地望着面瓜，面瓜木头木脑的，扯不上边地胡乱自责。可胡乱的自责不是怜香惜玉又是什么？筱燕秋的心潮突然就是一阵起伏，汹涌起来了，所有的伤心一起汪了开来。坚硬的冰块一点一点地、却又是迅猛无比地崩溃了、融化了。收都来不及收，不能自已，不可挽回。她一把拉住面瓜的手，她想叫面瓜的名字，但是没有能够，筱燕秋已经失声痛哭了。她拼了命地哭，声音那么大，那么响，全然不顾了脸面。面瓜吓得想逃，没能逃掉。筱燕秋死死地拽住了面瓜，面瓜没有能够逃掉。

这时的毕飞宇有一句议论："在某种时候，女人为谁而哭，她就为谁而生。"如果没有对女性世事洞明的理解和体悟，如何能说出这样一句话。毕飞宇这句精彩绝伦的话，几乎就是"问世间、情为何物，直教生死相许"的最佳注释。筱燕秋在面瓜面前可以柔情似水，但为了角色,她可以将一大杯开水泼在前辈李雪芬的脸上;为了角色,她可以和自己的学生春来在心里结成"一个大疙瘩",互相不看对方的眼睛。《青衣》一波三折,就这样写尽了女性的心思、心事和不能出让不可触摸的那个"心气"。如是,筱燕秋就是一个悲情的大青衣,她的悲情如倾盆大雨,如银光泻地。毕飞宇无意中说:"所谓的浪漫全是艰辛。"①这种对浪漫的会心和诠释,贯穿在《青衣》的始终。《奔月》——这个讲述嫦娥奔月的故事虽然险象环生,但也充满了传奇般的浪漫。然而,演绎这个浪漫故事的筱燕秋的经历,是何等的曲折艰辛。

如果说《青衣》因"写什么"和"怎么写",致使人物和小说的韵味有浓郁的"古意"的话,那么《玉米》则是一部充满了"现代"意味的小说。《玉米》发表之后,莫言给毕飞宇写了一首打油诗:"我家高密东北乡,遍野种植红高粱。自从来了毕飞宇,改种玉米一片黄。"莫言对《玉米》的赞赏,不著一字尽得风流。《玉米》是小说人物玉米情感"疼痛的历史"。王连方的妻子施桂芳生下"小八子"后,有一种"松松垮垮"的自足和"大功告成后的懈怠",是连续生了七个女儿的"疼痛的历史"的终结,"小八子"是疗治施桂芳唯一的"良药"。从此她就从作为王家和大王庄"话题"的处境中解放出来。当然,这不是她的大女儿玉米的切肤之痛。玉米真正的疼痛是个人的情感史。彭家庄箍桶匠家的"小三子"是个飞行员,叫彭国梁。在彭家庄彭支书的介绍下,和玉米建立了"恋爱关系"。尽管是一个扭曲畸形的年代,但玉米还是经历了短暂的爱情幸福。与彭国梁的通信,与彭国梁的见面,使玉米

---

① 毕飞宇、张莉:《小说生活:毕飞宇、张莉对话录》,人民文学出版社2019年版。

内心焕然一新。爱情改变了玉米眼前的世界,因王连方和那些女人带来的疼痛也得到了缓解。彭国梁的来信,"终于把话挑破了。这门亲事算是定下来了。玉米流出了热泪"。玉米不仅为自己带来了荣耀,也为王家和王家庄带来了荣耀。但爱情的过程仍然伴随着苦痛,这不只有思恋的折磨,还有玉米文化上的"病痛"。她只读过小学三年级,"那么多的字不会写,玉米的每一句话甚至是每一个词都是词不达意的。又不好随便问人,这太急人了。玉米只有哭泣"。于是,"写信"又成了玉米挥之不去的隐痛。彭国梁终于从"天上"回到了人间,一瓶墨水、一支钢笔、一扎信封和信笺,以及灶台后的亲密接触,让玉米幸福得几近昏厥。但玉米还是没有答应彭国梁的最后要求,她要守住自己的底线。彭国梁又回到了"天上"。幸福是如此的短暂。更让玉米难以想象的,这几乎就是玉米一生的全部幸福。

玉米在遇到彭国梁之前,她的思想从来没有离开王家庄一步。但接触了彭国梁之后一切都发生了变化,就连他们的恋爱都有一种不可企及的色彩:"玉米的'那个人'在千里之外,这一来玉米的'恋爱'里头就有了千山万水,不同寻常了。这是玉米的恋爱特别感人至深的地方。他们开始通信。信件的来往和面对面的接触到底不同,既是深入细致的,同时还是授受不亲的。一来一去使他们的关系笼罩了雅致和文化的色彩。不管怎么说,他们的恋爱是白纸黑字,一横一竖,一撇一捺的,这就更令人神往了。在大多数人眼里,玉米的恋爱才更像恋爱,具有了示范性,却又无从模拟。一句话,玉米的恋爱实在是不可企及。"彭国梁给玉米带来了另一个空间,它阔大、绚丽,但似乎也虚无缥缈。就连信中的那些词也飘忽般地闪烁。事实上,"天上人"彭国梁的到来，其实对玉米是一个抽离过程，一个昙花一现的幻觉过程。彭国梁把她从王家庄突然间带到了"天上"。遥远的蓝天从此"和玉米捆绑起来了，成了她的一个部分，在她的心里，蓝蓝的，还越拉越长，越拉越远。她玉米都已经和蓝蓝的天空合在一起了"。"天上"美妙，但它不是人间，"天上"不可能属于玉米。因此在幻觉中晕眩般地升上天空，应该是她一生中最绚丽和幸福的时刻。

彭国梁是飞行员，"飞行员"的身份在小说中有强烈的隐喻性，他是一个"天上人"，他和王家庄的世俗世界处在两个不同的空间，他和玉米的男女之情是"天女下凡"的逆向模式。这个来到"人间"的天上人，给王家庄和玉米一家带来的都是人间的奢侈。就连在王家庄"莫非王土"的王连方，也"实在是喜欢彭国梁在他的院子里进进出出的，总觉得这样一来他的院子里就有了威武之气，特别地无上光荣"。但是，这个"天上人"毕竟是下凡了。他被破例地留宿在玉米家，于是，这个在天堂飞翔的人，却对狭小的厨房流连忘返。此时的厨房远远胜于天堂。

从天上到厨房，这两个空间是两个世界。一个是现代的，可望不可及；一个是传统的、世俗的。厨房在这里也是一个隐喻，它是属于玉米的。玉米对厨房环境的熟悉使她忘记了彭国梁的"天上人"身份，她可以从容地和彭国梁独处。在这个狭小但温暖的空间里，玉米体验了一生的幸福：既有恋爱亦真亦幻的感觉，也有遗憾终生的悔恨。那亦真亦幻的感觉被毕飞宇在这个方寸之地写得惊心动魄波澜跌宕。小说的高潮没有发生在天上，却发生在厨房这个方寸之地。但玉米还是没有给彭国梁想要的东西，于是一切便戛然而止。当彭国梁转身离去的瞬间玉米就悔恨交加，但一切已经结束了。

彭国梁是个飞行员，是掌握最高端科学技术的人，他应该是一个"现代人"。但是，彭国梁的人在"天上"，精神世界仍然没有超出彭家庄。现代科学技术难以承担改变、提升人的精神世界的功能和任务，科技神话在彭国梁这里破灭了。玉秀和玉叶惨遭不幸之后，他首先关心的是玉米"是不是被人睡了？"，女性的贞操在彭国梁这里几乎与高科技是同等重要的。

王家庄也是一个权力主宰一切的空间。王连方在任的时候，他为所欲为，想睡谁就睡谁，就因为他是王家庄的"主"。在他这里，性与政治的同一性再次被有力地证明。他不是"帝王"，但他是一个村庄的"主"，也可以"妻妾成群"，于是他就成了"王"。但是，当他肆无忌惮地宣泄身体欲望的时候，他的末日也就到来了。王连方是否意识到即便是在"文革"时代，与帝王时代毕竟不同已经不重要；重要的是权力可以让人无所顾忌。这应该是一个反面的教训，但这个教训却从另一个方面启示了玉米：无论王连方多么有父性，多么爱他的大女儿，但毋庸置疑的是父亲的失势才导致了家庭的破产、导致了妹妹们的厄运、导致了"天上人"彭国梁撕毁婚约。这时玉米认识到了权力意味着什么。这是玉米重新审视人生、婚姻的转折点。王家庄的世俗社会还是权力支配一切的空间。她再找的已经不是"爱人"，而是一个"不管什么样的，只有一条，手里要有权"的人。玉米的"权力的饥饿"不一定就是"残酷的嗜好"，也不是心理扭曲后萌发的支配欲。她最后委身于一个年过半百的"革委会"副主任，更多的还是寻求权力的保护。但玉米这一选择所蕴含的悲剧性更震撼人心。因此，从本质上说，玉

毕飞宇

米还是农耕文化影响下一个没有主体性的弱者,她向权力的屈服,与历史上所有被侮辱与被损害的女性没有本质差异,她仍然是中国乡村权力下的牺牲品。

长篇小说《平原》中的三丫,更是一个悲剧性的"青衣"。她喜欢能干又有文化的小伙端方,三丫的喜欢不是暗恋,不是扭扭捏捏难以启齿。三丫直接就约会端方,不仅如此,还把自己的"第一次"献给了端方。但是,一个出身"地主"家庭的姑娘,在"身份社会",她自由恋爱的可能性是不存在的。于是,在多方力量的合围下,三丫被迫嫁给腿脚不利索的房成富。出嫁那天,她以喝农药的方式试图让母亲改变主意,却因医疗失误弄假成真,三丫真的死于非命。小说的内容并不新鲜,但小说写出了身份决定命运的荒诞性。三丫的死就超越了性别关系,而是在身份、阶级、权力等层面得以讲述。三丫是一个惨烈的青衣。

《推拿》是获得第八届茅盾文学奖的作品。评委会给《推拿》的授奖词是:"《推拿》将人们引向都市生活的偏僻角落,一群盲人在摸索世界,勘探自我。毕飞宇直面这个时代复杂丰盛的经验,举重若轻地克服认识和表现的难度,在日常人伦的基本状态中呈现人心风俗的经络,诚恳而珍重地照亮人心中的隐疾与善好。他有力地回到小说艺术的根本所在,见微知著,以生动的细节刻画鲜明的性格。在他精悍、体贴、富于诗意的讲述中,寻常的日子机锋深藏,狭小的人生波澜壮阔。"授奖词简洁、准确地概括了小说的特征和艺术成就。《推拿》将一个陌生群体的日常生活在小说中展开。毕飞宇曾强调,他写《推拿》,首先想到的是"尊严","《推拿》是一部特殊的小说……外表沉默、内心绚烂;

它平缓多过激烈，温情多过残酷，却又让无奈与悲凉相伴相生。就像一条静默的河流缓缓流过，有漩涡，也有温度，夹杂着无奈也携带着沧桑"。这是作家表现盲人的想象与自我要求。但是，在小说中，如何"呈现"这个特殊群体"自己"的生活，就是让"盲人"做自己。后来，小说改编成了电视剧，我们看到的是沙复明的沉稳和正直、王泉的勇敢和担当、芒来的犹疑和无奈、孔佳玉的痴情与委屈，以及都红、金嫣等形象，都给人留下深刻强烈的印象。濮存昕将推拿院院长沙复明处事的练达和分寸感演绎得恰到好处，与崔云、都红情感关系的处理节制而合理；张国强一改硬朗小生形象，柔弱又羞涩，但在紧要处又大义凛然。不见经传的小人物，推拿院里的日常生活，被这个创作群体演绎得风生水起。但是，在我看来，无论小说还是电视剧，《推拿》给人印象最深刻的，还是那几个有青衣色彩的女性形象。

无论毕飞宇对女性有怎样透彻的理解，说穿了，还是他对人性的理解，对人的命运以及与生活、与时代关系的理解。他的那些不同的女性人物，构成了毕飞宇丰富的小说人物世界，特别是对女性心理的刻画，显示了他对人性丰富性的理解和表现能力。如果是这样的话，我们可以说，毕飞宇就是当代文坛的"大青衣"。他对多样女性人物的书写和创造，使他在当代中国文学格局中独树一帜。他笔下的这些有青衣色彩的女性形象，是毕飞宇对中国当代文学的独特贡献。

入与出：小说的内与外

小说的内与外，一方面是指毕飞宇对小说中女性人物和残疾人群体的理解、体悟和想象，他如临其境如见其人，甚至就是小说中的人物；另一方面，生活中的毕飞宇气宇轩昂玉树临风，他毕竟是一个男性、一个健全人。他写女性和特殊群体，须入乎其内，要有切实的体验；但这毕竟不是女性或特殊人群的自述。他须转换角色，有时须演绎，有时须对象化，因此还要出乎其外。这一里一外，终将女性和特殊人群拿捏、揣摩得入木三分，不是而胜似。

读毕飞宇与女性有关的小说，常常想起京剧的"四大名旦"，特别是梅兰芳梅老板。梅老板男扮女装，是只此一家的戏剧大师，建立了世界戏剧三大体系之一的"梅兰芳表演体系"。梅兰芳的独特，不仅仅在于他男扮女装供观众猎奇，是一种奇观，更重要的是梅兰芳出神入化地演绎了他所理解的女性。他演的那些角色，几乎都是悲情角色。他对人物和悲剧的双重理解，使他的戏分外妖娆也分外动人。但小说与戏剧毕竟不同。梅兰芳毕竟可以凭借服装、头饰、粉黛、台词、唱腔以及约定俗成的戏剧传承，协助对女性的演绎和理解。梅兰芳曾提出了"中国戏剧之三要点"，其中一点是，中国戏剧的一切动作和音乐，完全是姿势化。所谓姿势化，就是一切的动作和音乐等都有固定的方式。例如动作有动作的方式，音乐有音乐的方式，这种种方式，可作为艺术上的字母，将各种不同的字母拼凑在一起，就可成为一出戏。而观众也正是从这"姿势化"、固定的方式上欣赏"男扮女装"，演员更多的是对"程式"的熟悉和理解。但小说没有"姿势化"，更没有"程式"。因此，要把女人写得比女人还要女人，那要何等身手。在《青衣》中毕飞宇说——

自古到今，唱青衣的成百上千，真正把青衣唱出意思来的，真正领悟了青衣的意蕴的,也就那么几个。唱青衣固然要有上好的嗓音,上好的身段,——可是好嗓音算得了什么?好身段又算得了什么?出色的青衣最大的本钱是你是一个什么样的女人。哪怕你是一个七尺须眉,只要你投了青衣的胎,你的骨头就再也不能是泥捏的,只能是水做的,飘到任何一个码头你都是一朵雨做的云。戏台上的青衣不是一个又一个女性角色,甚至不是性别,而是一种抽象的意味,一种有意味的形式,一种立意,一种方法,一种生命里的上上根器。女人说到底不是长成的,不是岁月的结果,不是婚姻、生育、哺乳的生理阶段。女人就是女人。她学不来也赶不走。青衣是接近于虚无的女人。或者说,青衣是女人中的女人,是女人的极致境界。青衣还是女人的试金石,是女人,即使你站在戏台上,在唱,在运眼,在运手,所谓的"表演""做戏"也不过是日常生活里的基本动态,让你觉得生活就是如此这般的——话就是那样说的,路就是那样走的;不是女人,哪怕你坐在自家的沙发上,床头上,你都是一个拙巴的戏子,你都在"演",演也演不像,越演越不像人。

这是毕飞宇对"青衣"的理解,当然,也是他对女性艺术形象的理解。这就是"入乎其内"。但是,这个"入乎其内"毕竟还显得抽象,还显得有些"形而上"。任何具有典型意义的文学形象都是具体的,都是可以感知甚至是可以在想象中触摸的。因此,作为作家的毕飞宇一定还要"出乎其外"。这个"外"就是作家的经历,作家对生活的体会、观察和经验。他曾讲到过他的母亲,一个乡村小学教师对"体面"的理解，讲过他在"特殊学校"的经历，做编辑的经历以及"体育迷"的经历，等等，而大营、中堡的生活对他来说，更是价值连城。生活就是一个作家的底色，没有生活和没有对生活认知能力的写作就是空穴来风。

当然，"出乎其外"还指作家的阅读范围和质量。毕飞宇有着广泛的阅读经历，他的阅读质量通过他的《小说课》可见一斑。他选择解读的对象是蒲松龄、莫泊桑、奈保尔、鲁迅、海明威、汪曾祺、哈代……这是一个经典小说作家的名单，或者说，在上"小说课"的时候，毕飞宇显然经过了认真的筛选。这个名单让我想起哈罗德·布鲁姆的《西方正典》。在美国，布鲁姆绝对是一个大牌的学者和批评家。他以其独特的理论建构和批评实践被誉为"西方传统中最有天赋、最有原创性和最具煽动性的一位文学批评家"。但在《西方正典》中我们看到，布鲁姆选择的作家作品，并不是那些名重一时的"先锋作家"，更多的是乔叟、塞万提斯、蒙田、莫里哀、弥尔顿、歌德、托尔斯泰、狄更斯等传统经典作家，而莎士比亚更是"经典的中心"。这一选择给我们以巨大的启示——经典是"历史化"和"经典化"的结果，是不同时代不断对话的结果。在经典的不断确立和不断颠覆的过程中，它们得以存留，才有了"正典"一说。毕飞宇《小说课》对作家作品的选择，显然是他对经典理解的结果，或者说是他对经典理解的一部分。他说过，文学需要面对的是永恒，阅读的才华就是写作的才华。这是毕飞宇的眼光，也是他文学修养的体现。所谓"操千曲而后晓声，观千剑而后识器"，说的就是这个意思；另外，他对鲁迅"知行合一"的赞美，对张爱玲小说"没有温度"的批评等观点，都显示了他的阅读水准和见识。而且，他将这些体悟都融会到了他的小说里。读过《小说课》之后你得承认，毕飞宇是一个好的"小说课"教授。当然，他也是一个自以为是或者可被称作自信的人。他说话的方式经常有，"听明白了吗？"这是一个"好为人师"的家伙。

毕飞宇被认为是"新生代"作家，这代作家登上中国文坛已经有三十年的历史了。这三十年，是他们从崭露头角到成为中坚一代的三十年。三十年来对他们的评价，是文学史家和批评家"出入"于他们小说的一种方式。包括毕飞宇在内的这代作家已经被写进了文学史。洪子诚在《中国当代文学史》中说：

> 毕飞宇在90年代主要写中、短篇小说，近年才有长篇问世；不过短、中篇还是更能发挥他的才情。短篇小说《哺乳期的女人》得到好评，此后的《是谁在深夜说话》《飞翔像自由落体》《青衣》《玉米》等，也颇有特色，他的小说大多取材家乡地区城镇生活，对当代人生活意义的探询是作品内在的意蕴。虽然也表现了某种"先锋"姿态，但并不过分；也不避讳传统小说，包括通俗小说的人物、情节元素的加入，但会给予改造，赋予新的色彩。作品有时会弥漫一种江南温润、迷茫的情调。①

这是洪子诚于世纪之交出版的《中国当代文学史》中关于毕飞宇评价的全部文字。那时包括毕飞宇在内的"新生代"作家刚刚出道不久，

---

① 洪子诚：《中国当代文学史》，北京大学出版社2010年版。

虽然他们的主要作品已经部分地发表,但还不具备描述或评价他们创作的基本面貌的条件;2009年4月北京大学出版社出版了陈晓明的《中国当代文学主潮》,关于毕飞宇,书中做了这样的评价。

> 毕飞宇一直怀有颇为现代的小说意识来寻求个人的突破之路。……毕飞宇的小说似乎过于注重结局的力量,总是带着理性顽强切近那个终点。这似乎是他小说的艺术特点,追求平易,深藏理性,借助理性之力来完成人物命运的结局。这也使他的小说叙事过于依赖线性的情节结构。能否在更为巧妙和隐秘多变的结构关系中来展开小说叙事,可能是毕飞宇需要突破的艺术难题。这也是中国作家普遍面临的难题。但毕飞宇应该有能力独辟蹊径。①

我在《中国当代文学六十年》中,对毕飞宇的创作有如下评价。

> 毕飞宇是新世纪最有影响的中篇小说作家之一。他先后发表的《青衣》《玉米》《玉秀》《玉秧》《家事》等为数不多的中篇小说,使他无可争议地成为当下中国这一文体最优秀的作家。《青衣》《玉米》应该是他最具代表性的作品,在百年中篇小说史上,也堪称经典之作。《玉米》的成就可以从不同的角度评价和认识,但是,它在内在结构和叙事艺术上,在处理时间、空间和民间的关系上,更充分地显示了毕飞宇对中篇小说艺术独特的理解和才华。②

---

① 陈晓明:《中国当代文学主潮》,北京大学出版社2009年版。
② 孟繁华、程光炜、陈晓明:《中国当代文学六十年》,北京大学出版社2015年版。

张清华虽然没有写过毕飞宇的"专论",但他注意在文学史的视野中观察和讨论毕飞宇的文学史意义和价值。他要追问的是:"作为'新生代'的代表人物,毕飞宇的经典化似乎是比较顺利的,他很幸运,也很令人艳羡。我一直在想,究竟是什么原因使他一骑绝尘?"他的回答是:"在我理解,先锋派当然是厉害的,至今难以超越,他们所标立的文学难度、思想向度,都应该是当代文学的一个标杆,然而在先锋派的实验之后,在90年代文学的大环境的变化之下,写作应该朝哪个方向走,这是一个很大的问题。所谓'新生代'的应运而生,便是将先锋派提出的那些'原问题'和'元命题'细化了;将哲学的发问,予以历史性地回答;将概念性的定义,化为活生生的现象。这便是毕飞宇的意义和价值,他当然不是唯一领悟到这一使命的人,但是却贯彻得最自觉,也最精细和到位。事实证明,真正优秀的作家,除了自觉的个人才华之外,还有艾略特所说的,那种与传统之间的敏感而重要的相关性,除了这个之外,还有与现实之间的准确而有效的呼应性。作为'新生代'作家中的一员,毕飞宇在这方面是非常敏感的,他将先锋派未竟的事业在90年代的语境下推向了前进。"①

不同的文学史家和批评家对作为"新生代"作家的毕飞宇的评价,显示了他的价值和重要性。这个价值和重要性也只有在文学史的视野中能够被发现和做出合乎实际的评价。1992年余华在《收获》发表了著名的小说《活着》,三十余年来,《活着》一直畅销不衰,它的经典化不仅在文学精英的讨论和对话中逐渐得以确立,同时也在读者几十

---

① 张清华:《人性的刀锋与语言的舞蹈》,《小说评论》2020年第2期。

年居高不下的阅读热情中被确立。余华从先锋文学的最前沿猛然转身，重新回到现实主义的文学立场，几乎就是一个标志性的事件，同时也是中国文学在读者中"止冷回暖"的重大信号。但是，此前十年左右的时间里，中国小说一直处于西方先锋小说的潮流里，中国作家对先锋小说的崇拜几乎是狂热性的，毕飞宇当然也不例外。他说，对他影响最大的两个西班牙语作家，一个是博尔赫斯，一个是马尔克斯。遇到博尔赫斯，你一定是惊为天人。[①]不仅从毕飞宇的自述，而且从他的阅读中我们也可以断定，他是受过现代主义、先锋文学等欧风美雨沐浴过的作家，他也曾疯狂地迷恋先锋文学。但是，他适时地反思和调整了自己，并迅速确定了自己的创作方向。可以说，是"新生代"作家和先锋文学作家一起扭转了中国小说写作的方向，将中国小说适时地转向了更具生命活力的道路。在这个意义上我们可以说，先锋文学和"新生代"在20世纪90年代会合了，作为具有潮流意义的先锋文学，逐渐转化为潜流，其影响力与80年代相比大大降低。当然，我们必须看到，无论是莫言、余华还是毕飞宇，他们重新选择的现实主义文学道路，是经过改造、不断丰富的现实主义，那里融汇了多种不同的创作方法，那是一种经过整合后的"现实主义"文学。这方面，毕飞宇的代表作《哺乳期的女人》《青衣》《玉米》《平原》《推拿》等可以为证。

如果是这样的话，我们可以说，毕飞宇的小说不在中国抒情传统的谱系里。他对社会现实的关注，使他的小说更多地延续或继承了中国的社会问题小说，他的小说结结实实长在中国的大地上。那里有我

---

① 毕飞宇、张莉：《小说生活：毕飞宇、张莉对话录》，人民文学出版社2019年版。

们的兄弟姐妹，有我们苦难的同胞，有我们男女两性共同面对的实实在在的真问题。这是毕飞宇的情怀，这个情怀决定了毕飞宇小说可能达到的思想和精神高度；他有相对丰富的生活经验，尤其有对生活经验深刻的认知能力；他有广泛的阅读经历，这个经历开阔了他的文学视野，丰富了他的文学技法，于是也丰富了他先天具备的丰沛的想象力。因此，经验、技法和想象力，就是毕飞宇塑造人物的小说之道，这个小说之道就这样成就了一个天才的作家。

2020年12月10日于北京寓所

原载《当代作家评论》2021年第1期

重铸小说讲述者的"王国"

——评毕飞宇的长篇小说《欢迎来到人间》

《欢迎来到人间》是毕飞宇距《推拿》出版十五年之后发表的长篇小说。时间也许不能说明问题,但当我们读过《欢迎来到人间》之后,我相信这十五年漫长的时间对毕飞宇的长篇小说创作是有意义的。这个意义就在于毕飞宇对长篇小说创作新的理解和认知,对小说叙述方式的反复考量、比较后的坚定和自信。《欢迎来到人间》的丰富性,可以有多种解读和评论的角度,但在我看来,最值得关注的是小说的叙述。按通常的理解,这是一个"全知视角"或"上帝视角"的叙述。作者无处不在,作者对一切都一目了然一览无余。这种叙事视角曾遭到长时期的清算和批评,然后被彻底抛弃了。但我要强调的是,《欢迎来到人间》不是传统的"上帝视角",不是"花开两朵各表一枝"的"全能"叙述。

一、讲述者的"王国"

毕飞宇和传统叙述者最大的区别就在于,中国的古代小说,特别是明清白话小说，只是讲故事，多为世情风情，"极摹人情世态之歧，备写悲欢离合之致，可谓钦异拔新，恫心骇目"（笑花主人《今古奇观序》）。写男欢女爱家长里短，而且到关键处多是"欲知后事，且听下回分解"的卖关子吊胃口，为的是勾栏瓦舍的引车卖浆者流下次还来，说到底是一门"生意"。更重要的是，在这种叙事里，有一种难以掩饰的"逢迎"——对读者或听众的逢迎。这里隐含的诉求并不难理解：读者和听众有预期的阅读或听觉接受的期待，作者或"说书人"另有关于利益的诉求和期待。因此，"逢迎"作为叙述策略是与作者和讲述者的利益密切相关的。在那个时代，这种"逢迎"也可以理解为作者和读者或听众的一种互惠关系。这是明中期以后古代白话小说的基本形态。因此，小说四部不列，被称作"稗史"，也就是"正史之余"的小说观念被普遍接受，不少作品更是直接标识以"稗史""野史""逸史""外史"等，表明小说的史余身份或正史未备的另一类型。所谓新世情小说，就是超越了劝善惩恶、因果报应等陈陈相因的写作模式，而是在呈现摹写人情世态的同时，更将人物命运的沉浮不定，融汇于时代的风云际会和社会变革之中。它既是小说，也是"大说"；既是正史之余，也是正史之佐证。这是这一脉小说的发展变化。

　　进入现代之后，小说在叙述方式发生的革命性变化大概是最为激烈的。西方小说观念、理论和技法的"东渐"，几乎彻底改变了小说叙述的面貌。这种巨大的变革发生在20世纪80年代，现代派小说和先锋文学实现了这个巨大变革。这一变革的历史性贡献已经写进了当代文学史。但是，读了《欢迎来到人间》后，我感受最强烈的就是毕飞宇的叙述视角。这个视角是要重建小说叙述的主体性，重新掌控小说叙事的"主权"。这是叙事立场,也是叙事态度。这个立场和态度非常强悍,他就是要体现讲述者的"主体性",这个主体性体现在对小说叙述绝对的"控制",而且坚定不移,这种"控制"几乎是不可讨论的。因此讲述者以"强权"的方式实行"一言堂",那是针插不进水泼不进、密不透风的掌控,他的"霸气"几乎一览无余。在这种"主体性"拜物教的控制下,毕飞宇创造了讲述者主体性的帝国,在这里讲述者就是"王"。因此,与其说《欢迎来到人间》塑造了诸多有性格、有光彩的文学人物,毋宁说它更塑造了小说的"讲述者",或者作家自己的形象——作家的主体性形象,他重新获得了小说叙述的"主权"。这是文学讲述的"政治",是一种新的叙述观的苏醒或觉悟。于是,在小说叙述的意义上,恰似一种古老的讲述方法,经过他用先锋文学,特别是文学先锋精神的改造而焕然一新,于是他拥有了新的创造性。在这个意义上,毕飞宇是小说叙述方式的"逆行者"。

那么,我们该怎样理解毕飞宇的这一叙述行为?他是要倒行逆施吗?他是要回到过去的"全知视角"和"上帝视角"吗?当然不是。毕飞宇的这一叙述行为,在本质上可以理解为叙述方式的"反后现代的后现代性"。他要超越小说的现代叙事学,试图将现代叙事学升级为"2.0版"。他要强调的是作家的主体性。这注定是一个险象环生的挑战,是一个难以察觉甚至被误解的挑战。

我们知道,20世纪80年代文学主体性的提出,主要是对人的主体性的强调。人是创造的主体、接受的主体。这是那个时代高扬人道主义思想的一部分,人的主体性的合法性确立,对于推动文学创作和批评的发展,起到了巨大的作用。这个思想来自康德,经由李泽厚、刘再复发展，特别是刘再复的《论文学的主体性》的发表，几乎是那个时代的文学旗帜。我们由此确立了80年代中国文学的现代性。这个现代性的过程也可以理解为欲望的释放过程。1978年以前的中国，是欲望被抑制、控制的时代，欲望在"革命"的狂欢中得到宣泄，"革命"的高蹈和道德化转移了人们对身体和物质欲望的关注或向往。1978年以后，控制欲望的闸门被打开，没有人想到，欲望之流是如此的汹涌，它一泻千里不可阻挡。这个欲望就是资本原始积累和身体狂欢不计后果的集中表现。

文学是时代的感应器。现代派小说和先锋文学及时地回应了时代的要求。虽然这是追随西方文学过程中在中国引爆的文学革命，但客观上极大地拓展了中国文学的视野和表现力。经过一段时间后我们发现，现代派小说和先锋文学，有大量的"我"的出现。但这个"我"或者是讲述者，或者是被叙述者，有大量的例证不必征引。因此，在叙述的意义上还没有获得完全的自由，也就是没有获得叙述的真正"主权"。他们在强调"自我"的同时也在无意识中失去了叙述的"自我"。对作家来说这未必是一道"必答题"，但毕飞宇在小说创作实践中选择了这道题。后来，在他谈论加缪的时候，我们得到了答案。就中国四十多年来的文学发展而言，对我们影响最大的西方作家，可能不是马尔克斯、博尔赫斯或卡尔维诺。这不是说这几位作家不重要，他们都非常重要，在不同的历史时间里，他们在中国都曾大红大紫。但是对中国当代文学影响最大的我以为是加缪、福柯和卡夫卡。对毕飞宇而言，他可能更多地接受了福柯和加缪的影响。

多年来，毕飞宇一直在阅读的路上颠沛流离，他有那么多的阅读、积累、思考的准备,当然,他也获得了足够的荣誉。他不是天外来客,他有常人拥有的所有欲望。但是,他终于明白的是,作为作家安身立命的只有作品。没有作品你就什么也不是,哪怕你获得了再多的荣誉和利益,也只是过眼云烟。好像有人说过,"书比人走得远"。要走得远,别无他途只有创造。古来圣贤皆寂寞,就在于圣贤们耐得住。毕飞宇未必"圣贤",但他的"耐得住"有目共睹。

在人间,我们曾经"欢迎"过无数事物,欢呼雀跃是我们生活的常态。那是因为生活赐予我们的只有"欢迎",我们不曾拥有别的。现在,毕飞宇终于意味深长地"欢迎"了我们来到人间。于是,通过叙述者目光所及的人物,我们看到了如此真实的人间。

二、讲述者:傅睿的"发育史"

掌控了小说叙述的"主权",作家的目光便如烈焰,照到哪里哪里亮。小说的讲述者首先要构建的,是人物的成长或"发育"环境,也就是小说的人际关系。这个关系制约着人物的成长或发育。《欢迎来到人间》的人物不多:泌尿外科的顶尖主刀医生傅睿、妻子敏鹿、同学亦同事的东君、郭栋夫妇,父母老傅和闻兰、患者老赵夫妇以及护士小蔡,等等。这些人物在小说中是不同的角色,在与傅睿的关系中有不同的功能和作用。人物是作家——小说的叙述者拥有了叙述"主权"的具体体现,他可以按照个人的意愿、小说的旨意、达到的目标,设计他的人物、情节和细节,他可以掌控一切。当多种叙事视角、复调理论、众声喧哗等因素统治了小说结构和叙事多年之后,毕飞宇反其道而行之,他就是要独霸小说叙述的"主权"。

我们知道,"知识—权力话语"是福柯理论中最重要的发现。福柯认为知识产生权力,是因为话语是权力拥有者的讲述,这种讲述必然带有权力主体的倾向性。话语与语言不同,语言是人类沟通所使用的指令,目的是交流观念、意见、思想,它具有工具性。但话语是支配权力最重要的工具,是经由精英阶层、权力机构描述真理面目、决定历史讲述,并且压制异议和歧见的讲述方式,它有鲜明的目标指涉。用福柯的话说,话语生产总是依照一定程序,受到控制、挑选、组织和分配。因此,话语并不完全向民众开放。而知识又与话语相联系,话语又与叙事相联系。在福柯看来,叙事本身就是权力的再现,叙事能够产生权力,因此知识、话语、叙事等词都能与权力产生联系。福柯的"知识—权力话语"理论,揭示了现代人深陷各种权力网络中并受到支配的现状,而主体性的建立是对抗权力关系重要的过程。

但小说叙述主权的掌控,与福柯的"知识—权力话语"并不完全相同。小说叙述者的权力与国家、民众不存在支配与被支配的关系,它只与小说的讲述方式有关。更重要的是,每个小说家都有选择自己讲述方式的自由。在小说叙述方式完全开放许多年之后,毕飞宇大胆地尝试了重建小说叙述的主体性,他收回了小说叙述的"主权"。人物是这一叙述"主权"重要的体现,或者说,小说的人物直接在叙述者——作家的掌控之内,需要谁出现谁就出现,一如上帝说要有光,于是就有了光。

"非典"结束后的2003年6月,第一医院泌尿外科连续出现了六例死亡病例,这给泌尿外科特别是主刀医生傅睿带来了极大的压力。这位第一医院母体大学培养的第一代博士的境遇可想而知。雪上加霜的是,十五岁的少女田菲经抢救无效后死亡。对傅睿来说这是一个难以愈合的创伤记忆,于是他陷入了空前的精神危机。这个事件对傅睿来说是个致命翻转。这个事件之前,傅睿是天使,是妈宝男,是男神,是传奇中的传奇,几乎是集三千宠爱在一身。他的父亲老傅是医院前党委书记,母亲闻兰曾是播音员,优渥的家庭环境让傅睿有良好的教养。傅睿一路顺风,一直读到了博士毕业。在女同学的眼里,他有才艺,是校园传奇,衣着考究、斯文、富裕而优雅,没有一点浮浪气,举手投足始终带着一股子家教严明的况味。他冷月无声、帅、漠然孤傲、鹤立鸡群。他几乎是一个"不真实"的存在。通过一场"相亲",讲述者通过王敏鹿对傅睿有了这样的感知——

> 傅睿,这传奇中的传奇,这孤零零的"问题",他哪里骄傲,一丁点都没有。他的胆怯和拘谨让敏鹿心疼。敏鹿知道了,傅睿是一个"妈宝",属于乖巧和无能的那一类。这个发现给敏鹿带来十分重要的心得,重点是她自信了,附带着也就具备了恋爱的总方针和大政策……傅睿的眼睛是多么地好看哦,目光干净,是剔透的。像玻璃,严格地说,像实验室的器皿,闪亮,却安稳,毫无喧嚣。这样的器皿上始终伴随着这样的标签:小心,轻放。敏鹿会的,她会小心,她会轻放。敏鹿是那么望着傅睿,心里说:"傅睿,欢迎来到人间。"

一场"相亲"之后,这个自带光环、神一样存在的傅睿才从天上来到人间。于是小说和傅睿才真正地开始——这是什么样的人间呢,在这样的人间傅睿的性格将会怎样成长发育呢？

　　傅睿命运或精神世界的大转折，是从田菲的死亡开始。这个对傅睿寄予了无限希望的十五岁小女孩最终还是走了。田菲的父亲，他甚至挖空心思地把"红包"丢到傅睿的抽屉里，这都没有留住田菲的生命。于是，愤怒使田菲的父亲失去了理智，他一把夺下了护士手中的盘子，"抡足了，对着傅睿的脑袋就是一下"：

　　"——没良心的东西！你还我的女儿！"

　　"——是你弄死了她！"

　　几个保安将傅睿从险象环生的处境中护送出来，他到浴室和更衣室的道路是如此的漫长，他的精神已经到了崩溃的边缘。傅睿走过的楼道，"它不叫静，它叫空"，当然那也不叫楼道，那是傅睿被抽空的心和头颅。一个医疗事件，就这样让傅睿万劫不复。但是，这只是事情的开始。最糟糕的是敏鹿的遭遇。一个说不出口的遗憾是，傅睿"不要"她了。他们曾经有过火树银花般的床笫生活。小说像电影一样闪回了——

　　2002年4月20日，一个平常的日子，一个普通的夜晚。敏鹿终于受到了沉重的一击，"就闹"被"别闹"KO了，都用不着数秒。傅睿和往常一样，有些蔫，可敏鹿偏偏赶上了一场强势而又有力的忧伤。傅睿心事沉重的样子，特别累，注意力一直不能集中，或者说，注意力一直集中在宇宙的某一个神奇的维度上。敏鹿在卧室里霸道惯了，存心想欺负傅睿一下。还没"戏"，敏鹿直接就骑了上去。傅睿平躺着，目光空洞，就那样望着自己的老婆。最终，摇了摇头。在床上，做丈夫的摇头有什么用？最终的结果只能取决于做老婆的愿不愿意摇屁股……傅睿说："今天不行。"敏鹿又摇。傅睿说："明天有手术。"敏鹿一下子就蒙了。"手术"是怎么回事，敏鹿是医生，懂。可事情已经"闹"到了这一步了，做老婆的哪有自己爬下来的道理？没这个道理。做丈夫的需要应急公关，好话必须说。空头支票也要开。傅睿没有，直接闭上眼睛。——这就僵住了。敏鹿还能怎么办？只能自己爬下来。这是一场灾难，毁灭性的。

这是傅睿"在人间"的"由外及里"的生活处境。特别是与敏鹿的关系，几乎是一个隐喻。后来，小说没来得及展开的，是敏鹿强烈的出轨动机：当他们的同学、朋友东君提议两个家庭外出休闲时，第二天清晨东君的丈夫郭栋和敏鹿先起床，然后在屋后的吊床上邂逅。两个人躺在吊床上的语言和心思，特别是敏鹿，已经有心旌摇荡之意了。郭栋身强力壮，一身肌肉，他对敏鹿倒也未必，但敏鹿就不一样了。这个情节作者还是动了恻隐之心而未动干戈。

傅睿床笫的处境，让我想起了1993年出版的刘恒的长篇小说《苍河白日梦》。我们仿佛听到了来自历史隧道遥远的回响。这是一部寓言式的、充满了趣味和东方奇观的长篇小说，一位百岁老人作为历史的见证人向我们讲述了一个伟大神话幻灭的悲凉故事。它不只是一个辉煌的传统家族走向溃败的隐秘往事，也不只是一个知识分子灵与肉的幻灭史，同时它更是一个"盗火者"、救世者铤而走险和彻底绝望的命运史。讲述者更感兴趣的并不是主人公曹光汉创办榆镇"火柴公社",讲到这一事件时他多半是粗略地描述一下场面,讲述者更有兴趣的是随着曹光汉返乡后发生的家族逸事和男女风情,中心事件则常处于边缘而被遗忘。这一叙事态度是重要的,作为奴才、底层人或是被启蒙的对象,对启蒙者不仅难以认同,甚至根本就没有兴趣。他更关心的是毫不关己的别人的私情,作为启蒙对象,他实际上拒绝了启蒙,他为启蒙者铺垫了无可避免的失败命运,因此也注定了启蒙的悲剧结局。而作为真正叙述人的作者,在文中则成了故事的倾听者。显然,他也是一个局外人,两个局外人一个在讲一个在听,谁也不是历史的参与者,大写的历史于他们来说是全然无关的,或者说是没有意义的。二少爷曹光汉是清末一个年轻的留法知识分子,回到故乡创办了火柴厂,这是一个极具象征意味的中心情节,"盗火者"企图照亮家乡贫困愚昧的启蒙动机,正是在这一象征性的情节中体现的。曹光汉作为启蒙者向世界宣布了他的理想,并施之于具体的操作,虽然还来不及思考其可行性和未来的命运,但这并不妨碍二少爷的兴致。他是个阴郁沉闷的人,只有启蒙的话题才会让他激动兴奋,一方面,他像牧师一样在庄重地布道,向人们发出了美好和幸福的承诺;另一方面,公社的人和看热闹的人并无反响,二少爷的话没有得到应有的回应,没有人为他的焦虑而操心或不安,这显然是一次没有效果的错位的交流,听者毫无参与的热望,大家全都作为二少爷的"他者"存在。火柴厂虽然最终办起来了,但作为启蒙者的曹光汉和曹府也为此付出了巨大的代价。曹光汉因先天的性无能,为他的老师法国人大路与妻子私通提供了条件。妻子生出了一个碧眼婴儿,在曹府上下引起轩然大波。大路因此而下落不明,婴儿也被暗中处理。启蒙者曹光汉的生理缺陷喻示了他的先天不足，在背叛与自卑的双重压力之下，他由造火柴而改为私造炸药，准备炸平衙府，可他不仅一事无成，反而被活活绞死。

傅睿不是先天不足，他们曾经有过的床笫的火树银花说明了这一点。而是傅睿"来到人间"后，有一个逐渐被"阉割"的过程，这个过程也可以看作是傅睿的"发育"过程。傅睿周边围绕着各种力量和矛盾，不只是医患矛盾，同时还有来自父亲老傅、母亲闻兰以及患者老赵等各种力量的塑造或"围剿"。他被各种力量裹挟、塑造，他极力迎合力求完美。他是各种权力支配下的产物，但他不明白他为什么成了现在的自己。傅睿失去了个人的主体性，他精神崩溃后恰恰成了这个世界的"局外人"。正如福柯强调"精神病人"的指认，首先要清楚这个指认的过程。那么同理，傅睿的精神崩溃，同样需要复原他崩溃的过程，是什么东西导致了傅睿的精神崩溃。这时的傅睿，"出逃"是他唯一的选择。他既要逃离医院的环境，也隐含了逃离敏鹿的隐秘心理。但是，作为一个已经"患病"的医生，已经丧失了主体性的人，他能逃到哪里去呢？他最终还是回到了医院。这个试图拯救"病患"、规训病人的人，终于到了需要被拯救的地步，医院是他的初始地，也终于成了他不得不选择的归宿。

三、讲述者：虚无和"幻影"

毕飞宇掌控了小说讲述的"主权"，他主宰了小说内部的一切。但我们也可以认为，小说中所有人物对生活、生命的认知，就是作家的认知，这些人物不过是作家思想和情感的载体。他们的喜怒哀乐或无动于衷,无不体现着作家的情感和态度。傅睿是《欢迎来到人间》的主角。但小说和其他叙事文学显然不能只写主角。傅睿被"异化"了,"神经"了,但小说终要表达人间应该是怎样的,谁是人间正常的人。这时我们要关注一下护士小蔡了。小蔡是个貌不惊人的女性,但她在小说中的位置非常重要。首先,她的勇武无人能敌。就在田菲的父亲将护士的盘子砸向傅睿的瞬间,"咣当一声,人倒下去了。倒下去的不是傅睿,而是小蔡"。"这个虚弱的男人为了发力,身体特地向后仰了一下,这才给小蔡留下来扑上来的时间。"是小蔡救了傅睿。小蔡为什么要救傅睿?这好像不是个问题,因为小蔡是正常人。但小蔡是有主体性的人,她经历过多次情感创伤。具体地说是七次,她受过七次伤。"这个伤当然是内伤,外伤不算。内伤有内伤的硬指标,必须发展到身体内部。但恋爱就是这样,身体的内部不再是脏器,是灵魂。但灵魂一旦被触动了,可供感知的又还是身体。小蔡疼,到处疼,就是说不出具体的位置。当疼痛与位置失去了对应,那就只能再一次反过来,把肉体归结为灵魂。小蔡一共谈过多少次恋爱呢?也记不得了,但是,触及灵魂的一共有七次。"小蔡是来自乡村的姑娘,她对城市一无所知,她只能和别人的钱混。乡村女性来到城市后的命运大体相似,她们没有资本,唯一的资本就是年轻的身体。因此,这时如果用道德化的方式去理解和批评她们是无效的,也是非人性和非文学的。也正是她们从底层开始的经历,使她们认识了真正的人间。那这个人间是什么样的呢?

　　小蔡也喜欢傅睿。小蔡怎么会不喜欢傅睿呢。不同的是,就像敏鹿都觉得傅睿是天上的人一样,小蔡怎么可能攀傅睿的高枝呢。在傅睿母亲闻兰的"你也要学会关心人"的教导下,傅睿给小蔡打了电话。小蔡受宠若惊,她把这次见面称为"偶像见面会"。小蔡和傅睿在一个科室,而且经常是傅睿手术的护士,他们应该是再熟悉不过了。但那是工作关系。他们没有个人关系,如果说有关系,那也是在小蔡的心里。于是,小蔡像所有的女性要见心上人一样开始精心打扮自己。遗憾的是她不能"做头"了,头上的肿胀经不起高温。她能做的是"把所有的裙子都取了出来,平放在床上,一件一件比对过去。最终,她确定了上衣、裙子和鞋。最后当然是化妆"。小蔡如此的隆重,可见傅睿在她心中的位置——

  傅睿端坐在尚恩咖啡的临窗座位,藏青西裤,白衬衣。干净,寂寥,神情忧郁。与其说在等人,不如说在发愣。透过落地玻璃窗,小蔡大老远地就看见傅睿了,她冲着傅睿打了一个手势。傅睿却没有看见。小蔡来到落地玻璃窗前,弯起了食指,开始敲击玻璃。傅睿抬起头,没有反应——他没能把小蔡认出来。小蔡只能再敲。傅睿在玻璃的内侧对着小蔡打量了好半天,到底认出来了。是吃了一惊的样子,同时还说了一句什么。小蔡当然听不见。但是,小蔡突然就喜欢上这样的对话局面了,明明白白的,却熄灯瞎火。小蔡说:"你今天看上去很帅哦。"轻快了。傅睿自然听不见,却把耳朵贴到玻璃上来了。这个举动出乎小蔡的意料,她就笑。别看傅大夫在医院里那样,进入生活也会冒傻气的。

  这个见面的场景,是作者营造、描绘得最为温馨和温情的场景之一。可见作者对小蔡的情感倾向。在小蔡那里,这个"天上"的傅睿也终于来到人间,小蔡怎么能够不欢迎呢——

  小蔡一不做,二不休,隔着玻璃不停地示意傅睿点头。傅睿不明就里,脸上是同意的样子。小蔡说:"你和我好吧?"傅睿点了点头。小蔡说:"我是说,你做我男朋友?"傅睿又点了点头。小蔡开心死了,她占的可是"偶实"的便宜呢,"偶实"哪里有一点"偶实"的派头呢?个呆样子,个傻样子。"偶像见面会"都还没开始呢,小蔡就已经乐开了花,整个都轻松下来了。

  但是,这毕竟是小蔡的"幻觉","幻觉"就是虚无。小蔡喜欢或爱慕傅睿是真实的,她即将见面的心理活动一览无余地表达了她内心真实的想法。可爱又可怜的小蔡,她不知道这个傅睿和贾宝玉几乎没有什么区别,生活中傅睿几乎百无一用。但这一点都不妨碍小蔡的喜欢,就像大观园里女孩子没有不喜欢宝玉的一样。傅睿用职业医生的方式查看了小蔡的伤情,然后就是小蔡的"幸福"感受。但在傅睿那里,这就是一次"出诊",就是这么一个木讷的人,一个什么都不懂的人,凭什么"三千宠爱在一身"。小蔡满怀喜悦地和傅睿的"偶像见面会",就这样瞬间化为乌有。这是小蔡生活中"虚无"的一个经典场景。更透彻的是小蔡的日常生活。小蔡个人的日常生活是隐秘的空间,但作为有叙述"主权"的讲述者,他有窥视小蔡个人私密生活的权力,这是讲述者的"合法性"。于是我们发现,小蔡的日常生活是这样的——她"有家"也有"先生",这都是真实的,但又都是"虚无"的。

小蔡的"先生"胡海,并不常年在家,而且胡海和小蔡也没有登记结婚,小蔡也不计较,这可能就是小蔡的通达。这和小蔡见得多了有关,比如一个科室里的那个安荃,她去郭栋大夫的休息室就像回自己家一样,大家也司空见惯见怪不怪了。但一个人的生活确实也没那么惬意。比如——

下班了,在天成花苑的门口,小蔡并没有忙着回家,她先去了一趟菜市场。菜市场离小蔡的家并不远,如果小蔡现在还是独身,菜市场将和她构不成任何关系。但小蔡是有家的人,这一来她与菜市场就相互依附了,菜市场就成了她生活里的一部分。小蔡沿着蔬菜、肉类、禽蛋、海鲜和淡水产的柜台一路走了过去,她不会买,只是逛。她逛得相当日常,偶尔也会驻足,主要是问价。在问价的过程中,小蔡始终觉得她身边还站着一个人,亦步亦趋,在陪伴她,那个人只能是先生。……

小蔡晚餐并没有吃地摊,她逛完了菜场,回家去了。与每一次回家一样,小蔡首先要在客厅里换一次衣服,洗过手,然后才进卧室。小蔡热衷于躺在床上看电视剧,无论多么烂的电视剧她都喜欢。小蔡看电视有一个特点,她代入。每一部电视剧她都可以找到一个剧中人,那个人就是小蔡自己了。不管是三十集还是六十集,换句话说,不管是一个月还是两个月,小蔡都可以沿着电视剧的剧情十分跌宕、十分凄苦或十分幸运地走完她的这一生。然后,再一生,又一生。——小蔡的卧室里永远都有人在说话,像一个公共的空间。小蔡躺在床上,作为一个独自的旁观者,她在看电视里的小蔡,她推动了剧情,也承担了剧情。

这是讲述者的叙述。这两段叙述我们可以看到的是叙述者的耐心和强大的叙述能力,这几乎就是细腻的"天花板"。这里有什么事情吗?有什么情节吗?什么都没有。但叙述者可以讲得绘声绘色、风生水起。然后小蔡要不要做一顿饭吃?她来到了冰箱前。写冰箱的这一段太精彩了。冰箱里是满的,因为她只买不做,所以冰箱爆满。小蔡在冰箱前站了一会儿,朝四下里看看,发现客厅有些乱,也脏。然后她开始打扫,从书房开始——

>小蔡推开了书房,往里走,顺手摁下了开关。就在书房被照亮的同时,小蔡已经往书房里走进去两三步了。这两三步是惊天动地的,厚实的、寂静的尘埃被激活了,几乎就是无声的爆炸,尘埃升腾起来,如风起云涌。这再也不是人类生活的场景,她是探险者,她来到了史前。乱云飞渡。

这就是于无波澜处起波澜,于无声处听惊雷。我们知道那里有夸张和各种修辞,但更惊叹于讲述者喷薄而出的叙述。更重要的是,在小蔡的日常生活中我们看到了什么?我们什么也没有看见。她的生活和意义世界,与价值、探索、思考都没有关系。但生活就是这样,普通人的生活内容并没有沿着各种预设的方向进行,其本质就是虚无。还值得注意的是,傅睿被他的环境所塑造,而傅睿也参与了对小蔡的塑造和想象。小蔡作为傅睿"拯救"的对象,完全是傅睿想象的"幻影"。如果傅睿没有这个想象的"幻影",他"拯救者"的身份是无从确立的。因此,对于小蔡,傅睿既想象和虚构了小蔡,同时也想象和虚构了自己。如果是这样的话,傅睿的形象在某一方面也接续了百年中国知识分子"救世者"的自我想象和确认的主题。

四、讲述主体的先锋精神

先锋文学是20世纪80年代最具影响力的文学想象之一。这个文学现象造就了一大批文学名家甚至"文化英雄"。马原、余华、格非、孙甘露、洪峰等作家,以"形式的意识形态"颠覆了旧的文学秩序。他们的贡献已经被写进了当代文学史。先锋文学的终结业已成为历史事实。它的终结不仅与先锋作家的分化有关,与全球化的文化处境有关,同时更与多元文化时代的各式新潮前卫文化的彼此消长起伏有关。先锋文学成就了一批声名显赫的作家,但是他们最初的影响还只局限于趣味相近的文学圈内。他们被广泛地认知和接受,显然来自电影通俗化的"转译"工作,无论是《红高粱》《活着》还是《妻妾成群》,如果没有这种通俗化的"转译"是不可能走进千家万户的。当先锋文学经历了这一通俗化过程后,其"先锋性"也经历了一个被"解构"的过程。这种解释可以成立,但更重要的、更本质的一点,应该是在先锋文学的时代,中国并没有先锋文学赖以产生的土壤,无论是历史还是现实,我们都没有创造或接受这一文学样态的经历。因此,作家对先锋文学的理解和认知,完全是思潮性的,是从西方直接嫁接过来的。这一"隔空"嫁接的最大功效就是建构了文学的"形式的意识形态"。当社会环境发生了根本的改变,无须用"形式"的隐秘方式改变文学的时候,它的终结也就是自然的。

但是，值得我们注意的是，我们必须承认，先锋文学极大地启发了中国文学界，这就是先锋文学的多样性和创造性。作为思潮的先锋文学业已终结，但是先锋文学作为一个重要的文学遗产并没有终结，这更不意味着文学的"先锋精神"的终结。所谓文学的先锋精神，通常的理解是，以前卫的姿态探索存在的可能性以及与之相关的艺术的可能性，它以极端的态度对文学的固有状态形成强烈的冲击。先锋精神就是要打破传统的文学规范，使得极端个人化的写作成为可能。我的理解可能略有不同。在我看来，姿态和形式只是先锋文学精神的一个方面，更重要的应该是作家在思想和精神层面提供或深化了原有的认知，从而改变了我们对世界的认知。比如王朔，几乎以一己之力撑起了90年代文坛的先锋性，引发了众人效仿狂欢。作品的独特语言，无论其反讽还是"漫骂"，都像是中国社会转型期最犀利的刺客，他的小说也可看作是那个时代的《刺客列传》。但王朔的小说在形式上并没有独立门户，他的小说一看就懂。因此，文学的先锋精神，更在于作家对人和社会未知的思想、精神和情感的追问、探究和呈现。毕飞宇的小说创作的重要性，是"逆潮流而动"，他挑战了叙事学发现的诸多叙事视角，一反先锋文学常见的叙事策略，冒险地重返了"上帝视角"，重新确立了作家叙述的主体地位。这是毕飞宇在这个时代最具先锋精神的佐证之一。另外，《欢迎来到人间》的叙述方式，从一个方面证实了小说叙述没有不变的模型，但小说创作的先锋精神，则是评价小说的一个重要尺度。

另外，今天的社会生活，为文学的先锋精神提供了坚实的土壤和基础。人所有的欲望、困惑、焦虑、矛盾以及诸多难以名状的精神状态,远远超出了我们的认知。我们所不知道的远远多于我们所知道的。那些隐秘的甚至神秘的事物幽灵般地在大地或空间游荡,它们就在我们的身边,我们可以感知却又不明所以。我们似乎陷入了一片不知所终的汪洋大海,我们不知道是否有诺亚方舟。于是,荒诞感才是我们最真实的感受。一如傅睿一样,日复一日,我们不能参与却被塑造、被改变,不明就里也束手无策。傅睿、小蔡以及敏鹿、老傅、闻兰、老赵夫妇等人,就反映了当下人们的精神状况。因此,《欢迎来到人间》也可以理解为当下人们精神状况的报告。在福柯那里,监狱、医院、学校是规训场所,但在《欢迎来到人间》,社会就是一个巨大的规训场所。任何和傅睿产生关系的人——都按照自己的意愿去要求傅睿、塑造傅睿,最终将傅睿打造成了一个"精神病人",一个梦游者,一个上帝派来的"折翅的天使"。因此,这是一部"反后现代的后现代小说"。小说没有按照"后现代"小说的写作模式,反对权威,拆解主流,也没有语言狂欢,碎片化或戏仿;但它对差异性的尊重与整体性的荒诞构成了一种巨大的颠覆力量。小说中我们先后两次看到一个光头的人物。一次是在小蔡的生活中曾出现过。那时他是和尚、四方脸、巨耳、微胖,穿着土黄色的长袍。气色红润,面目是绵软和谦恭的样子。他没有烟火气,却与山水相连,林泉高致。这当然是大师了。大师说小蔡是"有福之人""得八方惠泽"。大师对小蔡也指导,也嘉许。当大师要送小蔡菩提子念珠时,小蔡目光盯住了大师圆润饱满的手,这是夺人所爱,大师虽然略有为难,但还是摘下了手上的紫色念珠,将其撑成一个"更大的圆,穿过小蔡的手,最终套在了小蔡的腕部"。这是夺人所爱,小蔡不能白要人家的东西。于是有了一段有关功德——也有关金钱的较量。大师说,功德的事,源自情愿,"取决于你的缘,取决于你的诚,取决于你的心"。小蔡的心理价位是两百元,但她考虑到拿不出手,于是就提高到四百元;大师认为"口彩不好"。四和死谐音?不吉利。小蔡提高到六百元,但大师还是没动。于是小蔡想起既然说到了口彩,哪里还有比"八"更好的呢?只能是八百元了。可大师依然没有伸手。大师最终说:"既然要圆满,我就替你做个主,凑个整。"还好,小蔡是一个有钱的人,就凑了一个整数。小蔡把一千元现金放进了大师的功德箱,也就是布口袋。大师笑笑,立起了他的单掌,转过他伟岸和软软的身躯,走了。大师离开后,小蔡总觉得哪里有点不对,怎么个不对,也说不好。说到底她还是心疼钱的。她火速起身,就想到门口问问。小蔡立在了咖啡馆门口。哪里还有大师?左侧是马达轰鸣,右侧是车轮滚滚。一片红尘。这是小蔡的经历。无独有偶,小说行将结束时,傅睿在上岛咖啡馆一杯咖啡还没喝完——一个男人就朝傅睿走来了,是款款而来的,穿了一身土黄色的长袍。高大,光头,笑容可掬。右手的手腕缠着一只布口袋。光头对着傅睿作了一个揖,可能是一个和尚,可能也不是,傅睿吃不准。傅睿喜欢这个男人,他一出现,时光就变得缓慢了,就好像他参与了时间的审核与配置……这是傅睿的梦境。通过傅睿的梦境我们才知道傅睿经历了什么,或者他的精神状况是怎样的。傅睿一直在"忍",一直在"讨好"——

为了不让自己的"内部"受伤,傅睿再也不敢克制,他的泪水夺眶而出,鼻涕汹涌而出,口水澎湃而出,也许还有别的。傅睿突然间就看见了一只羊。实际上傅睿发现自己才是羊,他趴在地摊上呢,尽他的可能发出了羊的叫声。傅睿的生命自由了,甚至都可以切换了,还可以是牛,可以是鸡,还可以是狗与猫。傅睿究竟是什么呢?这取决于傅睿的叫声。为什么一定是叫声呢?动作也一样可以替换,他开始像一条狗那样舔光头的衣裤了。傅睿紧闭着双眼,伸出他的舌头,在光头的裤管上、衣袖上、肩膀上、手臂上、面颊上、头顶上,到处舔。……

梦境中的傅睿,就像卡夫卡《变形记》中的格里高尔,作为一个旅行推销员,为了给家里还债、使家人过上好日子,他拼命工作,忍受着身心的折磨,最终全家搬进了宽敞舒适的大房子;但格里高尔却完全丧失了自我,他没有朋友,没有爱情,没有娱乐,没有属于自己的时间,没有支配自己生活的自由。最后,格里高尔变成了一只甲壳虫。就异化的程度而言,傅睿远远地超过了格里高尔。或者说,梦境将傅睿的压抑表达得一览无余。是什么力量将傅睿塑造成了这个样子?是人间。傅睿醒来之后,发现师父不在,但他执意要等师父回来。结果当然是等待戈多式的荒诞剧。

还值得我们关注的,是《欢迎来到人间》的创作格局。小说从一个医疗事件切入,"人命关天",这个事件非常重大。它关乎田菲的父亲和一家人,当时的场景几乎就是生者的生死搏斗。但人毕竟已经死去,田菲不能复生。这时小说更关注的是傅睿怎么办,傅睿经由了这个事件他将遭遇什么。因此,对傅睿精神困境的持久关注,对人性隐秘世界的执着探寻,是《欢迎来到人间》最有价值的思想主题。更重要的是,毕飞宇将这个主题用文学的方式深化和提升了。在我们过去的阅读经验中,特别是本土小说,当没有办法处理人物的时候,将人物放逐是普遍使用的方法。比如《激流三部曲》中的高觉慧,比如《废都》中的庄之蝶以及《应物兄》中的应物兄等,概莫能外。但是,《欢迎来到人间》中的傅睿,却反其道而行之,他没有出走,当然他也无处可走。他又回到了医院。这个对他而言最具"异化"力量的场所,是他创伤记忆永远难以弥合的所在,但他执意往回走。他的固执,一方面我们可以将他视为"病人",他对"规训"习以为常;更重要的是傅睿没有安放灵魂的地方。即便他回到了医院,仍然不知所终。这是傅睿最悲哀的结局。他将自己终结在创伤之地,这不是选择而是宿命。他那空空如也的拉杆箱,不是傅睿对物质世界的遗忘,那是傅睿内心世界一贫如洗的表征。傅睿内心的悲凉未著一字,却让我们如临深渊震惊不已。傅睿的这个"空"是不是《红楼梦》的"空",我们不好牵强附会,但如果说没有任何关系大概也不客观。傅睿重回医院的这一笔,特别酷似库切的《耻》中对卢里教授的描摹。卢里教授因为和女学生梅拉尼发生了不伦之恋被学校驱逐。他良心发现去梅拉尼家里向其父母谢罪时,见到了梅拉尼的妹妹,这时的卢里教授居然欲望又起。这是一个不可思议难以理解的心理。一个有罪过的教授为什么又要起意?但这就是小说的过人之处。库切将人性最幽微和隐秘处,揭示得是如此彻底。这也体现了库切作为文学大师最为了不起的方面之一。同样的道理,毕飞宇让傅睿重回医院,让我们发现了"异化"和"规训"的力量是如此的强大和难以抵御。他去培训中心应该是一个"逃离"行为,他首先逃避的当然是敏鹿的追问,后背上那道小蔡挠过的印痕傅睿是说不清楚的。暴怒的敏鹿不肯善罢甘休，傅睿只有"出逃"。两个月的时间留给傅睿印象最深的，是宿舍。"宿舍里只有一种东西，叫无聊。无聊不是无，是有，是确凿和坚定的有。却被弃置了，一起堆积在潜在的倒霉蛋那边。无聊是一种十分特别的储藏，就在傅睿的宿舍。无聊不能构成记忆，想象力也不可企及。但它却精确，只要推开门，它会像神一样降临。无聊是膨胀的、漫漶的、凝聚的。傅睿时刻可以体会到它的挤压。"同时傅睿还发现了一群人。这群人分为两组：他们是中国的老子、孔子、屈原、司马迁、杜甫、朱熹、王阳明、汤显祖、蒲松龄、曹雪芹；西方的苏格拉底、柏拉图、奥古斯丁、哥白尼、莎士比亚、培根、笛卡尔、康德、莱布尼茨、牛顿。但图书馆在扩建，这些人物就被随意弃置了。"他们不再肃正，也不再庄正，他们在这里相聚，随意，散漫，仿佛重要会议的休会，也可能是会后。说到底，他们也不是雕像，是水泥的复制品，属于可以批量生产的那种。"一边是弥漫四方的无聊，一面是"偶像的黄昏"。还有什么比傅睿精神世界的状况更糟糕。于是傅睿只能再次"出逃"，逃回了曾让他万劫不复的医院。这一笔不仅改写了中国传统小说对人物精神世界和出路大体相似的处理，同时也表达了毕飞宇对"人间"悲苦的悲悯——傅睿在他周边环境的塑造和挤压下就这样癫狂了，目睹傅睿的无常人生，我们不禁想到，他的悲苦何尝不是我们的。

弗洛伊德对梦的解析，为文学打开了另一扇大门，这扇大门外是一条无限的坦途。果然，傅睿做梦，小蔡做梦，敏鹿也在做梦。不同的是敏鹿做的是一个寒冷的梦，他们一家三口置身于广袤的冰雪地带，积雪淹没了一家三口的膝盖。已经长大了的"面团"高中毕业了，执意要去北方的冰雪之国留学。为了节省路费，敏鹿做出了一个豪迈的决定：他们要靠自己的双脚步行到地球的最北方。他们迷路了，但"红色的洋葱头在召唤"。"面团"站在了敏鹿的前面，脸上只有"留学生才有的活力"："妈，爸，你们回去吧，我到了。""面团"超越了他的父母，父母只知道没有桥就过不了江，但他们不知道，冰不只是寒冷，也可以化为通途。"面团"在冰面上身轻如燕地滑向了北方。2023年的世界几乎进入了新的冷战，这样的时节，新一代没有犹疑地滑向了北方，我们只能惊恐地看着他们远行。年轻的一代将会怎样呢？我们不得而知。

毕飞宇将生活中不可能发生的事情，毫无违和地镶嵌于小说中，整体性的荒诞云雾般地弥漫在小说的每一个角落。那个被扭断了脖子的"哥白尼"，那个每天早上跪着向老婆请安的病人老赵，那个"观自在会馆"的饭局，生活中无处不荒诞。更重要的是，关于异化、虚无和荒诞，无论在西方现代和后现代小说还是中国古典小说中，都曾被表达过。但对中国当代小说而言，无论观念还是方法，都几乎是运动和潮流式的。当运动和潮流一过，一切仿佛都烟消云散。我们没有持久关注的耐心，没有深入发掘在不同的时代它们是否仍在我们的生活中产生着持久的影响。事实是，可能我们避重就轻了，因为对一个问题持久的追问，不是简单的事情，而是困难的事情。但是，美学告诉我们：难的才是美的。对《欢迎来到人间》，我提到了三个概念：异化、虚无和荒诞。这应该是三个哲学概念，文学不负责回答哲学问题，它只负责呈现生活。但是这也诚如毕飞宇所说：在"理性不及"之处，小说冉冉升起，小说之光遍照大地。毕飞宇不是追逐潮流，他追逐的是个人内心诚实的体会和文学的律令——那是因为他在生活中发现这一切没有成为过去。在权力意志无处不在的环境里,他在小说叙述领域里成功地成为"权力主体",这是他的一大创造。

2023年9月1日于北京寓所
原载《当代文坛》2024年第1期

麦 家

走进乡村文明的纵深处
——评麦家"弹棉花"系列小说

麦家用《解密》《暗算》《风声》等作品,"发明"了一个时代。大概正是因为这些小说,"类型"小说不再是一个"等级"文体,它同样成了一个具有创造性的文体。这些作品改编成影视之后,在中国掀起了谍战影视的狂潮,这个狂潮或许还没有退去。麦家的这些小说是我们陌生又深不可测的世界,在这个封闭的甚至与世隔绝的世界里,麦家的人物生活在另外一种空间,也是另外一种时间里。他们和俗世生活似乎没有关系,在一种崇高、庄严和使命神话的笼罩下,枯燥寂寞的日子被赋予了意义。创作这些小说时的麦家,少年意气英姿勃发,他用非凡的想象力将一个文化时代推向了全民狂欢。如果是这样的话,麦家就是那个时代的文化英雄。

这些小说带来的荣誉足以让人晕眩,但麦家没有。他后来创作了《人生海海》,据说有惊人的发行量。这不仅说明麦家的读者和拥趸数量庞大,同时也证明了麦家拥有正面创作小说的才华和能力。现在讨论的是麦家在《花城》2023年开的专栏"弹棉花",包含《老宅》《鹤山书院》《在病房》《双黄蛋之二》《金菊的故事》《环环相扣》六篇小说。将专栏命名为"弹棉花",当然是麦家的有意为之。"弹棉花"是一种劳作,更是一种意象。"弹棉花"者,谦恭、卑微、任劳任怨。麦家选择了这样一个意象,足见此时他的心境和姿态。当然,这与他书写的题材和人物有关。这些小说的内容,离不开虚构,否则就不能称其为"小说"。但是,可以肯定的是,这些小说的内容与麦家的经验直接或间接有关。因此,某种意义上也可以说这是麦家的"村志""村史"的一部分,或者说是他所理解的乡村文明史的一部分。他在"开场白"中说他要说实话:"说实话需要一辈子的坚守,反之只要一秒钟的放弃。放弃有一种背叛的快乐,现在几乎成了我们生活的必需品。我立志要说实话,因为深信这是人文精神的标底。说实话,就很简单,我开这个专栏是'迫于宠幸'。是爱之切,如怒放的花之于一只老蜜蜂的惑。"于是,他便像一个背着"巨型弓箭"的弹棉人,将乡村的异闻旧事翻检出来,弹出了人们"心灵的棉花"。

他要讲述的既有"自己"的外公、母亲、姨娘等"亲人",也有金菊、长毛阿爹、长毛囡、"剷佬"、建国、建中、梅花、兰花等乡里乡亲的诸多悲惨故事。更重要的是,通过讲述这些人的遭遇和不幸,不只要反映时代变迁或国族命运,这种言传意会自不待言;在我看来,他要表达的应该是对人性的理解和关切,他要表达一种与人的终极追问有关的问题。这个问题既有人难以超越和终极困惑的"万古愁",也有困惑转化的浩茫心事,这心事是来自家乡的忧伤和无解,是人生无常的万般慨叹。这是麦家这些小说共同的情感特征。此外,麦家对故乡往事用尽心思的书写,也可以看作是对故乡和家族历史的一种温情和敬意：本质上，那就是乡土中国曾经的生活，是那片土地上普罗大众曾经的命运。

老宅，就是祖屋，是祖上留下的基业，也是家族世代繁衍生生不息的私人空间。因此，老宅既是具体的所指，也是一个具有象征意义的符号。老宅里有数十年几代人的命运，那里的谱系关系是个人肉身的来处，也是个人精神的归宿。《老宅》写外公、母亲最生动。但那里的家长里短日常生活，最终透露出的还是人生的虚无。"外公真不知道这辈子在为什么活，有时他觉得活着就是为了过年过节，小辈来看他们"；有时，外公居然用他的手杖乐此不疲地戳小老鼠，一戳死一个，他因此感到快乐。这种极端的行为让人难以理解，外公却乐此不疲。问题是，外公，"一个曾经的地主，又获得了逞强好胜的乐趣"。麦家可以将一个老人用手杖戳小老鼠的情节，不厌其烦地写了几页，不只是显示其叙述的耐心，更是将一个人的虚无感写到了极致——

外公戳小老鼠的竹竿断了，他一头栽在地上。他大声呼救，瘫在床上大半年的外婆听到了。可怜的外婆"以为自己能爬出院门，去路上呼救。没想到，她在床上已经躺了大半年，肌肉体能早萎得不成样，拼死滚下床，更拼死地爬出屋门，整个人像疯了似的，根本动弹不了，进无力，退无能，尸首一样。傍晚时分，天开始下雪，先把她冻醒，后将她冻死，活活冻死"。用讲述者的话说："两个老人，一个摔死，一个冻死，而且三天后才被人发现，这对后辈来说无论如何是羞的，不宜传播。"

故乡的故事没有惊涛骇浪，但在老宅里却一波三折。比如老宅闹鬼，大抵是因为大娘姨埋在了院子里的大树下。卖老宅是因为当年一个剃头的惦记上了三姨娘，其儿子当了老板要了却老子的心愿，就用十万块钱买了老宅。还有"我"那老丈人，"在去世前一个月，老爷子预感来日不多，一日下午召集子女三家亲人悉数到场，仪式感很强，让我用束腰带把他绑在轮椅上，尽量端正坐姿，交代大事后事"。他要按照目录分配他的遗产，十分之九交给了博物馆，十分之一分配给了三个孩子。但给人印象深刻的还是母亲，那个著名的"鬼屋"，"在经过多重杀'鬼'除恶和严密布防后，母亲再次身先士卒，独自一人入住，不要我们任何人陪。她说，正如上山砍柴，带人不如带绳一样，我们谁跟着都只会乱她手脚。她有必胜信心和舍生忘死的勇气，桃木家伙也不带一件，单刀赴会，随身只带了一副外公外婆的遗照镜框（大娘姨没拍过照）"。母亲是何等的威武雄壮气盖山河。但母亲又相信有神灵——

如果不出所料，接下来七天母亲会很忙碌，要施一系列法术法事，替大娘姨通灵，安魂，护法，送一程，祭一生。事实上，这并非大娘姨的特权，而是上溯三代去世的长辈和平辈及年满十六岁殁的小辈，年年都能享的待遇，即在他们忌日举行祭祀仪式。照规矩，祭祀除开丰盛的酒肉饭菜，重点是要备上念了七日真经的冥钱佛包，应时适地焚为香灰，送入阴府，祈佑亡灵年年有余，岁岁平安。母亲经常说，荫堂就是阴人的天堂，她现在已经是大半个阴人，荫堂就是她的家，待着忙着，心安理得。她还常教育我说，荫天过好了，阳日才好过，才有福报。我不大相信这些,母亲说:"所以你遇到坏人才害怕。"也许为了安慰我,她又补一句,"人年轻时都这样。"

这似乎是一篇写乡村往事的怀旧小说,但小说具有鲜明的现代意识。这个现代意识就是对生死、鬼魂以及阴阳两界的描摹和理解,这是一种看不见的对话。这种对话隐含了不同文明的矛盾和交流,隐含了对不同文明形态的包容和宽容。特别是母亲的形象,就是集天地万物于一体的精灵,她无畏无惧,凛然大义。她有敬畏,有担当,她是母亲形象,也是老宅神出鬼没又魔力无边的魅力所在。老宅就是母亲。

《双黄蛋之二》带有"志人小说"的遗风流韵。从毕文、毕武兄弟到"我"早夭的双胞胎哥哥,再到建中、建国和梅花、兰花,以极具民间传奇色彩的"双黄蛋",串联起几个荒诞的人间故事,通过离奇的个人命运,表达了时代的风起云涌。《双黄蛋之二》写的奇人逸事,令人拍案称奇——母亲怀了双胞胎,饿得没有力气生下第二个,外婆用一颗金牙换了一篓子挂面,母亲吃了挂面才将后面的孩子生下来。饥荒的年代,母亲三个月没吃过一顿饱饭,父亲拼了命到"蛇窝子"捉蛇给母亲补营养下奶水,不料被毒蛇咬了脚踝,锯掉了一条腿。外婆的第二颗金牙救了父亲的命。母亲伺候父亲三个月,两个小哥哥却一命呜呼。当然,都是饿死的。

《金菊的故事》讲述可怜的金菊一连生了五个女儿,婆家不待见,自己羞愧难当,无奈走进了江湖郎中的房间。在床上的那一刻,金菊度日如年、纠结矛盾,但她还是被自己没有生育男孩的痛处击中,恍惚之时,郎中实现了无耻的要求——

金菊觉得眼前暗黑下来，越来越暗黑，像窗洞里照进来的是黑光，把原本的昏暗彻底加黑了，变得漆黑，并且是一种有浮力的黑，水里的黑，人像在深渊里漂……当她从水底冒出来时，她结结实实地跌了一跤，像断了双脚，扑倒在地。那是在老头的屋门口，阳光如火焰似的烧着她，再次让她窒息、昏倒、昏迷。老头从屋里出来，小妹、小妹地叫她，把她叫醒；她惊慌失措，像被火焰追着似的跑了，逃了。据说，从这一刻起，金菊心里一直捂着一个念头：除非自己下一个生出来的是个带把子的，否则她就要把这死老头子杀了。

然后，她就害怕自己怀孕了。

然后，她就更加害怕生孩子了。

然后，我们礼镇就一直流传着金菊怎么杀人、怎么被政府枪毙的故事。

金菊还是死了。

《环环相扣》是传奇、笔记、世情小说的综合体。长毛阿爹和长毛囡，都是传奇人物。这不只是讲述者的叙述，更有两人打斗的翔实叙述。特别是长毛囡，不仅敢于当众顶撞谩骂长毛阿爹，更严重的是竟将长毛阿爹的紧要处捏碎了。威风一时的长毛阿爹从此一蹶不振，剩下的只有苟活了。但长毛囡犯了大忌，她把"阿爹"的名望和面子剥光了，"自己也没有落得好名，男人女人都在背后骂她，咒她。当面当然是人人怕她，都对她端一张笑脸，有人甚至亲切地叫她'囡囡'"。这个无人敢惹的"村里第一泼妇"遇上了"劁猪匠"。两人有了鱼水之欢，长毛囡有了比较，竟有了"刽"丈夫的杀心。两人故事未果，又出来一个桂花，桂花和金菊婆婆学裁缝，家里几辈寡妇。桂花也遇上了"刽佬"，有了男女之事。婆婆因自己的寡妇遭遇深明事理，成全了桂花。但"刽佬"因和长毛囡苟且，便不大敢来桂花这里。桂花则在婆婆指导下用针扎"小布人"，以报复"刽佬"的"始乱终弃"、绝情无义。"刽佬"因长毛囡的"贪婪"，不久便大腹便便地患了绝症。"刽佬没活过当年冬至节，死时腹胀如鼓，像在水里溺死捞上来的。有些对"刽佬"知根知底的人在私底下说，他是淹死在女人的阴道里的。长毛囡没有想过他是死自己手上的，倒是桂花和婆婆一直想，他是死在她们手上的。"看长毛囡、桂花、婆婆和"刽佬"的故事，恍惚又回到了《金瓶梅》或《水浒传》的时代，"刽佬"虽然不似西门大官人，但桂花和婆婆却与潘金莲、王婆几乎如出一辙；而婆婆邪恶的心机一如曹禺《原野》中的焦母。小说有世情小说因果报应的路数。最扎眼的还是关于欲望和生死。长毛阿爹、"刽佬"和小孙子的死，将欲望和无常表达得极为形象和透彻。

"弹棉花"系列中的《老宅》《双黄蛋之二》《金菊的故事》《环环相扣》，让我们想到当代小说最大的问题，也就是精神归属的问题。这是当代小说最难处理和解决的问题。普遍的方法，是将人物置于与政治相关的立场或追求上，一旦时过境迁，这样的作品便会速朽。更多的处理方式是将人放逐，一如贾宝玉、庄之蝶以及那些"零余者""遁世者""逃亡者"等，或是让其死亡，死亡是放逐的极端方式。这是处理人物结局惯常的方式。我相信麦家也在思考这样的问题。不同的是，他将"认祖归宗"作为讲述者的精神归属。他所讲述的这些故事，离开了嘈杂的都市，离开了神秘莫测的卧底谍战领域。无论他获得过怎样的荣耀，有过怎样的高光时刻，与亲人们曾经的苦难、曾经的孤寂和茫然无措相比，这些世俗荣誉都是过眼云烟。因此，这是麦家精神上的一次寻根之旅，一次安放魂灵的探险。这种处理方法虽然是一时的策略，是不得已而为之的临时选择，但麦家毕竟向前走了一步。要紧的是，对于推动当代小说发展而言，哪怕是一点微小的进步，都价值千金。

钱穆先生说："久离家园，一旦重返，那将是何等底快乐？这不仅是口腹之欲，耳目之娱；在其背后，有一项极深心理，虽难描述，但亦是人所共晓。"钱穆先生说的是久居英美，早餐总是黄油面包牛奶橘子水，因此会常常想到油条烧饼与豆浆；在中国台湾，外国电影看腻了，忽有黄梅戏《梁山伯与祝英台》，一时如疯如迷。倒不是说麦家久居英美或中国台湾，对此我也无从知晓。但他曾有漫长的城市生活背景，有漫长的生活在谍战和情报虚拟世界的经历，这是可以肯定的。这些经历是一个重要的背景，也是他求功名、求荣光的过程。但是，功名和荣光满足了一个时期的虚荣心理后，是否解决了"人生出路"和"苦闷心理"，是大可怀疑的。麦家在精神上重返故里，表达了他小说的另外一种追求。这一追求与其说是题材意义上的，毋宁说更与精神出路的探求有关。

《鹤山书院》和《在病房》，不在"弹棉花"的"乡土"系列中，但小说呈现的人物的文化属性在同一谱系里。《鹤山书院》的故事集中在一个县城，讲述的是"我"、老县长、老书记和老教授几位人物的不同命运。县城里没有惊涛骇浪或大起大落的离奇故事，但没有波澜的日常生活却同样可以改变一个人的命运。用老书记的话说，老县长是一个好人。断送其政治生涯的，是县招待所一个女服务员举报他诱奸——原话是"摸她屁股又想摸她奶"。就是说，县长只摸了屁股，据说是吃了酒，系酒后失态。事情若处理得好，还不至于闹得满城风雨。但因为满城风雨，所以丢盔卸甲，丢了县长职位，丢了面子，一家人脸面扫地，感情破裂。一县之长只因行为不慎，一失足成千古恨。老书记虽然没有老县长的风流韵事，可到头来意味深长的是，"他一直想避免犯错误，却一直在犯错误，越来越错误"。然后，他先戒掉了酒（这是罪魁祸首），又被迫戒掉了做丈夫（离婚），又主动戒掉了做现代人（穿道袍长衫），最后连男人也不做了（借助药物），"他就这样把自己变成了一个不男不女、半人半仙亦半鬼的怪胎"。那个"老教授今年七十八岁，出身名门，却生不逢时，一生颠沛，待过五个省市和城乡，离过三次婚，膝下六个子女，晚年孑然一身，贫病交加，一心向死。然而好人命长，求死不得，在病榻上躺了一百二十三天后，他攒够——也可能是偷的——五十粒安眠药，一口吞下，坚决地撒手人寰，未留片言只语的遗言。他一生崇尚数学之美，但自己一生并不美，只是某一门哲学的写照：荒诞与反抗，存在与虚无……"

《在病房》写小护士小濮第一天上班报到，徐护士长亲切接待了她，向她详细耐心地讲解工作要求，带她熟悉病房业务，显示了一位护士长的专业和热情，但当小濮进入病房之后，一种不确定性却如期而至。人与人的交往并不在预设之中，尤其在不同的环境，人心理的变化起伏也不在个人的把控之中。这种具有寓言式的写作，可能更本质地表达了人的处境和精神状态。因此，《在病房》是一篇极具后现代意味的小说。它的"先锋性"没有表现在形式方面，而是在人的心理和精神层面展开——

南方的冬天不冷，只是此地在海边，风大，吹得铁窗框不时塔塔响。有时呜呜的，那是风更大了，是风从窗缝里挤进来的声音——她觉得这也是自己心里心底的声音，呜呜的，是哭不出声的声音，是悲痛绝望的声音。她早知道自己不像一般女孩子，动不动就放声大哭，哭天抹泪，带场面的。她从小到大，几乎没有用喉咙哭过，伤心了只是默默流泪，难过死了也顶多呜呜一通而已。母亲因此常骂她"僵尸""阴死鬼"，骂父亲是"老死鬼""死王八""活乌龟"等。总之，都是一路货，都是咬碎牙不出声的劣等种族，没喉咙的。但在这个下午，在这个不祥的，可怕的，有人一动不动如植物一样在昏睡、等死的病房里，在看完由两位护士、四位卫生员轮值八十七天总计一百三十一页的护理日记本后，她心肝都迸出想大哭一场的冲动。强劲的冲动卷走了她所有体力，为了抑制哭声，她不得不蹲下身，跪下来，强行把拳头塞进嘴，以最粗蛮的方式把哭声顶回喉咙，闷死。她手确实比常人小，但牙齿和常人一样尖利，当生理反感导致的呕吐把手硬生生吐出来后，她看到这手已经血淋淋的，至少几天都无法合格参与护理工作。她不觉得痛，也不懊悔。一点都不，像理所当然。甚至幸灾乐祸，甚至想把另一只手也这样糟蹋了，甚至……甚至……风呜咽着，鼓动着窗门，发出塔塔声。她呜呜哭着，像风挤破了心扉，在她心房里肆虐。

小濮突如其来的委屈、恐惧甚至绝望的情绪，几乎达到了失控的程度。这种情绪莫名其妙，但波涛汹涌不可阻挡。与其说这是一种失控的情绪,毋宁说是一种现代病。现代病是一种精神上的综合病症,发病率呈逐年上升趋势。它没有固定的症状,也难以确诊。但它肆虐地席卷了大部分后现代小说的文本。它比现实的现代病更本质地反映了当下人的精神状况。它是古代"心茫然"的2.0版或更高层级版。小说被命名为《在病房》,从一个方面表达了麦家创作这篇小说的意图。没有病人的房间不能成为病房,但病了的小濮就在这个房间,所以这就是病房。

"弹棉花"系列,几乎都在日常生活中展开。这种生活方式是中国的经验,也可以说是乡村中国文明的一个方面。这种表述虽然有夸大其词的嫌疑,但是,无论是经验还是文明,都是具体的而不是抽象的,就体现在我们生活的细枝末节上。麦家充分地甚至极端化地书写了他所理解和经历的日常生活,与其说是在展示他的乡村经验,毋宁说是在批判和检讨我们文明的某些方面。我们所说的"文化自觉",就在于敢于反思和检讨我们的文明和生活方式,就在于敢于揭示人性中那些阴暗的心理和行为。这种反思和检讨就成了麦家的"浩茫心事",这心事是如此的沉重,一如乡间田野上空密布的乌云。

"弹棉花"系列六篇小说,除了《在病房》外,其他五篇都写到了死亡。《老宅》中的"外公";《双黄蛋之二》中的双胞胎姐妹和她们腹中的孩子;《金菊的故事》里的金菊;《鹤山书院》中的老教授;《环环相扣》中的长毛阿爹、"劓佬"和小孙子等人,都相继死去。这是简单的重复吗?当然不是。这里隐含了麦家对人的命运的终极思考,人的终极悲凉是人的大限不可超越。《论语》中关于生死的议论有很多,比如"未知生,焉知死","自古皆有死"。到了诗人那里,关于人的"生老病死"和无常人生,成了"万古愁"。最著名的是李白《将进酒》中的"五花马,千金裘,呼儿将出换美酒,与尔同销万古愁"。如果是这样的话,那么麦家"弹棉花"系列小说的忧思和主题,就接续了古人"万古愁"的主题。但麦家小说对"万古愁"有了新解,这是麦家小说的时代性。或者说,麦家经过长久的思考,他走进了乡村中国文明的纵深处,他看到了人性在幽长的历史隧道中缓慢地走来,无论经过怎样疾风暴雨的革命或重大历史事变,人性中那些持久不变的东西、特别是那些黑暗的恶的东西,并没有发生真正的革命。心性冷硬的外公,招摇撞骗的"郎中",外强中干的长毛阿爹,欲望无边的长毛囡,扭曲变态的桂花和婆婆等,他们从不同方面表达了人性之恶。在当下文学越来越缺乏思想深度的情况下,麦家敢于奔赴人性深处隐秘幽暗地带,发现、揭示并给予无情的批判,显示了一位作家的良知、见识和勇武。但是,我并不认为这是麦家小说创作的转型。于麦家来说,"弹棉花"系列仅仅是小说题材的变化,他对人性的关注,对人的情感、精神世界的发现、剖析和关注,是一以贯之的。

我还感兴趣的,是"弹棉花"系列六篇小说,在形式上每篇都有差异,都不重复。我相信一年的时间里麦家要完成六篇小说,他必须时时警惕自己的重复,他要有意识地挑战自己而不是选择驾轻就熟。这是一件非常困难的事情,麦家做到了。人生的难解之谜和精神困境,蕴含在这些形式完全不同的讲述里,这也是麦家挑战小说形式的胜利。

原载《花城》2023年第6期

宁　肯

远行与还乡
——评宁肯的小说创作

　　宁肯的青年时代一定是一个浪漫的文学青年，是那个时代心怀"诗和远方"的青年，不然我们就难以理解他为什么早早地就离开北京远行了。对青年来说，"远行"太有诗意和蛊惑力了，只要走向远方，一切皆有可能。因此宁肯的创作也大体与他的经历有关；进入中年之后，宁肯的心逐渐地"收了"回来，他突然开始关心自己生活的城市了。如果说他远行的经历大多写了长篇小说，那么，还乡后他写的大多是中短篇小说。后来就是他结集出版的《城与年》。

　　《沉默之门》在没有出版的2003年我就读过，起码对我而言，《沉默之门》经受住了短期的考验，是否还能够接受更长时间的考验，还要时间来证明。多年前在北京作协开第四届代表大会的时候，我和宁肯住一个房间，那时他就把这部小说讲给了我。我说这是一部成长的小说，他当时点了点头，说了一句"你这么说我明白这部小说了"，我也不知道啥意思，后来才读到这本书。我读过他的《蒙面之城》，我认为这两个小说是完全独立的。《蒙面之城》写得非常浪漫，马格这个主人公在一个巨大的空间穿梭，北京、秦岭、西藏、深圳，他是从自然空间里面找到自我的一个人。这显然是一部成长小说，也是一部流浪汉小说，在流浪中成长。到了《沉默之门》完全变了，《沉默之门》从外面的世界回到自己的内心的世界。《蒙面之城》是一个外部的大环境，《沉默之门》是一个完全封闭的小环境，比如图书馆、大杂院的小平房、精神病院或编辑部等地方。我们可以说这是一部隐秘的拒绝历史或者说自己不能够融入历史的小说。

在我看来，《沉默之门》比《蒙面之城》写得深沉，更有隐喻的性质。比如精神病院的程式化生活，其实和所谓的健康世界并没有太大的区别。那里的建制也曾有过连、排、班，取消之后，还保留了读报制度，领导检查时也要大扫除，还要集体电疗一次。为了不出事情收了所有的腰带，每个人都提着裤子。所有人都等着或盼望别人的裤子掉下来，然后哈哈大笑。这些细节非常棒。这不是医疗，是权力关系在病院的反映，是医生对病人尊严的剥夺。杜眉医生把腰带还给病人，也就是把有限的尊严还给了病人。但李慢还是下意识地提着裤子。社会和环境的"规训"对每一个人的影响被转化为潜意识。在这个意义上，可以说《沉默之门》是一部维护人的尊严的小说，或者说是一部对无视人的尊严表达抗议的小说。

但我还认为这是一部表达跨世纪"多余人"或"局外人"的小说。所谓跨世纪是指从20世纪八九十年代到新世纪以来这段时间，李慢是这个"多余人""局外人"的形象。"多余人"现象始于俄罗斯19世纪早期普希金的《叶普盖尼·奥涅金》，然后是莱蒙托夫的《当代英雄》、屠格涅夫的《罗亭》、冈察洛夫的《奥勃洛摩夫》，等等。在英国有拜伦的《恰尔德·哈洛尔德游记》,在法国有加缪的《局外人》,在日本有二叶亭四迷的《浮云》、夏目漱石的《我是猫》等作品。在中国有郁达夫早期的"零余者",有鲁迅的"魏连殳",80年代末以后现代派小说中的主人公几乎都是"多余人"或"局外人"。李慢也是这样一个人。李慢非常欣赏美国诗人斯蒂文森的《观察乌鸦的十三种方式》,这首诗就是一个无所事事的人的内心独白。一个只能观察乌鸦的人,并且有十三种方法,可见他与外部世界已没有什么关系。

李慢的独处或有意与外界隔绝,表达了他对这个时代的某种不适应。这与马格是非常不同的。《蒙面之城》中的马格是一个"时代的浪者",他主动地游离于这个世界,向一个敞开的世界走去,他有自己的主体性。但李慢没有这个主体性,他是身不由己、无能为力,只能龟缩在不同的封闭空间中,是一个"精神的流浪者"。90年代以后,"局外人"或"多余人"的现象有重新"复兴"的迹象,甚至已经蔚为大观,特别是关于知识分子的小说,出走、逃亡,非常普遍。李慢虽然没有出走,但他的前景也是可以预知的。因此,这部小说写出了这个时代的某种心态,特别是青年的心态,它的价值和意义可能在今后的时间里会更凸显出来。

还有,为什么李慢对这首诗那么感兴趣?他非常希望不被打扰,确实感到内心无助、无聊、无奈。那个读诗细节写得非常有趣。《沉默之门》里面有一些场景非常有意思,比如说他和唐漓的关系,李慢因唐漓神秘的电话(唐漓的身份就很神秘)产生了巨大的恐惧,因而一下在床上无所作为了,欲求再也无法满足,这时李慢在这里就变得一无是处。我觉得这个细节写得非常深刻,是这部小说写得具有巨大隐喻力量的地方。宁肯下一部小说，比如说三部曲，前两部写了马格和李慢，第三部写谁呢，我们拭目以待。

一个作家在西藏会发现什么？答案是不确定的。这么多年来，书写藏地的小说是我们时代的时尚之一。西藏的风情风物、天高云淡或隐秘的历史风起云涌不绝于耳。每个人看到的是不同的西藏。但可以肯定的是：那个神秘的所在一定没有穷尽。不然就不会有宁肯的这部《天·藏》。

不同的是宁肯的《天·藏》确实是一部特殊的小说：这不是一部讲述西藏神秘故事或往事的小说，不是因有了西藏经验就置身其间的代言者，不是取悦读者猎奇奇观的肤浅之作。事实上，随着青藏线的开通，越来越多的人踏上西藏的土地，西藏正逐渐被越来越多的人所认识，它的真正价值早已不是神秘和奇观。因此，宁肯的这部作品是一部因发现藏地而发现自己的小说，是自己被西藏照亮发现"疾病"的小说。如果是这样，这部小说与其说是一部书写藏地的书，毋宁说是一部写宁肯自己的书。发现西藏，是因为那里的高洁和宁静，静谧的西藏才有可能形而上；发现自己，是因为有了西藏的宁静才发现了自己的荒诞、扭曲、变态和受虐。那些大胆的裸露当然是隐喻，它意在表达的是作家认识到人的多面性和不可知性、无奈感和人对自己的难以把握。有了这些，《天·藏》就是一部不同寻常的小说。

藏地是静穆或沉默的美学。多年来它一直在被言说，但没有谁说出了它的全部。言说者只是感受到了它的某些部分，而藏地却如主体成了观赏者。宁肯看到的部分也是宁静。

那你——每天都干什么？

——没事，就是待着，王摩诘说。

许多次，我与马丁格的对话使我们的散步有时不知不觉在鼓声中延伸到整个寺院，我觉得整个寺院不再外在于我，以至，有段时间我也曾试图静观，试图什么也不想。我甚至差不多做到了静观。

寂静的原野是可以聆听的，唯其寂静才可聆听。

苍古寺坐落在八角街众多的小巷之中，很僻静……这个女性化的寺院长年好像只安静地承受着一小片阳光，非常内向……

维格的母亲——世界上最平静的女人。那种平静，不是寺院的平静，也不同于八角街清晨的平静。它难以形容，如果任何一种光泽下的水都是简单的，平静的，那么可以多少想象一下维格拉姆的样子。

正午。阳光。眼光直射。阴影全部消失了，总是布满阴影的寺院迷宫深处也变得异常明亮、透彻，白色墙体不但沐浴着绚丽的阳光，也绚丽地反射着阳光。寺院之透彻正如天空。

从王摩诘的无所事事地"待着"，到他作为叙述人看到的与平静有关的事物,这是宁肯对藏地目光所及的正常反应,但也并不值得夸耀:那里的确如此。但宁肯的不同就在于他对藏地正常反应的同时发现了另一种不正常:王摩诘是一个哲学专业大学教师,是一个耽于形而上思维、崇尚维特根斯坦、对终极事物有兴趣的学者,却原来也是一个受虐者,是一个病人。他穿丁字裤、酷爱鞭刑、吻女靴、学犬吠。"身体"或疾病在王摩诘这里是一个挥之难去的隐痛或隐喻。至于王摩诘与维格、于佑燕两个女性的关系在小说中并不重要。重要的恰恰是王摩诘"身体的隐痛"。苏姗·桑塔格在《疾病的隐喻》中说:"疾病是生命的阴面,是一重更麻烦的公民身份。每个降临世间的人都拥有双重公民身份,其一属于健康王国,另一则属于疾病王国。尽管我们都只乐于使用健康王国的护照,但我们或迟或早,至少会有那么一段时间,我们每个人都被迫承认我们也是另一王国的公民……疾病并非隐喻,而看待疾病的最真诚的方式——同时也是患者对待疾病的最健康的方式——是尽可能消除或抵制隐喻性思考。然而,要居住在阴森恐怖的隐喻构成道道风景的疾病王国而不蒙受隐喻之偏见,几乎是不可能的。"因此,在藏地发现了"自己",就是宁肯最大的发现。

《天·藏》有先锋文学洗礼的深重痕迹,比如对语言的考究。

  我的朋友王摩诘看到马丁格的时候,雪已飘过那个午后。那时漫山皆白,视野干净,空无一物。在高原,我的朋友王摩诘说,你不知道一场雪的面积究竟有多大,也许整个拉萨河都在雪中,也许还包括了部分的雅鲁藏布江,但不会再大了。一场雪覆盖不了整个高原,我的朋友王摩诘说,就算阳光也做不到这点,马丁格那会儿或许正看着远方或山后更远的阳光呢。事实好像的确如此。马丁格的红氆氇尽管那会儿已为大雪覆盖，尽管褶皱深处也覆满了雪，可看上去他并不在雪中。

这样的文字使我想起余华的《在细雨中呼喊》。我在评论余华的这部作品时说："《在细雨中呼喊》可以看作是作家的精神自传。它表达的是从20世纪60年代到80年代二十多年的生活，也就是从'文革'到改革开放初期的生活。这二十多年中国物质生活的贫穷和精神生活的压抑几乎是空前的。关于贫困我们在许多作品中读过，那是我们曾经经历的过去；但精神上的压抑，我们在《在细雨中呼喊》才更真切地感受到。小说人物的粗暴行为如孙广才，正是精神压抑的另一种表达。在一个精神压抑的社会体制里，人们只能以性格的粗暴来表达自己人性的呼喊。'细雨'是一个意象，灰蒙蒙的景象总是给人以压抑的感受，呼喊是生命反抗压抑的表达，是人在精神领域对压抑的暴动。语言的优美是这部作品的另一个成就，它的语言像空中飞行的鸟群，带着鸽哨飞翔在大地与天空之间。"如果是这样的话，《天·藏》也可以看作是宁肯的精神自传。王摩诘虽然已经没有孙广才式的精神压抑，但孙广才作为他的"前史"并没有成为过去。无论对人对己，无论施虐或受虐，它都是一种精神病史的反映。因此，这是一部怀疑和批判的作品，是一部反对和质疑现实与自我的作品。正如阿尔贝·加缪早在1957年的一篇演讲中发出的那声感叹："多么多的教堂，怎样的孤独啊！"这与王摩诘面对的雪域高原有什么区别吗？小说的力量来源于此。

宁肯长在北京，就是北京人。但宁肯的小说一直"没在北京"；宁肯另一个特点是只写长篇，不写中、短篇。但是现在不一样了，宁肯的《城与年》，都是写北京城的，而且都是短篇小说。这个变化显然是宁肯的有意为之。在我看来，北京城肯定是越来越难写了。这不只是说老舍、林海音、刘绍棠、陈建功、史铁生、刘恒、王朔、石一枫等文坛长幼名宿有各式各样写北京的方式方法，而且他们也将北京生活的各个方面、各种人物、各种灵魂写得琳琅满目活色生香。在一个无缝插针的地方重建一个新的小说王国，其艰难可想而知。但是，宁肯还是带着他的小芹、五一子、黑雀儿、大眼儿灯、四儿、大鼻净、小永、大烟儿、文庆等一干人马，走向了北京，当然也是中国的历史纵深处。

宁肯写的是北京城南。那里的场景让人情不自禁地想起林海音的《城南旧事》。不同的是，小英子的天真、善良被一群懵懂、无知和混乱的少年所取代。这是20世纪70年代的北京。在时间的维度上，这是一个在"皱褶"里的北京。它极少被提及，更遑论书写了，虽然我们知道其中的原因。但更重要的是，这一段时间在历史的链条中不能不明不白地遗失了。如果亲历过的作家不去书写，以后就不会有人以亲历的方式去书写。宁肯显然意识到了问题的严重性，于是，他将心灵重返故里的创作，果断地推后了四十多年。

四十多年前的历史和生活，今天作家会有怎样的记忆，他将为我们提炼出什么样的"硬核"知识，他记忆中的那些细节会本质地反映那个时代吗，他会复活我们共同的记忆吗？这是我们对作家的期待和追问，当然也隐含了我们的自我拷问。在我看来，宁肯笔下的历史生活和人物，向我们展示了这样几个与文化政治相关的问题——

首先是人性的荒寒。《防空洞》开始写孩子们在院子里挖防空洞的戏仿，本来是孩子时代性的游戏，但是，黑雀儿从学习班出来后不一样了。他要大干一场，要挖真的地道。于是，院子当中被挖开一条黑色的口子，这时，时代的荒诞性便如期而至。热火朝天的劳动场面伴随着老戏匣子里电影录音剪辑的《地道战》，一个时代的生活剪影就这样被塑造出来了。小说主要写张占楼和黑雀儿"杠上了"，黑雀儿虽然打架斗殴，但知道人民内部矛盾和"敌我矛盾"。张占楼有历史污点，曾在傅作义的铁路局工作过，是留用人员。黑雀儿一吓唬张占楼，张占楼一家全都筛了糠。但黑雀儿只和张占楼一个人过不去，当张占楼老婆独眼祁氏、女儿张晨书在众目睽睽下跪下时，黑雀儿说："三奶奶，我是胡说八道，吓唬三爷爷呢，起来，您快起来，我是真的胡说八道。"黑雀儿用力挽起三奶奶，眼圈儿都红了，"您把我三爷爷拉回去吧，别让他管这事儿了，苏修老要突然袭击咱们，不光是扔炸弹，主要是扔原子弹，还有氢弹，原子弹冲击波一来房子就全倒了，没地儿躲没地儿藏，真的说不准什么时就扔下来，您拉他回去，我真是吓唬他，突然袭击就几分钟的事，家门口有个洞还是好。真的，我们'学习班儿'都放过片子"。黑雀儿对三奶奶好，是因为他爹头几年吊打黑雀儿满院子没一家吱声，只有瞎了一只眼的三奶奶劝过。张占楼毕竟因历史污点心虚，他被拽走时缓过点来甩了一句："黑雀儿，你早晚遭报应。"黑雀儿笑："我×，我还怕报应？我就是报应。"黑雀儿的浑不吝只一句话便形象全出。在《火车》中，善良的小芹因为有零花钱，"每次出门远行小芹都会给我们买冰棍儿，去时一根回来一根，还买过汽水呢。汽水一毛五分钱一瓶，当然不是每人一瓶，五六个人一瓶，你一口我一口分着喝,喝着喝着我们就打起来"。回家后姥姥骂小芹,小芹没有反抗的办法,刚回家只好又跑到大街上。"我们毫无同情心,没有一次到街上看看小芹。"不可理喻的姥姥以及家长、孩子等人与人之间的关系莫名其妙。这种关系就是一个时代的缩影。但是,到了火车上,这些孩子又是另外一种状况,尽管他们生活贫困又贫乏,但他们谈论的都是天大的话题——

　　随便上到一辆尾车上,像以往一样,像一种固定的仪式,所有人的头习惯地凑到一起。
　　"海外来人了。"
　　"第三次世界大战就要打起来了。"
　　"联合国军已经登陆。"

　　对孩子来说,这种大而无当的话题没有任何营养,以至于当火车开走,男孩子可以跳车,女孩子小芹被火车拉走的事情发生,他们都没有告诉小芹的姥姥。姥姥三个月之后去世了。没有同情心,缺乏人性,在孩子相处的过程中被表达得格外触目惊心。一年多以后,小芹回北京时,他们已是满口脏话,传统文明就这样在孩子的口语中被彻底颠覆了。更令人震惊的是小芹因抄了一整本《少女之心》,被警察带走了。小说让人感动的还是四十年之后——

　　虽然院子早已不存在。费尽了周折。有一天终于打通小芹父亲的电话。小芹的父亲不知道我是谁,我具体描述了当年的自己,然后我听到了小芹母亲的声音。小芹母亲接过了电话,给了我小芹的号码。

这天晚上,我拨通了小芹的电话。

人性通过时间漫长的隧道重临人间,但一切早已物是人非。《探照灯》中,四儿在夜间和小朋友玩耍划破了脸。回家时,"大眼睛的父亲披衣出了被窝,拿着镜子上上下下给四儿照,四儿看见了自己身上也紧张起来,母亲给四儿慢慢上紫药水、红药水,像化妆一样。翻砂工父亲照完镜子,一掌扇过来,四儿应声倒下,一声都没有,好像睡着了。母亲继续上药,像什么也没发生一样,更像化妆"。父亲的凶狠在扇过来的一掌中表现得淋漓尽致。人性的荒寒,不只是说大人,还有孩子对具体的人与事的情感态度,同时也包括社会对"身份"的态度。《黑雀儿》中黑雀儿爹,似乎就是一个"身份不明"的人——

黑雀儿爹并不因拉氧气瓶多挣一分钱,这也和职业板爷计件不同。虽然是临时工——工资本可不固定——他却像正式工一样,工资是固定的。所谓正式工即国家的人,理论上还是国家的主人,主人怎么能计件工资?黑雀儿爹不是正式工自然也不是主人,干着主人的活,却可以随时被辞退。而主人是铁饭碗,没有辞退一说,因为理论上说不通。但临时工不同,上午说辞了你下午就得走,这点甚至还不如走资派、历史反革命、反动学术权威。

但是,黑雀儿爹到哪里去讲理呢。同是在北京厂甸一带生活,《城南旧事》中小英子眼中的人与事,无论大人还是孩子,以及心理层面的善与爱,与《防空洞》、《火车》和《探照灯》中的大人孩子们,竟是如此的不同。

  其次是物质生活的贫困和精神生活的贫乏,这是《火车》的日常生活中呈现出来的。小说的讲述者是一个四十年后雪山似的满头银发,身体短小如藕节的侏儒。他不是生活的主角,他只是一个可有可无的参与者和旁观者。我们看到孩子们为了几分钱,几乎费尽心机。小芹的父母在新疆,每月给她五元零花钱,由姥姥掌控。去铁道边游玩她请大家坐车,先是五一子不上车,跟在公交车后面跑,几站地后所有孩子都下了车,就是为了省下几分钱;小芹姥姥——一个不知是有文化还是没有文化的老太太,和自己的外孙女算计一两粮票。小芹的零花钱包括早点钱,每天一个油饼,八分钱,另外的七分钱才是零花。粮票可以兑钱,或者也是钱,油饼要是交一两粮票可以省两分钱。为了这一两粮票,小芹跟姥姥打了好长时间。《探照灯》中四儿和大个子两个人吃饭,"糙米饭、馒头、窝头,这些主食和大家都差不多。不同的是四儿有菜,白菜帮子或萝卜条,偶尔里面有几根粉条。大个子的就是腌萝卜、老咸菜,哪怕吃最难吃的糙米饭也如此。四儿有时拨一点白菜帮子粉条给大个子,大个子有时也会干笑,有时则不。大个子屋的火炉子上永远烧着水,吱吱响,有茶和烟——大个子主要就是活在这两样里,牙都完全黑了"。这是这些人物基本的物质生活条件。贫瘠的物质生活让人没有尊严可言。《黑雀儿》中的黑雀儿爹,"出门见了谁,都点头哈腰眼睛躲躲闪闪,以致他的目光和他的嘴唇给人的印象完全不同,阴晴不定,没人知道是怎么回事,多年来竟也没人察觉他的古怪行为。哪怕拉氧气瓶,最后也是这个来来回回的程序,他趴在牛头把上,眼睛直勾勾的,别人是空车,他拉着破烂儿"。他之所以如此,就是因为他还是一个兼职拾破烂的,生活的重压让他卑微得直不起腰身。黑雀儿一家的物质生活的贫困境况,在小说中最具典型性。

日常生活的乏味和无聊很难书写。这种乏味和无聊,与西方现代小说和后现代小说完全不同。西方现代小说有一个隐含的对话关系,它们或是反抗,或是解构,都有一个直面的对象,有一个具体的文化指向。但宁肯的小说不是,他要正面书写那个年代的贫乏空虚,并要通过一个具体的场景或物件形象地表达——

> 我们一有清晰记忆就赶上了"破四旧",脑袋像归零一样,当插队的哥哥姐姐带回扑克牌,我们无比惊讶,世界上竟有这种新鲜玩意儿,神奇极了。我们当然玩不上,一向被世界忽略。但并不妨碍我们创造自己的世界。我们撕了作业本,裁成五十四张同样大的纸,写上红桃、黑桃、方块、梅花和数字,写上大猫,再写上小猫,也成了一副牌。我们玩大百、小百、升级、争上游、憋七,甚至带到火车上玩。我们坐在两边铁椅子上,像开会一样,非常神秘,一点也不觉得那些破纸可笑。发现真正的扑克牌!那堆烂纸立刻被我们扔到窗外,随风飘散。五一子和小芹一头,大烟儿和文庆一头玩起对家,小永和大鼻净围观,替补。五一子让我把门关上。

精神生活的贫乏,可能是宁肯少年时代最深的创伤记忆。在《探照灯》里有这样一段描写:"每年一进九月,晚上就有探照灯。四儿数过有三十六根,我们谁也没核实,数不过来,数它干吗?那些探照灯明明暗暗,有的很淡,一会儿合起来,一会儿散开,一会儿分组交叉,一会儿整体成一个几何图形,又简单,又不解,还数它,真是撑的。探照灯一般在九月十五号左右出现,但我们早早就开始仰望星空。真是仰望,个个都很肃穆。我们不知道康德,不知道李白,不知道牛郎织女。就是干看,有时你捅我一下,我捅你一下,捅急了打起来,打完再看。"对"探照灯"——星空的好奇,不是知识性的讨论,也不是与想象力有关的思考。下面这个场景从一个方面写出了孩子脑子里空空如也的生动性。

我们站在当院的小板凳上、小桌上、台阶上、窗台上,高高低低,我不能说是猴山,但和人也真有点区别。有的还上了房,站在了两头高高翘起的屋脊上。站高了也没用,我们对于星星一无所知,对月亮稍好一点,知道嫦娥,猪八戒调戏嫦娥,仅此而已,不甚了了。然而我们有着极大的耐心面对浩渺的星辰,说赤子之心真的不为过,真是赤子。我们耐心等,直到有一天屋脊上的人突然大喊:"探照灯出来了!""我看到了!""就在那边!"

《黑雀儿》中有一场黑雀儿追咬蝈蝈的场景——

蝈蝈从前青厂跑到后青厂,喊声响彻后青厂,一前一后,穿过顺德馆,又折回前青厂拐到永光寺西街,后面刮风似的跟着"马戏团"的观众。蛔蛔原本就是一货,欺软怕硬,外强中干,又肥,跑不快,几次被尖嘴猴腮的黑雀儿追上,无论屁股、肩头、腰咬上一口。黑雀儿几次被击倒,被使劲踢、踩、踹,鼻子、眼睛、嘴都给踩烂了。蛔蛔跑,黑雀儿爬起来追、扑,尖叫……蛔蛔总算跑回了他们院,插上街门。黑雀儿蹲、跳、砸。

没有人劝阻,没有人难过。大家像节日一样欢快无比。一如当年看菜市口杀人一样,地点和情景惟妙惟肖。

最后是《城与年》对直接经验的书写。当下的写作,直接经验越来越少,身体不必挪移,许多事情都迎刃而解,于是间接经验越来越多,因为传播间接经验的方式和手段越来越多。也正因为如此,书写直接经验的作品也越来越弥足珍贵。小说中的生活,特别是少年时代的生活以及精神状况,同样是我亲历的。宁肯本质地写出了那个时代的生活。敢于走进历史深处,是一种"逆向"的写作。现在的情况是,普遍信奉一种"当下主义"的时间观,在这种时间观里,我们失去了很多经验。经验主义要不得,但经验非常重要。过去的时间观是"厚古薄今",现在是"厚今薄古"。如果坚持今天的时间观,历史将会毫无意义,历史和传统正是通过经验的不断重演形成的,一如本雅明所说,那是一些实践上有用的"传世忠告"。但是,"当下主义"经验的匮乏,失去的是经验的连续性。在宁肯的小说中,那些忠告不只是文化的,比如《地道战》《铁道卫士》《中国》《曼娜回忆录》《基度山恩仇记》《第三帝国的兴亡》《梅花党》《绿色尸体》《李宗仁归来》《长江大桥》等文化符号,同时也是文化政治。文化政治是宁肯小说最重要的元素。对中国来说,历史和现代的文学,文化政治一直没有缺席,而且是最重要的表达部分。宁肯深受这一文化传统的影响,他的小说——过去的长篇,今天的短篇,都有文化政治鲜明的色彩。这也是宁肯小说重要的原因之一。宁肯在创作上的"还乡",就是心灵的还乡。过去,他人在北京是"生活在别处",现在,心灵的游子归来,一头扎进了北京南城的历史,那是他过去的情感和经验,也是与老舍、林海音、刘绍棠、陈建功、刘恒、王朔、石一枫等人的潜在对话。

关仁山

"行动的文学"及其限度
——评关仁山的长篇小说创作

自延安文学以来,"行动的文学"成为中国文学最重要的特征。无论是作家自觉追求还是努力修正自己的文学观,与社会历史发展保持一致的文学写作,成了不作宣告的主流。文学对帮助实现民族的全员动员起到了至关重要的作用,这个传统一直延续至今,关仁山就在这个传统之中。除个别的作品如《白纸门》外,他的小说几乎是追随着乡村变革的每一步。《天高地厚》《麦河》《日头》《金谷银山》《白洋淀上》等作品,无不如此。那么,如何评价关仁山的文学追求,如何评价他的小说创作成就,就构成了一个典型的文学个案。

一、神秘的事物与民间文学资源

通过对新世纪小说创作的观察和分析,我曾提出了"边缘文化与超稳定文化结构"的看法。这一看法的提出,是源于大量的小说创作对过去被我们忽略、批判乃至抛弃的文化资源,重新予以关注并注入了新的理解。这一现象的出现,一方面与西方强势文化的挤压有关,另一方面与作家对本土文化新的理解有关。在西方强势文化的挤压和"形式的意识形态"的诱导下,我们的文学焦虑不安,在急于获得西方承认的心理诉求下,只能"跟着说"。这个结果伤害了中国文学的自尊心。于是,从本土文化寻找文学资源就成为作家自觉的意识并逐渐形成潮流。《白纸门》就是这一潮流中意识和特点鲜明的作品。

  腊月的雪,疯了,纷纷扬扬不开脸儿。烈风催得急,抹白了一片大海湾。白得圣洁的雪野里零零散散地泊着几只老龟一样的旧船。疙瘩爷把腿盘在炕头,屁股上坐着一个红海藻做的圆垫子,烤着火盆,吧嗒着长烟袋,眯着浑黄的眼眸瞄了一眼门神,把目光探到窗外。荒凉海滩上压着层层叠叠的厚雪,撩得他猛来了精神儿。他心理念叨打海狗的季节到了。他别好徒弟梭子花送给他的长烟袋,挺直了腰,拧屁股下炕,从黑土墙上摘下一支明晃晃的打狗叉。叉的颜色跟大铁锅一个模样。他独自哼了几声闰年谣,拎起拴狗套,披上油脂麻花的羊皮袄,戴一顶海狗皮帽子,甩着胳膊,扑扑跌跌地栽进雪野里。

这是关仁山长篇小说《白纸门》开篇描绘的一个场景。这个场景与其他地域日常生活场景的差异性显而易见:这是冀北海滨雪莲湾的冬季,一个略有萎靡无所事事的渔民在火盆边吸烟袋。当他看到海滩上的积雪被烈风抽打的时候,职业的敏感使他顿时精神抖擞,然后便跌跌撞撞地栽到雪野里去了。值得我们注意的是,在这段开篇的叙述中,有几个独特的关键词是我们不熟悉的:红海藻、门神、梭子花、大铁锅、闰年谣。事实上，在《白纸门》的引子《鹰背上的雪》中，这样的关键词出现了四十九个，而这四十九个关键词也恰恰是《白纸门》四十九个章节的标题。我们不免疑惑，那已经给了注释符号的类似词条式的关键词，到最后作者也没有给出我们可以理解的注释，也没有做出任何说明性的文字。这是作者有意的遗漏还是故弄玄虚？

这是一部表现当下农村日常生活的小说，但日常生活仅仅是作家现有经验的文学化呈现。比如当下农村改革的状况，变革的农村在朝什么样的方向发展，但我们看到的这些现实的生活在小说中更像是一个"由头"，更像是要通过这些"现实的生活"表达一种非现实的东西。这也是一部表现人性的小说，但这个人性不是我们惯常看到的人与人交往中流露出的善与恶，也不是在突发事件、在戏剧化的场景中所表达的人性极端化的心理或行为。而是所有的人性似乎都被纳入一种"规训"的掌控之中，一种超自然的力量使人性有了顾忌或敬畏，使为所欲为在雪莲湾难以大行其道。

小说似乎是以麦家祖孙三代人——七奶奶、疙瘩爷和重孙女麦兰子的生活和性格展开故事的，但它又不是一部家族小说。这个家族与雪莲湾的民俗风情有密切关系，甚至可以说，麦家的历史就是雪莲湾的历史，麦家的风俗影响或塑造了雪莲湾的文化或生活方式；小说的空间在雪莲湾，但雪莲湾的时间源头却是不可考的久远历史。这段历史仍然与麦家有关："古时候发海啸，雪莲湾一片汪洋，七奶奶的先人会剪纸手艺，平时就在门板上糊上剪纸钟馗，家家户户进水，唯独七奶奶先人家里没有进海水。这下就把白纸门传神了，家家户户买来白纸，请七奶奶先人给剪钟馗。明眼人一看，雪莲湾家家户户都是一色白纸门了。"与门文化有关的还有,谁家男人死了,要摘下左扇白纸门随同下葬,女人走了要摘下右扇白纸门下葬,新人入住要重新换上门,贴上七奶奶剪的白纸钟馗。雪莲湾的风俗就这样延续下来。这大概是小说对《白纸门》唯一做出注释的"词条"。其他没有做出注释的"词条",都隐含在雪莲湾的生活词典里。也许在作者看来,民间生活的秘密是只可意会不可言说的,而这个不可言说的有意"省略",恰恰是小说的高明之处。

疙瘩爷和七奶奶是《白纸门》的主要人物,也是雪莲湾"旧文化"的守护者和象征。疙瘩爷不仅面对社会生活时恪守公平原则,认为公平本身就是对尊严的捍卫,而且在与动物的厮杀搏斗中,也要以公平的方式对待。他猎杀海狗不用现代的火枪,而是用"打狗叉"。他的理由一是祖传的规矩,二是不能干断子绝孙的蠢事。但当面对"现代"的时候,疙瘩爷不仅不能阻止年轻人的火枪,甚至他也难以左右自己。当上村干部之后,雅努斯式的犹疑和茫然,也出现在他被民间古旧文化熏陶过的沧桑面孔上。传统遭遇了"现代",传统的无能为力是因为"现代"的无所顾忌。七奶奶虽然敢于出头为村里讨债,但讨回的钱却让村书记买了轿车,"小吕子"书记虽然被绳之以法,但七奶奶的"规矩"还能够制约多少人或多长时间呢?因工厂的污染,雪莲湾大片红海藻"走了",七奶奶竖起她的白纸门,但七奶奶能够挽留红海藻吗?因此,《白纸门》表达了传统与现代的文化冲突,表达了对现代发展没有边界的困惑和隐忧,当然,它也检讨了百年来对传统文化彻底排斥、抛弃乃至将其毁灭的后果。

因此,《白纸门》给人印象最深的,就是它对民间文化或民风民俗的呈现与描绘。它像"箴言"或"咒语",不能改变现实却预言了现实。我们可以说它是"迷信"、是非理性的,但它却是雪莲湾的民间信仰。"民间信仰,是对超自然力的信仰而形成的观念以及在观念统治下形成的态度和行为。这种超自然力,既包括人格化的力量(如神灵),也包括非人格化的力量(如法术)。一般来说,民间信仰缺乏统一的神系、固定的组织以及统一的教义,因而在形态上同制度化的宗教有较大差异,并因此而长期被人们普遍以'迷信'相称,来强调它与科学的对立,特别是与狭义'宗教'(高级宗教)的区别。但其实在本质上,它同各种高级宗教是一致的。从客观的经验来看,或者说,从科学的角度来看,它们均属于非理性的范畴。在人类学、民俗学当中,与制度化的宗教相对,民间信仰常被称作'普化宗教'。对于中国的民间信仰,有些学者又常常称之为'民间宗教',并且把它看作中国民众自己的宗教。"文化人类学或民间文化研究专家正确地指出了"民间信仰"的功能或价值。而《白纸门》重返民间文化,重新表达对神秘事物的敬畏和顾忌,意义显然重大。

《白纸门》与关仁山以往的作品相比,发生了极大的变化。他在谈到自己这部作品的时候说:"作家没有明确的民间立场也就没有明确的判断生活的尺度,价值观念也难确立。经过这些年的思考,我认为现实主义作家确立民间立场十分重要。建立民间立场,即确立自己的独立精神。从《白纸门》的创作,我有意识向民间立场迈了一步,尽管有点儿为难,可能还会丢掉一些利益,但还是值得的。"在他的独白中,我们确实感到了他转变的艰难甚至犹疑,但他毕竟实现了超越自己的"突围"。值得商榷的可能是他所说的"民间立场"。事实上,我觉得

《白纸门》恰恰是典型的精英立场,他对传统文化的反省或检讨的自觉,站在纯粹的民间立场上是不能完成的。如果站在民间的立场上,可能仅仅会"风俗"性地对民间文化表示留恋或怀念,却难以表达这一文化形态的魅力和功能。而恰恰是这一文化形态本身,甚至为他的小说结构带来了新的面貌,这怎么会是"民间立场"呢。

就小说而言,我唯一不满足的,是小说在现实与传统之间还没有建构起无碍的内部关系,还没有达到不露痕迹的统一或融合,它们之间总像隔着还没跨越的沟堑。因此,那些传统的民风民俗就像庙会一样,有"策划"的味道。这种情况是否与作家的直接经验不够有关呢,还是与传统渐行渐远痕迹难寻有关?我不能断言,但总是觉得在哪些地方还没有"焊接"好。但无论如何,在一个没有敬畏和顾忌的年代,关仁山在乡村中国的"超稳定文化结构"中,重新打捞出了尘封已久的陈年旧事,重新将被压抑的民间文化呈现在我们的阅读中,使我们对"神秘的事物"有了新的认识和感知。仅此一点,他就功莫大焉。

二、寻找乡村变革新的道路

《麦河》是作家关仁山继《天高地厚》《白纸门》等长篇小说后,又一部表现当下中国乡村生活的长篇小说。无论对关仁山的创作做出怎样的评价,有一点必须肯定的是,关仁山是一位长久关注当代乡村生活变迁的作家,是一位努力与当下生活建立关系的作家,是一位关怀当下中国乡村命运的作家。当下生活和与当下生活相关的文学创作,最大的特点就是它的不确定性,不确定性也意味着某种不安全性。如果是这样的话,这种创作就充满了风险和挑战。但也恰恰因为这种不确定性和不安全性，这种创作才充满了魅力。关仁山的创作几乎都与当下生活有关。我欣赏敢于和坚持书写当下生活的作家作品。

《麦河》表现了当下乡村中国正在实行的土地流转政策，以及面对这项政策麦河两岸的鹦鹉村发生的人与事。实行土地流转是小说的核心事件，围绕这个事件，小说描绘了中国北方乡村的风情画或浮世绘。传统的乡村虽然在现代性的裹挟下已经风雨飘摇，但乡村的风俗、伦理、价值观以及具体的生活场景，并没有发生革命性的变化，这就是我曾经强调过的乡村中国的"超稳定文化结构"。但是，乡村中国又不是一部自然发展史，现代性对乡村的改变又几乎是难以抗拒的。因此，乡村就处在传统与现代的夹缝中——面对过去，乡村流连忘返充满怀恋；面对未来，乡村跃跃欲试又四顾茫然。这种情形，我们在《麦河》的阅读中又一次经验。有趣的是，《麦河》的叙述是由一个"瞎子"承担的。三哥白立国是个唱大鼓的民间艺人，虽然眼睛瞎了，但他对麦河和鹦鹉村的人与事洞若观火、了如指掌。他是鹦鹉村的当事人、参与者和见证者。三哥虽然是个瞎子，但他心地善良，处事达观，与人为善和宽容积极的人生态度，给人留下了深刻的印象。在某种意义上他是鹦鹉村的精神象征。但作为一个残疾人，他的行动能力和处理外部事务的局限，决定了他难以主宰鹦鹉村的命运。他唯一的本事就是唱乐亭大鼓。但是这个极受当地农民欢迎的地方曲艺，能够改变鹦鹉村贫困的现实和未来的命运吗？因此，小说中重要的人物是曹双羊。这是一个我们经常见到的乡村"能人"，他见多识广、能说会道，曾经和黑道的人用真刀真枪震慑过黑石沟的地痞丁汉，也曾经为了合股开矿出让了自己的情人桃儿。这是一个不安分、性格极其复杂的人物，也是我们常见的乡村中内心有"狠劲"的人物。他是当上"麦河集团"的老总以后重新回到鹦鹉村土地上的。他希望村民通过土地流转加入"麦河集团",实现鹦鹉村的集体致富。

土地对农民真是太重要了。历朝历代只有处理好土地问题,乡村才有太平光景。对于农民来说,土地分起来容易合起来难。但土地流转不是合作化运动,它是充分自由的,可以流转也可以不参加流转。对乡村中国来说这当然是又一种新的探索。就鹦鹉村而言,由于曹双羊的集中管理和多种经营,鹦鹉村已经呈现出了新的气象,农民的生活和精神面貌发生了显著的变化。当然,小说是写人物命运的。围绕麦河两岸土地流转这个"事件",《麦河》在描绘冀北平原风俗风情的同时,主要书写了鹦鹉村村民在这个时代的命运和精神状态。曹双羊是一个"能人",但也诚如桃儿所说,这是一个患了"现代病"的人,他被金钱宰制,现代人所有的问题他几乎都具备。但他最终还是回到了土地,对土地的敬畏才最终成就了这个"能人"。瞎子三哥的眼睛最后得以复明,这当然不是他说的"因果论"。但这个"大团圆"式的结局还是符合大众阅读趣味的。这是《麦河》塑造得最成功的人物,他是乐亭大鼓的传人,更是一个民众喜闻乐见的人物。在他身上我们才得以感受典型的冀北风情风物。应该说,就是这个乐亭大鼓将《麦河》搅动得上下翻飞风情万种。可以肯定的是,关仁山对三哥这类民间人物和乐亭大鼓相当熟悉。他身边的苍鹰是个隐喻,这个鸟中之王,因为飞得高才看得远。三哥与苍鹰"虎子"是相互的对象,用时髦的话说,他们有"互文"关系。

《麦河》中的桃儿这类人物我们在《九月还乡》中似乎接触过,她是一个来自乡村的卖淫女,但做过这类营生的人并非都是坏人。桃儿自从回到鹦鹉村,和瞎子三哥"好上"以后,我们再看到的桃儿和我们寻常见到的好姑娘并没有不同。她性情刚烈,但多情重义。她不仅爱三哥,而且最终治好了三哥的眼疾,使他重见光明。这里当然有一个观念的问题。自从莫泊桑的《羊脂球》之后,妓女的形象大变。这当然不是作家的"从善如流"或庸俗地"跟进"。事实上妓女也是人,只是"妓女"的命名使她们必须进入"另册",她们在本质上与我们有什么区别吗?未必。桃儿的形象应该说比九月丰满得多。如果说九月是一个从妓女到圣母的形象,那么桃儿就是一个冀北普通的乡村女性。这个变化可以说,关仁山在塑造乡村女性形象方面有了很大的超越。

中国的改革开放本身是一个"试错"的过程、探索的过程。中国社会及其发展道路的全部复杂性不掌控在任何人的手中,它需要全民的参与和实践。事实证明,在过去那条曾被誉为"金光大道"的路上,乡村中国和广大农民并没有找到他们希望找到的东西,但麦河两岸正在探索和实践的道路却露出了某种微茫的曙光。但这一切仍然具有不确定性,双羊、三哥、桃儿们能找到他们的道路吗?我们拭目以待。

三、历史感与乡土文学的谱系

如果说《天高地厚》《麦河》等小说,还对中国乡村的当下状况多持有乐观主义,更多的还是歌颂的话,那么《日头》则更多地探究了当下中国乡村文明崩溃的历史过程和原因。

小说从"文革"发生开始,日头村成立了造反组织,红卫兵也进入了日头村。"日头村很多事说不清来龙去脉,只知道状元槐、古钟和魁星阁。"千年老槐、树上挂着的古钟、为金状元修的魁星阁这三件东西是日头村的象征,也是日头村的文化符号。但是,"文革"首先从烧魁星阁开始:"魁星阁着火了!火光簇簇,一片通明,血燕四处惊飞,整个天空好像涂满了血。我和老槐树一道,眼睁睁看着文庙的大火烧了起来。大火烧得凶,像跟文庙有仇似的。天亮时文庙全都烧塌了,只剩下半堵墙。红卫兵排起长队,向着残垣断壁鼓掌。黑五说:'这是毛泽东思想的伟大胜利!让我们欢呼吧!'小学校长金世鑫突然跪倒在地,仰天长啸:'日头村的文脉断了,文脉呀!没了文脉,我们的子孙后代都要成为野蛮人啊!'"接着是批斗金世鑫。这一切都是在造反司令权桑麻指使下完成的。金家和权家有世仇,这个世仇可以追溯至"土改"。于是,权家与金家的争斗,成了日头村始终未变的政治生活主题。"权桑麻掌权以后,视天启大钟、状元槐和魁星阁为眼中钉。"权桑麻的这种仇怨,只因为日头村的这三个文化符号都与金家有关。因此,从"土改"一直到"文革",权家一直没有终止对金家的打击和争斗。这几个事件,集中表达了日头村乡村文明和伦理的崩溃过程。

这个过程当然不是始于关仁山,丁玲的《太阳照在桑干河上》、周立波的《暴风骤雨》、赵树理的《李家庄的变迁》等反映"土改"斗争的小说,都有详尽的对地主斗争和诉诸暴力行为的描写。比如对钱文贵的批斗、对韩老六的批斗,而李如珍则在批斗中被活活打死。那个时代,只要把人定性为"地主""富农",无论怎样羞辱、折磨直至肉体消灭,都是合法的。而这些反映"土改"斗争的小说,都对这些暴力行为给予了热情赞扬,这一立场在今天看来是需要讨论的。从某种意义上可以说,乡村中国乡绅制度的终结,也就是乡村中国文明崩溃的开始。《日头》也写到了日头村的这些场景,从"土改"到"文革"。但是,关仁山不是在讴歌这些暴力和破坏行为,他在展现这些场景的时候,显然是带着强烈的反省和批判立场的。

小说中的两个主要人物——金沐灶、权国金,他们都是当代乡村青年。但是权国金,继承了祖上的仇怨心理,无论是恋爱还是日头村的发展道路,一定要和金沐灶斗争。这既与家族盘根错节的历史渊源有关,也与父亲权桑麻的灌输有关。权桑麻曾说:"老二,你哥不在,爹跟你说几句私密话。这么多年来,你爹最大的贡献是啥?不是搞了企业,不是挣到了多少个亿的钱,而是替权家树了一个敌人,就是金家。不管金沐灶救没救过你的命,你都不能感情用事。因为,我们家族要强大,需要一个更强大的敌人。你懂这个道理吗?"这就是权桑麻的斗争哲学。

但是,改变乡村命运更强大的力量或许还不是权、金两家的争斗。日头村也终于在招商引资的潮流中办起了工厂,权家掌控着工厂。乡村中国的发展并没有完全被掌控在想象或设计的路线图上,在发展的同时我们也看到,发展起来的村庄逐渐实现了与城市的同质化,落后的村庄变成了"空心化"。这两极化的村庄,文明的载体已不复存在;而对所有村庄进行共同教育的则是大众传媒——电视。电视是这个时代影响最为广泛的教育家,电视的声音和传播的消息、价值观早已深入千家万户。乡村之外的滚滚红尘和杂陈五色早已被接受,甚至令人向往。在这样的文化和媒体环境中,乡村文明不战自败,哪里还有什么立足之地。乡村再也不是令人羡慕的所在,很多乡村,大可以用"荒凉衰败"来形容。与此同时,"乡村的伦理秩序也在发生异化。传统的信任关系正被不公和不法所瓦解，勤俭持家的观念被短视的消费文化所刺激，人与人的关系正在变得紧张而缺乏温情。故乡的沦陷，加剧了中国人自我身份认同的焦虑，也加剧了中国基层社会的秩序混乱"（见《中国新闻周刊》总第557期特稿《深度中国·重建故乡》，2012年3月29日）。这就是乡村文明崩溃的前世今生。

在火苗儿的说服下，权国金把魁星阁又建了起来。但是在金沐灶看来："这表面看是好事，细想想，这又不是什么好事，也许是一个陷阱，是一个难以预料的灾难。如果不在人心中建设魁星阁，浮华的建筑当年震不住权桑麻，以后它照样震不住权国金的。我对未来的魁星阁还是充满忧虑啊！是什么让我这样忧虑，它的深层原因到底是什么呢？"作为乡长的金沐灶显然看到了乡村中国文明的沦陷，但是他又能怎样呢？谷县长批评权国金招商不力，权国金便伙同邝老板破坏耕地挖湖，为了动员村民拆迁，人们都被赶到简易安置房里去了。"村口的石碑被挖了出来。蝈蝈挥舞大锤砸着，两声脆响，石碑断裂了。"石碑是一个象征性的事物，石碑的断裂表明日头村已不复存在。当乡村文明的载体已经被彻底颠覆的时候，乡村文明哪里还有藏身之地。

权国金不只是日头村独特的人物。从某种意义上说，他是中国从"土改"经"文革"再到乡村城镇化改造过程中形成的"特权农民"的一个典型。他不仅作风上专横跋扈，而且个人品性上厚颜无耻，从个人生活，比如失去性功能后专门拍摄女人的脚，一直到后来的侵吞占地款。乡村文明的终结虽然是中国社会发展整体趋势决定的，但是，在乡村中国内部，即便没有外力的推动，传统乡村文明也在权国金这类人物的践踏下名存实亡了。

小说中的老槐树流血、血燕、天启钟自鸣、敲钟不响、状元槐被烧，大钟滑落响了三天三夜、枯井冒黑水、红嘴乌鸦的传说等意象，都有《白纸门》的遗风流韵，也有《百年孤独》的某些影响。这些魔幻或超现实的笔法，丰富了小说的文化内涵；另外，小说用中国古代审定乐音的高低标准"十二律"作为各章的命名，不仅强化了小说的节奏感，同时与小说各章的起承转合相吻合。这一别开生面的想象，也是中国经验在《日头》中恰到好处的表达。《日头》是关仁山突破自己创作的一次重要的挑战，一个作家突破自己是最困难的。关仁山韬光养晦多年，他用自己坚实的生活积累和敏锐观察，书写了日头村传统文明崩溃的前世今生，实现自己多年的期许。他对乡村中国当下面临的问题的思考和文学想象，也应和了我曾提出的一个观点：乡村文明的崩溃。但这并不意味着对乡村中国书写的终结，这一领域仍然是那些有抱负的作家一展身手前途无限的巨大空间。

四、向《创业史》和梁生宝致敬

关仁山一直关注这场关乎无数人命运的重大变革。他的目光一直没有离开乡土中国的变化过程。他的"农村三部曲"就是例证。现在我们看到的这部《金谷银山》，在创作方法上，与"农村三部曲"有了非常大的变化。它不是有意反映农村流行的政策或农民对政策的不同态度，也不是以同情者的角度悲天悯人地专注于农民的生存景况，而是着力塑造了一个"新时代的农民形象"——范少山。这是一个有着梁生宝血统的冀东农民：他喜欢小说《创业史》，喜欢梁生宝。当他决定离开北京回白羊峪时，这部小说就成了他的"口袋书"。他不仅喜欢，重要的是他还要践行梁生宝的人生,要造福白羊峪的乡亲们。实事求是地说,对关仁山而言,这是一个"险象环生"的选择:当英雄的时代早已过去之后,如何塑造新的"时代英雄",实在是太艰难了。即便这个时代仍然有英雄,但从已有的创作经验而言,"正面英雄人物"的塑造,其难度也远远大于书写普通人。普通人被塑造出来仍然是"人"的形象,英雄被塑造出来大多是"神"的形象。他们可敬却难以让人亲近。关仁山自己也不讳言,这就是一部主旋律的小说。任何一个国家和民族都有自己的主旋律,关键是怎样理解和怎样书写主旋律。对我们而言,主旋律也不只是革命历史和当代英雄。我曾经表达过,那些凡是对人类基本价值尺度有维护的文学作品,也就是对人类进步、民主、自由、忠诚、爱和善等的维护和张扬,都应该看作是主旋律。如果是这样的话,《金谷银山》就是一部主旋律小说。

范少山有梁生宝的血统,但是梁生宝的时代毕竟已经过去。范少山是带着他的时代印记走到我们面前的。他有个人的情感史,有失败的婚姻。他常年在外经商,妻子迟春英耐不住寂寞,在马玉刚的诱惑下终于越过了底线,人也嫁给了马玉刚。但是刺激范少山"拯救"白羊峪的还不是个人的情感挫败,是村民老德安的死。老德安是贫困户,虽然有儿子,但儿子搬到城里后就没了音信。他"养了两只鸡,快要下蛋了,让黄鼠狼叼走了;种的苞米囤在院子里,也让耗子啃得差不多了。种了点儿土豆,卖不出去,只能上顿吃,下顿吃;白羊峪没有小麦,不种水稻,吃白面大米要下山去买。钱呢?得用鸡蛋、苹果、山楂去换。咋换呢?'鬼难登'在那横着呢!不能车运,只能提着篮子翻过那段险路去卖。老德安本来山货就少,又是老胳膊老腿儿下不了山,只能整天吃土豆，连苞米都接不上来年的。让土豆埋没的一颗心，看不到指望，上吊了"。范少山埋葬了老德安，也激起了他要拯救白羊峪的愿望，并自诩为"超人"。原本在北京和恋人杏儿卖菜的他，决定返回家乡白羊峪，带领乡亲们创业。

范少山带领乡亲们走的是绿色生态的创业之路。为了挖掘祖宗留下的谷种，与外国种子抗争，他终于在太行山找到具有传奇色彩的金谷子，种在了白羊峪的土地上并获得成功。在农大孙教授的指导下，他利用本村的苹果园，培育出中国第一个"永不腐烂"无农药苹果，被称为"金苹果"。为了打通白羊峪与外界的道路，范少山带领乡亲们奋力开掘，进行了一场艰苦卓绝的奋斗，使一个贫困绝望即将消失的小山村，最终脱贫致富，成为远近闻名的旅游观光村，过上了城里人也艳羡的绿色生活。范少山没有止步，他还下山推动土地流转，建成了万亩金谷子种植基地，在成就新农民梦想的同时，也使中国北方更多的农民受益。他们曲折的创业故事，同时也是对新农村的道德与文化重建，充满温暖和希望，为时代谱写了一部感天动地新的创业史。小说的主人公范少山，当然不是传统意义上的梁生宝。梁生宝寻找和践行的是一条社会主义集体化的道路，新的生活观念是他前行的最大动力。后来的社会发展证明了这条道路的失败，这是社会主义集体化运动"试错"的结果，也是改革开放重新寻找农村变革的起点。范少山出现的时候，农村变革已经实行多年。他可以在农村与城市间自由穿行。见多识广的他和恋人杏儿在城市和乡村搭建了电子商务平台，让更多的城市人在白羊峪的生态果实和旅游中，见证山村绿色生态之美。该书塑造范少山这一新农民形象，有眼界，有智慧，有胸怀，有风骨，是新时代的农民英雄。闫杏儿、"白腿儿"、余来锁、田新仓、泰奶奶、范老井等人物形象也生动传神、多有特点。小说改变了作家自己旧有的写作格局，打破了同类题材的模式，为农村题材写作提供了新的艺术经验，对它的探索显然是有价值的。

五、塑造大变革时代的新生活和新人物

许多年以来，关仁山持续关注和书写乡村中国变革，他的《天高地厚》《麦河》《日头》《金谷银山》等作品，可以看作是四十多年来乡村中国的变革史。更重要的是，关仁山对当下乡村中国的变革充满了信心和乐观，在不同的历史阶段，他都满怀信心地书写变革中的乡土中国，他是当下中国当之无愧的乡土文学作家。

《白洋淀上》是一部全景式表现新时代华北社会生活变革的长篇巨制。全书三卷百余万字，故事以2017年至2022年白洋淀新区成立和乡村振兴为大背景，以白洋淀打鱼人王永泰和他三个儿子为核心，叙述了王决心从一个打鱼人成长为企业著名工匠，妻子乔麦从遭受家暴的养鸭女成长为具有家国情怀的乡村新人的故事。小说在白洋淀充满烟火气息的日常生活和新时代社会矛盾和冲突中展开，深刻揭示了人民群众艰苦卓绝的奋斗和对美好生活的向往，塑造了一批栩栩如生、性格各异的华北农民形象和普通劳动者群像；特别是对干部赵国栋形象的塑造有新的突破。小说揭示了社会转型期，普通人创造新生活的坚定意志和对共同富裕道路的实践与探索。作品气势恢宏，人物众多，情节一波三折，跌宕起伏，有浓郁的华北乡村特别是白洋淀水乡的生活气息。可以说，小说是自孙犁的《荷花淀》之后，最具白洋淀水乡气息和风采的文学作品，同时，小说也在一定高度上艺术地再现了新时代山乡巨变的宏大主题。

作为一部百万字长篇巨制，最值得称道的，是小说在大变革中对新生活和新人物的发现与塑造。小说的篇幅如此宏大，说明关仁山不只有强悍的讲述能力，而且有丰厚的生活积累，有呼之欲出的精彩故事。白洋淀新区的成立，不只是白洋淀水乡的重新命名，不只是水乡区域的重新规划和建设，而且是白洋淀迎来了一个崭新的时代，它将改变水乡人民的现实生活和精神面貌。新生活是通过人物关系和精神变化得以表达的。故事从2017年2月1日，王家寨青年王决心与朱环举办婚礼开始。外号"腰里硬"的姚力英携带妻子乔麦和儿子苇秆儿参加婚礼，苇秆儿跑到胡同玩耍，被摩托车撞死，新郎王决心到码头接人正好碰上，将昏迷的苇秆儿送到村诊所，苇秆儿经抢救无效死亡。姚家本来与王家有世仇，一口咬定王决心撞死了苇秆儿，"腰里硬"和乔麦搅乱了王决心和朱环的婚礼，王决心被警察带走调查，新娘朱环跑回娘家。乔麦是张家口换亲到姚家的，她多年忍受"腰里硬"的家暴，对儿子苇秆儿去世悲伤欲绝。王决心被警察调查归来，发誓帮助乔麦找到凶手。王决心的父亲王永泰是德高望重的老渔民，急火攻心病倒了。通过一个特殊事件牵出了小说不同人物和矛盾，在情节发展过程中展开人物命运化解矛盾，是小说叙述的特点之一。更重要的是，小说人物性格的发展变化，是推动小说情节发展变化发动性的力量。如是，小说就不只靠叙述推动情节的发展，而是有内在力量支配小说的节奏和人物性格的变化。

王永泰老汉，是一个正派耿直的传统农民，开始对新区建设并无特别热情，也对官僚主义极其反感。后来他从儿子王决心的变化和城乡统筹中看到了新区的希望，转变了态度。不幸的是他开着画舫为保护白洋淀北大堤光荣牺牲。王决心是小说的主要人物之一，他刚出场时受了委屈，但他忍辱负重，是一个既深明大义，又有情有义的男人。在码头船上他营救了受伤的"世仇"姚哈喇，将其背到村诊所并为其输血，姚哈喇深感意外并为之感动，从此王姚两家族和好。王决心在乡村变革中也实现了个人的身份变革，从一个前现代的渔民变为一个现代技术精英。"腰里硬"是一个特别有生活质感的人物，这个人物既不同于过去乡村的"中间人物"，也不同于勾栏瓦舍的"牛二"式人物。他寻衅滋事动辄大打出手，特别是对王决心和前妻乔麦，几乎到了不可理喻的地步。但他是个性鲜明的文学人物，他的彻底转变是因为王决心从河里救了他儿子一命，并不计前嫌替他在容西片区找到了工作，还替他还了一些外债。"腰里硬"痛改前非，扔了打人的皮腰带洗心革面。

　　小说中的人物特别值得一提的，是白洋淀新区常务副书记、管委会常务副主任赵国栋，这是一个新型的具有突破意义的干部形象。赵国栋不仅比梁生宝、萧长春那代干部遇到的问题要复杂得多，而且与脱贫致富带头人的干部们遇到的也有极大的不同。白洋淀新区是一个新型的区域，是一个跨越城乡、跨越各个行业的区域，要解决的是一个区域从前现代进入现代的问题。这是其他时代干部不曾有过的经历。最大的问题，也是最尖锐的矛盾，是在新区引黄济淀工作中遇到的，是在各种复杂关系遮蔽下的国家利益与个人利益的矛盾，是上下沆瀣一气，在冠冕堂皇的理由遮蔽下欺上瞒下的腐败。在一个巨大的利益网链里，要坚持正义，坚持国家利益至上，是一件何等艰难的事情。

坚持光明正大，就是阻拦了既得利益者的如意算盘，要付出难以想象的代价。这就是赵国栋和梁生宝、萧长春以及脱贫致富带头人面对问题的巨大差异。赵国栋为扭转工程出现的问题，首先改变了工程合作方，把过去的合同全部作废，排除了其小舅子杨义伟的参与，甄爱社副省长亲自打招呼都没有用。然后他在工程报告上果敢地签下了自己的名字，这就是敢于负责任的干部担当。当然于赵国栋来说，他也因此为自己埋下了巨大的隐患。赵国栋与甄爱社因工程规划发生冲突，加之和亲属杨义伟的冲突，治理白洋淀鞋业污染等问题，使他无可避免地处于各种矛盾的漩涡之中。他制止了内弟杨义伟插手引黄济淀白洋淀补水工程，但杨义伟发现水利厅追加投入改变河道，便出尔反尔不同意解除合同，又插了进来。如果不同意甄爱社的意见，追加投资就会受阻；如果放任自流，领导和老板皆大欢喜，但国家就会受损失。这时赵国栋也清楚了杨义伟的后台就是甄爱社。赵国栋面临考核提拔之际，有人检举了他，举报他与杨义伟是亲戚，有利益关系。纪委介入调查后还赵国栋以清白。杨义伟之父杨三笙得知儿子瘫痪和孙女去世的噩耗，心脏病发作去世了。老人去世时揭开了杨义伟不为人知的身世，他是被查的甄爱社的私生子。这个副省长的腐败同样也没有超越个人道德范畴。

小说的总体氛围，是一个热气蒸腾的大时代。各种与现代相关的事物，无论是在白洋淀新区还是在全国各地，如雨后春笋鳞次栉比，新的事物层出不穷。正是这样一个大变革时代，才有了这样的新生活和新人物。可以说，是大变革时代的新生活哺育了白洋淀的新人物，同时，也是白洋淀上的新人物创造了新生活。纯水村王家寨的乡亲们都进了城。他们的进城和《创业史》中的改霞、《人生》中的高加林不同。改霞的进城在某种程度上作家是持批评立场的,她出走蛤蟆滩,可以看作是对社会主义新农村的背叛,她离开梁生宝,也可以看作是背离了社会主义价值观;高加林对城市的向往也是对"现代"的向往,但是,对于社会历史发展而言,一个人的单打独斗是不可能促使社会进入"现代"的,尽管他是一个了不起的、极具现代意味和价值的文学人物。但王家寨的乡亲们不一样,他们生活和身份的转型,是国家整体战略的一部分。因此,小说的大势是符合现实生活要求的,同时也在大变革的历史潮流中,为读者提供了一个充满希望的关于未来的允诺。对一个民族来说,有一个合理的未来,哪怕是想象的都无比重要。如果没有这个合理的未来,我们就会被囚禁在现在。有了这个合理的未来,小说中人物的所有努力才有真正的合理性。这既是小说的逻辑,也符合社会历史发展的逻辑。

应该说关仁山的创作是典型的"行动的文学",他在自己选择的文学道路上,取得了很大的成绩,他也因此有了个人创作的标记并引起了文学界普遍的关注。但是,中国的现代性最大的特征是不确定性,乡村变革一直处在不断的"试错"过程中。如果是这样的话,文学创作一直追逐乡村变革的不断变化,势必也使自己的文学处在"不确定"的境遇中。文学毕竟不是现实的"镜子",它更重要的是要"高于生活",创作出具有新鲜审美经验的文学人物。在这一点上,关仁山的优点也恰恰铸成了他的局限,与现实毫无距离的追逐,他就难以逃脱现实本身的局限。这大概是他今后创作需要思考和警惕的吧。

范 稳

在文明与历史中穿行
——评范稳的长篇小说

钟声与颂词——《水乳大地》

当年美国学者亨廷顿的《文明的冲突与世界秩序的重建》一书,给知识界带来了极大的震动,这一震动不只是亨氏的语出惊人,重要的是,国际局势的发展和局部地区的暴力流血事件,以及因宗教衍生的战事和国际恐怖主义的存在,从一个方面印证了亨氏的预言,亨氏由此暴得大名。但是,"文明的冲突"毕竟是短暂的,和平、进步和发展的努力,不仅是当今世界主导性的潮流,同时也是全世界人民共同发自内心的愿望。有趣的是,在共同的历史处境中,一个中国的文学家在处理宗教题材的时候,对"文明的冲突"进行了重新书写和命名,这部作品就是《水乳大地》。

当然,文学家和政治家处理的问题和方式是非常不同的,政治家是以现实的方式面对现实的问题,文学家则以想象的方式建构他理想的世界。《水乳大地》就是以想象的方式处理了不同宗教和信仰之间的问题。应该说,这是一部非常复杂和丰富的作品,是一部雪域高原般纯粹和透明的作品，它是宗教和人性的对话，是面对天空和大地的深情呼唤与祈祷。在当代中国，宗教题材文学作品的稀缺，一方面固然是因为它写作和处理的难度，另一方面也与我们对宗教的精神世界所知甚少有关。《水乳大地》的作者范稳生活在中国少数民族最多的地方，而他这部小说故事的发生地——滇藏交界处，也是宗教最为丰富的地区之一。范稳曾多年从事这一地区的文化研究，或者说，他的《水乳大地》是经过长期认真准备、潜心营造的一部作品。他娓娓道来耳熟能详的宗教故事和奇异的生活方式，对我们来说是遥远而神秘的，他命名和要表现的人物、事件及冲突，也是令人惊心动魄的。说它复杂，是因为故事里不仅有土司、祭司、神父、金发碧眼的异国小姐、朴素单纯的佃户母女和虔诚美丽的修女，而且有藏传佛教徒、基督教徒和东巴文化信仰者，还有勇武的纳西女人、强悍的康巴汉子、多情的姑娘和痴情的男子……复杂的故事和众多的人物，使小说色彩迷离斑斓；雪域高原的独特风情，使小说浪漫又悠远。这部厚重的书写，阅读时如身置其间，孤旅上路。但遭遇的历史和故事，恰如高原奇特的风貌，不胜险峻又令人忍俊不禁，惊心动魄又令人流连忘返。

  固然，这里也有文明的冲突，20世纪初，当杜朗迪神父和沙利士神父要叩开西藏大门的时候，面对卡瓦格博雪山，藏族向导和来自西方的神父们表现出了截然不同的态度：藏族向导面对神山虔诚地呢喃礼赞，西方神父则要将他们的十字架插上雪峰。在西方神父看来，这个藏传佛教徒是"多么的愚蠢"。虽然是不同的宗教信仰，但作为具体的人，这些来自西方的神父仍然有鲜明的普通人的个性：杜朗迪神父的自负甚至傲慢、虚荣；沙利士神父的天真和未泯的童心以及藏传佛教徒的虔诚朴素。开篇不动声色的寥寥数笔，就预示了不同宗教的冲突。事实的确如此，在小说中，不同教派的血肉争斗和试图以信仰换取利益的诱惑几乎比比皆是。但信仰在这里高于一切，沙利士神父也曾以信仰换取利益的诱惑作为利息，但被东巴教的和万祥坚决地拒绝了。在和万祥看来，如果这样做，就是以纳西族人的灵魂做抵押。信仰为人的灵魂安放了栖息的家园，对信仰者来说，没有什么比这更重要。这是宗教的力量，也是宗教的魅力。但是，也正因为彼此的难以兼容才酿成了血与火的斗争。在《水乳大地》中各种宗教的争斗最后都平息了。作家以理想化的方式处理了这个最难以处理的题材，它是作家美好的愿望，也是作家无声却深长悲凉的祈祷和呼唤。事实上，各种不同的信仰是可以和平共处的，重要的是相互理解和尊重，在不危及国家民族和他人的情况下，每一种信仰都是自己信仰存在的前提。

　　《水乳大地》给我以深刻印象的，还有对西方传教士的动人摹写。在过去的历史叙事中，西方传教士被描写成一群阴险的文化侵略者，他们以伪善的面孔愚弄中国人民。但在《水乳大地》中，沙利士——这个为宗教事业奋斗一生的基督教徒，内心充满了悲悯，他叩开了西藏的大门，在纯净的边地播洒他的福音。他敢于到各族民众杂居的危险之地，甚至敢于到麻风病人生活的地方，为他们带去生活必需品。他到处奔走，传教布道，最后死于异国他乡。因此，小说在表现宗教信仰相互冲突的同时，更表现了作家对人性的理解和期待。在我看来，这更是一部宗教和人性的对话。小说不只生动地表现了沙利士、泽仁达娃、和万祥等不同人物的信仰，同时更写出了他们动人和鲜活的人性。泽仁达娃以强悍的方式将圣母般纯洁的木芳占有，却没有让人觉得不可接受,而感到的是力与美的结合;异曲同工的是独西和白玛拉珍的盐田之爱,人性之爱融化了千年的企盼,粗犷的方式恰似奔涌无碍的澜沧江一泻万丈;还有,同样动人的是都柏修士和凯瑟琳修女,他们在禁忌中不能自已,人性的冲动虽然有悖宗教教义,但在那个特殊的环境中,却给我们一种凄绝之美……《水乳大地》就是这样酣畅淋漓地书写了人性之美,它发生在遥远的过去,却又像发生在我们的内心,那就是我们想象和欣赏的人性之爱。

宗教教人以善,男女之情给人以爱。《水乳大地》传播的就是善与爱。化解仇恨和恩怨,让大地水乳交融,安宁和平,就是回响在《水乳大地》文字中的钟声和颂词。

他走进了高原深处:《悲悯大地》

20世纪80年代中期以来,青藏高原或者说藏传佛教文化,几乎成了文学题材的圣地。在这片不断被传颂的圣地上,不断绽放着神奇的文学雪莲——马原、扎西达娃、马丽华、阿来、范稳等作家,用他们的神来之笔不断述说着在这里发生的神奇故事。尽管如此,雪域高原仿佛依然悠远静穆深不可测,它的高深一如它久远的历史,在高贵的静默中放射着神秘、奇异、博大和睿智的光芒。事实上,高原的神奇显然不只是它的自然地貌风光风情,更蕴含在像风光风情一样久远的历史文化中。谁接近或揭示了高原文化的秘密,谁才真正走进了高原的深处。

《悲悯大地》是作家范稳继《水乳大地》之后创作的又一部表现藏区历史文化的长篇小说。它不是格萨尔王式的英雄赞歌,不是部落土司的勇武传奇。它是一个藏区文化的"他者"试图透过重重迷雾，感悟和理解藏区文化的一部小说，是一个执着的文化探险家不畏艰险坚忍跋涉发现的文化宝藏，是一个富有想象力的文学家构建的一个悬念不断层峦叠嶂的文学宫殿，是一个揭秘者在雪域云端追踪眺望看到的两个世界。因此，这部可以称为中国的《百年孤独》的作品，不仅具有极高的文学价值，而且也具有较高的文化人类学的价值。

文学确实有它永恒的主题。在我看来，不同地区、种族、群体中，那些具有"超稳定"意义的文化结构，对族群的生活方式、行为方式、思维方式以及道德准则具有支配、控制功能的文化结构，就是文学应该寻找和表达的永恒的主题。宗教就是这种具有"超稳定"意义的文化之一或典型，它虽然也处在不断被建构或重构之中，但在本质上并不因时代或社会制度的变迁而发生变化。

《悲悯大地》表达的是一个藏人的成佛史，它以极端的想象描述了藏人阿拉西艰难而残酷的成佛过程，并在这个过程中展现了教徒是如何超越世俗世界进入宗教世界的。我们不能回答或理解宗教对一个人的感召或吸引，因此也不能回答或理解阿拉西为什么花费了七个春秋、经历了世俗人生不能忍受的身体和精神的磨砺，长跪山路去拉萨朝拜。但阿拉西高山雪冠般的尊严、意志和失去了所有的亲人仍表现出的坚忍、悲悯，让我们在震惊不已的同时也被深深打动。那个神秘的世界距我们是如此遥远，但令人心碎的阿拉西仿佛就在眼前。他终于找到了属于自己的佛、法、僧"藏三宝"。《悲悯大地》动人心魄的魅力，就在于通过阿拉西成佛的过程展示了世俗世界不能经验也难以想象的另一个世界。漫长的朝拜路途，恰似藏区缓慢的宗教文化时间，因浓重而凝固，因缓慢而千年万年。当然，如果没有母亲、妻子、兄弟的"后援"，这个成佛过程是不能实现的。这个难以用世俗价值解释的故事，在雪域高原却有着坚实和稳固的文化基础。众多的喇嘛、上师以及各种仪式、民歌等，藏区独特的宗教文化气息在小说中弥漫四方挥之不去。因此，是范稳以他对滇藏交界处或澜沧江两岸藏区文化的独特理解，真正走进了雪域高原的纵深处。

当然，作为一部杰出的文学作品，《悲悯大地》对世俗世界的描绘同样精彩绝伦。寻找世俗世界快刀、快枪、快马"藏三宝"的达波多杰经历了难以计数的屈辱和磨难，终于找到了心仪已久的"藏三宝"。但他的仇怨、贪婪、世俗欲望并没有改变，苦难对他不是一心向善的磨砺，而是越发激起了他复仇、怨恨和仇杀的心理。作者在达波多杰和阿拉西的比较中，深刻地表现了两个世界的难以跨越。兄弟共妻的阿拉西、玉丹和达娃卓玛的婚姻温暖而凄楚，他们的礼让谦恭使这奇异的婚配充满了高原的诗意。这独特的爱情最后终结于朝拜路上，不仅使朝拜更加悲壮，而且也使这美丽的爱情悲剧充满了宗教色彩。但朗萨家族的兄弟却上演了叔嫂通奸的故事。达波多杰与嫂子贝珠的身体接触虽然被书写得干柴烈火惊心动魄，但千娇百媚的性爱背后隐藏的阴谋和杀机，可能更令人触目惊心。在世俗世界，即便是一个女人，一旦被权力或贪欲所掌控，她因野心而释放出的人性之恶可能会更加疯狂，无所不用其极。范稳对世俗世界的理解虽然没有在本质上超出我们的阅读经验，但他生动的描绘在更深刻的意义上留在了我们的印象中。贝珠用多年的牢狱代价换取了她的梦想，但她不能拥有幸福也是意料之中的。小说不仅有宗教和世俗两个世界的对比，而且在世俗世界中也有白玛坚赞和都吉、阿拉西和达波多杰、达娃卓玛和贝珠等的多种比较，使小说充分展现了人性的丰富性和复杂性。

我还惊异于作家在小说中对魔幻现实主义的成功借鉴。20世纪80年代中期，加西亚·马尔克斯的《百年孤独》在中国翻译出版之后，这种创作方法曾盛极一时。他山之石，可以攻玉。许多当今名重一时的作家几乎都曾借鉴或模仿了这位来自拉丁美洲作家的创作方法，当然也包括书写藏区历史文化或当代生活的作家。但是，值得注意的是，每一种创作方法显然不只是个技术性的问题。事实上，它是对一个民族、一个族群、一个文化共同体历史传统和生活方式的文学理解。它以极端甚至夸张的方式，试图在本质的意义上表达出这个文化共同体的特殊性。当然，这个特殊性也只有在世界多元文化格局形成之后才有可能获得承认。因此，这个现象既是民族的，同时也是政治的。有趣的是，虽然我们可以明确地指认作家范稳借鉴了魔幻现实主义的方法，但我认为他是那样驾轻就熟水到渠成，毫无牵强生硬或临摹之感。小说中，传说与魔幻的现实无处不在：冰雹将软弱的东西打进一尺深的土地里；神巫斗法；豹子吃蟒蛇、骡子"勇纪武"可以与人对话；达娃卓玛与豹的搏斗；死去的玉丹轮回为守护的花斑豹；危急时刻，花斑豹从天而降救出了豺狗嘴里的孩子；财主轮回为蛇仍是守财奴；人身分离，上身依然能说话；寻找"藏三宝"的达波多杰沦陷女儿国；等等。这些魔幻或超现实的情节，是作家奇异的想象，它因此引来诸多质疑。但在我看来，恰恰是这些超出我们经验的想象，才会在本质的意义上深刻有力地表现出高原藏区的历史和文化，也唯有如此才能更形神兼具地表达出那种文化的奇异、悠远、神秘和博大。这既是文学的修辞需要，同时更是那种历史文化被表达的需要。在这一点上，范稳的努力使他得到了自己需要的东西。

这虽然是一部描写"一个藏人的成佛史"的小说，但同样在这一经验之外的作家范稳的诉求还是可以猜想的。他试图借助一种文化表达他对彼岸世界的理解和对现实世界的企盼或祈祷，一如他在《水乳大地》中所表达的思想和愿望。对小说中的成佛故事我们难以做出价值判断，那种仁忍、悲悯，比苍天还博大宽广的心灵世界，除了让我们震撼、感动之外，几乎无话可说。但他对世俗世界的揭示，还是让我们看到了作家的焦虑和不安。他希望世间能够和平相处，希望人与人能够有更多的悲悯弥漫心灵。当然，这仅仅是文学家的想象。事实是没有任何一种宗教能够拯救人类，即便同是宗教，也还存在着"文明的冲突"。但是，播洒的悲悯总有一天会化解、超越人类的仇恨，让人间布满福音。也许，这就是作家在高原深处发出的最后的祈祷和祝愿。

历史与讲述——《吾血吾土》

范稳的"藏地三部曲"（《水乳大地》《悲悯大地》《大地雅歌》）的影响仍在文坛回响，那边地的文化和信仰塑造的独特人物，使范稳的创作在文坛独树一帜卓然不群。多年后，范稳离开了这一创作领域，他开掘了一个新的创作资源——在现代历史的长河中追问个人的命运，特别是知识分子的命运。这是一个重要的社会历史问题，尤其在现代中国。自20世纪90年代开始，关于知识分子命运的思考和检讨，曾是知识界一个重要的话题，那里当然也隐含了部分知识分子关于个人道路选择的思考。但是，在现代中国——当然也包括未来，知识分子个人道路和命运的选择，是否掌握在个人手中，仍然是一个悬而未决的问题。或者说，90年代推崇的陈寅恪、吴宓等知识分子个人道路的选择，并不具有普遍性，陈寅恪、吴宓等人的道路，也并不是所有知识分子道路选择的样板。

事实的确如此。范稳的这部长篇小说——《吾血吾土》开篇第一句话就是："那么，你现在如实地向组织说清楚，1949年以前，你在干什么？"询问者是云南文学艺术家联合会筹备处的领导李旷田，回答问题的是一个历史面目不清的叫作赵迅的人。小说的这个开头奠定了赵迅此后一生的命运：他一直处在被审查、被询问、坐牢、改造的过程中。但是，赵迅只是这个主人公的一个名字；关于赵迅的历史，也只是主人公全部历史的一部分。于是，小说变得复杂起来。赵迅还叫赵鲁班、赵广陵、廖志弘。每一个名字背后，都有与主人公相关的秘史。那真是一个乱世，赵迅就如一个人乘坐着帆船，在历史的大海上没有方向地漂荡。大海喜怒无常，更糟糕的是，赵迅乘船的这个历史时段，大海一直没有风平浪静的时候，他一直处在波峰浪谷之间。因此赵迅的命运从未掌握在个人手里过。

按说，赵迅是在乱世见过大世面的人。他虽然自学成才，只念过高中，但他见过西南联大的闻一多教授，在国民党部队里深受名将李弥军长的赏识，他经历过血与火的战事，获得过"四等云麾"勋章。但是，他就是说不清楚个人的历史。但是又有谁能够说清楚呢。20世纪50年代初期非常赏识他的那位云南文联筹备处的领导、云南文联第一任主席李旷田先生，后来居然和赵广陵同样在松山劳改农场一起接受改造,并经历了刑场的"陪杀"。

> 一阵排枪响后,江水凝固,太阳沉落,松山矮了下去……但这不是死亡,也不是天堂里的景象。赵广陵依然跪着挺立在刑场上,他转头四处张望,发现李旷田和他一样跪得笔直,只是头低垂,像是很害羞的样子,又像在思索生与死的界限……

这不是历史的倒错,也不是作家的虚构想象。在一个监狱或劳改场所,这样的景象确实发生过,并且不是个例。松山曾是赵广陵和日本鬼子血战过的地方,现在却变成了自己的囚禁之地,并且其中还有共产党人。

《吾血吾土》也有如涓涓细流般的柔软片段。那是赵迅只能想象却不堪回首的过去——他曾和一对亲姐妹的恋爱与婚姻。当年的赵迅是文艺青年,是剧社的导演。于是舒家大小姐舒菲菲爱上了赵迅,但舒菲菲执意和家人去了台湾;赵迅鬼使神差地和妹妹舒淑文结了婚。妹妹舒淑文之所以留下来取代姐姐,是因为舒淑文真爱这个才华横溢的赵迅。但赵迅一波三折的命运,为了孩子的未来,舒淑文只能选择和赵迅离婚嫁了他人。如果说小说中人物命运的升降沉浮都是作家安排的话,那么,当小说写到赵迅的儿子也曾"告密",心理多有阴暗的时候,我们被震惊了:文化是有传承性的,尤其那些恶劣的文化性格,竟是无师自通。这不仅是对赵迅个人曾经告密的报应,也是一种我们不曾留意的文化基因。小说结束于赵广陵送廖志弘的尸骨还乡,那曾经"死去"的赵广陵的真实身份是廖志弘。赵迅、赵广陵的另一段不明的历史也由此发生。但是,让这个结尾意味深长的是,说不清道不明个人历史的岂止是赵迅一个人?还有多少人的历史和个人命运默默无闻以致阴错阳差。因此,《吾血吾土》讲述的不只是赵迅、廖志弘乃至李旷田的个人悲剧,小说要说或隐喻的,当然还有很多。我对小说略有不满足的是:关于赵迅个人苦难的情节过于密集。这不仅使赵迅作为小说人物有明显的人为痕迹,艺术的真实性受到影响,也使小说内在节奏一直趋于紧张,小说张弛之间没有间隔和距离,使阅读一直处于疲劳中。即便如此,我仍然认为,范稳的《吾血吾土》是今年最优秀的小说之一。它复杂的结构、没有疏漏的人物和细节设计,以及水到渠成的悲剧效果,都是值得肯定和称赞的。

林　白

女性的故事
——林白的女性小说写作

在当今的女性小说作家中，大概很少有人像林白这样引起过各种议论，她以挑战的姿态和陌生化的表达，无可争议地成为前卫性的作家，成了一个新的焦点和中心。人们先是惊讶，然后是不同的评价，继而是隐形之手莫名其妙地又将她的小说变得神秘而暧昧。在强调了她的性别意识之后的一段时间里，林白突然被悬置起来，莫名的缄默将她置于一种"情况不明"的暗示之中。然而有趣的是，一方面，人们闪烁其词语焉不详，在心照不宣中酝酿了一种似是而非的语境；另一方面，林白的小说又被有意包装或歪曲为一种欲望，企图在市场的肆意流行和消费中变为事实。

无须怀疑，林白之所以被格外关注，显然在于她的尖锐和执着。如果她仅仅写了类似《回廊之椅》这样的作品，或许可以在一种古旧、神秘的情调中，既保持优雅的姿态，同时也会因其不凡的想象力和可读性而获得赞誉和好评；如果她仅仅坚持一种批判性的立场，像《日午》那样，以寓言的方式在社会学的角度上批判只把女性当作欲望对象的男性窥视和占有欲,对无力反抗的性别深怀同情,那么,林白的处境以及对她的评价肯定会是另一番情景。然而,如果仅仅是这样,对林白价值的判断也同样会发生变化。事实上,无论是评论界还是普通读者,对林白来说,引起争议的并非上述作品,而是像《一个人的战争》《致命的飞翔》《守望空心岁月》等讲述纯粹个人原初经验和想象的作品,这些没有被格式化的,没有被集体经验和想象吞没的作品。它们以相当陌生的方式既触动了人们内心隐秘的角落,唤起了人们久被压抑的欲望和曾经有过的伤痛,同时,又由于这种方式的坦率和大胆,使人们对这种强刺激在兴奋不已的同时又多少有些惊恐和迟疑,一种故作的矜持就成为修饰性的姿态。事实上,人们对林白的表达是否真的陌生是令人怀疑的。需要指出的是,惯常的阅读经验在林白这里遭遇了断裂,共同经验的讲述造就了我们的阅读习惯,不断的重复使我们对此信以为真并无力自拔。于是,当那些真的与我们个人经验发生关系的表达出现时,反而会下意识地产生恐惧和排斥,这种现象尽管有趣却又十分可怕。

毋庸讳言,在林白的小说作品中,有关性的描写和想象是存在的,对这一日常生活现象已不再讳莫如深的今日中国,对它的了解和认识理应是健康和平静的,然而,在道德化仍然具有支配力的当下,性似乎仍然是个不祥之物,对其漠然置之的掩饰仍是正人君子的惯用伎俩。事实上,林白对性的描写与想象远不能满足批判者的真实欲望,她那非写实,不具直观性的"经验"和想象,原本就是一种话语实践,她从来也没有过对人的欲望不无保留地给予满足的承诺。她说:"在事实中真正的性接触并不能使我兴奋和燃烧,但我对关于它的描写有一种奇怪的热情,我一直想让性拥有一种语言上的优雅,它经由真实到达我的笔端,变得美丽动人,生出繁花与枝条,这也许与它的本来面目相去甚远,但却使我在创作中产生一种诗性的快感。"由此看来,林白的小说无论是男女之爱,还是姐妹之邦,无论是对记忆的追寻还是对神秘之物的情有独钟,都共同构成了她独特的叙事策略。这些能指如果失去相关性,并无微言大义,但如果联系起来,则会发现潜藏于林白主要小说中的意指,就是对失踪性别的追寻和个人化原初经验的想象。

不可否认,西方女性文学理论的引进,极大地影响了当下中国的女性文学,一种明确的性别意识在许多女性作家的文本中得到维护和张扬,普遍的认识是:女性是一个被忽略了的性别,她们惨遭男性的统治和压迫,"女性一直是男人的奢侈品,是画家的模特,诗人的缪斯,是精神的慰藉,是护士、厨师,替男人生儿育女,是他们的文秘和助手"(艾德里安娜·里奇)。于是,在西方女性文学理论那里,对男性愤怒的声讨此起彼伏。与此相比,中国的女作家要显得平静和客气得多。她们起码已经超越了激进的性别对立,只是从容地讲述女性自身经验,而逆向的性别歧视往往在不经意的表达中才偶尔流露。林白的小说就属于这种情况。它并不具有攻击性,但是,这也诚如埃莱娜·西苏在她的著作《美杜莎的笑声》中所指出的那样:"女性的文本必将具有极大的破坏性。它像火山般暴烈,一旦写成它就引起旧性质外壳的大动荡,那外壳就是男性投资的载体,别无他路可走。假如她不是一个他,就没有她的位置。假如她是她的她,那就是为了粉碎一切,为了击碎惯例的框架,为了炸碎法律,为了用笑声打破那'真理'。"我们习惯的那一切显然受到了颠覆的威胁,一种维护和守成的意识便会情不自禁。林白的小说之所以成为议论的中心，与此不无关系。《一个人的战争》讲述的是一个女性成长过程的故事，作者尤其强调了作为女性的心理经验及其结构和变化，但它不同于传统的成长小说，那个被命名为多米的女孩不是林道静，作为女性，她们虽然都在成长过程中遭遇了精神危机，但林道静的危机是源于对一种"共同体"和"公共话语"的迷失，寻找到了这个共同的对象，便意味着危机警报的解除，她找到了归宿便意味着凯旋。而多米不同，那个一体化的编码从一开始就构成了巨大的压抑性力量。幼儿园教师的管理本身就是一个文化符码，她要尽可能地使每一个孩子都合乎"规格"，但没有人认真地想过孩子的需要，没有人走进过他们的内心，因此，作为孩子的多米便从来也没有被真正理解和同情过。似乎谁都可以指责多米在蚊帐里的想入非非，指责多米的不够安分，但没有人愿意走进多米的蚊帐，去想一想为什么这里成了多米的"诺亚方舟"。不美妙的童年盛满了多米感伤的记忆，它甚至也成了长大之后多米的支配性情感，她永远怀着感伤的记忆回想往事，情感伤害和不断失败的履历，使多米成了一个精神逃亡者，一个精神的浪儿。她永远没有凯旋之时。"一失败就要逃跑，她不如那些强悍的女人能跟她的对手一决雌雄，或者干出什么惊天动地杀人放火之类的事情来。"因此，多米是一个相当矛盾的人物，一个既坚强又软弱的女性。她只能固守自己的内心，在奇想中让自己一次次地"飞翔"，多米似乎也成了林白小说的主要原型，她的气质和情感类型使林白深陷其中迷恋不已。

　　使林白涉入险境的另一问题可能更为重要，这就是林白式的、具有东方色彩的"姐妹之邦"。《一个人的战争》《瓶中之水》《致命的飞翔》

等作品，都表现了林白对这一鲜为人知领域的试探与猜想。有关女性的这些故事，是我们完全不熟悉的，亦无从经验的，因此，当它突然展示在我们面前时，就显得格外触目惊心，后来，我曾在女性问题专家那里得知，这一现象其实即便在国内，也早已不再骇人听闻。现在的问题是，简单化的批判或不置一词的漠然置之，都于事无补。而有说服力的解释于我们来说才是重要的。无疑林白在这些纯粹女性故事中的想象是相当狂妄的，她冒着极大的风险书写了她们阴谋般的冲动，然而，无论是多米还是北诺，她们毕竟不是纽约的同性恋者，即便她们有着真实的内心需要，在方式上也充满了迟疑和恐惧，多米对南丹的"情爱"启蒙，曾使多米亢奋而缠绵，但在一种东方式的暗示下，多米还是逃之夭夭了。因此，林白笔下的这些女性在事实上，都是一些"准同性恋"者，她们不是也不可能是决绝的纽约女人。林白在一篇激进的美国式的文章里曾写道："女同性恋是什么？当一个女人的愤怒浓缩到了爆炸点时，那就是女同性恋。"这种愤愤不平大有一种自戕自虐的威胁意味。林白的女性人物少有愤怒而多有忧伤。她们在同性之中寻找情爱或依恋，其内在动因尚有待进一步认识，但外在的社会因素显然是不能忽略的。苦难的多米走过了漫长的艰难时光，一再受到伤害的她，对男性的失望情绪仿佛漫无边际。即便是平和的《回廊之椅》，对男性及红色暴力的书写，也同样成为朱凉心理构成的重大背景，她既被男性虎视眈眈，又处于红色暴力的包围之中。她不可能获得女性的安全与平静，只有在七叶那里才能得到守护与依赖。也正因为如此，朱凉才没有主仆意识，而与七叶形同姐妹地融为一体。

这样努力地理解林白的"姐妹之邦"，意在表达我们对不熟悉事物的尊重与谨慎,对一个柔弱类别的同情,却不意味没有保留的接受。事实上,女性为了性别的自我确证,为了证明独立于男性意识的觉醒所采取的叙事策略,并没有也不可能使女性获得真正的解放。就在林白的小说中,同样证明了她的焦虑与紧张没有得到缓解与释放。因此,女性文学理论同样是一个理想性的话语,她们的愿望只能在话语实践中飞扬跋扈奔涌狂欢。而在现实中,大概只能是一出类似《等待戈多》的荒诞剧,这就是自由的有限性。这也诚如美国著名女性主义文学理论家伊莱恩·肖沃尔特所论证的那样:女性美学也具有严重的弱点。正如许多女性主义批评家尖锐地指出的那样,女性美学强调女性生理经验的重要性,非常危险地接近性别歧视的本质论。女性美学试图以假设存在着一种女性语言,丧失了的母亲大地,或男性文化中的女性文化来建立一种独特的妇女写作,但这样的做法不能够由学术研究结果来支撑和证明……女性文体或称为女性写作仅仅描述了妇女写作中的一个先锋派形式。因此,林白的女性故事,也只有限定于文学的"先锋"意义上,才会引起我们的格外关注。对一个令人望而却步的领域,是林白以勇武的姿态率先涉足的,仅此一点,林白就值得我们格外认真对待。

然而,林白所表达的远要丰富得多。她所提供的写作经验尚有许多方面值得我们重视。同样是女人的故事,同样是对历史的追忆,林白的写作方式却为我们提供了新的视角。对女性或历史的了解与把握,只有通过具体的细节才有可能实现,林白正是通过这一方式实现了她对一个失踪性别的寻找,实现了她重新走向历史的愿望。我始终认为,性别的差异是存在的,忽视这一点,就失去了两性对话的可能。

林白的小说都是女人的故事,"女人"是她一再提起的一个符码。但是这一符码不可能孤立地存在,它必须与社会历史混编才会获得意义。因此,多米、北诺、朱凉、子速这些风骨不凡的女人,都因社会历史而有了自己独特的履历和心灵历程。而林白在表达她们时,都是通过散落的碎片拼接而成的。这些碎片就是个人原初的细节经验。而只有细节才可能真正进入历史。我们认识的历史已被反复叙事,而起始于沙街的林白的女人的故事,则通过她们个人的遭遇为我们提供了另一种历史场景,这时,我们在各种历史叙事中所读到的激动人心的宏大叙事不见了,"沙街对我来说是一片沼泽地,我陷入其中无力自拔,总有一天会被沙街所淹没,这是我命定的悲剧。在这一天尚未到来之前,我还要再次回到沙街和女人的故事中"。这篇鲜为人提及的《日午》,讲述的姿态虽然平缓自如,然而它对历史隐私的揭露却果决无比。姚琼作为一个美丽的女人,一个名重一时的样板戏演员,无可选择地成为权力的祭品,她被郭大眼放进自己的"橱窗",作为观众的大众被权力所驱逐,姚琼变成了郭大眼个人的欲望对象,权力的暴力无往不胜,丑恶轻易地战胜了美。但这时的郭大眼作为一个表意符号,他的行为已不是个人行为,他是权力的化身,是历史的主体对被主宰者行使的"合法性"统治。这时,我们的内心被深深地刺伤,"被侮辱与被损害的"已不只是姚琼个人,那是我们共同的耻辱。当我们以个人身份追溯历史时,姚琼的遭遇便经典般地调动了我们曾经有过的共同经验。因此,林白的小说在这个意义上,远远超出了女性文学的范畴。

以这一视角观照林白的小说,我们还会发现,她对当下生活充满关注的热情，对普通人的精神处境和生存处境充满深切的焦虑和真诚的关怀。她个人的经验与想象一旦与生活真实地连在一起，便具有极大的震撼性。林白以"稗史"的方式书写了另一种历史，它是以"个人记忆为材料所获得的想象力"。然而它却与我们普通人的生活息息相关。同时我也注意到，林白对生活的"不确定性"有着独特的个人化理解，在她所有的小说文本中，生活的无从把握似乎成了无以摆脱的巨大困扰，偶然性常常成为致命的因素，无可抗拒地改变着生活的轨迹和面貌。于是，神秘的气息时常在她的小说中蔓延开来。神秘的女人，神秘的传说，莫名的恐惧，不祥的房间和不可预料的结局，时时与我们不期而遇。而所有这些，并非林白有意设置悬念，有意为作品的可读性着想。事实上，作为隐喻它背后的语义指涉是意味深长的：作为个体的人，可以猜想和期待自己的生活，却不能把握和预料它。个人的有限性被历史的隐形之手残酷地规约着。当我们无力解释自己生活的时候，便会情不自禁地感到个体的渺小，产生对神秘的敬畏与恐惧。在这方面，林白的想象力显得极为丰富。

林白的小说之所以被议论纷纷，也许就在于它的价值，无论人们做出怎样的评价，无须怀疑的是，林白以她的独特性使阅读过她的作品的人深受震撼，仅此一点就足以证实林白在当代小说创作中的地位。

原载《作家》1997年第3期

弱势性别：与现实的艰难对话

——评林白的长篇小说《说吧，房间》

女性解放，是当代中国历久不衰的话题，也是东方古国走向现代化文明的表征和神话，是当代中国宏伟叙事中最强劲的话语之一。它不仅在话语实践中大获全胜，而且在诉诸社会实践的过程中，创造出了比话语实践更为鲜活的实际例证，从"铁姑娘""三八红旗手"，到"女经理""女企业家"，时代的变幻并没有妨碍将女性解放的叙事纳入既定秩序中并展开，在军营，在工厂，在商场、官场、情场，有人群活动的地方，必有女性矫健搏击的身影。作为民主、平等的社会表征，女性的成功仿佛是永远书写不完的壮丽画卷，我们除了没有女王、女总统之外，女性在其他所有的领域似乎都占有不可忽略的份额——从话语权到领导权。

但是，这一辉煌的女性解放史或成功史，并非没有争议，女性究竟在什么样的意义上获得了解放，始终是个问题。她们必须在承担传统的家庭角色的同时，还必须在心理、生理上承担现代的社会角色，尽管她们不必像花木兰那样女扮男装。但是，在"铁姑娘"那猎猎飞舞的旗帜下,在绞尽脑汁的商场与官场的角逐中,在男性话语期待的视野里:一方面女性放大了对自身的想象,另一方面则遮蔽了她们受到的真实性压抑。而女性这一性别,在现代诠释的昭示下,越发变得语焉不详面目全非。

女性文学崛起的诸多原因,我们不在这里讨论,但女性文学毕竟已经成为存在的事实。她们的队伍并不庞大,但声名显赫,并成为这个时代最具前卫意识的文学现象之一。林白置身于这一现象当中并占据突出的位置,她的作品曾在多种不同的解读中变幻莫测。她受到过来自不同方面的挤压,对她的评价,在一段时期内曾暧昧而含混。但我一直认为,林白是个浪漫而富于想象力的作家,一个自信而又多少有些奢望的作家。那些从沙街走出的女性,一开始就不在传统的"解放者"的序列中,她们既有些古怪又生气勃勃,既自以为是又惊世骇俗。于是,便有了狂妄的《一个人的战争》、华丽的《守望空心岁月》、优雅而哀婉的《回廊之椅》《瓶中之水》,以及《林白文集》四卷。林白在写这些作品时,内心充盈着激情和冲动,虽然她的人物不合时宜,但她自信揭示了女性在精神范畴被遮蔽的另一世界,她们以另外一种方式回应了流行话语对女性的期待和猜想。然而,林白创造的人物显然也只是一种话语实践,一种文本的存在形式,她们只有在林白式的想象中才卓然不群、触目惊心。面对持久的生活秩序和庞大的、无处不在的意识形态网络,那些生不逢时的女性只能绝望地完成一次次致命的飞翔,而难以在现实的土壤上驻足。因此,从本质上说,林白的上述作品仍属于浪漫主义的范畴,不同的是,它被注入了东方女性的当代想象。那突兀而细致的感受和语言冲击力,使林白在女性文学中格外引人注目。

但是,林白的这部作品——《说吧,房间》的内在气质和叙事方式,同她以往的作品相比较，发生了极大变化，她的青春式的狂妄和华丽变得平易素朴，以往因对女性想象过高的奢望难以实现的痛苦，变为生命不能承受之重的疲惫，这使林白的这部作品更具现实感，更切近这个时代生活的整体情绪和风貌。如果说过去她更注重表达女性的精神历程和内心世界、更注重揭示女性被遮蔽了的压抑苦痛的话，那么，这部长篇小说则对女性的生存现实有了更多的关怀热情。林白以往的女性形象，在精神层面与世俗生活不怎么沾边，这当然体现了林白在一个时期内的想象和趣味。但是，对现实秩序你可以挑战和蔑视，却难以逃脱它无处不在的制约力，多米莫名其妙的下岗是一个无可回避的事实。而她的下岗与上海十几万纺织女工的下岗完全不同，十几万纺织女工的集体下岗成了一个悲壮的事件，它是现代化过程中产业调整必须付出的代价，她们昔日的辉煌人们记忆犹新，她们的再就业和生活问题成了社会问题，并被当作焦点性新闻走上国家权威传媒。而多米的下岗成了一个纯粹的"个人事件"，她没有得到正面通知，既没有听到下岗的原因，也没有机会进行申辩，或者说，她连这个起码的权利都在无声中被剥夺了。因此，当多米失魂落魄地离开单位时，她反倒不大像一个下岗的女编辑，而更像是一个阴谋的牺牲品；继续聘用的人可以体面地继续开会，只有多米一个人因未接到通知而逃之夭夭。

　　于是，寻找工作便成了多米在小说中的核心事件。而这时的多米不仅是个失业者，而且是一个离了婚的女性，一个名叫"扣扣"的小女孩的母亲。这是最为真实的现实背景，然而在多米被解聘时没有谁注意过这一事实。无助的多米无言地承受了这一现实，这与其说是对"改革"的理解，毋宁说是一个弱女子难以改变它的无可奈何。而这一切仅仅是多米厄运的开始,她与这个既生气勃勃又纷乱动荡时代的不适仿佛与生俱来,自她踏上求职的漫漫长途始,她就不曾交过好运。多次求职的失败缘于多种理由,或因不能回答莫名其妙的提问,或因弱势性别,用人单位便永远地将多米置于门外。不断重临的失败终于让多米明白了一个道理:"多次失败之后,我才知道这一次的失败微不足道,根本就不存在蒙受委屈的问题,一切都正常至极,气氛与提问、人的脸色,再也没有比这更正常的了,我实在是缺少经历,没见过世面,把正常的事情无限放大。"但这种具有自我抚慰性质的认知,于多米来说又意味着什么呢!作者将多米送上求职的漫漫长途并屡试不爽,恰恰隐喻了她无法进入这个社会,或者说被社会拒绝的命运。于多米来说,作为一介书生,她对这个社会是陌生的,或者说她对这个时代的意识形态并不熟悉。她可能有很好的教育背景,有很好的文化修养,但这并不是一个人进入社会的先决条件,它并不意味着因此比别人优越。进入任何一个社会,除了个人的才能和偶然机遇外,对意识形态的熟悉和认同程度将起到关键性的作用。因此,意识形态也是"一个人进入并生活在一个社会中的许可证书。一个人只有通过教化与一种意识形态认同,才可能被以这种意识形态为全导思想的社会认同。所以黑格尔告诉我们,一个人在社会中接受的教化愈多,他在该社会中就愈具有现实的力量"[①]。

多米看来没有接受社会足够的教化,她不会推销自己,不会见人就侃侃而谈并从容自若,进一步说,多米面对着社会时,似乎还多少

[①] 俞吾金:《意识形态论》,上海人民出版社1993年版。

有些怯懦、有些自卑，甚至在潜意识中盼望着逃之夭夭，面对社会这个庞然大物，她软弱至极。

　　林白的创作历程确实是个有趣的话题。她笔下诞生的女性与社会的不适仿佛与生俱来，她们只好选择远走他乡，沙街的生活像尘封经年的故事，它让一个个有太多憧憬的女性深感失望。但作者在塑造她们的形象时，似乎更多的是侧重心理履历，而不是现实履历，她们在作者的想象中自命不凡，超然物外，她们内心都充满了抗争或不能认同的情绪，而向往红尘之外的另一境地。但这一想象的境地并不存在。她们只要生存，就无可避免地要同这个社会发生多种联系，那个想象的飞地——"自己的一间屋"，其紧闭的房门终要开放。然而，当林白的人物回到现实的土地上时，她们的不适更是雪上加霜——一种逆向的拒绝不期而至。于多米来说，她已不能想象"报国无门"这个词，她的期许已退居到最低限度，即起码的生存保障，然而这对多米而言仍有一段遥远的路途。这时的多米只能退回到自身："我既爱我的身体，也爱我的大脑，更爱我的心灵，我爱我的意志与激情，我爱我对自己的爱，自爱真是一个无比美好的词。"这种重新焕发的自尊与自爱，无疑加剧了多米与社会的距离感，它仍属于知识者的书卷气。而这个时代，对书卷气从来是不屑一顾的。

　　与多米的境遇形成对比的，是小说中的另一个人物南红，作为多米的朋友，她有与多米截然不同的生存观念和方式。在这个时代，南红虽然不可能进入主流社会，但她可以凭借不断更换男朋友来不断更新工作，她不仅没有知识界流行的女性观念、自主意识，甚至没有起码的贞操观念。也正因为如此，南红似乎又是今日某种时尚的符号。

她人在江湖，游刃有余。在道德内涵十分混乱的当下，我们自然不能用传统的道德尺度去评价她，但南红的方式显然也是一种非正常状态，她既付出了女性作为人的尊严的代价，又终于没有逃脱宿命般的厄运。

《说吧，房间》虽然还可以把它当作一个反对性别歧视的女性文学文本来阅读，但就它表达的深度而言，已远远超出了这一范畴。林白在表现当下变动的时代生活时，超越了性别关怀，它为我们提供了更为丰富的社会生活内容。更值得我们关注的是，作为弱势性别，在与现实艰难的对话中，作者没有将历史道德化，小说中没有我们常见的道德败坏或品行不端的人，但作为一个青年编辑在求职的过程中总是一败涂地，多米仿佛陷入了一个"无物之阵"，她想要抗争或战斗都无法确定自己的对象，这就使她的失败给人一种无处诉说之感。它既深刻地揭示了当代中国现代性追求过程所隐含的巨大病灶，同时也为人物平添了无辜与无助，这也正是小说的深刻性和魅力所在。

林白以勇武的姿态面对现实生活并诉诸表达，显示了她对当下生活的关怀热情和强烈的参与意识，她的这一转变和选择，所引起的普遍关注，完全是理所当然的。

原载《南方文坛》1998年第1期

世界如此广阔　追忆逝水年华

——评林白的长篇小说《北流》

林白是我们这个时代的重要作家,她的《一个人的战争》《妇女闲聊录》《万物花开》《致一九五七》,一直到《北去来辞》《北流》,都是我们这个时代重要的作品。特别是《一个人的战争》,它定义了中国女性文学,是中国女性文学里程碑式的作品,或者说正是从《一个人的战争》开始,中国女性文学进入一个新时代。现在要讨论的是林白新的长篇小说《北流》。《北流》这个书名很神奇。那是一条向北流的河,是隐喻,也是象征,"北漂"和"北流"也有一种同构关系。

用林白的话说,《北流》是一部装得下自己全部感受的书,因此也是一部风流浪漫的书;是一部用自己的方式同世界对话的小说,也是对个人生活或者故乡回望的小说。这种小说当然不是自林白始,沈从文的《边城》,齐邦媛的《巨流河》,都是对自己个人生活或者故乡回望的写作,而且都是从河流切入。他们有相似性的东西,这种相似性的东西是什么?如果没有北漂的经历,就像沈从文没有北京和上海的经历,就不会写出《边城》;林白没有北漂的经历,也不会写出上述那样一些作品。我多次讲过，这一现象特别像萨义德的东方学理论，他说是西方照亮了东方，通过西方发现了东方。当然这是西方中心主义。我们也可以说是东方照亮了西方，通过东方我们看到了"腐朽、堕落的资本主义"。如果沈从文没有这种创伤的经历，他的湘西小说不会写得那么美好，那时的湘西没有被个人挫折经验照亮，湘西的诗意还没有被沈从文认识到。林白也一样，如果她没有北上或北漂的经历，北流被重新认识的可能性也是不存在的。是北漂的经历，让她发现和书写、创造了另一个家乡，另一个北流。这种说法特别像季羡林先生的说法，季先生说回忆是一种非常奇妙的东西，我们可以把我们今天认识到的、感兴趣的东西重新组合起来，于是我们就成为过去的统治者。《北流》也是把过去重新建构起来的。这个《北流》，是"回北流记，出北流记"，是林白重新建构起来的家乡，如果林白一直在北流，她不会这样书写。所以我觉得林白首先是用小说同家乡对话、同时代对话，特别是同各种文学观念对话。但是，故乡对作家意味着什么？作家东西在《故乡的伤害成就作家》中说："凡是有故乡的作家，往往都会被贴上故乡的标签，比如绍兴之于鲁迅，凤凰之于沈从文，美国密西西比州拉斐特县之于威廉·福克纳，哥伦比亚北部小镇阿拉卡塔卡之于加西亚·马尔克斯，山东高密大栏乡之于莫言。因为出产著名作家，这些故乡被美丽的词句包围，尽情地享受着世人的赞美。故乡因作家而自豪，作家因故乡而生动。每一个功成名就的作家，都不会否定故乡对自己的贡献。于是乎，故乡变得优点突出，其正面功能被无限放大，而缺点却被忽略。"[①]那么，《北流》带给我们的是什么呢？

---

① 东西:《故乡的伤害成就作家》，东西发给笔者的文章。

盛大的开篇和对话

《北流》的独特开篇便扑面而来。这是被命名为《植物志》的二十首诗歌之一："无尽的植物从时间中涌来/你自灰烬睁开双眼/发出阵阵海浪的潮声/在火光中我依稀望见你们/那绿色的叶脉灰色的蝴蝶/一同落入黑暗的巢穴/年深日久/你们的星光被遮住了/越过水泥丛林我望向山峦/你们开始上升/那一群水牛在哪里/丘陵般苍灰色的牛背/移动着,成群结队。"这是翠绿的南方从时间中涌来,是巨大的生命从时间中涌来。诗中不厌其烦地列举着我们不熟悉的南方植物,它们生长在北流、生长在南方大地的大树上——人面果树、凤凰树、玉兰树、木棉树、苦楝树、榕树、万寿果树、龙眼树、杧果树、番石榴……还有那些娇艳无比的花朵——木棉花、凤凰花、鸡蛋花、美人蕉花、扶桑花、芭蕉花、槐花……当然还有绿满天涯般的剑麻、菠萝,等等。这是生命蓬勃的南方热带的大自然,它包裹着自然的神奇和秘密。在林白的诗里,它们隐秘盛开肆无忌惮。这是北流的生命基因,它是自然基因,也是文化记忆。无论人与自然,都因北流盛大的植物而充盈着巨大的生命力量。无论到了哪里,北流人不屈不挠的性格特征都一目了然分外抢眼。因此,《植物志》是语词的狂欢,植物的狂欢,家乡北流的狂欢,也是生生不息南方生命的狂欢,是对南方万种风情的礼赞。这时我想起了艾青的诗:为什么我的眼里常含泪水,因为我对这土地爱得深沉。林白为什么如此赞美南方的植物?因为她对北流从未忘记。对家乡的热爱该怎样表达?就是对那些具体事物、具体意象根深蒂固、不能磨灭记忆的赞美。这就是热爱!另外,离开具体的关于对家乡的情感，则是林白——李跃豆亲生命性的无意识流露。那蓬勃的无可遏制的植物，就是与李跃豆有关的生命。人类复制了亲生命性的基因，她对所有的生命便情不自禁无可遏制地引吭高歌！

关于《植物志》，林白曾自述："那段时间写诗的状态比较好，总有一种想写点诗的愿望，写什么呢，我想就写北流各种各样的植物吧，我就命名叫《无穷无尽的植物》，写许多植物……写的植物越来越多，就成了一首长诗。这首长诗放在前面作序是很险的，差点就放不上去了，很容易被杂志和出版社回绝，因为这不是常规的小说。很幸运的是《十月》杂志首刊的时候保留了这首长诗作序，之后长江文艺出版社的单行本也保存了。这是幸运。极端地说，《北流》的精华是这首长诗和后面的异辞、后章、尾章部分。"[①]

小说在结构上完全是一种普鲁斯特式的，是碎片化的。她没像齐邦媛那样，把一百年的历史用特别宏大的叙事构建起来，从她父亲离开巨流河开始，一直到台湾，这一百年的漫长过程，发生多么大的历史性的重要变化。《北流》不是。这和林白的小说观念有关系，林白说她喜欢碎片。她觉得这符合生活的状态，历史发生再大的变化，其实普通百姓的生活并没有发生本质性的变化，究竟生活和历史的大叙事构成一种什么样的关系，她觉得这是可以讨论的。另外，林白的小说观很有意思。比如她说一个人的生命气质决定了小说的面貌。这个讲得好，不同的小说正是由于不同作家不同生命气质决定的。《北流》显然是由林白的生命气质决定的。我们在小说里确实看到了林白的与众

---

① 林白、罗昕：《北流的注解》，《作家》2022年第9期。

不同，她的"碎片性"是与整体性的对话，也是与传统小说结构的对话。她对底层关注是注定的，但她不是站在别处的一种张望，而是置身其中的体悟和感受，或者说她是从自身的生命出发，散发出的是自己生命的气息，是自白，而不是代言。她的自白是与代言的对话，她的焦虑是与喜大普奔的对话，她的个体性差异是与性别差异的对话。她的写作在《北流》里有变化，这个变化是她已经放弃了像《一个人的战争》那种非常激进的女性主义，这是我特别喜欢的，我虽然对中国的女性主义写作一直持有不同看法，但在当时的历史语境中，女性文学参与了打破坚冰的历史运动。所以，女性文学有重要的历史贡献。另外在小说内部，林白用注、疏、笺、异辞的结构方式，继续颠覆和对抗线性的小说结构。但无论小说在结构上多么诡异，多么具有现代气质，总体上这部小说还是"回北流记"和"出北流记"的对话。

现在的林白有了更广阔的视野，对小说现代性的追求锲而不舍，这方面她从来没有安分守己。但她一直没有忘记细节的重要，因此《北流》的气质是现代的，根基却是细节的胜利。这些细节包括"李跃豆词典"，那里跃然纸上的几乎都是生长着、腾越着充满勃勃生机的植物和事物，特别是北流冒着蒸腾的热气的吃食。北流虽远，但一切并没有远去，北流一直是讲述生活中的一部分，不经意间，边地风情和日常生活扑面而来，因此这是一部整体模糊、具体真实又清晰的小说。多年来，林白就是这样极其暧昧地站在文学前沿，她说了什么并不重要，重要的是她极端化的个人姿态曼妙又欲说还休，有了林白，文坛便更加生动。

读《北流》，会想起林白其他小说讲述的情节。《万物花开》的人物由过去我们熟悉的"古怪、神秘、歇斯底里、自怨自艾，也性感，也优雅，也魅惑"的女人变成了一个脑袋里长着五个瘤子的古怪男孩。窗帘掩映的女性故事或只在私密领域上映的风花雪月，在这里置换为一个愚顽、奇观似的生活片段，像碎片一样拼贴成一幅古怪的图画。瘤子大头既是一个被述对象，也是一个奇观的当事人和窥视者。王榨这个地方似乎是一个地老天荒的处所，在瘤子大头不连贯的叙述中勉强模糊地呈现出来。我觉得非常有趣的是，林白笔下的人物大多是社会边缘人物，他们难以融入社会主流。而《北流》中，她发现自己是一个说方言的人，莫言发现自己是一个"晚熟的人"，也就是说，这些人从20世纪80年代的主体性的幻觉中逐渐在向边缘撤退。80年代构建的人的主体性正在溃败。这个现象也从一个方面表达了《北流》同80年代文学的对话。

北流的创伤记忆

林白的小说大多与个人经历有关，是家乡北流给了她无尽的灵感。这也吻合郁达夫关于小说是作家自叙传的说法。不同的是林白的小说超越了自叙传，比自叙传更加宽广和丰富。这种情况我们在《说吧，房间》《致一九七五》《北去来辞》以及这部《北流》中，都可以得到确认。"注卷""疏卷""散章""后章""时笺""异辞""尾章""李跃豆词典"等结构的设置，不是简单的标新立异。事实上类似的结构此前在林白的小说中也曾若隐若现。比如"妇女闲聊录"及"补遗"。这个"闲聊录"以仿真的形式记录了王榨发生的真实事件。所谓事件同样是一些琐屑得不能再琐屑的生活片段，同样是细微得不能再细微的日常符号。但在小说中却有了"互文"的作用：正文发生的一切，在"闲聊"中获得了印证，王榨人原本如此。在我看来，这是林白一次有意的艺术实验。

她与众不同的艺术追求需要走出常规，需要再次挑战人们的想象力和艺术感受力。在这种挑战中她获得的是飞翔和独来独往的快感，是观赏万物花开的虚拟实践。事实上，比《妇女闲聊录》更早地使用了这一方法的，是张贤亮的《我的菩提树》，对日记的注释，表达了讲述话语的年代对话语讲述年代的理解和认知，与《北流》这种结构方式本质上是一致的，不同的是《北流》更加复杂和丰富。

进入《北流》的首先是关于家乡的"创伤"叙事，家乡并非朝思暮想挥之难去。我们看到的是叙述者这样的讲述："想到返乡她向来不激动，只是一味觉得麻烦。当然，若是少时的好友吕觉悟和王泽红也凑在一起，她是喜欢的，若是能吃到紫苏炒狗豆、煲芋苗酸、扣肉蒸酸菜、沙姜做蘸料的白斩鸡、卷粉、煎米粽，她内心的气泡会痉挛抽搐，一路从脚底心升到头壳顶。只有这时，才觉得家乡有了一种大河似的壮阔。那壮阔有着紫苏薄荷似的颜色味道，在青苔的永生中。"

如果说对家乡还有些许想念的话，也是味蕾的选择性记忆。与家乡疏离的心理，源于两方面的刻骨铭心。一是家乡极度贫苦的生存环境，李跃豆记忆中的场景，是在小黑屋纺棉线，蹲在猪栏前喂猪和猪说话的、喂完猪又喂鸡崽的、一只眼睛长着玻璃花的三婆，蹲在门口磨柴刀、每日放牛的三公，等等。贫苦的家乡像牛背山上的云朵，悠长、无望又没有尽头。于是，才有了"私奔的激情大于返乡"情感倾向。二是李跃豆的情感创伤。这个情感不是男女之情，而是来自家庭、来自父母特别是母亲的伤害。父母聚少离多情感淡漠，母亲在怀着李跃豆时就曾参与了批斗丈夫的大会，李跃豆刚满月就被带到大炼钢铁的工地。母亲另嫁后与继父生了一个弟弟，李跃豆便和同父的弟弟李米豆被送到了生父的老家乡下,让她有一种难以释然的被抛弃之感,"从那时起,她和母亲成了陌路人"。还有,李跃豆从"未记得母亲抱过她,自己也未有一秒想到去抱抱母亲。身体在至亲中都难以亲近,在别处更是不能";有关弟弟米豆,"她记得的片段屈指可数","常常觉得米豆是个生人";而家乡的亲属比如叔叔,既没好印象更无亲近感。人不亲近,家乡便徒有其名。社会环境更是不堪,特别是对独身女性的歧视,"连自己的亲人都嫌弃",不仅自惭形秽觉得对不起自己,更对不起所有的亲人,只因为不结婚。李跃豆就在这样的环境中成长,她的北流记忆几乎完全与创伤有关。如果让她对家乡魂牵梦绕那真是难为她。在李跃豆看来,"故乡向来不能成为她的避难所,每当她感到心灵破碎需要修补,第一反应总是远走他乡"。但事情总是有两面性。作家东西说——

所以故乡,并非今天我们坐在咖啡馆里想象的那么单纯。她温暖过作家,也伤害过作家。似乎,她伤害得越深,作家们的成绩就越突出。真应验了海明威的那句:"作家最好的早期训练是什么?一个不愉快的童年。"以此类推,我也可以这么说:故乡对作家最大的帮助是什么?伤害他,用力地伤害他!就像哥伦比亚对加西亚·马尔克斯的伤害那样伤害。1947年,20岁的马尔克斯进入波哥大大学攻读法律,但仅仅读了一年,就因哥伦比亚内战而中途辍学。1955年,他因揭露"政府美化海难"而被迫离开祖国,任《观察家报》驻欧洲记者。不久,这家报纸被哥伦比亚政府查封,他被困欧洲,欠下房租,以捡啤酒瓶换钱过日子。在写《百年孤独》的那一年时间里,他的夫人靠借债维持全家生活。《百年孤独》完稿之后,他们连把这份手稿寄往墨西哥出版社的邮资都凑不够,结果只好先寄出半份。这就是作家们热爱的故乡,正如美国作家威廉·福克纳所说:"我爱南方,也憎恨它。这里有些东西,我根本就不喜欢,但是我生在这里,这是我的家。因此我愿意继续维护它,即使是怀着憎恨。"①

我无从了解东西的故乡给了他多少伤害,如果看东西的作品,那伤害一定也足够深。但是,这只是事情的一个方面。另一方面也像李跃豆被故乡伤害后的坦率陈白一样,故乡并非一无是处,过往的岁月也并非完全被创伤覆盖。比如那个曾经饰演白毛女的姚琼——这个人物曾出现在林白的小说《日午》中,她在那里自杀,在《北流》中又复活。不同的是姚琼在这里早已失去了往日风光,而是疯疯癫癫人老珠黄。但在李跃豆看来,看见了姚琼就看见了"过去亲爱的时光",一个文艺青年的形象光彩照人地站在了北流的大街上。一如她的《长江为何如此远》中,到了赤壁没有看到"惊涛拍岸,卷起千堆雪",却想起了《沙家浜》、《朝霞》、16开本的《文艺报》以及《光荣与梦想》、《宇宙之谜》,进而想起《解放》、《山本五十六》、《啊,海军》以及《年轻的朋友来相会》、《三套车》、《山楂树》、《怀念战友》等。在北流的大街上,李跃豆还想起了《拖拉机开进苗家寨》,不只因为她曾指挥过这首歌的大合唱,更重要的是那个时代的文艺奠定了她的美学趣味。

因此,在不同的语境下,每一个离乡的人对故乡的情感都是五味

---

① 东西:《故乡的伤害成就作家》,东西发给笔者的文章。

杂陈一言难尽。只是李跃豆将这种复杂情感表达得夸张绝对了而已。但艺术必须如此。

浪漫主义的万种风情

《北流》盛大的开篇就喻示了小说浪漫主义的倾向，它是叙事文学，但更是抒情文学。我一直认为林白是当代中国最具浪漫主义色彩的作家之一。她早年的《一个人的战争》是女性小说，但说它是浪漫主义小说也未尝不可。近年来，她的《北去来辞》《长江为何如此远》等作品，浪漫主义气质仍未褪去，甚至更为鲜明。她的中篇小说《西北偏北之二三》进一步证实了我的看法并非虚妄。林白的小说是最"没有章法"的小说，她似乎兴之所至信马由缰，这种表面的"没有章法"，恰恰是她的"章法"。她的那些看似闲笔枝蔓的笔致，恰如神来之笔为她的小说平添了一种妖艳和妩媚，犹如女人不经意的一个手势或回眸一笑。《西北偏北之二三》，写一个曾经的诗人赖最锋要去内蒙古的额济纳，去寻找失踪的暗恋的女人春河，也乘机出去换一下个人的心境。于是他踏上了漫漫长途。行走，是一个常见的小说讲述方式，浪漫主义小说更是精于此道。但是，重要的是赖最锋在这个过程中遇到了什么。赖最锋是诗人，但他喜欢的都是女性诗人：茨维塔耶娃、阿赫玛托娃、狄金森、普拉斯、毕肖普等；作家也是喜欢女的——麦卡勒斯、弗兰纳里·奥康纳。于是作为男性的他便不再写诗。更有趣的是，与赖最锋一路上产生关系的，也都是女性：他寻找的是失踪女友春河、第一个认识的是北京驴友兼志愿者齐援疆、在小饭馆吃饭邂逅服务员翘儿。一个孤旅男人的故事从女性开始也结束于女性。小说前半部几乎没有故事，它更像是一篇没有完成的关于旅途的散文：夜晚看星星、白天观赏胡杨林、吃当地食物，西北的自然景观和风情风物尽收眼底。

《北流》中，赖最锋再次出现，他是"夜晚的赖诗人"。但下面这一段仿佛是"昨日重现"——

> 四面黑沉沉的。旅客人人都睡着觉，只有赖最锋一人坐在黑暗中。他在窗玻璃上抹了一把，看见外面下起了雪。"大雪落在，我锈迹斑斑的气管和肺叶上/今夜，我的嗓音是一列被截停的火车/你的名字是漫长的国境线。"是帕斯捷尔纳克写的诗。诗句猝不及防地冒出来，如同春河的名字和面容。她也浮在黑暗中，浮在雪中。你的名字是漫长的国境线，无论经历的是星空还是肉体，你的名字仍是无法拔除的一根勒。赖最锋在黑暗中费劲地回忆这首诗的其他句子，最终，他想起了结尾的两句："我歌唱了这寒冷的春天，我歌唱了我们的废墟……然后我又将沉默不语。"

小说结束于帕斯捷尔纳克写给茨维塔耶娃的诗。林白通过赖最锋的只身孤旅钩沉出的"西北偏北"那遥远一隅的故事，已将一种悲悯隐含在小说的字里行间，翘儿当然不会理解"你的名字是漫长的国境线"意味着什么，但我们分明深切感到，作家在这个大雪纷飞夜晚的无尽思绪，一如那辆列车，尖利地划过暗夜呼啸而来。不同的是，在《北流》中，那从火车上下来不久的诗人，又要被北流琐屑无聊的生活吞没了，他真实的想法是：不想回家，不想剁鱼头，不想拖鱼筐，不想听嘎嘎的响，不想冲洗不想刹，不想望见案板上血肉横飞，不想削鱼肉剔骨刺……于是他又想到"要开行,去南宁,这只炸雷震得他一颤,金光闪闪的太阳在头顶碎开了,金色的箔片礼花般从空中撒落,尤加利树叶纷纷离开了树身,它们发出了嗡嗡声……小镇青年都是要离开的,从偏远的小镇去往更大的城市,这是世界走向文明的一种不竭的原动力,全世界均如此。……念头早就有,生生又灭灭,他望着那条在太阳下渐渐停止挣扎的鱼,水浸街和东门口西门口,春和家的扭街巷,自己家的河边街,羊蹄甲树县二招,这些他生命中发痒的地方,他半夜里身体发硬、白日里疯癫、娶妻生子、剁鱼头买青菜的地方,他要统统当它们是臭鱼,留在脚底下"。诗人的这一想法几乎是小城所有年轻人的想法。因此,"出离"或"出北流记",才是《北流》的基本主题。这一主题在小说其他人物或意象中都得到了证实。比如那个罗世饶,我总是觉得他和诗人赖最锋是一个原型。他不仅印证着小说的浪漫主义特征,同时在人人被体制制约的年代,他从海南岛到新疆,从儋州到特克斯,漫游大半个中国,见过大江大河。他是北流人中最具体浪漫气质的人物。

浪漫首先是一种人生态度,是对生活充满诗意和幻想的性情。在日常生活中,小说写到冯其舟烧肉,他买了两斤半前臀尖,比五花肉瘦又易烂。只见他:"怀着柔情放肉入锅煮,放入葱姜八角去肉腥,余过水之后捞出肉,切成方块。点火,架起炒菜的铁镬,热一点油把一小块冰糖化开……当坚硬的冰糖渐渐变成酱油色的糊状,冯其舟感到自己变得轻快起来。他倒肉入镬,急促翻炒,寡白的肉立即风姿绰约,它们晶莹剔透,油光闪闪。然后他加入酱油、料酒、生姜、葱、八角、陈皮,还倒了一点豆腐乳的汁。这种配料又咸又鲜且有酱香,是锐利的秘密武器,它长驱直入所向无敌,所到之处,肉们纷纷瘫软了,一块两块，谁都没有招架的功夫，任由这暗红的腐乳汁直入肉的深处，在热烈的汤汁中融为一体。"写一次烧肉过程，如此的不厌其烦体贴入微，表达的是讲述者对生活的兴致盎然。这种心情是通过具体的修辞和语言构成的整体氛围体现出来的。只要我们看到肉们的"风姿绰约"和"纷纷瘫软"，就足以想见生活和眼睛一起闪闪发光——还有什么能比流光溢彩的红烧肉更能打动我们，满嘴流油的生活就是这样让我们飘飘欲仙。

我还注意到，火车、方言、词典等意象，是进入小说的"带路党"。这些物质或"非物质文化遗产"，带领我们沿着李跃豆或小说别的人物的思路或故事前行，我们因此不至于迷路。"火车笔记"小说写了三章。我们经常读到这样的场景，"从玉林坐火车到南宁，中途上来一个中年人坐在我对面，听他讲一口好听的普通话""一阵风声从火车上方的播音器传来，非常熟悉非常遥远""火车上的广播又播了另一首，'红岩上红梅开，千里冰霜脚下踩'"。火车是一个意象，它一日千里不可阻挡，它威武雄壮地带着北流人走南闯北，让一个边地小城因此有了见识，也因此可以回到过去，于是一切都变了；那些方言是李跃豆们的路标，它带你走进她的家乡，同时那也是她明火执仗的骄傲；同时语言也是文明的象征，记载着北流的历史，也记载着个人记忆。林白认为：

> 所有方言对中国现代文学书面语的贡献都是大的……南方作家对中国现代文学书面语的贡献大于北方作家。一段文字加了方言马上变得生动有表现力，哪怕加一两个词，面目也会焕然不同。南方方言，除方言的字、词，南方方言还有语法的不同，这

样,和北方标准语的差别自然比北方方言更大。用南方的语言表达,这句话是这样说的:南方方言与标准语的差别大过北方方言。这是一。另外南方方言保留的古音古语比较多,保留了古代汉语的各个地方的发音系统和语法习惯,这对以中原北方语言为基础的书面语是很大的丰富。像北流话,有研究者认为,广西北流话就是唐宋普通话,依据是:海丝路古道的节点北流必定流通官话;南宋初该海丝路古道的改道形成北流河自然封闭,封闭后流通程度低,必会形成语言化石。①

这是林白个人的看法。在我看来,《北流》方言的使用,也是小说浪漫主义"情调"的一部分。

因此,在《植物志》盛大开篇的气氛里,在充满了浪漫气息的讲述中,我们终于明了林白——李跃豆对北流真实的情感:家乡给过她创伤记忆,但那终究不是家乡的过错,一切都源于贫困——无论是生存状况还是人际关系。可那是所有人的生活。当经历了"出北流记"之后,"回北流记"的时候,李跃豆们与家乡终还是冰释前嫌。所有的记忆——包括方言,包括那些有过交集的人与事,在"注"和"疏"的重新叙事中也被重新组合。于是,与生活握手言和,家乡终归难忘。生活如此广阔,追忆逝水年华,这就是《北流》最终要表达的。

原载《当代作家评论》2023年第2期

---

① 林白、罗昕:《北流的注解》,《作家》2022年第9期。

陈　染

忧郁的荒原：女性漂泊的心路秘史
　　——陈染小说的一种解读

　　进入20世纪90年代，女性作家的创作几乎成为一种最为激进的文学话语实践。她们的表达方式、感受世界的独特角度以及无所顾忌的、我行我素的极端姿态，都给人一种惊世骇俗之感。这一感觉并非仅仅源于"错综复杂的女性性格只有妇女才能理解"[①]的性别差异，或是对"她们自己的文学"本质上的陌生，同时，还有来自我们惯常的阅读经验。女性文学在传统的文学史观念中，作为边缘或亚文学之一种，亦经历了肖沃尔特所概括的三个时期："首先是一个较长的时期，是模仿传统的流行模式，使其艺术标准及关于社会作用的观点内在化；其次是反对这些标准和价值，倡导少数派的权力和价值、要求自主权的时期；最后是自我发现，从对反对派的依赖中挣脱出来走向自身、取得身份

[①] 黛娜·马洛克：《文学盗尸者》，原载《来自生活的研究》，本文转引自伊莱恩·肖沃尔特：《她们自己的文学》，玛丽·伊格尔顿编：《女权主义文学理论》，湖南文艺出版社1989年版。

的时期。"①而我们熟悉的恰恰是肖沃尔特所说的前两个时期。我们在丁玲、萧红、张爱玲以及王安忆、张抗抗、铁凝、张辛欣、残雪、池莉、方方等女作家的作品中,读到的或是性别差异不大的共同关怀,她们使用着与男性大体相似的文学话语,语义编码不难破译;或是"在某种意义上发现自己没有历史,不得不重新发现过去,一次又一次地唤醒她们女性的意义"②。中国独特的社会历史处境,使女性作家不能不在同一性的关怀中表达自己,并以此实现对社会的参与和对流行价值观的认同,它的现实合理性已无须赘言。然而这一状况毕竟又使女性意识的发现失去了连续性,断裂的女性意识形态使她们不断重临起点。即便是王安忆名重一时的"三恋"或铁凝的《玫瑰门》,亦仍然没有离开两性的依赖关系,尽管她们显示了那代女性作家少见的勇武。

然而,90年代有代表性的女性作家作品与上述"模仿传统"或"反抗传统和价值"的女性作家作品已判然有别。其间,青年女作家陈染的创作更是独具一格,在争奇斗艳的女性作家中格外触目。她的创作,不仅体现了鲜明的女性意识,体现了对男性交流文学话语的主动告别,重要的是,她超越了性别愤怨,她没有痛入骨髓的不平之气或申诉的热忱,而是独步于自己的精神荒原,在没有依赖关系的诉说中确立了女性的独立身份;另外,这一身份的获得或确立依然没有为她带来凯旋

---

① 伊莱恩·肖沃尔特:《她们自己的文学》,玛丽·伊格尔顿编:《女权主义文学理论》,湖南文艺出版社1989年版。("肖沃尔特"是张京媛主编《当代女性主义文学批评》中的音译;而胡敏等译的《女权主义文学理论》中译为"肖瓦尔特";王逢振等编的《最新西方文论选》中也译为"肖沃尔特",但他在《文学评论》1995年第5期上发表的《女权主义批评数面观》中则又译为"肖华尔特",本文统一称为肖沃尔特。)

② 伊莱恩·肖沃尔特:《她们自己的文学》,玛丽·伊格尔顿编:《女权主义文学理论》,湖南文艺出版社1989年版。

之感,对"女性解放"的期许使她仍然疑虑重重、忧心忡忡;她创造了一种陌生又极具冲击力的文学情境,一种深刻的失望情绪弥漫着她所有的小说,在她漂泊无着的心路之旅中独自承受着巨大的孤独和缺失,她仿佛失去了彼岸、失去了方位,但她又坚持寻一块属于自己的"精神家园",尽管道路如绳索。①

陈染早期的小说可以说是平淡无奇,"小镇小说"虽然引起过关注,但那时她仍然没有逃脱文学时尚的引诱:域外新奇的表达技法加上奇观迷恋,可以概括出她这一时期小说的主要特征。但她仍不失为一个讲故事的好手,《小镇的一段传说》《塔巴老人》《纸片儿》《不眠的玉米鸟》等作品,都有奇异诡秘的人物和刻意编织的结局,但"超凡脱俗"的意志控制并没有为陈染带来文学好运,她的这些小说在本质上仍然承传着前辈的追求,奇特或独特仅存于故事和人物的层面,其内在联系仍然古旧无比。即便她的成名作《与往事干杯》,除了进一步显示了她作为青年女作家的语言修养和不凡才情外,亦无惊人之举。肖濛与那个"大男人"的依赖关系,我们在传统文学作品中早已耳熟能详,与父子两代人性爱的偶然巧合,使小说更像是一出戏剧,它的内在紧张只是情节推动使然,而并非来自意识深处。但《与往事干杯》于陈染来说却相当关键,这不仅在于这篇小说使她在文学界声名鹊起,重要的是那段"城南旧事"发生的场景成为她后来小说经典性的人文环境,那只可意会的尼姑庵气息深埋于陈染的意识中,它弥散开来成了一个不灭的象征或拟记忆,她的许多意绪或气氛都来自尼姑庵,这个掩藏

---

① 陈染:《潜性逸事》代跋,河北教育出版社1995年版。

着许多悲戚故事的不祥之地，成了陈染小说场景谱系的发祥地或源头。它被反复阐释、编排，这一迷恋不是来自内心的情有独钟，而是作家从中找到了适于抒发或叙事的合适场合，或者说，只有在那样的气氛中，她才能找到传达自己、发现自己的理想情境。《与往事干杯》之后，陈染作为记忆稀薄的一代，自觉地离开了"回忆"的写作方式，阅历决定了她编织故事的道路不能连续太久，而年轻却"苍老"的心路之旅，使她更适于回到内心，以自我反观、叩问或追寻的方式书写心理告白的作品。而这一转变，使陈染成了名副其实的"今日先锋"。

无可否认，陈染深受西方女性文学观的影响和熏染，而最为深切的莫过于弗吉尼亚·伍尔夫的《一间自己的屋子》。20世纪70年代末期，美国著名的女性主义文学批评家兼诗人艾德里安娜·里奇曾说："几年以后，首次重读弗吉尼亚·伍尔夫的《一间自己的屋子》，我为作品奋发的意识、拼搏和顽强的尝试所震惊，我认识出了这种语气。我常常从自己和其他妇女那里听到这种语气，这是一个近乎愤怒的妇女的语气。在一个充斥男人的房间里，她的正直和坦诚遭到攻击，但她决定不流露她的愤怒，她希望自己镇静、超然，甚至富有魅力。"[①]陈染在倾诉自己的愿望时，几乎用东方语言转述了里奇的感受："拥有一间如伍尔夫所说的'自己的屋子'，用来读书写作和完成我每日必需的大脑与心的交谈，也用来消化外面那些弥漫的污浊和谎言，然后把它们丢进纸篓中，再扔到外面去；不用拥有很多的金钱，以供我清淡的衣食薄茶和购买书籍；拥有一些不被人注意和妨碍的自由，可以站在人群之外，

---

① 艾德里安娜·里奇:《当我们彻底觉醒的时候：回顾之作》，张京媛主编:《当代女性主义文学批评》，北京大学出版社1992年版。

眺望人的内心,保持住独立思索的姿势,从事内在的、外人看不见的自我斗争。"①陈染在一定限度内实现了自己的期许,她拥有了自己的房间,并且门闩紧锁、窗帘低垂。在这个封闭狭小、与现实隔绝的空间里,奔突于她内心设定的精神空间中,并以我们陌生的方式独自诉说。在西方女性主义文学的启示下,她的小说具有激进的姿态和挑战意味。她的《另一只耳朵的敲击声》最具代表性。这是一部没有依赖关系、刻意宣谕女性独立身份的作品,是一部以炫目方式表达女性焦虑和精神压抑的作品,也是一部传达女性意识深层巨大苦痛的作品。小说也写到了男性,但这个被命名为"大树枝"的男人于黛二来说并不重要,他仅仅是黛二的性伴侣,他们只能产生肉体的声音而没有心灵的对话,在黛二眼里也只是一只矫健的雄性动物。小说并没有类似埃莱娜·西苏尖叫着的"男人对妇女犯下了滔天罪行"②的指控,但"大树枝"能做的事情和他被黛二证实的价值,除了本能之外一无可取。因此,它比西苏的尖叫声于男性来说更具摧毁力。下床之后,那个"大树枝"便被黛二遗忘并永远地放逐于视野之外。与此形成对比的则是黛二与那个名叫伊堕人的女性难以割舍的情爱,作品的两组独白像精致的橱窗一样,让两个女性燃烧的情感纵情展露,然后她们走到了一起。

  黛二不再说,低下头观看自己的脚。她知道,茶几对面那一双动人深邃又温柔如梦的眼睛,正在一刻不离地专注地盯住她的

---

  ① 陈染:《潜性逸事》代跋,河北教育出版社1995年版。
  ② 埃莱娜·西苏:《美杜莎的笑声》,张京媛主编:《当代女性主义文学批评》,北京大学出版社1992年版。

脸。黛二不敢去迎视那目光。她就是弄不明白,为什么一个射向她的女人的目光,使她不敢回视。

房间里一时沉默无声,只有香烟随着那一闪一灭的烟头,发出尖细的咝咝声。

……

伊堕人熄灭手里的烟,起身,缓缓朝黛二走来。站住。停顿。然后她弯身在黛二的额头上吻了一下。

这里不再使用隐喻、暗示等含蓄的表达,作者以直露的方式呈现给我们的已再明确不过:同性的女人像两个爱慕已久的异性一样激动不已难以自持。在我的阅读经验中,这是中国作家首次描述这样的场景,对它的阅读使人如受电击。在西方,女权主义文学观对"姐妹情谊"和"女性之恋"多有论述。肖沃尔特在她的名篇《她们自己的文学》中写道,萨拉·埃利斯是第一代维多利亚时期最保守的作家之一,她极力倡导"姐妹情谊",她曾问道:"如果在一个奴隶的团体里还有出卖相互的利益,我们该作何感想?如果在一小组船遭沉没的海员中,面对荒芜无援的海岸,互相之间还弄虚作假,我们该作何感想?如果一个国家处在无力抵抗的危机中,居民不诚心诚意,信心百倍站在一起对付共同的敌人,我们该作何感想?"[①]然而,黛二与伊堕人的情感显然已超出了埃利斯的"姐妹情谊",而是里奇所直言不讳的"女同性恋的存在"的东方场景。里奇曾为这一存在做过激烈的辩护,她指出,"完

---

① 伊莱恩·肖沃尔特:《她们自己的文学》,玛丽·伊格尔顿编:《女权主义文学理论》,湖南文艺出版社1989年版。

全无视女同性恋的存在",是许多女权主义理论和批评都在"这一沙滩上搁浅"的主要原因。她认为"女同性恋的存在包括打破禁忌和反对强迫的生活方式,它还直接或间接地反对男人侵占女人的权力"。[①]在她看来,女同性恋者不是男同性恋者的女性变体,这一方式,"如同做母亲的经历一样,是深切的女性经历,有其特殊的苦恼、意义和可能性,如果简单地把它与其他蔑视的性关系混为一谈,我们是无法理解这些因素的"[②]。对这些言说我们无置可否,这是一种无从体验的经验,我们只能选择沉默。但就黛二与"大树枝"的关系来说,那种性别隔膜构成的悲哀,如绵绵阴雨丧失了岁月。黛二将情感诉求于同性,似又含有令人同情的因素。在黛二的眼中,伊堕人是她盼待多年的人,是如同"等待营养、等待一份无望的情感"的人,于黛二来说她是一个拯救者,她发自心灵的呼唤是:"我多么需要她,需要这个女人!因为没有一个男人肯于并且有能力把我拉走。"伊堕人犹如希腊神话中的亚马孙族女战士,成了女性创造力量的象征。然而,这毕竟是发生于东方的事件,它的障碍和挫折充满了东方色彩,母亲阴郁和愤然的身影击碎了黛二和伊堕人的梦幻,但作家在这里传达的显然不仅仅是对这一事件的焦虑,而是对"母亲"这一符码的整体焦虑。在陈染的小说中,我们再也见不到那种诗意盎然一如既往的"恋母情结",她一反常态,对母亲充满了矛盾复杂的心情:"黛二在母亲的窥视下生活已久,那窥视的目光通过被小风拂卷的窗帘角,被岁月的侵蚀而变形裂开的门缝以及电话

---

① 艾德里安娜·里奇:《强迫的异性爱和女同性恋的存在》,玛丽·伊格尔顿编:《女权主义文学理论》,湖南文艺出版社1995年版。
② 同上。

线在她母亲房间里的分机听筒,阴森恐惧地射向她,那无所不在、无所不能、无孔不入的窥探,使她窒息。"① 这种被监控感使黛二的心理承受着第二种迫力,当她偶然打开房门时,母亲举手敲门的手势同时停在半空中。于是我们便突然领悟,那门闩、窗帘并非仅仅是出于对男性窥视的戒备,而是对整个生活的愤然拒绝。

《另一只耳朵的敲击声》是陈染至今最为复杂的作品,它为我们的解读提供了相当丰富的内容,或者说,它包含了迄今为止女性主义文学最先锋的内容。在艺术上它又浑然天成,并无先入为主的概念化印痕,它显示了陈染作为小说家的成熟。然而,在她的全部创作中,她表达的又不只是女性的立场,或孤独地在一间屋中确立了女性独立的身份,更为重要的是她对女性主义文学追求的超越,在20世纪的夕照中向我们展示或诉说的女性的心路之旅和漂泊无归的心灵秘史。她放弃了20世纪以来文化英雄虚设的"历史主体"的自信,同时也没有世纪"末俗关怀"的话语热望,她忧心忡忡、漂泊无定、归宿难寻,她失去了信任和期待……这些构成了她小说作品的共同所指。她涉及了一系列男性形象:"大树枝"、泰力、莫根、墨非、"父亲"、"丈夫"、气功师、医生等,不同的命名其内在编码却有着无可改写的同一性,他们或者仅仅是一个性动物,或者是一个朝朝暮暮的花花公子,要么吃东西时发出很大的声响,要么是一个无比自私的庸俗之徒,在叙事者的眼中,这个世界的男人毫无指望,她们能选择的只是心灵的独自远游。我还发现,陈染在小说中尤其喜欢使用诸如"门""窗""口袋""怪

---

① 陈染:《另一只耳朵的敲击声》,《潜性逸事》,河北教育出版社1995年版。

门""死门""梦中之门"等意象性词语,这些悬浮的意象、空洞的能指构成了她普遍的隐喻,它们虽然所指不详,但却喻示了渴望、填充、期待的焦虑,而结局却一无所获,一如等待中的戈多。在她的那一间屋里,重负只能独自承受,只能在灵魂世界进行殊死的自我搏斗。

我之所以说陈染的小说超越了逆向性别歧视的立场,在更深刻的层面表达了她的失望情绪,就在于她的主人公的失望与隔膜不只诉诸男性,她们对同性甚至是最亲近的人,也产生了相同的感觉,人与人之间是无法有真实的理解的,母亲的窥视、女友的出卖,使黛二们失去了最后的达观或自信。这又使她的小说有浓重的存在主义色彩。她内心充斥着紧张感、充斥着无助的彷徨,一如形单影只的孤雁,徘徊于忧郁的精神荒原:"外边,乌云在摇晃,枯树在歌唱,这个世界的风景和故事无非就是这样。"[①]这一黯然的心情写照,在大动荡的时代也许并非那"巫女"独自拥有。这时,我想起了肖沃尔特那睿智的发现,在她看来,"妇女写作是一种'双重声音的话语',它总是体现男性团体和女性团体共同的社会、文学和文化传统"[②]。如果这样理解包括陈染在内的女性作家的写作,我们便可以说,她们揭示了女性的压抑和心理困境的同时,也在社会层面传达了男性群体共临的困扰。也正因为如此,陈染才对"女性解放"的期许迟疑不决,对此她少有幻想。她虽然深受西方女性主义文学的影响,但当她置身东方的故事境中时,对两性共同面临的问题便难以弃之不顾,她营造的文学情境显然不限于女性

---

① 陈染:《巫女和她的梦中之门》,《潜性逸事》,河北教育出版社1995年版。
② 伊莱恩·肖沃尔特:《荒原中的女权主义批评》,王逢振等编:《最新西方文论选》,漓江出版社1991年版。

话题。她的许多文本可以触动不同的读者。黛二在迷乱中想到的"另一个处所将是她精神的归宿——僧庐下。尼姑庵情结在她童年时期就已经埋在她老人般顽固的心灵里"[1]。她心头萦绕的是这样一种感受:"少年听雨歌楼上,红烛昏罗帐。壮年听雨客舟中,江阔云低、断雁叫西风。而今听雨僧庐下,鬓已星星也。悲欢离合总无情,一任阶前、点滴到天明。"这一凄凉哀婉的歌吟常常被她转化为现代汉语,如"身心交瘁""千疮百孔""忐忑不安""孤立无援""曲尽人散",等等,这种悲凉人生亦常常在她荒诞不经的故事情节中被折射出,她写过主动投寄"死信"的老人,写过"余闲时间储蓄所"、排队的滑稽戏、填表的骗局,等等。现实的荒诞感在这荒诞不经的故事中得以真实尖锐地揭示。这样的处境让人无奈又无聊,而她们的无聊感在陈染笔下同样被表达得无以复加。她们在最虚无的时候,甚至愿意让一个素昧平生的修琴师留下来一起吃饭,或者找个理由主动与收废品的老头聊上几句,更有甚者是以极端的方式放纵自己:两个女人同一个男人同床共眠并互相谦让;十六岁的少女对性接触"末日感"的热烈赞颂,以及对粗鄙语言脱口而出的快感体验,这些都向我们展示了动荡时代女性的精神苦旅。但那恶作剧式的游戏人生不仅对生活本身无以施加报复,同时也不能解除她们内在的精神危机和恐慌。于是,小说中便有主人公出走的情形反复再现:"我将独自漫游""我将不再有家"[2];"故乡是他乡,总是在寻找,思念着远处不知在哪的模糊不清的家乡"[3]。"我将开始茫茫

---

[1] 陈染:《另一只耳朵的敲击声》,《潜性逸事》,河北教育出版社1995年版。
[2] 同上。
[3] 陈染:《凡墙都是门》,中国文联出版社2001年版。

黑夜漫游了。"① 但她们又分明"知道自己永远处在与世界告别的恍惚中。然而却无处告别"②。这个精神浪儿用诸多的意象、情节、语词构筑了她所感觉到的当下时空所充斥的难以化解的矛盾,传统的人文情怀只在想象中魅力无比,而女主角又别无选择地生存于现代技术文明中,陈染的小说正是在这一矛盾的缝隙中展开的,这里隐含的感伤情绪又使她的小说具有强烈的抒情气息。不同的是,她的抒情与狂欢庆典的俗世关怀话语无缘,它更像是一幅细雨霏霏秋风萧瑟的晚秋时节的风景画,一切都已颓败褪色并且苍老,而徘徊于风景之中的人,前无彼岸后无历史,面对茫茫旷野怅然无措。

原载《当代作家评论》1996年第3期

---

[1] 陈染:《空的窗》,北京联合出版公司2023年版。
[2] 陈染:《无处告别》,江苏文艺出版社2005年版。

徐小斌

逃离意识与女性宿命
—— 徐小斌90年代的小说创作

徐小斌的小说创作，于20世纪90年代的文学来说，是一个相当独特的现象。她的独特不仅在于她奇丽的想象，对神秘与未然的情有独钟，也不仅表现在她作为女性作家对女性意识的格外自觉，同时还表现在她意识与文本的深刻矛盾。这些特点，使徐小斌的小说在整体上敏锐地传达了她对当下生活的深切体验；她既身陷其中又难以亲近，既向往逃离又宿命般地无力自拔。因此，她只能以想象的方式一次次地自我救赎，一次次地"生活在别处"，然后再重临起点，让她的乌托邦在想象中不断辉煌。另外，在这些特点中我们也明确地感到，她在努力超越自己80年代创作的过程中，仍有依然可感的理想主义与浪漫主义的遗风流韵。

徐小斌的小说创作始于20世纪80年代初期。但今天，无论作者本人还是评论界，对她那一年代的创作似乎有意保持缄默，其实大可不必。毋庸讳言，那是被一体化的理想主义所哺育的年代，无论现实生活怎样，我们都愿意以明丽、纯粹的叙事再造生活，以期许的方式表达现实。徐小斌作为那一时代的年轻人自然不能幸免,她的《请收下这束鲜花》《那蓝色的水泡子》《这是一片宁静的海滩》《河两岸是生命之树》等作品,就明显带有那一时代理想主义的印记。它们都以天真的心态和叙事视角表达着作者的愿望,但现实却远非如此。旧理想主义在90年代全面坍塌,仿佛在一夜之间,如梦方醒的人们不再相信它。因此,旧理想主义的危机并不只发生在徐小斌一个作家身上。所以,徐小斌对"理想主义已经陷入了绝望的困境"[1]的反省,恰恰是对支配了一个时代文学观念的反省。

20世纪90年代的生活变得坦率而赤裸,再也没有华丽的面纱,行动的时代使人们无须再饶舌。但徐小斌仍深陷焦虑与矛盾之中,"90年代的中国文学已经被商业主义神话笼罩和淹没了"[2]的感慨,显示出她仍有欲说还休的巨大孤寂和悲凉。她与现实的无法妥协,也使她命定般地陷入自我设定的矛盾之中,于是,她选择了逃离,她曾作过如下自述。

> 我很早就拥有了一种内心秘密。这种秘密使我和周围的小伙伴们游离开来,我很怕别人知道我的秘密,很怕在现实中与别人不同,于是我很早就学会了掩饰,用一种无限顺从的趋同性来掩饰。这种掩饰被荣格称为人格面具。这是我的武器,一种可以从外部世界成功逃遁的武器。正是依靠这种武器我度过了我一生中最为痛苦的那些岁月,包括在黑龙江兵团那些难以忍受的艰难困

---

[1] 徐小斌:《逃离意识与我的创作》,《当代作家评论》1996年第6期。
[2] 同上。

苦。我始终注视着内部世界，以至外部世界的记忆变得支离破碎，就像"没活过"似的。这就是：逃离。①

她的压抑和无助的痛苦，源于深刻的童年记忆，由于家庭不睦，使她在很小的时候，就有许多奇想突发，她甚至希望靶场的流弹将她击中，以死来唤起家人的重视和悲伤。因此，当她有了用小说的形式倾诉情感的能力时，她无意识地使用了一个祈求的句式作为她小说的题目——"请收下这束鲜花"，一个无助而孤苦的少女祈望能得到一个年轻医生的爱。那时，她采用了许多想象的场景，哀婉动人的故事，借以述说个人的不幸，她真实地希望能靠那个似懂非懂的爱情来获得自我救赎。那时她笔下的男人都青春勃发，才华横溢，面对这些男性的女主人公们，甚至多少还有些自卑、有些不自信，但她们都发自内心地爱着他们。这就是徐小斌早期小说的基本模型，它是放大了的"安徒生童话"。在这样的想象中，作者找到了自己魂灵的临时避难所，她逃离了现实的丑恶和污浊。

然而，无论是作家还是普通人，那单纯明丽"宁静的海滩"，从来就不曾有也永远不会有，它可以临时补偿现实的缺憾与失望，却永远不能指望它的兑现。旧理想主义者致命的要害，就在于他们坚信理想是可以实现的。90年代，徐小斌不再持有这样的情怀，她的小说在面貌上发生了判若两人的变化，她的小说更复杂，更理性化，因此也更成熟。她的《双鱼星座》《迷幻花园》《敦煌遗梦》等作品曾风靡一时，

---

① 徐小斌：《逃离意识与我的创作》，《当代作家评论》1996年第6期。

她本人亦被命名为"风头正健"的"才女"。

徐小斌20世纪90年代小说最大的变化，就在于她不再以想象的方式实现精神救助，她否定了自己先前对善与美缺乏节制的赞美与向往，而对人性之恶充满了深刻的失望。《双鱼星座》曾有这样一个情节：一年一度的献血，是老板最头疼的事，这时他想到了卜零，他以诚恳动人的态度打动了卜零，她答应献血。然后，他送来了大包慰问品，讲了六个笑话，但这并不是老板的真正目的，他要说的是："有件事我不能不告诉你，下个月你就不要去单位上班了。"卜零被辞退了，老板说了一堆理由，但"卜零看着他的眼睛说老板你说的时间不对吧，我想裁人的决定应该在我献血之前，我猜得对吗"？老板的回答却是"你真聪明"。这一情节相当经典地揭示了充满陷阱的人际关系，它表达了作者对现实不再抱有任何幻想的极端暗示。如果说上下级的关系是一种利用关系尚可理解的话，那么夫妻关系也并不比这种关系更让人信任，《迷幻花园》中的金和芬是夫妇，久别相聚时两人则同床异梦："当金进入她身体的时候，她其实毫无快感但努力装出一脸陶醉。她闭上眼睛不愿看那张离她很近的黄脸，她竭力想象着一个理想中的男人。"而金这时则不断喃喃着，"但金的自语实际上与芬的肉体毫无关系。他在少年时代便有了的那种灵魂游离的状态现在愈演愈烈。他背诵零和与非零和博弈的目的在于逃避对这具已使用过的肉体的厌恶"。在生活中似乎已没有真实可言。在这些情节中，让人深刻地感到存在主义对作者的影响与支配。《敦煌遗梦》中，她甚至直接使用了萨特的言论："爱是个枉费心机的企图，这个企图就是占有一个自由。"用作者的话来说，

"寻找真品太难了,现在确实是个代用品的时代,一切都可以代用"[1]。这种感慨不仅传达了作者的失望,同时也传达了她的无奈,她甚至也失去了对其解释的兴趣。

徐小斌小说引人注意的另一变化,是对男权中心的批判,抑或说是女性意识的支配。先前的小说,她的女主人公大多是脆弱的、依附的,有时还是病态的。她曾多次选用医院作为情节展开的场景,那些女主人公多为"病人",而疗治她们的医生则是男性。这种无意识安排恰恰从一个方面表现了男性与女性的关系,他们成了疗治与被疗治、救助与被救助的关系,男性成了女性渴求的宿地。20世纪90年代,作者断然否定了这些幻想,她甚至愤然地说:"一个完全成熟的女人是埋藏在男性世界中的定时炸弹,是摧毁男性世界的极为危险的敌人。"[2]她的女性主义写作密切地联系着前面谈过的存在主义哲学。需要指出的是,这一女性视角既表达了作者女性意识的觉醒,同时又不经意地设定了女性的压抑力量——男性中心。于是,拆解与颠覆这个中心,就成了徐小斌小说的主要策略之一。这也是90年代许多女性作家普遍采用的叙事策略。

《双鱼星座》的副标题是"一个女人和三个男人的古老故事",但这绝不是个古老的故事,它的中心情节并没有设定在多角追逐、风花雪月或男欢女爱的框架之中。这三个男性,分别被作者处理成了权力、欲望与金钱的象征,他们仅仅成了三种不同的符码,这些世俗化的概念成了男人的全部。那个纯美无比的女性卜零,还未出场就被赋予了

---

[1] 徐小斌:《敦煌遗梦》附录,作家出版社2019年版。
[2] 徐小斌:《逃离意识与我的创作》,《当代作家评论》1996年第6期。

抨击、拒斥、挑战这些男性的使命和义务。这些男人,要么阴险无比,要么懦弱自私,要么先天不足没有生育能力……男人的所有光环和伟岸,在作者笔下逐一暗淡坍塌;而卜零则几近完美无缺,她虽然无所事事,主要承担着挑剔、指责男性的权责,但她内心丰富,举止高雅,穿着法国摩根丝的曳地长裙并十分性感,既典雅又摩登。《迷幻花园》中的芬和怡,也都气质不凡,倾国倾城沉鱼落雁,而金则粗俗不堪,男人几乎都没有逃脱被女人抛弃的命运。更有甚者,在女人面前,男人几乎都没有自尊可言。

……卜零全身赤裸着站在他面前了。石捂住了脸。但指缝里仍能看到他红得要冒血的脸。他的眼睛又出现了那种潮红,潮湿得仿佛要渗出水来。卜零毫不留情地把他的手扯开。卜零的眼睛像星星一样在他眼前飘闪聚散,卜零轻轻地问:我美吗?石的潮红的眼睛里全是乞求,石的眼前一片红雾什么也看不清,但卜零并没有放过他,卜零恶狠狠地揪住他的头发:说啊,回答我啊!连这句话都不敢说,你是男人吗?!

这个被命名为石的家伙,卑微无比,在这位女神面前,他早已不战自败。而卜零的"全身心都在享受着复仇的快感。在两性战争中,她觉得战胜对方比实际占有还要令人兴奋得多"。

应该说,在这样的叙事中,作者确实实现了一次对男性的有效颠覆,字里行间洋溢着作者由衷的快乐。在20世纪90年代的女性文学写作中,这种颠覆和置换,犹如一场惊天动地的革命,它动摇乃至摧毁了男性的霸权和优越。然而，所有的问题都"发生在革命的第二天"，当卜零们放逐了一个个男性之后，这些专革男性命的"女革命者"又将如何呢，摧毁了男性就真的意味着女性的解放吗？徐小斌显然也不这样认为，否则她会让自己心爱的主人公们无忧无虑地沉浸于女儿国的欢乐中。事实上，她的女主人公们都语焉不详、下落不明：卜零孑然一身去了石寨；星星被她打发到印度去了；而芬和怡则周而复始，从开篇的序号"0"，又回到了"0"，这些愤然的抗争和拒斥仅仅成了没有结果的过程。于是我发现，作者愤然拒绝的不仅仅是作为异类的男性，同时还有她深刻感悟过的这个现实。然而她又无可奈何，只好按着前辈的路数，让这些女人远走他乡。但他乡也仍有男性的固执存在，卜零们还会怎样呢？

作者显然再次陷入深刻的矛盾。无论对两性还是现实，作者都深怀恐惧和困惑，在难以求解的困扰中，她终于走上了神秘主义的道路。于是，这便构成了徐小斌小说的第三个特点：对神秘主义的情有独钟。翻开作者的小说，她使用频率最高的，是诸如"梦幻""迷幻""末日""末世""佛"等超验的词语，难以用现有认知解释的别一世界。她在一部小说集的后记中，曾表达过她对波伏娃关于"写作是一种对呼唤的回答"的理解，她认为这种呼唤，"说到底，这是一种神祇的呼唤"[①]。她的朋友铭今在一篇文章中也证实，她的许多灵感来自梦境，她相信藏传佛教密宗中关于"银带"的说法，"银带"就是人的灵魂，人在入睡的时候，灵魂是游离于身体之外的。灵魂的道际便形成了梦。这些

---

① 徐小斌：《呼唤与回答》，《如影随形》代跋，河北教育出版社1995年版。

解释，我们这些俗人很难理解，它无从证实，因此也只能聊备一格不作深究。但她钟情的神秘主义，不同于民间数术、奇门遁甲或街头占卜也是事实。她的神秘主义，多与宗教尤其是佛教文化相关，她对敦煌的热爱或多或少地解释了这一点。

然而，在我看来，这神秘主义是徐小斌对现实给予解说而选择逃离的最后停泊地。人生的诸多烦乱有如宿命般地不可避免，她想象中的一切逐一被现实所粉碎，为了逃离现实的一切，她只能在神秘主义中寻求抚慰和平息。对这种选择我们无须做出评价。值得注意的是，它作为一种叙事策略，却收到了意想不到的效果，它使我们有理由确认，她的小说是东方土壤孕育的文本，她的话语，是现代中国的本土话语，她的神秘主义正是现实挤压的直接后果。值得庆幸的是，徐小斌并不沉迷于东方神秘主义的幻象中，事实上，她已经找到了既表达个人倾向又关怀人间现实的结合部。她有影响的一些作品，或者说20世纪90年代以来的作品，关注的焦点始终是现代人或者说是现代女性的精神焦虑和情感挫折。但小说并非人生指南，她所有人物的结局或出路，亦不等同于她为女性开出的十全大补药方。但我固执地认为，一个作家只要真诚地表达了他对现代人的生存处境和精神处境的关怀，表达了他哪怕深陷绝望但仍在抗争的努力和勇气，表达了他对人类基本价值维护的承诺，他的作品终会被人阅读并且热爱。在这个意义上，徐小斌的作品也体现出了我所说的"新理想主义"的全部特征。

作上述分析，旨在表达我对徐小斌小说创作的一种解释或肯定，但这并不意味着我无条件地全部同意她要表述的一切，尤其她的女性主义文学观。她在一篇创作谈中说:"父权制强加给女性的被动品格由女性自身得以发展,女性的才华往往被描述为被男性'注入'或者由男性'塑造',而不是来源于和女性缪斯的感性交往……除非将来有一天,创世纪的神话被彻底推翻,女性或许会完成父权制选择的某种颠覆。"女性主义本应理解为一种意识形态话语,或者女性的一种理想话语。但它东方化之后,却成为谋杀、指控、颠覆男性的至高法则,哪部作品如果不对男性怀有仇恨并将其"杀死",就会被认为很不"女性主义文学",其实这实在是个误解。即便在西方,女性主义文学也已超越了"性别对抗"的阶段,女性作家不模仿男性,不反抗男性,而是以自立的方式表达她们对这个两性共有的世界的看法。事实亦如此,你越是逼近你反抗的目标,获得的常是不自觉的陷落。就《双鱼星座》来说,卜零虽然以不同的方式"杀死"了三个男性,但她的反抗策略并没有超出男人的施虐框架,前面引述的卜零对石的报复,只不过是一种逆向的性别报复,她并没有找到超出男性的其他方式。这篇小说之成功,其实并不在于作者的什么"女性主义文学观",而恰恰是它表达了现代人共同面临的处境和心态。因此,大可不必先在地设定女性的压抑源于男性,颠覆了男性就意味着女性的解放。

我在谈论女性文学的另一篇文章中曾指出:"本质先于存在"的观念、逆向的"等级"观念、夸大"差异"等,已成为一种普遍的意志,女性文学的限度也正是为这样的意志决定的[①]。现在我仍持有这样的看法。就徐小斌的创作而言,她的逃离意识表达了她的痛苦、厌倦和

---

① 参见笔者《女性文学话语实践的期待与限度》,《文学自由谈》1995年第4期。

无可奈何,然而,她又命定地让她的女主人公们不断地同男人生活在一个世界上,一次次出走,还要一次次回来,这就是她笔下的女性的宿命。

原载《当代作家评论》1996年第6期

林那北

林那北和她小说的表情
——评林那北的小说创作

林那北原来笔名叫北北,这谁都知道;北北是名作家,这也无须说。重要的是北北改名林那北之后还是名作家。林那北有人缘,走到哪里都受欢迎。批评家南帆说:"机警、俏皮、调侃更像是林那北的生活姿态。这种生活姿态时常与逛街、购物、时装或者网上冲浪汇合成兴高采烈的日子。"此外,据说她还画画,画大漆,种地。南帆在给林那北《屋角的农事》作的序中说:"她自诩为这些植物的领袖,兴致勃勃地将一把菜籽埋入泥土,却无法像老农那样一眼认出丝瓜还是秋葵。她的理想是,某一天这些菜籽听得懂她的点名,例如喊一声'丝瓜'或者'秋葵',某些菜籽就会向前跨一步,雄壮地回答'到'!"如果是这样的话,那么林那北在生活中就应该是一个有趣的人。但是,南帆又说:"然而,某一天我突然有了一个结论:此人确实拥有小说家的才分,她的小说更多来自兴高采烈的背面。我逐渐发现,这个世界带给她如此之多的不安、惊惧、无奈与不满。紧张地锁上门窗之后,一声沉重的叹息犹如折翅的鸟儿颓然落地。我愿意猜测,小说的闪电即是在这个时刻倏地划过。林那北的小说四面伸出了探究的触角：周围的世界怎么了？如果有可能，她肯定想在自己的小说里恢复对于这个世界的信心。她将自己的某些向往，零星散落在小说里了。"①南帆和林那北是夫妻，他对林那北的评价当然就是权威发布。

林那北至今已经出版了长篇小说和作品集二十余部，还创作了地方风物志《三坊七巷》，电视纪录片《闽南望族》，长篇散文《宣传队，运动队》等，可谓"著述颇丰"。现在出书容易，出书二十余部的大有人在。因此，我要说的不是林那北出了多少书做了多少事，重要的是她的创作综合影响力和与众不同的个人风格。她的综合影响力体现在她是当下的重要作家，她的个人风格，她那别具一格的小说表情。我了解林那北的小说，大约是2003年，北京召开了"崛起的福建小说家群体"研讨会。会上针对林那北的小说创作，我提出了文学的"新人民性"的看法。林那北的《寻找妻子古菜花》《王小二同学的爱情》《有病》以及后来的《转身离去》《家住厕所》等作品，对底层生活的关注和体现出的悲悯情怀，作为一种"异质"力量进入了当时较为杂乱的都市生活统治的文坛。我认为：当代小说的世俗化倾向，使小说越来越多地呈现出快感的诉求，美感的愿望已经不再作为写作的最低承诺。因此，我们在当下小说创作中，已经很难再读到诸如浪漫、感动、崇高等美学特征的作品。但是文学作为关注人类心灵世界的领域，关注人类精神活动的范畴，它仍有必要坚持这一本质主义的特征。林那北在她的小说中注入了新时代内容的同时，仍然以一种悲悯的情怀体现

---

① 南帆：《小说的闪电》，林那北：《唇红齿白》，凤凰出版社2009年版。

着她对文学最高正义的理解。我们在儿童王小二的经历中，在王大一的"现代愚昧"中，在路多多惨遭不幸的短暂生涯中，在王二颂本能、素朴的"剪不断、理还乱"的人性矛盾中，在李富贵寻妻、奈月坚贞的爱情中，读到了久违的震撼和感动。林那北以现代的浪漫、幽默和文字智慧，书写和接续了文学伟大的传统。在全新的文化语境中，林那北作为一个重要作家所提供的文学经验，以及持久坚持书写中国当下生活的耐心，已经成为中国文学经验的一部分。

文学的"新人民性"是一个与"人民性"既有关系又不相同的概念。"人民性"的概念最早出现在19世纪20年代，俄国诗人、批评家维亚捷姆斯基在给屠格涅夫的信中就使用了这一概念，普希金也曾讨论过文学的"人民性"问题。但这一概念的确切内涵，是由别林斯基表达的。它既不同于民族性，也不同于"官方的人民性"。它的确切内涵是表达一个国家最低的、最基本的民众或阶层的利益、情感和要求，并且以理想主义或浪漫主义的方式彰显人民的高尚、伟大或诗意。应该说，来自俄国的"人民性"概念，有鲜明的民粹主义思想倾向。此后，在列宁、毛泽东等无产阶级革命导师以及中国"五四运动"时期的文学家那里，对"人民性"的阐释，都与民粹主义思想有程度不同的关联。我这里所说的"新人民性"，是指文学不仅应该表达底层人民的生存状态，表达他们的思想、情感和愿望，同时也要真实地表达或反映底层人民存在的问题。在揭示底层生活真相的同时，也要展开理性的社会批判。维护社会的公平、公正和民主，是"新人民性"文学的最高诉求。在实现社会批判的同时，也要无情地批判底层民众的"民族劣根性"和道德上的"底层的陷落"。因此，"新人民性"文学是一个与现代启蒙主义思潮有关的概念。

新世纪初期，对底层人群生存状况和心理环境的关注，是林那北小说最动人的地方。对这些人物的刻画，一方面表达了底层阶级对现代生活的向往、对现代生活的从众心理；另一方面也表达了现代生活为他们带来的意想不到的后果。王小二只有八岁就会写情书；王大一因现代资讯的影响怀疑王小二不是自己的儿子，为了报复妻子蓝彩荷而北上做生意，与肖虹肖君姐妹同居，期待这两个如花似玉的北国姑娘给他生一个自己的儿子，结果酿成了一出让人啼笑皆非的悲喜剧。《有病》中的陆多多如果没有现代都市欲望的诱惑，也不会得最"时髦"的艾滋病。林那北在她的小说中注入时代内容的同时，仍然以一种悲悯的情怀体现着她对文学最高正义的理解。林那北的小说始终关注人的心灵苦难，日常生活的贫困仅仅是她小说的一般背景，在贫困的生活背后，她总是试图通过故事来撰写人的心灵债务。《转身离去》叙述的是一个志愿军遗孀芹菜卑微又艰难的一生。短暂的新婚既没有浪漫也没有激情，甚至丈夫参加志愿军临行前都没有回头看上她一眼。这个被命名为"芹菜"的女性，就像她的名字一样微不足道，孤苦伶仃半个世纪，她不仅没有物质生活可言，精神生活同样匮乏得一无所有。她要面对动员拆迁的说服者，面对没有任何指望和没有明天的生活，她心如古井又浑然不觉。假如丈夫临行前看上她一眼，可能她一辈子都会有某种东西在信守，即便是守着一段不存在的婚姻或爱情，芹菜的精神世界也不致如此寂寞和贫瘠；假如社会对一个烈士的遗孀有些许关爱或怜惜，芹菜的命运也不致如此惨不忍睹。因此，"转身离去"既是对丈夫无情无义的批判，也是对社会世道人心的某种隐喻。

《唇红齿白》这部小说的秘密在当代家庭内部展开：一对双胞胎姐妹阴错阳差地嫁错了人，本来属于杜凤的男人娶了杜凰。这个名曰欧丰沛的人官场得意无限风光，但在风光的背后，杜凰与其分居多年，在杜凰出国期间，欧丰沛诱奸了有求于他的杜凤。杜凤染上性病，矛盾由此浮出水面。杜凤丈夫李真诚不问妻子问妻妹，妻妹杜凰平静地帮助姐姐疗治。但此时的杜凰早已洞若观火掌控事态：虽然分居多年，但欧丰沛仍然惧怕杜凰，从实招来。对杜凤"始乱终弃"的欧丰沛没了踪影，自惭形秽的杜凤只能选择离异。小说将当下生活的失序状态深入了家庭内部，或者说社会结构中最小的细胞已经发生病变，欺骗、欲望几乎无处不在，任何事情都在利益之间展开，最亲近的人都不能信任，家庭伦理摇摇欲坠危机四伏。不仅杜凤走投无路，杜凰、欧丰沛、李真诚又有什么别的选择吗？林那北在不动声色间将弥漫在空气中的虚空、不安或无聊的气息，切入骨髓地表达出来，特别是对生活细节的处理，举重若轻，不经意间点染了这个时代的精神际遇。

林那北的小说一直与当下生活有密切的关系，但《风火墙》与她此前作品相比，风格和题材大变。她离开了当下，将笔触延伸至民国年间。文字气息古朴雅致，一如深山古寺超凡脱俗。表面看它酷似一篇武侠小说，突如其来的婚事背后却隐藏着寻剑救人的秘密。那是一把价值连城的剑，然而一波三折寻得的却是一把假剑，几经努力仍没有剑的踪影。但寻剑的过程中，福州侠女新青年吴子琛一诺千金智勇过人的形象却跃然纸上。如果读到这里，我们会以为这是一部新武侠或悬疑小说。但事情远没有结束。新文化新生活刚刚勃兴，吴子琛寻剑是为救学潮中因救自己而被捕的老师。小说在隐秘的叙事中进行。李家大院不明就里，新婚多日李宗林听墙角也没听出动静，新人神色正常毫无破绽。表面越是平静李宗林的内心越是波澜涌起。没有肌肤之亲的百沛与妻子吴子琛却情意深长心心相印。是什么力量使两个青年如此情投意合，李宗林当然不能理解。新文化运动虽然只是背景，但它预示了巨大的感召力量。与之形成对比的是没有生气、气息奄奄旧生活的即将瓦解。李宗林的太太一生都没有搞清楚自己与丈夫之间的关系究竟是什么样的。在这个意义上说，《风火墙》也是一部女性解放的小说。但这更是一部关于爱情的小说。有趣的是，林那北将情爱叙述设定为一条隐秘的线索，浮在表面的是摇摇欲坠分崩离析的家族关系。父亲李宗林秉承家训，宁卖妻不卖房，但内囊渐渐尽上来的光景，使李宗林力不从心勉为其难，他急流勇退，将家业交给了儿子百沛料理。一个日薄西山的家族喜从天降，大户人家吴仁海愿将千金吴子琛下嫁给百沛。但这桩婚事却另有弦外之音。吴子琛处乱不惊运筹帷幄，虽然将李家搜索得天翻地覆，但芳心仍意属百沛。她心怀叵测，但百沛却毫无怨言"由着人家指东打西"。不入李宗林眼的吴子琛在百沛那里却是：

> 我自己没有遗憾，我自己觉得挺庆幸的，挺值得。子琛本来在北平上学，她就是假期时回福州也很难让我碰上面。但一把剑将她引来了。这辈子我不可能再遇到第二个这样的女子，我就要她了，别人就是天仙也入不了我眼。……我可以重申一下的：我这辈子只跟子琛相依做伴，她是我唯一的妻。

新文化新女性的魅力不著一字却风光无限。我惊异的是林那北的叙事耐心,她不急不躁不厌其烦地描述着李家的外部事物,但内在的紧张一直笼罩全篇。没有信誓旦旦的海誓山盟,就是这样的新生活新爱情,连行将就木的李宗林也被感动得"鼻子一酸"。"这一刻,他真的在羡慕百沛。"精心谋划的结构和深藏不露的叙事,是《风火墙》提供的新的小说经验。

《校医常宝家》是一篇揭示人的窥视心理的小说。校医"杜医生老婆常与一个男人亲密出入,那男人不是杜医生,但也住在杜医生家里;杜医生老婆在家办舞会,没有请别人,在地动山摇的音乐声中,杜医生、杜医生老婆、那个外来的男人,就他们三个人跳来跳去跳一个晚上或者一个周末……"。这个情况发生在20世纪80年代末期,而且是在一所中学里。于是,书记华田为了校园秩序开始处理这个事件。这是一件让人兴奋又必须按捺的事件。隐秘的事件与隐秘的内心在小说中跌宕起伏,三人的同时消失又使小说在结束时扑朔迷离。林那北对人物隐秘心理的揭示和处理,又提供了一种新的经验。

我注意到对林那北小说有这样的评论。比如岳雯说:

> 林那北不大写怎么吃算"玉食",但是对于怎么穿才叫"锦衣"是有提示的。柳静穿的是"藏蓝色的Levi's牛仔裤,本白的阿玛施圆领绒衣,正版阿迪达斯",看上去是朴素,朴素里有一份好品位在。关于这一点,柳静有她的心得:"关于'特色',柳静其实一直保持警惕,年轻时她不敢放胆乱穿主要由于职业的局限,对奇装异服确实也暗自动过心,但现在不会,现在心很淡,反映到外表上就是简练、纯净,却又品质蒸蒸日上。花哨是年轻人的事,而

过了40岁,还在形式上下功夫,不免就透出傻气了。"因此,以柳静看李荔枝,当然会"暗叹了一口长气"。与柳静相比,李荔枝的改良式唐装确实不叫人提气。李荔枝当然也热爱锦衣华服,陷在物质里的她把自己装扮成了"一棵灿烂的树,被五彩灯细密缠绕,一脱下白大褂,就按亮开关,满树霎时艳丽闪烁,让别人目不暇接"。林那北果然够毒舌,可是焉知李荔枝这般华服缠身不是为了驱逐内心漫山遍野的荒凉呢。好了,你现在明白了吧?不是花团锦簇、云蒸霞蔚、锦绣万端就叫"锦衣",在林那北看来,那是低段位的表现。内心安宁了,淡定了,又有足够的能力享受物质生活,那才叫"锦衣玉食"。①

我也注意到林那北在一部小说后记中的自述,林那北在创作《锦衣玉食》之后说:"当世界偏于肮脏时,有精神洁癖的人总是活得局促,许多隐秘的疼痛起伏于世俗的庸常间,如果不握手言和,就必定格格不入。这就是柳静的命运。我对她感兴趣,是因为她宁可老公真心出轨,去干净地爱一个人,也不能为了往上爬而把美女部下当成礼物献给上司。作为一名普通中学语文老师,她对错别字的不容忍,扩大到对一个人应该活得干净的渴望。她错了吗?每一个个体其实都担负着社会职责,如同一棵棵树都健康蓬勃,一整座森林才能显现美好。我很喜欢这个叫柳静的女人,她别扭得让人内心搅动不安。活了几十年,她始终娴静淡然,从不向世界争半分利,却把内心的城墙垒得坚不可

---

① 岳雯:《要锦衣玉食,也要云淡风轻》,《甘肃日报》2015年5月6日。

摧；生活中她不具进攻性，骄傲地后撤是她唯一的进攻。她带着我走，把那股绝不屈尊的坚定丝丝缕缕注入文字，我看得见她的容颜以及举手投足，甚至闻得到她淡淡的气息，气味芬芳。"①

评论和自述都在讲述一个作家的内心和修养，表达一个作家对文学讲述方式的理解和实践。也有评论说林那北"写作如同瓦片打水漂一般轻松"，这个说法也有一定道理。"打水漂一般轻松"，应该是林那北日常生活中的表情。尤其她的散文，机智、俏皮，常有惊人之语，让人忍俊不禁。这时用"文如其人"评价林那北是大体不谬的。但是，她的小说就不一样了。小说中林那北的表情似乎也轻松，但这个"轻松"，很可能是林那北不经意中对自己"姿态"的暗示——她对优雅和得体以及分寸的意属，使她即便讲述人间苦难时也不至于披头散发乱了方寸。于是，小说中林那北的表情是这样的——

> 她总是说，这个世界总体上是让人失望的，疤痕遍地，伤口累累，自私和残忍似乎从未减少，我们可以期待什么呢？但是，具体的事情上，她似乎又格外乐观，愿意一件一件事情去做——包括一篇一篇地写小说。在我看来，二者之间的张力很可能即是写作的动力。世事纷扰，人生百态，林那北有时会固执地表现出一种略为苛刻的精神洁癖。对于某些人物或者某些事件，她的判断简洁明了：肮脏。她的慷慨陈词背后涌动着某种不无天真的社会学激情。这个世界必须是有序的，安全的，公正的，和睦的，因

---

① 林那北：《后记：世界是扇形的》，《锦衣玉食》，百花文艺出版社2014年版。

此,交通秩序、食品安全或者医疗职责等都应当如此这般。这些主张通常合情合理,但是多半无法实现。至少在目前,这个世界隐藏了摧毁有序、安全、公正与和睦的强大冲动,这些冒险精神大部分来自高额利润的诱惑。现今,仅仅提出某种合理的秩序是不够的。完善的设计必须回答,合理的秩序应该坚固到何种程度,以至于可以有效抗御欲望的凶猛攻击?这个时刻,林那北显然已经丧失了理论的耐心。她移开了眼光,转身回到了作家的位置上。她更擅长也更乐意研究的是人性的复杂微妙、内心的幽微波动、情感的纠纷缠绕,甚至一个眼神、一句对白、一声叹息,如此等等。不言而喻,这才是小说驰骋的领域。尽管如此,我相信她的社会学激情仍然集结在小说的某一处。近几年,林那北的小说内涵愈来愈沉重厚实了。她如此热衷于众多小人物的故事,专注地考察贫贱表象背后动人的悲欢离合,这种兴趣怎么可能与公正的理念毫无关系呢?[①]

我之所以大段引用南帆兄的评论,是因为我实在难以比他写得更精准。这里,我最为欣赏的是南帆兄正确地指出林那北内心涌动的"社会学激情",尤其在她的中篇小说创作之中。

后来,林那北的小说创作发生了变化:她将关注当下生活,尤其是底层生活的目光投向了历史。《我的唐山》就是她转型后的重要作品。小说从光绪元年(1875)写到《马关条约》签订的光绪二十一年(1895),

---

① 南帆:《小说的闪电》,林那北:《唇红齿白》,凤凰出版社2009年版。

这一年台湾人民组成义军，阻止日本人入台，但惨遭失败。这段历史是真实的历史。但小说不是历史著作，而是以真实的历史作为依托或依据，通过虚构的方式，呈现或表达这段历史中人的情感、精神以及人与历史、人与人之间的关系。在这个意义上可以说，这类小说既是历史著作，又是艺术作品。《我的唐山》以陈浩年、陈浩月兄弟，曲普圣、曲普莲兄妹，秦海庭、朱墨轩、丁范忠等人物为中心，表达了作者对大陆移居民众和中国台湾的一腔深情，充分体现了台湾和大陆休戚与共的历史事实。

历史小说最困难的不是如何讲述历史，历史已经被结构进历史著作中了。只要熟读几部与小说相关的历史著作，小说中的历史事实将大体不谬。历史小说最紧要处是虚构部分，比如人物，比如细节。这考验了一个作家有怎样的能力驾驭历史小说。《我的唐山》恰恰在虚构部分显示了林那北的才华和能力，她抓住了这段历史中人的颠沛和离散，抓住了人物命运的阴错阳差悲欢离合，使一段我们不熟悉的历史，因她的艺术虚构形象地展现在我们面前，而人物的命运、生存和情感的苦难，更是令人感慨万端唏嘘不已。可以说，"情和义"是小说表达的基本主题。其间陈浩年、陈浩月和曲普莲，曲普圣和陈浩年、丁范忠和娥娘之间的情意感人至深。小说中的陈浩年是梨园中人，因唱戏和朱墨轩的小妾曲普莲一见钟情。曲普莲并非轻薄之人，她是为哥哥和母亲做了朱墨轩的小妾，但朱墨轩性无能，其景况可想而知。糟糕的是两人第一次夜里约会陈浩年便走错了地方。私情败露，曲普莲误以为是陈浩年告密，便道出实情。县令朱墨轩大怒，误将陈浩年的弟弟陈浩月带回衙门。陈浩月和曲普莲到台湾后，陈浩年为了寻找曲普莲,也去了台湾,到台湾却发现普莲已为弟媳。陈浩年为情所累苦不堪言,曲普圣为解脱陈浩年跳崖而亡,妻子秦海庭难产而死。这种极端化的人物塑造方法,给人留下了深刻的印象。陈浩年在台湾再见到曲普莲时,我们看到了这样的情形。

> 陈浩年看到,曲普莲眼里也有泪光。她没有变,脸还是那样粉白,但瘦了,下巴尖出,不再圆嘟嘟的,眼眶因此显大了,显深了,显幽远了。"普莲!"他仍叫着,伸出手,走到她跟前。曲普莲却蓦地一个转身,钻出人群,小跑起来。陈浩年也跑,追上她,张大双臂拦住。他说:"普莲,认不出了吗?我是陈浩年啊,长兴堂戏班子的那个……"
> 曲普莲头扭开,不看他。"你认错人了,我不是普莲!
> "你是普莲,曲普莲!
> "曲普莲已经死了。"
> "你……没死,你就是曲普莲……"
> 一架车在不远处出现,是架牛车,曲普莲一闪身又小跑起来,然后上了牛车。车子启动,向镇外驰去。
> 陈浩年把趿在脚上的烂鞋子踢掉,跟着车跑起来。
> 见到曲普莲了,终于找到她了,他不能眼睁睁地再失去她。

对"情和义"的书写,对一言九鼎、对承诺的看重,从某种意义上说,是林那北对传统文化的怀念和尊重,是试图复活传统文化的努力。这不只是林那北个人的主观意图,同时更符合传统文化的核心要义。《我的唐山》要讲的也是这个"礼义廉耻"。传统文化的核心不只是艰深的经典文献，它更蕴含在如此朴素的"礼义廉耻"中。

大陆与台湾在民间的关系，与北方的闯关东、走西口有很大的相似性。在这个意义上《我的唐山》也有移民文学、迁徙文学、离散文学的意味。在民间的传统观念里，"故土难离""父母在，不远游"的观念根深蒂固。因此"怀乡"成为现代中国文学的一个基本母题或叙事原型。"怀乡"或"还乡"以及"乡愁"，是现代中国文学常见的情感类型。《我的唐山》继承了这一文学传统并在题材上填补了当代小说创作的空白。如果是这样的话，林那北的贡献功莫大焉。

林那北从事文学创作从"1983年一则不足三百字的小文发在《福州晚报》副刊版上"至今整整三十五年了，"从艺"三十五年完全可以说是一个"资深作家"了。但林那北有自己的说法——

> 我一直在认真写作——这句话挺酸的，之前我从没这么表达过。所谓"认真"，指的是忠于自己的内心，而非有什么宏大理想指引推动。因为别无长处，唯有这事还可让我长久地关注与兴奋，便做了，可能还要再做多年。我讨厌计划，也反感目标，人生已经如此僵硬沉重，再额外给自己增加框框套套，必然更平添了几分不自在。在现实中这当然不可行，比如单位年初不计划上级怎么肯罢休？又比如国家五年不计划各行各业不就乱成一团？但个人在这些之外，写作更不在此列。还要写多久，决定着我能将"林那北"这个笔名用多久，但"还要写"与"还能写"是两个不同的概念，也许明天我就写不动了或者不想写了，那么，这个"林

那北"在还没被人认可之时,就已经匆匆夭折了。即使这样,说真的,仍然没有关系。①

她积极、乐观,但也并不强求。这也可以看作是林那北关于创作的表情吧。

2017年11月28日于北京

原载《小说评论》2018年第2期

---

① 林那北:《更改笔名:从北北到林那北》,《作家》2008年第15期。

须一瓜

都市深处的魔咒与魅力
——评须一瓜的小说创作

乡村文明的崩溃与新文明的崛起，是这个时代最为明显的文化症候。作为现代文明表征的都市，像魔咒一样吸引着来自四面八方的外乡人。外乡人不知道城市是什么，他们只知道城市在吸引着他们。于是，不同的人群涌入城市之后，一种尚不明确的文明形态就这样被不断地塑形。没有蓝图也没有目标，因此也没有人知道今后的城市将会怎样。我们不知道今后的城市，但在须一瓜的小说中，我们却部分地看到了当下的城市：在越来越光鲜的外表后面，城市的另一副面孔被不断地呈现出来。当然，城市只是须一瓜展开故事的环境或背景，她着意书写的还是城市生活和人性的丰富性和复杂性，她着意挑战的是文学的"不可能性"。因此，须一瓜的小说大都迷宫般地扑朔迷离乱花迷眼。读她的小说在很大的程度上是一种智力的较量。

须一瓜在20世纪80年代中期就开始了小说创作。但她真正成名还是在新世纪。具体地说，2003年对须一瓜至关重要。这一年她因个人的创作成就获得了"华语传媒文学大奖·年度最具潜力新人奖"。授奖词说：

须一瓜的小说是二〇〇三年度最为生动的文学景观之一。她在该年度发表的《淡绿色的月亮》《蛇宫》等优秀作品,清晰地为我们描绘出了她复杂的写作面影,并由此展现出她灿烂的未来。她深厚的写作积累,丰盈的小说细节,锐利、细密的叙事能力,使她得以洞悉生活路途中那些细小的转折和心碎。她重视雕刻经验的纹路,更重视在经验之下建筑一条隐秘的精神通道,使之有效地抵达现代人的心灵核心。她的写作如同破译生活真相,当饰物一层层揭开,生活的尴尬图景就逐渐显形,在她的逼视下,人生的困境和伤痛已经无处藏身。须一瓜把写作还原成了追问的艺术,但同时又告诉我们,生活是禁不起追问的。

这一评价,从一个方面肯定了须一瓜的小说创作,她当之无愧。十年过去之后,须一瓜已经成为一个相当成熟炙手可热的作家。她一直坚持对城市的书写,一直对"荒诞感"兴致盎然情有独钟。她的小说总是带有巴赫金意义上的狂欢意味。《地瓜一样的大海》《第三棵树是和平》《回忆一个陌生的城市》《淡绿色的月亮》等作品,在叙述上有一贯的独特追求,特别是后叙事视角的方法,为中篇小说艺术上的突破带来了可能。须一瓜城市题材的小说写得复杂,阅读时需时时用心,假如错过某个细节,阅读过程将会全面崩溃。另一方面,须一瓜的小说还有明显的存在主义的遗风流韵,她对人与人之间的难以理解、沟通和人心内在的冷漠麻木,有持久的关注和描摹。《第三棵树是和平》很像是一篇雾里看花的小说,它由精密的细节构成的内在逻辑。犯罪嫌疑人发廊妹孙素宝的杀夫案似乎无可置疑,她年轻漂亮却无比残忍,她的杀夫与众不同,她肢解了丈夫,而且每个切口都整齐得一丝不苟,就像精心完成的一个解剖作业。法官对这样一个女人的不同情顺理成章。但年轻的法官戴诺却在办案过程中发现了可疑之处,这个备受摧残的女人并不是真正的凶手,她是一个真正的受害者:不仅在日常生活中她没有尊严,即便在丈夫那里她也受尽凌辱。丈夫被杀后她被理所当然地指认为杀人凶手。但通过一个具体的细节,法官发现了真正的案情。小说虽然以一个女性的不幸展开故事,但它却不是一部女性主义的小说。它是一部有关正义、道德、良知和捍卫人的尊严的作品。通过对人与人之间缺乏怜悯、同情和走进别人内心的基本愿望,作家表达了她挥之不去的隐忧。须一瓜的小说中确实经常出现女性,但她并不是一个"女性主义者"。她自己曾经说过:"在我看来,一个成熟的作家,或者说一个手艺很好的作家,应该是中性的。他能渗透——准确渗透到不同性别、不同年龄身份的角色里面,性别、处境、年龄,不应该成为障碍。否则没办法写好小说。对于我,如果读者通过作品,无法断定须一瓜是男是女,我把它理解成一种表扬。"事情的确如此,通过她的小说我们可以认为,面对男人女人共同面临的问题,女性问题还没有解决的优先权。

《回忆一个陌生的城市》有须一瓜一贯的后叙事视角,没有人知道事情的结果甚至过程,即便是当事人或叙述者也不比我们知道得更多。于是,小说就有与生俱来的神秘感或疏异性:因车祸失去记忆的"我",突然接到了外地寄来的自己多年前写的日记,是这些日记接续了曾经有过的历史、情感和事件,最重要的是1988年9月"我"制造的那起"三人死亡、危及四邻的居民区严重爆炸案"。"我"决定重返失去记忆的陌生城市调查这起爆炸案。当"我"置身这座城市的时候,"我"依然断定"是的,我没有来过这里"。这注定了是一次没有结果的虚妄之旅,荒诞的缘由折射出的是荒诞的关系。一些不相干的人因这起事件被纠结在调查的过程中,但彼此间没有真正的理解和沟通,甚至连起码的愿望都没有。对都市超级现代生活的向往,曾是我们并不遥远的一个梦。当这个梦境已经成为现实的时候,我们陡然发现,现代都市生活并不是天堂。存在主义的遗风流韵和荒诞小说的叙述魅力,在《回忆一个陌生的城市》中再次得到呈现。

须一瓜的小说不仅荒诞,同时也有悬疑。《大人》一改往日风范,小说以童年视角再现了并不遥远的历史。那是一个充满激情和动荡的年代,空气中弥漫的都是"革命"的气息。但孩子们的内心却是无边的寂寞和无助,没有人走进他们的内心,没有人真正愿意关心过他们。童蓓的美丽、畸形的手臂和寂寞的内心,与那个"革命"的年代形成了巨大的反差。她渴望被理解和关注,当她被大人忽视甚至略去的时候,是小弟亲吻了她畸形的手臂。那一刻无论于童蓓还是我们,该是怎样的触目惊心都不为过。另外,"革命"像战争一样,总有一些心怀叵测的人,被压抑了的欲望随时可以极度膨胀。于是,"大人"对童蓓的侵犯并没有因为"革命"时代而收敛或节制。"革命"伤害了孩子的身心,他们受到的是灵与肉的双重迫力。最后这个孩子不得不远走他乡,让人感伤不已。对那场"革命"的认识还没有成为过去,"大人"制造的这一切给孩子带来的创痛从来也没有被关注。但《大人》正是在这个边缘区域发现了尘封经年的疤痕,却原来,那一切并没有消失在历史深处。在写法上相似的还有《火车火车娶老婆没有》。小说以一个交通警察与一个摩的司机的较量作为叙事主线,展示了法律与人伦之间的某种困境。面对私自拉客的摩的司机童年贵,"我"不止一次地试图予以惩罚。但是,随着调查的不断深入,童年贵不得已而为之的艰难逐渐呈现在我们面前,也将"我"引入了道德与法律的两难之地。小说题材的奇崛和对人物的塑造显示了作家的想象力和虚构能力。一个法律的边缘人物与警察的碰撞以及对小说气氛的营建,令人叹为观止。

另外,须一瓜一直在寻求小说的变化。比如《茑萝》,开篇就令人震动不已,父亲的去世居然让女儿欣喜。在小冈的讲述中我们看到了父亲王卫国的形象,在父亲那里我们看到了女儿的童年,他是女儿小冈的痛苦之源。父亲的离去才是女儿新生的开始。新生不是过去的"弑父"故事,其背后隐含着更为惨痛的普遍性生活。小说融悬疑、写实、象征于一体,构思奇巧,立意奇崛。而短篇小说《国王的血》,看题目会以为是一篇惊悚恐怖小说。小说在类型上与惊悚恐怖无关,但内在的人物关系或情感关系的确又与惊悚恐怖有关。这是一场意外的交通事故,没有驾照的小庆在一场酒会后开车送所有醉酒的同事时,酿成了一场恶性车祸,他不仅要负刑事责任,还要承担巨额经济赔偿,被房贷压得透不过气的家庭雪上加霜。虽然有母亲、奶奶的疼爱,但不能改变的是父亲制造的阴霾般的家庭气氛,难以承受的小庆最后割腕自尽。这是一篇"逆向"的弑父小说,尽管死去的不是父亲,但小庆的死亡从伦理的意义上杀死了父亲。小庆精心培育的那株黑郁金香在小庆死去时盛开怒放,以象征和隐喻的方式祭奠了弱小和善。须一瓜的小说一向讲求叙事技法,《国王的血》用交错叙事营造的小说整体氛围,一如下了千年的雨,亦如严冬冰封的湖。

多年来,中、短篇小说是须一瓜的主打文体。《太阳黑子》应该是她的第一部长篇小说,依照她的经验和积累,对这部长篇处女作我们深怀期待。这是一部险象环生的小说,是一部关于人性的善与恶、罪与罚、精神绝境与自我救赎的小说,是一部对人性深处坚韧探询执着追问的小说。在人性迷蒙、混沌和失去方向感的时代,须一瓜借助一个既扑朔迷离又一目了然的案件,表达了她对与人性有关的常识和终极问题的关怀。一桩灭门的惊天大案,罪犯在民间蛰伏十四年之久。但须一瓜的兴趣不是停留在对案件的侦破上,不是用极端化的方式没有限制地夸大这个题材的大众文学元素,而是深入罪犯犯案之后的心理以及在这种心理支配下的救赎生活。杨自道、辛小丰和陈比觉犯的是奸杀灭门罪。他们犯罪的因由并不复杂,罪犯辛小丰后来回忆说,一天"阿道带我们去水库钓鱼,要回来的时候,我们看见了山下一幢小别墅,比觉很好奇想下去看。下去阿道被院子里的黑色凌志车吸引,我们进了院子,我又被屋子吸引。我从后门进去的时候,那个女孩湿着长发,赤裸着刚走出浴室。可能是地上湿,她滑了一下,抓着墙,那个姿势,让我彻底失控了。我毫无经验,不知道她心脏病突发,我很野蛮疯狂。我不能理解她怎么死了。比觉、阿道进来的时候,已经发生了,我们想跑,可是她外公进来了,不能让他看见,只好掐住他,她外婆又进来了,接着是她父母。我们没有一点时间退出,越陷越深"。无论出于什么样的理由,这都是一桩罪行滔天的命案。犯案之后他们亡命天涯。逃亡隐匿的过程,也是他们力图洗涤罪恶心灵自我拯救的过程,是他们悔不当初竭尽全力补偿罪过的过程。他们分别做了协警、的哥和鱼排工,并收养了一个在犯案同一天出生的弃婴"尾巴"。十四年的时间,他们不曾婚娶、形同一人,他们做了许多好事,为了医治"尾巴"的心脏病共同竭尽全力。对罪犯这种心理分析和表达的视角，显示了须一瓜的与众不同。她从事政法记者多年，积累了深厚的我们不曾了解的这一领域的独特经验。但是，重要的不是她对一个充满了奇观和隐秘的角落的展露与揭示，不是为了满足我们的好奇心，她涉足这个领域除了文学的考虑之外，更着眼于当下人们的精神状况或世道人心。与这三个逃亡者形成比照的是他们的房东卓生发。这是日常生活中常见的普通人，他阴冷、自私、目光短浅、心理阴暗。他眼见自己的妻儿、岳父岳母葬身火海而不救。他虽然也有愧疚，但没有触犯法律，因此，他自我疗治的方式就是发现和窥探别人的隐秘或恶，以证明这个世上所有的人都比他更恶。他将窃听装置放到了的哥和"尾巴"的房间，最终告发了他们。不同的是处在法律两界的不同心理和人性，在逃亡者这边："十几年过去了，警察一直没有出现。这个惊悚一方的强奸灭门大案，在他们逃离家乡、阻断老家信息后，真的越来越像个梦境。但随着时间推移，这个希望是梦境的现实，却在他们自己的记忆里越来越鲜明越确凿。比觉有次醉后痛哭，说，我的头上发凉啊，那柄剑、那柄从天而来的达摩克利斯悬剑，就在我头上，越来越近了，我感到它的剑锋了，我头皮凉飕飕，我的头发都竖起来了，你们就没有感到吗？"罪恶感从来也没有从这些人的心头消失。他们不是惧怕真相大白，也不是惧怕死亡，他们甚至是在等待这一天的到来。而卓生发这个一直祈望神的宽宥的人，在伊谷夏看来却是："你从来就没有光明磊落过，你没有责任感、不敢担当，没有牺牲精神、没有勇气，也没有人心美好的真情！除了挑剔别人，热衷发现别人的恶，你什么都没有！我就是来告诉你，你是好人，阴暗的好人，到处都有你这样阴暗的好人,而我——讨厌你!"这里,须一瓜提出了一个极为尖锐和挑战性的问题:我们究竟如何判断罪犯的人性、如何认识那些在日常生活中滋生肆虐又与法律无涉的仇恨心理。这两种人性都因隐秘而咫尺天涯,罪犯的心理是一个独特的领域,需要专业知识去探究;但卓生发的心理却与当下人们的精神生态不无关系,如果我们敢于面对自己的内心,经得起检讨或审视的大概没有多少人。这就是须一瓜的眼光:一如利刃划过皮肤。文学是观念的领域,但文学首先是文学。《太阳黑子》作为小说,一直贴在边界上行走。它的叙述极为特殊:三个犯有弥天大罪的人,就这样每天在众目睽睽下生活,每天与警察、警察的妹妹以及芸芸众生打交道,近在咫尺的边界随时有穿越的可能,我们就像观看一部电影,没有秘密可言。但这个边界在规定的时间内又固若金汤:两个人群表面上就这样相安无事又洞若观火地平行前进。这个设置一方面为逃亡者隐秘的灵魂和人性的展现提供了充分的时空;另一方面表面的平静下掩盖着激烈的对决,它的路向不断在变化。在伊谷夏看来:"太奇怪了,这三个人非常要好,好得超出外人想象。我是说,那种彼此的眼神,比亲兄弟还贴心。其实,那个鱼排那个,骨子里也很有教养,虽然没有老头通透,但也绝不像房东说的那么冷酷可怕。对我来说,他们实在都太聪明、太引人入胜了;辛小丰你最清楚了,眼神很干净。他们对'尾巴'的爱护,看了我都想哭,那是男人内心最美好的真情。你看,走马灯一样,我见了那么多谋婚的对象,还有五湖四海的客户,我还是觉得,他们三个人最特别。你看这大街上,随眼看去,这些都是什么男人啊,自私自利、猥琐、无趣、自以为是、贪婪自大,眼神不是像木头就是像大粪。这些人啊,开着名车,你立刻不想要那名车了；他浑身是钱，你立刻觉得原来钱多也没意思；这些人成了名流贤达，你立刻觉得名望原来都是垃圾箱啊。"但在哥哥伊谷春看来："他们这种关系，也许是共同经历了一件事，那件事可能生死难忘，非常美好或者非常惨烈，所以他们才会形同一人。你等着看吧，谜底会揭开的。"这两种不同的判断都是真实的。在伊谷夏那里，她经验和看到的"的哥"杨自道因高尚而迷人，她居然热烈地爱上了他，甚至不惜冒着风险为他篡改了一幅重要证据的照片日期。特别是在杨自道临刑时两人的诀别，更是感天动地。一个花季的青年女性如醉如痴地爱上一个罪犯，表明的恰恰是她对生活中某些方面的拒绝；作为警察的哥哥凭着职业的敏感，一直在秘密侦查，特别是对他的助手辛小丰。但在具体处理上，伊谷春、伊谷夏和三个逃亡者的情感关系极端复杂，他们既在边界两侧，又不是水火难容。人性的复杂性在那里的纠葛或纠缠，在须一瓜的笔下得到了充分展现。这不是对分寸的拿捏，它是须一瓜对当下人性和世道人心一眼望穿的自信，以及在表达上以求一逞的自我期待。这一点她实现了。在结构上，《太阳黑子》是开放性的，就像一部电影，一切都在眼前没有秘密，与其说我们在"窥视"，不如说我们在等待，等待一个我们不知所终的时刻；但在叙述上它又是极为严密的，卓生发的告发以及警察哥哥的缜密侦查，在交汇处水到渠成。于是，小说就这样将悬疑、神秘、窥视、有惊无险等诸多元素融会在一起，使我们阅读时心理起伏跌宕欲罢不能。多年来，大众文学一直在向严肃文学学习，包括技巧也包括价值观。但严肃文学多年来对大众文学不置一词不屑一顾，这是不对的。事实上，大众文学的可读性元素只会增强严肃文学的可读性，而不会伤害严肃文学对意义和价值的探寻。《太阳黑子》对大众文学元素的借助，也使这部小说在形式上具有了探索性。

须一瓜新近的长篇小说《白口罩》，以一场"疫情"作为背景，通过"白口罩"这一象征之物，将社会众生相、社会风气、社会流弊以及在危急时刻各种人的心理，做了形象而深刻的描摹和检讨。异常疫情出现后，首先是人们的自我预防。但是由于信息的不确定，人们心理的恐慌可能比疫情更具危险性：一方面，它不仅加剧或放大了疫情的严重性，而且也引发了未作宣告的、潜伏已久的人与人之间的不信任感，让责任的缺失浮出水面。另一方面，每个人在问题面前似乎都可以质问、推诿，而担当本身却成了一种被悬置的不明之物。如此看来，《白口罩》既是一种对社会缺乏信任的现状的揭示，也隐含了她呼唤人性的良苦用心。

须一瓜的小说基本以都市背景展开故事。都市既是魔咒也魅力无穷：那荒诞不经的人与事，就这样亦真亦幻地展现在我们面前。作为现代化表征的都市，却如此的匪夷所思；但作为艺术表现对象，它又成为小说元素"不可能性"取之不尽的丰富源泉。对都市的爱恨交织，就这样统一在须一瓜的小说创作中。可以说，面对都市生活的不确定性和不规则的形状，须一瓜提供了都市生活书写的重要范型。她是我们正在积累的都市文化经验的一部分，而她含而不露的都市批判立场，显然也是应该得到支持和赞许的。

2013年7月于沈阳寓所

原载《时代文学》2013年第9期

徐 坤

八月狂想和似水柔情
——评徐坤的小说创作

徐坤从20世纪90年代初期走上文坛,并且迅速成为一个明星般的作家,这不能不说是一个奇迹。我们知道,20世纪90年代初期,名重一时的先锋文学已经到了尾声,马原、余华、苏童、格非等作家已经名满天下,他们创造了属于自己的先锋文学时代且无可超越。但是,就是在这样的文学环境中,徐坤知难而上,依然以先锋文学作家的姿态登上文坛并正面强攻。徐坤取得了成功,她出手不凡,一鸣惊人。从90年代初期开始,她的《白话》《斯人》《先锋》《热狗》《鸟粪》《狗日的足球》《厨房》等作品,成为后先锋时代晚生代作家的代表性作品,也是那个时代文学经典的一部分。徐坤延续了先锋文学的历史,并为这一文学形式注入了新的内容。在这些作品中,徐坤对知识分子精神世界的重新发现,对这个阶层个人命运的重新书写,显示了对这个群体深入骨髓的了解。她幽默、荒诞和不乏痛惜的笔触,为那个时代的文学添加了崭新的色彩和人物,也为知识分子形象添加了属于徐坤的智慧;而《狗日的足球》和《厨房》,我认为是那个时代最具代表性的短篇小说。前者在一个特定的环境里讲述了女性"失语"的经典场景：男性话语翻江倒海气势如虹，而同样在场的女性则形单影只无所作为，她们了无生机形同虚设，男人却势如破竹一泻千里。我虽然对"女性写作"一直持怀疑态度，认为女性写作还没有找到属于女性的话语方式，她们秉持的一直是逆向的男性写作方法。但是，当看到徐坤的《狗日的足球》的时候，我不能不佩服徐坤的智慧和眼光。《厨房》是徐坤的名篇，它不仅获过大小各种奖项，而且更重要的是它在读者和文学界的口碑极佳。小说结束时女主人公手中仍未扔掉的那袋垃圾，一直萦绕在读者心头挥之难去。徐坤对女性心理的理解和解读，就是如此的入木三分。这是徐坤的智慧。

奥运，在当代中国曾是出现频率最高的关键词之一。

奥运题材是"宏大叙事"，多年来，宏大叙事一直处在被解构的境地。这是缘于文学关注自身的考虑，也是文学避免过于依附政治的策略性手段。但是，文学与社会政治的关系是难以彻底摆脱的。因此，当政治全面掌控文学的时候，宏大叙事必须解构；当文学获得了自治的可能和自由的时候，文学有责任去表达它对国家民族事务的关怀。《八月狂想曲》是作家徐坤参与、介入奥运的主动选择。但是，参与、介入的激情还仅仅是开始，若要使奥运题材落实为具体的文学作品，文学性要求和文学元素的考虑就成为第一要义。这才是对作家构成的真正挑战。有趣的是，徐坤避开了北京这个奥运的主战场，而是将小说的背景设定在东北的一个协办城市，以奥运场馆建设为核心，围绕这个事件发生的各种事情，出现的各种人物，以及其间的多种不确定性，构成了小说丰富的内涵和文学的可读性。

奥运场馆建设不是已然的历史，它是正在发生的历史事件。已然的历史因为距离而变得清晰，为话语讲述提供了巨大的空间；但正在发生的历史事件充满了不确定性，这个不确定性恰恰是文学的魅力所在。我们不知道旷副市长将有多大的作为，不知道东湟河体育场的拆迁在球迷们的阻止下是否能够进行下去，也不知道二人转演员出身的崔英姿是否按时搬迁，当然更不知道曾经的奥运冠军崔国旦后来会堕落为一个粗俗不堪的名利之徒。这些不确定性因素使"八月狂想"扑朔迷离一切未卜。更值得注意的是，徐坤的宏大叙事是建立在普通人日常生活基础上的，在任何重大的历史事件面前，总有世道人心的集中呈现。普拉尼、小土豆、崔英姿这样的球迷或市民并不是横行乡里的"刁民"，他们朴素的情感里也有合理性。徐坤对这些人物的熟悉，甚至对某些"原型"的戏仿，使小说趣味横生。对台湾星姐旷美芬举手投足的描摹、对旷家老少看旷乃兴眼神的捕捉等细节，既是真实的也是象征的，它显示了徐坤对世风的洞明、对当下生活的熟知。

小说对高层管理者的心态、斗争，对经济核算、招标、土地置换、银行贷款等的描写，宏大但不抽象，我们不熟悉的这些领域和知识，在徐坤文学化的书写中被形象地告知。恩格斯当年曾慨叹在巴尔扎克的小说中比在经济学院中学到的东西还要多，徐坤不是巴尔扎克，我们也不是恩格斯，但我们确实在《八月狂想曲》中读到了许多需要专业学习的东西。这些知识徐坤也是需要伏案解决的。但如果没有这些知识性的背景，这个宏大叙事是不可能完成的。这些和普通人很难建立联系的生活虽然与我们很遥远，但它又是支配这个时代生活最重要的主导性力量。无论我们是否喜欢。

《八月狂想曲》的语言修辞，使我们又看到了徐坤前期小说的锋芒，它凛冽犀利彻入骨髓，如八月骄阳如腊月北风。一个人物寥寥几笔就纤毫毕见惟妙惟肖。人物的喜剧色彩是徐坤小说最大的特色。《八月狂想曲》是一次"正面强攻"的文学写作，因此也是一次历险的写作，是一次跋涉关山万重的写作。

　　现代生活就像德勒兹所说的"千座高原"一样，我们拥有了狂欢与狂奔的空间和可能，可以像游牧者一样自由地向四方行走。但是这一自由对于有过历史的人来说真的是福音吗？曾有过的文化地图失效了，再也没有方位，没有目标，没有人告诉你前方在哪里、是什么。我们想象和神话的自由降临之后，当短暂的"解放"和"幸福"的体验已经成为过去，被突然告知的却是"千座高原"的巨大空旷给我们造成的恐惧和迷失感。这就是被称为"未竟事业"的"现代性"的真实景况，它正在真切地被我们体验着：一切都不在我们的把握之中，然而我们又必须没有选择地走下去。

　　这是我读过徐坤的长篇处女作——《春天的二十二个夜晚》之后真切的感受。这是一个美丽爱情破产的故事，是一个在"现代性"的漩涡中憧憬、幸福、挣扎、绝望过的个体经验的内心告白；是一幅在新旧世纪交汇点上凝望过去、拯救未来，既充满怀旧情怀，又在自我疗治中试图随波逐流的当代青年矛盾的心理结构图。因此，这部长篇小说远不仅仅是"一个女人和三个男人的故事"。毛榛和陈米松的爱情之旅，曾如诗如画，如醉如痴，就连他们的分别都充满了刻骨铭心的缱绻和爱意。但没有人知道，一个曾经平静如水的家庭，一对恩爱的青年夫妻却突然在缘由不明的情况下宣告解体。它的神秘性不仅读者无从知晓,就是当事人毛榛也同样云里雾里。因此,这个奇异而神秘的破产爱情,既不是风流的"人间四月天",也不是涓生子君没有附丽的"伤逝";既不是满大街过了景的"第三者"插足,也不是"贫贱夫妻百事哀"的经济危机。我们最终也不知道陈米松离家出走的真实理由,这对毛榛来说实在是不公平。但是,也正是这一没有理由的爱情破产,道出了现代生活真正的复杂性——我们以为可以把握的生活其实远不在我们的把握之中,甚至最亲近的人都可以随时隐秘地离去或消失。但更值得我们思考和探究的也许不在于作品已经呈现出来的毛榛的困惑、痛苦和迷惘——对毛榛来说,她的不幸已经引起了足够的关注、同情和理解。而隐秘消失的陈米松,他内心经历的一切:他长久的痛苦、矛盾和毅然出走的决心,毅然离爱情和家庭而去的原因,甚至连得到表达的可能都不存在。从这个意义上说,陈米松被遮蔽的言说的可能,同样令人同情和不安。"冰山"之下被悬置的问题,不仅在小说中悬而未决,而且它也是现代生活具有寓意性的问题之一:未被我们认知或不被我们了解的事物,就在我们身边或就是我们自身。这显然是我们共同的困惑。

20世纪90年代以后,像徐坤在这部作品中表达的浪漫、青春、诗意和哀婉凄美的爱情故事已不多见。当女性的隐秘心理和压抑的渴求得到了淋漓尽致的书写,女性的私密空间得到了空前大胆的揭示或展露之后,女性如何表达自己的故事就成为一个巨大的挑战。因此,《春天的二十二个夜晚》是否是"写真集"或"自叙传",对我们来说已经不重要,重要的是徐坤在重返爱情之旅的叙事中,在解构她的作品时对历史语境的尊重和流连的心态。我们不仅重新感知了80年代浪漫乐观的"蜜月",重新体验了爱情般的"青春中国"的诗意岁月,同时也经历了一次"寻梦"、幻灭的历史和爱情的过程。有趣的是,毛榛追寻爱情的历程,同"向往北京"的历程交叠在一起。80年代的北京在那一时代青年的心中,就是辉煌的圣殿,在不断的叙事中,北京罩上了一层遥远、诗性和神秘的色彩,它不可撼动的中心地位使无数青年心向往之。于是,毛榛在追寻爱情的同时,也踏上了她"心向北京"的心路之旅。中心/男性的隐喻在这里不期而遇。当她如愿以偿,有了"筒子楼"宿舍、有了北三环的"两居室",本可以安居乐业一展身手的时候,爱情的甜蜜色彩和北京的神圣地位却一起褪去了。中心/男性的坍塌并没有为女性带来福音,可怜的毛榛也一起坍塌了。因此这绝不是一部女性主义的作品,不是为了张扬女性主义而首先粉碎个人生活的文学加行为艺术。事实上,毛榛是家庭生活最积极的捍卫者,是家庭生活颓败后无奈和绝望的拯救者。尽管她还是去了月坛公园离婚办事处,但这个过程中她对陈米松的思念、担忧以及独自承受的一切都感人至深。这是在当下时尚、新潮的作品中不屑于表达的情感,是尚未入世却自以为是的时髦小青年难以理解的"80年代过来人"的情感。

年轻的毛榛离婚后,在寻找新生活的过程中又遇到了两个男人:庞大固埃和汪新荃。虽然毛榛和这两个男人都有过肌肤之亲,但她再也没有像和陈米松在一起时的浪漫和激情了。按说以这两个男人的身份和职业,他们的行为和禀性与这个时代更合拍,更"酷"更热闹。他们不像陈米松带着"体制内"的强烈味道,带着有理想、有追求的过去时代的鲜明印记。但是陈米松没有毛榛以外的女人,"他相貌英俊,一表人才;他洁身自好,清正廉洁,奉公守法;他知识渊博,喜爱读书冥想；他对朋友谦虚，仗义疏财，两肋插刀……"，他离去的忧伤都富于诗意，他的不辞而别都让毛榛流连不已。因此，一年过去之后，当毛榛自我疗治了抑郁症，又有了新的男朋友，完全可以忘记陈米松开始新生活的时候，商人陈米松出现了。"毛榛的目光……对汪新荃的到来视而不见，而是越过他的身形，把目光完全直直投落在他身后的陈米松身上。"过去的一切并没有"随风而逝，不留任何踪迹"。在毛榛那里，"她满含泪水，在心里低低呼唤：爱人啊，不要不告别就走啊！衷心祝福你有个好的前程……"。这份固执而绝望的爱情，这个"弃"而不舍的女性，在最后的呼唤、祈盼和祝愿中完成了她形象的自塑：那萦绕于心头的过去远没有消失，曾有过的历史不会因全球化和电子幻觉而彻底断裂。但毛榛未来的生活能够在缅怀中度过吗？曾拥有的一切能够替代未来的生活吗？我们在祝福毛榛的同时又不禁为她忧心忡忡。

沉潜十年之后，徐坤发表了新作《神圣婚姻》。这是一部探讨这个时代不同群体情感婚姻状况的小说，是呈现这个时代社会生活，特别是北京生活深刻变化的小说，在传达生活的丰富性和复杂性的同时，勇武地批判了那些不堪的怪现状，更气势恢宏地彰显了新时代新青年的价值观。因此，这是一部情绪饱满、情感昂扬、质地缜密、情节曲折生动的小说，是近年来在题材、人物和表达日常生活方面难得一见的小说。

小说上半部《仰观宇宙》，以孙子洋、程田田的恋爱，于凤仙和孙耀第的婚姻为中心，讲述了两代人爱情婚姻的悲剧。海归青年程田田因姨妈毛榛的努力到了北京工作，仿佛一切刚刚尘埃落定，结果乐极生悲，"水逆"的人儿运气不佳。时代生活的巨变是具体的，程田田和孙子洋情感的一波三折，就是这个时代表层生活的一种象征。为了在北京买一套房子，孙家不惜假离婚又和有北京户口的人假结婚。这种把戏不只是对婚姻的游戏行为，同时更是错乱价值观在社会生活中的反映。孙子洋父母假离婚买房，和程田田家长意见不合导致了孙子洋和程田田恋爱关系的危机。痴情的程田田不惜屈尊应聘糕点连锁店服务员，为的是距潘家园CBD近，下班十五分钟就可以守望她的子洋哥；孙子洋的父母孙耀第和于凤仙是不折不扣的投机者和骗子，孙耀第贪污公款败露也暴露了他在外有小三，骗于凤仙假离婚是为了和小三结婚的事实；孙耀第入狱后，为了赎人孙家一片混乱，孙家老爷子也一命归西。于凤仙和孙耀第的婚姻悲剧，从一个方面反映了当下价值观的混乱问题；"炮三儿"和于凤仙弄假成真，假结婚却也成就了一对中年的花好月圆；知识分子毛榛和陈米松离婚多年，但在毛榛那里，一切都没有成为过去。多年以后他们突然邂逅，一切似乎又回到了当初。毛榛和好友顾薇薇说，和妹妹毛丹说，如果有可能，毛榛想和整个世界说：她见到了陈米松。所谓"神圣婚姻"就是永难忘记。毛榛说的是她自己。

当然，在小说的结构里还有萨志山，他和顾薇薇悄无声息地离了婚，他出来挂职的原因之一就与妻子顾薇薇有关。这是一种逃避也是一种解脱。他后来在检查脱贫攻坚成果的路上遇到泥石流牺牲了。顾薇薇痛不欲生，但她最终也没有理解萨志山，她还停留在姐弟恋的时代。男人女人在不同时代的巨大差异总有不同的表现。这也是为什么两性关系是永恒主题，只因为那是一种一目了然也是永远难以望断的关系。萨志山挂职后的思想境界焕然一新，他最后留下的那封信不只感动了顾薇薇,也深深地打动了我们。萨志山的行为和选择也从一个方面表达了徐坤的另一种思考,这就是人生不是只有婚姻和个人情感,在婚姻和个人情感之外,还真有更多值得关注的事情,生活的丰富和宽广犹如星辰大海。小说最初出现的程田田也终于等来了"浓情蜜意的秋天",她和她的潘高峰也终于"十指相扣"百年好合。阅过新时代形形色色的婚姻之后,人们对世间的婚姻纵多有冷眼和怀疑,婚姻还是前赴后继生生不息,徐坤和她的代言人毛榛,终还是怀有庄严、庄重和神圣的内心期待和愿望。读到这里,总会让人联想到纳兰词的"人生若只如初见"。这也许就是《神圣婚姻》要表达的主旨吧。

下半部《星星点灯》,以宇宙文化与数字经济研究所改制为中心,以举办"迎接宇宙数字化时代"国际研讨会等具体事务为经纬,刻画了这个时代知识分子的众生相。徐坤对知识分子形象的塑造声名远播。当年她塑造的知识分子形象已经完成了经典化。这个传统来自鲁迅,也来自钱锺书先生的《围城》。徐坤就在这个群体中生活多年,对这个群体的形象她耳熟能详信手拈来。《神圣婚姻》中,知识分子的形象不仅没有改观,甚至每况愈下。"三朝元老"副所长老黄黄子路,是利欲熏心知识分子的典型,五十八岁不能续聘副所长就想办法当个"女宇宙协会"副会长。还有与所长孔令健不睦的副所长菲利普,他们要联合起来搞所长老孔。"菲利普用心太甚,心思不在正道上,早早秃了顶,地中海式发型全靠假发套遮掩。一次团建联欢会上,玩击穿气球游戏,蹦起来够气球时,假发不小心落地,露出大片秃顶。全所愕然,从此小年轻们背后叫他'秃驴'。"徐坤不惜用如此刻薄的场景呈现一个人的卑劣不堪,足见她来自内心深处的鄙视。菲利普眼里只有所长老孔,他的几个溜须拍马的段子在所里人人皆知到处流传。当他前程无望便丧心病狂地制造了"韩国女留学生照片事件",不遗余力企图搞垮所长老孔,他们"举报"过程的猥琐和卑微,十足令人不屑不齿。研究所各种无聊"事件",在毛榛的"检讨书"中一览无余,几乎没有一件能够拿上台面,那些两面人形象暴露无遗,知识分子的颜面所剩无几。毛榛当年对王蒙《青春万岁》的景仰,对那个时代火热青春的羡慕,都渐行渐远没了踪影。因此,这里也隐含了徐坤对自己所属群体的深刻失望。

徐坤小说的话语流八面来风。当年《白话》《先锋》《厨房》《狗日的足球》等小说的语言风格在文坛一鸣惊人,就连王蒙先生也赞叹不已。语言风格是徐坤小说的"logo"之一。在《神圣婚姻》中,这一风格更加开放和自由。比如戏仿是徐坤新的笔致,"许多年以后"是马尔克斯笔法,这个笔法在1984年《百年孤独》传入中国以后,效仿或模仿者络绎不绝。在徐坤这里则是戏仿,这个戏仿强化了小说的喜剧性,亦有反讽性。"2016年的元宵节,比往年来得迟了一些",来自刀郎《2002年的第一场雪》,还有王菲的《匆匆那年》。世界顶流作家的话语方式和中国流行歌曲的语式,都可以信手拈来为我所用。这里有一种未做宣告的文化英雄"俱往矣"的"文化自信"。这种气势和雄心,也是一种对文化英雄的解构和自我文化主体性的确认。

葛水平

生活的原生态：生死和情义
——评葛水平的小说创作

2004年至今，在三年左右的时间里，葛水平连续发表了二十多部中篇小说。这些作品，以"原生态"的方式，在缓慢流淌的物理时间里，充分展示了太行山区"贱民"生活的残酷和艰窘，在极端化的自然和社会环境中，在简单又原始的人际关系中，揭示了社会底层和最边缘群体的生存状态和精神状态。在她舒缓从容波澜不惊的叙述背后，聚集了强大的情感力量，表达了她对文学独特的理解，同时也表达了她坚韧不拔的文学意志和勃勃雄心。因此，葛水平是近年来批评界关注和议论得最多的作家之一。

山西是中国现代革命重要的区域之一，无论是抗日战争还是解放战争时期，那里都发生了无数可歌可泣的英雄故事。因此，现代文艺的表达为这个地区奠定了最初高亢、壮美和理想的基调，为"红色文艺"做出了典范性的贡献；新中国成立之后，声名远播的"山药蛋派"在新的文化环境中独树一帜，在以"阶级斗争"为主调的"农村题材"的写作中，他们专事"中间人物"的塑造，固执于对乡土中国的描写和发掘，成就了文学却毁灭了自己；20世纪80年代，"山西作家群"异军突起，他们握瑜怀玉气象万千，文学成就在那个大时代里首屈一指。葛水平就生活在这样一个有辉煌文学传统的区域里，伟大的传统让一个青年女作家出手不凡，起点就是高端。我们也知道，要超越那个传统是何等的艰难，但我们在葛水平的创作里，看到了她在粗砺、恶劣的自然环境中，在简单、贫瘠的物质生活中，对人性发掘所能达到的深度。黄土高原在这里不仅是一个地理概念，不仅是一个自然环境，而且更是一个精神概念和精神环境。因此，发生在葛水平小说中的事件，与其说是生活故事，毋宁说是精神事件。在葛水平的小说世界中，那寻常的日子里所发生的一切，男女、生死、情义，就这样超越了地域而与我们有关。

男女关系是人类生活最基本的关系。在有其他精神诉求的社会环境中，会衍生出许多别的关系，如同志关系、朋友关系、情人关系、上下级关系、同事关系，等等。但在葛水平的小说世界中，最要紧的关系往往只是男女关系。当别的关系都不存在的时候，唯有男女关系是必须存在的。在这个最基本的关系中，暴露出的也恰恰是最基本的人性。人性的善与恶、文明与野蛮、理性与非理性，都会在男女关系中赤裸地表达出来。葛水平在揭示这一关系的过程中——从抗日战争、中华人民共和国成立一直到当下，社会历史发展的时间几乎是激越跳动的，但在那地老天荒的黄土高原和太行山区，物理时间几乎是凝滞的。她在巨大的社会历史变动中发现了"不变"。现代文明虽然也缓慢地浸润了那些封闭的所在，男女关系也发生了细微的变化，但男女关系中的命运似乎仍然是宿命式的。我们发现，在揭示这一关系的过程中，葛水平在忧愤中怀着巨大的悲悯，两性关系是如此地攫取人心，令人欲罢不能。

《狗狗狗》的故事发生在1945年抗战胜利前夕，穷凶极恶的日本鬼子垂死挣扎，他们杀害了山坳里无辜的平民。这不只是故事发生的背景，同时还是女主人公秋与男人关系的重要起因。秋十岁时被栓柱的爹用五尺布买来给栓柱做童养媳，但成婚圆房只是个形式，栓柱没有正常男人的功能。不仅如此，在鬼子进坳时，栓柱的行为更让秋所不齿。如果说栓柱没有男人的功能，秋还可以忍受的话，那么栓柱的节操则是秋不能忍受的。于是，秋与青皮后生武嘎的私情就不仅仅是男女关系了。当武嘎从军之后，劫后余生的十二岁少年虎庆就是秋最后的慰藉和希望。这个惊魂未定的少年夜晚不能自己入睡，他必须附在秋的身上才有安全感。一个只比秋小五岁的孩子，天长日久将会发生什么是可以想象的——

虎庆侧着身子，那地方像一个快乐羞涩的鱼时起时跃试图想去摸高处的岸。岸没有探到，探了一下树梢就缩了回去，缩回来又不死心地探了出来。这么着一探出来，似乎不明白是怎么回事，挺着脑袋不敢走近。虎庆就开始大口喘气了，一些羊膻味儿，狗皮的酸臭味儿，秋的肉味儿，趁这夜的风一起涌来，在他嘴里一起做着一件事，弄得虎庆就想咳嗽，一咳嗽就不断头了，越咳越厉害，以至喘不上气，脸憋了通红。秋坐起来用手在他的胸口上往下搓了几下，虎庆就不咳嗽了。还有些羞涩的小锤锤不敢再探了，歪过脑袋平静地睡去。

"生命缺失的体验让她的仇恨不断增生而不是消减",对鬼子屠杀的仇恨在这里转移为对灵性延续的渴望。因此,栓柱的性功能缺失在这里也具有了政治的含义。虎庆终于走出了少年,秋也终于变成了"大肚子女人"。她一直生育到五十二岁。在这里两性关系与政治密切地缝合在一起,但如果滤去抗日战争的政治背景,男女关系的本能要素仍然是第一位的,这在葛水平"后期历史"的叙述中仍然可以得到证实。不同的是,《狗狗狗》是以女性为主体的,她还没有真正成为男性争夺的对象,男性在这里还处于弱势:一个是没有男性功能,一个是未成年,成年的男人已远走他乡。

《甩鞭》的故事发生在山西解放前后。王引兰是晋王城里李府的一个丫头,十六岁时不堪李老爷和太太的凌辱,鼓动送炭人麻五带自己逃离了李府,然后被麻五娶了做妾。《甩鞭》中的主体地位是变化的:麻五的存在显示男人是主体,但王引兰因其千娇百媚和处女身,一直受到麻五的宠爱。要种油菜便种油菜,要吃酸的给酸的,要吃甜的给甜的。于是作家有了这样的议论:"男人有些时候是很听话的,他的听话是需要一个不听话的女人来媚惑他,就像他的财产要女人来挥霍一样,历史只是女人对男人的调教。"这是女人对男人的征服,历史上这样的故事不胜枚举。但落实到王引兰这里也许还勉为其难。从大户人家走出的女人,终有一些不同,也正是这些不同才让麻五神魂颠倒。但大历史的发展却不是女人调教出来的。"土改运动"让"地主"麻五一命归天。

麻五的死,与大历史有关,但更与男人对女人的争夺有关。那个被麻五用两张羊皮换来的长工铁孩儿,对王引兰窥视已久垂涎已久,他不能忍受麻五的占有。于是，每当他听到麻五与王引兰的男女之事后，他都要和母羊发生关系。畸形的性爱必然会导致畸形的心理。于是，当长工可以斗地主的时候，铁孩儿便想出了这个灭绝人性的招数。铁孩儿不仅是从性的角度要阉割麻五，而且要毁灭他深恶痛绝的所在，事实上他也从肉体上彻底地消灭了麻五。在历史叙述的关系上，如果说《狗狗狗》是民族的，那么《甩鞭》就是阶级的。但无论民族的还是阶级的，都是由女人的身体推动的。麻五死了之后，王引兰嫁给了李三有，李三有也被铁孩儿算计摔下崖死了。为了王引兰铁孩儿不惜杀掉她两任丈夫，本能的驱使足以让一个男人疯狂：

> 我说我为了你就是为了你。当然，我不说谁也不知。今儿说了是我想和你说，都和你说了吧。你不知道我有多想你。为了你什么都敢干。我要真说了？还是说了吧，不说怕什么事也干不成。你以为给麻五坠蛋容易？我是费了一番心思的，我说麻五你日能啊，为了两张羊皮你要我给你当十年长工，我不干了，他哄我说，你等着啊铁孩儿，我要到城里搞一个粉娘回来，我先耍她，要是她早被破了身，肚里有了旁人的种，就让给你。我等啊，麻五这个老王八死龟孙咬住你就不放了，让我夜夜空想，我也是人，我和麻五没有两样，他想干的我也想干，和谁？谁不知道我是寡汉条子，窑庄女人多，哪个有你好？没奈何我就和羊。羊让我尽兴，羊不是你，羊是畜生啊！……

说麻五欺骗了铁孩儿也成立，但铁孩儿的逻辑显然是混乱的。尤其是他将单相思转化为仇恨继而杀害麻五和李三有,是原始欲望极度失控后酿成的恶果。这里和阶级仇民族恨没有关系,它是初民原始欲望中宣泄仇恨的极端形式。

《喊山》的历史又切近一些,它应该是当下生活的一部分。岸上坪的韩冲和发兴媳妇琴花有男女私情,而且是交换关系,充满了庸俗气,是经不得事情的,因此乏善可陈。果然,当韩冲因麻烦来借钱时,琴花与丈夫沆瀣一气夫唱妇随,果真断了韩冲的念想。但这却并非闲笔,它是反衬后面男女情缘的。新来的人家男人名腊宏,带着哑巴媳妇和两个孩子。腊宏突然被韩冲炸獾的雷管炸伤死了。孤儿哑母今后的日子可以想象。韩冲"犯了事",拿不出钱"一次了断",但他不猥琐,立了字据负责养活她们母女三人。韩冲果然践行承诺,"一日三餐,吃喝拉撒",没有半点不耐烦。于是日久生情,哑巴红霞这个被拐卖的农村妇女,和杀人逃犯腊宏过的不人不鬼的日子终于过去了,她爱上了这个不曾经历过的、有情有义有担当的青皮后生。《喊山》是一部充满了浪漫气息的小说,韩冲和哑巴红霞没有身体接触,但这里的两性关系比身体接触过的韩冲与琴花要动人得多。红霞是因为韩冲开口说话的,当韩冲被警察带走的瞬间,一句"不要"刻骨铭心,甚至比哑女的"喊山"还要动人。

葛水平的男女关系叙述,不是当下流行的肉欲横流欲望决堤般的书写和宣泄,不是电影《色戒》式的夸张的情色渲染。当然,她的人物和环境没有提供这样的条件。更重要的是,葛水平的出发点不在这里,她要揭示的是在男女关系中表达出的最基本也是最根本的人性。

生死,是葛水平小说反复出现的主题和场景。生离死别阴阳两界是人生必须面对的大限。但葛水平的小说里,生死大多与男女关系有关。《甩鞭》中的麻五在争夺女性的过程中是死得最惨的,蓄谋已久的铁孩儿在憎恨中等来了复仇机会,这是历史提供的机会。

  等到了土改斗地主,我想总算翻身了,我领麻五上茅厕,我说麻五你欠我的!麻五说欠你的可是还不了了。我说把王引兰给了我你就不欠了。麻五说我是趁火打劫,他现在什么也没有了就是不能没有你。我看没戏就想了一个恶招,我说麻五你不让我好活是不是?我也不让你好活,我给你鸡巴上拴个秤砣,你要能经受住一后晌斗你,也算不欠我了。他想了想不同意,我就说你要不同意我就让农会关了你禁闭,我去强行搞你的小老婆。他就同意了。他自己给自己系上了秤砣他要我看,我看他系得蛮紧就说行。没有想到一个时辰没下来他就死了。我也不是有意害他,真的不是。你听我说完了,你说我不是为了你我是为了谁?!

铁孩儿有他的理由,是因为麻五确实欺骗了他——麻五忘记了铁孩儿男大当婚的年龄,麻五没有把铁孩儿当人对待。于是铁孩儿不仅用十倍疯狂百倍仇恨消灭了麻五,而且是以奇耻大辱的方式。这里有阶级仇恨的性质,但本质上还是一场争夺女人的情杀。李三有之死属于同样的性质,只是手段略有不同。铁孩儿用"激将法"将李三有引入了死亡的悬崖,同样是情杀性质。最后,当一切真相大白的时候,铁孩儿也惨死在王引兰的刀下。但值得注意的是,葛水平这里,不是在赞美或宣扬"暴力美学",而恰恰是通过死亡来揭示暴力的恶及其来源。

于是，葛水平小说中的死亡就别有深意了。贫困和性资源的匮乏，导致了本能战胜理智、非理性战胜理性。镶嵌于民族或阶级的大历史背景下的叙事，显然有策略性的考虑，它使葛水平的"男女之情"在"正史"中演进，叙事便获得了"政治正确"的通行证，否则就是爱恨情仇的通俗文学了。

但在葛水平的男女、生死的背后，最为动人的还是情义。恶人心里积聚的是怨恨、憎恨和仇恨，恨最后一定导致暴力和死亡。情义是恨的相反一极，它是善的情感表达，是动人心魄的温暖和爱，是化解恨的力量。情义在女性那里体现得更多更充分。《甩鞭》中的麻五将王引兰从李府救出，王引兰理应感谢他，但他娶王引兰就是乘人之危了。可麻五死后，农会让王引兰控诉麻五，王引兰不控诉，而且用别人不懂的方言讲述麻五的好处。她告诉女儿新生的话是："跪下，给你爹磕头。没有他就没有你娘。"她对第二任丈夫李三有说："既然说开了，我也就明人不做暗事，人是嫁过去了，到末了我是要回来窑庄和麻五合葬的。人总得懂个情义吧，麻五死时不明不白，怕也听说了吧。"即将二婚出嫁的人，在未婚夫面前如此地表白，可见其意志的坚决。对李三有的残酷却是对麻五的情深似海。但李三有摔下崖死后，王引兰又用自己备下的楠木棺材下葬了李三有。她想了几天，"她的决定有一种不争的气度，她懂得人处于世间时，情分的重要"。情分和情义是王引兰的生活信条，她不能背叛。这时我们才有可能理解为什么她亲自手刃了铁孩儿：铁孩儿是一个只有憎恨而无情无义的人。

《狗狗狗》中的栓柱是一个没有节操也没有男性功能的"狗"，但秋对虎庆说的却是："他是我的男人，我现在要不理他了，他活着还有个啥意思。""你还小，有些事情不懂，人是懂情分的，恨一个人，只要和这个人在一起睡了就不会恨一辈子。"这个逻辑有点张爱玲定理的味道，但在具体运用上，葛水平修正了它。包括《喊山》中的哑女红霞，她是腊宏拐买的，她不仅忍受着凶残的暴力，装扮成哑女几近失语，甚至牙齿也被腊宏用老虎钳拔掉了两颗。因此，哑女红霞无论怎样怨恨、仇恨腊宏，对读者而言都是可以接受的。但是，葛水平仍然设计了红霞在腊宏坟前的最后诀别，尽管红霞复杂的心绪让人难以把握。

韩冲大概是这些作品中为数不多的有情有义的男人。他对哑女红霞一家的照顾，自然有履行合约的义务，有意外炸死腊宏的歉疚和赎罪的意味。但日久天长，韩冲一如既往，就不能不说是情义了。值得注意的是，韩冲是这些作品中唯一一个面对女人没有非分之想的男人。从一开始接触哑巴一家，给她们住房、接济粮食，一直到负担起哑巴母女三人的全部生活。当然，男人和女人的情义是不同的，红霞是真的"热爱"了韩冲，而质朴的韩冲想的是在真情义中赎罪和拯救哑巴母女。

男女、生死和情义，是最重要的文学元素，没有这些关系、场景和情感，文学就无以存在。葛水平以自己独特的经验和想象，在生死、情义中构建了说不尽的男女世界。于是，那封闭、荒芜和时间凝滞的山乡，就是一个令人迷恋的朴素而斑斓的精神场景，那些性格和性情陌生又新鲜，让人难以忘记。可以说，葛水平在中篇小说领域取得了非常大的成就，而且是她文学创作的主要成就。

但是，葛水平在长篇小说领域同样有非常重要的作品。她先后发表了《裸地》《活水》《和平》等长篇小说。特别是《裸地》的出版，显示了葛水平与乡土文学传统写作并不相同的生活和观念。乡土文学的历史演变，本质上说是农村题材的介入和最终的被否定。乡土文学又回到了它的起点而放弃了农村题材两个阶级对立的内在结构。但是《裸地》与此前的乡土文学和农村题材都大不相同——沈从文的乡土是诗性的，那是被都市文明发现和照亮的乡土，抑或说，那是乡村作家进城之后感受到挫败感重新想象乡土的结果，因此，没有城市文明就没有那个时代的乡土文学。1942年之后的乡土文学被改造为农村题材，在这个意识形态支配下，乡土文学中的诗性被彻底剿灭，留下的是无尽的血腥和暴力。《太阳照在桑干河上》《暴风骤雨》等作品在两个阶级的冲突和决斗中为乡村中国找到了方向。这个方向就是后来梁生宝、萧长春、高大泉坚持的方向。但是，广大农民后来发现，在这条道路上，他们没有找到自己希望找到的东西。他们不仅在物质世界一贫如洗，即便在精神世界，也依然没有改变华老栓、祥林嫂的状况。改革开放初期，我们在周克芹的《许茂和他的女儿们》、古华的《爬满青藤的木屋》等作品中看到了中国农民的精神状况。从那个时代起，中国文学从农村题材又回到了乡土文学的道路上。

《裸地》显然是一部乡土小说。但是，它与过去的乡土文学和农村题材作品大不相同。《裸地》是隐藏在太行深处的民间秘史，它是没有被处理过的原生态的生活，它被平静地密封在太行山的褶皱里，是葛水平第一次打开了太行山的褶皱，发现了盖运昌懵懂混乱和没有章法的一生。他不是柳青、浩然笔下的人物，盖运昌没有方向，他甚至也不是陈忠实《白鹿原》笔下的白嘉轩，白嘉轩深受儒家文化和家族宗法制度的影响，他是中国传统文化的产物和继承者。盖运昌虽然是暴店镇的大户人家，娶过四房太太，并且承典女女为妻，但他妻妾成群只为能生一个继承香火和家业的儿子。盖运昌纠结一生似乎只为这一件事。你也不能说他与诗书礼仪全然没有关系，在迎神赛会大殿外，他对花祭上的对联和大殿外对联的评价，足见其修养和见识。更重要的是他世事洞明人情练达，在暴店内外，他处理各种事务包括管理四房家眷，都得心应手挥洒自如。而暴店虽然偏远却并非蛮荒之地，庙会、药材大会、迎神赛会以及各种民间文化活动显示着它的生机和自给自足的生产关系。民国初年，暴店与外界已经有了文化联系，比如传教士米丘来到暴店，和暴店人有了广泛的接触。但是，这些都不能改变盖运昌的性格和眼界，他深受自然的农耕经济哺育，不孝有三无后为大，接续香火传宗接代，就是他一生念念不忘唯此为大的事情。但是，人愿难遂，盖运昌最终也没有实现自己的心愿，最终也没有一个健康的儿子站在他面前。如上所述，盖运昌不是梁生宝或萧长春，这些社会主义新人有明确的方向，尽管这个方向后来证明是错误的。盖运昌的时代没有方向，太行深处原生状态在葛水平那里就是这样存在的。于是盖运昌的意义就大不相同了，他是我们乡土文学中不曾出现的人物，他土生土长、他自以为是、他狂狷不羁。他的性格决定了他悲剧的命运，他像暴店的许多事物一样消失了。1945年以后，新社会新政权新婚姻法，六月红带着两个女儿改嫁，盖运昌一命呜呼——这就是"土地裸露着，日子过去了"。

克罗齐说一切历史都是当代史。如果是这样的话，那么《裸地》所表达的精神状况，构成了当下生活完整的隐喻。一方面，这也是一个没有方向的时代，就像盖运昌一样，在懵懂中得过且过没有章法，我们不知道要奔向哪里，未来对我们来说早已成为一个迷失的所在；另一方面，盖家女性的命运从另一个侧面喻示了我们的生活状态。我们也像盖家的四房太太和女女一样，在无奈无助中只能"迎接"被安排的命运和生活。特别是女女的命运，从一个弃儿到出典的妻子，她从来无从把握自己的命运，生活对她而言就是"迎接"。当下的小说创作，最大的问题可能就是对这个时代精神状况的漠视或回避。应该说，我们的精神状况正处在一个极具危机的时代，但是，很多重要的作家不再处理这样的问题，他们对这个时代的精神事务失去了处理的能力甚至愿望。《裸地》虽然不是正面面对这个时代的焦虑或不安，但是，它通过历史所表达的这一切，无不是对当下而言的。因此，太行深处的民间秘史，正是今天精神状况的真实写照。

原载《文艺争鸣》2008年第2期

李 洱

应物象形与伟大的文学传统
——评李洱的长篇小说《应物兄》

这是一部写了十三年的小说，是一部与时代有同构关系的小说，是一部关于知识阶层的小说，是知识阶层人物的博物馆，也是一部具有百科全书意味的小说。小说以儒学院的具体筹建人、儒学大师程济世的归国联系人应物兄为主角，将他这一过程中的心理、行为、遭遇跃然纸上，将各色人等的心机、算计以及冲突、矛盾或明争暗斗尔虞我诈，汇集于儒学大业的复兴中。知识界与历史、与当下、与利益的各种复杂关系，通过不同的行为和表情一览无余。这是我们期待已久的小说，它的文学价值将在众声喧哗的不同阐释中逐渐得到揭示。

《应物兄》发表之后，首先在上海批评界引发了近乎海啸般的震动，除了郜元宝温和地提出了少许疑问和批评之外，几乎众口一词地给予了极高的评价。应该说，《应物兄》担得起这样的评价。据统计，小说涉及的典籍著作四百余种，真实的历史人物近二百个，植物五十余种，动物近百种，疾病四十余种，小说人物近百个，涉及各种学说和理论五十余种，各种空间场景和自然地理环境二百余处，这种将密集的知识镶嵌于小说中的写法，在当代文学中几乎是空前的。满篇飞扬的知识符号遮天蔽日令人目不暇接，它新奇又熟悉，绚丽又陌生。这是批评界对这部小说倍感亲切的原因之一，于是大家跃跃欲试又莫衷一是，"热议"一词几乎是报道这部小说使用频率最高的词。作为一部百科全书式的小说，这种效果大概早在作家李洱的预料之中，也应该是李洱最为得意之处。想到这里，耳边就会响起李洱那狡黠又天真的嘿嘿笑声。

小说封面有一句寄语或提示曰：虚己应物，恕而后行。出自《晋书·外戚传·王濛传》，意在说待人接物应有的态度和要求，顺应事物谨慎行事。这是作家对个人叙事和处理人物的自我提示。但我更愿意从创作的方法上理解"应物"的含义。"应物"，原指画家的描绘要与反映的对象形似，就是应物象形。其说法出自南齐谢赫的《画品》，《画品》提出了六法论，即谢赫六法，包括气韵生动、骨法用笔、应物象形、随类赋彩、经营位置、传移摹写。其中应物象形，就是画家在描绘对象时，要顺应事物的本来面貌，用造型手段把它表现出来，描绘事物要有一定的客观事物作为依托，作为凭借，不能随意地主观臆造，也就是客观地反映事物，描绘对象。但是，作为艺术，也可以在尊重客观事物的前提下进行取舍、概括、想象和夸张。这可以说是指一种创作态度和方法，也可以理解为中国最早的朴素的"现实主义"。我理解这是解读《应物兄》的钥匙和入口。或者说，李洱在塑造摹写应物兄等一干人物及其关系的时候，其主观愿望是力求达到应物象形，真实准确。当然，今天对应物象形的理解和文学实践早已超越了谢赫的时代，对各种艺术手法的综合运用已经成为常识。因此，今天"应物象形"显然也具有了它的时代性,是在这样的意义上李洱将小说命名为"应物兄"。而"应物"对小说而言,不只是一个人物,也是作者的方法和自我期许。

在"应物象形"的旨归和追求下,他真实、生动、神似地写出了当下知识阶层的众生相,写出了这个时代知识阶层总体的精神面貌、心理状况和日常生活。应该说,这是一个文学难题。进入21世纪之后,各种文学潮流和题材如反腐文学、底层写作、乡土文学、城市文学,以及"70后""80后"等风起云涌此起彼伏,但是,知识分子题材还是一个稀缺之物。或者说,如何处理和准确描述当下的知识阶层,作家作为这个阶层的组成部分,仍然感到困难。这一状况,在与以往经验的比较中会看得更清楚。现代知识阶层文化信念和方向的选择,经历了一个从总体性的认同到文化游击战的过程。知识阶层在中国不是一个独立的阶层,他们在社会历史发展过程中,总要面临文化方向和信念的选择。"五四"时期似乎表达了这个阶层的先知先觉,他们振臂一呼,"德""赛"二位先生引领了那个时代的思想风尚和文化潮流,展示了这个阶层耀眼的风采。但是,文化革命如割辫、易服、放脚,早已在民间进行,更无须说在西方现代性压力下改制的大势所趋。"没有晚清,何来五四"的被发现,被现当代研究界在一个时期里津津乐道,就表明这种说法不是空穴来风。但是,通过百年来关于知识分子题材的小说我们会看到,知识分子的文化方向和文化信念的选择,同中国的现代性是一个同构关系,就是不确定性。启蒙、革命、救亡、思想改造、多元文化追求,是这一题材在不同历史时期的文学回响。其间虽然有激进主义、保守主义以及其他观念旁逸斜出,但是,大体有一个"总体性"的存在，与社会历史潮流的发展构成了推波助澜的关系，形象地表达或顺应了"总体性"的要求。"狂人"的"呐喊"、"零余者"的彷徨、茅盾的《蚀》三部曲、钱锺书的《围城》、师陀的《结婚》、李劼人的《天魔舞》、路翎的《财主底儿女们》、杨沫的《青春之歌》、张扬的《第二次握手》、靳凡的《公开的情书》、戴厚英的《人啊，人！》、谌容的《人到中年》、宗璞的《野葫芦引》、从维熙的《雪落黄河静无声》、张贤亮的《绿化树》、王蒙的《布礼》、鲁彦周的《天云山传奇》、叶楠的《巴山夜雨》、张承志的《黑骏马》《北方的河》等作品，构成了知识分子小说庞大而激越的交响曲。20世纪90年代以后，情况发生了变化，贾平凹的《废都》、王家达的《所谓作家》、阎真的《沧浪之水》、张者的《桃李》、李晓桦的《世纪病人》等作品，书写了知识阶层令人惊悚的蜕变和分化。知识阶层再也难以找到能够认同的文化总体性。这与"五四"时期一直到80年代是大不相同的。

《应物兄》诞生的2018年，院校知识阶层百年来所有的冲动业已平息，他们中高层的"学术人物"已经成为既得利益集团的成员，他们占据了绝大部分学院资源，有庞杂的人脉关系，有巨额研究经费，他们在这个时代如鱼得水游刃有余，他们分布在重要的大学，超越了学院，走进掌控学术资本和话语权力的相关部门。其他教授和教员，不仅要受到现行教育制度的挤压，而且也要受到这些超级教授和学阀的挤压。因此，如何描摹这个阶层的精神状况、生存状态和创造具有概括力的文学人物，对作家构成了巨大的挑战。这时应物兄款款走来了，应物兄真是恰逢其时啊。应物兄有多重身份：济州大学的著名学者、教授，济州大学学术权威乔木先生的弟子兼乘龙快婿，济州大学筹备儒学研究院的负责人,还是济州大学欲引进的哈佛大学儒学泰斗程济世的联络人。但是,应物兄一出场,就注定了他是一个与现代知识分子无缘的人物,他自说自话,欲言又止,更多的话是憋在自己的肚子里的,这是一种处事方式。这种方式是他的导师兼岳父乔木先生亲授的:不要接话太快,人长大的标志是能憋住尿,成熟的标志是憋住话;孔子最讨厌话多的人,君子讷于言而敏于行。于是,应物兄就有了自己和自己说话、自问自答的习惯,他的内心就是黑格尔意义上的"避难所"。作为一个名教授、学院的学术中坚,他在应对日常工作的同时,也不免与商业利益瓜田李下。他的学术著作《〈论语〉与当代人的精神处境》,出版时被出版人季宗慈改为《孔子是条丧家狗》,应物兄大闹一场也无济于事,只好不了了之,但因此也惹上了不小的麻烦。先是师弟费鸣的"隔空打劫",在《午夜访谈》节目中假借出租车司机"砸场子",让应物兄节节败退颜面尽失。佯装司机的费鸣步步紧逼,不依不饶;应物兄则已经"满头大汗"了。这是小说最为精彩的场景之一。那位不知深浅的主持人朗月当空还说:"什么样的听众都有。上次说的那个嘉宾,被听众训得心脏病都犯了。从此我们都不得不准备速效救心丸。但我相信您能够挺住。"听了这不明事理的胡言乱语,应物兄说:"人家说得也有道理。"有了这句话,应物兄本质上还不是一个坏人,他还是一个足够机灵,不够精明的人。但这不是坏人的应物兄,却又陷进另一个进退维谷的场景:那就是后来与朗月纠缠不清的风月事。事件的缘起,应该说应物兄是被季宗慈"绑架"的,但是,在应物兄微弱的反抗中,也表达了他半推半就后随波逐流的内心潜在欲望。

应物兄是小说的主角,小说中的所有人物几乎都与他有关系。

首先是三代知识分子：第一代包括研究柏拉图的女博导何为，经济系研究亚当·斯密的张子房，文学院的乔木，闻一多的学生考古学教授姚鼐，还有物理学家双林；第二代即应物兄这一代，包括与应物兄明争暗斗的费鸣、性取向特殊的郏象愚、研究屈原的伯庸、研究鲁迅的郑树森、"三分之一儒学家"的大学校长葛道宏、人文学院院长张光斗，教授邹学勤、汪居常、华学明，等等；第三代，包括"儒学天才"小颜等人，其中不乏"精致的利己主义者"。与学院相关的人物在小说中其实不足三分之一。其他人物如栾副省长，黄金海岸集团的董事长、程济世的弟子黄兴，桃都山集团老板铁梳子，戏剧表演艺术家兰菊梅以及电视台主持人朗月，等等。这些人物都与济州大学、与应物兄有千丝万缕的联系，这是小说被认为是学院知识分子小说的重要原因。如果没有这些学院之外各色人等的关系，学院知识阶层的"应物象形"在艺术上就失去了依托，只有通过与社会各阶层千丝万缕的关系，"知识分子"们的面相才能得以完成塑造。如果从这个方面看，《应物兄》又不只写了大学，而且是通过知识阶层写了整个社会。

儒家思想是中国传统文化的核心思想，它绵延不绝两千余年，以主流的形式对后世尤其对传统文人和近现代知识分子产生了根本性的影响。它的博大精深显示了东方的智慧，以其独特性在世界文化总体格局中发出悠长而久远的回响。儒家思想自创立始，便为传统文人设计了理想的人生道路，这一理想的设计成为中国传统文人终生向往与奋斗的目标，它的实现与否标示了人生的成败和自我价值的是否实现。在儒家看来，要有"以天下为己任"的宏大抱负，"修身齐家治国平天下"是最理想的人生选择，也是天经地义的分内事："如欲平治天下，当今之世,舍我其谁也。"只有治国平天下,"应帝王""做宰辅"才是人生正道。而"学稼""学为圃"的樊迟则被孔子斥为没有出息的"小人"。要实现这一理想,通过仕途跻身官僚集团是唯一的通道,"士之仕也,犹农夫之耕也"。"学而优则仕"是两千余年传统文人根深蒂固的观念。历代官制经由任命、"辟田"、"胜敌"、"九品中正制"等各种形式逐渐过渡到隋唐以降的"科举"取士,积极从政的传统文人便纷纷踏上了通往理想的狭窄道路,一个个儒生满怀神圣与建功立业的梦想,头戴方巾、端庄儒雅地从四面八方向科举圣地走来,终生为此追逐且乐此不疲。因此,中国读书明理的传统文人们便自觉地组成了国家官僚机构整装待命的庞大的预备队。一旦金榜题名,儒生的命运便即刻改变,他不仅光宗耀祖辉映乡里,同时心态也焕然一新,所谓"春风得意马蹄疾,一日看尽长安花",正是成功者的心态写照。因此,科举取士聚集了文人焦虑的目光和内心欲望。唐代虽出现过"野无遗贤"奸佞弄权的把戏,元代也曾废止科举八十年,但这丝毫没有影响后来文人参加科举的热情和终生锲而不舍的努力。

儒家理想的人生道路和唯一实现途径,严格地规约了传统文人的心态模型和行为模式。儒家倡导积极的入世精神和参与意识,把对公共事务的关心看作是个人义不容辞的责任,把国家、民族的命运与个人命运紧密地联系在一起,自视身负使命,有救世明道的天然义务。因为"士不可以不弘毅,任重而道远。仁以为己任,不亦重乎?死而后已,不亦远乎"。既然要积极入世,对社会生活发生作用,只有走为官入仕的实用政治道路,通过自己的努力创造出一个太平盛世。这与道家遁世隐逸、怡然自得的道骨仙风形成鲜明的对比,"为生民立命""为万世开太平"成为历代儒生的共识。这些原始教义始终激荡点燃着历代"士"的内心冲动。儒学创立时代,"士"们便积极投身于社会实践和政治漩涡,或创立学派提出"治国平天下"的理论,或投入君王怀抱充当幕僚,或投笔从戎参与诸侯征战。孔子仕途受挫才不得不做了中国第一位"教授"。因此"兼济天下"的入世思想是世代儒生的普遍心态,"事事关心"的参与意识一直延续至今不衰,在当代知识分子的心中依然会引起强烈的震荡。

以天下为己任的入世精神面对战乱不断、矛盾丛生、君王昏庸、奸佞当道的现实社会,必然会产生一种深切的忧患情怀,即便是处于安乐之中,也会"居安思危"。它因世代相通而成为中国传统文人或现代知识分子一个普遍的精神特征。范仲淹《岳阳楼记》中写道:"居庙堂之高,则忧其民;处江湖之远,则忧其君。是进亦忧,退亦忧。然则何时而乐耶?其必曰:'先天下之忧而忧,后天下之乐而乐'乎!"这一名言集中传达了传统文人宏大抱负中心怀明君庶民的胸怀和操守。两千多年来,传统文人无论从政或治学,他们留传下来的诗文,多为感时忧国之作,自屈原始,到司马迁、杜甫、陆游、辛弃疾,一直到近代的龚自珍、梁启超等人,无不心忧天下,为民族兴亡忧患不已。

与忧患情怀相关联的是传统文人的批判意识。"士志于道"集中体现了传统文人的信念和终极价值关怀。因此,传统文人在封建社会同样也具有"社会良知"的功能。当"士"以"道"的承担者自居时,其客观身份已经不重要,而重要的是其"社会良知监护人"的社会功能。这是入世精神和忧患情怀在价值层面的体现。以正义的捍卫者和基本价值的守护者的身份自我定位,是传统文人理想的道德和人格境界。

人生实践中是否努力实现这一境界另当别论，但古代文学中揭露腐败荒淫、抨击时事政治、同情底层人民、抒发愤懑不平的作品层出不穷却是文学史实。那"知其不可而为之"的刚正顽强心态一直延续至今不衰，也正是传统文人和现代知识分子的最为动人之处。"新文化运动"之后，儒学受到重创。但在不同的历史时期仍不时有它的回响，作为中国文化的元话语之一，它有巨大而顽强的生命力。

但是，以应物兄为核心的正在筹备的儒学研究院及其周边的"儒生们"，他们的行为方式和情感方式，并没有在与儒家思想有关的层面展开，他们是情怀和理想尽失的一个群体，当然也不是这个时代的清流。他们与红尘滚滚的世风沆瀣一气，甚至有过之而无不及。所以鲁迅说：我觉得文人的性质，是颇不好的。因为他智识思想都较为复杂，而且可以处在东倒西歪的地位，所以坚定的人是不多的。鲁迅的锐利、深刻和一针见血无人能敌。面对这样的"儒学家"，外来学习儒学的学生们甚至也敢公然地挑战儒学。卡尔文是小说中一个来自坦桑尼亚的黑人留学生。这个人物的设置意味深长：作为一个弱势国家的留学生，他是来中国学习儒学的，但是这又是一个气焰嚣张的学生，他不仅寻花问柳声色犬马，而且可以公然挑战儒学。他曾经问应物兄：《论语》中说，有朋自远方来，不亦乐乎，可随后孔子又提到父母在，不远游。"自远方"来的那个"朋"，是不是已经父母双亡了？一个如此不孝之人，孔子怎么能把他当成志同道合的朋友呢？卡尔文的问题确实刁钻。应物兄回答的是下半句："游必有方。"但是卡尔文毕竟是卡尔文，他不理解的是，这是《论语》开篇的"学而篇"。学是指学习礼乐诗书，那个有朋自远方来的"朋"，不是来游玩的，是来问学、讨论礼乐诗书的。

这与孔子并不反对"一个人为正当的目标可以外出奋斗"是不矛盾的。但是,儒学受到外来文化的挑战,在这里就是一个隐喻性的事件。难怪程济世儿子程刚笃的美国太太珍妮将写的儒学论文题目定为"儒驴",其嘲讽意味也算是没有辜负济州大学儒学院了。

因此,在我看来,济州大学的"儒生们"虽然没有忧患、没有情怀,但是,作为小说创作,这是全新的经验。这一新经验,为李洱进入创作带来了巨大冲动,这是他苦心经营的一部未名的忧伤之书,一部不着痕迹地充满了忧患意识的小说。小说通过无数具体的细节,呈现了以济州大学为中心的知识阶层在做什么、想什么、关注什么。关于"儒驴"的那堂讨论课,再形象不过地呈现了当代"儒生们"的荒诞和丑陋,他们就算不是"儒驴",也与他们讨论涉及的"黔之驴"相差无几了。面对"儒生们"的所作所为,李洱不是强颜欢笑,他是强颜苦笑。特别是当他提到历史,提到西南联大一代人时说"一代人正在撤离现场";提到20世纪80年代时说"求知曾是一个时代的风尚"。这显然不是随意的联系,这是李洱面对应物兄们发出的感伤又不免苍凉的慨叹。他写到李泽厚到大学演讲的场景,不免让我们潸然泪下,我们就是从那个年代走过的一代。当年的我们是何等的意气风发,那些历史片段至今仍储存在不同的文化记忆中,只要听听80年代的校园歌曲,读读80年代风靡一时的诗歌,我们偶尔还会闪回到那英姿勃发的青春岁月。一如应物兄在网上看到他多年前的文章——

那是关于李泽厚先生的《美的历程》的"读后感",题目叫《人的觉醒》。那个时候,他刚考上乔木先生的硕士,对儒家文化一点不感兴趣。他感兴趣的是楚文化中原始的氏族图腾和神话，认为那是华夏艺术想象力的源泉。他感兴趣的还有魏晋风度，它看起来很颓废，其实那是对生命的感喟，蕴藏着对生命的留恋。

时过境迁，我们或许也是应物兄的同道，起码相差无几了吧。大学是一个国家民族的精神堡垒和思想高地，而应物兄们正在一步步走向万劫不复的境地，这是我们时代思想和精神深处最为惨烈和触目惊心的场景。如果是这样的话，那么，《应物兄》就是一部充满了忧患感的大书。作家毕飞宇在写南帆的一篇文章中说：

> 我曾经拜读过保罗·约翰逊的《知识分子》。这本书给我留下了惨痛的记忆，我的小说至今没有留下"知识分子"的记录，足以证明保罗对我的刺激有多大。但是，我热爱知识分子，我指的是社会学意义上的"知识分子"这一概念。我曾经鼓足了勇气说过这样的一句话："我愿意通过写作最终让自己成为一个知识分子。"我说这番话的时候，"知识分子"与"公共知识分子"正在臭大街。我有些赌气：我欠抽还不行么？虽然我配不上知识分子这个称号。我有一个一厢情愿的愿望，"知识分子"这个概念不应该臭大街，我甚至还愿意套用一句伏尔泰的话：没有知识分子也要创造出一个知识分子来。一个好的社会怎么能容不下"知识分子"呢？一个好的社会怎么能离得开"知识分子"呢？有原罪的"知识分子"那也是"知识分子"。（毕飞宇：《南帆的生动与理性》，载《当代作家评论》2019年第2期）

遗憾的是，济大的"儒生们"没有一个人愿意思考自己如何在思想和行为方式上成为一个知识分子，我们时代的精神困境正在肆虐地蔓延。

关于章节命名，大家都注意到每个章节都取自章节的前两三个字，感到新鲜奇妙。这种题目的命名方式古已有之。比如《诗经》中的《螽斯》：螽斯羽，诜诜兮。宜尔子孙，振振兮。螽斯羽，薨薨兮。宜尔子孙，绳绳兮。螽斯羽，揖揖兮。宜尔子孙，蛰蛰兮。比如《麟之趾》：麟之趾，振振公子，于嗟麟兮。麟之定，振振公姓，于嗟麟兮。麟之角，振振公族，于嗟麟兮，等等。《诗经》中类似的命题方式比比皆是。当然，最著名的可能还是唐代大诗人李商隐的《锦瑟》：锦瑟无端五十弦，一弦一柱思华年。锦瑟，瑟的美称。无端，没来由的。古代诗歌研究专家认为这也是一种"没有来由"的"无理"命名，但又有"无理之妙"的美学效果。《应物兄》同样取得了这一效果。小说的结构，是以济州大学成立太和儒学研究院为中心，通过这一建院过程，各色人物粉墨登场。引进哈佛大学东亚系教授、儒学大师程济世来济州大学儒学研究院任院长，本身就是一件虚妄的事情。研究儒学的这些知识分子的所作所为，或者说他们的职业化，表明他们早已不把儒学当回事，儒学只是一个饭碗而已。程济世即便做了济州大学儒学研究院院长，又能如何？我们也见到了这位声名显赫的"儒学大师"，他也可以做《儒教与中国的"另一种现代性"》这样极具当下性的报告，而且让省长和老教授们听得"血脉膨胀"，上了年纪的人甚至要往嘴里塞着药丸，预防高血压或冠心病，因为他们事先就预料到自己会激动不已。但是，当程先生举具体例子比如——人的体味、包饺子、价值观之后，将儒学抬到了至高无上甚至无所不能的地位时，他可能就剑走偏锋自以为是了。更何况,与其说他来济大是对儒学研究院的情感,毋宁说他更多的还是源于对济哥、仁德丸子的感情。在《螽斯》一节中,张明亮从程先生录音剪辑出来的关于济哥的言谈,再清楚不过地表达了程济世对螽斯,也就是蝈蝈的一往情深:"程先生的声音,在会贤堂回荡。低沉、缓慢、苍老,令人动容。在程先生那里,济哥已经不仅仅是鸣虫了,而是他的乡愁。"在《仁德丸子》一节中,应物兄记得很清楚——

> 仁德丸子,天下第一。北京的四喜丸子,别人都说好,我却吃不出个好来。名字我就不喜欢。何谓四喜?不过是沾沾自喜。儒家、儒学家,何时何地,都不得沾沾自喜。何为沾沾自喜?见贤不思齐,见不贤则讥之,是谓沾沾自喜。五十步笑百步,是谓沾沾自喜。还是仁德丸子好。名字好,味道也好。仁德丸子要放在荷叶上,清香可口。食不厌精,脍不厌细,精细莫过仁德丸子。应物,回去就跟葛先生讲,奔着仁德丸子,老夫也要回到济州。

程先生对济州的情感具体而温馨,但因螽斯和仁德丸子信誓旦旦的程先生就是迟迟不临,一再延宕,他来研究院成为一个遥遥无期"等待戈多"的事件。这一后叙事视角的设定,恰好契合了小说叙事的需要——这漫长或不可及的等待,既是隐喻,也为小说叙事赢得了时间和空间:建太和儒学研究院,风乍起,搅起满天风尘。自第三章起,黄兴的GC集团开始到济州实地调查、投资,工程上马;然后是各色人等向太和儒学研究院拥塞,应物兄的好日子也到头了。但是当研究院终于落成的时候，济大"寻访仁德路课题小组"确定的地址却选错了。而程先生大驾仍然没有踪影。事实是，程济世是否回来一点都不重要，无论对济州大学的儒学研究院，还是对当代中国的儒学研究，一个"出口转内销"的儒学，还能怎么样呢？因此，程济世只是小说叙事的需要，与儒学没什么关系。学，不在有用无用。人文学科如果从实用的角度评价，当然是无用之学。但是，看到应物兄和太和儒学研究院的老少爷们儿，真实的感受不是学的有用无用，而真的是一无是处了。

如果从文学谱系来讨论《应物兄》的话，这个庞然大物几乎是难以厘清的。但是，起码这样几个方面还是看得清楚。小说的章节安排，有"史传传统"的遗风流韵。小说虽然每节题目是以每节第一行前几个字命名，但是，李洱刻意让小说中的主要人物都在每个小节中作为题目出现，使这些人物相对独立、完整而给人留下深刻印象；在描摹这些人物的时候，他对现实真实人物的语言、行为、名字等多有戏仿，某些著作、言论、行为等，我们大体知道来自哪里，这一挪移嫁接给人亦真亦幻的感觉，更加强化了小说的真实性和当代性。而整体上反讽、荒诞等先锋文学的技法，不仅彰显了作家李洱的文学胎记，同时也与他试图总体性地描绘当下知识阶层面相的期许有关；小说以多种方法艺术地真实塑造了当下知识阶层的诸多形象，但那里也有抑制不住的嘲讽戏谑和荒诞；笔法当然也有《儒林外史》以及《围城》的传统，应物兄、费鸣、伯庸，几乎就是三闾大学方鸿渐、赵辛楣和李梅亭的同事。就像读者对《围城》中的三闾大学的原型学校有诸多猜测，《应物兄》发表后，也难怪大家对济州大学原型也有了诸多猜测。如果再往大了看，从应物兄个人命运来说，他从一个成功的中年教授到一个学术明星,上街都要戴墨镜,街头电视里播映着他的演讲,他出入楼堂馆所,接触各界"上流社会",但他最后还是遭遇车祸生死未卜。栾庭玉副省长面临着被"双规",为繁殖济州蝈蝈呕心沥血的华学明疯了,双林院士、何为老太太逝世了,应物兄最尊重的芸娘长病不起……正所谓眼见他起高楼,眼见他宴宾客,眼见他楼塌了。从这个意义上,《应物兄》显然又不只是写院校知识阶层,不只是写这个阶层的堕落和分崩离析,而是对人生悠长的喟叹和感伤,人生终归是大梦一场。这样,小说无论在细节的铺排上,还是整体的象征意味上,接续的又是《红楼梦》的传统,是《红楼梦》这部伟大作品的当代回响。儒学的传统在太和儒学研究院化为乌有,但李洱却用他的小说实现了对伟大文学传统的继承和弘扬。伟大的文学传统,是一个不断发展、不断构建的传统,它在扬弃中也不断吸纳。它是由中国古代文学、现代文学和西方优秀文学遗产合流形成的一种"守正创新"的、对当下文学具有支配性向心力的文学观念。《应物兄》的创作践行的正是这一传统。

《应物兄》是几十年中国当代文学发展中的一部重要作品,是一部属于中国文学荣誉的高端小说。长久以来,我们祝愿祈祷中国文学能够有一部足以让世人刮目相看的小说,能够有一部不负我们伟大文学传统、不负我们百年来对中外文学经验积累的小说,经过如此漫长的等待,现在,它终于如期而至。

原载《当代作家评论》2019年第3期

东 西

在"绝密文件"的谱系里
——评东西的长篇小说《篡改的命》《回响》

东西写作的速度非常缓慢,《篡改的命》是他距《后悔录》发表四年之后的作品。小说封面这样介绍这部作品:"有人篡改历史,有人篡改年龄,有人篡改性别,但汪长尺篡改命。"汪长尺就是小说的主人公,他要篡改的不是自己的命,是他的儿子汪大志的命。篡改历史、年龄、性别,尽管有的合法有的不合法,但都有可能做到。命,如何篡改?小说的题目充满了悲怆和悬念——究竟是什么力量要一个人冒险去篡改别人的命。

汪长尺是一个农家子弟,高考过线二十分不被录取,理由是"志愿填歪了"。汪长尺的父亲汪槐决定去找"招生的"理论,经过几天静坐示威抗议,汪长尺的大学梦还是没有实现。汪槐从招生办的楼上跌落摔成重伤。从此,汪长尺就命定般地成了社会底层的一员。为了还债、养家糊口,也为了改变下一代的命运,他决定到城里谋生。但他不知道,城里不是为他准备的。生存的窘迫远远超出他的想象:他替人坐牢、讨薪受刀伤、与文盲贺小文结婚。为了生计贺小文去按摩店当按摩师，然后逐渐成了卖淫女。破碎的生活让汪长尺眼看到，儿子汪大志长大后就是又一个自己。于是他铤而走险把汪大志送给了富贵人家。贺小文改了嫁，汪长尺多年后死于非命。这是一出惨烈的悲剧。小说具有鲜明的社会批判性。权力关系和贫富悬殊使底层或边缘群体的生存状态日益恶劣不堪。而底层边缘群体的特征之一就是它的承传性。贫困使这个群体的下一代少有接受良好教育的机会，没有良好的教育，就没有改变命运的可能。这是汪长尺要篡改汪大志的命的最重要的理由。但篡改汪大志的命，只是汪长尺的一厢情愿。且不说汪大志是否从此就改变了命运，是否就能过上汪长尺期待想象的生活，仅就失去汪大志之后的日子和心境，就是汪长尺想象不到的。不只他失魂落魄魂不守舍，贺小文压根就不同意将汪大志送人。当汪大志被送人之后，贺小文也弃汪长尺而去改嫁他人。

近十年来，长篇小说中著名的来自底层的人物，一个是贾平凹《高兴》中的刘高兴，一个是陈彦《装台》中的刁顺子。刘高兴虽然是一个"拾荒者"，但贾平凹并不是悲天悯人地书写他无尽的苦难和仇怨，刘高兴也并非结着仇怨的苦闷象征，他以自己的生活方式在城市生活着。贾平凹在塑造刘高兴这一形象时，有意使用了传统"才子佳人"的叙事模式，刘高兴是落难的"才子"，妓女孟夷纯是堕入风尘的"佳人"。两人都生活在社会的底层，但这都不重要，重要的是贾平凹以想象的方式让他们建立了情感关系，并赋予这种情感以浪漫色彩。贾平凹显然继承了中国古代白话小说和戏曲的叙事模式。《装台》中的刁顺子是西京土著，居有定所，但无固定收入，靠一个"临时共同体"为剧团"装台"为生。刁顺子的困境还不只在于生存，而且在于家庭内部的恶劣环境。刁顺子逆来顺受忍辱负重，一直在不堪的生活中挣扎。这两个人物都是底层写作中有代表性的人物。

东西不是在刘高兴和刁顺子的路径上塑造汪长尺，而是突发奇想地用"篡改命"的方式结束汪长尺家族或血缘的命运。汪长尺当然是异想天开。但是，作为底层的边缘群体，还有一个重要的特征是他们缺乏或者没有实现自救的资源和可能性。这一特征决定了他们的承传性。因此，东西设定的汪长尺"篡改命"的合理性就在这里。汪大志的命在汪长尺这里被"篡改"了，但是，汪大志真的能够改变他的命运吗？作为小说，值得一提的是东西对偶然性和戏剧性的掌控。汪长尺高考被人顶替、进城替人坐牢、讨薪身负重伤、被人嫁祸杀人、结婚妻子做了妓女、儿子送给的竟是自己的仇家……一系列的情节合情合理，但又充满了偶然性和戏剧性。这是小说充满悬念、令人欲罢不能的艺术魅力。这方面足见东西解构小说的艺术才能。

《经典是内心的绝密文件》是东西谈创作的文章，东西说："什么样的作品才能证明自己还是作家呢？首先，它是内心的秘密，正如福克纳所说：'必须发自肺腑，方能真正唤起共鸣。'我们的内心就像一个复杂的文件柜，上层放的是大众读物，中层放的是内部参考，下层放的是绝密文件。假若我是一个懒汉，就会停留在顶层，照搬生活，贩卖常识，用文字把读者知道的记录一遍，但是，一个真正的写作者就会不断地向下钻探，直到把底层的秘密翻出来为止。这好像不是才华，而是勇气，就像卡夫卡敢把人变成甲虫，纳博科夫挑战道德禁令。"这段话，可见东西自我期许之高，文学抱负之远大。当然，我们也可以将其看作是理解东西小说的"绝密文件"。我们现在讨论的东西新长篇小说《回响》，也在他的"秘密文件"的谱系里。这是一部推理和心理齐头并进的小说，奇数章写案件，写与夏冰清被杀有关的推理和侦破过程；偶数章写感情，以侦破负责人冉咚咚和教授慕达夫的情感纠葛为中心。两条线的人物在推理和心理活动中产生互文关系，于是便有了"回响"。

小说开篇触目惊心：一场命案——青年女子夏冰清被杀，头部被钝器击伤，右手掌被切断，死状惨不忍睹。警察冉咚咚接到报案后介入了侦破过程。最先出现的嫌疑人是徐山川，一个其貌不扬家财万贯的老板，两个孩子的父亲，三个情人——夏冰清、刘玉萌和小尹的情夫。徐山川一定不会承认自己是凶手。于是冉咚咚进入了漫长的案情侦破和推理过程。小说这条线索极端复杂：徐山川让侄子徐海涛搞定夏冰清，目的是不让她"再烦"自己；徐海涛找到策划人吴文超策划"摆平"夏冰清的方案；吴文超找到刘青，试图通过帮助夏冰清办理移民手续或私奔了结；然后刘青偶遇民工诗人易春阳，商定以一万元的价格将夏冰清杀死在一个"大坑"里。这个大致情节和冉咚咚的推理基本吻合。但是，推理不是定罪的依据。讲述方式的后叙事的视角，使小说的这条线索更加扑朔迷离真假难辨。案件发生的真实过程，讲述者、当事人都不比读者知道得更多。因此，这条线有推理、侦破、悬疑小说的全部特征。这是《回响》令人着迷难以释卷的重要原因。

事实也的确如此，当凶手被捕后，案件侦破负责人冉咚咚还是不能满意。在她看来，与案件相关的所有当事人都可以找到脱罪的理由：徐山川说他只是借钱给徐海涛买房，并不知道徐海涛找吴文超摆平夏冰清；徐海涛会说，他找吴文超策划是不让夏冰清再骚扰徐山川，不是让杀人；吴文超会说他找刘青合作，是让他帮助夏冰清办理移民或爱上夏冰清，没有让他去行凶；刘青会说，他找易春阳是让他搞定夏冰清，而不是谋害；易春阳尽管承认杀人，但精神科莫医生和另外两位权威专家鉴定他患有间歇性精神疾病，律师正在准备为他做无罪辩护。因此，抓到凶手易春阳，并不是案件的彻底侦破。推理、侦破、悬疑要素介入，案件血雨腥风机锋暗藏，谜底一直深不可测，使小说具有了极大的阅读吸引力。冉咚咚作为一个职业警察和个人性格原因，决定了她的穷追不舍。最终，在审问徐山川妻子沈小迎的过程中，真相终于大白。

案件真实的情况是：徐山川的合法妻子沈小迎知道丈夫的所有情感劣迹，但表面上并不在意，甚至称互不干涉个人的私生活。然而沈小迎和健身教练生下了女儿，徐山川不知道女儿不是他亲生的。表面不在乎的沈小迎一直在报复徐山川。她甚至在徐山川的车里和雪茄屋里安装了窃听器，窃听了徐山川和徐海涛的对话。导火索是夏冰清试图告徐山川强奸，徐山川找到徐海涛想办法除掉夏冰清。于是，便有了后来的情节。尽管徐山川恨沈小迎恨得咬牙切齿，但一切为时已晚。推理这条线索有通俗小说的元素，它一波三折非常好看，因此，我们不能忽略世俗生活和通俗文学的价值，一如不能忽略通俗文艺在文化生活中的价值一样。我想东西显然清楚看轻这些事物的知识分子是怎么回事。就像20世纪80年代，批评界大谈现代派、后现代文学的时候，背后里他们通宵达旦地读金庸谈金庸。后来大家面对通俗文艺的时候都不那么诚实，对世俗事物总会情不自禁地表示不屑，这当然是在制造文化权力关系。但是，在东西这里，他知道生活未必都那么精致，那些庸俗制造的效果场景，几乎都是套路，但有几人能够拒绝它的诱惑？同样的道理，就在这部《回响》中，如果没有夏冰清命案的侦破情节，可以说，小说的可读性会大打折扣。而那些制造效果的煽情套路，在这里依然楚楚动人。当然，推理线索的设置不只是为了小说的可读性，更重要的是形成人物比较关系。那些涉案的人物都是魂不守舍谎话连篇，试图逃脱罪行；而心理和情感线索上的人物，都在检讨和反省自己。这是好人和坏人在人格和认知方式上的巨大差异。

情感线索中，冉咚咚还是核心人物。一方面她要侦破以徐山川为中心的杀害夏冰清的命案；另一方面，她也要破解和丈夫慕达夫情感上的"重重疑团"。按说，冉咚咚和慕达夫的结合，要么是才子佳人，要么是珠联璧合。他们的恋爱史花团锦簇，结婚十一年亦风调雨顺。但在办案中冉咚咚无意中发现慕达夫在蓝湖大酒店开了两次房，而且两次开房慕达夫都没有叫按摩技师，于是这成了冉咚咚挥之难去的情感疑团。慕达夫想尽办法解释开房缘由，结果都是弄巧成拙雪上加霜。无独有偶，当冉咚咚发现慕达夫的内裤有了洞，便匿名买了几条内裤寄到慕达夫的单位。慕达夫不知是谁寄的，未敢在冉咚咚面前声张，欲盖弥彰的他留下了无穷后患。两人情感冷战逐渐升级，这个有情感洁癖的冉咚咚便与慕达夫签了离婚协议。随着徐山川案的发展，慕达夫与作家贝贞的关系也渐次浮上水面。

但是，慕达夫教授真的没有出轨。就在他们签署了离婚协议，作家贝贞也已经离婚之后，他们一起到了贝贞家里，当贝贞一切准备就绪时，慕达夫还是逃之夭夭了。这是非常准确的对冉咚咚、慕达夫两人情感纠结的描述。两人阴云密布的情感纠葛发生在他们的心理活动中——尤其是在冉咚咚的心理活动中。那里面隐含的细微的敏感，除了高超的语言能力外，不诉诸对情感复杂性的诚恳体悟，几乎是难以完成的。在讲述者看来,男女之间的情感关系有三个阶段:第一阶段是"口香糖期"——撕都撕不开;第二阶段是"鸡尾酒期"——从怀孕到孩子三岁,情感被分享了;第三阶段是"飞行模式期"——爱情被忘记了,虽然开着手机却没有信号。"三段论"的分析具有极大的普遍性,这是东西对人的情感关系的深刻洞悉。在冉咚咚那里,她和慕达夫之间是否还有爱情,成了她难以破解的情感大案,她长久地陷入困境难以自拔。小说对冉咚咚心理的精准描摹,是最具难度的。心理活动是一种隐秘的内心活动,几乎是不能转述的,就像我们看到的美轮美奂的景观,越是要描述越是发现词不达意。

  但是,东西对冉咚咚以及所有人物心理活动的刻画,令人叹为观止,特别是对冉咚咚的心理塑造,一如他在后记中所说:"主人公冉咚咚不仅要追问疑犯、丈夫,最终还要追问自己。认知别人也许不那么难,而最难的是认知自己。小说中的人物在认知自己,作者通过写人物得到自我认知。我们虚构如此多的情节和细节,不就是为了一个崭新的'认知'吗?世界上每天都有奇事发生,和奇事比起来,作家们不仅写得不够快,而且还写得不够稀奇。因此,奇事于我已无太多吸引力,而对心灵的探寻却依然让我着迷。心灵难以琢磨,因为它比天空还要浩瀚。"冉咚咚和慕达夫已经签了离婚协议,夏冰清的命案也已经告破,但冉咚咚对慕达夫耿耿于怀并未释然。她仍然怀疑慕达夫的"背叛"。这时慕达夫说:"别以为你破了几个案件就能勘破人性,就能归类概括总结人类的所有情感,这可能吗?……感情远比案件复杂,就像心灵远比天空宽广。"这时的冉咚咚才意识到,慕达夫在宾馆开房被她发现后,她揪住不放,层层深挖他的心理,从伪装层挖到真实层再挖到创痛层,让他几近崩溃。没有几个人的心理经得起这样的深挖,包括她自己。因此,她觉得对他太狠了。特别是邵天伟吻了她之后,她构建的道理崩塌了。于是她有了对慕达夫深深的愧疚。当然,冉咚咚的心理转变不是空穴来风。此前,她曾请求慕达夫不要将离婚协议的事情告诉女儿,怕女儿受不了这样的刺激,一如她看到吴文超被押走时其母亲的绝望,冉咚咚腿一软坐在了床上,她也是一个母亲;当慕达夫在离婚协议上签字后,她也曾责问他为什么没有坚持拒绝。这些细节从不同的方面反映了冉咚咚矛盾的心态,为后来的"疚爱"做了水到渠成的铺垫。冉咚咚不曾想到的是,这种"疚爱"的力量居然这样强大。最后冉咚咚问慕达夫:"你还爱我吗?"得到的回答是"爱"。小说戛然而止,精彩绝伦。小说中徐山川和夏冰清的关系,是欲望关系,徐山川要的是美色,夏冰清要的是金钱,这个钱色交易关系极其简单。但是欲望无边欲壑难填,简单明了的关系因不能满足而骤然酿成惊天大案,最后走向了不可收拾,这是欲望之恶导致的。冉咚咚和慕达夫争论的是爱情和爱的关系,他们几乎也走向了不可收拾,但最终的和解、原谅、宽容,使他们拥有了新的选择的可能。流淌在小说最深层也最汹涌的暗流,还是情感的纠结和一言难尽。这里不只是说冉咚咚和慕达夫之间,同时也包括慕达夫和贝贞,冉咚咚和邵天伟,刘青和卜之兰,徐山川和沈小迎等。在人类的情感关系里,谁都可能做过错事,有过不切实际的想法和冲动。但只有对人性的同情、理解和宽容,才有可能使遭遇挫败的情感化险为夷绝处逢生,而不是那种道德化的评价。道德化是最没有力量的虚伪说教。人越缺乏什么越要凸显什么,缺乏道德的人才要凸显道德。

在具体的写作方法上，强大又具体的细节，复式交叉的结构方式以及精准的文学语言，使小说具有了极高的艺术品格。可以说，这是我近期读到的最具文学性的小说。东西以极端化的方式将人的情感和人性最深层的模糊样貌呈现出来，他找到了潜藏在人性情感最深处和最神秘的开关，这也是所有作家最关心和一直在寻找的关键事物。东西在同一篇谈创作的文章中说："三十五岁之后的某个下午，我站在一所校园的走廊，看见一群可爱的女孩从面前走过，内心忽地掠过一丝亨伯特式的邪恶，仅仅一刹那，我就用巨大的道德力量压死了内心的闪电。但是，我的内心毕竟撕开了，哪怕仅有万分之一秒，却让我感到脊背发凉。使我发凉的原因当然不是法律，因为法律不能对我的心理活动判刑。那么，是什么使我如此害怕？是我尊敬的文学大师纳博科夫。他怎么会在那么遥远的地方，提前五十年窥视到我的内心？"如果说纳博科夫五十年前就发现了东西的内心，现在，我们也可以这样说，东西通过冉咚咚、慕达夫等人物，也看到了我们内心最隐秘的情感，我们似乎已经没有秘密可言。如果是这样，那么，东西已经找到了他希望找到的东西。这个东西是人类的基本困境之一，福楼拜、司汤达、托尔斯泰、菲茨杰拉德、纳博科夫等作家，都在这个寻找的谱系里。而这些作家作品，是东西内心的"绝密文件"。如果将这些"绝密文件"公之于世，你会发现，那里无论怎样错综复杂深不可测，但最终写满的是人类的同情、悲悯、宽容这样的大爱，这些"秘密文件"就是人类大爱的回响。东西接续了他前辈的文学传统并创造了新的可能，这是《回响》最大的贡献。

原载《文学报》2021年3月12日

魏 微

日常生活中的光与影
——新世纪文学中的魏微

魏微的小说——特别是她的中、短篇小说,因其所能达到的思想的深刻性和艺术的疏异性,已经成为这个时代中国高端艺术的一部分。魏微取得的成就与她的小说天分有关,更与她的艺术自觉有关——她很少重复自己的写作,对自己艺术的变化总是怀有高远的期待。从1998年《乔治和一本书》开始,到《在明孝陵乘凉》《情感一种》《夜色温柔》《姐姐和弟弟》《寻父记》《到远方去》《流年》,一直到《大老郑的女人》《石头的暑假》《化妆》《家道》,等等,每篇小说都有变化。这个变化不仅是题材、结构或修辞,同时也包括小说内在的旋律、情绪色彩或声音。这些变化就是感染我们的不同方式。

《化妆》是魏微的名篇,它一发表就好评如潮,连续获奖,至今已经过去多年。在淘汰和遗忘不断加速的时代,一个作品能够经受五年的检验便不是一件简单的事情,多年间我们忘记了多少作品已经不可计数,但我们记住的作品实在有限。《化妆》是我们记住的作品之一。多年后《化妆》不仅仍然经得住重读,而且可以判断它是多年来最好的短篇小说之一。《化妆》由三个跳跃式的段落结构而成：首先是十年前，那个贫寒但"脑子里有光"的女大学生嘉丽，在一家中级人民法院实习期间爱上了张科长。张科长虽然稳重成熟，但相貌平平两手空空，而且还是一个八岁孩子的父亲。但这都不妨碍嘉丽对他的爱，因为嘉丽爱他的是"他的痛苦"——是"谁也不知晓的他的生命的一部分"。这个荒谬无望的不伦之恋体现了嘉丽的简单或涉世未深。然后是嘉丽的独处十年：它改变了嘉丽的身份——她成为一家律师事务所的主人，改变了经济状况——她可以开着黑色的奥迪"驰骋在通往乡间别墅的马路上"。一个光彩照人但并不快乐的嘉丽终于摆脱了张科长的阴影，但"已经过去的一页"突然被接续，张科长还是找到了嘉丽。于是小说在这里才真正开始：嘉丽并没有以"成功人士"的面目去见张科长，而是在旧货店买了一身破旧的装束，将自己"化装"成十年前的那个嘉丽。这个想法是小说的"眼"，没有这个化装就没有这篇小说，一切就这样按照叙述人的旨意却出人意料地在发展。前往的路上，世道人心开始昭示：路人侧目，暧昧过的熟人不能辨认，恶作剧地逃票，进入宾馆的尴尬，一切都是十年前的感觉，摆脱贫困的十年路程在瞬间折返到起点。我们曾耻于谈论的贫困，这个剥夺人的尊严、心情、自信的万恶之源，又回到了嘉丽的身上和感觉里，对这个过程的叙述魏微耐心而持久，因为于嘉丽来说它是切肤之痛；这些都不重要，重要的是当年的张科长，这个当年你不能说没有真心爱过嘉丽的男人的出现，暴露的是这样一副丑陋的魂灵。嘉丽希望的同情、亲热哪怕是怜悯都没有，他如此以貌取人地判断嘉丽十年来是靠卖淫度过的。这个本来还有些许浪漫的故事，此时被彻底粉碎。

在我的印象里，魏微似乎还没有如此残酷地讲述过故事，她温婉、怀旧和略有感伤的风格，特别有《城南旧事》的风韵，我非常喜欢她叙事的调子。但这一篇就不同了，她赤裸裸地撕下了男性虚假的外衣，不是爱你没商量，那是"抽你没商量"。这个时代的世道人心啊！

现代文化研究表明，每个人的自我界定以及生活方式，不是由来自个人的愿望独立完成的，而是通过和其他人"对话"实现的。在"对话"的过程中，那些给予我们健康语言和影响的人，被称为"意义的他者"，他们的爱和关切影响并深刻地造就了我们。我们是在别人或者社会的镜像中完成自塑的，那么，这个镜像是真实或合理的吗？张科长这个"他者"带给嘉丽的不是健康的语言和影响，恰恰是它的反面。嘉丽是一个"脑子里有光"的女性，是一个获得了独立思考能力和经济自立的女性，是她"脑子里的光"照射出了男人的虚伪和虚假。这个"对话"过程的残酷将会给嘉丽重大的影响，她的脑子里有光，那势利的男人还有光吗？如果说嘉丽是因为见张科长才去喜剧式地"化装"的话，那么，张科长却是一生都在悲剧式地"化装"，因为他的"妆"永无尽期。

小说看似写尽了贫困与女性的屈辱，但魏微在这里并不是叙述一个女性文学的话题，这是一个普遍性的问题，是一个关乎世道人心的大问题。在这个问题里，魏微讲述的是关于心的疼痛历史和经验，她发现的是嘉丽的疼痛，是所有人在贫困时期的疼痛和经验。当然，小说不能回答所有的问题，就像嘉丽后来不贫困了但还是没有快乐。那我们到底需要什么呢？就是这个不能穷尽的问题才使我们需要文学并满怀期待。

读魏微的小说，总是怀着一种期待，她是能够给人期待的作家。

特别是读她故乡记忆的小说,那种温婉如四月微风拂面、春雨无声润物。《姊妹》同样是一篇优秀的短篇小说,不同的是温婉中亦隐含了一份凌厉。故事发生在"文革"期间,被称为三爷的许昌盛"是个正派人,他一生勤勤恳恳,为人老实厚道"。这样人过的应该是循规蹈矩波澜不惊的日子,与寻常百姓没有二致。但三爷许昌盛却不鸣则已一鸣惊人:他居然一妻一妾有两个老婆。

性格内敛并不张扬的许三爷,是和黄姓三娘结婚十一年后才发现爱情的。他爱上了一个二十一岁的温姓姑娘。这个重大的事变与其说在家庭内部掀起了轩然大波,毋宁说改变了当事人的生存状态和性格:三爷婚后曾"破例变成了一个小碎嘴",现在"嘴巴变紧了";温和的黄三娘两年后才知情,她的第一个反应是"再也按捺不住了",她不骂三爷,而是跑到院子里,把上上下下骂了一遭,"这次酣骂改变了三娘的一生,在由贤妻良母变成泼妇的过程中,她终于获得了自由,从此以后她不必再做什么贤妇了";而温姑娘当时如火如荼的爱经过两年之后,也"心灰意冷,她说,爱这东西,还有什么好说的呢"?时间改变了一切,但这个过程却一波三折惊天动地。两个女人有了正面冲突并不断升级之后,三爷逃之夭夭了。三爷的逃逸不仅没有平息这场争斗,反而加剧了争斗的激烈。温姑娘公开参与到寻找三爷的行列激怒了黄三娘,于是她带领娘家的兄弟找到了温姑娘:

> 温姑娘坐在地上,她蓬头垢面,起先她也还手,后来她就不动了,任着三娘胡抓乱挠、拿指节在她的额头上敲得咚咚作响。温姑娘是那样的安静,偶尔她抬头看了一眼三娘,直把后者吓了

一跳。她的神情是那样的坚定、有力量,充满了对对手的不屑和鄙夷。三娘模模糊糊也能意识到,这女人是和她干上了,从此以后,谁都别指望她会离开许昌盛。三娘突然一阵绝望,坐在地上号啕哭了起来。

在爱情这件事上,女性比男性决绝得多,男性惹上事情之后的不堪、卑微、猥琐,在三爷这里淋漓尽致地表达出来。当三爷逃逸之后,事实上已经出局了,两个女人对他的不屑剥夺了一个男人最后的尊严。斗争只在两个女人之间展开。我惊异魏微对人物心理的把握和洞察:两个女人这时都不在乎三爷了,而是彼此在心气和意气之间的斗争。温姑娘没有名分,本来处于心理上的劣势,但此时的温姑娘镇静无比:

> 是什么使温姑娘变得这样坚强,我们后来都认定,她的心里有恨——其时三娘正在四处活动,想把她告到牢里去,可是这么一来,很有可能就会牵连到许昌盛,三娘就有点拿不定主意了;温姑娘听了,也没有说什么,淡淡地笑了笑。我们不妨这样说,温姑娘的下半生已经撇开了三爷,她是为三娘而活的,事实证明她活得很好,她一改她年轻时的天真软弱,变得明晰冷静——她再也没有男人可以依靠,心里只有一个目标,那就是活着,要比黄脸婆更像个人样;随着小女儿的出生,她身上的担子重了许多,她在家门口开了间布店,后来她这店面越做越大,改革开放不久,她就成了我们城里最先富起来的人,当然这是后话了。

如果仅仅写两个女人的争斗，小说还是爱恨情仇并无新意，这样的世俗故事人们司空见惯。但后半部的转折使小说峰回路转柳暗花明。可有可无的三爷死在四十八岁上。三爷的死使两个女人有了认识各自命运的可能，她们还是相互记恨不能原谅。但在具体事情上，她们又无意间相互同情、怜悯、体贴，比如温姑娘的孩子受了欺负，黄三娘看见了不由自主地站在温姑娘的孩子一边；温姑娘念着黄三娘没有女孩，嘱咐自己的女孩要给黄三娘送终。她们都没有忘记对方是"仇人"，但在情感上又是五味杂陈一言难尽。她们在三爷死后无意中见了一面。这一面使两个女人的内心发生了变化：

> 我们族人都说，两个女人大约就是从这一面起，互相有了同情，那是一种骨子里的对彼此的疼惜，就好像时间毁了她们的面容，也慢慢地消淡了她们的仇恨；我不太认同这种说法，我以为她们的关系可能更为复杂一些，她们的记恨从来不曾消失，她们的同情从开始就相伴而生，对了，我要说的其实是这两个女人的"同情"，在多年的战争中结下的、连她们自己都没有意识到的情谊；命运把她们绑在了一起，也不为什么，或许只是要测试一下她们的心理容量，测量一下她们阔大而狭窄的内心，到底能盛下人类的多少感情，现在你看到了，它几乎囊括了全部，那些千折百转、相克共生的感情，并不需要她们感知，就深深地种在了她们的心里。

小说写了两个女人不幸的人生，但小说不只是在外部书写她们永无天日的苦难，而是深入人物内心，在人性的复杂性上用尽笔力。两个女人的关系永远纠缠不清但又彼此依存。

如果从三爷这个角度看,也可以认为这是一篇相当"女性主义"的小说,它是一种"逆向"的性别书写:作为男性的许三爷,唯唯诺诺小心翼翼,没有担当没有责任,自己闯了祸最后的选择竟是逃逸。与两个女性比较起来他可怜到了可恨的地步。他早早地死去,在小说中也有一种被"放逐"的意味——他真的不重要了。而女性在这里就完全不同了。她们敢于捍卫自己的利益或爱情,没有名分也敢于将怀孕的身体招摇过市,男人死了也将"一日夫妻百日恩"演绎得撕心裂肺感天动地;为捍卫名分坚决拒绝了"妾"在葬礼上出现。女性的凛然、坦荡和义无反顾跃然纸上。但我并不认为这是一篇"女性主义"的小说。魏微在这里要表达的还是与人性相关的东西,特别是女性爱恨交织、剪不断理还乱的情感、心理的复杂或微妙情绪。家庭的破碎、身份的暧昧使两个女性度过了悲惨的时光,这应该是一个绝望的主题,但魏微让人心在绝处逢生,在绝望的尽头让我们看到了光。人心善恶的变化,以及没有永久的憎恨,没有不变的仇恨等感情,被魏微表达得真切而细微。她不急不躁从容不迫款款道来的叙述耐心,使她当之无愧地成为一个成熟的小说家。更值得注意的是,这是一个发生在"文革"时期的故事。但小说中,"文革"只是一个背景,那些大是大非并没有进入寻常百姓的日常生活。他们按照自己的生活轨迹,度过的也是不平常的岁月,但这个不平常只与情感、人性的全部复杂性相关。

魏微这些年来声誉日隆。她的小说逐渐形成了可以识别的个人叙述和修辞风格。她的小说温暖而节制,款款道来不露声色。在自然流畅的叙述中打开的似乎是经年陈酒,味道醇美不事张扬,和颜悦色沁人心脾。读魏微的小说，酷似读林海音的《城南旧事》，有点怀旧，略有感伤，但那里流淌着一种很温婉高贵的文化气息。《家道》是魏微近来颇受好评的小说。许多小说都是正面写官场的升降沉浮，都是男人间的权力争斗或男女间的肉体搏斗。但《家道》却写了官场后面家属的命运。这个与官场若即若离的关系群体，在过去是"一人得道鸡犬升天"，如果官场运气不济，官宦人家便有"家道败落"的慨叹，家道败落就是重回生活的起点。当下社会虽然不至于克隆过去的官宦家族命运，但历史终还是断了骨头连着筋。《家道》中的父亲许光明原本是一个中学教师，生活也太平。后来因写得一手好文章，鬼使神差地当上了市委秘书，官运亨通地又做了财政局局长。做了官家里便门庭若市车水马龙，母亲也彻底感受了什么是荣华富贵的味道。但父亲因受贿入狱，母亲便也彻底体会了"家道败落"作为"贱民"的滋味。如果小说仅仅写了家道的荣华或败落，也没什么值得称奇。值得注意的是，魏微在家道沉浮过程中对世道人心的展示或描摹，对当事人母亲和叙述人对世事炎凉的深切体悟和叹谓。其间对母子关系、夫妻关系、婆媳关系、母女关系及邻里关系，或是有意或是不经意的描绘或点染，都给人一种惊雷裂石的震撼。文字的力量在貌似平淡中如峻岭耸立。小说里母亲荣华时的自得，败落后的自强，既有市民气又能伸能屈审时度势，给人深刻的印象。她一个人从头做起，最后又进入了"富裕阶层"。但经历了家道起落沉浮之后的母亲，没有当年的欣喜或得意，她甚至觉得有些"委顿"。

　　还值得圈点的是小说议论的段落。比如奶奶死后，叙述者感慨道："很多年后我还想，母子可能是世界上最奇怪的一种男女关系，那是一种可以致命的关系，深究起来，这关系的悠远深重是能叫人窒息的；相比之下，父女之间远不及这等情谊，夫妻就更别提了。"如果没有对人伦亲情关系的深刻认知，这种议论无从说起。但有些议论就值得商榷了，落难后的母女与穷人百姓为邻，但那些穷人"从不把我们当作贪官的妻女，他们心中没有官禄的概念。我们穷了，他们不嫌弃；我们富了，他们不巴结逢迎；他们是把我们当作人待的。他们从来不以道德的眼光看我们——他们是把我们当作人看了。说到他们，我即忍不住热泪盈眶；说到他们，我甚至敢动用'人民'这个字眼"。这种议论很像杨沫《青春之歌》里的林道静或柔石《二月》里的陶岚，且不说有浓重的"小布尔乔亚"的味道，而且也透露出作家毕竟还涉世未深。

魏微曾自述："我喜欢写日常生活，它代表了小说的细部，小说这东西，说到底还是具体的、可触摸的，所以细部的描写就显得格外重要。当然并不是所有的'日常'都能够进入我的视野，大部分的日常我可以做到视而不见，我只写我愿意看到的'日常'，那就是人物身上的诗性、丰富性、复杂性，它们通过'日常'绽放出光彩。"①这就是魏微的目光或心灵所及。她看到的日常生活不是"新写实"小说中的卑微麻木，也不是"底层写作"想象的苦难。她的日常生活，艰难但温暖，低微但有尊严。尤其那如古旧小城般的色调，略有"小资"但没有造作。魏微对生活复杂性和丰富性的发现，使她的"日常"有了新的味道和体悟——她看到了日常生活中的光与影。

原载《南方文坛》2011年第5期

---

① 魏微：《让"日常"绽放光彩》，《信息时报》2005年2月28日。

芳华四十载　都付烟霞里
——评魏微的长篇小说《烟霞里》

《烟霞里》，是一部没有任何逢迎动机的小说，是没有任何妥协或勉强意愿的小说，因此是一部创作目标坚定、尊崇内心诚恳体会的纯正的小说。魏微已经十多年没有出版新著，大家都希望早日看到她新的创作，而且她确实是一位有创造力的作家，一位特别值得期待的作家。她发表的作品数量不多，但都给我们留下了深刻的印象。她的《大老郑的女人》《化妆》《一个人的微湖闸》《家道》《胡文清传》等作品，在当代文学中占有重要位置。这样一位作家又多年没有出版新著，就有了一种神秘性，有了神秘性就更强化了我们窥秘和期待的心理。

现在魏微的新小说终于出版了。读过之后，最直接也是最鲜明的感受大概有两点。一是《烟霞里》在形式上的创新。这是一部用年谱方式结构的小说，从1970年田庄出生开始，然后从李庄出发，经江城、清浦，一路走到她心向往之的中国改革开放的最前沿广东，一直写到2011年底田庄去世。我们知道，历史著作完全可以用年谱或编年方式写作。我们有太多这方面的经验和经典著作，但用这个方式写小说的还不多见。所以魏微的《烟霞里》在形式上是一大创造，这个创造告诉我们，小说确实有无限的可能性。而且这个可能性不仅是理论上的，也是具体的，可以想象和实践的。二是《烟霞里》可以看作是一部个人史、成长史，是一部成长小说。田庄的成长和改革开放的中国密切地联系在一起，特别是1992年改革开放的深入发展，股市风潮、香港回归、中国入世、"9·11"事件以及诸多文化思潮和事件。或者说，魏微在书写田庄个人史的时候，是以几十年国内外的重大事件作为依托和背景的。这样，小说就超越了田庄个人的历史，更是改革开放社会历史发展的缩影。当然，作为小说，我更感兴趣的，是魏微对日常生活及其变化的书写。对日常生活的敏锐感知是魏微小说最重要的特点之一，她有营造生活氛围的天才能力。在《烟霞里》中，主人公和亲人、朋友、同学各色人等的交往，有鲜明的时代氛围，这个氛围是小说文学性的一大特征。她对生死、情义、爱情和男女两性的思考，都提供了我们经验之外的新的体验。我觉得有了这些，《烟霞里》就已经足够。

小说命名为《烟霞里》，按作者自己的解释：《烟霞里》有两层意思，一是小说里原本有霞光的意象，晚霞、朝霞不止一次写到；二是"烟霞"在中国古诗词里是个常用词，唐人王质《金谷园花发怀古》中的诗句"人事空怀古，烟霞此独存"，把烟霞跟人生相关联，也就涵盖了小说的题意。金谷园是西晋石崇豪奢逸乐的园林。这里的"烟霞"应指当年的风流余韵。在古诗里"烟霞"亦有神仙境界、隐逸出世以及红尘俗世等意。读过小说之后，我却愿意古意新解，将"烟霞"理解为尘世与理想，田庄短暂的四十一年生涯，生活在尘世，也曾有理想如红霞在天边飞舞。但无论尘世生活还是她的理想，最终都烟消云散。因此，在我看来，魏微的《烟霞里》就是芳华四十载，都付烟霞里。主人公田庄在世俗世界仅活了四十一年，虽然短促却不乏精彩。她没有大富大贵，没有出人头地，没有青史留名，但她在尘世间体悟了人生百态，了然了人情冷暖，也看破了世道人心。因此，田庄从尘世一怒冲天融入万里烟霞，她也化为烟霞的一部分在天边流光溢彩，然后随风飘散没了踪影。这是《烟霞里》中的田庄，也是魏微对人生的终极理解。这个理解超越了现代主义文学云里雾里徒有其表的追问。魏微的不同就在于她直接入题，那无常的人生就是你和我。这不免有些虚空或虚无，但这就是人生的真谛，你经历的一切喜怒哀乐就是你人生的全部，最后，没有高下没有等级，那是终极的平等。当然，除了岁月的赠予，魏微的创作也与她的读书有关。她曾经谈到读史、读年谱、读梁启超给她带来的滋养和灵感："像《清代学术概论》都写得那么好看，像我这种学术白痴也读得津津有味，对他就很叹服。再顺着读下去，就遇上了梁启梁的朋友圈。这一来，我就把陈寅恪祖孙三代的年谱全给读了，还有一些相关传记，略微知道他家的子侄辈、女眷们的情况，跟谁家通婚，父生子，子生孙，末了是怎样谢世的，落场如何，全在脑子里，成了一个整体。这十几年的读史，对《烟霞里》的写作是有帮助的，成了我的思维惯式，就是注重总体性、整体性。而针对个人而言，则是生命的成长、盛开、凋零、末了一声叹息。《烟霞里》就是写的这个意思。"[①]

《烟霞里》对魏微来说既是一次写作的转型，也是一次升华。我

[①] 舒晋瑜：《魏微：我终于等来了这一刻》，《中华读书报》2023年1月18日。

们知道，魏微过去的创作大多是以简洁著称，无论长篇、中篇还是短篇，节制是她最大的特点。但是，《烟霞里》的发表，表明了魏微还有另一套笔墨，或者说，她不仅有丰厚的生活积累，而且有强大的叙事能力，有我们难以想象的故事情节和细节。在我的阅读过程中，我最感兴趣的是魏微对李庄、江城、清浦和广州具体生活的描摹。在那些细节中，我们可以直接感知那是什么时代，什么人家和什么人的日子。这切入骨髓的细枝末节，无关宏旨，无关风月，但它与生活中的心情、情感关系和生命体验相关，或者说，那就是生命攸关的一切。普通人就生活在这样的形式中。所谓文化、文明、教养这些大词，都蕴含在这细枝末节中。这就是魏微的厉害，生活不是抽象的概念或观念，它是具体的、实在的关系，与各种人的关系，决定了你生活的形态和质量，也铸成了不同的人生过程和记忆。田庄出生在李庄，这是典型的乡土中国的村庄。与李庄有关的、给人印象深刻的，几乎都与贫困有关。婆媳之间、母女之间的矛盾只是一只老母鸡，几条鲫鱼和生男生女。她对人物性格书写缜密，一句话，一个眼神，一个声音，一个手势，都不是空穴来风而是无不有来历。她对田庄在成年前的李庄生活，主要是写世风世相和生活状态，包括和家人、同学、各种人的关系以及衣食住行和各种乡村事件，这是她在童年和少年时期的文化记忆。这些记忆构成了田庄的精神成长史，也是她后来对家乡情感和态度的基础。没有这些生活琐事，一切都无从谈起。比如：

  老母鸡事件是这样的。为伺候月子，婆婆巴巴从江城的家里抱了只老母鸡回来，临到头，儿媳舍不得杀，说留着下蛋，鸡蛋一样可以补身子。婆婆同意了。隔了两天,儿子突然跟她开口借钱,说去镇上买只老母鸡,给月华补身子。

她把眼瞪着儿子,问:"谁的主意?你说!是不是她的主意?"

儿子急了:"你还能小声点?只是借好不好,又不是不还你!犯得着这样吗?"

她厉声道:"没钱,就是有也不借!该给的都给了,我这婆婆做得坦坦荡荡,哪一样摆不到桌面上!跟我玩这套!一看就小家子气,爱贪小便宜,怎让人瞧得上!"

如果只看这段文字,我们可能会觉得这是曹禺《原野》里焦母对儿子大星指桑骂槐地骂金子。焦母对金子狠毒是因为有仇怨,但月华从不曾得罪婆婆,除了婆媳之间的"天敌"关系,能够解释的就是贫困了。田家明和孙月华婚后"过得不错",时而好,时而吵,是最真实的生活。他们是什么都聊的,东家长西家短:偷人、爬灰、养小叔子。他们聊得最多的还是柴米油盐,这一阵子攒了多少鸡蛋,老母猪下了几个小猪,屋后的杨树也得杀了……这些都是钱。钱总不够用。省吃俭用的情况下还欠债。就这,也把李庄人给羡慕死,一看见田家明就说:"哎呀,你家孙月华真会过!"真实的情况是:"田家明一家是体面人,干部家庭、回乡知青,自己又在外当临时工,就要个面子。细粮是不吃的,只在来亲戚的时候派上用场。平时吃什么呢?吃玉米、糙米、白薯、红薯。炒菜时,拿个油刷子朝热锅上轻轻一抹,就算有'油'意,不枉是炒菜了。他家偶尔吃顿好的,还要关门闭户,怕邻居看见了,来借。"

这些生活细节的描摹，一方面表达了那个时代普通人的生存状况，同时交代了田庄的乡村贫困记忆。这个记忆的深刻就在于它是个人的，只有个人的记忆是真实的，因为它有切肤之痛，是感同身受的。另一方面，无数个个人记忆，就构成了民族记忆。这个民族记忆是国家改革开放的社会基础和条件。社会主义不是让人民过穷日子、苦日子。因此，在书写这些重大历史事件的时候，她更客观也更克制。即便是改革开放的到来，她也没有一惊一乍地欢呼雀跃，大的历史事件会改变国家民族命运，但那是渐进的，物质的极大丰盈不是一天早上从天而降，那是一个缓慢的过程。因此我们看到，1978年、1979年，田家明一家的生活如故，小丫还是小丫，奶奶还是奶奶，五婶还是五婶，生活的惯性还在延宕。这种客观性铸就了魏微小说的真实性。

另外，生活的趣味性是《烟霞里》的一大特点，这个趣味性是魏微小说极为珍贵的暖意。如果说魏微细致地刻画了生活的贫困和苦难，是真实地反映了生活的话，那么，生活的趣味则表达了魏微对生活的态度。或者说，面对生活的种种不尽如人意，魏微没有刻薄地怨恨，她的宽容和同情，使她的小说如雨后初晴的山村风情画。所有的美好都在不言之中，也都如诗如画地在视野周边，有些缥缈，但又真实无比："小丫满月的那一天，正是大年初一，虽然赶巧，也预示着一种新气象。春联、炮仗、汤圆、饺子……样样备齐；家前屋后扫了一遭，俭朴的桌椅也擦得泛清光。两人守岁一直到天亮。堂屋里蹲着一口大破锅，锯屑燃起，大门关上，身上暖和和的。"这是对生活的赞美、迷恋和态度。这种赞美、迷恋和态度，更体现在她成年以后与同学、闺密及家人的关系。看魏微的读书状况，她的这一特点与《红楼梦》和《围城》有关。她曾自述,《围城》——

> 写得太好了,我每读每笑,太欢快了。钱锺书是天才小说家。人物关系的交代,七八个人聚会,谁挨着谁坐,小心思、小眼神,一个不落,交代得清清楚楚,笔墨能照顾到每个人,一点儿都不乱,言语风趣,充满睿智和洞察,读来令人捧腹,几段话写下来,人物性格出来了、关系出来了,彼此之间还很错综。这种能力,当代作家里没几个能做到……写作确实需要能力,我是中人资质,钱锺书是天才,曹雪芹称得上伟大。很多人说《围城》刻薄,我觉得还好,小说家最大的道德是塑造人物,钱锺书可能影射了一些熟人,但很多年后,读者不会去分辨他影射的人,单记住了苏文纨、孙柔嘉、李梅亭、顾尔谦,这些人现在还在,是我们的熟人、同学、同事,又可爱又可憎,这些人会一直活下去,代代流传。文学的魅力就是在这里。《烟霞里》也有这个意思,就当是致敬《围城》吧——我不敢说致敬《红楼梦》——因为《围城》有态度、有喜好,作者所爱的、所憎的都摆到了桌面上,不藏着掖着,特别好。读来欢快,本质悲凉。《围城》的调子影响了我。但我本性并不是惯于嘲讽的人,因而嘲弄两句后,又回归正常叙事。①

这如实道来的体会,为我们提供了解读或了解魏微的另一条重要通道。烟霞即世俗世界,在世俗世界体会人生的五味杂陈。于是田庄

---

① 舒晋瑜:《魏微:我终于等来了这一刻》,《中华读书报》2023年1月18日。

的思想、情感和性格，就具有了人间性。这种人间性，就是对民间性情和生活的深切体会和理解。那是深入骨髓的文化基因，是可以一代一代复制的、生生不息的文化传统。敢于把个人放进去，把自己的人生体验和盘托出，是《烟霞里》的力量所在。小说本来就是作家的自叙传。虽然小说有2005年的某一天，田庄委托作家魏微写自己的情节，但这都是障眼法，是"甄士隐去""贾雨村言"。因此，某种意义上田庄就是魏微的化身。在人民文学出版社组织的新书发布会上，有读者问魏微，田庄有多少作家个人的影子？魏微回答说是百分之三十。这个回答是不真实的。事实上，田庄和魏微如影随形，她们几乎就是同体。即便有虚构和想象，作家为什么做了那样的虚构和想象，也是作家的选择。我的意思是，田庄的喜怒哀乐都有作家的生命底蕴为依托。

《烟霞里》的丰富性需要我不断地阅读和认知，但我觉得这更是一部女性之书，这不只因为田庄是女主人公，更重要的是她看某些事物的角度和眼光。比如对男女情感问题，她看得非常透彻，或者说她的认知特别个人化，也特别极端化。面对情感和婚姻，田庄显然不是一个乐观主义者，更不是理想主义者。某种意义上可以说她是一个悲观主义者，这个悲观里有强烈的悲剧性。对感情她似乎不抱希望，更不抱幻想。当然，小说要处理或书写的，就是人物的个人化或极端化。贾宝玉、林黛玉，一百单八将，关张赵马黄，唐僧师徒四人，都是极端化的人物，阿Q也是极端化的人物，有了极端化才可能有典型化。当然，田庄对生活的认知，就是作家魏微对生活的认知。生活中的魏微低调，有情有义，但她也有激烈的一面，那一面同样也会表现在小说的人物身上。她对友谊，包括同性和异性，亦有自己独到的看法和处理方式。她在友谊方面的成功要远远大于在个人情感方面的成功。个人性格的特点总要无意识地折射到小说人物的身上。田庄的情感和行为方式，总会让人情不自禁地联想到作家魏微。比如对夫君王浪前女友的好奇，这个好奇是她对世界好奇的一部分，并不都是嫉妒和不快。但她人物的"人设"毕竟是另外一回事。比如她说：

  女的真没那么好弄，主要表现在：温柔、妖娆、性感、端庄、纯真、圣洁、活泼、高冷……必要时还得来点无知，以显得男人挺高深。难呐！矛盾百出！田庄为了笼住王浪，也是够拼的，她决定豁出去了：装！

  先搞个备忘录，时不时给王浪打个电话，关心一下，吃饭了没有？吃了，你呢？我也吃了，你吃了啥？不告诉你！神经！想我了没？你呢？你先说！不，你先说！啵一下！啵！啵啵啵……笑死了。见面的时候，也不穿T恤了，改穿连衣裙、高跟鞋，逼得她走路必须迈着小碎步。起头王浪也没太留心，有一天奇怪地看着她，说："你最近是不是有变化？出啥事了？"

这种心机或语态又仿佛来自张爱玲。但田庄毕竟不是来自《倾城之恋》，不仅自己不适，王浪也不适。于是田庄开怀大笑，说："不搞了，不搞了。"这才做回了自己。但女的"不好弄"还真是千真万确的——

  有一回她去公司找王浪，大门口见他跟一个美女在告别，两人握了握手，顺便抱了一下，互相拍一下肩头。田庄灵机一动，决定拿来做题目，搞个吃醋玩玩。等美女开车离开后，她叫住了王浪，刨根究底。

悲催的是，竟然刨出来了，是他的另一个前女友。

田庄惊讶道："你怎么还有？你到底有多少个前女友？你不是说只有珠海那一个吗？你在骗我？"有点当真了。

"不是，不是，"王浪苦笑一下，露出他的小虎牙，挺诚恳，说，"这个不是女友，当时她有男朋友，我勾她了，遭拒。后来她跟男朋友散了，又来找我，我也拒了，因为你已经出现了。没你好，真的！"

"比我好！"生气了。

又问："要不是我，你就跟她好了？"

对女人的评价是："女人天生是仇敌，既为具体的男人而战，也为抽象的男人而战；较之职场战争，情场战争的时间较短，太耗神了，直把老命能搭进去。从情窦初开算起，总要战个二十年。一般而言，女人到了四五十岁，战争就结束了；有的更早，三十多就硝烟散尽，形同老尼。到了那时，女人才能和平共处，一聚会就损男人，各种刻薄，笑得肚子疼。"同样，对婚姻，田庄没有抱太大期待。到了2005年，他们结婚的第八个年头，也就是过了"七年之痒"的第二年，夫妻关系开始转型，谁也不避讳，各自有了各自的方式。田庄和朋友纪念自己结婚纪念日，丈夫王浪是缺席的；王浪带着两个女朋友去泡温泉，却把要求参加的田庄拒之门外。千里之堤，溃于蚁穴，婚姻都是从不珍惜开始溃败的。田庄的这段话可能再清楚不过地表达了她对男女之间的看法——

　　饮食男女,"文学家最上头,美名曰'爱情',大加咏叹,咏错了吗?没错,确有那回事。咏对了吗?也不对,他们只咏一面,带有片面性。伟大的情诗多是失恋的产物,由此可见,文学家在这方面也不在行,无奈又好这一口,又用情至深,以至魂牵梦绕、衣带渐宽,不得已才写诗加以虚构,美化,聊以自慰"。

　　可以说,伟大的爱情只在臆想中,失恋了才会拥有,得到了终会厌倦。怎么样都不对。对的人遇不上,就或遇上了,时间又不凑巧。哪怕有情人终成眷属,又禁不起日常的消耗。人间充满怨偶,充满了吵嚷、怨恨、算计、报复……倘若不愿离婚,只能跟自己说,啊,由他去吧,别太较真了,睁一只眼闭一只眼。

但任何事物、任何看法都不是绝对的。后来,在小说中我们也终于看到了这一幕,这就是田庄的"婚外情",虽然她和林有朋的情感纠葛,发乎情止乎礼而已,但却是最令人感动和遗憾的章节。田庄死后林有朋对她的怀念,那是不是爱情依然无解,但从这个情节看作家和她的代言人田庄,对男女之间的爱情并不是彻底绝望。

田庄尽管不是小女人,但毕竟也是女人,偶尔有《红楼梦》的小女子状,耍个小脾气也在情理之中。在这个意义上《烟霞里》是"女人书"。这个"女人"是日常生活中正常的女人。她不是那种刻薄、认死理、没完没了的女人,也不是什么认定女权、女性主义的女人。田庄是女性,但并不"主义"。我更感到非同凡响的,是魏微处乱不惊的叙事姿态和表情。越是自信的作家，越是没有骄傲、优越和不屑。她的从容、坦然和淡定，既不偏执也不狂热，显示了个人的见识、眼光和格局，和那些故作姿态的、自认为高人一等的腔调比较，高下立判。

读到这里，不由得想起现代文学史上的两大作家，一是萧红，一是张爱玲。这两个作家也是魏微经常谈起的作家，是她格外重视和自我参照的作家。她曾写过《悲惨的人生，温暖的写作——写给萧红百年诞辰》，这是发表在2011年第5期《文艺争鸣》上的文章。那一年魏微四十一岁，是田庄去世的年纪。我认为这是魏微写得最好的与人物有关的文章。在这篇文章中，我们看到了魏微对萧红和张爱玲截然不同的态度。对萧红她说——

> 我揣摩萧红的写作速度，应该是相当快的，她差不多是一气呵成式的写作，真正做到了"我手写我心"，就是心中有的，她就写出来，心中没有，她就不写了。她的语言虽好，却很少讲究，一看便知是喷薄而出的，——喷薄而出的作品，大多气血充足，气脉贯通，语言上却粗鄙简陋，不忍卒读。萧红却是其中少有的例外，她的文字，细观没一字是出彩的，她不肯在字句上做任何的推敲停留，但几段读下来，那个意思便有了，她想表达的便呼之欲出了，甚至超过了她能表达的……这个人对语言的运用是天生的，她的文字是有魔力的。①

---

① 魏微:《悲惨的人生，温暖的写作——写给萧红百年诞辰》，《文艺争鸣》2011年第5期。

对萧红的景仰、尊重和钦佩溢于言表。萧红是一个"折腾"的人。但是,"也有不折腾的,像张爱玲,我想,这是因为她有自知,太过冷静;就生命力而言,张爱玲是弱了些,远不及她的才华,幸好她那时还很年轻,是能够凝神、聚气写几篇漂亮文章的,再晚一些,恐怕就真来不及了。我能够想象,她住在上海的那间公寓里,不拘是书桌旁,还是阳台上,整个身心都打开了,每个毛孔都在呼吸,感觉、听觉、味觉、嗅觉、自己、世界全连成一片了……即便没有胡兰成,这样的写作怕也不会持续太久,她是整个把自己搭进去写了,两年已是极限了"[①]。魏微对萧红和张爱玲的评价、认识,深得我心。甚至我认为,当年魏微写萧红时的心情,几乎就在写自己。特别是写到萧红与"东北作家群"那几个男人的关系。在这一点上魏微是矛盾的。在对待男性的关系上,一如田庄,几乎不大上心,即便和王浪结婚了也没有爱得昏天黑地。在情感和婚姻的理性态度上,魏微或田庄更像是张爱玲,像张爱玲对男女的理智,而萧红则是一只飞蛾,她不管不顾地一次次地飞蛾扑火,那几个男人哪个没有辜负她。但在写作和对人生的态度上,魏微则没有条件地倾向于萧红。她说:"萧红若没有离开故乡——故乡本来就是用来离开的——她就不会去写《呼兰河传》;她若没有后来的坎坷和不幸,《呼兰河传》就不会写得这样有感情,虽然她并不愿为了写得有感情而去经历那些坎坷和不幸。"与其说魏微在说萧红,毋宁是在说自己。她最感同身受的那句话是:《烟霞里》——"它之于我,就像《呼兰河传》之于萧红,一生只为写这一本。以前我的中、短篇写作,

---

① 魏微:《悲惨的人生,温暖的写作——写给萧红百年诞辰》,《文艺争鸣》2011年第5期。

都可算是为《烟霞里》作准备。我自己的评价是，这篇是'自我完成'式的作品"[1]。一个作家心里住着萧红，你就知道她该有多强大。

  作为小说，《烟霞里》正是"所见者大，取材者微"。孙犁先生虽然说的是散文创作，但在我看来同样适于小说。因此，《烟霞里》虽然说的是家长里短平凡人生，但它着眼的既有时与势，更有人生的真实体会和感悟。同时魏微塑造了众多我们难以忘却的人物，田庄一家的父亲田家明、母亲孙月华以及奶奶和干姐妹五婶，这些城乡之间并不遥远的人物活色生香呼之欲出。田庄对母亲似乎总是颇有微词，母亲孙月华霸道、爱钱，虽然对田庄不那么疼爱，但与老公倒是恩爱有加。进入老年以后态度有所转变，认为"你爸这人不行，为人处事是一方面，关键是没脑子，整天跟糨糊似的，分不清轻重缓急。又没个决断，要么就是乱决断！挺无能的一个人"。母女之间的讨论肯定无果，但田庄的情感态度还是一目了然，她对父亲则到了一个平视的年纪。这些看似平淡无奇的文字，却真实地道出了夫妻、母女、父女之间关系的变化。这种经验我们在以往的阅读中不曾遇见。这就是平常中的新奇和见识。这种道别人所未道的体悟，就是对生命体验的深刻之处。

  其他人物，比如丈夫王浪，官员雷书记，虽然着墨不多，但都如见其人。田庄三十岁刚过之后，对丈夫王浪也多有调侃或诋毁，从衣着到心理都不放过。那个曾经满头浓密头发的老公五十岁出头终于因秃顶而全剃了。"一头光亮，像电灯泡一样照着。底下是慈眉善目，猛一看就像老和尚。"这种讲述方法和文字修辞，貌不惊人，但读着读着，

---

[1] 孙磊：《魏微:〈烟霞里〉是非常态的写作，如有神助》，《羊城晚报》2023年1月21日。

味道便从字里行间升起。这也正如魏微所言，小说就是平凡人的历史啊。我们都是平凡人，走在大街上就被人群淹没的那种人，小说就为他们而写，因为有普泛性。他们是人群中的大多数，写他们，也是在写我们自己。我年轻时的文字是真的有感情，不是奔放的那种，而是稍微压着些，有调性，不热，但是有温度，很多话不说透，禁得住品。①

文研院雷书记是文职官员形象的典型，其实就一小公务员的形象。但在中国，官员的自我定位永远高于所有的人，他瞧不起知识分子在情理之中。知识分子瞧不起他更是理所当然。话又说回来，文研院那帮新老专家也不是什么清流，都是无事生非的主。

现代小说诞生于新旧交替的大时代，先贤们那"欲新一国之民，不可不先新一国之小说"的呼吁，使现代白话小说一开始就担负起了与国家民族有关的责任。百年传统使作者和读者不仅习惯了小说已成"大说"的现实，而且作家对宏大叙事有自觉追求，读者对"国事家事天下事"有真心期待。因此，《烟霞里》既是田庄的个人成长史，更是国家发展史的"二重组合"结构，也是情理之中和意料之中的。但小说对大时代大事件的了解、掌握和叙述的把控并不是另起一行，而是同小说水乳交融地黏合在了一起。比如对2000年的中美关系的叙述，从第三届中美足球赛开始，这类似于"乒乓外交"的足球赛，负载了太多的政治意义。克林顿亲临赛场，九万座位座无虚席，六千万美国人和四亿中国人都在观看电视。比赛结束后克林顿走进更衣室向中国队致意，

---

① 孙磊：《魏微：〈烟霞里〉是非常态的写作，如有神助》，《羊城晚报》2023年1月28日。

并和大汗淋漓的姑娘们合影留念，伴有迷人的微笑和夸张的话语。其生动性充分显示魏微作为小说家的讲述天赋。大事件关乎国家民族命运，它和所有的人都有关系。再如突发的"9·11"事件，世贸大厦轰然倒塌。撞穿世贸大厦的过程，在魏微的叙述中，和中美贸易谈判有异曲同工之妙。那仿佛不是新闻事件而是作家虚构的情节。除了这等国际国内大事件，当然还有文化、文艺事件，比如小剧场演出《切·格瓦拉》，一场演出后的反应，是观众不同的价值观和对现实不同看法的对峙和较量。诗人食指登台朗诵《相信未来》，全场热血沸腾，犹如理想主义的炸弹在剧场引爆。任何一种事件在中国都不是孤立的，都会牵扯出谁也想不到的各种观念和力量。中国的复杂性在《烟霞里》是通过具体事件表达的，形象、生动又在情理之中。我们不知道什么时候就被小说"怂恿"得神志不清或意乱情迷。

《烟霞里》应该属于《红楼梦》的谱系。魏微对日常生活和人物关系的处理，对细节和细微处的处理，特别是田庄死于四十一岁的"青春晚期"，给人一种极为苍凉的虚无感。在我读过的当下小说中，有强烈和鲜明的虚无感的，一是陈彦的《装台》，刁顺子命运多舛，虽然也有自己快乐满足的时候，特别是刚把第三任妻子蔡素芬领到家的时候，他饱尝了家的温暖和男欢女爱，但对刁顺子来说，这样的时光实在太短暂了。他没有时间也没有机会去体会享受，每天装台不止、乱麻似的家事一波三折，他哪里有心情享受呢。果然好景不长，蔡素芬很快被菊花撵得不知所终；菊花也和谭道贵远走大连；刁大军病在珠海，被刁顺子接回西京后很快一命呜呼。读到这里的时候，情不自禁会想到"冤冤相报自非轻，分离聚合皆前定""好一似食尽鸟投林，落了片白茫茫大地真干净"!《红楼梦》是琼楼玉宇,是高处不胜寒。在高处望断天涯路不易,那里的生活大多隐秘,普通人难以想象无从知晓;而陈彦则从人间烟火处看到虚无虚空,看到了与《飞鸟各投林》相似的内容,这更需事事洞明和文学慧眼。再就是魏微的《烟霞里》,写田庄四十一年生涯,她经历了这代人共同的经历,与大时代烟波滚滚潮起潮落,从任何一方面说,她已足够风光和体面,她的人生几乎没有大的瑕疵,能够做到这样的大概也没有多少人吧。即便如此,看到田庄过早地逝去我们还是黯然神伤,这样一个与世无争正直善良的好人,本应该平安健康地生活着,她是我们想象中的一个尺度,一种类型。但人生无常,她因心梗离开了我们。但是,作为读者,我们和田庄的告别是如此的艰难,我们和田庄的相处不只是阅读小说的这些日子,她仿佛是我们熟悉了很久的朋友和亲人,她的优点和缺点我们不仅都能够接受,而且,如果反观我们自己,又何尝不是如此。如果是这样的话,我们与田庄就是无法告别的相会。另外,所有伟大的作品,哪一部是锣鼓喧天喜气洋洋的呢,哪一部不是充满悲剧性呢?

现在,我们可以回到小说的"前序"了。事实上,在小说的最前面,或者说开始的时候,魏微就假"《田庄志》编委会"之名,将她的初衷告知了我们。"前序"说:田庄生前百度百科上有她的词条,她是青年学者,她的专业背景和著作一应俱全。但是,"这是十多年前的事了,现在,百度百科上已无田庄,她作为词条不只是湮灭了,好像世上未曾有过这么个学人,未曾写过那些著作。她生前获过一些荣誉,譬如'青年英才''岭南文化新锐'等,广州的媒体曾做过她的专访,配上她的书房照,她倚着书柜,半低着头,手不释卷的样子还挺好看的。白纸黑字,立此存照,然而文字和图像是速朽的,转瞬即逝,过眼云烟"。田庄连同她的著述,和那些死去的作者挤在一起,他们终将成为故人。这就是田庄的一生。这就是"烟霞里"的寓意和作家对人生的理解。这是何等精彩的理解。

如果是这样的话,魏微的创作会在一个新的起点上焕发出新的光彩。我相信,随着对《烟霞里》阅读的展开,随着朋友们评论的相继发表,《烟霞里》的文学魅力会得到进一步的阐发,它的丰富性会得到进一步的彰显。"每个人都不一样,每个人都大同小异"的人生体悟,会得到更切实的阐发。我们的文学有了《烟霞里》,是一件多么让人高兴的事情。

2023年2月5日于北京寓所

原载《粤港澳大湾区文学评论》2023年第3期

鲁　敏

历史、主体性与局限的魅力
——评鲁敏的小说创作

20世纪70年代作家与历史的关系，似乎已经成为一个问题被反复提及。普遍的看法是，这是处于历史夹缝中的一代人：他们既没有50年代、60年代出生的作家那样明确的历史记忆，也不像"80后"作家没有任何历史感。这个看法是否成立还需要讨论或证实。在我看来，关于任何代际的总体性评价都是可疑的，这就如同黑格尔、卢卡奇关于历史的总体性理论受到质疑一样，在历史发展越来越呈现出不确定性的时候，历史越出了总体性的把握业已成为共识。如果是这样的话，那么怀疑70年代作家历史意识的判断也同样是可以被怀疑的，特别是对具体作家而言。

现在，我要评论的鲁敏，就是70年代出生的作家。近年来，鲁敏的小说创作声誉日隆，特别是她的中、短篇小说。在"文学已死"或"向死而生"的各种议论中，鲁敏固执己见不为所动，她坚持要接近或靠近她希望得到和看到的东西。于是，就有了她百余万字的小说创作。在鲁敏的中、短篇小说创作中，历史是一个隐约可见的线索或参照：它似乎不那么明确,但从来也不曾消失。它像幽灵一样若隐若现又无处不在。于是,历史对于鲁敏来说,因神秘而挥之不去,她小心翼翼又兴致盎然。《白围脖》可以看作是鲁敏的成名作,也可以看作是一篇关于欲望的叙事:人物自身的欲望、叙事者窥探人性的欲望。人世间最隐秘的角落撕开了面纱,一切就这样赤裸裸地暴露在光天化日之下。世风迭变,曾经有过的刻骨铭心,在今天完全成了没有责任的身体大战。对人性的揭示,也是对世风的不屑:人的内心深处竟如此的龌龊不堪。在"恶"的意义上,鲁敏把人是看到骨子里了:再也没有隐秘,再也没有隐痛。在这部小说里,婚外情就如同贪官,不查则已,查谁谁有问题。崔波、忆宁、王刚、崔波太太都是如此,甚至母亲也在偷偷地看黄碟。一个情欲泛滥的时代、一个身体空前解放的时代,就这样在鲁敏的笔下被残酷又真实地呈现出来:无须回避、没有歉疚、相互报复、破釜沉舟,一切都可以随心所欲登峰造极,可以不计后果,因为没有后果,每个人都是施加者也是承受者。

但是,这也是一个隐约地向父亲致敬的文本,是情感倾斜父亲的小说。父亲的时代毕竟还有情天恨海、有义无反顾和刻骨铭心的情义。母亲是受害者,但她的不值得同情不是因为她应该受到伤害,而是因为她的虚伪,她对丈夫和性事的虚伪,对女儿和道德的虚伪。小说在人心最隐秘的角落展开,把世间最私密的东西撕破了给人看。但这里没有快意,只有"暗疾"。父亲或母亲是历史的表意符号,但被小说放逐的父亲更具历史意味,遥远的往事因他的缺席显得更斑驳和迷离,他对"小兔子"致命诱惑的犹疑、矛盾以及"案发"之后"屡教不改"的决绝,不仅表达了那个时代真诚的"愚钝"和情感方式,同时也使后来忆宁们的肉体搏斗索然无味。母亲同样也意味着"过去",但岁月使她更像是一个历史的"遗民"。如果说父亲的离去是戛然而止恰到好处的话,那么母亲则因长久孤寂而举止变形,成为一个名实相副的卑琐的"多余人"。在这里,鲁敏无意识地摆脱了"历史崇拜"的羁绊,而没有成为一个危险的"怀旧病"患者。

《墙上的父亲》可以理解为一个恋父的故事。有趣的是,这也是一个缺席而又无处不在的父亲。从他被挂在墙上的那一刻起,他的历史就已经停止,他成了女儿们只可想象而难以亲近的遥远存在,就像一个幻觉。他就那样在墙上注视着妻女们的庸常生活。小说对日常琐屑生活无比厌倦,但在精细的细节叙述中似乎又表达了作家深切的迷恋。柴米油盐、婚配嫁娶、家长里短,将庸常无比的生活在真实犀利甚至尖刻的话语叙述中彻底撕裂。但唯有父亲不能遗忘,他那难以复原的历史如影随形,在与现实的比较中神秘而久远。

鲁敏的许多小说中,都有意无意地接触到诸如"文革""赤脚医生""老三篇""欢呼最高指示"等历史事件。这些事件鲁敏不曾经历,在现实中也已了无痕迹,但鲁敏还是兴致盎然地一再触摸,她难以深入其间又欲罢不能。于是,历史对鲁敏来说,就像一个经久不息的未了心愿、一个挥之不去的巨大情结。

在鲁敏的小说创作中,对人性"暗疾"有过长久的关注,这曾是她顽强探索的重要主题。对人性"暗疾"的文学兴趣,使她对此穷追不舍,不依不饶。《暗疾》将最寻常生活中普通人琐屑不堪的日子和卑微的希望,淋漓尽致地书写出来。小说的细部荒诞而夸张,父亲的"神经性呕吐"一触即发、姨婆对"大便"的关注乐此不疲、母亲对"记账"

兴致盎然、梅小梅的"退货强迫症"一直延续到婚礼，等等，每个人都有"暗疾"，它的普遍性构成了生活的整体荒诞。这是先锋文学的遗风流韵。

值得注意的是，这些"暗疾"不是抽象的，鲁敏对其描述得细致耐心又刻薄："父亲总在最不该呕吐的时候突然发作，比如，梅小梅带同学回家聚会，在商场挑选彩电，送外地亲戚赶火车。好好的，父亲突然捂起嘴，快速地跑向最近的卫生间或马路边的大树下，黄褐色的汁液等不及地从他的指缝间流出，他不得不就近蹲下来，姿势难看地用手把着门框或路牙子，把头尽量地往前伸，像个晕车的人那样孱弱地呕吐。"

母亲"清晨从早市回到家，她总坐在光线不足的小客厅里，一样样仔细回忆：菜秧，1.5，尾骨肉，9.3，生姜，0.8，洗衣粉，8.9……若是去了超市，收银条儿上的明细也要加以抄录……接着，她会计算出当天的用度总和，再算出与总钱数之差，填在最后一栏，相当于会计账里的'余额'，她把小钱包翻出来，纸上的余额与钱包里的钱数一碰。平了。她心满意足，面呈安详之色。一天最完美的开始"。

更荒诞的是姨婆对大便的持久兴趣，她甚至可以和客人像讨论其他问题一样讨论大便的次数和时间。但小说温和中有锋芒，庸常中有节操，姨婆、父亲、母亲、梅小梅等人物，呼之欲出跃然纸上。结尾处，在梅小梅幸福满溢的婚礼上，突然晴空响雷，炸碎了精心铺陈的所有琐屑和无聊：她要求和坚守的底线还是不可洞穿或出让的。

像《取景器》《与陌生人说话》等作品，都对人性中不堪或幽暗的角落做了痛快淋漓的揭露或批判。在《取景器》中，无论在怎样的角度上艺术地再现"人物",表达情感,鲁敏仍然不能掩饰她对人类特有的精神现象的失望:"我知道几乎所有的男人、包括一部分女人,都认为爱情必定要跟性有关,性,可如明镜鉴忠心、如烈火烹热油。可是,人是多么古怪而不知惜福的动物,爱情这种活动,它只适合走上坡路,比如,向肉体走去,却永远抵达不了。肉体关系,在情爱之中,就相当于制高点,只要抵达彼处,肯定的,事情就必然要往下走了。神秘感、追慕心,一切都将如盐入水,渐次化于无形,最终消逝了。"

即便像《墙上的父亲》这样的作品,也仍然流露出作家惯性的笔致——

> 王薇爱吃。这爱好由来已久,或许从父亲去世时就开始了,那几年,家里确乎惨淡,伙食比较粗陋,她反倒对"吃"一事兴趣异常,有股子"抢"的劲头,就算是稀饭搭咸菜,她嘴里手里忙着,两只眼睛同时还在小菜碟子和别人碗里转来转去,生怕给漏了什么好东西……家里没有零食,她馋起来,照样四处翻箱倒柜,恨不能掘地三尺。二年级那年,有一次,不意竟真给她发现半瓶红酒,不知谁留下的,也不知放了多久,她尝了一口,甜津津的嘛,就偷偷喝起来,等晚上母亲发现,她已小脸微红,快活而迟钝,笑嘻嘻地听任母亲骂她。

事实上,这人性丑陋的一面,正因被不断遮蔽而疯狂生长。但鲁敏在书写这些生活中人们无意识的表达时,不是"原生态"的呈现或欣赏,而是视其为一种精神"疼痛的历史"。如果只存在于一部作品中,可以看作是偶然事件。但在多部作品中反复出现，便构成了鲁敏的一种历史表达，那幽暗的色调和宣泄般的冷眼，本身就蕴含在历史之中。因此这不是消极的文学，它的内驱力是批判性的，是鲁敏的"底层的批判"，是"哀其不幸，怒其不争"的民族劣根性批判的当代延续。

当然，这只是鲁敏小说创作中的一部分。对这一"类型"的创作，她后来检讨说：

> 我这几年的阅读与写作，有一个渐变的轨迹。在创作初期，由于从小的阅读经验，我对西方式的叙事手法、结构处理、探索性等较为迷恋，体现在创作中，则是对人性中浑浊下沉的部分非常敏感，喜欢穷追不舍，看世间为人为事，如何失信、失德、失真，力图写得惟妙惟肖、不依不饶，似乎那种刻薄与刺刀见红便是功德圆满的写作。但这几年，可能是年岁渐长，我对中国的传统情怀越来越珍重了，那来自民间的贫瘠、圆通、谦卑、悲悯，那么弱小又那么宽大，让我无法摆脱。这体现在我的创作上，题材与风格都略有变化。因为我发现，人性风景中，既有浑浊下沉，则必有明亮与宽容，何不眷顾于后者？想到一个寓言故事：狂风与太阳，都想剥了农夫的衣衫，一个是劲吹，一个是暖照，到最后，反是太阳得胜。所谓恶与善，几可比之于狂风与太阳，如果真想有所图谋，真不若选择一轮暖暖之日。①

---

① 鲁敏著，邱华栋主编：《正午的美德》，《新世纪作家文丛》（第三辑），长江文艺出版社2017年版。

作家是创作的主体,对创作方向的修正是作家主体性的一部分。同样是社会生活或心理经验,但当作家转换了视角或方式之后,另外一种"生活"或景象就被建构起来。这些寄托了作家"心目中'温柔敦厚'的乡土情怀"的作品,是指鲁敏新近创作的《颠倒的时光》《逝者的恩泽》《思无邪》《风月剪》《纸醉》等一批"东坝"背景的小说。东坝既是一个虚构之地,也是作家心中的"原乡"。它缥缈又切实,虚幻又真切。在鲁敏的主体思想中,它是一个既可想象亦曾经验的精神故乡。在现代性的过程中,东坝古老的文化精神正在遭受来自都市文化的羞辱,但东坝却没有放逐它,它仍然弥漫在东坝的街巷、田间、土地和空气里。于是,同样是民间生活,过去那密不透风的丑陋和卑微逐渐隐去了,我们在乡间或小镇看到的是另一种情形:这是没有怨恨、没有敌意、没有琐屑不堪,只有善与亲和的乡土中国。

《思无邪》,几乎是一篇平静如水的小说,真正的人物只有兰小和宝来。兰小是痴呆,宝来是聋哑。聋哑照料痴呆,难以想象会发生什么故事。但鲁敏在最细微的想象中,通过宝来的视觉和嗅觉,将一个人的友善无比生动地刻画出来。超乎想象的是,即便是聋哑和痴呆,对人的自然生理需求仍能无师自通。十八岁的宝来终于让三十七岁的兰小怀孕了。突如其来的事件沉重地打击了兰小年迈的父母,但他们并没有指责宝来。短暂的愁绪很快被喜悦替代,他们真心想成全两个不幸的人。但一切未果兰小就因大出血死去了。值得注意的是,鲁敏在这个有些残酷的故事里,通过细节表达了宝来超越俗世的大爱。即便是一个聋哑人,在他的情感世界里,仍然有挥之不去的寄托或归宿。而那一切,与世俗世界的标准没有关系。

《逝者的恩泽》是一个浪漫的小镇故事，别人终结的地方成为鲁敏的起点；它是对当下世风的有意对抗，是化腐朽为神奇的奇妙想象。她在有意略去了一些场景和情景的同时，构建了另外一种文化，尽管是一种"新乌托邦"文化。我们不得不承认，在社会各种文本的书写中，有一种强大的、难以抗拒的压抑力量，这就是关于性的欲望表达。"小蜜""二奶""网聊""婚外恋""一夜情"等词，在夸张的叙述中已经建立了关于性的文化政治。在当下中国，似乎再也没有比肉体欲望更重要的东西。我们都知道，在这些表达中，关于男女、关于性，和情感、和爱情再也没有关系。《逝者的恩泽》潜隐了这样的社会生活内容：那个已经死去的男人陈寅冬，因常年在新疆修铁路，与维吾尔族姑娘古丽同居。但是，这不是小说的主旨所在。小说奇崛的想象、苦涩凄婉的浪漫情调，无论是趣味还是内在品格，在当下的中篇小说中都可谓是不可多得的上品。小说可以概括为"两个半男人和三个女人的故事"。那个不在场但又无处不在的"逝者"，是一个重要的人物，一切都因他而起；小镇上一个风流倜傥、有文化有教养的男人，被两个年龄不同的女性所喜爱，但良缘难结；一个八岁的男孩能"闻香识女人"，只因患有严重的眼疾。一个女人是"逝者"陈寅冬的原配妻子红嫂，一个是他们的女儿青青，还有一个就是"逝者"的"二房"——新疆修路时的同居者古丽。这些人物独特关系的构成，就足以使《逝者的恩泽》成为一部险象环生层峦叠嶂的作品。值得注意的是，这些通俗文学常见的元素，在鲁敏这里并没有演绎为爱恨情仇的通俗小说。恰恰相反，小说以完全合理、了无痕迹的方式表达了所有人的情与爱，表达了本应仇怨却超越了世俗伦理的至善与大爱。红嫂对古丽的接纳，古丽对青青恋情的大度呵护与关爱，青青对小男孩达吾提的亲情，红嫂宁愿放弃自己乳腺疾病的治疗而坚持医治达吾提的眼疾，古丽原本知道陈寅冬给红嫂的汇款但从未提起，等等，使东坝这个虚构的小镇充满了人间的暖意和阳光。在普通生活里，那些原本是孽债或仇怨的事物，在鲁敏这里以至善和宽容做了新的想象和处理。普通人内心的高贵使腐朽化为神奇，我们就这样在唏嘘不已感慨万端中经历了鲁敏的化险为夷绝处逢生。这种浪漫和凄婉的故事、这种理想主义的文学在当下的文学潮流中有如空谷足音。

《颠倒的时光》里的木丹——一个木讷诚实的乡下人，专事劳作，为人善良。第一道瓜最能卖上价钱，他却分送给乡亲们几百斤；乡下人不洗澡，年前他却开放了大棚，让乡亲们喜气洋洋清清爽爽地过年；他不知道还价，但瓜卖不上价钱时也不沮丧。这是一个随遇而安的本分人。凤子，一个勤劳单纯的乡间妇女，心无旁骛地一心和木丹劳作。但是，鲁敏将现代化进程是以乡土中国作为代价的悲怆，镶嵌于传统中国男耕女织的太平景象，在不动声色中书写了传统中国最后的温良敦厚，在致敬中也写出了深切的无奈和凄婉。

在我看来，鲁敏至今最成功和值得称道的，还是《纸醉》和《镜中姐妹》两部作品。《纸醉》的情节在年轻人的"心事"上展开，在没有碰撞中碰撞，在无声中潮起潮落。时有惊涛裂岸，时如微风扶柳。面对开音，大元的一曲笛声、小元的几个故事，都是项庄舞剑，意在沛公。在寻常的日子里，笔底生出万丈波澜。最后，还是"现代"改变了淳朴、厚道、礼仪等乡村伦理，乡村中国的小情小景虽然美妙温馨，但在大世界的巨变面前几乎不堪一击。当然，鲁敏还不是一个纯粹的

"乡村乌托邦"的守护者。她对乡村的至善至美还是有怀疑的,哑女开音的变化,使东坝的土地失去了最后的温柔和诗意。小叙事在大叙事面前一定溃不成军。就作品而言,我欣赏的还是鲁敏对细节的捕捉能力,一个动作或一个情境,人物的性格特征就勾勒出来。大元爱着开音,他的笛声是献给开音的,但是,大元总是"等开音低下头去剪纸了,他才悄悄地拿出笛子,又怕太近了扎着开音的耳朵,总站到离开音比较远的一个角落里,侧过身子,嘴唇噘住了,身子长长地吸一口气,鼓起来,再一点点慢慢瘪下去。吹得那个脆而软呀,七弯八转的,像不知哪儿来的春风在一阵一阵抚弄着柳絮。外面若有人经过,都要停下,失神地听上半晌"。

小元现在说话,学生腔重了,还有些县城的风味,比如,一句话的最后一个两个字,总是含糊着吞到肚子里去的,听上去有点懒洋洋的,意犹未尽的意思。并且,在一些长句子里,他会夹杂着几个陌生的词,是普通话,像一段布料上织着金线,特别引人注意。总之,高中二年级的小元,他现在说话的气象,比之伊老师,真可谓出于蓝而胜于蓝了,大家都喜欢听他说话,感到一种扑面而来的知识。

这些生动的细节,显示了鲁敏对东坝生活和人物的熟悉,她的敏锐和洞察力令人叹为观止。

《镜中姐妹》,是鲁敏写于2005年的作品。它是一部典型的成长小说,张家五姐妹生活在同一个环境,但不同的心理和性格,造就了她们不同的心路历程和生活景况。社会的影响远远大于家庭的影响，没有人可以逃离社会环境想入非非。在时代的交叉口上，她们的命运竟是如此的不同。

大概很少有人意识到，几乎所有的孩子都是和自己的同代人一起成长的。那个时代的家长并不真正了解自己的孩子。即便是今天的那些独生子女，又有多少家长真的了解他们？《镜中姐妹》中最让人感动的是大双、小双的姐妹情谊。她们朦胧地共同爱上了一个高年级同学，这是她们共同拥有的秘密。这个秘密使她们的情谊不能言说又无可替代。不谙世事的孩子们没有能力处理这个突然来临不期而遇的青春事件。终于，当发卡出现，决绝的小双选择了死亡：她要把发卡和那个男生一起留给大双。这个悲剧远远超出了姐妹情谊，它是人类面对爱情时至今无法解开的难题。小双那纯洁、幼稚的选择不是拒绝而是放弃，她送给大双的是幸福的祝愿。也只有情窦初开的朦胧爱情才有如此的诗意，就像烟雨中的荷莲，隐约盛开的是让人心碎的爱意。也唯有这样的情怀，才有决绝的小双，才有亲自将发卡戴在小双头上的大双。这无声也无比感人的一幕，是鲁敏献给我们的关于爱情的神话。

但同时不能不指出的是，鲁敏在结构小说时的"模式化定式"。比如《白围脖》《墙上的父亲》《逝者的恩泽》等作品，都有一个死去的"父亲"，他们虽然在作品中的功能和作用不同，但在小说结构方式上却如出一辙；比如《镜中姐妹》和《思无邪》的高潮，都是人物的死亡。小双被大双别上发卡、兰小的尸体被宝来在棺木中放平，是两部小说最感人的地方，但在处理方式上是一回事。先于故事死去的"父亲"和在故事中死去的人物，虽然是两种不同的"放逐"方式，但在本质上并没有区别。因此,当鲁敏对自己的"主体性"选择深怀自信的时候,她也踏上了一条自己设定的"模式化"道路。她那"顿悟"式的自白确实别有新意,但挖了一个先入为主的"主题先行"的危险陷阱。虽然她拥有了新的写作视角和资源,但在结构的同一性中暗含了危机的存在。

即便如此,我仍然高度评价鲁敏已经完成的小说创作。她的小说,是没有任何英雄气味的小说,她在平淡如水的日常生活里,耐心地寻找着新的文学元素。事实上,越是我们熟悉的生活越是具有挑战性,而最难构成小说的,恰恰是对生活的正面书写。就像在戏剧舞台上,反面人物容易生动,正面人物更难塑造。如果说,鲁敏前期小说穷追不舍地深究人性的"沉浊",专注于人性的幽暗,接续的是启蒙主义和现代主义文学传统的话,那么,鲁敏"转型"之后,执意发掘人间的友善和暖意,承继的则是沈从文、孙犁、汪曾祺的文学传统。人物的复杂性和丰富性为一种相对单一或单纯的倾向取代,这也许是一种局限,但这一局限也同样放射着迷人的魅力。特别是在恶贯满盈、欲望横流的文学人物无处不在的时代,鲁敏的具有浓重浪漫主义特征的文学人物,就具有了文学史的意义:她重建了关于"底层生活"的知识和价值体系,提供了另外一种我们不曾经验的民间生活。她对这种生活的体认,也从一个方面修正或弥补了当下"底层写作"苦难深重的"绝望文化"带来的极端化问题。正是在这样的意义上,2007年的鲁敏,是一个重要的文学人物。

原载《扬子江评论》2008年第1期

徐则臣

北中国的风物志和风情书
——评徐则臣的长篇小说《北上》

人类文明缘起于河流文化,人类社会发展积淀于河流文化,河流文化推动社会发展。河流文化作为一种人类的文化、文明类型,经历了很长的历史时期才被人们认知,我们把它称为"大河文明"。河流与人类文明的相互作用,造就了河流的文化生命。河流先于人类存在于地球上,供养生命,使地球充满生机。河流或激流勇进,或静水深流,大水汤汤势不可当,是人类社会或个人命运完好的隐喻。因此,书写河流就是书写人类社会的发展,就是书写人在历史长河中的不同命运。《密西西比河上的生活》《静静的顿河》《呼兰河传》《黄河东流去》《额尔古纳河右岸》等小说,就是以河流命名、表现在不同的时代背景下社会历史和个人命运与河流关系的作品。

《北上》与上述小说多有不同,最大的不同就在于运河是人工开凿的河流。一方面,其他河流都先于人类存在,运河不是;另一方面,中国的河流由于地势大多自西向东,而运河则是南北流向。独特的运河孕育了独特的运河文化,《北上》就是多年来书写运河文化的翘楚。小说出版以来,好评如潮获奖无数,最炫目的光彩是获得了第十届茅盾文学奖。因此,对《北上》的研究和评价已经非常充分。但刊物还在组织《北上》的研究和讨论,这从一个方面反映了小说的重要性;或者从组织者的角度来说,应该还有多角度、多侧面发掘和讨论作品的可能。重新阅读了《北上》之后,我觉得徐则臣作为"70后"作家所能达到的历史深度以及对现实透彻的体察,确实是别具慧眼别有新意。现在,我试图从作者批评、中国性建构以及身份政治的角度,对《北上》表达如下看法。

"青春作伴好还乡"

徐则臣多次表达过他与运河的关系,他要写以运河为主体的小说的愿望:"快二十年了,我无数次拜访过真正的花街,现在它短得只剩下了一截子,熟得不能再熟,但每次回淮安还是去看,像见一个老朋友。运河沿岸的大小码头我见过很多,它们最后成为一个石码头。有花街,有石码头,当然要有运河。我一直想大规模地写一写运河,让它不再是小说中的背景和道具,而是小说的主体。"[①]他在另外一个地方说"运河一直是我写作的重要背景","对农村孩子来说,水就是我们的天堂,那个时候没有变形金刚,没有超人,连电视都没有,没有现在任何孩子能玩的娱乐设施。但是我们有水,可以打水仗、游泳、溜冰、采莲……"。[②]这是徐则臣对个人写作背景和生活原型的道白。这个道白表明,徐则臣出生在运河旁,他的童年记忆或文化记忆一直与运河

---

① 李徽昭:《从花街出发——徐则臣谈文学故乡》,《淮海晚报》2015年3月8日。
② 徐则臣:《运河一直是我写作的重要背景》,中国新闻网2018年12月29日。

有关。这个道白在其他小说中也曾隐约出现,比如《水边书》《夜火车》《耶路撒冷》等。因此可以说,写一部以运河为主体的小说,一直是徐则臣的愿望或心结。

有了这个愿望或心结,徐则臣几乎动用了他关于运河的全部积累,最重要的是情感积累。因此,徐则臣《北上》的创作,可以说是春风得意马蹄疾,一日看尽长安花。这个"春风得意",不是说徐则臣如何扬扬自得自命不凡,而是说徐则臣一接触运河这个题材,内心鼓荡起的欢欣鼓舞或由衷的快意,指的是作家创作的心情;这个"长安花"就是运河的船、运河两岸的人与事。或者说,《北上》的创作,也是一次还乡之旅,所谓青春作伴好还乡,就是这种心情吧。这种心理状态自然汇集到了他的行文中,他的情绪、修辞,各种场景和人物书写,都有一种昂扬高亢和诗意盎然。因此,作家的文本就有了明显的、统一的个人标记,这个标记是不从众的、难以复制和易于辨识的。他的激情和生命力在文本表达中贯彻始终。他独特的情思浪漫而富于诗意,这个内在性几乎没有留给外来的质疑任何机会和可能。他说"我写运河十五六年了,我的文学、我的认识向前发展是沿着运河发展的,所以运河一直是我写作重要的背景,也是以文学方式认识世界有效的路径"[①]。运河是他内心的一个情结。情结就是作者的潜意识,而潜意识恰恰是支配作者最重要的内在的心理力量,而个人的生活阅历是形成写作情结最重要的因素。

小说从1901年写起,这是一个世纪之交。19世纪和20世纪之交,

---

① 徐则臣:《运河一直是我写作的重要背景》,中国新闻网2018年12月29日。

中国民族资本主义得到初步发展：一是帝国主义的入侵带来的刺激，《马关条约》中允许列强在通商口岸开设工厂，列强纷纷加紧资本输出，中国自给自足的自然经济遭到破坏，客观上也促进了中国城乡商品经济的繁荣，为中国民族工业的发展创造了一些条件；二是在洋务运动中，洋务派打着"自强""求富"的口号，兴办了一批近代工业企业，对中国民族资本主义起到了引导和刺激作用；三是因为一些觉醒的国人把发展民族资本主义、抵制洋商洋厂看作是挽救民族危亡的手段之一，他们发出了"实业救国"的呼声，利用有利时机大力发展民族工业。这为资产阶级开展维新变法运动提供了经济基础。这是《北上》故事发生的国家背景。1901年，整个中国大地风雨飘摇，时局动荡。为了寻找在八国联军侵华战争时期失踪的弟弟费德尔·迪马克，意大利旅行冒险家保罗·迪马克以文化考察的名义来到中国。这位意大利人崇敬他的前辈马可·波罗，并对中国及运河有着特殊的情感，故自我命名"小波罗"。另一位主人公谢平遥作为翻译陪同，并有挑夫邵常来、船老大夏氏师徒、义和拳拳民孙氏兄弟等中国社会的各种底层人士一路相随。他们从杭州、无锡出发，沿着京杭大运河一路北上。当他们最终抵达大运河最北端——通州时，小波罗因意外离世。也是这一年，清政府下令废止漕运，运河的衰落由此开始。百年后的2014年，运河的命运有了新的转机。小波罗、谢平遥的后人们，在运河上书写了有声有色的新篇章。

保罗·迪马克，也就是小波罗，来中国寻找他失踪的弟弟费德尔·迪马克（中文名马福德），自运河南端杭州一路北上。这个"寻人之旅"当然只是一个由头，一个"贾雨村言"。这是小说家惯用的手法。

但是，这个预设却从一个方面与作家的心情不期而遇：运河六千里，城池二十一[①]，将有多少风光可尽收眼底，有多少美食可一饱口福，有多少风土人情从眼前掠过。于是我们看到——

  三月的江南春天已盛。从无锡到常州，两岸柳绿桃红，杏花已经开败，连绵锦簇的梨花正值初开。河堤上青草蔓生，还要一直绿到镇江去。小波罗坐在船头甲板上，一张方桌，一把竹椅，迎风喝茶。一壶碧螺春喝完，第二泡才第一杯，脖子上已经冒了一层细汗。"通了，通了。"他用英语跟谢平遥说。谢平遥纠正他，是"透了"。中国人谈茶，叫喝透了。

一个来自朱丽叶家乡、初来乍到中国的意大利人，在中国的运河上，看着中国的风光，喝着地道的中国茶，用中国的方式感受喝茶的惬意，这是何等快意的体会。或者说，小说一开始，作家就赋予了这个意大利人旅途的愉快。他松弛，满足，自得其乐。虽然还经常抑制不住地流露出欧洲人傲慢的性格，但他会尽力克制，方式就是拿出自己的牛皮封面的本子，哗啦啦地写上一阵子。这说的是小波罗喝的。他吃的是——

  每日三餐的饭点上，都会有轻便小船在繁忙的水域上来回跑动。此刻，大嗓门儿的老板娘在一遍遍重复早餐的种类：豆浆、烧

[①] 刘士林：《六千里运河 二十一座城》，上海交通大学出版社2022年版。

饼、油条、豆腐脑、稀饭、包子、蒸饺、窝头、面条,还有咸菜、豆腐干和酸辣椒。小波罗推开窗户,看见水汽氤氲的河面上错落行走的几艘船,如同穿行在仙境。因为雾气流转升腾,老板娘站在船头叮叮当当敲着碗盆的喊叫声也突然变得邈远,矮矮胖胖结实的老板娘,在小波罗眼里像仙女一样风姿绰约。

一切都是如此的不可思议。小波罗的快意可想而知。当然,与其说兴奋无比、感慨万千的是小波罗,毋宁说是他的讲述者徐则臣。

《北上》当然不是徐则臣的长篇处女作。此前他先后出版过《耶路撒冷》《午夜之门》《夜火车》《王城如海》。《耶路撒冷》是他潜心六年完成的作品,曾获过老舍文学奖,对他在文坛的地位至关重要。对徐则臣来说,这部作品超越了他的长篇小说《午夜之门》和《夜火车》;对"70后"作家来说,它标志性地改写了这个代际作家不擅长长篇创作的历史;对当下长篇小说创作来说,它处理了虽然是"70后"一代——但也是我们普遍遭遇的精神困境。《耶路撒冷》书写的不是一个人的成长史。书中有五个主要人物,小说通过这五个人物的形象和命运,书写了来自底层的一代青年的精神困境及成长过程。耶路撒冷是个所指不明的所在,它几乎就是一个虚妄的能指。但是,恰恰是这个虚妄的能指,标示了一代人对理想、信仰不灭的坚持,对精神圣殿的向往。在价值和理想重建的时代,如何表达年轻一代的精神世界和精神履历,应该是一道难题,它极易流于空疏、苍白和虚假。但徐则臣的《耶路撒冷》,写的是内心的风暴,内心的冲突。他在提供了新的经验的同时,也让我们深深地感到他的沉重、不安和焦虑。而《王城如海》,用徐则臣的话说，王城堪隐，万人如海，在这个城市，你的孤独无人响应，但你以为你只是你时，所有人都出现在你的生活里，所有人都是你，你也是所有人。因此，无论是《耶路撒冷》还是《王城如海》，叙事方向都是向内的，冲突更多的是在内心展开，因此压抑、沉闷、心事重重。但《北上》则完全不同，它多年沉潜在作家心中，呼之欲出，一如自己心爱的人，内心的爱意怎样想象都不过分。因此也可以说，《北上》是一部极其外向的小说，作家克制的讲述也难以掩饰他的春风得意、情不自禁。

北中国的风物志

如果一个作家执意要写什么，那里显然有他心动的事物。徐则臣说：这次是我比较系统全面地对运河做一次梳理，把我这么多年对运河的感性、理性的认识，包括虚构和演绎做一次彻底的书写。这次的运河肯定跟别的运河不一样，以往的运河只是片段，现在我尽量从时间、空间相对全面的角度呈现、把握运河。[①]如果具体地说，小说给我突出印象的，是运河及其两岸的风物。风物即景物。我一直认为，对风物的书写，是考验一个作家能力的重要指标。现在的作家不大注意风物的书写，没有风物，小说就不那么像小说。风物是环境，也是风景。它既与人物有关，更与读者有关。人物眼睛看到的风景可以窥见人物的心情、处境甚至命运；读者看到的风景，可以舒缓情绪，感知小说张弛有致的美妙。因此，风物在小说中是断不可少的。

[①] 《作家徐则臣：写大运河是因为到了可以写的时候》，《北京娱乐信报》2017年10月30日。

《北上》对风物的描摹用尽了心思和笔力,从这个意义上说,小说就是北中国的风物志。首先是运河两岸的自然风光——

> 船已经停下。岸上一片金黄的花海,铺天盖地的油菜花,放肆得如同油彩泼了一地……沿途也见过星星点点的油菜花,但如此洪水一般的巨大规模,头一次见。可能之前也曾有路过,但因为绝大部分河堤都高出地面很多,挡住了野地,坐在船上想看也看不到。小波罗大呼小叫地说,震撼,震撼。这让他想起故乡维罗纳,想起他和父亲从维罗纳到威尼斯来回的路上,看到过的那些油菜花。那时候觉得那一片片油菜花地真是辽阔啊,跟眼前的这片花海比,那是维罗纳见到了北京城。

> 维罗纳的油菜花虽然远不及运河岸边的壮观宏伟,但维罗纳毕竟也有这样的自然景观。下面的场景小波罗是无论如何也不曾见过的,在邵伯古镇的邵伯闸,房屋和村镇陆续出现在河两岸,大大小小的码头多了起来。南方的建筑恍恍惚惚地倒映在水里,看不清的行人和动物也在水里走动,仿佛运河里另有一个人间。河道悠长,拐个弯,果然看见遥远处一片辽阔的水域。那片大水上密密麻麻停着无数条船——

> 小波罗知道遇到了传说中的状况,从椅子上站起来,很是兴奋。邵伯闸是运河上的重镇,要害所在,南来北往的船只都经过这里。只是大清国地势南低北高,次第水位南北落差明显,邵伯

闸只能采用三门两室的方式分级提水,让船只通行。三道闸门,两个闸室,提起,放下,再提起,再放下,如此反复。闸室又小,一次进不下多少条船,两边的船只积压得就很多。淡季当天通航还有可能,漕运和水运旺季,或者赶上天旱水位上不来,憋个十天半月都不在话下。老夏说他在邵伯等候过闸时睡了这辈子的第一个女人,没任何问题,等这么久,认认真真生个孩子都来得及。积压这么多船,一想到接下来漫长的等待,大家都着急。小波罗不急,既然等待是行经运河的必由之路,为什么不好好感受一下这个等待呢。

自然风物和运河奇观,是大清帝国不同的风景。这不同的风景或风物构成前现代的中国性。不同的风景,不仅是地方性的奇观,同时也是中国地大物博、历史深远的无言告知。

集中写运河比较优秀的小说有王梓夫的《漕运码头》。小说从道光皇帝整顿漕运流弊、爱新觉罗·铁麟临危受命接任仓场总督写起,写他置身于另一个权力漩涡之后,引出的无数个惊心动魄的故事情节和各色人物。这是一部写人物和故事的小说。铁麟是宗室贵族,权高位重,但他也是一位励精图治忠于朝廷的命臣。他到了通州漕运码头之后,才体悟到漕运流弊之严重。于是围绕整顿漕运展开了一场阴谋密布的复杂斗争。漕运流弊营造已久,牵扯到的人物无一不与利益相关,甚至不惜为利益引发命案,官场腐败可见一斑。铁麟虽然小心谨慎一身正气,但在地方势力与朝廷大员勾结的情况下,漕运流弊并未因铁麟的存在而革除。最后铁麟在进退维谷、身处两难的时候,却意外地得到升迁，但就革除漕运流弊的这场斗争，他显然是个失败者。这个有趣的结局没有遮蔽大清帝国由盛而衰的历史趋势，而是在不作宣告中预示和隐含了帝国时代的终结。这是写大历史、国族命运的大叙事。小说对一百多年前通州风土人情、勾栏瓦舍的生动描绘，对底层百姓生活和内心世界的准确把握和悲悯情怀，都显示了作家非凡的艺术功力。其间穿插的林则徐先禁烟后遭贬，革职发配途中治黄，龚自珍厌倦官场通州辞行等情节，都有效地增强了小说的历史真实感。由于作家是著名的话剧编剧，因此小说中也不免有一些戏剧性的因素和情节，这从另一个方面增强了小说的可读性和悬念感。

《北上》写的不只是通州，更是整条运河。或者如作家所说，有要把运河写得更全面的内在期许。在创作实践上，"小博物馆号"游船和"小博物馆"客栈，是小说的神来之笔。一个民族的秘史正是通过这些"物件"——历史的细节来体现的。周海阔是谢平遥时代的年轻船夫周义彦的后人。他的"小博物馆"客栈连锁店开了十二家。"小博物馆"只收藏当地古旧稀少的老物件。这些老物件曾深度地参与了当地的历史发展、日常生活和精神建构。仅济宁店的收藏——并非多么稀有值钱，但已经能够比较全面地勾勒出济宁这座城市，作为运河重镇日常生活的历史脉络。某日，周海阔终于收到了一个好东西：一个意大利罗盘，老物件里的好东西。卖罗盘的小伙子邵星池说是祖上传下来的，因为办厂急于用钱不得已才卖。周海阔几经劝告邵星池三思慎重，邵星池执意要卖。周海阔一直为收了这个罗盘而得意，运河的历史由此打开了一个新的维度。但是，一年后，邵星池的父亲邵秉义又要把罗盘赎回去，而且不在乎几倍的价钱。这个"赎回"的过程一波三折，最后周海阔还是原价还给了邵家。因此，这些物件构成的历史精神还活在运河人家的日常生活中，这就是仁义。这又回到了"小博物馆之歌"的开篇。说周海阔在摆弄一副从中学老师那里收购的对联："阐旧邦以辅新命，极高明而道中庸。"对联大约是1987年冯友兰先生的自勉。"旧邦"，是指中国源远流长的文化传统。"新命"，是指现代和建设社会主义。"阐旧邦以辅新命"是作者的平生志向。"极高明而道中庸"一句，出自《中庸》："故君子尊德性而道问学，致广大而尽精微，极高明而道中庸。温故而知新，敦厚以崇礼。"冯友兰先生说："上联说的是我的学术活动方面，下联说的是我所希望达到的精神境界。"而周海阔的行为就是秉承文化传统的"敦厚崇礼"。因此，风物志看似写老物件，写历史细节，实则还是写运河人与历史文化传统的关系。所以，说《北上》有历史感，不只是说小说写到了1900年、1901年，而是说即便在当下，文化传统仍然在运河边上弥漫四方。可以说《北上》改写了过去我们对物的理解和认识。普遍的看法是，文学是精神领域或者精神性的，对物的迷恋将有损文学的含义。因此，对物的批判和拒斥，曾经成为一个时期文学流行的观念。今天我们似乎可以看清楚，没有物的依托，包括小说在内的文学是没有支撑的，那些飘在天际的豪言壮语或声情并茂，或感人肺腑，但时过境迁，便也云朵般地随风飘散。《北上》因为有了"物"的基础，形成了强大的风物阵容。而那些风物恰是一个民族精神和性格的无言佐证，那里隐含着中国经验的文化密码，这也从一个方面表达了徐则臣唯物主义的历史观，以及对知识性在小说中重要性的理解和认识。

运河上的风情书

如果用一个字概括《北上》特点的话，那就是"情"字。徐则臣写运河，写运河上的风物，写运河上的人，都渗透着一个"情"字。小波罗被河盗刺伤的伤口化脓得了败血症，这个不治之症要了他的命。临死前小波罗念念不忘的是自己的弟弟马福德，他不知道弟弟的死活，他希望弟弟——这个真正的运河专家，同样热爱中国，热爱运河的意大利青年能够活着；他希望自己死后能被葬在通州的运河边上。他言辞诚恳情真意切。这个意大利人对中国，对运河，是动了真情。自从他来到中国，他从来没有高高在上的优越感，没有主动地惹是生非，他对中国充满了友好和友善。在船上他除了吃饭睡觉，就是在本子上记下他的旅途观感，喝茶或东张西望。他的死是中国的河盗所致，但他没有怨恨，没有后悔，他唯一放不下的是弟弟。他终于坚持到了通州，昏迷中的他睁开眼睛，只看了通州三秒钟，称了谢平遥一声"兄弟"，便永久地闭上了眼睛。这一年是1901年，光绪帝颁了废漕令。运河开始衰落，小波罗对中国、对运河的一腔痴情就这样永远地留在了运河边。

小波罗的死在小说中唤醒了弟弟马福德。这个已经在另一个世界的"沉默者"，开始讲述他的中国之旅和个人的情感经历。可以说，小说中最感人的章节，就是写马福德和秦如玉的爱情故事。谢望和与孙宴临的爱情也写得非常成功，也很感人，但那是中国男人和女人正常的爱情故事。这个故事的功能，更多地和小说的结构有关，和小说的戏剧性有关。因此，当孙宴临拉着拉杆箱来到通州与谢望和相会时，我们在报以祝福外,并无太多的特殊感受。而马福德和秦如玉则不同,他们的爱情是大清帝国斜阳下凄楚的爱情挽歌。作为一个已经"死亡"的"沉默者",他"起死回生"地讲述了他在大清帝国的可遇不可求的爱情。一个怀着对中国的好奇而服役入伍的意大利青年,行囊里有一本《马可·波罗游记》,来到运河边一个叫风起淀的地方,邂逅了秦如玉姑娘。后来马福德说:

  此后长达三十四年的生活中,每次想起大卫·布朗,我都会问如玉一个问题:你怎么知道是我在追你,而不是大卫?如玉也会不厌其烦地重复同一个答案:看眼神呀。这世界上,只有你的眼神不会拐弯。还有呢?我继续问。还有就是,每次你们来,大卫都会找个机会嘱咐我,让我教你说中国话。

八里台之战,马福德的右腿胫骨中弹,骨头被打碎,子弹和碎骨头渣取出来后,他成了一个瘸子。当他能用瘸腿走路之后,只身奔赴一场未知的爱情,奔赴在1900年8月里的后半夜。这个意大利青年是如此地不可阻挡,天亮时他到了风起淀。他来到秦家时是这样的情形——

  老秦指着门外对我说,滚!秦夫人把他往堂屋里推,边推边说,小声点,你害怕别人听不见?如玉,先让他进屋,别让人看见!如玉掩上一扇门,我坐在阴影里的凳子上。

这是远在1900年的8月。这个时间提醒我们的是，在大清国的晚期，民间的跨国婚恋已经出现。从小说讲述的情况看，如玉的父亲老秦虽然不同意，但也并不感到多么惊诧；如玉的母亲或是心疼女儿，或是顾及脸面，还是将马福德让到了屋里。马福德是一个熟读《马可·波罗游记》的人，但是马可·波罗并不是一个"现实的人"，他只是一个"风景的人"，只可想象不可触摸，他与现实不会发生关系。他是历史，是奇观。马可·波罗符合风景人的所有特征。但马福德是现实的人。他有血有肉、活色生香，他有情感要求。当他开枪从义和拳拳民手里救下了如玉，事情有了转机——

　　老两口说什么我没有全懂，大意是，他们把如玉托付给我了。秦夫人说得真诚，只要对她女儿好，那人就足可以信赖。老秦就勉强得多，他的表情和语气表明，女儿和雕版托付给我，完全是情非得已，尽管如此，当我把雕版背到身后，他还是紧紧握住我的手，突然间老泪纵横，颤抖着要给我下跪行礼。吓得我赶紧扶住。我对他鞠了一躬。这是男人对男人的嘱托，也是男人对男人的承诺。我结结巴巴地对如玉说，一起走。如玉摇头，他们无论如何不走。一家三口又抱头痛哭。

　　马福德和秦如玉成了夫妻。后来的许多年里，这个意大利青年这样想过："运河边的生活的确跟我想的相去甚远。我们被时局和生计困在世界的一个角落。也可以说，因为时局和生计，我们被排除在了世界之外。偶尔我也想过回意大利，也后悔过。我把世界和生活想得太简单了。我可以这么想，但不能让如玉这么想，她是无辜的。想到能和这样的女人在一起，别说这一种生活，就是下地狱，我也愿意。"马福德对爱情的理解和对中国姑娘如玉的情感，可以说是感天动地了。

如玉命殒于日本人的狼狗。马福德，这个来自意大利、有中国名字的游历者，中国的女婿，如玉的男人，也因此和中国人同仇敌忾。他和我们有了共同的仇敌，他的身份在此时发生了根本性的变化。不只是说，当他的儿子说他"有点像外国人"时，他高兴自己"终于是正儿八经的中国人了"。而且马福德，也拿起了他的左轮手枪——

> 三十三年不用还跟新的一样；子弹也一颗颗精神饱满，一点锈迹都没生。吃过晚饭，我把小孙女抱在怀里，跟儿子、儿媳和两个孙子说，我去看看你们的娘和你们的奶奶。我让儿子、儿媳看好三个孩子，让两个孙子看好妹妹；天太黑。他们以为我去如玉的坟边坐坐。
>
> 我的确去了如玉的坟边。我坐在她身旁抽了一袋烟，跟她说了几句话。到头来我竟不知道该跟她说什么了。站起身时我说，如玉，等等我，到那边我还要对你好。我摸摸腰后的裤兜，枪硬邦邦的，子弹哗哗地响。

谁都知道马福德干什么去了。这时，这个马可·波罗的后代就成了一个视死如归的国际主义英雄。《北上》也因此具有了"世界性的意义"。运河的研究者说：大运河的开凿与整修，不仅为粮食、茶叶、丝织品等提供了便捷的流通渠道，由于"物"的背后是人，有着特殊的感性需要、精神内涵与文化形式,因而,从一开始,大运河本身也是南北乃至古代中国与世界发生联系的重要桥梁。在大运河的深层,还潜藏这一条文化的河流,它不仅直接串联起南北,也由于沟通了黄河与长江等水系,从而间接地连接起更为广阔的空间,对中国文化大格局的形成具有十分重要的作用。① 另外,尽管大运河的鼎盛时代已经过去,在高铁、高速公路、飞机等交通工具极端发达的时代,运河的使用功能退到次要地位,但所谓"实用退潮,审美兴起",说的就是当下运河的状况吧。

小说另一段爱情发生在谢平遥的后人谢望和与义和拳拳民孙过程后人孙宴临之间。这段极具现代感的爱情关系,虽然不及马福德和秦如玉轰轰烈烈,但也因美好而令人感动。《大河谭》是谢望和要制作的关于运河的大型纪录片。片子做成了,"一条河活起来,一段历史就有了逆流而上的可能,穿梭在水上的那些我们的先祖,面目也便有了愈加清晰的希望"。这是谢望和制作《大河谭》的终极诉求,当然也是徐则臣创作《北上》的终极诉求。至此,《北上》要表达的究竟是什么,已经一览无余。事实也的确如此。在三十万字的篇幅里,小说写了两个历史时段,前后呼应,完成了百年运河史的叙述。一百年后的2014年,这一年,当谢平遥的后人谢望和与当年先辈们的后代重新聚集时,大运河申遗成功。

《北上》的故事和讲述方式都非常感人。关于小说写故事,是一个至今仍没有终结的文学诉讼。有人强调写故事,有人认为小说写故事

---

① 刘士林:《六千里运河 二十一座城》,上海交通大学出版社2022年版。

是末流。莫言主张写故事，他说"我该干的事情其实很简单，那就是用自己的方式，讲自己的故事。我的方式，就是我所熟知的集市说书人的方式，就是我的爷爷奶奶、村里的老人们讲故事的方式"。徐则臣后来也认同小说与故事的关系，而不再强调"小说在故事停止之后才开始"[①]。《北上》在故事里呈现了北中国百年的烟波风华，它是风物志，是风情书。大水汤汤烟波浩渺，民族的秘史隐藏在那貌不惊人的"小博物馆"收藏的物件中；运河的爱情生生不息，马福德和秦如玉，谢望和与孙宴临们，无论过去或现在，那都是运河最美丽的故事、传说和风景。读过《北上》，犹如和小波罗、谢平遥、马福德、秦如玉们一起走过一次运河。我们仿佛也亲历了运河的过去和现在。这时，我想起了一句这样的歌词：我吹过你吹过的风，这算不算相拥；我走过你走过的路，这算不算相逢。

原载《中国文学批评》2022年第3期

---

① 李墨波：《徐则臣：小说在故事停止之后才开始》，《文艺报》2013年11月1日。

张惠雯

万丈红尘起　来演丽人行
——评张惠雯的"美人书"

张惠雯的这几篇小说，写的是20世纪80年代中后期县城里三个出名的美人：何丽、丽娜和红霞。因此，这几篇小说也可以叫作"美人书"。如果按照图书出版的市场逻辑来看，除了凶杀、谍战、政治、暴力等题材或元素，美人大概是最吸引眼球的。一想到美人，一定和欲望有关，和色情有关。美人最大限度地满足了男性的欲望想象，美人是战无不胜的。但是，如果按照这个思路来理解这部"美人书"，那就令人自惭形秽了。事实是，张惠雯在时代环境变迁的背景下，或残酷惨烈或云淡风轻地写出了三个美人各自的命运，在故事的背后，在作家对世风世情和世道人心的描摹中，隐含了她对万丈红尘中价值观变化和人的欲望没有限度极端膨胀的隐忧。因此，这既是"美人书"，同时也是"批判书"。

对女性深切的同情是小说基本的情感取向，无论是在小县城还是在大深圳，三个美人既不是吉卜赛女郎，也不是羊脂球，当然也不是白毛女。但她们在现代性的巨大冲击下，完全改变了前现代的生存状况和精神状况。应该说现代性的急速发展和世界性的扩张，逐渐构建了一种巨大的现实力量，现代化运动在令人们获得丰盈的物质生活的同时，也建立了"物欲统治"霸权，这种霸权演化为一种意识形态后，也成为一种文化冲击力，对普通民众便具有了支配性的力量。孟子在判断士与民的区别时说："无恒产而有恒心者，惟士为能；若民，则无恒产，因无恒心。"今天的士与民无异，都是既无恒产亦无恒心的群体。普通民众被现代化运动裹挟其间，既要挣扎更深感无奈。特别是作为弱势群体的女性，她们的遭遇无可避免地险象环生。"美人书"中三位女性的命运，就是对这一遭遇的形象阐释。

县城的三个美人究竟有多美，美人究竟怎样写才会惊为天人？汉乐府《陌上桑》这样写：

> 行者见罗敷，下担捋髭须。少年见罗敷，脱帽着帩头。耕者忘其犁，锄者忘其锄。来归相怨怒，但坐观罗敷。

杨果的《小桃红·采莲女》这样写：

> 采莲船上采莲娇，新月凌波小。记得相逢对花酌，那妖娆，殢人一笑千金少。羞花闭月，沉鱼落雁，不俊也魂消。

相比之下，还是《陌上桑》技高一筹。《小桃红·采莲女》是直接写美人的美，大多也就用形容词而已，那羞花闭月沉鱼落雁是美，但读者终还是没有具体印象，美如果不具体，让人如何体会？《陌上桑》

中罗敷的美也没有具体形象,但通过观看者——长者、少年的形态,罗敷的美一览无余。她有多美?耕者忘其犁,锄者忘其锄。这是叙事心理学。《美人》中的何丽有多美——

  我们愣愣地瞅着她,而我们一齐死盯住她的目光似乎产生了某种作用:她转过头,朝我们看了一眼。所有人都惊呆了,然后全都低下头,像是完全经不住这美丽的、突然的一瞥。但几秒钟之后,我们又赶紧抬起头去看她,生怕错过什么。我把她推的那辆自行车和前面车筐里的两个输液瓶也看得清清楚楚。我们的眼睛就那么追随着她,像一群被线牢牢牵住的木偶,直到她的身影消失在门诊楼后面。然后,大家像从梦中猛然醒来一般,再也没有打牌的兴致,喊叫着各自飞奔回家。

  前面也有对何丽之美的描述:"她走路的样子和我妈妈、我姐姐、我见过的其他女人都不一样,仿佛踩着某种特殊的、轻柔的节拍。她披散的黑发刚刚长过肩膀,穿的裙子青里发白,像月亮刚升起时天空的那种颜色。裙子领口系的飘带和裙子下摆在晚风里朝后飘,头发也一掀一掀地微微翻飞,和身体的律动相一致,引得我们的心也跟着摇荡、飞扬起来。"这个描述恰恰如《陌上桑》中观看罗敷的众生相——众人看何丽的状态将何丽的美呈现到极致,这是张惠雯写人的过人之处。爱美之心人皆有之,何丽如果是件艺术品,众人都以欣赏的姿态或心理对待她,那么小城将无故事。何丽恰恰是一个美到极致的妙龄少女,而且她就生活在20世纪80年代的县城。虽是县城,但改革开放的风潮已经扑面而来，县城的商业气息弥漫在每一个角落，精神生活也在《甜蜜的事业》《大桥下面》《罗马假日》的另一世界中展开。无论物质还是精神，一股青春勃发的力量如大潮奔涌。那时的何丽在校读书，蠢蠢欲动的年轻人心怀非分之想，但在哥哥的护佑下，何丽平安地度过了中学时代。和哥哥相处的时期，是她一生最幸福的时光。哥哥的呵护是她曾经唯一的骄傲，是她唯一有"公主"感觉的时光。那些胆敢骚扰她的男孩在哥哥的威慑下退避三舍。她懵懂地"不想长大"，是因为那时的她先在地感知了命运只有这时垂青了她。这个单纯、几乎无瑕的美丽女孩，匆忙地走过了她的少年时光，那是一去不复返的时光。当她发现哥哥自行车"后座上坐着一个穿黑色连衣裙、烫卷发的女人"时，她犹如猝不及防地被猛然一击，有"某种说不清的强烈刺激"。这个细节是何丽心理变化的开始；然后是因"严打"，哥哥入狱，接着父亲病故。家境的变化是何丽命运转折的开始。如是，何丽先后经历了三个男人：干部子弟李成光、警察孙向东和所长宋斌。这是"一个女人和三个男人的故事"，但这不是艳情小说滥情的多角恋，何丽也不是见异思迁、水性杨花的女人。这三个男人是何丽性格成长变化的不同环节。通过与三个男人的关系，表达了何丽，或者说是作家张惠雯对人际关系、对世界的态度和看法。李成光是干部子弟，他不遗余力地追求、也真心爱何丽，何丽为他献出了初夜。但李成光没有勇气挣脱父母的压力，从县城消失了。刑警孙向东是何丽的中学同学，他不计较何丽的过去，终于和何丽结为秦晋之好。"孙向东就像一只高大的忠犬那样守在她身边，过去那些像肮脏的苍蝇、阴险的狼一样围着她打转儿的不三不四的男人都消失了。她回想和李在一起时，她就像一只温驯的、容易受惊吓的小白兔,而现在她是个幸福、自信、安定的女人。"但因为何丽的过去,孙向东经常喜怒无常。他们的悲剧性还不是孙向东的心生妒恨,而是他的意外死亡。孙向东在市公安局集训,两地相距不过四五十分钟车程,结束当天的培训后他要赶回去看妻子何丽的演出,给她个惊喜。结果孙向东的摩托车被撞进公路边的沟渠里,他从车上被甩出,摔在十几米开外的公路边缘。救护车赶到事故现场时他已经死亡。真是应了那句老话:"红颜薄命",何丽的人生一波未平一波又起。最后何丽在新来所长宋斌的精心策划下,投进他的怀抱并结婚怀孕。宋斌因贪腐自首,入狱三年出来后做生意,又是风生水起。讲述者感慨说:对于何丽,那些不幸、厄运终于都离她而去,就像一场灾难随着美丽的逝去终于平息了。

《丽娜照相馆》和《南方的夜》,在《当代》刊发时的题目是《县城美人(二题)》。小说荣获2022年度《当代》文学拉力赛年度短篇小说。授奖词写道:

> 在小说家张惠雯笔下,那些从庸常现实中发掘出的无声波澜、临渊情感、幽微心绪,"一瞬的光线、色彩和阴影",皆被凝定为一种水晶般的叙事。而以"县城美人"为总题的两部短篇新作,在保持既有叙事声调与文本质地的同时,题材又有所拓展。《南方的夜》《丽娜照相馆》是两段来自中原县城的美丽传说,作家不仅让读者一同为美人的命途而叹惋,更让我们看到昔日少年如何在惊鸿一瞥间获得美的启蒙。

《丽娜照相馆》是以一个男孩的视角,写一个名叫丽娜的女孩的故事。丽娜是"混血",漂亮无比。县城的人觉得谁美,就会说她"长得像电影明星"。"在县城几个有名的美人中,丽娜最像电影明星。"丽娜的出身和何丽有相似之处,家境贫困,父亲开了家照相馆,母亲是个高大的新疆女人,年轻时曾经和别人跑过,后来又回来了,而父亲竟然还要她。"这在我们县城里是说不过去的,是一个男人的奇耻大辱。"这些背景从不同方面表达了丽娜的卑微,她也是一个"灰姑娘"似的人物。20世纪80年代县里开办了一个皮具厂,老板是江浙人:"他的衣着、发型、姿势都和本地的男人迥然不同。总之,他显得和周围格格不入,却又有一股独领风骚的气质。"老板和丽娜好了之后,对县城青年构成巨大的刺激,后来宾馆的服务员传言他们的关系"又升级了"。于是大人们因此确定丽娜已经堕落,堕落在一个不知底细的外地人手里,他们哀叹一个漂亮姑娘就这么轻易地把自己名声毁了。在私下的议论里,他们的愤怒主要是针对丽娜的,因为丽娜是女人,女人就不应该被诱惑,而本着"肥水不流外人田"的原则,她更不应该被一个外地人诱惑。丽娜和南方老板爱得轰轰烈烈,但对于县城里的人来说,这恋爱未免拖得太长了。小说将看客的心理写得入木三分。有趣的是看客这次真的没有看错:丽娜和老板到南方半个月后,自己回来了。丽娜的景况可想而知。这时大家提起丽娜,"仿佛都陷入一种茫然、有些屈辱又愤愤不平的情绪中。毕竟,丽娜是'我们的'姑娘"。丽娜和南方老板的情感无疾而终,对丽娜来说,她的天空已被巨大的挫败感阴影般地笼罩。丽娜回到了她的照相馆,岁月使她变成了"老姑娘"。丽娜交往的第二个男人是本县人,她的高中同学,早些年就去市里下海经商，已经有了家室。他对丽娜展开的进攻不可能顺畅，于是他使用了擅长的商业手段，花钱把照相馆楼上的房子租下来，然后拿着租赁合同去找丽娜，说他租的地方免费给她用，装修和购买新设备的钱他也可以投资，两人来合伙办一个正儿八经的影楼。他策划说一楼可以拍普通的照片，二楼可以专门用来拍婚纱照。这个想法对同样经商的丽娜太有吸引力了，丽娜也想搞些新名堂，把照相馆弄得与众不同，但她没有足够的钱。于是他们成了"合伙人"，于是便一切顺理成章了。

现代中国文学关心的是娜拉出走之后怎么样，那时鲁迅就尖锐地发现，女性如果没有经济的独立，就不可能有主体性，没有主体性的女性，只能依附于男性。所以鲁迅在小说《伤逝》中写："人必生活着，爱才有所附丽。"张惠雯关心的是何丽、丽娜们被始乱终弃后怎么样。但本质上张惠雯依然在接续鲁迅的问题：人生最苦痛的是梦醒了无路可以走。给她们的选择是，要么回来，要么堕落——

> 但最后还是出事了。事情是在省城发生的。那一年，丽娜大概三十七八岁。据说，她当时和那人在一起，那人的妻子和她的几个朋友一路跟踪，当场抓住了他们。她们带的有剪刀，混乱中，剪刀在丽娜左侧的额角和耳朵之间划了一条刀痕。如果不是那男人拼命挡住她，她们可能还会给她几下子。事情就是这样狗血地暴露了，两个人都受了伤。

丽娜没有做妓女，但她和这个男人同居，难听的说是"包养"，这和"堕落"的妓女只有一步之遥。最后,"丽娜还是孤身一人被抛下了,留在原地,留在目睹了她的又一次失败的小城。同样地,她什么也不说,不向人哭诉、抱怨,默默地消受她的损失、她的耻辱。只是,那美丽的脸上多了一道伤痕"。

《南方的夜》写美人红霞的命运。和何丽、丽娜相比,"红霞明显不如另外两个漂亮,她眼睛不大,身材也平板了些。可她身上有股说不清的味道"。她骑一辆白色的摩托,风一般"掠过"大街。"她的白衬衫扎进牛仔裤,顺滑的直短发迎风飘拂,身姿笔挺,像个气度不凡的骑手",于是红霞就不一般了。所有的美,总是在一定的文化处境中得以呈现的。那时的县城正在播映老港片《靓妹正传》,"影片里的阿珊一出现,我就惊呆了,仿佛我们街上的红霞跳进了大屏幕。我突然明白了长得并不特别好看的红霞为什么能跻身'三美',因为她和电影里的阿珊一样,有股女孩儿身上罕见的清爽、帅气,这股帅气很都市、很港味儿"。"很都市,很港味儿"将红霞的"美"与时代建立起了联系。红霞后来去深圳发展,赚了点钱。她说来到深圳,"起码眼界开阔了很多,知道了很多自己以前不知道的事,还做了自己以前觉得根本做不了的事"。红霞不经意的表述,虽然难以穷尽作为现代表征的都市所有的秘密,但她道出了现代性魅惑的本质。这个魅惑使所有被裹挟进这个历史断裂状况的人,不自觉地走上了现代性这条不归路。几年后红霞失联了。红霞进货被骗,投资股票失败,破产的红霞被"外包工厂的负责人彭军"包养了。她在歌厅当领班。当"我"对这份工作表示疑虑的时候,红霞说——

在歌厅工作怎么了？被人催债、被法院找上门，然后东躲西藏，搬到个猪窝一样的地方，可就连那样的地方，人家还欺负你，把你的东西从屋里扔出来……都快流落街头了，还在乎什么工作适合不适合。那时有人肯给我工作，肯给我地方住，我就感激他。

红霞后来嫁给了老乡郑先生，也算有了安身立命的归宿。这是张惠雯为她笔下女性安排的最后归宿。

张惠雯的"美人书"书写的是地地道道的"中国故事"，但这个中国故事接续的却是世界文学的传统。所谓世界文学的传统，指的是无论任何时代、任何民族，在文学中处理的一直是男女两性的情感关系。但因文化传统和语境的不同，男女两性关系的处理方式也有极大的差异。我们看到的《安娜·卡列尼娜》《复活》《巴黎圣母院》《红与黑》《呼啸山庄》《法国中尉的女人》《荆棘鸟》《逃离》等作品，那里有通奸、有投机，也有刻骨铭心的情与爱。虽然张惠雯的"美人们"给人的阅读感受，是女性命运彻骨的悲凉，但关于两性情感关系有无尽探索的可能性方面，张惠雯的小说有了"世界性"，也就是所有作家共同关心和处理的感情世界的问题。

在加拿大作家艾丽丝·门罗那里，对女性还有"逃离"的想象或设计，当然，即便在发达的资本主义，女性也无处可逃，她们甚至也认为，有了男人就有依靠。中国的何丽们更无逃离的可能，她们逃到哪里去呢？红霞是到了深圳，但那是逃离吗？她只不过是换了一个被拥有金钱和权力的男性宰制的地方而已。

在张惠雯的讲述中，男性和女性在婚姻爱情中的不平等，男性对女性的统治、宰割不能仅仅认为是性别关系，那里还存在没有言说的阶级关系。男性如果没有掌控金钱资本和权力资本，女性的命运何至于此。试想李成光如果没有足够的金钱资本、宋斌如果没有权力资本，他们能够实现对何丽身体的占有？孙向东没有这两种资本，他大体是理想的丈夫，但他必须死去，必须被放逐于争夺女性的角力场。因为在当下普遍的价值认知范畴中，他是一个例外：一个不具有金钱资本和权力资本的人，是没有资格占有美人的，因此孙向东不在小说的逻辑里。这些不经意的人物设置，从一个方面表达了金钱资本和权力资本在占有女性过程中的宰制和控制作用。这种关系不仅表现在男性当事人身上，同时也表现在相关的人物身上。李成光父母的优越身份，就极具代表性。如果从人的角度考虑，作为美人的何丽是无敌的。但李成光父母选择儿媳的标准是建立在物质、金钱、权力关系上的，何丽即便是沉鱼落雁闭月羞花，仍然不能满足李成光父母对身份的要求。因此，门户之见是阶级歧视的另一表现。

在张惠雯的小说中，我们强烈地感受到不同时代处理同一题材的差异。20世纪80年代处理的爱情是纯洁的爱情关系，比如张洁的《爱，是不能忘记的》。女主人公钟雨有过婚姻生活，但那是自己还不了解"追求的、需要的是什么"的婚姻，并不是爱情，在女儿还很小的时候，她就同那位"相当漂亮的、公子哥似的人物"分手了。后来她遇到了一位老干部，一位老地下工作者，他们一见钟情，从此结下了不解之缘，他占据了她二十多年的感情，但从未越雷池一步，因为老干部已经有了"幸福"的家庭，而这一家庭的组合充满了神圣的殉道色彩，它的意义足以感天动地，那已不是爱情本身，更多的是责任、阶级情谊和对死者的感念。她只能在冥想中与他相会，现实中却连手都没有握过一次，在爱的十字架上主人公以不幸获得了苍凉之美，并以自己爱的哲学去教导自己的女儿，以致一个三十岁的老姑娘真的产生了"我不想嫁人"的理性冲动。

那是一个启蒙的时代，在那个时代张洁把"爱情至上"这一美丽的向往又锻造了一遍，对爱情不幸又无从言说的人们而言，这不啻是一篇自我救赎的福音书，每一位读者都可以在钟雨的遭遇中不同程度地读到自己，但仅此而已，它是婚姻不幸者最后的晚餐，其余的只有在想入非非中实现了。这本无可非议，假如人们连想象都不允许存在，那一定是与野蛮时代遭遇了。但问题绝不是如此简单，四十年之后，癫狂的人们不仅早已抛弃了作为理性导师的钟雨，也同时抛弃了作为道德楷模的钟雨，人的欲望早已漫过了理想主义者构筑的人文堤坎，理想主义呼唤的那一切实在是太脆弱了，它甚至无法经受时间的检验，人真的要为爱的神话断送人生、痛心疾首地走进天国吗？历史业已证明，这一天国过去、现在、将来都永远不会存在。

但是80年代，甚至就是90年代中期，作家还在用类似张洁的方式处理爱情。艾克拜尔·米吉提和阿来，都是四十年来杰出的作家。艾克拜尔·米吉提的小说《哦，十五岁的哈丽黛哟……》，情节非常简单，知青吐尔逊江和十五岁的哈丽黛一见钟情，少男少女的初恋如边疆晨曲清新如画。小说弥漫的美好、单纯的青春气息和对爱情的向往渴望，是如此的攫取人心。这是发表于80年代中期的小说，那个时代的气息和青年男女的交往方式，今天读来竟恍若隔世。吐尔逊江上了大学，哈丽黛也嫁了人。虽然他们没有实质性的接触，甚至连手都不曾握过。

但是，几次邂逅的由衷欢喜，那不经意的多看了一眼，竟是两个少男少女不灭的青春和爱情的记忆。时过境迁物是人非，吐尔逊江毕业后携爱人回到当年下乡的村里，看望阿依夏木汗大妈并再见到哈丽黛时，她已为人妻。率真的哈丽黛在自己丈夫和"我爱人"面前毫无顾忌，先是抑制不住的喜悦和兴奋，继而悲从中来。哈丽黛十五岁的情感经历并没有成为过去，它依然保留在哈丽黛的情感深处。小说不是惨烈的爱情悲剧，但读过之后，哈丽黛那纯洁唯美的情感经历，竟让我们唏嘘不已、挥之难去——那是遥远的1984年传来的天籁之音。

阿来的《月光下的银匠》，讲述的是土司统治的年代的故事，一个被捡来的专事钉马掌的小奴才，内心骄傲不愿屈从命运，最后终于成为一个银匠中的艺术家。小说的主角是被老土司命名为达泽的银匠，他天生骄傲，其间经历了与老土司、少土司、银匠女儿、牧场姑娘等人的交往。小说将一个出身卑微的少年银匠与两代土司关于"骄傲与镇压"的抗争，写得一波三折风生水起。出走后的少年带着巨大的名声回到故里，但他并没有打造出自己和活佛希望的叫作"艺术"的东西。少土司几乎机关算尽，他看到了包括达泽在内的人的弱点，哪怕达泽只有一次"匀银"行为，还是受到了惩罚，屈辱让达泽选择了自杀。但达泽最后赢得了爱情，也成就了艺术。 小说抒情的笔法，使一个悲苦的故事镀上了一层凛冽又洁白的月光，桀骜不驯的达泽敢于用生命兑现爱情的承诺，并在这一承诺中终于完成了一件伟大的艺术品，爱情给骄傲的艺术家带来了无所不能的灵感。高傲的达泽不能忍受少土司的羞辱，他从高高的道桥跳进了河里——消失的是达泽的肉身，那个"月光下的银匠"却传奇一样永世流传。骄傲的达泽，不屈的达泽，为爱情和艺术不计后果的达泽，二十余年过去了，他那天籁般的传说仍在流传，每当月亮升起时，达泽仿佛还在敲击着他的银器，仿佛还站在云端望着他那美丽的牧场姑娘。

20世纪80年代的爱情故事，今天读来就像童话一样。那是那个时代作家对爱情的理解和想象。今天我们可以说，那个时代的作家如此得体地谈论了男女的欲望，与身体、与性和欲望相关的文字，他们几乎不著一字，当然也未得风流。他们只是抽象地在情感领域一展身手。并不是时代没有为他们提供更具体谈论身体的环境，而是他们羞于启齿。应该说，是刘恒的《伏羲伏羲》，张贤亮的《绿化树》《男人的一半是女人》等作品，开启了一个新的文学时代，刘恒、张贤亮是那个时代践行人道主义比较彻底的作家。一代人有一代人的文学，到了张惠雯的时代，一切凝固的东西都烟消云散了。何丽、丽娜和红霞，首先面对的是生存，在她们的生存遇到了问题的时候，爱情当然也就失去了附丽。

在具体写作方面，我觉得三篇"美人书"的感人之处体现在这样几个方面：首先是张惠雯小说的讲述方式。"美人"无论情感还是命运的悲惨结局，都可以写得惊心动魄，但张惠雯的处理就像邻家女孩讲述的日常生活，就像缓缓流淌未经污染的河水，波澜不惊，它淡然、清爽和干净，给人另一种自然静穆的阅读感受。尽管这静穆后面隐含万丈红尘中的丽人泪。她在《南方的夜》中有一段场景描写——

> 城市里终夜不熄的灯火依然流光溢彩，但街道上已经安静而空荡，只有稀疏的车辆不时驶过。那些与夜空相接的高楼大厦，

那种灯火通明的寂静,给人一种奇特的感觉,仿佛置身于一个灿烂而无声的梦境里。南方的秋风只有凉爽,没有寒意。她在风里踱来踱去。不知道为什么,我想到鸟,她就像一只美丽、轻盈、不怎么安分的鸟。

这种场景本质上是一种心情,这种心情既可以认为是张惠雯的,也可以认为是红霞的。场景幻化为人物的心境,使小说讲述有了内在的统一性。

其次,是对人物性格变化的塑造,这是"美人书"极为突出的特点。我们讲小说写人物命运,什么是命运,命运就是变化,人物性格只有在变化中才能鲜明生动表现出来。于是我们看到,无论何丽、丽娜还是红霞,她们性格的变化,不仅体现在"朱颜辞镜花辞树",体现在时间铸就的沧桑里,更体现在大时代世风、价值观和人物心理的变化中。何丽经过了与李成光失败的恋情之后,她对孙向东、宋斌的追求,没有了第一次被李成光追求时的紧张和慌乱,但孙向东和宋斌或因事务或因城府拖延联系和见面时,何丽却出现了隐约的不安甚至期待。这种心理变化不仅符合青年女子的心理,同时更符合人物性格的变化。

最后,也是最重要的一点,张惠雯的"美人书",是一种直面现实的写作。在当下的环境中,一方面提倡现实题材的创作,一方面这也是最具难度的创作。对当下世俗生活的呈现或批判,并不意味着作家要回到过去,过去是只可想象难再经验的,但过去并非一无是处,现代美学一直在彰显前现代的美,批判或揭示现代的问题。这种张力恰好从一个方面表达了现代的问题。回不到过去并不意味着当下的全部合理性。因此，当张惠雯以"美人"的视角呈现现代问题的时候，不仅显示了她创造文学魅力的能力，同时也具有了温婉而尖锐的批判力量。这就是张惠雯"美人书"的价值所在。

2023年12月12日于北京寓所
原载《扬子江文学评论》2024年第1期

石一枫

直面当下中国的精神难题
—— 石一枫的小说创作与社会问题小说传统

自白话文学发生以后，中国文学从来没像现在这样繁复多样。因此，对于当下文学的评价之分歧，也从来没有如此意见纷呈各执一词。无论出于哪种考虑，这都是一种全新的文学格局，或者说，"就是我们的文学生活"。但是，只要我们走进文学内部，就会发现文学依然与现实结合得非常紧密，当下生活的每一个细节都被表达得完整而全面。从这个意义上说，文学仍然是时代生活的晴雨表，作家仍然是时代生活的记录者。一个时代有一个时代的文学，但文学传统的巨大力量仍以惯性的方式在承传和延续。诚如贾平凹所说："作为一个作家，做时代的记录者是我的使命。"[①]这也是文学仍是这个时代高端精神文化生活主要形式的原因。作家记录时代生活，同时也必须表达他对这个时代生活的情感和立场，并且有责任用文学的方式面对和回答这个时代的精神难题，特别是青年的精神难题。比如20世纪80年代的文学，在今

[①] 王文、刘巍巍：《贾平凹：做时代的记录者是我的使命》，《新华每日电讯》2013年6月13日。

天不仅是一个研究对象,同时更是一个被怀念和不断想象建构的对象,原因就在于80年代的文学不仅整体上塑造了一个个"青年"形象——高加林、返城知青、青年右派、青年叛逆者等,一起构成了80年代文学绵延不绝的青春形象序列;而且这些青春形象同那个时代的"星星画展"、港台音乐、校园歌曲以及崔健的摇滚、第五代导演的电影等因素,共同构建了80年代激越的文化氛围和扑面而来的、充满激情的青春气息。任何一个时代的文化心理、氛围和具有领导意义的潮流,都是由青年引领的。因此,没有青春文化和青春形象的文学,在任何时代都是不能想象的。同时,80年代的文学更揭示和呈现了那个时代青年的精神难题,比如潘晓问题的讨论以及青年经过短暂的亢奋之后的迷茫、颓唐。正如北岛的《一切》和舒婷的《也许》中的诗句:"一切都是命运/一切都是烟云/一切都是没有结局的开始/一切都是稍纵即逝的追寻";"也许我们的心事/总是没有读者/也许路开始已错/结果还是错/也许我们点起一个个灯笼/又被大风一个个吹灭/也许燃尽生命烛照别人/身边却没有取暖之火"。那个时代青年的精神难题就这样被诗人提炼出来,于是他们成了80年代的代言者和精神之塔。

上述与文学有关的现象或作品,几乎都与社会问题有关。社会问题小说,是新文学重要的流脉,也是自1978年以来文学最发达和成就最高的领域。这一状况不仅与中国的社会历史语境有关,同时也与作家对文学与社会关系的认知有关。即便在文学表达最为自由的时代,社会问题小说仍然是最丰富、最多产的,比如80年代。但是,今天由于新媒体的出现,社会资讯的发达程度远远超出了我们的想象。更严峻的问题是,各种关于社会问题的消息蕴含的信息量或轰动性、爆炸性，是任何社会问题小说都难以比拟的。要了解社会各方面的问题，网络、微信等方式无所不有。因此，当今时代的各种资讯对社会问题小说提出的挑战几乎是空前的。但是，文学毕竟是一个虚构的领域，它要处理的还是人的心灵、思想和精神世界的问题。从这个意义上说，文学仍然占有巨大的优势，仍然有巨大的空间和可能性。精神难题是社会难题的一个方面，但网络、微信传达的各种信息，还不能抵达文学层面，这也正是文学至今仍然被需要的缘由。如果是这样的话，我认为青年作家石一枫是新文学社会问题小说的继承者，他不仅继承了这个伟大的文学传统，同时就当下文学而言，他极大地提升了新世纪以来社会问题小说的文学品格，极大地强化了这一题材的文学性。在这个无所不有、价值观极度混乱的时代，石一枫和一批重要作家一起，用他们的小说创作，以敢于正面强攻的方式面对当下中国的精神难题，并鲜明地表达了他们的情感立场和价值观。作为一种未作宣告的文学潮流，他们构成了当下中国文学正在隆起的、敢于批判和担当的正确方向。

一、仍在辩难的文学观念

每个作家都有自己不同的文学观念。这是文学创作自主化或曰创作自由在今天的具体体现。不同的文学观念都有它存在的理由，它支配着作家对文学和文学实践的理解。因此，作家要想创作出具有不同思想内容的文学作品，起决定性作用的，还是作家的文学观念。当下文坛虽然没有形成规模的关于文学观念的冲突，但通过不同的文学作品，我们仍然可以感受到文学观念的辩难并没有终结。从某种意义上说，这是80年代文学观念搏斗的延续，也是80年代仍然"活在"当下的一部分。80年代先锋文学以及构建的文学"形式的意识形态",彻底改变了当代中国文学"一体化"的格局,从而打破坚冰,迎来了百舸争流的文学大时代。它巨大的历史意义已经写进了不同的当代文学史。但是,今天看这段历史也许更清楚的是,那是一个别无选择的文学策略。文学是以巨大的内容牺牲为代价换取了新的文学格局。后来,当先锋文学被当作唯一的"纯文学"推向至高无上圣坛的时候,它也就走向了末路。

时至今日,先锋文学的巨大问题正在被日益深刻地检讨。先锋文学发源地之一的法国,许多重要的理论家对文学的形式主义、虚无主义和唯我主义等方面,做了痛心疾首的批判。托多洛夫认为:"应该承认文学是思想。正因为如此,我们还在继续阅读古典作家的书,通过他们讲述的故事看到生存要旨。当代文学,尤其是法国文学,却常常显示这种思想与我们的世界业已中断了联系。当务之急,是要言明文学不是一个世外异域,而属于我们共同的人类社会。"他在《文学的危殆》中声言:"21世纪伊始,为数众多的作者都在表现文学的形式主义观念……他们的书中展示一种自满的境遇,与外部世界无甚联系。这样,人们很容易陷进虚无主义……琐碎地描述那些个人微不足道的情绪和毫无意思的性欲体验","让文学萎缩到了荒唐的地步"。托多洛夫还说:"第三种倾向是唯我独尊,原本始于唯有自己存在的哲学假设。最新的现象为'自体杜撰',意指作者不受任何拘牵,只顾表现自己的情绪,在随意叙事中自我陶醉。"作者的结论是:从20世纪到21世纪初,形式主义、虚无主义和唯我主义在法国形成了占统治地位的意识形态,从而导致一场空前的文学危机。南茜·哈斯顿也指出:"这种精神分裂症在我们中间蔓延开来,造成一种分化局面。一方面,舆论把虚无主义文学吹捧上天;另一方面,庶民的生活意愿则遭冷落……我感到,这是放弃,几乎背叛了文学的圣约。"她列举了伯恩哈特、耶利内克、昂戈、乌埃尔贝克和昆德拉等当今走红的作家,表示无法赞同他们的创作倾向。因为,对他们来说,"唯一可能的认同,是读者应赞同作家傲慢地否定一切,再加上对文学体裁和文体神圣意念的超值估价,读者唯一合乎时宜的应和,就是赏识作家的风格和醒豁的绝望,而后者则过细地肆意描绘,从而唾弃眼下这个不公平的世界"。针对这种现象,南茜·哈斯顿写了《绝望向导》一书,指斥虚无主义派作家:"面对着一些绝望向导者,一些狂妄自大,而又绝顶孤僻之辈,一些憎恨儿童和生育,认为爱情愚蠢之至的人,怎么还能来构思一种大体还过得去的日常生活呢?"托多洛夫更一针见血:"这种虚无主义的思潮,不过是对世界前景极端的偏见。"[1]这种情况不仅发生在法国,第二次世界大战后,德国文学很快与文学现代派接上了轨。到了80年代,德语文学已滑到了世界文坛的边缘。人们责备德语小说的艰涩、思辨以及象牙塔味十足。[2]德国作家说:"德国人不欣赏他们的当代文学,是因为他们不欣赏他们的当代。"德国文学和读者缓慢地重新建立联系,也是因为德国作家面对社会,"碰到了那根神经,抓住了时代的脉搏,找到了正确的声音"。[3]因此,注重文学与时代的关系,不仅是中国,西方文

---

[1] 沈大力:《敲响西方文论的警钟——当前法国文坛上发生的一场激烈讨论》,《文艺报》2007年12月7日。
[2] 德国慕尼黑作家格奥尔格·M.奥斯瓦尔德(Georg M.Oswald)语。见乌尔里希·吕德瑙尔:《文学与速度:从20世纪90年代至今日的德语文学》,《红桃J:德语新小说选》跋语,上海译文出版社2007年版。
[3] 同上。

学世界同样有这样的要求。

在中国文学界，对这种所谓"纯文学"的反省、检讨甚至抵抗也由来已久。早在2003年，著名作家吴玄也在《告别文学恐龙》中说："20世纪的80年代，在中国，大约可以算是先锋文学的时代。那时，我刚刚开始喜欢文学，对先锋文学自然是充满敬意了，书架上摆满了卡夫卡、普鲁斯特、乔伊斯、加缪、福克纳、博尔赫斯……20世纪而又没有标上先锋称号的作家，对不起，他们基本上不在我的阅读范围之内"；"我也算是一个相当纯正的先锋文学爱好者了。爱好先锋文学，确实也是很不错的，它在相当长的一段时间内，给我带来了很好的自我感觉，那感觉就是总以为自己高人一等，常有睥睨天下的派头。因为阅读先锋文学实在是不那么容易的，不好看通常是先锋文学的标准，它一般可以在五分钟之内把大部分读者吓跑。最经典的先锋文学，往往是最不好看的，它代表的据说是人类精神的高度，或者是心灵探寻的深度，很是高不可攀又深不可测。这样的经典被生产出来，其实不是供人阅读的，而是让人崇拜的。譬如《尤利西斯》，这样的小说无疑是文学史上的奇迹，阅读几乎是不可能的，不过没关系，你只要购买一套供奉在书架上，然后定期拂拭一下蒙在上面的灰尘，你也就算得上精神贵族了"。他还讲了一个真实的故事，这个故事很有普遍性：他参加过《尤利西斯》的研讨课。《尤利西斯》的故事不算复杂，只是乔伊斯采用了一种空前的手段，叫作"时空切割"，企图在线性的语言里做到在同一时间再现不同空间的不同人物。此种手段针对语言艺术，显然是疯狂的，不可能的。不过，后来的电视倒轻而易举做到了，电视屏幕可以随便切割成九块、十六块或二十四块，同时再现九个、十六个或更多的频道。这是一项简单的技术,这项技术用在小说上,却是把小说彻底粉碎了,《尤利西斯》也就成了天书。在研讨课上,似乎没人敢对《尤利西斯》发言,大家的表情不同程度地都有点白痴。事实上,所谓研讨课,发言的只是教授一人。后来,吴玄和教授成了朋友,他们又研讨起《尤利西斯》来,吴玄说不想再装了,《尤利西斯》他根本没看完。教授高兴地说,是啊,是啊,老实说,我也没看完。教授的回答很是出乎吴玄的意料,他说不会吧。教授说,就是这样,我估计,全世界真看完《尤利西斯》的读者不会超过一百个。吴玄说,可是,你没看完,却阐释得那么好。教授笑笑说,这就对了,《尤利西斯》就是专门为我们这些文学教授写的,拿它当教材再好不过了,反正学生不会去看,我可以随便说,即使有学生看了,也不知所云,我还是可以随便说,而且显得高深莫测,很有水平。[①]这些现象本来不足为外人道,但它却更真实地反映了教授、批评家对所谓"纯文学"的态度。即便在80年代,批评家和教授们会上大谈先锋文学,腋下夹着金庸小说的也大有人在。"纯文学"背后隐藏着那么多不真实的面孔早已是公开的秘密。

　　文学批评家邵燕君说:"自恋的'纯文学'写作纯粹是一种任性的写作。有钱才能任性。有人买账才能任性。难看不是你的错,但逼人看就是你的错了。在一个'注意力'经济的时代,真正有权任性的是读者,没钱都可以任性。作为一个职业批评者,我已被逼多年。如今我也任性起来了——有本事你就把我勾引起来,不管是'高雅欲'还

[①] 吴玄:《告别文学恐龙》,《当代作家评论》2003年第3期。

是'世俗心',专业兴趣还是非专业兴趣。要么你帮我认识这个世界,要么你帮我对付(renshou)这个世界。否则,你的文学世界与我无关,就像你的存折与我无关一样。"①实事求是地说,后来以"纯文学"名世的先锋文学,有巨大的历史功绩。我们甚至可以这样说,是否受过先锋文学的洗礼,其作品的文学性是大不相同的,而且,客观地说,先锋文学已经作为文学遗产存活于我们今天的小说创作中。当它成为常识的一部分的时候,它已不再高傲或放下身段的时候,它的价值就仍然活在"当下"。但是,先锋文学或"纯文学"必须放弃自以为是或为所欲为,必须放弃"不好看"的标准。后来,我们在余华的《活着》《许三观卖血记》《兄弟》,格非的"江南三部曲"、《望春风》《隐身衣》等作品中,看到了这一巨大变化。我们甚至可以说,如果没有余华、格非等当年先锋文学的宿将,自觉放下"先锋"身段并写出上述作品,他们就不会是今天的余华和格非。当然,我们也看到,当年有些先锋作家后来试图进入正面写小说的时候,他们的捉襟见肘和力不从心使得他们的文学能力与先前相比判若两人。这时的"不好看"与当年的"不好看"不是一回事,当年的"不好看"是看不懂,现在的"不好看"是真的不好看,因为那是可以看懂的"不好看"。因此,我们可以说,"先锋文学"是可以模仿的,但是,正面强攻式的小说创作是不能模仿的。

这个整体背景,对正在成长的青年作家不能不产生巨大的影响。石一枫文学观念转变的经历证实了这一点。1996年,十几岁的石一枫就在《北京文学》发表小说,2009年起,先后发表了长篇小说《红旗

---

① 邵燕君:《你的任性与我何干——一个文学职业批评者对作者与读者关系的思考》,2015年1月1日与笔者文学通信。

下的果儿》《恋恋北京》《我妹》等作品,翻译了外国小说《猜火车》。他和同代作家一样,进入文学创作时,大多是从个人经验开始。但他后来检讨说:"现在回头看,这段时间的写作状态比较懵懂,老想说点儿什么而不知道自己应该说什么。"① 几年之后,他修正了自己的文学观念:"我文学的观念这几年变得越来越传统了,好小说的标准对于我而言就是,一,能不能把人物写好? 二,能不能对时代发言? 这都是老掉牙的论调了,但我逐渐发现,这两条要做到位真是太难了,不是僵化地执行教条那么简单,而是需要才华、眼界、刻苦和世界观。"② 应该说,多部长篇的发表,让读者认识了青年作家石一枫,但并没有为他带来文学荣誉。而恰恰是他为数不多的中、短篇小说——尤其是中篇小说《世间已无陈金芳》《地球之眼》《特别能战斗》《营救麦克黄》等,使他声名鹊起,成为这个时代青年作家中的翘楚。在谈到个人经验的时候,石一枫说:"最大的经验就是能把个人叙述的风格与作家的社会责任统一起来,算是手段与目的的统一吧。小说写作是比较个人化的艺术,需要具有鲜明的辨识度,需要腔调、气质、语言有特点,但小说又是一个社会化的文学形式,不能仅限于为了艺术而艺术,为了风格而风格地玩儿技巧。过去我一直困扰于这个问题,就是如何既写自己能写的、擅长写的东西,又写身处于这个时代所应该写、必须写的东西? 用套话说,怎么才能既写出人人笔下无,又写出人人心中有? 这篇小说似乎在一定程度上做到了。"③ 石一枫能够取得今天的成就,除

---

① 石一枫给笔者的文学自传。
② 李云雷、石一枫:《"文学的总结"应是千人千面的》,《创作与评论》2015年第10期。
③ 同上。

了他个人的才华、禀赋，与他逐渐形成的文学观有直接关系。

二、直面当下中国的精神难题

新世纪以后，虽然有很多青春文学，但是文学中的青春形象逐渐模糊起来，我们很难在这样的文学中识别当下的青春形象。即便偶然看到校园或社会青年的形象，他们也不再是80年代"偶像"式的人物，当然也不是曾经风行一时的叛逆的、个人英雄式的形象。这个时代的青春形象，特别酷似法国的"局外人"、英国的"漂泊者"、俄国的"当代英雄""床上的废物"、日本的"逃遁者"、中国现代的"零余者"、美国的"遁世少年"等，他们都在这个青年家族谱系中。"多余人"或"零余者"是一个世界性的文学现象。但是我不认为这只是一个文学形象谱系的承继问题，而是与当下中国现实以及当代作家对现实的感知有关。这些形象，与没有方向感和皈依感的时代密切相关。在这一文学背景下，我们读到了石一枫的"青春三部曲"。这三部作品分别是《红旗下的果儿》、《节节最爱声光电》和《恋恋北京》。三部作品没有故事情节的连续关系，它们各自成篇。但是，它们的内在情绪、外在姿态和所表达的与现实的关系有内在的同一性。因此我将其称为"青春三部曲"。

三部作品都与成长有关，与"80后"的精神状况有关。《红旗下的果儿》写了四个青年的成长，他们的成长不是"50后""60后"的成长，这几个年代的青年都有"导师"，除了家长还有老师，除了老师还有流行的时代英雄偶像。因此，这几个时代的青春大多是循规蹈矩亦步亦趋的。"80后"这代青春的不同，在于他们生长在价值完全失范的时代,精神生活几乎完全溃败的时代。他们几乎是生活在一个价值真空中。生活留给陈星们的更多的是孤独、无聊和无所事事,因此,他们内心迷茫走向颓废是另一种"别无选择"。《节节最爱声光电》是写出生在元旦和春节之间的节节的成长史。这个有着天使般模样的北京小妞,成长史却远要坎坷,父母失和家庭破碎,父亲外遇母亲重病。节节是一个十足的普通女孩。一个普通孩子在这个时代的经历才是这个时代真实的感觉。《恋恋北京》虽然也是话语的狂欢,但隐匿其间的故事还是清晰的。赵小提的父母希望他成为一个小提琴家,他还是让父母彻底失望,成了一个"一辈子都干不成什么事"的混日子的人。与妻子茉莉的离异,与北漂女孩姚睫的邂逅,与姚睫的误会和三年后的重逢,是小说的基本线索。这个大致情节并无特别之处,但在石一枫若即若离不经意的讲述中,便成了一个浪漫感伤并非常感人的爱情故事。看似漫不经心的赵小提,心中毕竟还有江山。他对人世间真情的眷顾,使这部小说有了鲜明的浪漫主义文学色彩。因此,石一枫的"青春三部曲"不只让我们有机会看到了"80后"内心涌动的另一种情怀和情感方式,同时也让我们看到了这代青年作家对浪漫主义文学资源的发掘和发展。浪漫主义文学在本质上是感伤的文学,从青年德意志到法国浪漫派,从司汤达到乔治·桑,诗意的感伤是浪漫主义文学的核心美学。石一枫小说中感伤的青春,显示了他从生活中提炼美学的能力,显示了他的历史感和文学史修养。这是一个多变的时代,无论是流行的时尚还是社会风貌,"变"是这个时代的神话,它的另一个表述是"创新"。但我还是希望我们能够经常看到有一些不变的存在,比如对人类基本价值的维护。有些时候,坚持一些常识观念更需要勇气和远见卓识。"青春三部曲"的主人公对爱情的一往情深，就是不变的和敢于坚持的表征，当然也是小说感人至深的原因。

石一枫不是王朔，也不是朱文和韩东。应该说，这三位作家对石一枫都有一些影响，但这些影响都是外在的，是姿态性的，比如语言。但在文学气质和价值观上，石一枫远没有上述三位作家决绝。应该说石一枫在这一层面上要宽厚得多，当然也有些软弱，这是石一枫的性格使然。他没有刻意解构什么，也不执意反对什么，他只是讲述了他所感知的现实生活。在他狂欢的语言世界里，那弥漫四方灿烂逼人的调侃，只是玩笑而已，只是"八旗后裔"的磨嘴皮抖机灵，并无微言大义。因此，我们看到的也只是难以融入这个时代的"零余者"。如果是这样的话，石一枫的小说可以在吴玄、李师江这个流脉中展开讨论。当然，将石一枫归属到"哪门哪派"并不重要，重要的是，石一枫在小说中重新"组织"了他所感知的生活，而他"组织"起来的生活竟然比我们身处的生活更"真实"，更有穿透性。他让我们看到，生活远不那么光鲜，但也不至于让人彻底绝望。他的人物是这个时代的"多余人"，但是恰恰是这些"多余人"的眼光，为我们提供了认识或理解这个时代最犀利的视角。他们感到或看到的生活，也是生活的一部分，而且是重要的一部分。因此，石一枫的小说对我们来说，也是"关己"的，在这个时代我们依然困惑，这使他的小说表达的问题超越了年龄界限。当然，石一枫的几部长篇小说有鲜明的小资产阶级情调，好处是有温情，坏处是它遮蔽了生活中更值得揭示和批判的东西。因此，这几部长篇小说可以视为石一枫初登文坛的试笔之作。

石一枫引起文学界广泛注意的作品，是他近年来创作的中、短篇小说,尤其是几部中篇小说。这几部作品,从不同的角度深刻揭示了当下中国社会巨变背景下的道德困境,用现实主义的方法,塑造了这个时代真实生动的典型人物。我们知道,道德问题,应该是文学作品主要表达的对象。同时,历史的道德化,社会批判的道德化,人物评价的道德化,是经常引起诟病的思想方法。当然,那也确实是靠不住的思想方法。那么,文学如何进入思想道德领域,如何让我们面对的道德困境能够在文学范畴内得到有效表达,就使这一问题从时代的精神难题变成了一道文学难题。因此我们说,石一枫的小说是敢于正面强攻的小说。

《世间已无陈金芳》甫一发表就震动文坛。在没有人物的时代,小说塑造了陈金芳这个典型人物;在没有青春的时代,小说讲述了青春的故事;在浪漫主义凋零的时代,它将微茫的诗意幻化为一股潜流在小说中涓涓流淌。这是一篇直面当下中国精神困境和难题的小说,是一篇险象环生又绝处逢生的小说。小说中的陈金芳,是这个时代的"女高加林",是这个时代的青年女性个人冒险家。陈金芳出场的时候,已然是一个"成功人士":她三十上下,"妆化得相当浓艳,耳朵上挂着亮闪闪的耳坠,围着一条色泽斑斓的卡蒂亚丝巾","两手交叉在浅色西服套装的前襟,胳膊肘上挂着一只小号古驰坤包,显得端庄极了"。这是叙述者讲述的与陈金芳十年后邂逅时的形象。陈金芳不仅在装扮上焕然一新,而且谈吐得体不疾不徐,对不那么友善的"我"的挖苦戏谑并不还以牙眼,而是亲切、豁达、舒展地面对这场意外相逢。

陈金芳今非昔比。十多年前,初中二年级的她从乡下转学来到北京,她借住在部队当厨师的姐夫和当服务员的姐姐家里。刚到学校时,陈金芳的形象可以想象：个头一米六，穿件老气横秋的格子夹克，脸上一边一块农村红。老师让她进行一下自我介绍，她只是发愣，三缄其口。在学校她备受冷落无人理睬，在家里她寄人篱下小心谨慎。这一出身，奠定了陈金芳一定要出人头地的性格基础；城里乱花迷眼无奇不有的生活，对她不仅是好奇心的满足，而且更是一场关于"现代人生"的启蒙。果然，当家里发生变故，父亲去世母亲卧床不起，希望她回家侍弄田地时，她却"坚决要求留在北京"，家里威逼利诱甚至轰她离开，她即便"窝在院儿里墙角睡觉"也"宁死不走"。陈金芳的这一性格注定了她要干一番"大事"。初中毕业后她步入社会，同一个名曰"豁子"的社会人混生活，而且和"公主坟往西一带大大小小的流氓都有过一腿"，"被谁'带着'，就大大方方地跟谁住到一起"。一个不名一文的女孩子，要在京城站住脚，除了身体资本她还能靠什么呢？果然，当"我"再听到人们谈论陈金芳的时候，她不仅神态自若游刃有余地出入各种高级消费场所，而且汽车的档次也不断攀升。多年后，陈金芳已然成了一个艺术品投资商，也变得"不再是一个内向的人了，而是变得很热衷于自我表达，并且对自己的生活相当满意"；给人们留下的印象，"她与任何人都能自来熟，盘旋之间挥洒自如，俨然'摆开八仙桌，招待十六方'的社交名媛。三言两语涉及'业务'的时候，她嘴里蹦出来的不是百八十万的数目，就是那些如雷贯耳的名号"。陈金芳穿梭于各种社交场合，她在建立人脉寻找机会。折腾不止的陈金芳屡败屡战，最后，在生死一搏的投机生意中被骗而彻底崩盘。但事情并没有结束——陈金芳的资金，是从家乡乡亲们那里骗来的。不仅姐姐姐夫找上门来，警察也找上门来——从非法集资到涉嫌诈骗，陈金芳被带走了。

《地球之眼》的故事，是在人的心理层面展开。这是三个男人的故事：我——庄博益、安小男和李牧光，三人是同学关系。不同的是安小男是理工男，学的是电子信息和自动化。安小男一出场就是一个"异类"：一个学理工的学生，一定要和历史系的庄博益讨论历史问题，并且异想天开地要转系，要把历史系的课从本科开始听一遍。转系风波还导致历史系与电子系"杠"上了。这时历史系的"名角"商教授出场了，这个轻佻的教授尽管见多识广，但他在安小男"历史到底有什么用""研究历史是否有助于解决中国的当下问题"的追问下顾左右而言他时，安小男一字一顿地说："我认为您很无耻。"这个木讷、羞怯甚至有些自卑的安小男，真诚而天真地希望通过历史来解决他的困惑，而他一直纠缠当下的道德问题不是没有原因的，当然这是后话。安小男没有转系，当然也不可能转了。他虽然在文科同学那里名声大噪，但他的处境和心情可想而知。

李牧光一入学就与众不同，这朵"奇葩"热爱睡觉，能够进入名校学习不是因为他是嗜睡的天才，历史系一个被灌醉的老师起了底："他父亲是东北一家重工业大厂的一把手，专门在厂里为我们学校设立了一个理工科的'创新基地'，其实就是赠送一块地皮，供学校在当地开办形形色色的收费班，贩卖注水文凭；而这么做的条件，是学校要给李牧光一个免试入学名额，并且保证他顺利毕业。"李牧光出手阔绰，性情随和，除了嗜睡没有让人不愉快的毛病。于是大家相安无事。他与讲述者庄博益上下铺，真正发生关系是大四快毕业的时候。嗜睡的李牧光终于也有睡不着的时候了：他父亲又如出一辙地通过"慈善款项"

安排他去美国继续读书,虽然不用考试,但必须交一篇专业论文。李牧光出两万元钱请庄博益帮忙。庄博益利用安小男和自己的前女友郭雨燕,一个写一个翻译,各给五千元,自己落下一万元。本来皆大欢喜了,毕业就是各奔东西,但是三人的关系恰恰在毕业之后又有了不解之缘:庄博益几经折腾去了一家地方电视台下属的节目制作公司,在拍"校漂"纪录片时,与安小男又不期而遇。这时的安小男租了挂甲屯破旧的一间房子,身世也逐渐清楚了:他在十岁出头的时候,父亲去世了,母亲在肉联厂洗猪肠子。天长日久,母亲的手已经被碱水烧坏了,眼睛也被熏得迎风流泪,视力大不如前。庄博益虽然口无遮拦满嘴胡呲,但他有口无心,心地善良,他很想帮助安小男。这时李牧光从天而降——他从美国回来了。从美国回来的李牧光已经是一家玩具批发公司的老板了。几经周折,安小男终于成了李牧光在中国雇用的雇员。他为李牧光监控远在美国的仓库,他的专业和敬业受到李牧光极大的赞赏。安小男自然也改变了落魄的处境。但是,安小男通过监控录像发现了李牧光巨大的问题:李牧光的玩具生意根本不赚钱,他的巨额财产是其父转移到国外巨额赃款,他是利用国际贸易洗钱。问题终于暴露了。这时对三个人都是一场巨大的考验:李牧光要庄博益阻止安小男的进一步行动能够实现吗?庄博益偏软的底线是否能守得住?安小男是否一定会破釜沉舟?

安小男如此追究道德问题是事出有因:安小男的父亲曾是一名土木工程师。他十岁以前,家里的日子很好。父亲很年轻就被提拔成了公司的副总,但厄运从此也来了。进了管理层之后,父亲发现公司的几个领导没有一个不贪的。他们把钢筋的标号降低,用来路不明的劣质水泥代替品牌货，居然连地基的深度也敢改，克扣下来的钱都揣进个人腰包里了。那些人还拉他入伙，他不敢答应，然后就成了众矢之的。后来终于出事儿了，他们公司承建的一个会展中心发生了垮塌，砸死了几个工人。事故的原因是使用了不合格的建筑材料，可那几个领导却买通了监察部门，还走了上层关系，硬把责任扣到了父亲头上，说是因他的设计方案不合理导致的。父亲被就地免职，还被公安局的人监控了起来。父亲自杀前说的最后的一句话是："他们那些人怎么能这么没有道德呢？"于是，一个巨大的困扰在安小男那里挥之难去：

> "刚开始我和我妈一样，恨的只是我爸生前的那些领导和同事。但后来渐渐就变了，我觉得我爸所说的'他们'并不是那几个具体的人，而是世界上的所有人；我爸讲到的'道德'也不是一件事情上的对与错，而是笼罩着整个儿地球的神秘理念。但道德究竟是什么呢？它既然那么重要，为什么又会被人轻而易举地忘却和抛弃呢？一看到这个词我就想哭，一说到这个词我的心就会发抖，在我看来，我爸不是死于自杀也不是被人害死的，他是为一个浩浩荡荡的宏大谜团殉葬了……为了解开这个谜，我曾经求助于历史和人文学科，可最后还是失败了。你还记得我写过的那篇文章吗？我在里面说中国人已经没有道德可言了，但那只是在承认失败，是为了让自己认命。其实我不是那么想的，因为那种痛彻骨髓的感觉仍然存在。在没有道德的社会里，怎么会有人为了道德而疼痛呢……"

这是安小男一直追究道德问题的来自内心深处的隐痛和动因。他追究李牧光的问题，还与李牧光投资邯郸的项目要拆迁民居有关，那恰好是安小男母亲居住的地段，母亲就要居无定所，安小男又没有能力安置母亲。他内心流血的疑问是："怎么有人活得那么容易，有人就活得那么难呢……"因此，安小男追究的道德问题，从一开始就不是一个纯粹的理论问题，它与个人的身世、经历以及生存状况都密切相关，至于安小男能做到哪一步，那是另一个问题。但通过安小男的追究和行动，我们不只看到了一个青年知识分子因艰难困苦造就的孤傲倔强性格，而且通过安小男也看到了社会众生相。因此，这篇貌似写青年群体当下截然不同状况的小说，本质上恰恰是一篇社会问题小说：高校教授没有节操的无耻、学校见利忘义的没有原则、社会腐败弥漫四方的无孔不入，等等。安小男可以将他监测的"眼睛"安放到地球的任何一个角落，他可以守株待兔地洞悉地球上任何风吹草动。但是，他能够解决他内心真实的困惑吗？安小男不能解决的困惑和问题，也就是我们共同不能解决的困惑和问题。小说当然也不负有这样的责任。我深感震动的是，石一枫能够用如此繁复、复杂的情节、故事，呈现了当下社会生活的复杂性，呈现了我们内心深感不安、纠结万分又无力解决的问题。一个耳熟能详的，也是没有人在意的关乎社会秩序和做人基本尺度的"道德"问题，就这样在《地球之眼》中被表达出来。因此，《地球之眼》是一篇在习焉不察中发现道德危机的作品。

《营救麦克黄》同样是一部令人感到震惊的作品：麦克黄是一条随主人黄蔚妮姓的狗。主人黄蔚妮是广告公司的销售副总，典型的中产阶级。在黄蔚妮看来，"这个世界上，大部分的狗狗都生活在水深火热之中","主荣狗贵",麦克黄因为跟了黄蔚妮生活,因此它不属于"大部分狗"。但黄蔚妮的闺密颜小莉,一个广告公司的前台雇员,看到的是,"在这个世界上,大部分人还都生活在水深火热之中呢"。两人属于不同阶层,但起码表面上她们是莫逆之交。一个突发事件——麦克黄丢了,使小说波澜骤起。寻找营救麦克黄成为黄蔚妮的头等要事,黄蔚妮的两个追求者——某知名报社社会新闻部主任尹珂东和富二代徐耀斌,虽然各怀心腹事,但营救麦克黄的行动使他们达成了一致。在逼停一辆载狗的大货车时,惊慌失措的卡车司机夺路而逃。逼停了卡车,可是车里却没有麦克黄。在追车过程中,颜小莉却恍惚间看到卡车在急转弯时撞到了一个小女孩。这时小说才进入主题——营救麦克黄转变为营救郁彩彩。救或不救、如何救成为小说不同人物面对的核心问题。尹珂东驾车重走了一遍当时的路线,其目的却是为了验证沿途有没有摄像头,并自欺欺人地认为:"一件事如果没有确凿的证据支持,那么就相当于没发生过。"颜小莉在向黄蔚妮求助未果后,别出心裁地联合于刚策划了对黄蔚妮的"要挟"——他们利用技术手段把以假乱真的虐待麦克黄的视频发到网上,以"勒索"的方式迫使黄蔚妮拿出三万元赎金作为郁彩彩的手术费。这一方式在生活中属于"敲诈",但在小说中它却合乎人物的情感逻辑——为了救助一个弱者,颜小莉可以"不择手段"。当然,石一枫并不是站在弱者立场为了赢得道德的掌声,而是通过麦克黄和郁彩彩的不同境遇,以及黄蔚妮、颜小莉、于刚、尹珂东、徐耀斌等对待人与狗的态度,表达了当下的道德困境。小说是这样结尾的:

颜小莉清楚地看到,那辆卡车的车斗也被改造成了铁笼,笼子里面装的都是狗。那是一些毫无品种可言的菜狗,一个个蔫头耷脑的,却也不声不响,仿佛对即将到来的命运毫无怨色。这种狗就算被送到狗肉馆里去,八成也不会有人来救它们吧。

颜小莉凝神与其中一只黄白相间的狗遥相对望,竟感到那狗有些许言语想对她说。

这些菜狗,就是"底层狗",它隐喻的当然是那些"沉默的大多数"。因此它也是关于人的阶层划分、等级划分的隐喻。

石一枫近期的创作,几乎一直在"道德领域"展开,一直关注当下中国的这一精神难题。他的另一篇小说《老人》,讲述的是一个老知识分子的故事。小说的环境是校园,人物也只有周老师、保姆刘芬芬和研究生覃栗。三个人物集聚在周老先生家里,发生了一段难以说清的关系纠葛。周老先生虽然年过七旬,但仍对女性跃跃欲试;保姆刘芬芬为了保住自己的位置,一定要和比自己年轻漂亮的覃栗较劲;覃栗的青春和研究生身份虽然优越,但还要表现得更加抢眼。于是,爆发了"三个人的战争"。这场战争首先是心理暗战,继而转换为两个女性的真刀真枪。小说通过书房、厨房以及各自的利益诉求,逼真地表达了三个不同年龄、身份、性别的人物性格和心理。特别是对知识分子的心理刻画和描述,既趣味盎然又入木三分。周老先生的形象虽然有些夸张或脸谱化,但戏谑中这个道貌岸然和卑微猥琐的知识者的形象跃然纸上。

我之所以把石一枫的创作称作"当下中国文学的新方向",是因为当下许多作家都在积极面对道德困境这一精神难题,这已经成为我们这个时代最大的困境。比如黄咏梅的《证据》,写了夫妻之间的瞒与骗,深刻地塑造出了一个不谙世事的单纯女子和一个心机颇深的老到男人的形象。一个艺术院校出身的女孩和相差二十一岁的律师组成了家庭,女孩从此成了"全职太太",男人在外立万扬名。女孩倒也心甘情愿,但从此失去了自我甚至自由:女孩说要给一个蓝鲨配一个伴儿,男人说要讲风水,一个月之后才可以;女孩要和同学聚会在外过夜,男人说,你"睡熟以后,鼾声如雷,简直,简直不可想象",这样的美女有这样的毛病不等于毁容吗?女孩上微博,但男人总是在后面掌控,经常删她的信息。女孩耐不住寂寞也为了秀一下恩爱,将他们买鱼时让老板娘拍的照片发到了网上——

  她看到了自己,笑得眼睛只剩一条缝,她也看到了大维,他们头碰着头,各自手上举着两只鱼缸,里边的那几条鱼,现在正安闲地游弋在他们右侧的大鱼缸里。这些鱼顿时消灭了沈笛对这张照片的陌生感,这就是那天他们去水世界让老板娘拍的合影。

就是这张照片引起了轩然大波。几乎就在同一个时间,又有一条关于男人的微博——"我在澳洲圣安德鲁大教堂前为此刻抗争的弟兄们祈祷"。于是,缺席一个重要案件的著名律师遭到了网友的诟病和质疑。女孩甚至为男人开脱说自己说了谎。几天后男人真的去了澳洲,他是为那件"要事"去的吗?女孩在临睡之前在自己对面架起了摄像头,她要取下这一夜作为"证据"。她是否打鼾将不证自明,这个男人说的所有的"名人名言"也将不攻自破。著名律师不可能告诉女人的是,一个女人不能像婚纱照摄影师说的那样,"只要傻傻地看着老公就好"。女人的独立性对自己来说大概是最可靠的。这应该是近些年来最为令人震动甚至惊悚的写夫妻关系的小说。

石一枫的不同之处就在于,他关注的精神难题不仅限于男女情感或亲情伦理,而是在更广阔的背景下,通过他的主要人物呈现了我们耳熟能详又习以为常的社会疾患——它既弥散于世道人心,又落地于人们的行为实践。更重要的是,他并不是站在道德制高点,以道德的优越感表达他的发现。他深刻地触及了这个时代的神经和脉搏,因此他更有气象和格局。

三、精神难题如何成为"文学"

当下中国的精神难题或道德危机,表现在"公德"与"私德"两个方面的全面陷落。"公德"是指在公共利益、公共秩序、公共安全、公共卫生等"公共"领域,有关社会公共道德、社会性道德的行为。在传统中国,"公德"历来缺乏。梁启超曾指出:"我国民所最缺者,公德其一端也。"[①]但在前现代社会,百分之九十的人生活在乡土社会,"公德"的问题并没有凸显出来;而"私德"领域又有相对完备的规范。费孝通先生在《乡土中国》中,分析了传统中国的社会生活与西方的差异就在于乡土中国是差序格局。差序格局的概念虽然没有严密的理论论证,是在一种类似于随笔的表达中提出的,但是,这一概念却准确地

---

① 夏晓虹:《梁启超文选》,中国广播电视出版社1992年版。

概括了中国传统社会以宗法群体为本位的社会结构和人际关系的特点。在差序格局中，社会关系是私人关系的增加，社会范围是一根根私人关系所构成的网络，因此，传统社会里所有的社会道德也只在私人关系中发生意义。费孝通先生明确地讲到以家庭为核心形成的血缘关系，及"血缘关系的投影"形成的地缘关系，中国传统社会以这两种关系为基础，形成差序格局模式。或者说，差序格局本质上是以"己"为中心的："以己为中心，像石头一般投入水中，和别人所联系成的社会关系，不像团体中的分子一般大家立在一个平面上的，而是像水的波纹一般，一圈圈推出去，愈推愈远，也愈推愈薄。""在这种富于伸缩性的网络里，随时随地是有一个'己'作中心的，这并不是个人主义，而是自我主义。"[①]在中国传统社会中，"己"不是独立的个体、个人或自己，而是被"家族和血缘"统治着，它是从属于家庭的个体。"己"作为心理意义上的符号，它是人格自我；但在中国传统社会，"己"不具有独立的性格，它被"人伦关系"制约着，"己"是一种关系体。因此，它也是乡土中国"熟人社会"的基础。进入现代后，"熟人社会"处在不断解体的过程中，但"熟人社会"的观念依然故我。这种变化的博弈的过程或缝隙，就是文学生长的所在。

陈金芳从"熟人社会"的乡村走进城市，而城市人际关系的最大特征是"陌生人社会"。但她的处事方式仍然在"熟人社会"的逻辑中展开。她不断建立或扩大自己的交际圈子，不断将陌生人转换为"熟人"，就是还试图将乡村社会的处事方式置换到她不熟悉的城市生活中。但

---

① 费孝通：《乡土中国　生育制度》，北京大学出版社2020年版。

城市的"陌生人"在本质上是不可能转换为"熟人"的。城市之庞大不同于乡村,乡村的邻里在咫尺之间,而城市人是在相互利用为基础的临时建立"熟人"关系,一旦利用已经实现,他人的消失,就如同一滴水融进了大海。即便再"熟悉",也不能改变来无影去无踪的可能。因此费孝通先生认为,只有在现代社会中,由于社会变迁,在越来越大的社会空间里,人们成为陌生人,法律才有产生的必要。因为只有当一个社会成为一个"陌生人社会"的时候,社会的发展才能依赖于契约和制度,人与人之间的交往才能通过制度和规则,建立起彼此的关系与信任。契约、制度和规则逐步发育,法律就自然地成长起来。所以,陈金芳用前现代的人际关系,在现代城市做投机生意,她失败的命运已先于她而存在了。

但是,在我看来,《世间已无陈金芳》之所以成为一部获得普遍好评的小说,不只是说石一枫通过陈金芳提出了当下中国的精神难题,创作了一部难得的社会问题批判小说,更重要的是他在处理这一问题时的文学方法。石一枫清楚地认识到:"作家贯穿在写作中的对时代的总体认识,应该是一种'文学的总结',而不是'社会学的总结'或者'经济学的总结',这种总结是灵活多变的、千人千面的,而非单一地用某种理论对社会进行图解分析。没有理念思想的作家比较低矮,但理念思想如果缺乏原创性,可能也是一种虚弱的高大。"[①]陈金芳为了"只是想活得有点儿人样",不惜在"公德"和"私德"两个方面洞穿底线,但并没有引起我们对她彻底的厌恶或憎恨。小说明显高于同类

[①] 李云雷、石一枫:《"文学的总结"应是千人千面的》,《创作与评论》2015年第10期。

题材，重要的一点就是石一枫写出了陈金芳的多面性或复杂性——一方面，她是一个带有于连·索黑尔、盖茨比式色彩的人物，为了目的不择手段；另一方面，她又向往美好，性格上甚至还有些浪漫主义的色彩。这与石一枫在小说总体构思中设置的一条情感线索有极大的关系。"我"与陈金芳就是同学关系，两人在学校时过从并不密切。即便多年后再度邂逅，也没有情感方面的瓜葛。但是，两人的关系又是一种若即若离、似有还无的关系。在两人的关系中，陈金芳是态度积极的一方。这缘于中学时代陈金芳对"我""提琴生涯"的好奇或迷恋。一天晚上"我"练琴时——

> 我在窗外一株杨树下看到了一个人影。那人背手靠在树干上，因为身材单薄，在黑夜里好像贴上去的一层胶皮。但我仍然辨别出那是陈金芳。借着一辆顿挫着驶过的汽车灯光，我甚至能看清她脸上的"农村红"。她静立着，纹丝不动，下巴上扬，用貌似倔强的姿势听我拉琴。
>
> 也不知是怎么想的，我推开了紧闭的窗子，也没跟她说话，继续拉起琴来。地上的青草味儿迎面扑了进来，给我的幻觉，那味道就像从陈金芳的身上飘散出来的一样。在此后的一个多小时中，她始终一动不动。

这一场景从第一天开始，演奏者和倾听者的身份就"固定下来"，陈金芳每晚八点左右会准时出现在"我"的窗下，"我"在拿琴试音之前也会情不自禁地看看有没有那个人影。而且"我"发现，陈金芳在发生着变化:她个头高了,身体的轮廓也发生了变化,"如果仅看剪影,任谁都会认为那是一个美好的、皎洁如月光的少女。不知何时开始,我的演奏开始有了倾诉的意味,而那也是我拉琴拉得最有'人味儿'的一个时期"。从这一讲述的态度或口吻,我们会明显体会到,那里有一种隐约流淌的涓涓细流,它与情感有关,同时也为后来两人进一步接触埋下了伏笔。对陈金芳而言,这几乎是她少年时代唯一的美好记忆,这个记忆不仅是同学年少的怀旧,同时那里也有微茫的、还没有被她认识的"诗意"。台湾学者黄文倩认为音乐在陈金芳内在自我形成中起到了重要作用,并讨论了"底层的精神幻象及其生产",她认为,小说中的我"对中国资本主义化与现代性的虚幻性,仍未能找到更有效地质疑与克服的法门,'我'的各式主体困境,跟陈金芳的上升困境,在这个意义上,共同作用出中国目前的底层的'精神'幻象"[1]。这一看法是一个角度,但离小说过于遥远。事实是,音乐或小提琴的声音一直弥漫在小说中,它几乎是陈金芳少年时代唯一值得珍视的"高级文化"记忆,她仰望并且神往,正是这一"声音",构成了陈金芳与"我"的情感线索。"我"也曾经感慨"面对着现在的她,我已经无法想起十来年前站在我窗外听琴的那个女孩了。当年的她仍然在我的记忆里存在"。因此,音乐在小说中的作用,不只是为情节发展穿针引线,同时也是一个与人物有关的"情感线索"。这一线索看似不经意,但恰恰是小说的神来之笔和高明之处。

当然与其说陈金芳喜欢音乐,毋宁说陈金芳更喜欢"我"。当她听

---

[1] 黄文倩:《底层的"精神"幻象及其生产——论石一枫〈世间已无陈金芳〉》,《雨花》2016年第14期。

说"我"早已不再练琴时,流露出的是倍加惋惜,她在自己的生日晚上,甚至请来了世界顶级室内乐团来"唱堂会"。陈金芳真实的想法是希望"我"能在这样乐团的伴奏下露一手,定下的曲目都是"我"最熟悉的柴可夫斯基的《D大调弦乐四重奏》,但却极大地伤害了"我"那脆弱的自尊心,同时也将"我"惯于任性撒娇的性格推向了顶点。当然,一个人的生活并不完全是由他的爱好或精神向往决定的。陈金芳虽然向往高级文化生活,喜欢与音乐有关的"我",但这些并没有改变她追求物质生活的终极目标。那对高级文化生活的向往,也最终沦为她极度虚荣、装点身份"等级"的一部分。

小说中的"我",貌似无关紧要,但从另一个方面"映照"了陈金芳。或者说,如果没有"我"的游手好闲、漫不经心,陈金芳膨胀的野心就不会凸显得这样彻底或抢眼。"我"代表这个时代另一种精神样貌:既不像陈金芳那样没见过世面急于出人头地,也不像那些心怀发财梦的专业投机客。"我"心无大志,更无大恶,酷似先锋文学或后现代小说中走出的人物。"我"为陈金芳介绍各色人等,也混迹其间,看似热闹,内心却茫然不知所终。"我"的精神状况,是这个时代精神状况的一部分。"我"的虚无主义同样是当下的精神难题。如果从更广阔的意义上说,石一枫的小说不仅接续了19世纪文学的批判现实主义的传统,同时也吸纳了20世纪现代主义、后现代主义文学的元素。在关于"我"的讲述中,尤其体现了石一枫的语言才华。石一枫的小说语言有极高的辨识度,流畅无碍中机智生动、趣味无穷,又有不可置换的时代色彩,他文学语言的个人性一览无余。

石一枫还有一篇与音乐有关的小说《合奏》,小说只有两个人物。读过《合奏》，我内心惊诧不已。这篇小说应该不是这个时代的小说，它特别酷似我80年代读过的礼平的《晚霞消失的时候》、胡小胡的《"阿玛蒂"的故事》或者是郑义的《枫》等作品。《合奏》里流淌的是80年代的情感和处理方式。如果是这样的话，我更加坚信我的判断，石一枫是这个时代为数不多的还怀有理想主义情怀的青年作家。《地球之眼》是通过庄博益、安小男和李牧光三个同学不同的生活道路和内心追求来结构小说的。但是，小说又非常写实地铺设了一条安小男的身世故事线——他十岁时父亲蒙冤跳楼去世，母亲在肉联厂洗猪肠子。不公平是安小男追问道德问题的生活依据。他事出有因，不是建立在虚无缥缈想象基础上的。《营救麦克黄》本来是寻找营救一条狗，但小说峰回路转，变换为营救一个乡村小女孩。不同的线索，构成了小说的对话、互动和隐喻关系，使小说的内涵更为丰富而避免了简单和直白。

80年代以来，中国文学经历过欧风美雨的洗礼，但是现实主义一直是文学的主流。但是值得注意的是，现实主义并不是一个保守的、一成不变的文学观念。甚至可以说，包括先锋文学在内，有价值的因素都被吸纳到现实主义的文学创作中，构成了现实主义全新的、具有极大包容性的一个文学观念和系统。当然，创作方法部分地涵盖了作家对生活与文学关系的认知，但还不是全部，更重要的还是在于作家的价值观。石一枫也认为："我认为小说是一门关于价值观的艺术。所谓和价值观有关，分为三个方面，一是抒发自己的价值观，二是影响别人的价值观，三是在复杂的互动过程中形成新的价值观。在文学兴盛的时代，前两个方面比较突出，比如古人'教化'的传统，还有20世纪80年代的思想解放运动。然而到了今天，文学尤其是纯文学式微了，影响不了那么广大的人群了，也让很多人认为过去坚守的东西都失效了。但我觉得，恰恰是因为今天这个时代，对价值观的探讨和书写才成为文学写作最独特的价值所在。"① 这是新一代作家关于文学价值观的宣言，他是在向传统致敬。他在回到传统、回到人间，让我们在文学中驻足的同时，也体味了我们置身的这个时代的悲痛与欢娱、沉重与希望。也正是对文学有了这样的认识，石一枫才有了敢于直面当下中国精神难题的勇气。而他充分的文学准备，为自己的文学腾飞、继承一个伟大的文学传统，提供了坚实的专业基础。因此我们有理由对他怀有更大的期待。

2017年2月于北京

原载《文学评论》2017年第4期、《新华文摘》2017年第24期

---

① 石一枫:《我所怀疑和坚持的文学观念》,《文艺报》2014年5月21日。

北京的"新世情"和作家的"主义"

——评石一枫的长篇小说《逍遥仙儿》

石一枫的《逍遥仙儿》，是一部北京的"新世情"小说，是一部讲述北京普通众生生活的小说。实事求是地说，讲述这个时代众生生活不是一件容易的事情，生活已经难以概括难以提炼。如果听听近期的都市民谣，大体能感受到这个时代的某种氛围或情绪。但是，《逍遥仙儿》与都市民谣不是一个路数，也不是一个潮流里的大型交响乐。于石一枫自己，《逍遥仙儿》也完全有别于《世间已无陈金芳》和《玫瑰开满了麦子店》。《逍遥仙儿》中的王大莲，应该是陈金芳和王亚丽的"后传"，或者说王大莲在生活中已然度过了"只是活得有点人样"，每天晚上十点等着买半价食物的悲苦人生。王大莲只有短暂的"贫困期"，曾千方百计地要退孩子补习班"体验课"的费用，并顺走了一只"嘎嘎叫"的黄鸭子。等到王大莲正式出场时，她几乎满身金镶玉了，妥妥的一个披金戴银的富婆。王大莲过去是城郊一个菜农的女儿，身份的转换是因为郊区被划进城区，她因此不仅住进了"高尚住宅区"，而且还拥有了自己的"半扇楼"。只是富有了的王大莲等来的却不是她的"富贵人生"，接踵而至的是她面对的无尽烦恼甚至折磨。

小说大体有两条线索：一条是王大莲、苏雅纹和庄博益构成的以孩子补习班为中心的故事；一条是以庄博益和"道爷"构成的以制作"吃播"节目为中心的故事。两条线索交织在王大莲的"半扇楼"里外，构成了一幅北京新世情的当代画卷。这个新世情小说并不是石一枫"旧瓶装新酒"，而是完全超越了宋元明清"世情小说"的形式和内容。旧世情小说是"极摹人情世态之歧，备写悲欢离合之致"，通过世态反映社会状况和各种社会矛盾冲突，具体内容主要是写情爱婚姻，家庭纠纷，立嗣承祧或专注于讥刺儒林、官场、青楼等。如果《逍遥仙儿》只写了菜农"道爷""吃播"一脉，加上王大莲、"三儿""六子"等这些"前现代"人物，确实可以上演一出旧世情小说的大戏，一如刘震云《我叫刘跃进》中的"鸭棚"和厨子刘跃进，《一句顶一万句》中的吴香香、吴摩西卖馒头的饭铺等场景和人物，但《逍遥仙儿》并未沿这条线索独立成篇。而这条线索也离不开王大莲、苏雅纹、庄博益的孩子补习班故事，或者说，这条线索只是一条副线，它的价值更在于它的戏剧性。因此，正因为有了苏雅纹、庄博益以及"家长群"、群聊等现代生活内容，才构成了北京的新世情。当然，这个新世情是人物性格和人物关系的背景，是对当下北京众生生活新的理解和认知。也正是因为有了这样新的理解和认知，《逍遥仙儿》才有可能令人如拨云见日耳目一新。

小说始于孩子上的辅导班。因游泳班"爆"了，王大莲退"体验课"费用遇到麻烦，她便顺走了那名噪一时的"黄鸭子"，于是便有了"一只鸭子引出的纠纷案"。各色家长纷纷登场一时蔚为大观。讲述者是我们熟悉的庄博益，人物主要是王大莲和苏雅纹。王大莲粗门大嗓，"一嘴京腔,却和通常的北京人不同,极其响亮,有种大开大合的气势。在印象中,只有自幼身处旷野的人,才会说话有如叫阵",一张嘴就挂相。还是体面文静的"妈妈"苏雅纹的一句"何必呢?人家也不容易",救了王大莲的场。这是小说的前史。这个前史不只是一个交代,更重要的是奠定了小说人物引而未发的性格。孩子入小学后,王大莲是众多家长的对立面,她对各种常识几乎一无所知,不知道苏格拉底、杜威、皮亚杰情有可原,她还不知道弦乐和管乐。面对大家在群里的嘲讽和不屑,她只有不明就里的木讷和尴尬。博士班主任逻辑严密的教育者姿态,家长们的随波逐流,王大莲的落败场景,让家长们壁垒分明地分成了"我们"和"她"。在家长们眼里,王大莲粗俗不堪,就连两个孩子取名也是"大"和"二"。他们甚至严防自己的孩子和王大莲的孩子有交集,怕沾染不良倾向。可话又说回来,当庄博益问当制片人的妻子小张时,这个知识分子也未见得什么都知道——

"我们当然听不大懂老师在说什么,但老师呢,想必也不大指望我们能听懂。上过几天学的人都知道,那些人名啊,理论啊……往往唯一的用处就是显得高深。你别笑,你自己何尝不是如此——有时候听你忽悠投资商的话,我作为共犯都浑身起鸡皮疙瘩。可话说回来,既然孩子进了那么一所学校,赶上那么一位老师,总得给个面子,对不对?你看得起老师,老师才会看得起你。如果互相看不起,那么芽芽这学上得又和'渣小'有什么区别?道理其实就是这样。"

这段道白将知识分子的真实面孔彻头彻尾地暴露出来。但包括小张、苏雅纹和大部分"妈妈",都下意识地将顶撞博士班主任的王大莲和自己区分开,以表达和王大莲的不同。但王大莲坦诚、率真、待人诚恳,不知为不知。当庄博益的女儿芽芽手臂被"二"咬了牙印,庄博益畏首畏尾地"打上门来"准备大打一场的时候,王大莲不仅把自己孩子痛打了一顿,还真心实意地招待了他和苏雅纹。庄博益手头紧的时候,王大莲还替他垫付了孩子课外辅导班的费用。不仅如此,即便在心理层面,王大莲也并不是"知识分子"们理解的那样——

"不,'他们'就是针对'我们',看不起'我们'。"王大莲执拗地反驳我,并引申到了自己身上,"'他们'虽不明说,可我都能感觉到。在'他们'眼里,我过去是个小偷,现在是个白痴——我承认我从游泳班拿过一只鸭子,但那不是情有可原吗;我承认我懂得少,分不清管乐和弦乐,但我们家'大'和'二'就不配和'他们'的孩子一起上学吗?自从转学过来,我们家'大'就没高兴过,要不是认识了芽芽和'斯坦利','二'也别想交到一个朋友。'他们'成天把'爱'呀'同情'呀挂在嘴边,家里死条狗都像死了亲爹一样,怎么就学不会把'我们'当人呀?"

这几乎就是字字血声声泪了。更有趣的是,当王大莲在苏雅纹的蛊惑下,终于将自己家的"半扇楼"打造成"地下"辅导班的时候,王大莲就和苏雅纹成了"我们",那些没有进辅导班的成了"他们"。这些"群体"的变化和不确定性,在不同的情形下是按照"身份"或"利益"划分的。这里没有标准,这个标准的确定是"随机"的。特别是苏雅纹,这个人物一开始就是"妈妈"群里的"头儿"。她在出版社工作,会化妆,出现的时候总是雅致又低调。她善良,曾几次为王大莲救场,救王大莲于尴尬和窘迫中。她有知识,尤其有女性主义理论,成功地将王大莲塑造成了一个有"主体性"的女性。"在苏雅纹的语境中,使用了一个新的标准,重新划分了'他们'和'我们'——那个'他们'是爸爸、丈夫,还包括了所有男人;对我来说,她口中的'我们'却是'她们'了。新标准支撑了苏雅纹的新策略,也正如历史上那著名的对'三个世界'的划分,苏雅纹将一种对抗转化成了另一种对抗。苏雅纹纵横捭阖,运筹帷幄。上述联想令我对苏雅纹肃然起敬,甚而还有一丝胆寒。"就在庄博益胆战心惊的时候,苏雅纹几乎就要实现了王大莲与父亲"道爷"父女关系的断绝,也成功将王大莲的"半扇楼"搞成了地下辅导课的"教室"。这样,石一枫就没有泾渭分明地划分"阶级"和"阶层",更不是简单地站在"高贵者"或"卑贱者"二元对立的某一立场上。王大莲、"道爷"等人确实有粗鄙的一面,但他们仗义、率直、对人对事但说无妨。特别是王大莲,她心里有多少委屈无从为外人道,从"妈妈群"的屈辱到与父亲几乎决裂,没有一件事是她主动的,在苏雅纹的"启蒙"下她有了"主体性"却失去了亲情,她和谁说去?"道爷"有江湖气,但他的"有里有面",也不失为维系社会秩序的一种"伦理"。但是,更复杂的是,当王大莲获得了尊重的时候,她内心好像还潜藏着另外一些东西——

过去她们一致地忽略王大莲,疏远王大莲,现在却变成簇拥王大莲、追捧王大莲了。这种变化必定会让王大莲极其享受：原来我也有今天。美好的自我感觉足以令王大莲迷醉，而一旦上瘾，便会陷入欲求无度的怪圈，随之而来的必然是变本加厉的炫耀。甚而王大莲还会暗中觊觎苏雅纹那"妈妈头"的地位——比起苏雅纹，她王大莲明明更值得人们艳羡啊。因此她表面上虽然保持着"地位变了，谦虚谨慎的作风不能变"这一操守，却忍不住在有意无意间把话头透了出去。

人的全部复杂性几乎没有穷尽，石一枫在这方面的探寻，是最有想法和想象力的。庄博益、苏雅纹、小张等人是知识分子，可他们就真的无所不知高人一等吗？或者他们真的就是坏人吗？都不是，他们都是众生，都有人性的复杂性。对人性复杂性的揭示和形象化，才是《逍遥仙儿》追求的，这也正是文学性要追求的。另外，小说中不变的，是孩子们的天真和童趣。那个"小黄鸭子"很像戏剧中的一件道具不时出现。家长们的世界时时变，无时不变，可孩子们是"不变应万变"，他们就爱那嘎嘎叫的"小黄鸭子"。真是两个世界两重天。

小说对"现代"的批判给我留下深刻的印象。追求现代性曾是百年梦想，但是，任何事物都有两面性，"现代"也概莫能外。王大莲和苏雅纹以及庄博益等所有的烦恼和问题，无一不是"现代"造成的。"现代"最大的表意符号就是"启蒙"，在百年思想文化史上如何评价启蒙是另外一回事，但启蒙一开始就是知识分子内部的事情，众生并不理解个人主义、恋爱自由、婚姻自由为何物。王大莲如果不是受了知识分子苏雅纹的"启蒙"，她就没有后来悔之不及的烦恼。一如她的心理道白——

其实和苏雅纹也没关系，或者说，有关系也只发生在我心里。对我而言，这堵墙是因为苏雅纹才砌起来的。她鼓励我从家里走了出来，鼓励我脱离了我爸爸的控制，鼓励我活成了一个新的我。如果把墙拆了，那就相当于我回到了老地方，走在了老路上，苏雅纹又会怎么看我？我的胜利是在她的见证下实现的，所以我不能让她看见我的失败……就连看见我的妥协也不能。我知道这想法很怪，但我的确是这么想的。天呐，我是怎么了，我过去看着我爸爸的眼色活着，现在却看着苏雅纹的眼色活着了……不不，我是先变成了苏雅纹又用苏雅纹的眼色看着我……我能对我的房子、孩子做主，但到底没能做了自己的主。我从旧的我活成了新的我，但究竟哪个才是真的我？

和王大莲同理的是，如果没有"不能让孩子输在起跑线上"的"现代"教育理念蛊惑，苏雅纹、庄博益和小张等知识分子，也不至于如此群氓般地对各种辅导班唯命是听俯首帖耳。此刻的这群知识分子就是"现代"群氓。那个博士班主任说起来头头是道，但解决具体事务的能力低下程度还不如王大莲。庄博益虽然是一个"面瓜"式的"穿线人"或讲述者，但他对"现代"的反省还是颇有力量："我又想起了自己小时候：放了学就满院子疯跑，钥匙拴在脖子上都能弄丢了，等到炊烟升起，还要和大人展开一场气急败坏的追逐战……童年的模样不是本该如此吗？也没耽误我们成长为坚忍、奋进的一代人。怎么我们的常态反而成了下一辈的奢侈？倘若如此，我们的辛苦究竟是给他们积福还是造孽呢？"因此，对"现代"的批判是《逍遥仙儿》的一大特点，也是小说的力量所在。这一特点应该说是石一枫小说一贯坚持的。

小说写现实，呈现现实，但小说没有处理"现实事务"的义务。最后，苏雅纹离开了北京，和丈夫到外地团聚；王大莲和父亲"道爷"在庄博益的斡旋下言归于好，他们重新选择了回到乡下生活。这个结局不能理解为《红楼梦》的虚无。《红楼梦》是眼看他起高楼，眼看他宴宾客，眼看他楼塌了，是白茫茫大地一片真干净；王大莲和"道爷"的选择是对生活的另一种选择，是作家理想主义化的处理。或者说，王大莲和她爹"道爷"，有权利选择他们的生活，何况他们本来就是菜农。回到过去的生活在理论上是不可能的，过去是只可想象难再经验的，现代性是一条不归路，但这个选择符合《逍遥仙儿》的小说逻辑。回到乡下，哪怕是北京界外的乡下，他们感到舒服，感到成了仙儿的逍遥，真的过起了"我落人中然自在，本是天上逍遥的仙儿"的生活，又何尝不可呢。石一枫在书写北京新世情、新风情的同时，也坚定地表达了他的"主义"：他对现实有深切关怀，他敏锐地聚焦了当下最普遍、最典型的社会生活，表达了人对尊严的需要和最低维护，表达了人对亲情、友情、人间冷暖的需要。他发现了北京新世情中的焦虑、虚荣和虚伪，因此别开生面。他在呈现现实的时候，同时有立场，有对人物、对历史、对当下的价值判断。这就是石一枫的"主义"。

最后还得说说《逍遥仙儿》的语言。语言是小说的门槛，只要看看语言，就可以知道小说的眉眼高低。因此，小说的语言是最瞒不过人的——

"道爷"眼里就一闪:"那我再问个事儿……咱们的队伍还在吧?"

他问的是剧组。我意识到了什么:"十几个人,七八条枪,全都待命等着您呢——不过艺精于勤,我让他们到别地儿操练去了。"

"还能回来?"

"随时的,您一句话。"

"道爷"就一拍大腿,那一瞬间重现了豪迈之色,"还是自己人靠得住"。我又不禁讶异,我怎么倒成了"自己人"了。接下来,"道爷"便和我商量起了重启吃播的事宜。他表示,经过这一阵子的闭关,他已经调整好了状态,只等着闪亮复出呢。"梅兰芳唱戏为了什么?为了'座儿'。那么我吃饭为了什么?为了'粉儿'。"因此他又表示,要把有限的饭量投入到无限的为"粉儿"服务中去。金杯银杯,不如"粉儿"的口碑。但突然又叹一口气,"不怕您笑话,我心里冤得慌啊。为村里人忙活一辈子,村子没了,为家里人操心一辈子,家也快没了。幸亏还剩下这么一乐儿,要不然还真不知该怎么活了"。

这长长的一大段文字,几乎没有一句经不起推敲。它有《茶馆》之风,也有《顽主》之风,但它是属于石一枫的。它的贯通晓畅如行云流水,就像我们听京剧《坐宫》《四郎探母》是考验演员唱功一样,语言一览无余地考验着作家的讲述能力和文字功夫。上述的对话看似简单,但仔细揣摩不仅句句在理,而且一气呵成,两个人物的心理状态和身份角色都恰如其分恰到好处，这就是石一枫的过人之处。近两年来是石一枫小说创作的"大年"，他先后出版了《漂洋过海来看你》《入魂枪》等作品，获得了很高的评价。我相信《逍遥仙儿》同样是他重要的小说，如果放到当下小说创作的整体格局中，这篇小说值得言说的远不止我说的这些。

2022年10月25日于北京寓所
原载《文艺争鸣》2023年第11期

蔡 东

幻灭处的惨伤与悲悯
——评蔡东的小说

蔡东是"80后"作家,同时也是"传统"作家。蔡东生于20世纪80年代,但她和那些通过网络迅速蹿红并所向披靡的作家判然有别。蔡东是一位仍然坚持"传统"写作的"80后"作家。这一选择自有蔡东的教育背景和精神依据。在不到十年间或中断的创作中,蔡东作品的数量非常有限。但是,就在这数量不多的小说创作中,蔡东体现出了年轻一代作家新的风貌和特点。我们都了解,当白话文学发展到今天,要想在这个领域脱颖而出是何等艰难,更何况当下的文化语境更属意"快感文化",而并不举荐真正的作家。但是,蔡东的小说像一缕文学的炊烟,在清晨的田野袅袅升起弥漫四方,然后幻化在大地与天空之间。她写的是人间烟火,是人间无尽的矛盾、忧伤、艰难、跋涉、隐忍、委屈以及无奈;她对女性命运和生活处境有新的理解和书写;她发现了这个时代仍有"多余人"的存在。她的小说是在别人结束的地方重新开始;她的慧眼发现了诸多的"不可能"。更重要的是,她以悲悯的情怀发现了幻灭处的惨伤,并将这惨伤在险象环生中书写得"灿烂逼人"。这当然得益于她的文学素养、得益于她对古今中外小说的学习和吸纳,她注意讲述者和小说节奏、张弛的关系。这就是蔡东的小说。

一、悲情女性的幻灭与重生

百年来,中国特殊的历史语境决定了文学的悲情多于欢乐,特别是女性形象。因此,像《祝福》中的祥林嫂、《明天》中的单四嫂、《二月》中的文嫂等女性形象,集中地表达了那个时代女性的生存景况和精神地位。她们逆来顺受,无助无奈,悲惨的一生只为注释一生的悲剧。她们已经成为文学中的经典人物。蔡东小说中多有类似这些人物的形象,比如《往生》中的康莲、《断指》中的余建英、《无岸》中的柳萍。这些人物是从现代经典作品结束的地方出发,是用一种极端化的方式写出了生活的"不可能性"。这些人物一出现几乎就陷入绝境:《往生》的开篇便是"老头的躯体,康莲越来越熟悉了,此刻已不再慌乱,也没有了羞耻。她低下头,尿臊味喷了她一头脸,热扑扑的。裤裆晾开了,老头惬意地扭动身体,她虎起脸喊着别动,撕拉一声把纸尿裤扯下来。这会儿,不愿看也看得很清楚,老头胯下褐色的一嘟噜,软塌塌地垂落着"。这个瘫痪的老头是康莲的公公,伺候老头的康莲是儿媳。在传统观念中,公公与儿媳的接触是最为忌讳的。将公爹命名为"公公",从一个方面隐喻了公爹与儿媳的关系。但是,已经六十多岁的康莲必须用这种方式与八十多岁的公爹接触。康莲一出场就陷于万劫不复的"幻灭"或绝望中。她不仅要被痴呆的公爹一会儿喊"娘"一会儿喊"姐",一日三餐后带他外出遛弯儿,而且还要亲自动手抠出老头肛门里黑硬干燥的粪球。老头摔了一跤大胯粉碎性骨折后,康莲的日子雪上加霜。疲惫不堪的康莲被信徒们发现并劝诱其"信主"或"信佛",康莲谢绝了信徒们的好意,却也意外地与"一个特别的词语"不期而遇并被深深打动。"那个词叫'往生',死亡的另一种说法,却穿透深重的黑暗,击破内心的绝望,用缤纷美妙替代陌生可怖,是动感的、充满希望、无比美好的起点,令康莲灵魂出窍,神往不已。"于是,"往生"这个词便成了康莲与公爹关系的文化信念。然而康莲却先于公爹撒手人寰。小说中的康莲处在极端悲苦的境地,但在幻灭中康莲实现了文学人物的重生。康莲的善良和坚忍是在幻灭中实现的。康莲是普通人,她也有疲惫、厌倦、不得已的计较。但"往生"的信念平复了康莲的巨大焦虑,她惨伤的生活就此放射出了博大和人性的异彩。

《断指》中的余建英"是循着血迹"出场的:自家办的"鸿运"颗粒厂出了大事:余建英亲姑舅姊妹秀俊的孩子小芬在填料时,右手不慎被轧断了四根手指,而且一根完整的手指也没有找到,骨头渣子和肉末都掺到废料里了。小芬的事故引起的后果不难想象。但是,更重要的是小说讲述的余建英的悲苦命运:内退后的余建英发现了丈夫的婚外情,并且因"风流有价"亏欠了单位二十余万。余建英凑齐欠款帮丈夫免了牢狱之灾,为了还清债款,她办了颗粒厂,却祸不单行。于是,余建英步入了不见天日的悲情之旅:她要顾及厂里的生产、要照顾断指的外甥女。更糟糕的是在痛失母亲后,亲姑舅姊妹秀俊将自己告上了法庭。法庭有自己的规则,倾向小芬也在情理之中。但关键时刻,合伙人二妹建珍为了撇清自己把余建英推上了前台,秀俊开口要求赔偿三十万。最后,经过法庭判决折合,余建英赔偿两万余元结束了这场官司。

小说情节复杂多变，多有出人意料之处。但更可圈可点的是蔡东对余建英性格的刻画。余建英是一个老大学毕业生，又是一个心地慈善的女性："这些日子，余建英晚上总失眠，睡着了也容易惊醒，有一次，居然是哭醒的。醒来时，高力强正在身边抓耳挠腮呢，看样子是想推醒她又不敢。一看她醒了，他慌乱地搂住她的肩膀。余建英胸口一暖，把下巴抵在丈夫的后背上，笑了。跟许多健忘的女人一样，余建英也忘了，忘了他寻欢作乐时的嘴脸，忘了他其实是一切厄运的祸根。她总在心底为丈夫辩解，他有时把握不住自己，但心地确实不坏，他不能吃苦受累，但场面上的事应付自如绝非窝囊男人，他现在体态略微发福，但年轻时也器宇轩昂过。高力强出去鬼混的事，余建英始终瞒着儿子高树，女人这辈子的福气，一半修男人，一半修孩子，高树就是余建英的福气。小伙子长得人如其名，挺拔英气，身板直直的，面目的线条刚毅而倔强，这样的男孩会让女人想起自己的初恋。家里四处借债时，她一边宽慰儿子，家里能供得起你上学，一边为丈夫遮掩，你爸投资生意失败了，你爸不容易，要多体谅他。"无助无望的余建英此时着想的还是这个既无用又惹是生非的丈夫。

更值得注意的是：还清赔偿后，余建英总被一个问题纠缠着，假如秀俊一家不告，让她完全凭良心，她还会不会掏出这些钱来？未必。至少没有绝对的把握。本来，她心里有些恨秀俊，恨她绝情，说告就告了。现在看来，秀俊母女与其赌她有良心，还不如自己挣扎几下。余建英忧郁地承认，别说她赔给小芬的钱不多，哪怕她给小芬搬来一座金山，也换不来小芬完满的一生。她的耳边总响起一个声音，分明是她自己的声音：余建英，你罪孽深重，这辈子都不清白了！一个悲情的妻子、一个敢于自我拷问的悲苦的知识分子形象就这样矗立在我们面前。

《无岸》讲述的也是生活中的寻常事:"四十五岁这年的一个晚上,柳萍宣告自己的人生失败。茶几上放着一张入学通知书,来自全美排名第五十三位的普渡大学,通知书带来的幸福很快幻灭,与之相伴而来的,是五万美元的学费。"除此之外还有四年两百万的花销以及"攒了半辈子的钱,忽然全没了。人生不但归零,居然还出现了负数"的恐惧与空虚。人生到了这般境地的柳萍,"掩饰住慌乱,没叫苦,也没发脾气"。尽管气概不凡,但现实需要的是解决的办法。于是柳萍同样开始了她漫长而苦难的历程。她要申请周转房,理由是卖掉房子供女儿留学。但现实哪里是为柳萍准备的,她不仅尝尽了自取其辱甚至"受辱训练"的滋味,而且一事无成。蔡东写尽了一个知识分子无处诉说的苦楚,生活竟是如此的脆弱,没有尽头的悲凉感一如万劫不复的深渊——这就是"无岸"。

三位不同的女性,她们面对的是不同的生活场景,但相同的都是让她们身心俱疲的生存和精神处境:困境面前各怀心腹事的家人、利益面前分崩离析的亲戚以及不断恶化的社会环境和世道人心。女性的担当和悲苦是蔡东讲述的基本故事,她们真正的苦难是"不能说,没法说"。蔡东的这一发现,使她有能力走进这些人物的内心深处,并感同身受地怀有巨大的同情和悲悯。如果没有这一情怀的照耀,这些悲苦的女性形象也就沦为前期"底层写作"的苦难叙事。有了这样的情怀,才有了她们幻灭后的重生和人物形象的光彩照人。

二、"多余人"的再发现

"多余人"的人物形象,是世界文学普遍关注的现象,法国的"局外人"、英国的"漂泊者"、俄国的"床上的废物"、日本的"逃遁者"、现代中国的"零余者"、美国的"遁世少年"等。这些人物生不逢时,他们不被主流社会认同。他们不同于古代中国的"魏晋风骨""晚明世风",主动或自觉地边缘化。他们姿态各异,相同的是一事无成百无一用。蔡东称这些人为"失意的中年男人"。

《净尘山》中的张亭轩,一听名字就儒雅有古风。他还没有出场,太太劳玉忆当年说:

> 教曲儿的时候,你爸穿松身的白色麻纱上衣,前襟绣着细细的银色竹叶,裤子是拷绸,烟灰色,那颜色真显干净。你爸站起来,像一绺轻雾升起,坐下去,是慢慢卷起的一幅水墨画。他端坐在讲台上,一把素折扇,一枚鹿角扳指,一板三眼地拍曲。
>
> 你爸最喜欢《孽海记》的《思凡》一折,他倒吸一口气,"小尼姑年方二八",寂寞有多长,"二"字拖得就有多长,声音化成了水流出来,一滴连着一滴,叫人听得心里直哆嗦,不敢打断,也不忍打断。末了一个滑腔,这音马上要断的时候,又放一点精华出来。独角戏难唱,上来就要把观众勾住了,吸紧了。

但张亭轩显然是一个背时的人物。他只会坐而论道,喝茶、唱戏,讲究生活品位,做派雅致。母亲虽然表面如此欣赏丈夫张亭轩,但在接待女婿潘舒墨时终还是露了真情。当女儿倩女毫不掩饰地夸耀"舒墨很有才情,兴趣又广泛,全身都是文艺细胞。他连手指都那么漂亮,会吹笛子,会画山水,对了,还会变魔术。他聪明着呢,下棋一下就是一天,连饭都不吃"时,母亲讥诮地说:"呵,这一身的本领,能出名吗,能变现吗?"她又板着脸问:"除了会吹笛子,会变魔术,你会做家务吗?"张亭轩虽然斥责妻子"荒腔走板,太失礼了",但当然明白这是"准女婿""代自己受过"。这时的张亭轩是彻底失败了——他不仅被社会所拒绝,同时也被相濡以沫大半生的夫人看得一文不值。

《无岸》中的童家羽,四十岁时开始练瑜伽,他的处世哲学是四字真言,"无欲则刚"。但是,当柳萍要卖房子供女儿读书、向学校申请周转房时,他荒唐地想出让柳萍接受他"温馨而励志的家庭游戏",进而提升为"情商口才培训课"的招数。他极端可笑地正襟危坐,"既是演员,也是导演,不住地提点:委婉,平和,女性美,软和话,别敏感,和风拂面,如沐春风,面带微笑,柔化处理,仔细揣摩,小心应对,听之任之,唾面自干"……但是,面对难以应对的社会,童家羽的"无欲则刚"显然是虚饰的。那是一个修辞构成的不堪一击的虚拟的避难所。他真实的想法是:"我希望自己在精子阶段就被淘汰,我希望游向卵子的那个不是我,我要是没被生下来该有多好。"一个男人到了如此境地,其内心的悲凉可想而知。

《木兰辞》中的陈江流,是职专教绘画的教师,也是个"在家修行的居士"。无意间结识了"月下草庐"茶社主人邵琴。这是一个做派优雅气定神闲,犹如"杜诗颜字,正统,耐读,格律严谨,稳重端方"的女人。只一次吃蟹的聚会,就彻底征服了陈江流早已枯萎的心神。与自己为了职称和俗世功名的妻子李燕比较起来高下立判。但是他不知道这个邵琴只是一个包装出来的民办学校招生办的人,也是一个精于经营的茶叶商人。陈江流是以想象的方式与邵琴交往并获得某种满足的。他对世俗生活和功名利禄的厌倦,使他在精神上找到了一个可以临时寄托的驿站。当妻子李燕再也没有能力鼓动陈江流"奋进"的时候,她发现:"陈江流的奋斗之火彻底熄灭。他早已不喜欢认识陌生人、拓展新关系了,如今更是躲着人躲着事,对什么都提不起兴趣来,早晨起来脸也不洗,直接就坐在电脑前。李燕细细一琢磨,心也冷了。这世界一个萝卜一个坑,可往哪里堆放他呢?"结果还是在俗世生活的妻子李燕找到邵琴,使陈江流这个"名士"摆脱了失业危机。

张亭轩、童家羽、陈江流作为这个时代的"多余人",是他们的价值观使然。一个人是否能够进入社会,重要的是要获得"通行证"。这个"通行证"就是对主流价值观的认同。能够在多大程度上进入社会,取决于一个人在多大程度上认同主流价值观。这就是"承认的政治"。这三个人的"失意"或不被认同,重要的是他们首先拒绝了主流社会的价值观。但是,这里更重要的是讲述者的姿态。在小说的叙述中,讲述者不仅没有排斥、厌恶这些"多余人",甚至还多有欣赏。这也正如蔡东自述的那样,这些人"跟在强大霸道的政经秩序中成长、懂得服软、一出道就一脸世故相的年轻人相比,他们身上闪烁过理想主义的星光,有一种拒绝的力量:我不干,或我不需要。可惜,在一个失却多样性的窄门里,在一个扭曲的价值体系中,他们未获认同,自己的秤砣又不够分量,摇摇晃晃地,双手互搏着,终至于自己消灭了自己。我无法去谴责哪一个,人已经够苦了,每一个人都值得作家心疼和原谅"①。不仅对这些失意者如此，即便是对装扮成优雅的邵琴，她也多怀有恻隐之心，"实际上，从古到今，女性的伪装何曾消失过？伪装坚强，伪装成泼妇，直到真把自己活成男人。再往深处想，尘世中的红男绿女，谁不是在扮演另外一个人？和自己毫不相干的一个人。社会各个阶层品流对邵琴的倾慕，不过是缘木求鱼，但反过来想，惊慌失措的我们，平庸恶俗的我们，是否从未放弃过对闲情逸致和传统贵族生活的敬重？是否明知有诈，明知会幻灭，也不惮于全身心地亲近拥抱，甘之若饴地上这个当"②。如果是这样的话，当蔡东以欣赏的态度塑造这几位"多余人"的时候，当然也隐含了作家自己的价值观。因为悲悯，此时的蔡东站在高处。

三、小说的节奏、张弛与问题

蔡东小说的讲述方法，是她小说整体构思的一部分。一篇小说是否具有文学性或艺术性，与讲述方法是不能分开的。小说是语言的艺术，同时也是叙事的艺术；小说讲述的人与事，是在一定的时间范畴内展开或完成的，这一点它与音乐有相似性，在一定时间范畴里讲述的人与事，就需要急缓、张弛的节奏变化。小说叙事节奏的变化，本质上是为了与读者建立更为恰切的讲述与倾听的关系，同时也隐含着作家内在的情感需求。蔡东的小说在节奏的处理和掌控上，有很好的体会和经验。

《净尘山》开篇是母亲劳玉回忆与父亲相识相爱的过程，母亲沉浸

---

① 蔡东:《写作：天空之上的另一个天空》,《我想要的一天》,花城出版社2015年版。
② 同上。

在意犹未尽的享受中，还在余音袅袅的时候，讲述者悄然将焦点从劳玉那里转移到女儿倩女这里——

  世界变了，梧桐和青鸟的生命，气若游丝地在字面意义上延续，已是一缕余绪。梅雨柔韧，从未过气，每年由虚构步入现实，遮天蔽日，连月不开，将现代世界笼罩在它古典婉曲的气质里。恍惚间，张倩女觉得，天上的雨是一直没停。连串的爱情传奇像莹亮的雨珠，渐渐濡湿了她的心。二十七岁的梅雨之夕，父亲侗傥地摇着素纸扇，用一出出浓情缱绻的折子戏，注释着爱情亘古不变的魔力。艳丽的红尘卷轴在她眼前妖冶地铺展，她的心思，一下子活泛起来。

这一转折犹如一个停顿，让读者一顿一惊，暂时疏离劳玉的讲述，也为倩女的出现埋下了伏笔。然后挥洒开去，讲述一家三口的微妙关系。类似的"闲笔"有如水墨画的留白，有了"闲笔"才有峰回路转跌宕起伏。现代小说"形上"的韵味才有可能体现。

《断指》有"底层写作"的遗风流韵，余建英的苦难接踵而来：丈夫不忠、因情人而欠下公司巨额债务、办厂还债小芬出事、小芬折磨刁难、秀俊告上法庭，等等，余建英几乎没有退路。这应该是一篇大开大合一泻千里的故事，但讲述者仍能掌控节奏，不至于使小说如脱缰野马汪洋恣肆。比如，余建英发现丈夫出轨，恼羞成怒很可能丧失理性，但这时的讲述者却突然放缓了情节的推进速度——

那个叫陶蓓的女人据说乃江南佳丽,余建英看了她和丈夫的合照后,断言江南佳丽的说法是造谣。江南小镇连名字都起得清雅出尘,绝对不会生养这种肉感十足其俗在骨的女人。在余建英看来,陶蓓有两大特征,一是肥,二是俗。照片上的陶蓓,蒜头鼻,包子脸,额际垂下两绺鲜黄的鬈发,眼部化着烟熏妆,像刚被人胖揍过一顿。再看她那身装扮,黑色绣金线的连衣裙,V形领几乎开到了肚皮,领上还镶着一圈白毛毛。女人陶蓓几乎聚集了恶俗的全部元素,能有什么独特魅力呢?她纳闷。也许这就叫野草闲花逢春生,当时当令。

这个"其俗在骨"的女人并没有出场,她并不重要,但这多少有些"妖魔化"的描述,让读者也舒了一口气,并且对此事的后果了然于心。

蔡东小说在节奏掌控上的精彩之处随处可见。她云卷云舒紧拉慢唱,不温不火一咏三叹,对小说的理解确实有自己真切的体会。这是蔡东小说好的方面。但是,作为一个青年作家,蔡东的创作显然也存有一定的问题。蔡东的小说每一篇单独看,都是非常优秀的作品,特别是对悲情女性形象、"失意者"形象的塑造,正如上述分析的那样。但是,中、短篇小说最难经受的考验,就是集中起来阅读。蔡东的小说当然也面临这样的问题。三个女性——《往生》中的康莲,《断指》中的余建英,《无岸》中的柳萍,出场时都是悲苦不堪,或是面对瘫痪公爹越陷越深的泥淖,或是意外事故的纠纷,或是人到中年面对社会的一筹莫展。这一方面实现了蔡东"深究人生之苦"的创作初衷,同时也陷入了一种结构性的重复;另一方面,蔡东的小说时常可以看到飞翔的东西,特别是对那些略有颓废的"失意者"的塑造,他们身上凝聚着真正的文学性。他们都多少带有"竹林七贤""晚明世风"的味道。原因就在于他们与现实的关系不那么密切。在这样的空间里才有可能实现作家的虚构和想象。但是,蔡东小说更多的还是与现实的关系过于靠近。写实性或纪实性仍是蔡东小说的主要特点。我们当然希望作家能够反映切近的现实生活,尽可能表现这个时代的风情风貌。但是,如何处理现实与文学的关系,我们大概还没有透彻地解决。因此,这个问题不仅仅是蔡东个人的问题,它应该是所有与文学有关的人的共同困惑。

还有一个问题不免踌躇:蔡东风华正茂,但她很少写关于青春的小说。唯一见到的《天堂口》,也是一部让人感到委屈、郁闷、沮丧或溃不成军的"青春"景况。她年纪轻轻,更多关心的却是人的悲苦、生死、命运的问题。是什么原因让一个青年过早地远离了青春,或者对青春如此地讳莫如深?这一点我愿与蔡东一起思考。但是,我可以肯定的是,蔡东是我们这个时代真正可以期待的文学新力量,而且她是如此健康。

2013 年 9 月 6 日于北京寓所
原载《文艺争鸣》2013 年第 11 期

她小说的现代气质是因为有了光
——评蔡东的小说集《星辰书》

蔡东的小说不是关乎信仰、彼岸、正义、终极关怀等宏大内容的小说。当然,我们需要这类小说,那些具有宏大话语操控能力的作家作品,曾经给过我们血脉偾张的激动,甚至影响了我们的性格和价值观。但是,当唯一的讲述方式渐次消退之后,无数种讲述方式大面积复活。被宏大话语覆盖的生活细小浪花逐渐形成了另一种潮流——我们身边流淌的就是这些细小浪花构成的生活潮流。于是我们发现,关于生活,关于人的情感、情绪等内在宇宙是如此的浩瀚丰富。蔡东的小说更多的就是面对人的内在宇宙展开的。这部名为《星辰书》的小说集,一如它的讲述者,内敛、低调,虚怀若谷大智若愚。但是,小说中的那些人物、情感以及与人的精神领域有关的问题,读过之后竟如惊涛拍岸、卷起千堆雪。因此,于蔡东和《星辰书》来说——无须高声语,亦可摘星辰。见微知著是蔡东《星辰书》的一大特点,她以丰富的直觉,或魔幻,或荒诞,或洞心骇目般地讲述了她的人物的情感危机或内在焦虑,让我们感知到这个时代普遍的精神困境和难题。因此《星辰书》可以看作是这个时代精神状况的报告；另外，蔡东又以她的方式处理或化解了那些貌似无关紧要的幽微处。因此，她的小说是有光的小说，这个光，就是心有大爱。

荒寒冷漠处更有春暖花开

几年前，我曾分析过方方发表的中篇小说《有爱无爱都铭心刻骨》。小说讲述了这样一个情感故事：瑶琴姑娘死心塌地爱上了她的"白马王子"杨景国。在两人即将修成正果步入婚姻的前夕，杨景国死于突如其来的车祸。与杨景国同时死于非命的还有另外一个女子。从此，灾难如阴影挥之难去。直到中年，她又结识了一个男人，但无论这个男人如何爱她，她都难以让生活重新开始。当她最后一次去墓地告别旧情准备重新生活的时候，得知多年前杨景国死亡的真相，而她不慎落下的擀面杖又使第二个男人死于非命——当年，就是这个男人的妻子与杨景国死于同一场车祸！而同样悲痛欲绝的男人弥留之际说了一句话："你要是实在忘不掉那就不忘吧！"小说发表后在读者和文学界引起了巨大反响。转载、评论，一时蔚为大观。方方写了一个惊涛裂岸的与情爱有关的故事，写了人性的两面性：背叛与真情。杨景国是一个猥琐的男人，但瑶琴对爱情的执着像火光一样照亮了这部小说。方方的这篇小说发表距今已过去十多年，但小说对这一情感领域的书写仍如火如荼居高不下。当然，没有什么题材比情感更适于小说。但我们发现，十年之后，对情爱的书写却发生了巨大变化：只有薄情、背叛、算计、欺骗、冷漠而没有爱情。小说写的都与情和爱有关，但都是同床异梦危机四伏。这种没有约定的情感倾向的同一性，不仅是小说中的"情义危机",同时也告知了当下小说创作在整体倾向上的危机。生活总有不如意甚至不堪忍受的苦楚或难处,蔡东同样也在面对。但蔡东讲述这些背面生活时,却没有写得血肉横飞惨不忍睹。对于那些不忍处她节制且体恤。那是了然于心后的体悟,是对生活光景的善意修复,就像德高的医生发现了病变,并不是一惊一乍而是得体或无声地疗治。蔡东对生活的理解,就像加缪一样:我们所受的最残酷的折磨总有一天将结束。一天早晨,在经历了如此多的绝望之后,一种不可压抑的求生的渴望将宣告一切已结束,痛苦并不比幸福具有更多的意义。

《伶仃》中被抛弃的妻子卫巧蓉,一直怀疑丈夫有外遇,丈夫出走后,她不惜跟踪丈夫,但丈夫确实洁身自好,事情不是她想象的样子。小说以极端的方式写了丈夫出走后卫巧蓉的"伶仃"况味。当一切真相大白,卫巧蓉与生活和解了:"他们至今没有碰过面。她设想过面对面遇上的情景,这辈子该说的话已经说完了,她不知道该对他说点什么,但她还会迎上去,向他问声好。"然后我们看到的是,山峦连绵,白云飘过,青山依旧在,万事万物都没有改变。但对卫巧蓉来说"身边的黑暗变轻了"。经历过了,从容不迫才会成为人生一场真正的幽默,她无须安眠药也可以轻松入眠。放弃怨恨和猜忌,与生活和解,就是作家赋予《伶仃》的一缕阳光。

中篇小说《来访者》是《星辰书》中权重较大的一篇作品。小说讲述者庄玉茹是一个心理咨询师,她的疗治对象名曰江恺。对这个患有心理疾病的人,庄玉茹并不比我们知道的更多,在帮助江恺认识自己的过程中,江恺的问题才呈现出来。因此这是一篇以平行视角讲述的小说。江恺患病的根源使疗治过程非常缓慢,一如石子投入湖中,层层波纹渐次荡漾。作为心理咨询师的庄玉茹,虽然专业但也未免紧张,但她就是江恺的阳光,她终要照耀到江恺内心的黑暗处。她不是抽象的理解和同情,这与具体疗治没有关系,有关系的是她如何通过具体的细节和办法让这个貌似"活得不错的人"走出黑暗。当然这是心理咨询师庄玉茹的工作。对于作家来说,在注意技术层面循规蹈矩的同时,她更要关心怎样塑造她的人物,怎样让事件具有文学性。这时我们看到,庄玉茹居然陪着江恺去了一趟洛阳——江恺的老家。这个事件是小说最重要的情节。时间回溯了,江恺重新经历了过去,然后那些美好与不快逐一重临。那扇关闭心灵的大门终于重启。但我更注意的是这样一个细节:他们来到白马寺,寺门已关,游荡中他们发现了一家小酒馆,于是走了进去——

  我们商量着点菜,芹菜炝花生、小酥肉、焦炸丸子、蒸槐花,主食要了半打锅贴。菜单翻过来有糯米酒,我问他:"喝点酒吗?"他笑笑:"度数不高可以。"
  很快,店家温了一壶酒上来,酒壶旁是一个小瓷碟,放着干桂花。我先把酒倒在杯子里,再撒上厚厚一层桂花。乳白色叠着金黄色,米酒的酒香托着桂花的甜香,在不大的屋子里漫溢着。

这是一个寻常的生活场景,我们曾无数次地亲历,因此一点也不陌生。但这个场景弥漫的温暖、温馨和讲述出的那种精致,却让我们怦然心动——谁还会对这生活不再热爱。充满爱意的生活是对患者最好的疗治,也就是庄玉茹走出小酒馆才意识到的"一次艺术疗治"。庄玉茹是江恺走出黑暗的阳光,这缕阳光与其说是专业,毋宁说是她对生活的爱意置换了江恺过去的创伤记忆。在一次访谈中蔡东说:"对日常持久的热情和对人生意义的不断发现,才是小说家真正的家底。人生的意义何在,毛姆用《刀锋》这样一部很啰唆的长篇来追问,小说里几个人物分别代表了几种活法,伊格尔顿用学术的方式来探讨,答案不重要,他的逻辑和推进方式让人着迷。而我写下的人物用他们的经历做出回答:意义不在重大的事项里,而在日复一日的平淡庸常中。就像我在《来访者》里写下的一句话:在最高的层面上接受万物本空,具体的生活中却眷恋人间烟火并深知这是最珍贵的养分。"这不只是她的宣言,更是她在小说中践行的生活信念。因此,当江恺的妻子于小雪说庄玉茹救了一个患者时,庄玉茹摇头说:"救了他的是流逝的时间,是男欢女爱一日三餐,是贪生和恋世的好品质。日复一日的生活是最有魔力的。"作家的健康赋予了人物的健康。谁都会面临无常,但对健康的人来说,一切过去便轮回不在。于是,小说结束时庄玉茹的"这世界真好,生而为人真好",就不是一种空泛抽象的感慨,而是发自内心的由衷感恩,犹如爱的七色彩练横空高挂。

"现代气质"与小说的难度

蔡东的小说有鲜明的现代气质。这个现代气质不只是说她小说具有的时代性或辨识度,我指的是她小说人物的性格。《天元》应该是一部寓言小说,一部具有鲜明"现代派"气质的小说。陈飞白是个人才,但她每次入职都折戟在面试上,她不得不从事一般性的工作而难以介入中心。所谓"天元",就是围棋盘正中央的星位,也是众星衬托的

"北极星",是最耀眼的一颗星,天元也意指那些出神入化的人物。而陈飞白应该是一个"此辈不可理喻,亦不足深诘也"的人物。她不想成为"天元",不想成为那个世俗意义上于贝贝式的成功人物。她更像是来自彼得堡时代的"多余人",现代中国的"零余者"或20世纪60年代美国、80年代中国"现代派"的反抗者。不同的是,陈飞白并不狰狞铁血,她表面略有棱角,内心坚不可摧。在她的观念里:

> 我终于不是少年也不是青年了
> 不再因年龄被强行划入一场场比赛
> 回望这些年,我会从心底笑出来
> 我记得
> 在每一次能瞄准的时候我没有瞄准
> 我往左边或右边偏了一下
> 因为这不瞄准
> 我活得特别有兴致
> 因为这不瞄准
> 我觉得,我是一颗星我是一个人才
> 我活着最有意思的,就是这一次次的不瞄准

这就是陈飞白的诗。她值得炫耀或自我确认的就是一次次的不瞄准,她就是要特立独行。甚至她的这一节诗歌,也几乎没用标点。当然,决绝的是陈飞白而不是蔡东。蔡东开篇不久即写到一条抹香鲸的死亡。离开了大海,离开了具体的生存环境,即便你是一个庞然大物,

也难逃厄运。

《照夜白》中的谢梦锦，是一个一心要"逃离"的人。《逃离》是加拿大诺奖获奖作家艾丽丝·门罗的小说。距门罗更为久远的时代，女性就早已准备好了"逃离"。因此"逃离"是女性文学屡试不爽的主题。面对旷日持久言不由衷的课堂，谢梦锦几乎忍无可忍。于是她"失声"了，她可以不上课了。"喜从天降"的"失声"让谢梦锦自由了。自由太让人神往了——歌德说：为生活和自由而奋斗的人，才享有生活和自由。斯宾诺莎说：只有自由才能造成巨人和英雄。谢梦锦不想奋斗，也不想当巨人和英雄，"在没有英雄的年代，我只想做一个人"。于是，做一个人的幻想便出现了：

> 我一直有个愿望，或者说幻想。有一天我到了教室，坐下来，不说话，学生也不说话，大家就这样一起沉默，一分钟，两分钟，四十分钟，四十五分钟，铃响了，所有的人一言不发，寂然散去。

但是，谢梦锦并不是一个彻底反抗的"现代主义者"。她马上又说："想想罢了，怎么可能，一大群人呢。说不说话，从来不是自己能决定的事。"与其说谢梦锦不是一个彻底的"现代主义者"，毋宁说蔡东不是一个彻底的"现代主义者"。那个时代毕竟只可想象难再重临。一个普通人能做的就是"适可而止"。陈飞白、谢梦锦都生活在既定的生活环境中，她们具有"现代气质"已实属不易。利奥塔在《后现代性与公正游戏——利奥塔访谈、书信录》中说，从历史的观点来看，文化是身处根本处境的一种特殊方式：它们是出生、死亡、爱情、工作、生孩子、被实体化、衰老、言谈。人们必须出生、死亡，等等。于是一个民族对这些人物、这些召唤，以及它对它们的理解，做出了响应。这种理解、这种倾听，还有赋予它的回声，是一个民族的存在方式，它对它自身的理解，它的凝聚力。文化不是归属于根本处境的习俗、计划或契约为基础的意义系统；它是民族的存在。因此，讨论陈飞白、谢梦锦的"现代气质"，离开了利奥塔的民族的文化处境或布迪厄的"场域"理论，是说不清楚的。蔡东的"现代气质"就蕴含在这一文化处境和场域中。

有难度的小说，就是用爱化解人的无尽苦难和痛楚。痛苦是人类永恒面对的景况，用想象的方式解除人的痛苦并走出这一境遇，是有爱的作家选择的春冰虎尾的道路，也是一条难以为继的道路。它极易形成模式或同质化，即便确乎不拔也险象环生。但小说就是冒险的艺术，绝处逢生也就成就了一个作家的伟力。我们发现，生活中的问题包括那些内心深层的问题，从来就不只是自身的问题，这些问题是通过与别人别处的生活比较呈现的。因此，那些理论金句尽管必要，却不具有实践的意义。但通过作家对具体生活场景和人物内心细微的描摹，一切竟一目了然一览无余。我们知道了自己那些幽微隐秘的痛楚究竟在何处作祟，找不到的那些痛点就从这些人物的身上转移到了我们的身上，切肤之痛就这样如期而至。读蔡东小说的致命感受就在这里。

之所以说发现、捕捉人的情感或感觉的幽微处是小说的难度，因为那是一闪即逝却又挥之难去的感觉，似有若无又无处不在，它几乎成了一个人的魔咒或幽灵，游荡在人的内心深处又不时泛起。那种只为别人观看的"盆景"式生活在传染病般地蔓延。《出入》中的梅杨一直生活在朋友李卫红的阴影下，鄙视她愤恨她，却又受虐癖般地不能停止接近她。林君梅杨夫妇话不投机，旅游计划搁浅，不谋而合的竟是缘于两个人均难以启齿的对分开的渴望。也许这时我们才会明白纳兰容若的"人生若只如初见，何事秋风悲画扇"背后的一言难尽。夫妇均有对"分开的渴望"，就是人物内心的幽微处。这是生活中几乎人人都有又难以启齿的心理活动，如果诉诸实践，也不失为医治夫妻矛盾的一剂良药。这里有存在主义的意味，但这里的存在主义是人道主义。不然就不能解释《出入》中的林君的"临时出家"，以及"出家班成员"们相互间亦有"咫尺天涯"的美妙感了。那个混乱的所在，基督教、道教、佛教一应俱全，国人女翻译、洋人牧师悉数在场。这个反讽的荒诞场景将精神世界的无序混乱和盘托出。更具讽刺意味的是，梅杨居然对林君说"我可是修成正果了"。出与入，居与处，是传统士阶层难以处理和选择的矛盾，但历史发展至今日，这个曾经犹疑不决的矛盾终于幻化为一个后现代的闹剧。

《布衣之诗》中有这样一个细节：孟九渊和妻子赵婵分居前曾宴请大学读书时的同学，席间大家言谈举止得体周正。但结账时——

> 赵婵提出打包。孟九渊用眼神质疑她，你这是怎么了？拿回家你吃吗？吃吗？赵婵避开他的目光，起身去柜台付钱，很快就有服务员来桌旁收湿纸巾。孟九渊按住湿纸巾，问："干吗？"服务员缩回手去，解释道："女士说了，没用的都退掉。"同学们赶紧拿起来，说："不习惯用这个，退了吧。"孟九渊动作很大地扯开包装，说："我用。"

但回家的路上俩人并没有争吵，默默不语沮丧茫然。这最后一刻让宴请毫无颜面。这个细微处，赵婵的性格和两人的关系，不著一字尽得风流。生活自有迷人的魅力。但生活中总要遭遇它的背面，就是那些琐屑、无聊甚至构成"敌对性"的阵势。它让生活变得煎熬、无望甚至绝望。生活中某些细小的缠绕、纠结、不快，直接作用于人的精神和情感，处理的过程并不亚于面对"大事件"时的犹豫或举棋不定。在大的生活内容面前，我们有那些高明的向导或潜在向导，他们代替了我们思考；我们还可以选择从众——或者有人先于我们选择，他们可以提供某种参照。但面对个人生活的百态千姿，你必须自己拿主意。这时你拥有了自由，也因为自由你拥有了麻烦——无所适从的麻烦。这个麻烦与生活丧失了方向感有关系，但是，生活中不是所有的事情都与方向感有关，其间的不确定性如影随形挥之难去。蔡东的小说要处理的大都是在这样的背景中发生的，这就是蔡东小说的当下性。

《天元》中的陈飞白虽然桀骜不驯我行我素，但她非常在乎和丈夫何知微的情感。她太爱何知微了。两人的关系即便如此，仍有需要小心翼翼的缝隙。陈飞白曾经问何知微："喜欢你现在的工作？足以安身立命？"他们的价值观显然并不严丝合缝。何知微也爱惜和陈飞白有关的一切，他突然有些担心："万一，他和她，把话都说完了怎么办？会有没话说的那一天吗？不敢深想，只能珍视此刻，想着既有此刻，也不算白活了。"彼此情感甚笃相爱甚深的人，也未必彼此相知。所谓"心心相印"不过是句堂皇的修辞而已。蔡东对人心内部秘密或细微处的大胆敞开或剖析，是她小说最具力量的一部分。温文尔雅是小说的表面，犀利就在其间。

对"不中用的东西"的发现

但是,《星辰书》终是一部心有大爱的书。这个爱,不只是对人物的处理,亦隐含在诸多细节之中。除了人物关系之外,那些鸟语花香的细节更是楚楚动人。《照夜白》中的谢梦锦,"按照今天的设置,她不能发出声音,这番话只是在心里默默说了一遍。她想起家里的柜子抽屉里,放满了杯壶碗碟,几年也用不上一回的,就是为了看看,看着喜欢。她从小喜欢的,好像都是些中看不中用的东西"。"一路上她车开得很快,急切地想把刚才的夜晚甩到身后。再转一个弯就到小区了,每次先看到的都是裙楼的鲜花店,她把车速降下来。店里的灯还亮着,她停下车,看着店员把摆放在门口的花盆一一搬进店内,透过落地玻璃,能看到不大的空间里布满鲜花。当初花店刚开的时候,她担心花店生意清淡,万一哪天关门就可惜了,她是第一批办储值卡的人。毕竟,楼下开间花店,住户的日常里就有了点高于生活的东西。"中看不中用的东西就是美的东西,就是"高于生活的东西"。因对生活的这些感知和认识,谢梦锦这个人物就有了站位,她的"失声"和对日复一日机械生活的反抗,就有了意味——她抗拒的是被生活"异化",坚决站在了"美"的一边,一个理想主义者的形象在"不中用的东西"中腾空而起,一如画中的骏马"照夜白"。蔡东小说中那"不中用的东西""高于生活的东西"比比皆是,无论是人物趣味还是讲述者趣味大抵如是。《伶仃》的开篇——

黄昏的时候,卫巧蓉走进一片水杉林。通往树林深处的小路逐渐变细，青苔从树下蔓延到路边，她快步走过时，脚步带起了风，缕缕青色的烟从地面上升起，蜿蜒而上，越来越淡，越来越清瘦。她停下来，等烟散尽了才俯低身子凑近看。这些日子阳光好，苔藓干透了，粉末般松散地铺展着，细看起来如一层毛毛碎碎的绿雪，她小心喘着气，担心用力呼出一口气就会把它们吹扬起来。

然后卫巧蓉走出了树林，天空、小径、街道、楼房、海岸线、山丘和翻过山头的一朵云，伸向天空几个角的剧院才渐次出现。这些貌似闲笔的文字，让小说松弛冲淡。但小说内在的紧张就蕴含在从容的文字中。被"窥视"的丈夫一无所知，窥视者卫巧蓉则一览无余。那些"不中用"的闲笔便具有了"张力"的意义。《天元》中何知微一直期待将地铁六号线上印有"一步制胜"的广告牌摘走，女友陈飞白曾经做过这件事并且成功地把广告牌取走了，轮到他却遇到了麻烦。事情不在于何知微是否能够摘走广告牌，即便摘走"一步制胜"的广告牌，陈飞白的命运能够改变吗？但是有了这个情节，小说便飞翔了起来，有了诗意。那是一种对"天元"的反抗，对"现代"价值观和格式化生活"理想"的反抗。

"不中用的东西"，一如加缪旅途中将风景化为内心的背景，一道微光，一首乐曲或一群拔地而起的飞鸽，让他心中充满了莫名的欢乐。如是，我们就理解了为什么梭罗会守着一潭湖水，梵高会画一双农鞋或几枝向日葵，诗人要吟唱长河落日大漠孤烟。对"不中用的东西"的迷恋，只因为那是"高于生活"的美，是精神需求的要义。无论人的自然属性是否被满足,是那些"不中用的东西"改变了我们。有人曾打比方说,家里最有用的东西是厨房和厕所。有客人来了,你让客人看的或者是一幅画,或者是进书房,这画和书是没用的,但你不会领着客人去看你的厨房和厕所。

我还注意到蔡东的小说对日常生活的兴致盎然。她的小说,几乎每篇都会写到花花草草,写到日常生活的必需,写各种菜蔬或餐桌——

  吃过早饭,她瞒着给女儿检查行李,钥匙,证件。女儿呢,忙着检阅冰箱,里面满满当当的是蔬菜、鱼虾和水果,冷冻层里也塞满水饺、猪肉包和带鱼段。

  早市海鲜区堆满了刚从海里捞上来的梭子蟹、海虹、毛蛤、爬虾,地面上水淋淋的,空气里弥漫着一股清鲜的味道。

  两人一路引我来到小区,小区的建筑物很疏朗,花园开阔,种着些合欢、夹竹桃、石榴、垂丝海棠,地上除了草坪还有大片的毛牡丹和矮牵牛,水系景观也愉人眼目,防腐木的平台,曲水游廊连起几座小巧的六角凉亭,岸边随意散落着几块景观石,流水潺潺,红红白白的锦鲤在硬币大小的绿萍间游弋。

  我早早来到咨询室,把洛阳买的牡丹绢花插在藤筐里。花朵绣球般大,颜色是渐变的粉,只有一瓣显得各色,近于深红,像湿了的胭脂,红色冷不丁一大步跳到粉白,倒是一点也不夭。

这些笔墨，既是闲笔，是"不中用的东西"，也是生活的情怀，是个人趣味，一个女性作家的性别区隔亦在这情怀和趣味之中，或曰对生命的体验之中。小说考量的最终还是作家对生命理解的深度。蔡东自己曾说："说到'我想要的一天'，在非常不确定的世界里，有闲暇的一天大概便是最好的一天了。没有什么事是必须要做的，可以收拾收拾屋子，可以去菜市场逛上两个小时，买好菜回家做顿饭，可以拿起一本读过很多遍的书，从随便翻到的那一页开始看，毫无功利性地散漫地看。这就足够了。"正是有了这等平常心，蔡东才有了她和小说的低调内敛。但蔡东的内敛或低调，不是张爱玲见到胡兰成的那种变得很低很低，低到尘埃里，从尘埃里开出花来的卑微，甚至不惜失了主体性。蔡东是《照夜白》中的谢梦锦喜欢的铃兰花，在盛年时便向下绽放，不似那些仰着头向上开的花，残败了才无奈地低下头。铃兰是主动、自愿地低头俯看，把花开向地面。开向地面的绽放也可以大放异彩，只不过那需不同的看客或听众罢了，一如"峨峨兮若泰山""洋洋兮若江河"的高山流水。

原载《扬子江文学评论》2020年第1期

后　记

2022年10月，承蒙北京十月文艺出版社韩敬群先生和青年编辑陈玉成先生的美意，将我评论散文的文章结集为《散文的气质》出版。出版专题性的评论文集是我的愿望。我感谢韩总、玉成成人之美的君子之风。后来有朋友建议能否再出一本小说评论集，于是我"得陇望蜀"，将愿望告知了编辑陈玉成。很快玉成便告知我出版社通过了选题。我内心的喜悦可想而知。

从事文学评论至今已经四十余年。小说评论是我主要的写作内容之一。具体写过多少作家作品评论已经不记得。但这部小说评论文集选择的作家作品评论，除了几篇写于20世纪90年代之外，基本是近十年来写的文章。集中结集出版，也可以大致看到自己在小说评论方面做了哪些事情，如此而已。事实上，文学评论在当下文学整体格局中的地位非常尴尬。这里的原因很复杂，几句话难以说清楚。作为批评家所能做的，就是尽量在专业范畴内做好应该做的事情吧。我非常感念的是，有些文章发表后，一些同行以及作家和我的讨论。观点大家未必一致，行文以及文章内部问题见仁见智，这非常正常。有这样一个文学环境我已经非常高兴了。

"当代小说三十家",这个数字完全是一种偶然。这不是当代小说家的"排座次",我既没有这个资格也没有这个能力。我做评论没有计划,更没有规划,看了作品有感觉便写,没有感觉也就作罢。当然也有一些是应约而做的。我尽量选择和别人看法不大一样的文章,然后再考虑一下规模,就编成了这个样子。我要再次感谢北京十月文艺出版社,感谢敬群先生、玉成先生,还有年轻的责任编辑田宏林女士,他们帮助我实现了出一本小说专题性评论文集的愿望。我愿意听到读者和同行朋友的批评。

2023年9月6日于北京寓所

图书在版编目(CIP)数据

当代小说三十家 / 孟繁华著. -- 北京：北京十月文艺出版社，2025. 2. -- ISBN 978-7-5302-2440-3

I. I207.42-53

中国国家版本馆CIP数据核字第2024W5W963号

当代小说三十家
DANGDAI XIAOSHUO SANSHI JIA
孟繁华　著

出　　版	北京出版集团
	北京十月文艺出版社
地　　址	北京北三环中路6号
邮　　编	100120
网　　址	www.bph.com.cn
发　　行	新经典发行有限公司
	电话 010-68423599
经　　销	新华书店
印　　刷	北京盛通印刷股份有限公司
版　　次	2025年2月第1版
印　　次	2025年2月第1次印刷
开　　本	850毫米×1186毫米 1/32
印　　张	15.5
字　　数	330千字
书　　号	ISBN 978-7-5302-2440-3
定　　价	58.00元

如有印装质量问题，由本社负责调换
质量监督电话 010-58572393

版权所有，未经书面许可，不得转载、复制、翻印，违者必究。